Als in zwölf Bänden eine vollständige deutsche Ausgabe der Erzählungen aus den Tausendundein Nächten im Insel Verlag erschien, schrieb Hugo von Hofmannsthal in seiner Einleitung: »Hier ist Buntheit und Tiefsinn, Überschwang der Phantasie und schneidende Weltweisheit; hier sind unendliche Begebenheiten, Träume, Weisheitsreden, Schwänke, Unanständigkeiten, Mysterien; hier die kühnste Geistigkeit und die vollkommenste Sinnlichkeit in eins verwoben ... Unvergleichlich ist diese Lebenswelt und durchsetzt von einer leidenschaftlichen, kindlichen, unauslöschlichen Heiterkeit, die alles durcheinanderschlingt, alles zueinander bringt, den Kalifen zum armen Fischer, den Dämon zum Hökerweib, die Schönste der Schönen zum buckligen Bettler, Leib zu Leib und Seele zu Seele.«

In der vorliegenden Ausgabe sind zum Insel-Jubiläum die schönsten Erzählungen aus den Tausendundein Nächten zusammengestellt.

insel taschenbuch 2569

Die schönsten Geschichten
aus Tausendundeiner Nacht

# DIE SCHÖNSTEN GESCHICHTEN AUS TAUSEND-UNDEINER NACHT

ÜBERSETZT, AUSGEWÄHLT,
EINGELEITET UND HERAUSGEGEBEN
VON ENNO LITTMANN

INSEL VERLAG

insel taschenbuch 2569
Erste Auflage 1999
Insel Verlag Frankfurt am Main und Leipzig

Hinweise zu dieser Ausgabe am Schluß des Bandes.
Vertrieb durch den Suhrkamp Taschenbuch Verlag
Satz: Hümmer GmbH, Waldbüttelbrunn
Druck: Clausen & Bosse, Leck
Printed in Germany

1 2 3 4 5 6 – 04 03 02 01 00 99

INHALT

## ZUM GELEIT

Die Geschichten von Tausendundeiner Nacht wurden nach der morgenländischen Überlieferung von der klugen Schehrezâd, der Tochter eines indischen Wesirs, vor Schehrijâr, einem König von Indien, erzählt. Dieser König war ein grausamer Ritter Blaubart, der jedesmal, wenn er sich mit einer Jungfrau vermählt hatte, sie am nächsten Tage töten ließ. So trieb er es drei Jahre lang; da geriet das Volk in Aufruhr und flüchtete mit den Töchtern. Nun befahl der König trotzdem seinem Wesir, er solle ihm wieder eine Jungfrau bringen. Und der Wesir ging hin zu suchen, aber er fand keine Jungfrau. So begab er sich traurig und bedrückt nach Hause; denn er fürchtete für sein Leben wegen des Königs.

Der Wesir hatte zwei Töchter; die ältere hieß Schehrezâd, die jüngere Dinazâd. Die ältere hatte alle Bücher gelesen, die Jahrbücher und die Lebensbeschreibungen der früheren Könige und die Erzählungen von den vergangenen Völkern; ja, es ward berichtet, sie habe tausend Bücher gesammelt, Geschichtswerke und auch Dichterwerke. Sie sprach zu ihrem Vater: »Was sehe ich dich so traurig und beladen mit Kummer und Sorgen? Es hat doch einst ein Dichter gesungen:

Sage dem, der Sorgen trägt,
Daß die Sorgen niemals dauern!
Wie die Freude ja vergeht,
So vergehet auch das Trauern.«

Als der Wesir diese Worte von seiner Tochter vernommen hatte, erzählte er ihr, was ihm durch den König geschehen war. Da erwiderte sie: »Bei Allah, mein Väterchen, vermähle mich mit diesem König!« Er aber rief: »Ich beschwöre dich bei Allah, begib dich nie in solche Gefahr!« Doch sie entgegnete: »Es muß sein.« Darauf schmückte der Wesir seine Tochter bräutlich und ging zu König Schehrijâr. Sie hatte jedoch bereits ihrer jüngeren Schwester Anweisung gegeben und ihr gesagt: »Wenn ich beim König bin, werde ich nach dir senden. Und wenn du dann zu mir gekommen bist, so sprich: ›Liebe Schwester, erzähle mir eine Geschichte zur Unterhaltung, daß wir durch sie uns die wachen Stunden der Nacht verkürzen!‹ – und dann werde ich dir eine Geschichte erzählen, durch die, so Allah der Erhabene will, die Rettung kommen wird.« Der Wesir ging also mit Schehrezâd zum König. Als der die beiden sah, freute er sich und sprach: »Bringst du mir, was ich wünsche?« Jener erwiderte: »Ja!« Schehrezâd aber begann zu weinen, und da fragte der König sie: »Was fehlt dir denn?« Sie antwortete: »O König, ich habe eine kleine Schwester, und von der möchte ich Abschied nehmen.« Der König sandte nach der Kleinen, und sie kam zu ihrer Schwester und umarmte sie und setzte sich zu Füßen des königlichen Lagers. Nachdem Schehrijâr sich mit Schehrezâd vermählt hatte, begannen alle zu plaudern. Und da sprach Dinazâd zu Schehrezâd: »Ich bitte dich bei Allah, liebe Schwester, erzähle uns eine Geschichte, durch die wir uns die wachen Stunden dieser Nacht verkürzen können.« Jene erwiderte: »Mit größter Freude, wenn der vieledle König es mir erlaubt.« Wie der König, der auch schlaflos war, diese ihre Worte vernahm, freute er sich darauf, eine Geschichte zu hören, und gab ihr die Erlaubnis. Nun begann Schehrezâd die Geschichte der ersten Nacht; aber als der Morgen dämmerte, hatte sie ihre Geschichte noch nicht beendet. Ihre Schwester sagte: »Wie schön ist deine Erzählung und wie entzückend, und wie lieblich und wie berückend!« Doch Schehrezâd sagte: »Was ist all dies gegen das, was ich euch in der nächsten Nacht erzählen könnte, wenn der König mein Leben zu schonen geruhen würde!« Da sprach der König zu sich selber: »Bei Allah, ich will sie nicht töten lassen, bis ich den Schluß ihrer Geschichte gehört habe.« Dann ging er, als der Tag vollends angebrochen war, in die Regierungshalle hinüber, und dort stand auch schon der Wesir mit dem Leichentuch unter dem Arm. Der König sprach Recht, setzte ein und setzte ab, bis der Tag zur Neige ging; dem Wesir aber geruhte er nichts von dem Geschehenen zu sagen. Darob geriet der Wesir in höchste Verwunderung. Schließlich brach die Versammlung auf, und König Schehrijâr kehrte in seinen Palast zurück. Doch als die zweite Nacht anbrach, sagte Dinazâd zu ihrer Schwester: »Liebe Schwester, erzähle uns doch deine Geschichte zu Ende!« Und die erwiderte: »Mit größter Freude, wenn der König es mir erlaubt.« Der König sprach: »Erzähle nur!«

Und nun begann Schehrezâd in tausend Nächten und einer Nacht ihre vielen und mannigfachen Geschichten zu erzählen, wobei sie oft an spannenden Stellen innehielt, damit der König die Fortsetzungen zu hören verlangte. Nach der tausendundersten Nacht hatte er seine frühere Grausamkeit längst bereut und vergessen, und von da an lebte er mit seiner Gemahlin Schehrezâd und seinen Kindern glücklich und zufrieden.

Von den Geschichten der Schehrezâd sind hier einige der schönsten ausgewählt.

## ALI BABA UND DIE VIERZIG RÄUBER

Es wird berichtet – Allah aber ist Allwisser Seiner verborgenen Absichten und kann über sie am besten richten! – in den Erzählungen aus alter Zeit und aus der Völker Vergangenheit und von Nationen, die längst dem Untergange geweiht, daß in früheren Tagen, die weit in entschwundene Zeitalter ragen, in einer Stadt von Chorasân im Perserlande zwei Brüder von gleichem Vater und gleicher Mutter lebten, von denen der eine Kâsim, der andere aber Ali Baba hieß. Ihr Vater war bereits gestorben, und was er ihnen hinterlassen hatte, war ein Erbteil von geringem Wert, eine Habe, die nicht sehr beschwert. Da teilten die beiden, was ihr Vater ihnen vermacht hatte, wenn es auch nur wenig war, in Recht und Gerechtigkeit, ohne Widerspruch und ohne Streit. Nachdem sie also die Erbschaft von ihrem Vater geteilt hatten, vermählte Kâsim sich mit einer reichen Frau; die besaß Grundstücke und Gärten in großer Zahl, Weinberge und Läden zumal, und diese wiederum waren voll von prächtigen Dingen und kostbaren Waren, die ins Unermeßliche gingen. So begann er denn Handel zu treiben, zu verkaufen und zu kaufen; er kam zu Wohlstand, das Geschick war ihm günstig, und er gewann großen Ruf unter den Kaufleuten weit und breit sowie unter den Leuten von Reichtum und Vornehmheit. Doch sein Bruder Ali Baba nahm ein armes Mädchen zur Frau, der kein Dirhem, kein Dinar, kein Haus, kein Grundstück zu eigen war. Darum gab er auch in kurzer Zeit alles aus, was er von seinem Vater geerbt hatte; so geschah es, daß bald die Not mit ihrem Gram und die Armut mit ihren schweren Sorgen über ihn kam. Er war ratlos, was er tun sollte, er sah keinen Weg mehr, seine Nahrung und seinen Lebensunterhalt zu beschaffen; und doch war er ein Mann von Wissen und Verstand, in Gelehrsamkeit und feiner Bildung gewandt. Nun klagte er sein Leid in diesen Versen:

Sie sagen zu mir wohl: ›Du bist in der Welt
Durch dein Wissen gleich wie die mondhelle Nacht.‹
Ich sag: ›Laßt mich mit euren Reden in Ruh;
Denn Wissen bedeutet doch nichts ohne Macht.
Verpfändet man mich und mein Wissen mit mir,
Dazu jedes Buch und das Tintengerät
Um Brot eines Tages, – das Pfand käm zurück,
Man würfs zum Papier, darauf Abweisung steht.
Der Arme –, o sehet des Armen Geschick,
Das Leben des Armen, wie trüb ist es doch!
Im Sommer, da fehlt ihm das tägliche Brot,
Im Winter wärmt er sich am Kohlentopf noch.
Die Hunde der Straße stehn auf gegen ihn,
Und jeder Gemeine schreit schimpfend ihn an;
Wenn er seine Lage bei jemand beklagt,
So tut ihn ein jeglich Geschöpf in den Bann.
Kommt nur solch ein Los auf den Armen herab,
So wär es das beste, er läge im Grab!‹

Nachdem er diese Verse gesprochen hatte, begann er über seine Lage nachzudenken; wohin sollte er sich flüchten? wie sollte er seinen Lebensunterhalt gewinnen? was sollte er tun, um sein täglich Brot zu verdienen? So sprach er denn bei sich selber: ›Wenn ich nun mit dem Gelde, das mir noch verblieben ist, eine Axt und ein paar Esel kaufe und mit ihnen ins Gebirge ziehe, dort Holz abschlage, dann wieder herunterkomme und es auf dem Markt der Stadt verkaufe, so wird der Erlös davon mir sicher so viel einbringen, daß meine Not aufhört und daß ich meine Familie unterhalten kann!‹ Diesen Plan hielt er also für den richtigen, und so beeilte er sich, die Esel und die Axt zu kaufen. Des Morgens zog er nun mit drei Eseln, von denen ein jeder so groß wie ein Maultier war, ins Gebirge; dann blieb er den Tag über dort, damit beschäftigt, Holz zu hacken und die Bündel zusammenzubinden. Wenn es dann Abend ward, belud er seine Esel und zog mit ihnen zur Stadt hinab, bis er auf den Markt kam. Dort verkaufte er das Holz, und mit dem Erlös davon konnte er für sich selbst sorgen und die Ausgaben für seine Familie bestreiten; so wurde der Kummer von ihm genommen, und er war nicht mehr von Sorgen beklommen. Da pries und lobte er Allah und verbrachte die Nacht mit frohem Herzen, mit freudigem Gemüte und mit ruhiger Seele. Wenn es dann wieder Morgen ward, machte er sich von neuem auf, zog ins Gebirge und tat wie am Tage zuvor. Das ward nun seine Gewohnheit: jeden Morgen begab er sich ins Gebirge, und am Abend kehrte er zur Stadt zurück, ging auf den Markt, um sein Holz zu verkaufen, und bestritt mit dem Erlös die Ausgaben für seine Familie. So sah er denn dies Handwerk für einen Segen an und blieb immerfort dabei, bis er eines Tages, während er im Gebirge dastand und Holz hackte, plötzlich eine Staubwolke sah; die wirbelte empor und legte der Welt einen Schleier vor. Doch als die Wolke sich hob, da erschien unter ihr eine Schar von Rittern, dräuenden Löwen gleich; die starrten in Waffen, sie waren mit Panzern angetan, mit Schwertern gegürtet, sie trugen die Lanzen unter den Armen und die Bögen über den Schultern. Ali Baba erschrak vor ihnen; zitternd und bebend eilte er zu einem hohen Baume, kletterte hinauf und verbarg sich zwischen den Zweigen, um vor den Rittern sicher zu sein, da er sie für Räuber hielt. Als er nun hinter den belaubten Zweigen versteckt war, richtete er den Blick auf die Männer.

Da überzeugte er sich davon, daß sie Räuber und Wegelagerer waren. Dann zählte er sie und fand, daß sie vierzig Männer waren, von denen ein jeder auf einem edlen Rosse saß. Da fürchtete er sich noch mehr, und die Angst bedrückte ihn schwer; seine Glieder erbebten, sein Speichel ward ihm trocken gar, und er wußte nicht mehr, wo er war. Nun hielten die Ritter an, stiegen von ihren Rossen ab und hängten ihnen die Futtersäcke mit Gerste um; darauf griff ein jeder von ihnen zu einer Satteltasche, die über dem Rücken seines Renners lag, nahm sie ab und hängte sie sich über die Schulter. All das geschah, während Ali Baba sie beobachtete und ihnen vom Baume herab zuschaute. Der Räuberhauptmann schritt den anderen voran, ging mit ihnen zu einer Felswand und blieb vor einer kleinen Stahltür an einer Stelle stehen, die so dicht mit Gestrüpp bewachsen war, daß man die Tür nicht sehen konnte; so viel Dorngebüsch befand sich dort. Auch Ali Baba hatte sie bisher übersehen; nie hatte er sie geschaut oder bemerkt. Als nun die Räuber vor der Stahltür standen, rief ihr Hauptmann, so laut er konnte: »Sesam, öffne dein Tor!« Und in demselben Augenblick, in dem er diese Worte gesprochen hatte, öffnete sich die Tür. Der Hauptmann ging hinein, und die Räuber folgten ihm, mit den Satteltaschen beladen. Da wunderte Ali Baba sich über ihr Tun, und er schloß in Gedanken, daß jede Satteltasche voll von geprägtem weißem Silber und rotem Gold sein müsse. Dem war auch wirklich so. Denn jene Diebe pflegten auf den Landstraßen zu lauern, auf Dörfer und Städte loszujagen und die Einwohner zu plagen. Und jedesmal, wenn sie eine Karawane geplündert oder ein Dorf überfallen hatten, brachten sie ihre Beute an diesen abgelegenen, versteckten Ort, der den Blicken der Menschen fern war. Ali Baba blieb unterdessen in seinem Versteck auf dem Baume; er verhielt sich ruhig und rührte sich nicht, aber er schaute den Räubern unverwandt nach und beobachtete ihr Tun, bis er sie wieder, geführt von dem Hauptmanne, mit den leeren Satteltaschen herauskommen sah. Sie banden die Taschen wieder auf den Rücken der Pferde fest, wie sie vorher gewesen waren, legten den Tieren die Gebisse um, saßen auf und zogen in derselben Richtung ab, aus der sie gekommen waren. Sie ritten immer weiter dahin, bis sie weit in der Ferne den Blicken entschwanden. Auch dies alles geschah, während Ali Baba still dasaß und in seiner Angst sich nicht rührte, ja, nicht einmal zu atmen wagte. Erst als die Räuber in der Ferne seinem Blicke entschwunden waren, stieg er von dem Baume herab und ging zu der kleinen Tür hin. Dort blieb er stehen, und indem er sie betrachtete, sprach er bei sich selber: »Ob sich die Tür, wenn ich so wie der Räuberhauptmann rufe: ›Sesam, öffne dein Tor!‹ wohl öffnen wird oder nicht?« Dann trat er dicht herzu, sprach diese Worte, und siehe da, die Tür sprang auf. Die Sache verhielt sich nämlich so: diese Stätte war von den Geistern, den Dämonen, hergerichtet, verzaubert und durch einen starken Talisman gebunden. Doch die Worte ›Sesam, öffne dein Tor!‹ waren die geheime Formel, die dazu bestimmt war, den Talisman zu lösen und die Tür zu öffnen. Wie nun Ali Baba die Tür offen sah, ging er hindurch; aber kaum hatte er die Schwelle überschritten, da schloß sich das Tor hinter ihm. Darüber war er so sehr erschrocken, daß er die Worte sprach, die keinen, der sie spricht, im Stiche lassen: »Es gibt keine Macht und es gibt keine Majestät außer bei Allah dem Erhabenen und Allmächtigen!« Und als er dann wieder an die Worte ›Sesam, öffne dein Tor!‹ dachte, legten sich Furcht und Schrecken, die über ihn gekommen waren; denn er sagte sich: ›Es geht mich nichts an, wenn die Tür sich schließt, da ich ja das Geheimnis kenne, durch das ich sie wieder öffnen kann!‹ Nun ging er etwas weiter, und da er der Meinung war, die Höhle wäre ein dunkler Raum, so geriet er in die größte Verwunderung, als er dort eine aus Marmor erbaute weite, helle Halle schaute, die war mit hohen Säulen geziert und in prächtiger Weise ausgeführt, und in ihr war alles aufgespeichert, was das Herz an Speisen und Getränken wünschen konnte. Von dort aus schritt er in eine zweite Halle weiter, die noch größer und geräumiger war als die erste; in ihr sah er Güter von wundersamer Art mit den seltensten Kleinodien gepaart, deren Glanz die Augen entzückt und deren Beschreibung keinem Menschen glückt. Dort lag eine Menge Barren von Gold, echt und rein, und anderer Dinge von Silber fein; gemünzte Dinare und Dirhems, unübersehbar; all das in Haufen wie von Kieseln und Sand, bei denen jede Zahl und Berechnung schwand. Nachdem er sich eine Weile in dieser wunderbaren Halle umgeschaut hatte, tat sich vor ihm noch ein anderes Tor auf; er ging hinein und kam in eine dritte Halle, die war noch herrlicher und schöner als die zweite, und die war angefüllt mit den feinsten Gewändern aus allen irdischen

Gebieten und Ländern; in ihr fanden sich Stoffe, aus kostbarer feiner Baumwolle hergestellt, und Kleider aus Seide und den prächtigsten Brokaten der Welt; ja, es gab keine einzige Art von Stoffen, die sich nicht in diesem Raume gefunden hätte: sie stammten von Syriens Auen und aus Afrikas fernsten Gauen, aus China und dem Industal, aus Nubien und Hinterindien zumal. Und weiter schritt er in die Halle der edelen Steine, das war die größte und wunderbarste von allen; sie enthielt Perlen und Juwelen, die konnte man weder erfassen noch zählen, Hyazinthe und Smaragde, Türkise und Topase; Berge von Perlen lagen dort, und Achate sah man neben Korallen am selben Ort. Schließlich ging er in die Halle der Spezereien und des Weihrauchs und der Wohlgerüche, und das war die letzte jener Hallen. Dort fanden sich von diesen Dingen Sorten so zart und von jeder feinsten Art. Der Duft von Aloeholz und Moschus wallte dort empor; Ambra und Zibet strahlten in ihrer vollen Schönheit hervor; der Zauber von Rosenwasser und Mischspezerei erfüllte die Luft, von Weihrauch und Safran stieg auf ein köstlicher Duft; wie Scheite zum Brennen lag Sandelholz dort umher; aromatische Wurzeln waren wie Reisig fortgeworfen, als brauchte man sie nicht mehr. Ali Baba ward durch den Anblick dieser unermeßlichen Schätze geblendet, seine Sinne verwirrten sich, und sein Verstand war ratlos; er stand eine Weile da, vollkommen überwältigt und hingerissen. Dann trat er näher heran, um genauer hinzuschauen; das eine Mal hielt er der Perlen köstlichste in der Hand; ein ander Mal hatte er unter den Juwelen den edelsten Stein erkannt; bald hatte er ein Stück Brokat beiseite getan; bald lockte das Gold im Strahlenglanze ihn an; das eine Mal ging er zu den Stoffen von Seide zart und fein; ein anderes Mal sog er die Düfte von Aloeholz und Weihrauch ein. Darauf sagte er sich in Gedanken, daß diese Räuber, auch wenn sie immerdar lange Tage und manches Jahr darauf verwendet hätten, die wunderbaren Schätze zu sammeln, doch nicht einmal einen kleinen Teil davon hätten aufspeichern können; dieser Schatz mußte schon vorhanden gewesen sein, ehe die Räuber auf ihn gestoßen waren; und jedenfalls hatten sie ihn nicht auf gesetzliche Weise und rechtlichem Wege erworben; so würde er denn auch, wenn er die Gelegenheit sich zunutze machte und ein wenig von all diesen unzählbaren Gütern an sich brachte, keine Schuld begehen und brauchte sich keines Tadels zu versehen. Und ferner, da der Schätze so viele waren, daß die Räuber sie nicht zählen und ausrechnen konnten, so würden sie es nicht merken, wenn etwas davon genommen würde, und würden nichts davon erfahren. Daraufhin faßte er den Plan, von dem Golde, das dort umherlag, so viel zu nehmen, wie er tragen konnte, und so begann er denn Säcke mit Goldstükken aus dem Inneren der Schatzhöhle nach draußen zu schleppen; und jedesmal, wenn er eintreten oder nach draußen gehen wollte, rief er: »Sesam, öffne dein Tor!«, dann tat die Tür sich auf. Als er aber mit dem Hinausschaffen der Schätze fertig war, belud er seine Esel damit, indem er die Säcke mit Gold unter einer dünnen Schicht von Brennholz versteckte. Und nun trieb er seine Lasttiere dahin, bis er wieder zur Stadt gelangte, und zog heiteren und zufriedenen Sinnes nach Hause.

Als Ali Baba in sein Haus eingetreten war, verschloß er die Haustür, da er befürchtete, die Leute könnten ihn überraschen. Nachdem er dann seine Esel im Stalle angebunden und ihnen die Futtersäcke um den Hals gelegt hatte, nahm er einen Goldsack, trug ihn zu seiner Frau hinauf und warf ihn vor sie hin. Dann ging er wieder hinunter und brachte einen neuen, und so immer weiter, Sack auf Sack, bis er alle hinaufgeschafft hatte. Seine Frau sah seinem Tun mit wachsendem Staunen zu; doch als sie einen der Säcke berührte und die dicken Goldstücke verspürte, da erblichen ihre Wangen, und ihr Geist ward ganz befangen; denn sie glaubte, ihr Mann hätte all dies viele Geld gestohlen. So rief sie denn: »Was hast du da getan, du Unglücksmensch? Wir brauchen kein unrecht erworbenes Gut, und nach der Habe anderer Menschen steht mir nicht der Mut. Ich lasse mir an dem genügen, was Allah mir zugeteilt hat; ich bin mit meiner Armut zufrieden, und ich danke Gott für das, was Er mir beschieden. Ich strebe nicht nach dem, was andere Menschen besitzen, ich will kein unrecht

Gut haben!« »Frau«, erwiderte er ihr, »hab Zuversicht und quäl dich nicht! Das sei ganz ferne, daß meine Hand unrecht Gut anrührt! Dies Geld hier habe ich in einer Schatzhöhle gefunden; ich habe die Gelegenheit ergriffen, es an mich genommen und hierher gebracht.« Dann erzählte er ihr, was er mit den Räubern erlebt hatte, von Anfang bis zu Ende – doch alles noch einmal zu erzählen, würde die Leser nur quälen. Nachdem er seinen Bericht beendet hatte, ermahnte er sie, ihre Zunge im Zaume zu halten und das Geheimnis nicht zu verraten. Wie sie dies von ihm vernommen hatte, staunte sie sehr und fürchtete sich nicht mehr, und gewaltige Freude erfüllte ihre Brust. Als Ali Baba dann die Säcke mitten im Zimmer geleert hatte und als das Gold in einem Haufen dalag, begann die Frau, die wegen der Menge so überrascht war, die Dinare zu zählen. Da sprach er zu ihr: »Du da, du kannst sie doch nicht zählen, nicht einmal in zwei Tagen. Das ist ein unnützes Beginnen, das brauchst du jetzt nicht zu tun. Ich halte es für das richtige, daß wir jetzt ein Loch graben und sie darin verstecken, damit wir die Sache nicht verraten und unser Geheimnis niemandem entdecken.« Doch sie erwiderte: »Wenn du nicht willst, daß sie gezählt werden, so müssen sie doch gemessen werden, damit wir ungefähr wissen, wie viele es sind.« »Tu, was dir gut dünkt!« sagte er darauf, »doch ich fürchte, daß die Leute erfahren, wie es um uns steht, daß dann der Schleier von uns gelüftet wird und uns die Reue kommt, wenn die Reue nichts mehr frommt.« Aber sie kümmerte sich nicht um seine Worte und achtete ihrer nicht, sondern sie ging fort, um ein Scheffelmaß zu borgen; denn sie hatte kein Gerät zum Messen im Hause, weil sie so arm und bedürftig war. So ging sie denn zu ihrer Schwäherin, der Frau des Kâsim, und erbat von ihr ein Scheffelmaß. Die versprach es ihr herzlich gern; aber während sie hinging, um es zu holen, sagte sie sich: ›Die Frau des Ali Baba ist doch so arm, und sonst pflegte sie nie etwas zu messen. Was für Korn mag sie wohl heute haben, daß sie den Scheffel gebraucht?‹ Das wollte sie nun gern erfahren und genau wissen; darum tat sie etwas Wachs auf den Boden des Maßes, damit etwas von dem gemessenen Korn an ihm haften bliebe. Dann gab sie es ihrer Schwäherin; die nahm es, dankte ihr für den Gefallen, den sie ihr erwiesen hatte, und kehrte in aller Eile nach Hause zurück. Wie sie nun wieder dort war, setzte sie sich nieder, um das Gold zu messen; und sie fand, daß es zehn Scheffel waren. Hocherfreut berichtete sie es ihrem Manne, der inzwischen eine weite Grube gegraben hatte. Nun versteckte er das Gold darin und schüttete die Erde wieder darauf. Seine Frau aber beeilte sich, den Scheffel ihrer Schwäherin zurückzubringen.

Lassen wir nun die beiden und wenden wir uns zu der Frau Kâsims! Als die Frau Ali Babas sie verlassen hatte, wendete sie das Scheffelmaß um und entdeckte darin einen Dinar, der im Wachs haften geblieben war. Darüber war sie befremdet, da sie ja wußte, daß Ali Baba ein armer Mann war; und sie blieb eine Weile ratlos sitzen. Dann vergewisserte sie sich noch einmal, daß es echtes Gold war, was man gemessen hatte, und nun rief sie: »Ali Baba behauptet, arm zu sein, und mißt das Gold mit Scheffeln! Woher hat er diesen Reichtum? Wie mag er zu diesem vielen Golde gekommen sein?« Da bemächtigte der Neid sich ihres Herzens, und in ihrem Inneren ward ein Feuer entfacht. So erwartete sie denn ihren Mann voll schmerzlicher Ungeduld. Kâsim, ihr Gatte, pflegte jeden Tag frühmorgens zu seinem Laden zu gehen und dort bis zum Abend zu bleiben, indem er sich dem Verkauf und Kauf und allen Handelsgeschäften widmete. An jenem Tage aber wartete seine Frau sehnlichst auf sein Kommen, da sie so sehr von Kummer und Neid verzehrt wurde. Als es nun Abend geworden war und die Nacht bereits hereinbrach, schloß Kâsim seinen Laden und begab sich nach Hause. Wie er dort eintrat, sah er seine Frau mit düsterem Blick und trüber Miene dasitzen; ihre Augen waren verweint, und ihr Herz voll Kummer. Da er sie sehr lieb hatte, fragte er sie sogleich: »Was ist dir geschehen, du Freude meiner Augen, du mein Herzenskind? Warum bist du betrübt? Warum weinst du?« Sie gab ihm zur Antwort: »Du kannst doch nur wenig schaffen, du bist arm an Kraft! Hätte ich nur deinen Bruder geheiratet! Ja der, wenn er auch Armut vorschützt und nach außen Bedürftigkeit zeigt und behauptet, er habe kein Vermögen, der hat doch so viel Gold, daß nur Allah seine Menge kennt und daß man es nur mit Scheffeln messen kann. Du aber, der du behauptest, vermögend und wohlhabend zu sein, der du mit Reichtum dich brüstest, du bist in Wirklichkeit nur ein armer Tropf, verglichen mit deinem Bruder. Du zählst deine Dinare einzeln; du hast dich mit dem Wenigen begnügt und ihm das Viele überlassen.« Dann erzählte sie ihm, was sie mit der Frau Ali Babas erlebt hatte, wie die von ihr das Scheffelmaß geborgt, wie sie selbst etwas Wachs darin auf den Boden gelegt hatte, und wie der Dinar daran haften geblieben war. Als Kâsim diese Worte von seiner Frau vernommen und den Dinar, der unten im Scheffel haftete, genau betrachtet hatte, war er sicher, daß sein Bruder sehr reich sein müsse. Aber er freute sich nicht darüber; nein, der Neid bemächtigte sich seines Herzens, und er sann auf Böses wider ihn. Denn er war neidisch und abgünstig, gemein und geizig. So verbrachte er denn jene Nacht mit seiner Frau in elender Verfassung, so schwer war ihr Leid, so bitter ihre Traurigkeit; sie schlossen kein Augenlid, da Schlaf und Schlummer sie mied. Unruhig und schlaflos lagen sie die ganze Nacht hindurch da, bis es Allah gefiel, daß der Morgen sich einstellte und die Welt mit seinem Licht und Glanz erhellte. Nachdem nun Kâsim das Frühgebet gesprochen hatte, ging er alsbald zu seinem Bruder und trat unerwartet zu ihm ins Haus. Wie Ali Baba ihn erblickte, hieß er ihn willkommen und nahm ihn in aller Freundlichkeit auf; er bezeugte ihm seine herzliche Freude und bat ihn, sich auf den Ehrenplatz zu setzen. Nachdem Kâsim sich dort gesetzt hatte, sprach er zu seinem Bruder: »Lieber Bruder, warum tust du, als wärest du arm und bedürftig, während du doch Reichtümer besitzest, die selbst die Flammen nicht verzehren können? Aus welchem Grunde bist du so geizig und führst ein so elendes Leben, während du doch ein großes Vermögen hast und viel mehr ausgeben könntest? Was nutzt denn das Geld, wenn der Mensch es nicht gebraucht? Weißt du nicht, daß der Geiz zu den schlechten und häßlichen Handlungen gehört und zu den gemeinen und unreinen Eigenschaften gezählt wird?« Da erwiderte ihm sein Bruder: »Ach, wenn es nur so um mich stände, wie du sagst! Nein, ich bin ein armer Mann, ich besitze keine Güter als meine Esel und meine Axt. Was du da geredet hast, kommt mir sehr befremdlich vor, ich weiß keinen Grund dafür, ja, ich verstehe es ganz und gar nicht!« Aber Kâsim fuhr fort: »Dein Lug und Trug nützt dir jetzt nichts mehr, du kannst mich nicht hintergehen. Denn die Wahrheit über dich ist an den Tag gekommen, und was du über dich verbargst, ist offenbar geworden.« Dann zeigte er ihm das Goldstück, das in dem Wachs haften geblieben war, und sprach zu ihm: »Dies ist es, was wir in dem Scheffel gefunden haben, den ihr von uns geborgt habt. Wenn du nicht sehr viel Gold hättest, so hättet ihr das nicht nötig gehabt und würdet das Gold nicht mit Scheffeln messen!« Jetzt wußte Ali Baba, daß der Schleier von ihm genommen und sein Geheimnis ans Licht gekommen, weil seine Frau so dumm gewesen war, das Gold messen zu wollen, und daß er einen Fehler gemacht hatte, als er ihr darin nachgab. Allein, welchen Renner gäbe es, der nicht einmal fiel? Welches Schwert verfehlte nicht einmal sein Ziel? Er sah also ein, daß er sein Versehen nicht anders wiedergutmachen konnte als durch die Preisgabe seines Geheimnisses, und daß es nun das richtige sei, nicht mehr zurückzuhalten und seinem Bruder sein Erlebnis mitzuteilen; auf alle Fälle würde ja auch, da das Gold so über alle Begriffe und Erwartungen viel war, sein eigenes Glück nicht dadurch verringert, wenn er sich mit seinem Bruder darein teilte und ihm davon abgab; ja, sie würden es nicht aufbrauchen können, wenn sie auch hundert Jahre lebten und da von ihre täglichen Ausgaben bestritten. Auf Grund dieser Erwägung berichtete er seinem Bruder die Geschichte mit den Räubern und erzählte ihm, was er mit ihnen erlebt hatte; wie er in die Schatzhöhle eingedrungen war, und wie er eine Menge Gold, sowie auch alles, was er von den Edelsteinen und Stoffen begehrte, fortgeschafft hatte. Und er schloß mit den Worten: »Bruder, alles was ich heimgebracht habe, soll mir und dir gemeinsam gehören, wir wollen es gleichmäßig teilen. Wenn du aber noch mehr als das haben willst, so will ich es dir holen; denn ich habe den Schlüssel zu der Schatzhöhle bei mir, der mir den Eintritt und die Rückkehr gewährt, ganz wie ich will, ohne daß jemand mich hindern oder zurückhalten kann.« »Das ist eine Teilung, die mir nicht gefällt«, antwortete Kâsim, »ich wünsche, daß du mir den Weg zu der Schatzhöhle zeigst und mir das Geheimnis, wie man sie öffnen kann, mitteilst. Denn du hast in mir das Verlangen nach ihr erweckt; ich will sie selbst sehen, auch wie du hineingegangen bist und aus ihr genommen hast, so viel du nur begehrtest. Es ist mein Wunsch, hinzugehen, zu sehen, was darin ist, und zu nehmen, was mir gefällt. Wenn du mir meinen Wunsch nicht erfüllst, so verklage ich dich bei dem Statthalter und enthülle ihm dein Geheimnis; dann wird dir schon etwas zuteil werden, was dir nicht lieb ist.« Als Ali Baba diese Worte aus seinem Munde vernommen hatte, sprach er zu ihm: »Warum drohst du mir mit dem Statthalter? Ich will dir ja in nichts widersprechen. Ich werde dir gern kundtun, was du wissen willst; und ich zögerte nur deshalb, weil ich befürchtete, die Räuber könnten dir ein Leids antun. Wenn du nun selbst in die Schatzhöhle hineingehen willst, so bringt das mir weder Schaden noch Nutzen. Nimm dir von dort alles, was dir gefällt! Wenn du auch noch so viel schleppst, du kannst doch nicht alles fortschaffen, was sie enthält; und was du zurücklassen mußt, das ist immer noch viele Male mehr als das, was du fortnimmst.« Darauf beschrieb er ihm den Weg zum Gebirge und die Stelle der Schatzhöhle und lehrte ihn die Worte: ›Sesam, öffne dein Tor!‹ Er fügte auch noch hinzu: »Behalte diese Worte fest im Sinne! Hüte dich, sie zu vergessen! Sonst bin ich um dich wegen der Tücke der Räuber und wegen des Ausgangs dieser ganzen Sache besorgt.«

Nachdem Kâsim die Stelle der Schatzhöhle erfahren und den Weg, wie er zu ihr gelangen konnte, kennengelernt sowie auch die Zauberworte behalten hatte, verließ er voller Freude seinen Bruder, ohne sich um seine Warnung zu kümmern und ohne auf seine Mahnung zu achten. Darauf kehrte er mit strahlendem Antlitz, aus dem die Freude hervorleuchtete, nach Hause zurück und erzählte seiner Frau, was er mit Ali Baba erlebt hatte. Er schloß mit den Worten: »Morgen früh werde ich, so Gott will, ins Gebirge gehen und zu dir mit viel mehr Gold, als mein Bruder heimgebracht hat, zurückkehren. Denn deine Vorwürfe haben mich gequält und beunruhigt; und ich möchte etwas tun, was mir dein Wohlgefallen einbringt.« Darauf rüstete er zehn Maultiere und lud auf jedes Maultier zwei leere Kisten; dazu versah er jedes Lasttier mit den nötigen Packsätteln und Stricken. Dann verbrachte er die Nacht in der frohen Aussicht, daß er am nächsten Tage zu der Schatzhöhle gehen und dort gewinnen würde, was sie an Gütern und Schätzen enthielt, ohne sich darin mit seinem Bruder teilen zu müssen. Sobald die Morgendämmerung aufstieg und der Tag anbrach, machte er seine Maultiere bereit und trieb sie vor sich her, dem Gebirge zu, bis er es erreichte. Als er dort angekommen war, richtete er sich nach den Wegzeichen, die sein Bruder ihm beschrieben hatte, um die Tür zu finden. Und er suchte immer weiter nach ihr, bis sie in der Felswand zwischen dem Gestrüpp und Gebüsch vor ihm stand. Kaum hatte er sie erblickt, da rief er alsbald: »Sesam, öffne dein Tor!« Und siehe da, die Tür öffnete sich vor ihm, und voller Staunen lief er in aller Eile in die Schatzhöhle hinein, begierig, die Schätze zu holen. Nachdem er aber die Schwelle überschritten hatte, schloß die Tür sich wieder wie gewöhnlich. Dann ging Kâsim in der ersten Halle weiter, von ihr aus gelangte er in die zweite und dritte, und so begab er sich von Halle zu Halle, bis er alle Hallen durchschritten hatte. Er war von den Wundern, die er sah, berückt, und von den Kostbarkeiten, die er fand, entzückt; fast geriet er vor Freuden ganz außer sich, und am liebsten hätte er die Schätze samt und sonders mitgenommen. Wie er dann nach rechts und nach links gegangen war und eine Weile hin und her überlegt hatte, was er von dem Golde und den Kostbarkeiten wünschte, da entschied er sich für das Gold, nahm einen Sack voll Gold, hob ihn auf die Schulter und trug ihn zur Tür hin. Nun wollte er die Zauberworte zum Öffnen der Tür sprechen, das heißt, er wollte sagen: ›Sesam, öffne dein Tor!‹ Aber sie kamen ihm nicht auf die Zunge, da sie ihm ganz entschwunden waren. Also setzte er sich nieder, um über sie nachzudenken; dennoch kamen sie ihm nicht in den Sinn, und er konnte sie sich nicht in Gedanken vorstellen, nein, er hatte sie ganz und gar vergessen. Er rief: »Gerste, öffne dein Tor!« aber die Tür tat sich nicht auf. Dann rief er: »Weizen, öffne dein Tor!« doch die Tür rührte sich nicht. Und weiter rief er: »Kichererbse, öffne dein Tor!« aber die Tür blieb geschlossen, wie sie war. Immer weiter nannte er eine Frucht nach der andern, bis er alle Namen von Kornfrüchten genannt hatte. Allein an die Worte ›Sesam, öffne dein Tor!‹ konnte sein Geist sich nicht mehr erinnern. Als er nun sicher wußte, daß es nichts mehr fruchtete, alle die Namen von Körnerarten zu nennen, warf er das Gold von seiner Schulter, setzte sich wieder und dachte nach, was das wohl für ein Korn sein konnte, dessen Namen sein Bruder ihm angegeben hatte; doch es kam und kam ihm nicht in den Sinn. So blieb er eine Weile in größter Unruhe und Angst; und während alledem konnte er sich den Namen nicht in seinen Gedanken vorstellen. Dann begann er Kummer und Schmerz und Reue zu empfinden über das, was er getan hatte, als die Reue ihm nichts mehr nützte. Und er sprach: »Wäre ich doch mit dem zufrieden gewesen, was mein Bruder mir anbot! Hätte ich doch von der Gier gelassen, die mich nun ins Verderben stürzen wird!« Dabei schlug er sich immerfort ins Gesicht, raufte sich den Bart, zerriß seine Gewänder, streute Staub auf sein Haupt und weinte Tränen in Strömen. Bald schrie und klagte er, so laut er nur konnte; bald weinte er still in seinem Schmerze. Die Stunden wurden ihm lang, die er so in dieser Not verbrachte; ja, während die Zeiten verstrichen, kam ihm jede Minute, die dahinging, wie eine lange Spanne Zeit vor. Je länger er in der Schatzhöhle war, desto mehr nahmen Furcht und Angst in ihm zu, bis er schließlich an seiner Rettung verzweifelte. Und da sprach er: »Ich muß umkommen, daran ist kein Zweifel; es gibt keinen Weg zur Befreiung aus diesem engen Gefängnis!«

Wenden wir uns nun von ihm zu den Räubern! Die hatten inzwischen eine Karawane angetroffen, in der sich Kaufleute mit ihren Waren befanden. Die plünderten sie aus, und so machten sie große Beute. Darauf begaben sie sich nach der Schatzhöhle, um ihren Raub dort zu bergen, wie es ihre Gewohnheit war. Doch als sie in ihre Nähe kamen, erblickten sie die Maultiere, die dort mit den Kisten beladen standen. Da sie Verdacht schöpften und die Sache ihnen nicht geheuer vorkam, so stürmten sie wie ein Mann auf sie los. Die Maultiere flüchteten und zerstreuten sich im Gebirge; die Räuber aber kümmerten sich nicht mehr um sie, sondern hielten ihre Pferde an, saßen ab und zogen ihre Schwerter, um vor den Besitzern der Maultiere auf der Hut zu sein, da sie argwöhnten, es könnten ihrer viele sein. Weil sie nun draußen vor der Schatzhöhle niemanden sahen, so näherten sie sich der Tür. Als jedoch Kâsim das Getrappel der Pferde und die Stimmen der Männer hörte, lauschte er hin und war bald sicher, daß es die Räuber waren, von denen sein Bruder ihm erzählt hatte. Da hoffte er entrinnen zu können, und mit der Absicht, rasch davonzulaufen, verbarg er sich dicht hinter der Tür, bereit zu fliehen. Dann trat der Räuberhauptmann vor und sprach: »Sesam, öffne dein Tor!« Als die Tür sich auftat, sprang Kâsim hervor, um dem Unheil zu entrinnen und die Rettung zu gewinnen. Doch wie er hervorsprang, traf er auf den Hauptmann und stieß ihn zu Boden. Eilends rannte er zwischen den Räubern hindurch; er kam auch am ersten, zweiten und dritten vorbei, aber es waren ja vierzig Mann, und er konnte doch nicht ihnen allen entwischen. Einer von ihnen trat ihm entgegen und stieß ihm die Lanze durch die Brust, so daß die Spitze ihm blinkend zum Rücken herausfuhr; so fand Kâsim den Tod. Das ist der Lohn eines Mannes, den die Begier überwältigt und der auf Tücke und Verrat wider seinen Bruder sinnt! Als darauf die Räuber in die Schatzhöhle eintraten und sahen, was dort weggenommen war, ergrimmten sie gewaltig, und die meisten glaubten, daß der getötete Kâsim ihr Widersacher sei und auch all das genommen habe, was an ihrem Besitze fehlte. Aber sie konnten es nicht begreifen, wie er an diesen unbekannten, abgelegenen und versteckten Ort hatte gelangen können und wie er das Geheimnis, um die Tür zu öffnen, erfahren hatte; denn niemand als Allah, der Gepriesene und Erhabene, kannte es außer ihnen. Als sie ihn nun tot dahingestreckt und regungslos daliegen sahen, freuten sie sich und beruhigten sich wieder; denn sie glaubten, jetzt werde kein anderer als er mehr kommen und in die Schatzhöhle eindringen. Und sie sprachen: »Preis sei Allah, der uns vor diesem verfluchten Kerl Ruhe verschafft hat!« Um nun andere durch seine Bestrafung zu warnen und abzuschrecken, zerschnitten sie seinen Leib in vier Teile und hängten sie hinter der Tür auf, als warnendes Beispiel für einen jeden, der es wagen würde, diese Stätte zu betreten. Darauf gingen sie wieder hinaus, und die Tür schloß sich, wie sie zuvor gewesen war. Dann bestiegen sie ihre Pferde und ritten ihres Weges.

Lassen wir sie dahinziehen und wenden wir uns nun zu der Frau Kâsims! Die saß den ganzen Tag da und wartete auf ihn, voller Hoffnung, ihr Ziel zu erreichen, und voller Erwartung, die weltlichen Güter, die sie begehrte, bald zu besitzen, bereit, die Dinare und die geliebten Goldstücke zu greifen. Als es jedoch Abend ward, und er immer noch ausblieb, ward sie unruhig und ging zu Ali Baba; dem erzählte sie, ihr Mann sei am Morgen ins Gebirge gezogen und bis zu dieser Stunde noch nicht heimgekehrt, und darum fürchte sie, es könne ihm ein Hindernis begegnet oder ein Unglück geschehen sein. Ali Baba beruhigte sie, indem er sprach: »Sorge dich nicht! Wenn er bis zu dieser Stunde ausgeblieben ist, so hat er sicher seine Gründe. Ich glaube, er zögert, bei Tage in die Stadt zu kommen, weil er fürchtet, sein Geheimnis könnte offenbar werden; und er will nur bei Nacht hereinkommen, um sein Vorhaben im Verborgenen auszuführen. Es wird nur noch eine kurze Weile dauern, dann wirst du ihn sehen, wie er mit dem Golde zu dir heimkehrt. Als mir berichtet wurde, er wolle ins Gebirge gehen, da habe ich es mir versagt, auch hinaufzusteigen, wie ich es sonst zu tun pflege, damit er nicht durch meine Gegenwart gestört würde und glauben könnte, ich wollte ihm nachspüren. Der Herr mache ihm leicht, was schwer ist, und führe seine Sache zu einem guten Ende! Du aber, geh in dein Haus zurück und befürchte nichts! So Gott will, wird sich alles zum Guten wenden. Dann wirst du sehen, wie er unversehrt und von Beute beschwert zu dir zurückkommt!« Die Frau Kâsims kehrte nun in ihr Haus zurück, aber sie war doch noch unruhig. Dort setzte sie sich betrübt nieder, mit tausend Seufzern im Herzen wegen des Ausbleibens ihres Mannes; sie begann, sich lauter düstere Gedanken zu machen und die schlimmsten Erwartungen zu hegen, bis die Sonne unterging und es dunkel ward und die Nacht hereinbrach, ohne daß sie ihn hätte heimkehren sehen. Da wollte sie sich nicht zur Ruhe legen und verbannte den Schlaf von ihren Augen, weil sie nur auf ihn wartete. Als aber zwei Drittel der Nacht vergangen waren und sie ihn immer noch nicht zurückkehren sah, gab sie die Hoffnung auf sein Kommen auf und hub an, zu weinen und zu klagen. Doch sie enthielt sich, so laut zu schreien, wie es sonst die Frauen zu tun pflegen; denn sie befürchtete, die Nachbarn könnten davon erfahren und sie dann nach dem Grunde ihres Weinens fragen. So verbrachte sie die Nacht wachend und klagend, in Unruhe, Trauer und Sorgen, in Furcht und Kummer, – eine böse Nacht! Doch als sie bemerkte, daß der Morgen begann, eilte sie sogleich zu Ali Baba und tat ihm kund, daß sein Bruder nicht heimgekehrt sei; während sie sprach, rannen ihr in ihrem Kummer die Tränen in Strömen, und sie war in unsäglicher Not. Als Ali Baba vernommen hatte, was sie ihm berichtete, rief er: »Es gibt keine Macht und es gibt keine Majestät außer bei Allah dem Erhabenen und Allmächtigen! Jetzt bin ich ratlos, weil er bis zu dieser Zeit ausgeblieben ist. Doch ich will selbst hingehen und nachforschen, wie es um ihn steht; dann will ich dir die volle Wahrheit über ihn berichten. Möge Allah der Beschützer zum Guten sein, und nicht der Gegner zu Not und Pein!« Darauf rüstete er sofort seine Esel, nahm seine Axt und begab sich auf das Gebirge, wie er es jeden Tag zu tun pflegte. Als er sich jedoch dem Tore der Schatzhöhle näherte und dort keine Maultiere fand, aber Blutspuren entdeckte, da gab er alle Hoffnung für seinen Bruder auf und war von seinem Tode überzeugt. Er trat an die Tür heran;

doch dabei war er voll Angst und ahnte, was geschehen war. Kaum hatte er gerufen: »Sesam, öffne dein Tor!« da tat sich durch diese Worte schon die Tür auf, und er entdeckte den Leichnam Kâsims, der in vier Teile zerstückelt war und hinter der Tür hing. Bei diesem Anblick lief ein Schauer über seinen Leib, seine Zähne schlugen aufeinander, und seine Lippen zuckten zusammen; und fast wäre er vor Schrecken und Grauen ohnmächtig geworden. Schmerzlicher Kummer um seinen Bruder überkam ihn, und er ward um seinetwillen tief betrübt. Da sprach er dann: »Es gibt keine Macht und es gibt keine Majestät außer bei Allah dem Erhabenen und Allmächtigen! Wir sind Gottes Geschöpfe, und zu Ihm kehren wir zurück. Niemand entgeht dem, was geschrieben steht. Und was einem Manne im Verborgenen bestimmt ist, das muß an ihm erfüllt werden.« Doch dann sah er ein, daß es jetzt nichts nutzte noch frommte, zu weinen und zu trauern, und daß es das beste und nötigste war, die Kräfte des Verstandes zusammenzunehmen und den rechten Plan und einen festen Entschluß zu fassen. Und so dachte er zunächst daran, daß es ihm als eine religiöse Pflicht des Islams obliege, seinen Bruder in das Leichentuch zu hüllen und zu begraben. Alsbald nahm er die vier Teile der zerstückelten Leiche, lud sie auf seine Esel und bedeckte sie mit einigen von den Stoffen des Schatzes. Dazu fügte er noch einiges von den anderen Schätzen, was nicht beschwert und doch von hohem Wert. Zuletzt ergänzte er die Lasten seiner Esel mit Brennholz. Dann wartete er eine ganze Weile, bis die Nacht anbrach. Als es aber dunkel geworden war, zog er zur Stadt und ging hinein, tiefer betrübt als eine Mutter, die ihr Kind verloren hat, ohne zu wissen, was er mit der Leiche tun, ja, was er überhaupt beginnen solle. So trieb er denn, versunken im Meere der quälenden Gedanken, seine Esel dahin, bis er vor dem Hause seines Bruders anhielt. Er klopfte an die Tür, und es öffnete ihm eine braune abessinische Sklavin, die dort als Dienerin war. Die war eine der schönsten Sklavinnen, von anmutigem Aussehen, von lieblichem Wuchs, jung an Jahren, von hübschem Gesichte, mit geschminkten Augenwimpern und in jeder Hinsicht vollkommen; aber noch mehr als das, sie hatte auch klare Einsicht, durchdringenden Verstand, hohen Sinn und tapferen Mut zur Zeit der Not, und im Ersinnen von Mitteln und Wegen übertraf sie den erfahrensten und klügsten Mann. Die Geschäfte des Hauses waren ihr überlassen, und die Beschaffung dessen, was gebraucht wurde, war ihr anvertraut. Als nun Ali Baba in den Hof trat, sprach er zu ihr: »Jetzt gilt es, dich zu zeigen, Mardschâna! Wir brauchen deine Hilfe in einer wichtigen Sache, die ich dir vor deiner Herrin erklären will. Komm mit mir herein, damit ich zu dir sprechen kann.« Darauf ließ er die Esel im Hofe, ging zu der Frau seines Bruders hinauf, während Mardschâna ihm folgte, verwirrt und ungewiß über das, was sie von ihm gehört hatte. Als aber die Frau Kâsims ihn erblickte, rief sie: »Was bringst du, Ali Baba, Gutes oder Schlimmes? Hast du eine Spur von ihm gefunden oder eine Kunde über ihn erhalten? Schnell, beruhige mich, kühle das Feuer meines Herzens!« Doch wie er mit der Antwort zauderte, erkannte sie schon, wie es in Wahrheit stand; und sie begann zu schreien und zu klagen. Er aber sprach zu ihr: »Enthalte dich jetzt des Schreiens, erhebe deine Stimme nicht, auf daß die Leute nichts von uns erfahren und du uns nicht alle ins Verderben bringst!« Darauf erzählte er ihr, wie es stand und was er erlebt hatte; wie er die Leiche seines Bruders, in vier Teile zerstückelt und drinnen in der Schatzhöhle hinter der Tür aufgehängt, gefunden hatte. Dann fuhr er fort: »Denke daran und sei gewiß, daß unser Gut und unser Leben und unsere Angehörigen die Gaben Allahs sind! Glück und Unglück werden uns anvertraut. Es geziemt uns zu danken, wenn Er gibt, und auszuharren, wenn Er heimsucht. Trauer ruft keinen Toten ins Leben zurück und wehrt keinen Kummer von uns ab. Darum liegt es dir ob, auszuharren. Auf das Ausharren muß Glück und Heil folgen. Sich den Beschlüssen Allahs zu fügen, ist besser als zu jammern und sich zu widersetzen. Jetzt aber ist dies der rechte und richtige Plan: ich werde dir zum Ehemann und nehme dich als Gattin an. Ich will dich heiraten, und meiner Frau wird es nicht leid tun, denn sie ist verständig und züchtig im Denken und

Handeln, sie ist fromm und gottesfürchtig. Dann wollen wir alle zusammen eine Familie sein, und – Gott sei Dank! – wir haben ja Geld und Gut genug, daß wir uns nicht zu mühen und plagen und quälen brauchen, um unseren Lebensunterhalt zu verdienen. Darum sollen wir dem Geber danken, der uns gespendet hat, und Ihn für das preisen, was Er uns gnädig gewährt hat!« Wie die Frau Kâsims die Worte Ali Babas vernommen hatte, wurden die Trauer und der tiefe Schmerz, den sie empfand, ein wenig beruhigt; sie hörte auf zu weinen, trocknete ihre Tränen und sprach zu ihm: »Ich will dir ein folgsames Weib und eine gehorsame Dienerin sein. Was immer du für richtig hältst, dem will ich mich fügen. Doch was soll jetzt mit dieser Leiche geschehen?« Er gab ihr zur Antwort: »Die Sache des Toten überlasse deiner Sklavin Mardschâna; du weißt doch, wie groß ihr Verstand, wie trefflich ihre Einsicht ist, wie richtig sie planen kann, wie geeignet sie ist, Mittel und Wege zu finden!« Dann verließ er sie und ging seiner Wege.

Als die Sklavin Mardschâna diesen Worten zugehört hatte und auf ihren Herrn, der tot und gevierteilt war, blickte und als sie ferner den Grund von alledem genau verstanden hatte, beruhigte sie ihre Herrin, indem sie sprach: »Sorge dich nicht, sei ruhig! Ich werde mich seiner annehmen. Ich werde dir alles so einrichten, daß wir Ruhe finden und daß der Schleier des Geheimnisses nicht von uns genommen wird.« Darauf ging sie fort und begab sich zu einem Spezereihändler, der in derselben Straße wohnte; das war ein alter, hochbetagter Mann, berühmt ob seiner Kenntnisse in allen Arten der Heilkunst und Arzneiwissenschaft, von dem man wußte, daß er eine reiche Erfahrung darin hatte, Arzneien zu bereiten, und daß er alle Drogen und Heilkräuter kannte. Von ihm forderte sie eine Paste, wie sie nur bei schweren Krankheiten verschrieben wird. Da fragte er sie: »Wer hat diese Paste in eurem Haushalte nötig?« Sie antwortete: »Mein Herr Kâsim ist von einer schweren Krankheit betroffen, die ihn ganz und gar niedergeworfen hat, so daß er jetzt wohl dem Ende nahe ist.« Der Drogist reichte ihr nun die Paste mit den Worten:

»Möge Allah dadurch Heilung schaffen!« Sie nahm das Mittel aus seiner Hand entgegen, zahlte ihm einige Dirhems dafür und kehrte nach Hause zurück. Am nächsten Morgen früh ging sie wieder zu dem Spezereienhändler und forderte von ihm eine Arznei, die nur dann eingegeben wird, wenn alle Hoffnung geschwunden ist. Als er fragte: »Hat denn die Paste von gestern nichts genützt?« gab sie zur Antwort: »Nein, bei Allah! Mein Herr liegt in den letzten Zügen; er kämpft mit dem Tode. Und meine Herrin hat schon begonnen zu weinen und zu klagen.« Er gab ihr die Arznei, und nachdem sie sie in Empfang genommen und den Preis dafür bezahlt hatte, ging sie fort. Sie begab sich jedoch zu Ali Baba und erzählte ihm, was für eine List sie angewandt hatte, und sie empfahl ihm, er möge jetzt oft zum Hause seines Bruders kommen und dabei Trauer und Kummer zur Schau tragen. Er befolgte ihren Rat, und als die Leute des Stadtviertels ihn sahen, wie er im Hause seines Bruders aus und ein ging mit den Zeichen der Trauer im Gesichte, fragten sie ihn, was der Grund davon sei. Er erzählte ihnen von der Krankheit seines Bruders und daß sein Leiden sehr schwer sei. Die Kunde verbreitete sich bald in der Stadt, und die Leute begannen davon zu reden. Am nächsten Morgen aber ging Mardschâna vor Anbruch der Dämmerung fort, schritt durch die Straßen der Stadt dahin, bis sie zu einem Schuhflicker kam, namens Scheich Mustafa, einem alten Manne, der einen dicken Schädel, einen kurzen Leib und einen langen Bart auf Kinn und Lippen hatte. Der pflegte immer seinen Laden früh zu öffnen, als erster im Basar; und die Leute wußten auch, daß er diese Gewohnheit hatte. Zu ihm also ging die Sklavin; sie grüßte ihn mit ausgesuchter Höflichkeit und legte ihm ein Goldstück in die Hand. Als Scheich Mustafa es glänzen sah, betrachtete er es eine Weile in der Hand und sprach: »Dies ist ein gesegneter Anfang!« Und da er merkte, daß sie ein Anliegen an ihn hatte, sprach er zu ihr: »Tu mir kund, was du für Wünsche hast, du Herrin der Sklavinnen, damit ich sie dir erfülle!« »O Scheich«, erwiderte sie, »nimm Faden und Nadeln, wasche deine Hände, lege deine Sandalen an, und laß mich dir die

Augen verbinden! Dann mache dich auf und komm mit mir, um ein gutes Werk zu tun, das dir mit irdischem und himmlischem Lohne winkt, ohne daß es dir den geringsten Schaden bringt!« Er fuhr fort: »Wenn du von mir etwas verlangst, an dem Allah und der Prophet Gefallen haben, so will ich es herzlich gern tun und dir nicht widersprechen. Ist es aber ein Verbrechen oder ein Vergehen, ein schuldbringend oder sündhaft Versehen, so will ich dir darin nicht Folge leisten; dann suche dir jemand anders, daß er es vollbringt!« »Nein, bei Allah, o Scheich Mustafa«, sagte sie darauf, »es gehört zu den erlaubten und gestatteten Dingen; hab keine Besorgnis!« Mit diesen Worten drückte sie ihm ein zweites Goldstück in die Hand. Sobald er das erblickte, konnte er nicht mehr widersprechen noch sich entziehen; er sprang auf die Füße und sprach zu ihr: »Ich stehe dir zu Diensten; was du mir nur immer befiehlst, werde ich für dich tun.« Darauf verschloß er seine Ladentür und nahm, was er an Faden, Nadeln und anderen Nähwerkzeugen nötig hatte. Mardschâna aber hatte eine Binde bereit gehalten; die holte sie jetzt rasch hervor und verband ihm damit die Augen, wie verabredet war, damit es ihm unmöglich wäre, den Ort zu erkennen, zu dem sie mit ihm gehen wollte. Dann nahm sie ihn bei der Hand und führte ihn fort, während er hinter ihr ging, durch die Straßen und Gassen; und er glich einem Blinden, der nicht wußte, wohin er ging, noch was damit bezweckt wurde. So gingen die beiden zusammen dahin, bald schlug sie einen Weg nach rechts ein, bald bog sie nach links ab, indem sie absichtlich einen Umweg wählte, um ihn zu verwirren und ihn nicht wissen zu lassen, wohin sie mit ihm ging. Immer weiter führte sie ihn in dieser Weise, bis sie bei dem Hause des dahingeschiedenen Kâsim haltmachte. Dort klopfte sie leise an die Tür, und im selben Augenblicke ward ihr aufgemacht. Da führte sie den Scheich Mustafa hinein und brachte ihn in den Raum, in dem der Leichnam ihres Herrn lag. Sobald er dort stille stand, löste sie ihm die Binde von den Augen. Als aber der Scheich Mustafa die Augen öffnete und sich an einem Orte sah, den er nicht kannte, und nun gar vor sich die Leiche eines erschlagenen Mannes schaute, geriet er in Angst, und sein Leib erbebte. Doch Mardschâna sprach zu ihm: »Fürchte dich nicht, Alterchen; dir geschieht kein Leid! Von dir wird nur gewünscht, daß du die Teile dieses getöteten Mannes fest aneinandernähst und seine Glieder zusammenfügst, so daß sein Leib wieder aus einem Stück besteht.« Mit diesen Worten reichte sie ihm das dritte Goldstück. Scheich Mustafa nahm es, legte es in seine Brusttasche und sprach bei sich selber: ›Jetzt gilt es, sich zusammenzunehmen und den rechten Entschluß zu fassen. Ich bin an einem Orte, den ich nicht kenne, und unter Leuten, von denen ich nicht weiß, was sie vorhaben. Handle ich ihnen zuwider, so werden sie mir sicher ein Leids antun; und so bleibt mir nichts übrig, als mich dem zu fügen, was sie verlangen. Auf alle Fälle bin ich ja an dem Blute dieses erschlagenen Mannes unschuldig, und die Bestrafung seines Mörders steht bei Allah, dem Gepriesenen und Erhabenen. Und schließlich, es ist doch keine Sünde, einen Leichnam zusammenzunähen; deswegen kann keine Schuld auf mich kommen und keine Strafe mich treffen!‹ Also setzte er sich nieder und begann die Teile des Getöteten zu nähen, und er fügte sie zusammen, bis sie wieder ein vollständiger Leib wurden. Wie er dann mit seiner Arbeit fertig war und seine Aufgabe erfüllt hatte, legte Mardschâna ihm wieder die Binde um die Augen, nahm ihn bei der Hand und führte ihn zur Gasse hinab. Dann ging sie mit ihm von Straße zu Straße, bog in eine Gasse nach der anderen ein und leitete ihn bis zu seinem Laden zurück, noch ehe die Leute aus ihren Häusern kamen, so daß keiner sie beobachten konnte. Als sie dann wieder bei dem Laden ankam, nahm sie ihm die Binde von den Augen und sprach zu ihm: »Hüte dies Geheimnis! Nimm dich in acht, darüber zu sprechen oder von dem, was du gesehen hast, zu erzählen; schwätze nicht viel von dem, was dir nichts besagt, sonst kann dir begegnen, was dir nicht behagt!« Darauf gab sie ihm das vierte Goldstück, verließ ihn und ging fort. Als sie wieder zu Hause ankam, holte sie warmes Wasser und Seife, setzte sich nieder und wusch den Leichnam ihres Herrn, bis sie ihn von dem Blute gereinigt hatte; dann zog sie ihm seine Kleider an und legte ihn auf seine Lagerstatt. Wie sie mit allem fertig war, schickte sie zu Ali Baba und seiner Frau; und als sie gekommen waren, berichtete sie ihnen, was sie getan hatte, und sie schloß mit den Worten: »Gebt jetzt den Tod meines Herrn Kâsim bekannt und tut ihn den Leuten kund!« Im selben Augenblick begannen auch die Frauen zu weinen und zu klagen, sie erhoben den Trauergesang und das Wehgeschrei und schlugen ihre Wangen, bis die Nachbarn es hörten. Nun kamen die Freunde, um an der Trauer über ihn teilzunehmen. Des Weinens ward viel, das Klagen nahm zu, das Wehgeschrei ward allgemein, und der Jammer war groß. Dann ward die Kunde von dem Tode Kâsims in der ganzen Stadt bekannt; die Freunde sprachen Segenswünsche über ihn aus, doch die Feinde zeigten ihre Schadenfreude. Nach einer Weile kamen die Leichenwäscher, um ihn gemäß dem religiösen Brauche zu waschen. Doch Mardschâna ging zu ihnen hinunter und sagte ihnen, er sei schon gewaschen, gesalbt und mit dem Leichentuche bekleidet; und dabei gab sie ihnen als ihren Lohn mehr, als man sonst zu geben pflegte. Die Leute zogen mit frohem Sinn wieder ab, und obgleich sie den Grund nicht einsahen, fragten sie doch nicht nach dem, was sie nichts anging. Darauf brachten die Leute die Bahre, holten die Leiche herunter, legten sie darauf und trugen sie zum Friedhofe, während die Einwohner seinem Leichenzuge folgten, Mardschâna aber mit den anderen Frauen sowie die Klageweiber hinterdrein gingen und weinten und klagten, bis man zu der Grabstätte kam. Dort gruben sie ihm ein Grab und bestatteten ihn – die Barmherzigkeit Gottes sei mit ihm! Darauf kehrten die Leute wieder um, zerstreuten sich und gingen ihrer Wege. Auf diese Weise blieb die Ermordung Kâsims unbekannt, keiner erfuhr etwas von dem wahren Sachverhalt, und alle Leute meinten, er sei eines natürlichen Todes gestorben.

Nachdem nun die gesetzliche Wartezeit verstrichen war, heiratete Ali Baba die Frau seines Bruders, ließ die Eheurkunde für sie schreiben und vermählte sich mit ihr. Die Leute fanden sein Tun schön, und sie schrieben es seiner großen Liebe zu seinem

Bruder zu. Danach schaffte er seinen Hausrat in ihr Haus hinüber und wohnte dort mit ihr und seiner ersten Frau; auch brachte er das Geld, das er aus der Schatzhöhle mitgenommen hatte, hinüber. Dann dachte er nach, was aus dem Laden seines dahingeschiedenen Bruders werden sollte. Allah hatte ihm einen Sohn geschenkt, der jetzt zwölf Jahre alt war; der war früher bei einem Kaufherrn in die Lehre gegangen und hatte von ihm das Kaufmannsgeschäft gelernt, so daß er gut darin Bescheid wußte. Da nun sein Vater jemanden nötig hatte, der den Laden hütete, nahm er ihn von dem Kaufherrn fort und ließ ihn in dem Laden sitzen, um zu verkaufen und zu kaufen; er übergab ihm alle Güter und Waren, die der Oheim hinterlassen hatte, und er versprach auch, ihn zu vermählen, wenn es mit seinem Tun gut und erfolgreich stehe und wenn er den Weg des Rechtes und der Tugend gehe.

Wenn wir uns nun von diesen wieder zu den Räubern wenden, so sehen wir, daß sie nach einer kurzen Weile zu der Schatzhöhle zurückkehrten. Als sie eintraten und die Leiche Kâsims nicht mehr fanden, wußten sie, daß noch ein anderer von ihren Widersachern um ihr Tun wußte, daß der Tote Genossen gehabt haben mußte, und daß ihr Geheimnis nun unter den Menschen bekannt wurde. Der Gedanke lastete auf ihnen, und sie empfanden bitteren Kummer. Dann sahen sie nach, was aus der Schatzhöhle fortgenommen war, und fanden, daß es doch auf eine beträchtliche Menge kam; darüber waren sie sehr erzürnt, und nun sprach der Hauptmann zu ihnen: »Ihr Degen, ihr Männer im Kampf und Streit verwegen, jetzt ist eure Zeit gekommen, auf daß ihr Blutrache nehmt! Wir glaubten, es sei nur ein Mann gewesen, der die Tür geöffnet hat, aber nun sind es doch mehrere gewesen; nur kennen wir die Zahl der Leute nicht und wissen nicht, wo ihre Wohnstätte ist. Sollen wir uns in Gefahr begeben und unser Leben in die Schanze schlagen, um Schätze zu sammeln, und sollen dann andere Leute den Nutzen davon haben, ohne Plage, ohne Mühe? Das ist doch etwas zu Arges, das wir nicht ertragen können! Wir müssen also auf Mittel und Wege sinnen, durch die wir an unseren Feind herankommen, und wenn wir ihm begegnen, so wollen wir blutige Rache an ihm nehmen. Ja, ich will ihn mit diesem Schwerte erschlagen, mag es auch den Untergang für mich bedeuten. Jetzt ist die Zeit da, sich zu mühen, sich mannhaft, tapfer und tüchtig zu zeigen! Zerstreut euch, zieht in Dörfer und Flecken, in große Städte und weite Länderstrecken, sucht Nachrichten zu erhalten, fragt, ob ein Armer reich geworden ist oder ob ein Erschlagener begraben ist. Es ist möglich, daß ihr so unserem Feinde auf die Spur kommt und daß Allah euch mit ihm zusammenführt. Ganz besonders brauchen wir jetzt einen listigen und verschlagenen Mann, der wahren Mannesmut besitzt, der dazu bestimmt werden soll, diese Stadt zu durchforschen; denn unser Widersacher ist einer von ihren Einwohnern, das steht fest und ist ganz sicher. Dieser Mann muß sich als Kaufmann verkleiden, unauffällig in die Stadt hineingehen und in ihr Nachrichten zu erhalten suchen; er muß danach fragen, wie es in ihr aussieht, was für Ereignisse sich in ihr begeben haben, wer in der letzten Zeit dort gestorben oder getötet ist, was für Verwandte er hat, wo sein Haus steht und wie es ihm ergangen ist. Vielleicht wird das uns zum Ziele führen; denn die Sache des Getöteten kann nicht verborgen bleiben; die Kunde davon muß schon in der Stadt verbreitet sein, groß und klein wird von seiner Geschichte wissen. Wenn nun der Kundschafter unseren Feind in seine Gewalt bringt oder uns benachrichtigt, wo er weilt, so soll ihm ein hoher Vorrang unter uns zuteil werden, ich werde ihm seinen Rang und seine Würde erhöhen und ihn zu meinem Nachfolger machen. Wenn er aber seine Aufgabe nicht erfüllt, sein Versprechen nicht hält und unsere Erwartungen enttäuscht, so werden wir wissen, daß er ein dummer Tropf und von schwachem Verstande ist, daß er bei kluger Tat versagt und eine schwierige Sache nicht ausführen kann; und dann werden wir ihn für sein schlechtes Tun und seinen Mangel an Eifer bestrafen. Ja, wir werden ihn eines schimpflichen Todes sterben lassen; denn wir brauchen keinen, der wenig Mut besitzt, und es frommt nicht, einen zu behalten, der keine Einsicht hat. Ein guter Räuber ist nur der Mann, der andere übertrifft und der in allen Künsten und Listen erfahren ist. Was meint ihr dazu, ihr Tapferen? Und wer von euch tritt freiwillig vor, um diesen schweren, gefährlichen Auftrag zu übernehmen?« Als sie seine Worte und seine Ansprache gehört hatten, waren sie mit seinem Plan einverstanden; sie nahmen die Bedingungen an, die er ihnen vorgeschlagen hatte, beschworen sie und versprachen, sie zu halten. Darauf trat einer von ihnen vor, ein Bursche von hohem Wuchs und breitem Leib, um diesen schwierigen und steinigen Weg zu übernehmen; er nahm auch die Bedingungen auf sich, die bereits genannt wurden und über die man sich geeinigt hatte. Da küßten die anderen ihm die Füße, erwiesen ihm hohe Ehre, priesen seinen Mut und seine Tapferkeit und lobten seine treffliche Entscheidung und Entschlossenheit; sie dankten ihm für den kühnen Mut in seiner Männerbrust und bewunderten seine kraftvolle Abenteuerlust. Dann ermahnte der Hauptmann ihn, ruhig und entschlossen zu sein und Trug, Verschlagenheit und geheime Listen zu gebrauchen; er lehrte ihn, wie er in die Stadt als Kaufmann gehen solle, um dort dem äußeren Scheine nach Handel zu treiben, im geheimen aber zu spionieren. Nachdem er ihm alle diese Ermahnungen gegeben hatte, ließ er ihn davonziehen, und die Räuber zerstreuten sich.

Jener Räuber aber, der sich freiwillig erboten hatte, sein Leben für seine Brüder aufs Spiel zu setzen, legte Kaufmannsgewänder an, verkleidete sich so und verbrachte die Nacht in der Absicht, sich in die Stadt zu begeben. Als nun die Nacht zu Ende ging und die Morgendämmerung anbrach, zog er dahin, auf den Segen Allahs des Erhabenen vertrauend, geradenwegs auf das Stadttor zu, ging in der Stadt durch Straßen und über Plätze, durchschritt die Basare und die Gassen, während die meisten Einwohner noch in süßen Schlummer versunken waren. So ging er immer weiter dahin, bis er zu dem Basar kam, in dem Hâddsch Mustafa, der Schuhflicker, seinen Laden hatte. Er bemerkte, daß der seinen Laden bereits aufgemacht hatte und dasaß, mit dem Flicken von Sandalen beschäftigt; denn er pflegte, wie wir schon erzählt haben, früh zum Basar zu gehen und eher als die anderen Leute des Viertels aufzumachen. Zu dem ging der Kundschafter hin und begrüßte ihn mit schönen Worten, indem er ihm überschwengliche Ehre erwies und sprach: »Allah segne deinen Eifer und kröne dich mit hoher Ehre! Du bist ja der allererste im Basar, der seinen Laden öffnet!« »Mein Sohn«, erwiderte Scheich Mustafa, »eifrige Arbeit ist für den Erwerb des Lebensunterhaltes besser als Schlafen. So pflege ich jeden Tag zu tun.« Der Räuber fuhr fort: »Aber, Alterchen, ich wundere mich, wie du zu dieser Zeit so gut nähen kannst, ehe die Sonne aufgegangen ist, obgleich du doch sicher nicht gut sehen kannst bei deinem hohen Alter und bei dem Mangel des Tageslichts.« Wie Scheich Mustafa diese Worte von ihm vernahm, fuhr er ihn zornig an, und indem er einen grimmigen Blick auf ihn warf, sprach er: »Ich glaube, du bist ein Fremdling in dieser Stadt; denn wenn du ein Einheimischer wärest, so würdest du nicht solche Reden führen. Ich bin bekannt bei reich und arm wegen meiner scharfen Augen; ich bin berühmt bei groß und klein wegen meiner trefflichen Geschicklichkeit in der Kunst des Nähens; ja, neulich haben mich sogar Leute geholt, damit ich ihnen an einem dunklen Orte einen Toten zusammennähen sollte, und ich habe ihn gut genäht. Wenn ich nicht so scharf sehen könnte, so hätte ich das nicht tun können!«

Kaum hatte der Räuber diese Worte vernommen, da freute er sich, daß er schon ans Ziel gekommen; denn er wußte nun, daß die göttliche Vorsehung ihn so geleitet hatte, daß er sogleich auf den traf, den er suchte. So sprach er denn zu ihm, indem er sich verwundert zeigte: »Du irrst dich wohl, Alterchen; ich glaube, du hast doch nur das Leichentuch genäht, denn ich habe noch nie davon gehört, daß ein Toter genäht würde.« Der Alte versetzte darauf: »Ich habe die reine Wahrheit gesagt und nur berichtet, was sich zugetragen hat. Aber es scheint mir, daß du die Absicht hast, die Geheimnisse der Menschen auszuspüren. Wenn das deine Absicht ist, so geh fort von mir und versuche deine Listen bei jemand anders! Vielleicht findest du gar, ich wäre geschwätzig und wortreich; aber ich heiße der Schweiger, ich verrate nie, was ich geheimhalten will, ich werde dir also nichts davon erzählen!« Dadurch ward der Räuber in seiner festen Überzeugung bestärkt, daß jener Tote der Mann gewesen sein müsse, den sie bei der Schatzhöhle getötet hatten, und er sprach weiter zu Scheich Mustafa: »O Scheich, ich habe nach deinen Geheimnissen kein Verlangen; und wenn du darüber schweigst, so ist es besser. Denn es heißt: Ein Geheimnis zu verbergen gehört zu den Eigenschaften der Frommen. Ich wünsche von dir nur, daß du mich zu dem Hause dieses Toten führest; vielleicht ist er einer von meinen Verwandten oder Bekannten, und da wäre es doch meine Pflicht, seinen Angehörigen meine Trauer über ihn auszusprechen. Ich bin seit langer Zeit von dieser Stadt fern gewesen, und ich weiß nicht, was in ihr während der Zeit meines Fernseins geschehen ist.« Dann steckte er seine Hand in seine Tasche und holte ein Goldstück heraus; das drückte er dem Scheich Mustafa in die Hand. Doch der wollte es nicht annehmen, sondern er sprach zu dem Räuber: »Du fragst mich nach etwas, das ich dir nicht beantworten kann. Denn man hat mich erst dann zu dem Hause des Toten geführt, nachdem man mir eine Binde um die Augen gelegt hatte, und darum kenne ich den Weg nicht, der dorthin führt.« Da hub der Räuber wieder an: »Das Goldstück schenke ich dir, ob du mir meinen Wunsch erfüllest oder nicht. Nimm es, Gott segne es dir! Ich brauche es nicht zurück. Doch vielleicht ist es möglich, daß du, wenn du ein wenig nachdenkst, mich auf den Weg leiten kannst, den du gegangen bist, während deine Augen geschlossen waren.« Scheich Mustafa erwiderte: »Das ist mir nur möglich, wenn du mir eine Binde um die Augen legst, wie jene es damals mit mir getan haben. Denn daran kann ich mich noch erinnern, wie man mich bei der Hand faßte, und wie man mich führte und wie man mit mir zur Seite abbog und wie man mich dann stillstehen ließ. So werde ich dann vielleicht doch zu dem Orte, den du suchst, hingeleitet und kann ihn dir zeigen.« Der Räuber freute sich, als er diese Worte hörte, war vergnügt und reichte dem Scheich Mustafa ein zweites Goldstück, indem er zu ihm sprach: »Wir wollen es so machen, wie du gesagt hast!« Darauf sprangen die beiden auf die Füße, Scheich Mustafa schloß seinen Laden, der Räuber nahm eine Binde und legte sie dem Alten um die Augen. Dann faßte er ihn bei der Hand und ging mit ihm weiter; dabei lenkte Scheich Mustafa den Räuber bald zur Rechten, bald bog er mit ihm nach links ab, und dann wieder ging er geradeaus, ganz so, wie die Sklavin Mardschâna damals mit ihm gegangen war, bis er schließlich in eine kleine Gasse gelangte, in der er ein paar Schritte vorwärts ging und dann stehen blieb. Nun sagte er zu dem Räuber: »Ich glaube, an dieser Stelle bin ich damals stehengeblieben.« Da löste der Räuber die Binde von seinen Augen, und siehe da, die Vorsehung hatte es wirklich so gefügt, daß der Schuhflicker jetzt gegenüber dem Hause des unglücklichen Kâsim stand. »Kennst du den Herrn dieses Hauses?« fragte ihn der Räuber. »Nein, bei Allah«, erwiderte er, »diese Straße ist zu weit von meinem Laden; ich kenne auch die Leute dieses Stadtviertels nicht.« Darauf sprach der Räuber ihm seinen Dank aus und gab ihm das dritte Goldstück mit den Worten: »Geh fort und sei Allah dem Erhabenen befohlen!« Scheich Mustafa kehrte also zu seinem Laden zurück, erfreut, daß er die drei Goldstücke eingeheimst hatte. Der Räuber aber blieb stehen, beobachtete das Haus und sah es sich genau an; da entdeckte er, daß die Haustür genau so aussah, wie die Türen der anderen Häuser in der Gasse. Nun befürchtete er, er könnte sie später nicht wiederfinden, und darum nahm er Kreide und machte damit ein kleines weißes Zeichen an die Tür, um sich später dadurch leiten zu lassen. Darauf kehrte er zu seinen Genossen ins Gebirge zurück, froh und heiteren Sinnes und überzeugt, daß der Auftrag, wegen dessen er ausgesandt war, ausgeführt sei und daß man jetzt nur noch die Rache zu vollstrecken brauche.

Lassen wir ihn einstweilen dort und wenden wir uns zu der Sklavin Mardschâna! Als sie aus dem Schlafe erwacht war und ihrer täglichen Gewohnheit gemäß das Frühgebet gesprochen hatte, machte sie sich an die Arbeit und ging fort, um den Tagesbedarf an Speisen und Trank zu holen. Wie sie dann vom Basar zurückkam, erblickte sie an der Haustür ein weißes Zeichen. Sie sah es genauer an, wunderte sich darüber, und etwas beunruhigt sprach sie bei sich selber: ›Es ist ja möglich, daß dies von Kinderspiel herrührt oder ein Gekritzel ist, das die Gassenbuben gemalt haben; aber am wahrscheinlichsten ist es doch, daß ein alter Feind oder ein Neider, der es böse meint, dies Zeichen gemacht hat, weil er einen schlimmen Plan bei sich trägt und eine verderbliche Absicht hegt. So wollen wir denn beschließen, ihn irrezuführen und seinen gemeinen Plan zu vereiteln.‹ Darauf nahm sie Kreide und malte auf die Haustüren der Nachbarn Zeichen genau so wie jenes, das der Räuber gezeichnet hatte. Mit diesem Zeichen versah sie etwa zehn Haustüren in der Gasse. Darauf ging sie ins Haus; doch sie sagte nichts von der Sache.

Sehn wir nun aber, was mit dem Räubersmanne geschah! Als er seine Genossen im Gebirge traf, trat er froh auf sie zu und brachte ihnen die gute Botschaft, daß ihre Hoffnung erfüllt sei und daß sie ihr Ziel erreicht hätten, da sie binnen kurzem Rache an ihrem Widersacher nehmen könnten. Dann erzählte er ihnen, wie er zufällig bei einem Schuhflicker, der den Leichnam zusammengenäht hatte, vorbeigegangen sei und wie der ihn zu dem Hause geführt und wie er selbst ein Zeichen daran gemacht habe, damit sie sich nicht irrten und die Tür nicht übersähen. Der Hauptmann dankte ihm und lobte sein mannhaftes Tun; und hocherfreut sprach er die Räuber an: »Verteilt euch in Gruppen! Legt die Kleider der gemeinen Leute an, verbergt eure Waffen, zieht zur Stadt und geht auf verschiedenen Wegen in sie hinein und sammelt euch dann in der großen Moschee! Ich will inzwischen mit diesem Manne, dem Kundschafter, das Haus unseres Widersachers suchen, und wenn wir es gefunden und sicher wiedererkannt haben, so wollen wir zu euch in die Moschee kommen. Dort wollen wir dann beraten, was zu tun ist, und wollen uns über das, was am wichtigsten ist, einigen, mag es heißen, daß wir bei Nacht das Haus überfallen, oder mag es etwas anderes sein.« Nachdem die Räuber seine Ansprache angehört hatten, erklärten sie seine Worte für gut und richtig und stimmten seinem Plane zu. Darauf verteilten sie sich, legten die Kleider der gemeinen Leute an, verbargen darunter ihre Schwerter, wie der Hauptmann ihnen befohlen hatte, und gingen auf verschiedenen Wegen in die Stadt hinein, damit die Einwohner nicht auf sie aufmerksam würden; dann trafen sie sich in der großen Moschee, gemäß ihrer Verabredung. Der Hauptmann und der Kundschafter jedoch begaben sich auf die Suche nach der Straße, in der ihr Gegner wohnte. Und als sie dort ankamen, entdeckte der Hauptmann ein Haus mit einem weißen Zeichen. Er fragte seinen Begleiter, ob dies das gesuchte Haus sei, und der bejahte es. Aber zufällig fiel sein Blick auf ein anderes Haus, und da sah er auch an dessen Tür ein weißes Zeichen. Nun fragte er den Mann: »Welches von beiden ist das Haus, das wir haben wollen, das erste oder das zweite?« Der Räuber war verwirrt und konnte keine Antwort geben. Dann ging der Hauptmann ein paar Schritte weiter, und als er mehr als zehn Häuser mit solchen Zeichen fand, fragte er: »Hast du alle diese Häuser gezeichnet oder nur eins von ihnen?« Er gab zur Antwort: »Nein, nur eins!« Da fuhr der Hauptmann fort: »Wie kommt es denn, daß es jetzt zehn und noch mehr sind?« »Ich weiß nicht, warum das ist«, erwiderte der Räuber. Weiter fragte der Hauptmann: »Kannst du zwischen diesen Häusern das herauskennen, das du mit deiner eigenen Hand gezeichnet hast?« »Nein«, antwortete er, »denn die Häuser gleichen einander und sind alle von derselben Bauart, und die Zeichen sind auch alle von derselben Gestalt.« Als der Hauptmann diese Worte vernahm, wußte er, daß es ihm nichts mehr nützen würde, noch länger dort zu warten, und daß er diesmal keine Möglichkeit hatte, Rache zu nehmen, da seine Hoffnung sich als trügerisch erwiesen hatte. So ging er denn mit dem Manne zu der Hauptmoschee und befahl seinen Kumpanen, ins Gebirge zurückzukehren, nachdem er sie ermahnt hatte, sich auf die Straßen zu verteilen, wie sie es bei ihrem Kommen getan hatten. Als sie dann im Gebirge alle wieder an ihrer gewohnten Stätte zusammengekommen waren, erzählte er ihnen, was er mit dem Räuber erlebt hatte und daß er außerstande gewesen sei, das Haus ihres Feindes wiederzuerkennen. Er schloß mit den Worten: »Jetzt liegt es uns ob, an ihm die Strafe zu vollziehen, wie es die Verabredungen, die wir miteinander getroffen haben, erfordern.« Alle stimmten ihm zu. Da nun der Räuber, der auf Kundschaft gegangen war, ein tapferer Mann war und ein unerschrockenes Herz besaß, so wich er nicht zurück, als er diese Worte hörte, und war nicht feige, sondern er trat mit festem Sinn, und ohne zu zagen, vor ihn hin und sprach: »Es ist recht, ich verdiene die Todesstrafe, da mein Plan mißglückt ist und meine Klugheit nicht ausreichte; ich habe meinen Auftrag nicht auszuführen vermocht, und so habe ich keine Lust mehr, am Leben zu bleiben. Der Tod ist besser als ein Leben in Schande.« Im selben Augenblicke zückte der Hauptmann sein Schwert, hieb auf seinen Nacken und trennte ihm das Haupt vom Rumpfe. Dann rief er: »Ihr Mannen, seid bereit zu Kampf und Streit! Wer unter euch ist ein Mann voll Tapferkeit und Heldenblut, mit kühnem Herzen und starrköpfigem Mut, der sich darbietet zu dieser Aufgabe voll großer Schwierigkeit, diesem Unternehmen voll gewaltiger Fährlichkeit? Aber kein Versager soll vortreten, kein Schwacher soll zu mir kommen, nein, nur der soll nahen, der imstande ist, mit festem Plan und voll starker Kraft zu beginnen, auf das Rechte zu sinnen und wirkende Listen zu gewinnen!« Da trat einer aus der Mannschaft hervor, der hieß Ahmed el-Ghadbân; das war ein Mann von langem Leib mit einem dikken Schädel daran, von furchtbarem Gesichte und einem Ruf voll übler Berichte, von dunkler Farbe und gräßlicher Gestalt; er hatte einen Schnauzbart wie ein Kater, der auf Mäusejagd geht, und einen Kinnbart wie ein Ziegenbock, der zwischen den Geißen und Lämmern steht. Er rief nun: »Ihr heldenhaften Leute, für diese Aufgabe bin nur ich geeignet; ich werde euch, so Gott will, die wichtige Kunde bringen und euch sicher zu dem Hause des Widersachers führen!« Der Hauptmann sagte darauf: »Wer diese Aufgabe übernimmt, muß sich auch den Bedingungen unterwerfen, die wir früher bestimmt haben. Wenn du unverrichteter

Sache zurückkehrst, so wird dir von uns nichts anderes zuteil, als daß dir der Kopf abgeschlagen wird. Kommst du aber von Erfolg gekrönt wieder, so wollen wir dich durch eine höhere Stellung ehren und dir Ansehen und Achtung mehren; alles Gute soll dir dann zuteil werden.« Darauf legte Ahmed el-Ghadbân Kaufmannskleider an und begab sich vor Anbruch der Morgendämmerung in die Stadt. Ohne sich aufzuhalten, ging er geradenwegs zu der Straße des Scheichs Mustafa, des Schuhflickers, zu der er nach der früheren Beschreibung seines Genossen den Weg fand. Er traf den Alten, wie er in seinem Laden saß, begrüßte ihn, setzte sich zu ihm, gab ihm freundliche Worte und begann mit ihm ein Gespräch; schließlich kam der Scheich auch auf die Geschichte mit dem Toten zu sprechen und erzählte, wie er ihn zusammengenäht hatte. Da bat Ahmed el-Ghadbân ihn, er möge ihn zu dem Hause führen. Scheich Mustafa weigerte sich, das zu tun, und wollte auch nicht mehr davon reden. Doch als der Räuber ihm Aussicht auf Gold machte, konnte er nicht widerstehen; denn das Geld ist ein treffsicherer Pfeil und ein Fürsprech, den niemand abweist. Also legte der Räuber ihm wieder eine Binde um die Augen, und er tat mit ihm, was er mit seinem Genossen getan hatte, wie wir bereits erzählt haben. Er ging mit ihm dahin, bis er in die Gasse des dahingeschiedenen Kâsim gelangte, und blieb vor dessen Hause stehen. Nachdem der Räuber so den Weg zu dem Hause gefunden hatte, nahm er ihm die Binde von den Augen, gab ihm den Lohn, den er ihm versprochen hatte, und ließ ihn seiner Wege gehen. Ahmed el-Ghadbân aber, der zwar sein Ziel erreicht hatte, fürchtete, er könnte später davon abirren, und um dieser Gefahr vorzubeugen, machte er an der Haustür ein kleines rotes Zeichen an einer versteckten Stelle, in dem Glauben, dort könnte niemand es entdecken. Dann kehrte er zu seinen Genossen zurück und berichtete ihnen, was er getan hatte; dabei war er in froher Stimmung und zweifelte nicht mehr am Erfolg, weil er fest glaubte, daß niemand das kleine und versteckte Zeichen entdecken würde.

So weit die beiden; sehen wir aber, was die Sklavin Mardschâna tat! Die ging am nächsten Morgen früh aus nach ihrer Gewohnheit, um Fleisch, Gemüse, Früchte, Naschwerk und andere Dinge, die für den Haushalt gebraucht werden, einzukaufen. Und als sie vom Basar wieder nach Hause kam, da entging ihr das rote Zeichen doch nicht, sondern ihr Blick fiel darauf, und sie sah es genau an. Sie war beunruhigt und erstaunt darüber, und in ihrem Scharfsinn und durchdringenden Verstande erkannte sie, daß dies das Werk eines Feindes aus der Ferne sei oder eines Neiders nahebei, der Böses gegen die Hausbewohner im Schilde führte. Um den irrezuleiten, malte sie mit roter Farbe auf die Türen der Nachbarn Zeichen von derselben Art wie jenes, und zwar brachte sie sie an derselben Stelle an, die Ahmed el-Ghadbân gewählt hatte. Doch sie verschwieg die Sache und sprach nicht davon, damit ihr Herr sich nicht darüber beunruhigte oder ängstigte.

Wenden wir uns nun von ihr zu dem Räuber zurück! Als der wieder bei seinen Genossen war, erzählte er ihnen, was er mit dem Schuhflicker erlebt hatte; wie er den Weg zum Hause des Widersachers gefunden und wie er dort ein rotes Zeichen angebracht hatte, um das Haus zu erkennen, wenn die Zeit es erforderte. Sofort befahl der Hauptmann ihnen, Kleider des gewöhnlichen Volkes anzulegen, die Waffen darunter zu verbergen und auf verschiedenen Wegen in die Stadt zu gehen. Dann fügte er noch hinzu: »Sammelt euch in der und der Moschee und wartet dort, bis wir zu euch kommen!« Darauf nahm er Ahmed el-Ghadbân mit sich und begab sich mit ihm auf die Suche nach dem Hause, das sie finden wollten, um es diesmal sicher zu erkennen. Doch als sie in die bekannte Straße kamen, konnte Ahmed el-Ghadbân das Haus nicht bestimmen, da sich dasselbe Zeichen auf sehr vielen Türen befand. Er war ganz niedergeschlagen bei diesem Anblick und sagte kein Wort. Als aber der Hauptmann sah, daß jener das Haus nicht erkennen konnte, zitterten ihm die Glieder, er runzelte die Stirn und geriet in gewaltigen Zorn. Notgedrungen mußte er zu jener Zeit seine Wut verbergen, und so ging er mit dem kleinlaut gewordenen Räuber zu der Moschee.

Nachdem er dort mit seinen Leuten zusammengetroffen war, befahl er ihnen sofort, ins Gebirge zurückzukehren. Sie verteilten sich, begaben sich auf getrennten Wegen zu ihrer Lagerstätte und setzten sich zur Beratung nieder. Nun tat der Hauptmann ihnen kund, was vorgefallen war, und daß ihnen das Geschick nicht beschieden hätte, die Rache zu vollstrecken und die Schmach zuzudecken, weil Ahmed el-Ghadbân seine Sache so schlecht gemacht und das Haus des Widersachers nicht hätte erkennen können. Darauf zog er sein Schwert, hieb den Schuldigen auf den Nacken, so daß sein Schädel von dannen rollte und sich fort von dem Leibe trollte. Und Allah sandte seine Seele alsbald ins Höllenfeuer, eine Stätte, an der es nicht geheuer. Nun dachte der Hauptmann über diese ganze Sache nach und sprach bei sich selber: ›Meine Leute passen zum Kampf und zum Streit, zum Plündern, zum Blutvergießen und zum Angriff; aber sie haben kein Verständnis für die Arten von Listen und für die Dinge, bei denen es sich um Lug und Trug handelt. Wenn ich nun auch einen nach dem andern von ihnen aussende, um diese Aufgabe zu erfüllen, so schwinden sie mir doch auf diese Weise alle dahin, ohne Nutzen und ohne Gewinn. Daher ist es das richtigste, wenn ich mich selbst dieser schwierigen Sache annehme!‹ Er setzte die Räuber davon in Kenntnis und sagte ihnen, er wolle allein in die Stadt gehen. Da gaben sie ihm zur Antwort: »Du kannst befehlen und verbieten; tu, was dir gut dünkt!« Er verkleidete sich also und begab sich am nächsten Morgen zur Stadt; dort suchte er nach dem Hâddsch Mustafa, dem Schuhflicker, wie es seine beiden Kundschafter getan hatten, von denen wir früher erzählt haben. Als er ihn gefunden hatte, trat er auf ihn zu, begrüßte ihn, sprach ihn freundlich an und begann mit ihm ein Gespräch; schließlich brachte er die Rede auch auf die Geschichte mit der Leiche des getöteten Mannes und setzte ihm so lange zu, indem er ihm klingende Münzen versprach, bis er ihn überredet hatte und Scheich Mustafa seinem Plane zustimmte. So erreichte der Hauptmann von ihm, was er wollte, und lernte das Haus seines Feindes kennen, und zwar auf ebendieselbe Weise, wie wir früher beschrieben haben. Als er vor dem Hause stand, gab er dem Scheich Mustafa seinen Lohn, noch mehr als er ihm versprochen hatte, und entließ ihn. Dann beobachtete er das Haus und betrachtete es genau; aber er brauchte keine Zeichen daran zu machen, sondern er zählte die Haustüren der Straße bis zu der Tür des gesuchten Hauses und merkte sich die Zahl. Ferner zählte er auch die Ecken und Fenster des Hauses und prägte sich alle Merkmale so genau ein, daß er es nun sicher kannte; das tat er aber, während er auf der Straße hin und her ging, damit die Bewohner keinen Verdacht gegen ihn schöpfen sollten, wenn er so lange stehen blieb. Darauf kehrte er zu seinen Leuten zurück und berichtete ihnen, was er getan hatte; und er fügte hinzu: »Jetzt kenne ich das Haus unseres Widersachers; jetzt ist, so Gott will, die Zeit gekommen, die Blutrache zu vollstrecken. Ich habe nun darüber nachgedacht, auf welchem Wege wir das Ziel erreichen, und durch welches Mittel wir zu ihm eindringen und über ihn herfallen können. Das will ich euch erklären. Wenn ihr es für geeignet anseht, so wollen wir uns an die Arbeit machen; aber wenn ihr es nicht für richtig haltet, so möge jener, der ein wirksameres Mittel als das meine erdenkt, es kundtun und sagen, was ihm gut dünkt.« Darauf weihte er sie in den Plan ein, den er sich erdacht hatte; sie hießen ihn gut und verabredeten, ihn auszuführen, und dabei schworen sie einander den Eid, daß keiner von ihnen hinter seinem Gefährten beim Vollstrecken der Rache zurückstehen wolle. Darauf schickte er einige von ihnen in die nächste Stadt und befahl ihnen, vierzig große Schläuche zu kaufen, die anderen von seinen Leuten schickte er in die umliegenden Dörfer mit dem Befehl, zwanzig Maultiere zu kaufen. Als die Leute das, was er ihnen befohlen hatte, erworben hatten, brachten sie alles vor ihn. Dann machten sie die Öffnung eines jeden Schlauches so groß, daß ein Mann hineinkriechen konnte; und ein jeder von den Räubern dort kroch, mit dem Dolche in der Hand, in einen der weitgeöffneten Schläuche hinein. Wie dann alle drinnen waren und in diesem engen Gefängnisse saßen, nähte der Hauptmann die Öffnungen wieder so eng zusammen, wie sie früher gewesen waren. Dann bestrich er die Schläuche mit Öl, so daß jeder, der sie ansah, glauben mußte, sie seien mit Öl gefüllt. Nun lud er immer je zwei Schläuche auf ein Maultier; die beiden Schläuche aber, die leer geblieben waren, füllte er wirklich mit Öl und legte sie auf das letzte der Maultiere. So wurden denn die zwanzig Maultiere beladen, neunzehn mit Männern und eines mit Öl; denn die Zahl der Räuber betrug ja nur noch achtunddreißig, da die beiden, die der Hauptmann getötet hatte, nicht mehr da waren. Nachdem er alle seine Vorbereitungen getroffen hatte, trieb er die Maultiere vor sich her und zog mit ihnen in die Stadt, als die Sonne bereits untergegangen, der Abend hereingebrochen und das Tageslicht dem Dunkel gewichen war. Dann suchte er das Haus Ali Babas, das er sich gemerkt hatte und genau kannte. Als er dort ankam, traf er Ali Baba selbst, wie er draußen vor der Tür auf einer Bank saß; unter sich hatte er eine Lederdecke, und er lehnte sich auf ein schönes Kissen. Der Hauptmann sah, wie Ali Baba vergnügt und froh und wohlgemut seinen Wohlstand und sein Glück genoß. Als er bei ihm ankam, grüßte er ihn bescheiden, mit demütiger Höflichkeit und ehrerbietiger Unterwürfigkeit. Dann sprach er zu ihm: »Ich bin ein Fremdling aus fernem Land, dessen Wiege weit von hier stand; ich habe eine große Menge Öl gekauft, in der Hoffnung, ich könnte es in dieser Stadt mit Gewinn und Verdienst wieder verkaufen. Aber ich konnte erst am Abend hier ankommen, da die Reise so weit und der Weg so rauh war; da fand ich denn die Basare geschlossen und suchte ratlos umher nach einer Stätte oder einer Herberge, in der ich mit meinen Tieren über Nacht bleiben könnte. Ich fand aber keine, und ich zog immer weiter, bis ich jetzt zu dir gekommen bin. Und da ich dich sah, dankte ich Gott und pries Ihn, weil ich nun die frohe Aussicht hatte, meinen Wunsch erfüllt zu sehen und mein Ziel zu erreichen. Denn die Großmut leuchtet aus deinem edlen Gesicht, während Mannestugend aus deinem gütigen Auge spricht. Du gehörst sicher zu den Leuten, die zu Glück und Wohlstand gekommen, zu den Gottesfürchtigen und Frommen. Wäre es dir möglich, mich für diese Nacht bei dir aufzunehmen und meine Maultiere zu beherbergen? Dann wirst du mir eine große Wohltat erweisen und bist ob deiner Güte zu preisen; dann wirst du um meinetwillen durch Lohn von dem allgütigen Wohltäter geehrt, von Ihm, der Gutes für Gutes beschert und der für Missetaten Verzeihung gewährt. Morgen früh, so Gott will, werde ich zum Markte hinabziehen und mein Öl verkaufen; dann werde ich mit Dank gegen dich von dir gehen, indem ich dich ob deiner Güte preise.« Ali Baba erklärte sich gern damit einverstanden, indem er zu ihm sprach: »Ein herzliches Willkommen dem Bruder, der bei Nachtzeit zu uns kommt! Du bist heute mein gesegneter Gast; du sollst uns in dieser glücklichen Nacht durch deine Gesellschaft erfreuen.« Ali Baba war ein edler und hochgesinnter Mann, freigebig, von gutem Herzen und trefflichen Eigenschaften; er hatte ein reines Gemüt und dachte immer nur Gutes von den Menschen. So ahnte er denn nicht, daß der angebliche Kaufmann ihn belog, und es kam ihm gar nicht in den Sinn, daß er der Räuberhauptmann aus dem Gebirge war; er konnte ihn auch nicht erkennen, da er ihn ja nur einmal gesehen hatte, noch dazu in ganz anderer Gestalt. Nun rief er seinen Sklaven 'Abdallâh und befahl ihm, die Maultiere hereinzuführen. Der Sklave führte den Befehl aus, und der Hauptmann ging hinter seinen Tieren hinein, um die Lasten abzuladen. Er und 'Abdallâh nahmen die Schläuche von den Maultieren herunter und stellten sie an der Wand auf im Hofe des Hauses. Dann nahm der Sklave die Maultiere, führte sie in den Stall und hängte ihnen Futtersäcke mit Gerste um den Hals. Der Hauptmann wollte im Hofe bei seinen Schläuchen übernachten und bat, ihn zu entschuldigen, wenn er nicht in die Halle komme, indem er vorgab, er fürchte den Hausbewohner lästig zu fallen. Aber in Wirklichkeit wollte er seinen Plan ausführen und eine Gelegenheit haben, um die Schurkerei, die er plante, zu verüben. Doch Ali Baba wollte das nicht zugeben, sondern beschwor ihn, doch hereinzukommen, und er drang so lange in ihn, bis er ihn schließlich mit Gewalt und gegen seinen Willen hereinziehen wollte. Da konnte jener nicht mehr widersprechen und ging mit ihm hinein. Nun sah der Hauptmann sich in einer weiten, schönen Halle, deren Boden mit Marmor belegt war; rings herum waren Ruhelager aufgestellt, eins dem anderen gegenüber, die mit prächtigen Lederdecken und Teppichen ausgestattet waren, und an der Wand gegenüber dem Eingang stand ein Ruhelager, größer als die anderen, das mit fürstlicher Seide überzogen war, mit Silber bedeckte Stufen hatte und von einem Baldachin gekrönt war. Ali Baba ließ ihn auf diesem Lager sitzen und befahl, die Kerzen anzuzünden. Dann ließ er Mardschâna kommen, teilte ihr die Ankunft seines Gastes mit und befahl ihr, zum Abendessen feine Speisen zu bereiten, wie sie für ihn paßten. Darauf setzte er sich zu ihm und plauderte und unterhielt sich mit ihm, bis es Zeit zum Essen war. Da wurde denn der Tisch gebreitet, man brachte Speisen in silbernen und goldenen Schüsseln und setzte die Tischplatte vor den Hauptmann hin. Der aß mit Ali Baba von allen Arten, bis sie gesättigt waren. Dann wurden die Speisen fortgeräumt, und man brachte alten Wein; da kreiste denn der Becher bei ihnen. Als sie dann genug gegessen und getrunken hatten und mit dem Mahle zu Ende waren, setzten sie sich wieder hin, um zu plaudern und sich zu unterhalten, bis ein Teil der Nacht verstrichen war. Und wie die Zeit der Ruhe und des Schlafes nahte, erhob der Hauptmann sich und ging in den Hof hinab, indem er sagte, er wolle die Tiere vor dem Schlafengehen zudecken; in Wirklichkeit aber wollte er sich mit seinen Leuten über die Lage verständigen. Er trat also an den ersten heran und sprach zu ihm mit verhaltener Stimme: »Wenn ich aus dem Fenster Steinchen auf euch werfe, so schneidet die Schläuche mit euren Dolchen auf und kommt zu mir!« Dann sprach er ebenso zum zweiten und zum dritten, bis er zu dem letzten kam. Da nun Ali Baba die Absicht hatte, am nächsten Morgen ins Bad zu gehen, so beauftragte er Mardschâna, die Tücher, die er brauchte, zu rüsten; ferner befahl er ihr, sie dem 'Abdallâh zu geben und für ihn selbst eine Fleischbrühe zu machen, die er beim Verlassen des Bades trinken wolle. Darauf empfahl er ihr noch, den Gast ehrenvoll zu behandeln, ihm reiche Decken hinzulegen, wie sie seinem Stande gebührten, ihn selbst zu bedienen und dafür zu sorgen, daß alle Pflichten der Gastfreundschaft an ihm erfüllt würden. »Ich höre und gehorche!« erwiderte sie, und darauf begab er sich zu seinem Ruhelager und legte sich zum Schlafe nieder.

Sehen wir nun, was der Hauptmann tat, indem wir uns sagen: ›Doch die Hilfe steht bei Allah!‹ Als jener sich mit seinen Genossen und Helfershelfer verabredet und mit ihnen vorbereitet hatte, was zu tun war, ging er zu Mardschâna hinauf und fragte sie, wo seine Schlafstätte sei. Da nahm sie eine Kerze und führte ihn in ein Zimmer, das mit den prächtigsten Teppichen ausgelegt war und in dem sich alles befand, was an Schlafteppichen, Decken und anderen Gegenständen für die Schlafstätte nötig war. Sie wünschte ihm eine gute Nacht und ging dann wieder in die Küche, um den Befehl ihres Herrn auszuführen. Sie legte die Tücher und was sonst für das Bad gebraucht wurde, zurecht und übergab das alles dem Sklaven 'Abdallâh. Dann machte sie das Fleisch zurecht und zündete das Feuer unter dem Kessel an. Währenddessen aber wurde das Licht der Lampe immer kleiner und kleiner, weil zu wenig Öl darin war, bis es schließlich ganz erlosch. Da holte sie sich den Ölkrug, aber sie entdeckte, daß er leer war. Weil nun auch die Kerzen zu Ende waren, wußte sie nicht, was sie tun sollte; denn sie brauchte noch Licht, um die Brühe fertig zu kochen. Als 'Abdallâh ihre Verlegenheit bemerkte, sagte er zu ihr: »Mach dir doch keine Sorgen und sei nicht traurig! Es ist ja noch Öl im Hause vorhanden, und zwar in Menge; hast du denn die Schläuche des fremden Kaufmanns vergessen, die mit Öl gefüllt im Hofe des Hauses liegen? Geh hinunter, nimm daraus, so viel du willst; morgen früh wollen wir ihm den Preis des Öles bezahlen!« Als sie diese Worte von ihm vernahm, pries sie den guten Rat, der aus ihnen kam, dankte ihm für seinen trefflichen Vorschlag, ging mit dem Krug hinunter und trat an die Schläuche heran. Nun waren die Räuber aber schon ungeduldig geworden, weil sie so lange in ihrem engen Gefängnisse gesessen hatten; sie waren müde von der krummen Rückenlage, sie fühlten sich beengt, ihre Glieder waren wie zerbrochen, wie gerädert waren ihre Knochen, sie konnten diesen Zustand nicht mehr ertragen und vermochten die lange Gefangenschaft nicht mehr auszuhalten. Als sie daher Mardschâna kommen hörten, meinten sie in ihrer Unachtsamkeit, es sei der Hauptmann; denn der Pfeil des Schicksals hatte sie getroffen, und der Befehl Gottes des Herrn war über sie gekommen. Und so fragte einer der Räuber: »Ist die Zeit zum Herauskommen da?«

Als Mardschâna die Stimme eines Mannes aus dem Innern des Schlauches reden hörte, erschrak sie gewaltig; sie erbebte vor Furcht und geriet in große Angst. Jemand anders als sie wäre vor Schrecken umgefallen oder hätte laut geschrieen; aber sie hatte ja ein mutiges Herz und einen schnellen Verstand, und so durchschaute sie sofort die ganze Sachlage und wußte im Augenblick, daß es Räuber waren, die Arges im Schilde führten. Ohne sich zu besinnen, faßte sie sofort den rechten Entschluß; denn sie wußte, wenn sie schrie oder sich rührte, so würde sie sicher umkommen und ebenso ihr Herr und alle Bewohner des Hauses. Darum schrie sie nicht und bewegte sich nicht, sondern begann sofort den listigen Plan, den sie gefaßt hatte, auszuführen. Mit leiser Stimme sprach sie zu dem ersten: »Sie ist bald da; es bleibt nur noch eine kurze Frist.« Dann ging sie zu dem zweiten Schlauche; und als der Räuber dieselbe Frage an sie richtete wie der erste, gab sie ihm die gleiche Antwort. So ging sie an allen Schläuchen vorbei; die Räuber fragten sie einer nach dem anderen, und sie antwortete ihnen, indem sie zur Geduld mahnte, bis sie zu den Ölschläuchen am Ende der Reihe kam. Da diese still blieben, merkte sie, daß keine Männer in ihnen waren; sie schüttelte sie, und als sie sicher wußte, daß sie mit Öl gefüllt waren, öffnete sie einen von den beiden, schöpfte mit dem Kruge heraus so viel, wie sie brauchte, kehrte zur Küche zurück und zündete die Lampe an. Dann holte sie einen großen kupfernen Kessel, ging mit ihm zum Hofe hinab und füllte ihn mit Öl; darauf ging sie wieder nach oben, stellte ihn auf das Feuer, schürte viel Brennholz unter ihm an, bis das Öl zum Sieden kam. Und als es siedend heiß war, ging sie mit dem Kessel wieder hinunter und goß mit dem Kruge das Öl in die Öffnung eines jeden Schlauches. Wie nun das siedende Öl auf die Köpfe der Räuber fiel, machte es ihnen den Garaus, und sie fanden alle bis zum letzten Manne den Tod. Darauf, als sie sich überzeugt hatte, daß keiner mehr übrig war und daß sie alle tot waren, kehrte sie in die Küche zurück und kochte die Fleischbrühe fertig, wie ihr Herr es ihr befohlen hatte. Nachdem sie ihre Arbeit vollendet hatte, löschte sie das Feuer und die Lampe aus und setzte sich nieder, um abzuwarten und zu sehen, was der Hauptmann tun würde. Der hatte inzwischen, nachdem er das Zimmer, das für ihn zurechtgemacht war, betreten hatte, die Tür verriegelt, die Kerze ausgelöscht und sich auf das Bett gelegt, als ob er schliefe; aber er war wach geblieben und wartete nur darauf, Zeit und Gelegenheit zu benutzen, um die böse Tat, die er gegen die Bewohner des Hauses plante, ausführen zu können. Als nach seiner Meinung alle Augen schliefen und sich nichts mehr regte, stand er ganz leise auf und sah sich vorsichtig um. Und da er kein Licht sah und keinen Laut hörte, glaubte er, alle Bewohner des Hauses schliefen nun. Da nahm er Kieselsteine und warf sie in den Hof, gemäß der Verabredung mit seinen Kumpanen. Dann hielt er einen Augenblick inne, in der Erwartung, seine Leute würden herauskommen. Doch als sie still blieben und kein Laut und keine Bewegung von ihnen ausgingen, war er erstaunt und warf andere Kieselsteine aus dem Fenster und zielte genau, so daß sie auf die Schläuche fielen. Aber die Leute blieben immer noch still, und keiner von ihnen regte sich. Das war ihm schon verdächtig. Aber er warf noch ein drittes Mal Steine und wartete wieder vergeblich, daß die Räuber herauskommen sollten. Nun war er ganz verzweifelt, und die Furcht beschlich sein Herz; er ging hinunter, um zu erfahren, was mit ihnen geschehen war und warum sie sich ruhig verhielten. Schon gleich bei dem ersten Schlauch stiegen ein übler Gestank und der Geruch des verbrannten Öles in seine Nase. Darüber verlor er fast den Verstand, und seine Angst und sein Schrecken wurden noch größer. Dann ging er an ihnen entlang und redete einen nach dem andern an;

aber sie verharrten in ihrem eisigen Schweigen. Darauf rüttelte und schüttelte er die Schläuche und blickte in sie hinein: nun mußte er sehen, daß seine Leute mausetot waren. Als er dann auch noch entdeckte, daß Öl aus den Schläuchen genommen war, wußte er, auf welche Weise sie ums Leben gekommen waren und was ihnen den Tod gebracht hatte. Da kam wildes Weh über ihn, und er weinte bitterlich über den Verlust seiner Gefährten. Aber er fürchtete auch, daß er selbst gefaßt werden könnte, und so entschloß er sich, sofort die Flucht zu ergreifen, ehe ihm die Auswege versperrt würden. Deshalb öffnete er die Gartentür, kletterte über die Mauer, sprang auf die Straße und lief davon; durch Flucht wollte er die Rettung finden und trachtete, eiligst zu verschwinden, betrübt und gepeinigt von Seelenschmerzen und mit viel tausend Seufzern im Herzen. Mardschâna aber hatte ihn bei alledem von ihrem Verstecke beobachtet, und als sie sicher war, daß er das Haus verlassen hatte und davongelaufen war, ging sie hinab, schloß die Gartentür, die der Räuber geöffnet hatte, wieder zu und kehrte an ihre Stätte zurück.

Wenden wir uns nun von ihr zu Ali Baba! Als auf Allahs Geheiß der Morgen erwachte und sein feuriges Licht entfachte und die Sonne dem Schönsten der Schönen ihren Gruß darbrachte, da wichen von ihm des Schlafes Kleid und der süßen Träume Geleit. Er legte seine Gewänder an und schritt hinaus, um ins Bad zu gehen; sein Sklave 'Abdallâh aber folgte ihm mit den Waschgeräten und den Tüchern, die er brauchte. So betrat er den Baderaum, wusch sich und ruhte aus, heiter und guter Dinge, ohne zu ahnen, was sich während der letzten Nacht in seinem Hause zugetragen und vor welcher Gefahr Allah ihn geschützt hatte. Als er mit allem fertig war, legte er andere Kleider an und ging wieder in die Wohnung. Während er durch den Hof kam, sah er die Schläuche noch an ihrer Stelle; das nahm ihn wunder, und daher fragte er Mardschâna: »Was ist es mit diesem fremden Kaufmanne, daß er so spät zum Basar geht?« »Mein Gebieter«, antwortete sie ihm, »Allah hat dir ein langes Leben vorherbestimmt und dir hohes Glück zugemessen; denn du bist in dieser Nacht einer großen Gefahr entronnen, und Allah hat dich um deines reinen Herzens willen vor dem Verderben und vor einem schmählichen Tode beschützt, dich und die Deinen. Sie aber, die dir eine Grube gegraben hatten, hat Allah in sie fallen lassen; er hat sie für ihre böse Absicht bestraft, denn der Gemeinheit folgt Schmach und Untergang. Ich habe alles gelassen, wie es war, auf daß du mit eigenen Augen siehst, was der verlogene Kaufmann gegen dich vorbereitet hatte, auf daß du seine Gemeinheit und die Tüchtigkeit deiner Sklavin Mardschâna erkennst. Tritt herzu und schau, was im Innern dieser Schläuche ist!« Da trat Ali Baba näher, und als er in dem Schlauch, der ihm am nächsten war, einen Mann mit einem Dolche in der Hand sah, erblichen seine Wangen, und sein Wesen ward befangen, und er wich ängstlich zurück. Doch sie sprach zu ihm: »Fürchte dich nicht; denn dieser Mann ist tot!« Darauf zeigte sie ihm die anderen Schläuche, und er fand in jedem einzelnen Schlauche einen toten Mann, der in seiner Hand einen Dolch hielt. Voller Furcht blieb er eine ganze Weile stille stehen und blickte bald auf Mardschâna, bald auf die Schläuche, entsetzt und erschrocken; denn er wußte nicht, was das alles bedeutete. Dann aber rief er: »Schnell, erkläre mir das, was ich dort sehe; doch mache nicht viel Worte! Was ich dort erblicke, hat mich mit furchtbarem Grauen erfüllt.« Sie gab ihm zur Antwort: »Warte einen Augenblick und sprich nicht laut, damit die Nachbarn nicht erfahren, was nicht bekannt werden darf! Beruhige dich, gehe in deine Halle, setze dich in deinen Sessel, damit du dich ausruhen kannst; ich will dir die Fleischbrühe bringen, die ich für dich gekocht habe, und wenn du die getrunken hast, so wird der Schrecken, der dich befallen hat, sich legen!« Darauf ging sie in die Küche, brachte ihm die Brühe und reichte sie ihm; da trank er sie. Dann begann sie folgendermaßen zu ihm zu sprechen: »Gestern befahlst du mir, die Dinge für das Bad zu richten und dir eine Fleischbrühe zu bereiten. Während ich, deinem Befehle gemäß, damit beschäftigt war, ging meine Lampe aus, weil kein Öl mehr darin war. Da holte ich den Ölkrug; aber ich entdeckte, daß er leer war. Nun wußte ich nicht, was ich tun sollte;

doch da sagte 'Abdallâh zu mir: ›Sei unbesorgt! Denn bei uns gibt es immer noch Öl im Überfluß; geh nur hinunter und nimm so viel, wie du brauchst, aus den Schläuchen des Kaufmannes, der bei uns übernachtet. Wir wollen ihm morgen den Preis dafür bezahlen.‹ Ich hielt seinen Rat für gut und ging mit dem Krug hinunter. Doch als ich in die Nähe der Schläuche kam, hörte ich, wie von drinnen eine Stimme sprach: ›Ist die Zeit zum Herauskommen da?‹ Da wußte ich, daß man dir nach dem Leben trachtete. Und so sagte ich, ohne Furcht und Angst, zu ihm: ›Nein; aber es bleibt uns nur noch eine kurze Frist!‹ Dann ging ich an den anderen Schläuchen entlang, und ich entdeckte, daß in jedem Schlauche ein Mann war, der dieselbe Frage an mich richtete oder mich mit ähnlichen Worten anredete. Ich gab stets die gleiche Antwort, bis ich schließlich zu zwei Schläuchen kam, die wirklich mit Öl gefüllt waren. Da füllte ich meinen Krug aus ihnen, zündete meine Lampe an, nahm einen großen Kessel, den ich mit dem Öl füllte, und stellte ihn auf das Feuer, bis das Öl zum Sieden kam. Dann goß ich davon in die Öffnung eines jeden Schlauches, bis die Räuber alle von dem siedenden Öl verbrüht waren, wie du sie jetzt gesehen hast. Nachdem ich die Lampe ausgelöscht hatte, wartete ich, um den Kerl da, den betrügerischen, falschen, verlogenen Kaufmann, zu beobachten. Bald sah ich, wie er Kieselsteine aus dem Fenster warf, um seine Leute aufzuwecken; das tat er mehrere Male. Als sie aber nicht herauskamen und er die Hoffnung aufgab, sie zu sehen, ging er hinunter, um zu schauen, weswegen sie ausblieben; da sah er denn, daß sie alle bis zum letzten Mann tot waren. Nun fürchtete er, daß er selbst gefaßt und getötet werden könnte; darum kletterte er auf die Gartenmauer, sprang von ihr auf die Straße und lief eiligst davon. Ich wollte dich aber nicht wecken, da ich fürchtete, es könnte unter den Hausbewohnern ein Lärm entstehen. Darum wartete ich auf deine Rückkehr, um dir die Geschichte zu erzählen. Dies ist mein Bericht über mein Erlebnis mit jenen Verrätern – doch Allah weiß alles am besten. Jetzt muß ich dir aber auch noch etwas kundtun, was sich vor kurzem begeben hat, was ich dir aber verborgen habe. Es ist das Folgende: Als ich vor einiger Zeit einmal vom Basar heimkehrte, sah ich an unserer Haustür ein weißes Zeichen. Bei diesem Anblick wurde ich stutzig und schöpfte Verdacht; denn ich merkte, daß dies von einem Feinde, der Böses gegen uns im Schilde führte, gemacht war. Um ihn irrezuführen, malte ich an die Haustüren der Nachbarn ganz gleiche Zeichen. Dann nach einigen Tagen sah ich, daß man ein rotes Zeichen an unserer Haustür angebracht hatte; deshalb machte ich an die Türen der Nachbarn ebensolche Zeichen mit roter Farbe. Aber ich verbarg es vor euch, damit ihr nicht dadurch beunruhigt würdet. Es ist kein Zweifel, daß die Leute, die jene Zeichen gemacht haben, dieselben sind wie diese toten Männer dort, und daß sie die Räuber sind, die du im Gebirge getroffen hast. Da sie nun den Weg zu unserer Wohnung kennen, so werden wir keine Ruhe, keine Sicherheit vor ihnen haben, solange sich noch einer von ihnen auf dem Erdboden befindet. Darum müssen wir auch vor der Arglist des Mannes, der davongelaufen ist, auf unserer Hut sein; denn er wird uns sicher nach dem Leben trachten. Also müssen wir uns in acht nehmen. Und ich will dir die erste dabei sein, aufzupassen und zu wachen.«

Nachdem Ali Baba den Bericht seiner Sklavin Mardschâna angehört hatte, war er über das seltsame Begebnis, das ihm und ihr zugestoßen war, auf das höchste erstaunt. Und er sprach zu ihr: »Meine Befreiung aus dieser Not und meine Rettung aus der Gefahr, die mich bedroht, kam durch die Allmacht des Schöpfers, der gütig ist, und der uns Seine Gnaden und Wohltaten schenkt zu jeglicher Frist und auch durch dein richtiges Überlegen und dein vortreffliches Erwägen!« Darauf dankte er ihr, weil sie so gut gehandelt, solchen Mut bewiesen, so trefflich überlegt und so richtig geplant hatte; und er fügte hinzu: »Von jetzt ab bist du frei und keine Sklavin mehr, vor dem Angesichte Allahs! Deine Wohltaten an uns sollen nie vergessen werden, und ich will dich mit lauter Gutem belohnen. Es ist, wie du gesagt hast; ohne Zweifel sind jene Männer die Räuber aus dem Walde. Allah sei gepriesen, daß wir von ihnen befreit sind! Doch jetzt müssen wir sie begraben und das, was wir mit ihnen erlebt haben, geheimhalten!« Dann rief er seinen Sklaven 'Abdallâh und befahl ihm, zwei Hacken zu bringen; die eine nahm er selbst, die andere gab er dem Sklaven. Dann gruben sie einen langen Graben im Garten, schleppten die Leichname der Räuber einen nach dem andern dorthin, warfen sie hinein und bedeckten sie mit Erde, bis ihre Spuren verschwunden waren. Die Maultiere verkauften sie im Basar zu verschiedenen Zeiten, und ebenso taten sie mit den Schläuchen.

Das ist es also, was mit den Räubern geschah. Sehen wir nun, was ihr Hauptmann tat! Als der aus dem Hause Ali Babas davongelaufen, in den Wald gekommen war und in elendem Zustande die Schatzhöhle betreten hatte, weinte er, weil er nun so allein und verlassen war. Er setzte sich nieder und trauerte schmerzlich, daß ihm nur Enttäuschung beschert und daß sein Tun sich gegen ihn gekehrt. Er sehnte sich nach seinen Leuten und hatte keine Lust mehr zu leben: ja, er sehnte den Tod herbei, indem er rief: »Weh um euch, ihr größten Helden der Zeit, ihr Männer, zu Raub und Kampf bereit, ihr Ritter, dem Streit auf dem Blachfeld geweiht! O wäre doch der Tod im Kriege und Kampfe zu euch gekommen, hättet ihr doch im Streiten und Ringen ein seliges Ende genommen! Doch ach, ihr seid eines schmählichen Todes gestorben. Und ich Elender, ich bin der Grund, daß die umgekommen sind, für die ich mein Leben hätte hingeben sollen. O hätte ich doch den Kelch des Unheils geleert, ehe mir ein solch trauriges Geschick beschert! Und doch, der allmächtige und glorreiche Herr hat mich am Leben gelassen, auf daß ich die Rache vollstrecke und die Schande zudecke. Ja, ich will an meinem Feinde die grausamste Rache nehmen; ich will ihm bitteres Leid und gewaltige Traurigkeit zu kosten geben. Ich will ihn für sein Tun bestrafen, wenn ich auch allein wäre. Was ich mit Hilfe vieler Leute nicht erreicht habe, das werde ich jetzt, so Gott will, allein vollenden!« Die Nacht über irrte sein Geist auf dem Meere der trüben Gedanken umher, und sein Herz war ihm so schwer, da es immer auf Mittel sann, durch die er zu seinem Ziele gelangen könnte, und er verscheuchte den süßen Schlummer. Am Morgen wies er auch das liebe Essen zurück und richtete seinen Sinn nur darauf, eine List zu erfinden, durch die er glaubte, seinen Wunsch erreichen zu können. Und schließlich faßte er einen Plan, durch den er hoffte, sein Ziel zu erreichen und seine Wunden zu heilen. Als es dann heller Tag geworden war, kleidete er sich in die Gewänder eines Kaufmannes, begab sich zur Stadt und mietete dort ein Zimmer in einer der großen Herbergen, sowie einen Laden im Basar der Kaufleute. Dorthin schaffte er, zu verschiedenen Malen, aus der Schatzhöhle schöne, kostbare Waren und golddurchwirkte feine Stoffe; darunter waren Stücke aus Indien und Tuche aus Syrien, Kleider aus Brokat und Ehrengewänder zum Staat, Anzüge aus Seide und Leinen und Juwelen von kostbaren Steinen. Alles das war durch Beutezüge, die er in den Ländern gemacht, aus dem Hab und Gut der Menschen zusammengebracht und war in der Schatzhöhle niedergelegt worden. Dann setzte er sich in seinem Laden nieder, verkaufte und kaufte und trieb Handel; dabei pflegte er billig zu verkaufen und die Preise niedrig zu machen, er bot den Leuten, was sie begehrten, und redete mit ihnen, was sie gern hörten. So ward er überall bekannt, sein Name ward weit und breit genannt, sein Ruf verbreitete sich im Land, und jeder wußte von seinem Stand. Die Großen kamen zu ihm in Mengen, und die Kleinen begannen, sich um ihn zu drängen; er empfing die Menschen mit großer Zuvorkommenheit, behandelte sie mit freundlicher Höflichkeit und zeigte ihnen ein lächelndes Antlitz und feine Sitten. Stets redete er sie gütig an und gab ihnen freundliche Antworten dann, bis ihn ein jeder Mensch lieb gewann. Und dabei war dies alles doch gegen seine Natur; denn er war innerlich roh und hart, von grober und rauher Art; er pflegte auf Mord und Raub zu sinnen, Blut zu vergießen und Beute zu gewinnen. Aber die Not hat ihre Gesetze, und sie zwang ihn zu solchem Tun.

Nun hatte der Allgewaltige und Glorreiche, um einen Plan auszuführen und eine Fügung an dem Menschen zur Tat zu machen, es also bestimmt, daß der Laden dieses falschen Schurken gegenüber dem Laden von Ali Babas Sohn, der Mohammed hieß, gelegen war. Weil sie aber Nachbarn waren, so lagen ihnen auch die Rechte und Pflichten der Nachbarschaft ob, und deswegen lernten sie einander kennen und wurden vertraut. Allein keiner wußte von dem andern, wer er war und woher er stammte. Dennoch gewannen sie große Zuneigung und Liebe zueinander, saßen oft beieinander, und keiner von beiden konnte seinen Nachbarn mehr entbehren. Eines Tages traf es sich, daß Ali Baba zu seinem Sohne Mohammed kam, um ihn zu besuchen und sich im Basare der Kaufleute umzusehen. Da fand er denn den fremden Kaufmann bei seinem Sohne sitzen. Sowie der Räuberhauptmann ihn erblickte, erkannte er ihn genau, und er war sicher, daß jener sein Widersacher war, den er suchte; darüber war er hocherfreut, und er frohlockte in dem Gedanken, bald seinen Wunsch erfüllt zu sehen, sein Ziel zu erreichen und seine Rache zu nehmen. Aber er verbarg diesen Gedanken und verzog keine Miene. Als Ali Baba dann wieder fortgegangen war, fragte er seinen Sohn nach ihm, indem er so tat, als ob er ihn nicht kennte. Mohammed erwiderte ihm: »Das ist mein Vater.« Wie nun der Räuber diese sichere Kunde hatte, pflegte er noch öfter bei Mohammed zu sitzen; er erwies ihm noch mehr Ehren und begann die Zeichen der Achtung zu mehren, und er trug aufrichtige Freundschaft und herzliche Zuneigung zur Schau. Nun lud er ihn auch zu sich zum Essen ein, gab ihm Gastmähler und Schmausereien, bat ihn zu abendlichen Plaudereien, vergaß ihn nie an festlichen Tagen bei Unterhaltungen und Gelagen und schenkte ihm wertvolle Gaben und kostbare Kleinodien. Das alles tat er nur, um den Plan, den er im Sinne hatte, auszuführen und um die schurkische Gemeinheit, die er beabsichtigte, zur Tat zu machen. Als Mohammed seine große Zuvorkommenheit gewahrte und sein höfliches Benehmen sowie seine große Freundschaft sah, da ward auch seine Zuneigung und Liebe zu ihm ungewöhnlich groß, eben weil er in ihm nur die reinste Absicht und die aufrichtigste Gesinnung vermutete. Nun konnte er seine Gesellschaft keinen Augenblick mehr entbehren und konnte sich bei Tag und Nacht nicht mehr von ihm trennen. Darum erzählte er auch seinem Vater, wie zuvorkommend der fremde Kaufmann gegen ihn war und welche innige Freundschaft er ihm bezeugte, daß er auch ein reicher, edler und freigebiger Mann sei und zu den Ersten seines Standes gehöre; er pries ihn sehr und erwähnte dabei, daß er ihn jederzeit zu feinen Mahlzeiten einlüde und ihm kostbare Kleinodien zu Geschenken machte. Da sprach sein Vater zu ihm: »Es ziemt sich für dich, mein Sohn, daß du ihm sein freundliches Tun vergiltst, ihm ein Gastmahl bereitest und ihn einlädst; das soll am Freitag sein. Wenn ihr dann zusammen vom Freitagsgottesdienste kommt, um die Mittagszeit, und an unserem Hause vorbeigeht, so bitte ihn, einzutreten. Ich werde dann alles vorbereitet haben, was sich für diesen geehrten Gast geziemt und gebührt.« Am nächsten Freitag ging der Räuberhauptmann gegen Mittag zusammen mit Mohammed zur Moschee. Nachdem sie das gemeinschaftliche Gebet verrichtet hatten, gingen sie zusammen fort, um sich in der Stadt zu vergnügen. Wie sie nun umhergingen, kamen sie auch in die Straße Ali Babas; und als sie vor dem Hause standen, bat Mohammed seinen Gefährten, einzutreten und dort zu speisen, indem er sprach: »Sieh, dies ist unser Haus.« Jener aber lehnte ab und wollte sich der Einladung entziehen, indem er mancherlei Gründe vorschützte. Doch Mohammed drang in ihn und bat ihn inständigst und ließ nicht eher von ihm ab, bis er einwilligte, indem er sprach: »Ich will mich deinem Wunsche fügen und einkehren, um der Freundschaft willen und um dich zufriedenzustellen. Aber es geschieht nur unter der Bedingung, daß du kein Salz an die Speisen kommen lässest; denn ich habe die größte Abneigung dagegen und kann es weder essen noch auch riechen.« »Das ist ja sehr einfach«, antwortete Mohammed, »wenn dein Magen das Salz nicht vertragen kann, so sollen dir nur Speisen ohne Salz vorgesetzt werden.« Als der Räuber diese Worte hörte, freute er sich in seinem Inneren; denn es war ja sein höchster Wunsch, in das Haus hineinzukommen, und alle Listen, die er bisher gesponnen hatte, sollten nur dazu dienen, dies Ziel zu erreichen und diese

Absicht zu verwirklichen. Nun also war er sicher, daß er Rache nehmen würde, und er war überzeugt, daß er seine Strafe vollstrecken würde; und er sprach bei sich selber: ›Allah hat sie mir jetzt in die Hand gegeben; das ist sicher und ohne Zweifel!‹ Nachdem er dann die Schwelle überschritten hatte, trat er in das Haus ein. Ali Baba hieß ihn willkommen und begrüßte ihn mit der größten Höflichkeit und Achtung. Er ließ ihn auf dem Ehrenplatze in der Halle sitzen, in der Meinung, jener sei ein vornehmer Kaufmann; denn er ahnte nicht, daß jener der Mann mit dem Öle in eigener Person war, weil er seine Kleidung und sein Aussehen verändert hatte, und es kam ihm nicht in den Sinn, daß er den Wolf zwischen die Schafe und den Löwen zwischen die Herden eingelassen hatte, sondern er setzte sich nieder, plauderte mit ihm und unterhielt ihn. Sein Sohn Mohammed aber ging zu Mardschâna und beauftragte sie, kein Salz an die Speisen zu tun, da ihr Gast es nicht essen dürfe. Das ärgerte sie zunächst, da sie die Speisen schon bereitet hatte und nun andere ohne Salz kochen sollte; aber dann fand sie es seltsam, und die Sache kam ihr verdächtig vor, und so wollte sie doch einmal den Mann sehen, der Salz nicht wünschte und nicht anrührte, anders als alle anderen Menschen; denn das war wirklich etwas, das man nie zu hören und zu sehen bekam. Als das Essen fertig war und die Zeit der Abendmahlzeit gekommen war, trug sie zusammen mit 'Abdallâh den Tisch hinein und setzte ihn den Herren vor. Dabei fiel ein Blick von ihr auf den fremden Kaufmann; sofort erkannte sie ihn, da sie ein scharfes Auge und einen durchdringenden Verstand besaß. Sie war sicher, daß er der Räuberhauptmann war; das war zweifellos und unumstößlich. Dann ließ sie ihren Blick noch länger auf ihm verweilen, und da erblickte sie unter seinem Mantel den Griff eines Dolches. Sofort sagte sie sich: ›Jetzt verstehe ich auch den Grund, weshalb dieser Verruchte sich weigerte, Salz mit meinem Herrn zu essen! Er will meinen Herrn umbringen, aber es gilt ihm doch als zu gemein, dies zu tun, wenn er Salz gegessen hat. Allein – mit Hilfe Allahs des Erhabenen – er soll sein Ziel nicht erreichen und diese Tat nicht vollenden!‹ Dann machte sie sich an ihre Arbeit, während 'Abdallâh aufwartete. Man aß nun von allen Gerichten; dabei erwies Ali Baba seinem Gaste hohe Ehre und forderte ihn immer zum Essen auf. Als sie gesättigt waren, wurden die Speisen fortgetragen, und man brachte den Wein und die Zukost, Süßigkeiten, Früchte und Zuckerwerk. Sie begannen von den Süßigkeiten und den Früchten zu essen; dann kreiste der Becher bei ihnen. Der Verruchte aber reichte den beiden immer den Wein, während er selber sich des Trinkens enthielt; dadurch wollte er bewirken, daß die beiden trunken würden, während er selbst wach und nüchtern und bei klarem Verstande blieb, um seinen Plan auszuführen. Und der bestand darin, daß er, wenn die beiden von Trunkenheit überwältigt eingeschlafen wären, die Gelegenheit ergreifen könnte, um ihrer beider Blut zu vergießen und sie mit seinem Dolche zu ermorden; danach wollte er durch die Gartentür davoneilen, wie er es schon früher getan hatte. Während die drei nun so fröhlich beieinander saßen, traten plötzlich Mardschâna und 'Abdallâh bei ihnen ein. Mardschâna trug ein Hemd von durchbrochener, alexandrinischer Arbeit, dazu eine Jacke aus königlichem Brokat und andere prächtige Kleider, und sie war mit einem goldenen Gürtel, der mit allerlei Edelsteinen besetzt war, geschmückt. Ihr Leib war schmal, und darunter wölbten sich ihre Hüften. Auf ihrem Haupte lag ein Perlennetz und um ihren Hals eine Kette von Smaragden, Hyazinthen und Korallen; und darunter wölbten sich ihre beiden Brüste wie zwei Granatäpfel. Sie war mit Schmuck und schönen Kleidern geziert; sie glich einer Blume des Frühlings, wenn er zuerst erwacht, und dem Monde in seiner Vollendung Nacht. Aber auch 'Abdallâh trug prächtige Gewänder, und er hatte ein Tamburin in der Hand, das er schlug, während sie wie die kunstvollen Tänzerinnen tanzte. Als Ali Baba sie sah, freute er sich und sprach lächelnd zu ihr: »Willkommen der freundlichen Maid, der Dienerin voller Lieblichkeit! Du hast trefflich gehandelt, denn wir sehnten uns gerade nach dem Tanze; so vollendet sich unsere Glückseligkeit, so krönt sich unsere heitere Fröhlichkeit.« Darauf sprach er zu dem Räuberhauptmanne: »Diese Maid hat nicht ihresgleichen; sie ist erfahren in allen Dingen und getreu im Dienste, und nichts von allem, was zur feinen Bildung gehört, ist ihr fremd. Sie besitzt Schönheit, treffliche Eigenschaften, klare Einsicht und schnellen Verstand, ja, sie hat in der Tat zu jetziger Zeit nicht ihresgleichen. Sie hat mir auch eine große Wohltat erwiesen, und sie ist mir lieber als eine eigene Tochter. Sieh doch, edler Herr, die Lieblichkeit ihres Antlitzes, die Schlankheit ihres Wuchses, die Schönheit ihres Tanzes, wie sie sich zierlich biegt und sich anmutig wiegt!« Jener aber achtete nicht auf seine Worte und lauschte nicht auf seine Rede, sondern er war außer sich vor heftigem Zorn und Grimm über das Eintreten dieser beiden Personen, die ihm den bösen Plan, den er gegen die Bewohner des Hauses geschmiedet hatte, und den gemeinen Verrat, den er im Schilde führte, vereitelt hatten. Dann tanzte Mardschâna wieder einen schönen Tanz ganz wie die kunstvollen Tänzerinnen, und sie begann sich rascher zu bewegen, bis sie schließlich einen Dolch aus ihrem Gürtel zog, und tanzte, indem sie ihn mit der Hand schwang, wie es die Beduinenmädchen tun; dabei legte sie die Klinge bald auf ihre eigene Brust, bald auf die Brust Ali Babas, bald näherte sie sie der Brust seines Sohnes Mohammed, bald berührte sie mit ihr die Brust des Räuberhauptmanns. Darauf nahm sie das Tamburin aus der Hand 'Abdallâhs und hielt es dem Ali Baba hin, indem sie ihm ein Zeichen gab, er möchte ihr eine Gabe schenken; da warf er ihr einen Dinar zu. Nun ging sie weiter zu seinem Sohne Mohammed; auch der warf ihr einen Dinar hin. Schließlich trat sie an den Hauptmann heran, in der einen Hand den Dolch, in der andern das Tamburin. Er wollte ihr etwas geben und griff deshalb mit der Hand in seine Tasche. Aber da, plötzlich, wie er damit beschäftigt war, das Geld, das ihm zur Hand war, herauszuholen, – bohrte sie ihm den Dolch in die Brust. Er röchelte einmal gewaltig, dann gab er den Geist auf; und Allah sandte seine Seele schleunigst ins Höllenfeuer, eine Stätte, an der es nicht geheuer. Doch als Ali Baba und sein Sohn sahen, was sie getan hatte, sprangen sie sofort auf, blieben entsetzt stehen und schrieen sie an: »Du gemeines Weib, du Bastard, du Metze, du Kind ohne Herkunft, was veranlaßte dich zu diesem furchtbaren Verrat? Was trieb dich zu dieser scheußlichen Tat? Du hast uns in ein Unglück gestürzt, aus dem es für uns gar keine Rettung gibt, du bist die Ursache, daß wir umkommen und unser Leben verlieren. Allein zuerst trifft die Strafe dich, du Verruchte, und wenn du auch den Händen des Richters entgehst, so sollst du doch unseren Händen nicht entgehen!« Furchtlos entgegnete sie ihnen: »Beruhigt euch! Besänftigt eure Erregung! Wenn dies der Lohn für die ist, die ihr Leben für euch hingibt, so wird niemand mehr es wagen, eine gute Tat zu tun. Urteilt nicht vorschnell schlecht über mich, auf daß ihr es später nicht zu bereuen braucht! Hört vielmehr zuerst meine Worte an und beschließt über mich, was ihr wollt! Dieser Mann da ist kein Kaufmann, wie er vorgibt und wie ihr beiden denkt, nein, er ist ja der Räuberhauptmann aus dem Walde, der früher vorgab, er sei ein Ölhändler, und der die vielen Männer in euer Haus, in Schläuchen versteckt, hineinbrachte, um euch zu töten und euch auszurotten. Als ich ihm damals seine List vereitelte, so daß seine Hoffnung und sein Wunsch fehlschlugen, da mußte er fliehen und von dannen ziehen. Allein er ließ sich dadurch nicht warnen noch abschrecken, sondern es wuchs in ihm die wilde Wut gegen mich und gegen euch, und er beharrte in seiner schändlichen Absicht. Um nun seinen Wunsch zu erfüllen und sein Begehren zu stillen, öffnete er einen Laden im Basar der Kaufleute und füllte ihn mit prächtigen, kostbaren Waren. Dann übte er geheimen Lug und versteckten Betrug und heidnische Listen genug, bis er meinen Herrn Mohammed überlistete und betrog, indem er ihm falsche Liebe und unehrliche Freundschaft bezeugte. So lange verfolgte er ihn mit der Betrügerei, bis es ihm möglich ward, in euer Haus einzudringen und mit euch an demselben Tische zu sitzen. Da wartete er nun darauf, die Gelegenheit zu benutzen, um an euch Verrat zu üben, euch den schmählichsten Tod zu bringen und eure Spur von der Erde zu tilgen; und dabei vertraute er auf die Schärfe seiner Waffe und auf die

Kraft seiner Arme. Es gibt keine Macht und es gibt keine Majestät außer bei Allah dem Erhabenen und Allmächtigen! Preis sei Allah, der ihm ein rasches Ende und Verderben durch meine Hände bereitet hat! Sehet sein Gesicht an und betrachtet es genau; dann wird euch die Wahrheit meiner Worte offenbar werden!« Darauf deckte sie seinen Mantel auf und zeigte ihnen beiden den Dolch, der unter seinen Kleidern versteckt war. Als sie nun ihre Antwort vernommen und ihnen der Sinn ihrer Worte zum Bewußtsein gekommen, und als sie ferner das Gesicht des falschen, verlogenen Kaufmanns genau betrachtet hatten, da erkannten sie ihn gut wieder und waren ganz sicher, daß er der Ölhändler selber war. Und durch den Anblick des Dolches erkannten sie klar, daß Allah sie vor großer Fährlichkeit und vor bitterem Todesleid durch ihre Dienerin Mardschâna behütet hatte. Sie sahen die Wahrheit ihrer Worte ein, und der Mut ihres Herzens und ihres Handelns erstrahlte vor ihnen in herrlichem Schein. Da dankten sie ihr für das treffliche Tun ihrer Hand und lobten sie, weil sie alles so richtig geplant und erkannt. Dann sprach Ali Baba zu ihr: »Als ich dir damals die Freiheit schenkte, versprach ich dir noch mehr als das. Und jetzt ist es an der Zeit, daß ich meines Wortes walte und mein Versprechen halte und daß ich dir sage, was ich im Sinne hatte, um dir deine Wohltaten an uns zu vergelten und dich für dein gutes Handeln zu belohnen, und das ist, daß ich dich mit meinem Sohne Mohammed vermählen will. Was sagt ihr beiden dazu?« Da gab Mohammed ihm zur Antwort: »Ich höre und gehorche dir in allem, was du anordnest und bestimmst, und ich widerspreche dir nicht in dem, was du mir gibst und nimmst, wäre es auch ein Ding, das mich ängstigen und beunruhigen könnte. Doch was die Vermählung mit Mardschâna betrifft, so ist das mein höchster Wunsch und das Ziel meines Strebens!« So sprach er, weil er sie seit langer Zeit liebte; ja, seine Leidenschaft zu ihr war heiß entbrannt und kannte weder Gesetz noch Band. Denn die Maid besaß Schönheit und Lieblichkeit und strahlende Vollkommenheit; in ihr waren ein trefflicher Sinn und Eigenschaften von schöner Art mit edlem Stamm und vornehmer Abkunft gepaart. Darauf machten sie sich daran, den Räuberhauptmann zu begraben; sie schaufelten für ihn im Garten eine weite Grube aus und scharrten ihn dort ein, und so lag er bei seinen Kumpanen, den verruchten, den Ketzern, den verfluchten. Und keines von den Geschöpfen Allahs erfuhr etwas von diesen seltsamen Geschehnissen und wunderbaren Begebnissen.

Sehen wir nun noch, was mit seinem Laden geschah! Als der Kaufmann eine so lange Zeit von dort fernblieb, als niemanden Kunde von ihm erreichte und keine Spur sich von ihm zeigte, da bemächtigte der Staatsschatz sich seines Besitzes an Waren und an anderen Gütern und Hinterlassenschaften.

Wie dann Ali Baba und die Seinen Ruhe und Frieden fanden und in ihrem Leben befestigt standen, wie sich alle Dinge geklärt, die Freude ihnen beschert und das Böse abgewehrt, da vermählte Mohammed sich mit der Dienerin Mardschâna. Er ließ die Eheurkunde für sie vor dem Kadi der Gläubigen niederschreiben, gab ihr die erste Morgengabe und verpflichtete sich zu der zweiten. Die Hochzeitsgäste versammelten sich, das Freudenfest begann, und die fröhlichen Nächte durchwachte man; manch Gastmahl ward gefeiert, manche Schmauserei, und man holte die Spielleute, Sängerinnen und Spaßmacher herbei. Schließlich ward die Braut vor ihm entschleiert, und er blieb mit ihr allein. Drei Tage hatte die Hochzeit gedauert. Darauf, aber erst nachdem ein ganzes Jahr seit diesen Ereignissen verstrichen war, beschloß Ali Baba, wieder zu der Schatzhöhle zu gehen. Er hatte das seit dem Tode seines Bruders nicht mehr getan, aus Furcht vor der Tücke der Räuber. Dann nachdem Allah achtunddreißig Mann von ihnen durch die Hände Mardschânas hatte sterben lassen, und nachdem ihr Hauptmann ihnen im Tode gefolgt war, glaubte Ali Baba immer noch, es seien zwei Mann von ihnen übrig; denn er hatte sie ja damals im Gebirge gezählt und festgestellt, daß es vierzig Leute waren. Deswegen scheute er sich auch während dieser ganzen Zeit wieder hinzugehen, aus Furcht vor ihrer Tücke. Als ihn aber keine Kunde von ihnen erreichte und sich auch keine Spur von ihnen zeigte, war er überzeugt, daß sie verschwunden wären, und so wagte er es, sich dorthin zu begeben. Er nahm seinen Sohn mit sich, um ihm die Schatzhöhle zu zeigen und ihm das Geheimnis, wie man zu ihr gelangen und in sie eintreten konnte, zu offenbaren. Als sie sich nun der Schatzhöhle näherten, fanden sie, daß das Gebüsch und das Dornengestrüpp vor der Tür ganz dicht geworden war und den Weg versperrte. Dadurch erkannten sie, daß seit einer langen Zeit in diesen Hort keine Menschenseele, kein Laut, kein Wort mehr eingedrungen war. So waren sie denn sicher, daß die beiden letzten Räuber auch umgekommen sein mußten. Ihre Furcht schwand, und sie wagten es, näher zu treten und weiter vorzudringen. Da nahm Ali Baba eine Axt, hieb das Gestrüpp und die Dornbüsche ab, bis daß ein Weg gebahnt und der Zutritt zur Tür frei war. Darauf sprach er: »Sesam, öffne dein Tor!« Sofort tat die Tür sich auf, er trat mit seinem Sohne ein und zeigte ihm alle die Schätze und Seltsamkeiten und die wunderbaren Kostbarkeiten, die sie enthielt. Mohammed war bei ihrem Anblicke wie geblendet und geriet in das höchste Erstaunen. Nachdem sie dann die Schatzhöhle durchstreift hatten und überall in ihren Hallen umhergegangen waren und sattsam die Juwelen und Edelmetalle angeschaut hatten, beschlossen sie heimzukehren. Da nahmen sie, was ihnen von den Kleinodien der Schatzhöhle gefiel, was nicht beschwert und doch von hohem Wert, und kehrten nach Hause zurück voll Fröhlichkeit und über den Gewinn der Schätze erfreut. Und von da an holten sie immerfort aus der Schatzhöhle alles, was sie nur wünschten. So führten sie ein herrliches und glückliches Leben, bis Der zu ihnen kam, der die Freuden schweigen heißt und die Freundesbande zerreißt, der die Schlösser vernichtet und die Gräber errichtet.

## 'ALÂ ED-DÎN UND DIE WUNDERLAMPE

In einer Stadt Chinas lebte ein armer Schneidersmann; der hatte einen Sohn namens 'Alâ ed-Dîn. Und dieser Knabe war von Jugend auf ein Tunichtgut und Taugenichts. Als er aber zehn Jahre alt war, wollte sein Vater ihn ein Handwerk lernen lassen; und da er arm war, so war es ihm nicht möglich, viel Geld für ihn auszugeben, um ihn in einem Handwerk oder einer Wissenschaft oder einem anderen Beruf unterrichten zu lassen. So nahm sein Vater ihn denn mit sich in seine eigene Werkstatt, um ihn selbst das Schneiderhandwerk zu lehren. Weil der Knabe jedoch nun einmal ein Tunichtgut war und immer nur die Gewohnheit hatte, mit den Knaben des Stadtviertels zu spielen, so blieb er niemals auch nur einen einzigen ganzen Tag in der Werkstatt, sondern er lauerte immer nur auf den Augenblick, in dem sein Vater ausging, um eine Besorgung zu machen oder um einen Kunden zu besuchen; dann lief er sofort weg und trieb sich draußen in den Gärten herum, zusammen mit den anderen bösen Buben, Lehrlingen von seinem Schlage. So trieb er es stets; er gehorchte seinen Eltern nicht und lernte auch kein Handwerk. Sein Vater grämte und betrübte sich so sehr über die Untugend seines Sohnes, daß er krank ward und starb. Der Knabe 'Alâ ed-Dîn aber blieb bei seiner Art. Wie seine Mutter nun überlegte, daß ihr Gatte dahingeschieden war, daß ihr Sohn aber ein Tunichtgut war, der zu gar nichts taugte, da verkaufte sie den Laden mit allem, was in ihm war, und begann Baumwolle zu spinnen, um durch ihrer Hände Arbeit den Lebensunterhalt für sich und ihren mißratenen Sohn 'Alâ ed-Dîn zu gewinnen. Der aber wurde, da er nun sah, daß er der Strenge seines Vaters entronnen war, in seiner Unart und Nichtsnutzigkeit noch bestärkt. Ja, er gewöhnte sich sogar daran, nur zur Essenszeit nach Hause zu kommen. Seine arme, unglückliche Mutter aber mußte ihn von dem ernähren, was sie durch Spinnen mit eigener Hand verdiente, bis er fünfzehn Jahre alt geworden war.

Als 'Alâ ed-Dîn fünfzehn Jahre alt geworden war, spielte er eines Tages auf der Straße mit den bösen Buben; da kam plötzlich ein maurischer Derwisch und blieb stehen, um den Kindern zuzuschauen; er blickte auf 'Alâ ed-Dîn und sah seine Gestalt genauer an als seine Genossen. Dieser Derwisch stammte aus dem fernsten Westlande, und er war ein Zauberer, der durch seine Kunst einen Berg auf den andern türmen konnte und der auch in der Astrologie erfahren war. Nachdem er den 'Alâ ed-Din genau betrachtet hatte, sprach er bei sich selber: ›Dieser Knabe da ist der, den ich suche, ja, er ist es; um ihn aufzuspüren, habe ich meine Heimat verlassen.‹ Dann nahm er einen der Knaben beiseite und fragte ihn nach 'Alâ ed-Dîn, wessen Sohn er sei, und erhielt von ihm Auskunft über alles, was jenen anging. Darauf trat er an 'Alâ ed-Dîn heran, nahm ihn beiseite und fragte ihn: »Mein Sohn, bist du nicht der Sohn des Schneiders Soundso?« »Jawohl, mein Herr«, erwiderte ihm der Knabe, »aber mein Vater ist längst tot.« Wie der maurische Zauberer das hörte, warf er sich auf 'Alâ ed-Dîn, umarmte ihn, begann ihn zu küssen und weinte, so daß die Tränen über seine Wangen strömten. Als 'Alâ ed-Dîn dies Gebaren des Mauren sah, wunderte er sich darüber, und er fragte ihn und sprach: »Warum weinst du, mein Herr? Und woher kennst du meinen Vater?« Mit trauriger, gebrochener Stimme antwortete ihm der Maure: »Mein Sohn, wie kannst du eine solche Frage an mich richten, nachdem du mir kundgetan hast, daß dein Vater, mein Bruder, tot ist? Ja, dein Vater war mein Bruder! Ich bin jetzt aus meinem Lande hierher gekommen, und nach meinem Aufenthalt in der Fremde war ich schon froh, da ich hoffte, ihn wiederzusehen und durch ihn Trost zu finden! Du aber hast mir jetzt kundgetan, daß er tot ist. Ach, das Blut konnte es mir nicht verhehlen, daß du der Sohn meines Bruders bist; ich habe dich aus all den Knaben heraus erkannt, obwohl dein Vater, als ich mich von ihm trennte, noch nicht verheiratet war.«

Dann sprach der maurische Zauberer zu 'Alâ ed-Dîn, dem Schneiderssohne: »Mein Sohn 'Alâ ed-Dîn, jetzt ist es mir versagt, Trost und Freude zu finden durch deinen Vater, meinen Bruder, den ich nach meinem Fernsein noch einmal vor meinem Tode zu sehen hoffte. Ach, das Schicksal der Trennung hat ihn mir geraubt; aber dem Geschicke kann niemand entgehen, und gegen das, was Allah der Erhabene beschlossen hat, gibt es kein Mittel.« Dann nahm er 'Alâ ed-Dîn bei der Hand und sprach zu ihm: »Mein Sohn, ich habe jetzt keinen Trost mehr als dich allein; du trittst nun für deinen Vater ein, denn du bist jetzt sein Stellvertreter. Wer Nachkommen hinterläßt, der ist nicht tot, mein Sohn!« Nun legte der Zauberer seine Hand in die Tasche, holte zehn Dinare hervor und gab sie dem 'Alâ ed-Din mit den Worten: »Mein Sohn, wo ist euer Haus, und wo ist sie, deine Mutter, die Frau meines Bruders?« 'Alâ ed-Dîn nahm ihn bei der Hand und zeigte ihm den Weg zu ihrem Hause. Da sagte der Zauberer zu ihm: »Mein Sohn, behalte dies Geld und gib es deiner Mutter; grüße sie von mir und sage ihr, daß dein Oheim aus der Ferne wiedergekommen ist. So Gott will, komme ich am morgigen Tage zu euch, um sie selbst zu begrüßen und um das Haus zu schauen, in dem mein Bruder gewohnt hat, und auch um zu sehen, wo sein Grab ist.« Darauf küßte 'Alâ ed-Dîn die Hand des Mauren und lief in seiner Freude eilends zu seiner Mutter; er kam zu ungewohnter Zeit zu ihr, da er ja sonst immer nur zur Essenszeit bei ihr einzutreten pflegte. Fröhlich ging er zu ihr hinein und rief: »Mutter, ich bringe dir gute Botschaft, mein Oheim ist aus der Fremde heimgekehrt und läßt dich grüßen.« »Mein Sohn«, erwiderte sie, »willst du mich etwa verspotten? Wer ist dein Oheim? Woher hast du einen lebendigen Oheim?« Doch 'Alâ ed-Dîn sagte darauf: »Mutter, wie konntest du zu mir sagen, ich hätte keine Oheime und keine Verwandten, die am Leben wären, wo doch dieser Mann mein Oheim ist? Er hat mich ja umarmt und hat mich geküßt mit Tränen im Auge. Und er hat mir gesagt, ich sollte dir dies mitteilen.« »Mein Sohn«, gab sie ihm zur Antwort, »ja, ich weiß, du hattest einen Oheim, aber der ist gestorben; und ich habe keine Kunde davon, daß du einen zweiten Oheim hättest.«

Am nächsten Morgen ging der maurische Zauberer aus und begann, sich wieder nach 'Alâ ed-Dîn umzuschauen; denn er hatte die Absicht, sich nicht mehr von ihm zu trennen. Und während er in den Straßen der Stadt umherging, traf er auf 'Alâ ed-Dîn, der wie gewöhnlich mit den bösen Buben spielte. Nachdem er an ihn herangetreten war, ergriff er ihn bei der Hand, umarmte ihn, küßte ihn und nahm aus seinem Beutel zwei Dinare heraus, indem er sprach: »Geh zu deiner Mutter, gib ihr diese beiden Dinare und sprich zu ihr: ›Mein Oheim möchte heute abend bei uns speisen; darum nimm diese beiden Dinare und bereite uns ein schönes Abendessen!‹ Vor allem aber zeige mir noch einmal den Weg zu eurem Hause!« »Das will ich gern tun, mein Oheim«, rief 'Alâ ed-Dîn, ging vor ihm her und zeigte ihm den Weg zum Hause. Dann verließ der Maure ihn und ging seines Weges. 'Alâ ed-Dîn aber ging heim und erzählte es seiner Mutter; auch gab er ihr die beiden Dinare mit den Worten: »Mein Oheim wünscht bei uns zu Abend zu speisen.« Die Mutter des 'Alâ ed-Dîn machte sich sofort auf, ging zum Basar und kaufte alles Nötige ein. Dann kam sie wieder nach Hause und begann das Abendessen vorzubereiten; von ihren Nachbarn entlehnte sie, was sie an Schüsseln und anderem Geschirr nötig hatte, und als es Abend ward, sprach sie zu ihrem Sohne 'Alâ ed-Dîn: »Mein Sohn, das Abendessen ist gerichtet. Vielleicht kennt dein Oheim nicht den Weg zu unserem Hause; drum geh ihm eine Strecke weit entgegen!« »Ich höre und gehorche!« antwortete er. Doch während sie noch miteinander redeten, ward plötzlich an die Tür geklopft. 'Alâ ed-Dîn ging hin, um zu öffnen; da war es der maurische Zauberer mit einem Diener, der Wein und Früchte trug. 'Alâ ed-Din ließ sie ein; der Diener ging seines Weges, der Maure aber trat hinein, begrüßte die Mutter 'Alâ ed-Dîns und begann zu weinen. Dann fragte er sie: »Wo ist die Stätte, an der mein Bruder zu sitzen pflegte?« Da zeigte die Mutter des Knaben dem Fremdling die Stätte, an der ihr Gatte zu seinen Lebzeiten gesessen hatte; jener aber ging dorthin, sank auf die Kniee und küßte den Boden, indem er sprach: »Ach, wie armselig ist mein Glück, wie traurig ist mein Geschick, seit ich dich nicht mehr habe, mein Bruder, o du Ader meines Auges!« In dieser Art und Weise jammerte und klagte er, so daß die Mutter 'Alâ ed-Dins wirklich glauben mußte, er sei in Wahrheit ihr Schwager. Ja, er wurde sogar ohnmächtig von seinem vielen Weinen und Greinen; da trat sie zu ihm und redete mit ihm, und nachdem sie ihn vom Boden aufgerichtet hatte, sprach sie zu ihm: »Was hilft es, wenn du dich zu Tode peinigst?« Dann fuhr die Mutter 'Alâ ed-Dîns fort, den maurischen Zauberer zu trösten; sie bat ihn, sich zu setzen, und nachdem er sich gesetzt hatte, begann er, noch ehe der Tisch aufgetragen wurde, mit ihr zu plaudern, indem er sprach: »Frau meines Bruders, wundere dich nicht darüber, daß du mich zeit deines Lebens noch nicht gesehen und mich auch zu Lebzeiten meines entschlafenen Bruders nicht kennengelernt hast! Denn ich habe schon vor vierzig Jahren dies Land verlassen und bin der Heimat ferngeblieben. Ich bin nach Hinterindien und Vorderindien gereist, ich habe ganz Arabien durchstreift; dann zog ich nach Ägyptenland und wohnte eine lange Weile in seiner großen Hauptstadt, die zu den Weltwundern gehört und zuletzt begab ich mich nach dem fernsten Westen, und in jenem Lande blieb ich dreißig Jahre lang. Eines Tages aber, o Frau meines Bruders, während ich so dort saß, begann ich an mein Heimatland und an meinen Bruder, der jetzt dahingeschieden ist, zu denken. Da ergriff mich übermächtige Sehnsucht danach, ihn wiederzusehen; ich begann zu weinen und darüber zu klagen, daß ich so fern von ihm in der Fremde war; und schließlich machte mich die Sehnsucht nach ihm so unruhig, daß ich beschloß, nach diesem Lande zu reisen, meiner Heimat, in der ich geboren bin, um meinen Bruder wiederzusehen. Denn ich sprach bei mir selber: ›Mann, wie lange bist du schon in der Fremde, fern deinem Heimatlande, und dabei hast du nur einen einzigen Bruder und sonst keine Geschwister; drum auf, reise hin, sieh ihn noch einmal, ehe du stirbst! Wer kennt die Schicksalsschläge der Zeit und die Wechselfälle der Tage? Das wäre doch ein herbes Leid, wenn ich stürbe, ehe ich meinen Bruder noch einmal sähe! Allah hat dir ja – Ihm sei Dank! – großen Reichtum verliehen, während dein Bruder vielleicht in Mangel und Armut lebt; dann könntest du ihm helfen und zugleich sein Antlitz sehen.‹ Da machte ich mich denn sogleich auf, rüstete mich zur Reise, sprach nach dem Freitagsgebete die erste Sure, bestieg mein Reittier und kam zu dieser Stadt nach vielen Mühsalen und Beschwerden, die ich im Schutze des Herrn, des Allmächtigen und Hocherhabenen, geduldig ertrug; und so zog ich hier ein. Während ich nun vorgestern in den Straßen der Stadt umherging, sah ich, wie der Sohn meines Bruders, 'Alâ ed-Dîn, mit den Knaben spielte; und beim allmächtigen Gott, o Frau meines Bruders, als ich ihn erblickte, da ward mein Herz zu ihm gerissen, denn Blut wird zu Blut hingezogen, und die Stimme meines Herzens sprach zu mir, daß dies meines Bruders Sohn sei. Ich vergaß all meine Mühsal und Bekümmernis, als ich ihn sah, und fast wäre ich vor Freuden geflogen; doch als er mir kundtat, daß der Selige zur Barmherzigkeit Allahs des Erhabenen eingegangen ist, da ward ich im Übermaße meines Grames und Kummers ohnmächtig; vielleicht hat 'Alâ ed-Dîn dir schon berichtet, wie es mich überwältigt hat. Aber jetzt habe ich ein wenig Trost durch 'Alâ ed-Dîn gefunden, der nun an die Stelle des Entschlafenen tritt; denn wer Nachkommen hinterläßt, ist nicht tot.«

Nachdem der maurische Zauberer seine Ansprache an die Mutter 'Alâ ed-Dîns mit den Worten: »Wer Nachkommen hinterläßt, der ist nicht tot« geschlossen hatte, sah er, wie sie darüber weinte, und wandte sich dann zu 'Alâ ed-Dîn; dabei war es seine Absicht, daß sie nicht mehr an ihren Gatten denken sollte und daß er sie darüber hinwegtröste, um so seinen listigen Plan an ihr zu vollenden. »Mein Sohn 'Alâ ed-Dîn«, redete er ihn an, »was für ein Handwerk hast du gelernt? Was für einen Beruf hast du? Hast du ein Handwerk gelernt, das euch beide, dich und deine

Mutter, ernährt?« Da ward 'Alâ ed-Dîn beschämt und verlegen, er ließ den Kopf hängen und senkte ihn zu Boden. Doch seine Mutter rief: »Woher sollte er? Bei Allah, er versteht gar nichts! Einen so nichtsnutzigen Buben habe ich noch niemals gesehen. Den ganzen Tag über treibt er sich herum mit den bösen Buben des Stadtviertels, die ebenso sind wie er. Sein Vater – o mein Jammer! – starb nur aus Gram um ihn. Und ich lebe jetzt auch im Elend; mühsam spinne ich Baumwolle Tag und Nacht, um mir ein paar Laibe Brot zu verdienen, die wir gemeinsam aufessen. Ja, so ergeht es mir, lieber Schwager! Bei deinem Leben, er kommt nur zur Essenszeit zu mir, sonst nie. Ich habe schon daran gedacht, ich wollte die Haustür schließen und ihm nie mehr aufmachen und ihn laufen lassen, damit er sich einen Unterhalt suche, durch den er sein Leben fristet. Ich bin jetzt eine alte Frau, ich habe keine Kraft mehr, mich so abzuquälen und auf diese Weise für das tägliche Brot zu sorgen. Ach Gott, muß ich meinen Lebensunterhalt beschaffen? Ich brauche jemanden, der mich ernährt!« Da wandte sich der Maure an 'Alâ ed-Dîn mit den Worten: »Wie kommt es, o Sohn meines Bruders, daß du es so böse treibst? Das ist eine Schande für dich! Das paßt sich nicht für Leute deiner Art! Du bist doch verständig, mein Sohn, und ein Kind ehrbarer Leute! Eine Schmach für dich ist es, daß deine Mutter in ihrem hohen Alter sich noch um deinen Lebensunterhalt kümmern muß, während du schon ein Mann bist, der sich nach einem Lebensweg umsehen sollte, durch den er sich ernähren kann. Schau, mein Sohn, in unserer Stadt gibt es – gottlob! – so viele Lehrmeister wie sonst nirgends; wähle dir das Handwerk aus, das dir zusagt, damit ich dich darin unterbringe; wenn du dann älter wirst, mein Sohn, so hast du deinen Beruf, von dem du leben kannst. Es ist ja möglich, daß du das Handwerk deines Vaters nicht magst; dann suche dir ein anderes aus, ein Handwerk, das dir gefällt! Erzähle mir davon; ich will dir helfen, so viel ich nur irgend vermag, mein Sohn!« Als der Maure aber sah, daß 'Alâ ed-Dîn schwieg und ihm keine Antwort gab, merkte er, daß der Knabe überhaupt keine Arbeit haben, sondern nur ein faules

Leben führen wollte; und da sprach er zu ihm: »Sohn meines Bruders, ich will dir nicht weh tun. Wenn du denn doch kein Handwerk erlernen magst, so will ich dir einen Kaufmannsladen mit den kostbarsten Stoffen eröffnen, damit du unter den Menschen bekannt wirst, Handel treiben, kaufen und verkaufen kannst und ein angesehener Mann in der Stadt seiest.« Als nun 'Alâ ed-Dîn die Worte seines maurischen Oheims hörte, wie er die Absicht hatte, ihn zu einem Kaufherren zu machen, freute er sich sehr; denn er wußte genau, daß diese Herren alle immer feine und saubere Kleider tragen; lächelnd blickte er den Mauren an, nickte mit dem Kopfe und deutete so an, daß er einverstanden war.

Der maurische Zauberer sah, wie 'Alâ ed-Dîn lächelte; und nun wußte er, daß der Knabe damit einverstanden war, ein Kaufherr zu werden, und so sprach er denn zu ihm: »Da du einverstanden bist, daß ich dich Kaufmann werden lasse und dir einen Laden eröffne, Sohn meines Bruders, so zeige dich als Mann! Morgen, so Gott will, werde ich dich zunächst mit zum Basar nehmen und dir einen feinen Anzug anmessen lassen, wie ihn die Kaufleute tragen; danach werde ich dir einen Laden aussuchen und dir so mein Wort halten.« Die Mutter 'Alâ ed-Dîns hatte bisher immer noch ein wenig daran gezweifelt, daß der Maure ihr Schwager sei; aber als sie nun hörte, daß er ihrem Sohne versprach, er wolle ihm einen Kaufherrenladen eröffnen und ihm Stoffe und Kapital und dergleichen geben, da entschied die Frau in ihrem Sinne, daß dieser Maure wirklich ihr Schwager sei, weil ein fremder Mann so etwas doch nicht für ihren Sohn tun könne. Deshalb begann sie, ihren Sohn auf den rechten Weg zu leiten und ihn zu ermahnen, er solle die Torheit aus seinem Kopfe verbannen, sich als Mann erweisen, stets seinem Oheim, der ihm wie ein Vater sei, gehorchen und die Zeit, die er im Nichtstun mit seinesgleichen nutzlos hatte verstreichen lassen, wiedergutmachen. Darauf breitete die Mutter 'Alâ ed-Dîns den Tisch aus und trug das Abendessen auf; alle drei setzten sich hin und begannen zu essen und zu trinken, während der Maure sich mit 'Alâ ed-Dîn über Fragen des Kaufmannsberufes und dergleichen Dinge unterhielt. Darüber freute 'Alâ ed-Dîn sich so sehr, daß er in jener Nacht nicht schlafen konnte. Als der Maure bemerkte, daß die Nacht bald zu Ende war, ging er zu seiner Wohnstätte, nachdem er ihnen versprochen hatte, am nächsten Tage zurückzukehren, um mit 'Alâ ed-Dîn zum Basar zu gehen und ihm einen Kaufmannsanzug anmessen zu lassen. Wie es dann Morgen geworden war, klopfte er auch schon wieder an die Tür. 'Alâ ed-Dîns Mutter erhob sich und machte ihm die Haustür auf; er wollte aber nicht eintreten, sondern verlangte nur nach 'Alâ ed-Dîn, um mit ihm zum Basar zu gehen. So kam denn 'Alâ ed-Dîn heraus, wünschte seinem Oheim einen guten Morgen und küßte ihm die Hand. Der nahm ihn bei der Hand und schritt mit ihm dahin bis zum Basar. Dort trat er in einen Tuchladen ein, in dem sich Kleider von jeglicher Art befanden. Er forderte einen vollständigen Anzug von hohem Werte; da brachte der Kaufmann, was er wünschte, in allen seinen Teilen fertig geschnitten und genäht. Nun sprach der Maure zu 'Alâ ed-Dîn: »Wähle dir aus, mein Sohn, was dir gefällt!« Der Knabe war hocherfreut, wie er sah, daß sein Oheim ihm die Wahl ließ, und er suchte sich nach seinem Belieben die Kleidungsstücke aus, die ihm gefielen. Dann bezahlte der Maure dem Kaufmann sofort den Preis dafür, ging fort und nahm 'Alâ ed-Dîn mit ins Badehaus. Nachdem sie gebadet hatten, verließen sie den Baderaum und tranken Scherbett in der Halle; dann legte 'Alâ ed-Dîn froh und fröhlich den neuen Anzug an, trat vor seinen Oheim hin, dankte ihm und küßte ihm, dankbar für seine Güte, die Hand.

Nachdem der Maure mit 'Alâ ed-Dîn das Badehaus verlassen hatte, nahm er ihn wieder bei der Hand und ging mit ihm zum Basar der Kaufherren; er zeigte ihm den Basar und wie dort Handel getrieben wurde, und dann sprach er zu ihm: »Mein Sohn, es geziemt dir nunmehr, mit den Leuten zu verkehren, zumal mit den Kaufherren, damit du von ihnen das Handeltreiben erlernest, da dies jetzt dein Beruf geworden ist.« Darauf führte er ihn weiter, zeigte ihm die Stadt, die Moscheen und alles Sehenswerte, was es in dem Orte gab. Zuletzt trat er dort mit ihm in den

Laden eines Garkochs ein; der brachte ihnen das Mittagsmahl auf silbernen Schüsseln, sie speisten und tranken, bis sie gesättigt waren, und gingen wieder fort. Nun begann der Maure dem 'Alâ ed-Dîn die Lustgärten und die großen Plätze zu zeigen; auch ging er mit ihm in das Schloß des Sultans und zeigte ihm alle die prächtigen, großen Gemächer. Nach alledem führte er ihn zum Chân der fremden Kaufleute, in dem er selber wohnte. Dort lud er einige Kaufleute ein, die in der Herberge weilten; als sie gekommen waren und sich zum Essen hingesetzt hatten, erzählte er ihnen, daß dies der Sohn seines Bruders sei und daß er 'Alâ ed-Dîn heiße. Nachdem sie gegessen und getrunken hatten, nahm er, da die Nacht bereits angebrochen war, den 'Alâ ed-Dîn und brachte ihn zu seiner Mutter zurück. Wie die aber ihren Sohn ansah, der nun einem der Kaufherren glich, war sie fast wie von Sinnen und vergoß Freudentränen. Sie begann ihrem Schwager, dem Mauren, für seine Güte zu danken, indem sie zu ihm sprach: »Lieber Schwager, ich könnte nie genug Worte finden, auch wenn ich dir mein ganzes Leben lang dankte und dich priese für das Gute, das du an meinem Sohne getan hast.« Der Maure antwortete ihr: »Frau meines Bruders, das ist gar keine Güte von mir. Er ist doch mein Sohn; und es ist meine Pflicht, daß ich für meinen Bruder eintrete und dem Kinde ein Vater werde. Darum sei nur ruhig!« Sie fuhr fort: »Ich bete zu Allah bei dem Ruhme der ersten und der letzten Heiligen, daß er dich behüte und erhalte, mein Schwager, und daß er dir ein langes Leben gebe, damit du diesem Waisenknaben ein schirmender Fittich seiest; er soll dir immer gehorchen und folgen und nur das tun, was du ihm gebietest!« »Frau meines Bruders«, erwiderte der Maure, »'Alâ ed-Dîn ist schon herangewachsen und verständig, er stammt von trefflichen Eltern, und ich hoffe zu Allah, daß er an die Stelle seines Vaters treten und dein Augentrost sein wird. Doch es tut mir leid, daß ich morgen, weil es Freitag ist, ihm noch nicht den Laden eröffnen kann, da am Freitag alle Kaufleute nach dem Gottesdienste zu den Gärten und den Lustplätzen hinausgehen. Aber, so Gott will, werde ich am Samstag mit Hilfe des

Schöpfers tun, was ich vorhabe. Morgen will ich zu euch kommen und 'Alâ ed-Dîn abholen, um ihm die Gärten und Lustplätze draußen vor der Stadt zu zeigen; die hat er vielleicht bisher noch nicht gesehen; dann wird er auch die Leute treffen, die Kaufherren und die Vornehmen, die dort lustwandeln, auf daß er sie kennen lernt und sie mit ihm bekannt werden.«

Dann ging der Maure fort und brachte jene Nacht in seiner Wohnung zu. Am Tage darauf kam er wieder zum Hause des Schneiders und klopfte an die Haustür. 'Alâ ed-Dîn aber hatte aus Freude über die Kleider, die jener ihm angelegt hafte, und über das Schöne, was er am vergangenen Tage erlebt hatte – das Bad, das Essen und Trinken und das Zusammensein mit den Leuten –, und im Gedanken daran, daß sein Oheim am nächsten Morgen kommen und ihn abholen würde, um ihm die Gärten zu zeigen, in jener Nacht nicht geschlafen; ja, er hatte kein Auge zugetan und hatte gar nicht darauf warten können, bis es Tag wurde. Sowie er nun hörte, daß an die Türe geklopft wurde, sprang er eilends wie ein Feuerfunke hin, machte die Haustür auf und sah seinen Oheim aus dem Westlande vor sich. Der umarmte ihn, küßte ihn und nahm ihn bei der Hand. Dann gingen sie zusammen fort, und der Maure sprach zu dem Knaben: »Sohn meines Bruders, heute werde ich dir etwas zeigen, das du in deinem ganzen Leben noch nicht gesehen hast!« Dabei lächelte er ihn an und sprach ihm mit freundlichen Worten zu, und sie gingen zum Stadttore hinaus. Der Maure schritt zwischen den Gärten dahin und zeigte dem Knaben die großen Lustplätze und die hochragenden wunderbaren Schlösser. Sooft ihr Blick auf einen Garten oder ein Schloß oder einen Palast fiel, blieb der Maure stehen und fragte: »Gefällt dir das, mein Sohn 'Alâ ed-Dîn?« Dem aber war, als sollte er vor Freude fliegen; denn er sah Dinge, die er in seinem ganzen Leben noch nie gesehen hatte. So schritten sie immer weiter und sahen sich alles an, bis sie müde wurden; da traten sie in einen großen Garten ein, der dem Herzen Freude machte und dem Auge ein schönes Schauspiel brachte; die Springbrunnen sprangen, von Blumen umfangen, und die Wasser flossen aus Mäulern von Löwen, die von goldgelbem Messing waren. Dann setzten sie sich an einem Tische nieder und ruhten aus. 'Alâ ed-Dîn war beglückt und hocherfreut, und er begann mit dem Alten zu scherzen und sich zu vergnügen, als wäre er wirklich sein Oheim gewesen. Darauf machte der Maure seinen Gürtel auf und zog einen Beutel hervor, der mit Brot und Früchten und anderen Dingen zum Essen gefüllt war, und sprach zu 'Alâ ed-Dîn: »Sohn meines Bruders, du bist wohl hungrig; komm, iß, was du willst!« Da trat der Knabe herzu und aß; und auch der Maure aß mit ihm. So waren sie lustig und seelenvergnügt und ruhten sich aus. Dann hub der Maure an: »Sohn meines Bruders, wenn du ausgeruht hast, so laß uns noch ein wenig weiter gehen!« Alsbald stand 'Alâ ed-Dîn auf, und der Maure begann mit ihm von Garten zu Garten zu gehen, bis sie an allen Gärten vorbeigegangen waren und nun zu einem hohen Berge kamen. 'Alâ ed-Dîn, der bis dahin noch nie aus der Stadt herausgekommen war und auch in seinem ganzen Leben noch nicht einen so langen Weg gemacht hatte, sprach zu dem Mauren: »Oheim, sag, wohin gehen wir? Wir haben doch schon alle Gärten hinter uns gelassen, und jetzt sind wir vor einem Berge. Und wenn der Weg noch lang ist, so habe ich keine Kraft mehr zum Gehen; denn ich bin schwach vor Müdigkeit. Es sind ja auch keine Gärten mehr vor uns; laß uns wieder nach der Stadt zurückkehren!« »Mein Sohn«, erwiderte der Maure, »dies ist ja der Weg; die Gärten sind auch noch nicht zu Ende, wir gehen jetzt, um uns einen Garten anzusehen, wie ihn selbst die Könige nicht haben. Alle Gärten, die wir bisher gesehen haben, sind nichts im Vergleich zu diesem Garten. Also nimm deine Kraft beim Gehen zusammen; du bist ja, Gott sei Dank, ein Mann!« Nun begann der Maure den Knaben mit freundlichen Worten abzulenken und ihm seltsame Geschichten zu erzählen, wahre und erdichtete, bis sie zu der Stätte gelangten, die das Ziel dieses maurischen Zauberers war, um deren willen er aus dem fernen Westlande bis nach China gereist war. Und als sie dort angekommen waren, sprach er zu 'Alâ ed-Dîn: »Sohn meines Bruders, setze dich nieder, ruhe dich aus; denn dies ist die Stätte, die wir suchen! So Gott will, werde ich dir wunderbare Dinge zeigen, wie sie noch kein Mensch in der Welt je geschaut hat; noch nie hat jemand das zu sehen bekommen, was du nun erblicken wirst.«

Weiter sprach er zu 'Alâ ed-Dîn: »Doch erst, wenn du dich ausgeruht hast, steh auf und suche Brennholzstücke und Reisig, alles dürr und trocken, damit wir ein Feuer anzünden können. Dann, o Sohn meines Bruders, werde ich dir etwas zeigen – nun, laß nur, du wirst schon sehen!« Als 'Alâ ed-Dîn das hörte, brannte er vor Begierde, das, was sein Oheim ihm zeigen wollte, zu schauen; er vergaß die Müdigkeit, sprang sofort auf und begann, dürres Brennholz und trockene Reiser zu sammeln. Er sammelte, bis der Maure ihm sagte: »Nun ist es genug, lieber Neffe!« Darauf holte der Maure eine Schachtel aus seiner Tasche, öffnete sie und nahm so viel Weihrauch aus ihr hervor, wie er nötig hatte. Und er räucherte und zauberte und beschwor und murmelte unverständliche Worte. Sofort ward es finster, es bebte und donnerte, und der Erdboden tat sich auf. Darüber erschrak 'Alâ ed-Dîn, und in seiner Angst wollte er weglaufen. Doch als der maurische Zauberer bemerkte, daß der Knabe weglaufen wollte, ergrimmte er gewaltig über ihn, da seine ganze Arbeit ohne 'Alâ ed-Dîn nichts nutzte; denn der Schatz, den er heben wollte, tat sich nur vor 'Alâ ed-Dîn auf. Wie er also sah, daß der Knabe fliehen wollte, hob er seinen Arm und traf ihn so heftig auf den Kopf, daß er ihm fast die Zähne ausschlug. Ohnmächtig sank 'Alâ ed-Dîn zu Boden. Doch nach einer kleinen Weile schon kam er durch den Zauber des Mauren wieder zu sich und fing an zu weinen; und er rief: »Lieber Oheim, was habe ich denn getan, daß ich einen solchen Schlag von dir verdiente?« Nun begann der Maure ihn zu besänftigen, indem er zu ihm sprach: »Mein Sohn, ich will dich doch zum Manne machen. Drum widersetze dich mir nicht, da ich dein Oheim bin, der deinen Vater vertritt. Gehorche mir in allem, was ich dir sage! Nach einer kleinen Weile wirst du all diese Qual und Mühe vergessen, wenn du die wundersamen Dinge siehest!« Als nun der Erdboden sich vor dem Magier aufgetan hatte und sich ihm eine Marmorplatte zeigte, an der sich ein Ring aus gegossenem Messing befand, wandte er sich dem Knaben zu und sprach: »Wenn du tust, was ich dir sage, so wirst du reicher als alle Könige werden! Deswegen, mein Sohn, habe ich dich ja auch nur geschlagen, weil hier ein Schatz verborgen liegt, der auf deinen Namen lautet; und da wolltest du ihn verlassen und fortlaufen! Aber jetzt gib acht; sieh nur, wie ich die Erde durch meine magische Kunst und meine Beschwörung geöffnet habe!« Des weiteren sprach er zu 'Alâ ed-Dîn: »Mein Sohn 'Alâ ed-Dîn, also gib acht! Sieh, unter der Platte, an der jener Ring ist, dort ist der Schatz, von dem ich dir sagte. Lege deine Hand in den Ring und hebe die Platte! Denn kein einziger Mensch kann sie aufmachen als du allein, und niemand anders als du kann seinen Fuß in diese Schatzhöhle setzen, das alles ist dir vorbehalten. Du mußt aber auf mich hören, genau wie ich dich anweise, und darfst keine Silbe von meinen Worten außer acht lassen. Das alles, mein Sohn, geschieht zu deinem Besten; denn dieser Schatz ist gewaltig groß, kein König der Welt besitzt seinesgleichen. Er gehört dir und mir!« 'Alâ ed-Dîn, der arme Junge, vergaß nun Müdigkeit, Schläge und Tränen, er war durch die Worte des Mauren ganz berückt und freute sich, weil er so reich werden sollte, daß selbst die Könige nicht reicher als er wären. Und so sagte er: »Lieber Oheim, befiehl mir alles, was du willst; ich gehorche deinem Befehle!« »Ach, Sohn meines Bruders«, erwiderte jener, »du bist mir wie mein eigen Kind, ja, noch lieber; denn außer dir, meinem Neffen, habe ich keine Verwandten. Du sollst mein Erbe und mein Nachfolger sein, mein Sohn!« Und er trat zu 'Alâ ed-Dîn und küßte ihn und fuhr fort: »Für wen mach ich mir denn all diese Mühe, mein Sohn? Nur um deinetwillen, damit ich dich zu einem sehr reichen und vornehmen Manne mache! Drum tu alles genau, wie ich es dir sage! Nun tritt zu diesem Ring und hebe ihn, wie ich dir gesagt habe!« Doch 'Alâ ed-Dîn antwortete: »Oheim, dieser Ring ist zu schwer für mich; ich kann ihn nicht allein aufheben. Komm, hilf du mir auch beim Hochheben; ich bin ja noch so jung an Jahren.« »Lieber Neffe«, sagte darauf der Maure, »es ist uns nicht möglich, irgend etwas zu erreichen, wenn ich dir helfe; dann wird unsere Mühe ganz vergeblich sein. Lege du nur deine Hand in den Ring und zieh ihn hoch! Dann wird er sich alsbald in deiner Hand heben. Ich habe dir doch gesagt, daß niemand als du allein ihn berühren darf; wenn du an ihm ziehst, so sprich deinen Namen und die Namen deines Vaters und deiner Mutter aus, und dann wird er sich sofort in deiner Hand heben, du aber wirst sein schweres Gewicht gar nicht spüren.« Da nahm 'Alâ ed-Dîn seine Kraft zusammen, faßte einen festen Entschluß und tat, wie ihn der Maure angewiesen hatte. Und als er seinen Namen und die Namen seines Vaters und seiner Mutter aussprach, hob er die Platte ganz leicht empor, gerade so, wie der Magier ihm gesagt hatte; und nachdem die Platte sich gehoben hatte, warf er sie beiseite.

Als er die Platte von dem Eingange zu der Schatzhöhle hoben hatte, sah er einen unterirdischen Gang; an dessen Eingang mußte man etwa zwölf Stufen hinabsteigen. Darauf sprach der Maure zu ihm: »'Alâ ed-Dîn, gib acht, tu alles ganz genau so, wie ich dir sage, und laß nichts davon aus. Geh mit aller Vorsicht zu diesem Gange hinunter, bis du den Boden erreichst! Du wirst dort eine Halle finden, die in vier Räume geteilt ist; in jedem dieser Räume wirst du vier goldene Krüge finden und andere Dinge aus Feingold und Silber. Doch hüte dich, etwas davon anzurühren oder etwas davon zu nehmen, sondern geh an allem vorbei, bis du in dem vierten Raume ankommst! Laß auch deine Kleider oder ihre Säume nicht die Krüge oder die Wände berühren und halte dich nicht einen einzigen Augenblick auf! Wenn du dem zuwiderhandelst, so wirst du sofort verwandelt und zu einem schwarzen Stein werden. Bist du aber in dem vierten Raume angekommen, so wirst du dort eine Tür finden; öffne die Tür, indem du die Namen sprichst, die du über der Platte ausgesprochen hast; und geh hinein! Dann wirst du in einen Garten gelangen, voll schöner Bäume, mit Früchten behangen; von dort geh auf dem Wege, den du vor dir siehst, etwa noch fünfzig

Ellen weiter, so wirst du einen Saal finden, zu dem eine Treppe von etwa dreißig Stufen führt. Dann schau dich oben im Saale um!«

Nachdem der maurische Zauberer dem 'Alâ ed-Dîn Weisung gegeben hatte, wie er in die Schatzhöhle hinabsteigen und in ihr weitergehen sollte, sprach er des weiteren zu ihm: »Wenn du in dem Saale bist, so wirst du dort eine Lampe finden, die von der Saaldecke herabhängt. Nimm die Lampe, gieß das Öl, das in ihr ist, aus und birg sie in deiner Busentasche; sei um deiner Kleider willen nicht besorgt, denn es ist kein wirkliches Öl! Wenn du dann wieder zurückkommst, so darfst du von den Bäumen abpflücken, so viel du willst; denn das alles gehört dir, solange die Lampe in deiner Hand ist.« Als nun der Maure seine Worte an 'Alâ ed-Dîn beendet hatte, zog er einen Siegelring von seinem Finger und schob ihn auf 'Alâ ed-Dîns Finger mit den Worten: »Mein Sohn, dieser Siegelring wird dich aus aller Not und Gefahr, die dich bedrohen könnten, befreien, unter der einen Bedingung, daß du alles, was ich dir gesagt habe, beachtest. Nun denn wohlan, steig hinab, nimm deine Kraft zusammen und laß deinen starken Mut entflammen; fürchte dich nicht, denn du bist ein Mann und kein Kind mehr! Danach, mein Sohn, wirst du in kürzester Zeit so großen Reichtum gewinnen, daß du der reichste Mann der Welt bist.« 'Alâ ed-Dîn stieg nun in den unterirdischen Gang hinab und fand die vier Räume; in jedem Raume waren vier goldene Krüge, doch er ging an ihnen vorbei, wie der Maure ihm gesagt hatte, vorsichtig und entschlossen; dann trat er in den Garten ein und ging hindurch, bis er zu dem Saale gelangte. Er stieg die Treppe hinauf, und in dem Saale fand er die Lampe; er löschte sie aus, goß das Öl, das in ihr war, zu Boden und barg sie in seiner Busentasche. Dann ging er wieder zu dem Garten hinunter und begann sich die Bäume dort anzuschauen; auf ihnen saßen Vögel, die mit ihren Stimmen den allmächtigen Schöpfer lobpriesen, die er aber zuvor, als er gekommen war, nicht gesehen hatte. Und an diesen Bäumen hingen als Früchte kostbare Edelsteine; jeder Baum trug Früchte von verschiedener

Art und Farbe, mancherlei Edelsteine von allerlei Farben, grüne und weiße, gelbe und rote und von noch anderen Farben. Diese Edelsteine strahlten einen Glanz aus, der heller war als der Sonnenschein am Vormittage. Jeder dieser Edelsteine übertraf an Größe alles, was man beschreiben konnte, so daß kein einziger König der Welt auch nur einen besaß, der einem der größten gleich gewesen wäre, ja nicht einmal einen, der halb so groß gewesen wäre wie die kleinsten unter ihnen. 'Alâ ed-Dîn ging zwischen den Bäumen umher; und dabei schaute er auf sie und auf alle Dinge, die den Blick blendeten und den Verstand raubten, und er betrachtete sie genau. Da sah er denn, daß die Bäume statt richtiger Früchte große Edelsteine trugen, kostbare Smaragde, Diamanten, Hyazinthe, auch Perlen und andere Juwelen, bei deren Anblicke die Sinne verwirrt wurden. Weil nun aber 'Alâ ed-Dîn solche Dinge noch nie in seinem Leben gesehen hatte und auch noch nicht erwachsen genug war, um den Wert dieser Kleinodien zu erkennen, sintemalen er ja noch ein junger Bursche war, so dachte er, alle diese Edelsteine wären aus Glas oder aus Kristall; er pflückte viele von ihnen ab und füllte seine Brusttaschen damit, und dabei schaute er sie an, ob es wohl Weintrauben und Feigen und andere eßbare Früchte wären oder nicht. Als er nun sah, daß sie wie Glas waren, fuhr er fort, von allen Arten dieser Baumfrüchte in seine Brusttasche zu sammeln, ohne die Edelsteine und ihren Wert zu kennen. Und da er sein Verlangen zu essen nicht befriedigen konnte, sprach er in Gedanken: ›Ich will mir von diesen Glasfrüchten eine Sammlung anlegen und zu Hause damit spielen.‹ So pflückte er immer mehr ab und steckte sie in seine Taschen an den Seiten und auf der Brust, bis er alle gefüllt hatte. Und dann pflückte er noch mehr Früchte ab, tat sie in seinen Gürtelschal und band ihn wieder um; er trug, so viel er nur irgend konnte, und sagte sich dabei, er wolle sie zu Hause zum Zierat hinlegen; denn er hielt sie, wie gesagt, für Glas. Aber dann begann er, aus Furcht vor seinem maurischen Oheim, rasch zu laufen, bis er wieder durch die vier Räume gekommen und den unterirdischen Gang durcheilt hatte; auf die goldenen Krüge warf er bei seiner Rückkehr keinen Blick, obgleich es ihm zu der Zeit erlaubt gewesen wäre, aus ihnen etwas zu nehmen. Als er nun wieder zu der Treppe kam, stieg er auf ihr hinauf, bis nur noch ein kleines Stück übrigblieb; das war die letzte Stufe, und die war höher als die anderen, so daß er allein nicht hinaufsteigen konnte, da er so viel bei sich trug. So rief er denn dem Mauren zu: »Oheim, gib mir deine Hand und hilf mir, daß ich hinaufsteigen kann!« »Mein Sohn«, rief jener, »gib mir die Lampe und erleichtere dich so; vielleicht ist sie es, die dich beschwert.« Doch er gab ihm zur Antwort: »Oheim, die Lampe beschwert mich gar nicht; gib mir doch deine Hand! Wenn ich oben bin, will ich dir die Lampe geben.« Der Magier aus dem Westlande aber wollte nur allein die Lampe haben, und darum fing er an, 'Alâ ed-Dîn zu drängen, er solle ihm die Lampe geben. Da aber der Knabe die Lampe tief unten in seinen Kleidern geborgen und die Edelsteinfrüchte oben darüber gelegt hatte, so war es ihm unmöglich, mit seiner Hand bis zur Lampe vorzudringen, um sie ihm zu reichen. Nun drang der Maure weiter in ihn, er solle ihm die Lampe geben; doch wie der Knabe es noch nicht tun konnte, ward er sehr zornig über ihn, und er forderte die Lampe. Aber 'Alâ ed-Dîn konnte sie nicht erreichen, um sie ihm zu geben.

Nunmehr, als 'Alâ ed-Dîn die Lampe nicht erreichen konnte, um sie seinem falschen Oheim aus dem Westlande zu geben, wurde dieser Maure vor Wut rasend, weil er sein Ziel nicht erreichte. 'Alâ ed-Dîn aber versprach ihm, er wolle sie ihm geben, wenn er aus dem Gange heraufkäme, ohne falsche Hintergedanken und ohne böse Absicht. Nachdem der Maure nun eingesehen hatte, daß 'Alâ ed-Dîn ihm die Lampe nicht herausgeben würde, ward er von Grimm überwältigt und gab alle Hoffnung auf sie auf; und er zauberte und beschwor und warf Weihrauch ins Feuer. Da wandte die Platte sich von selbst wieder um und schloß sich über dem Eingange durch die Macht seines Zaubers, und die Erde bedeckte die Platte wie zuvor. 'Alâ ed-Dîn blieb jedoch unter der Erde, da er nicht herauskommen konnte. Der Zauberer war ja in Wirklichkeit ein Fremdling und nicht der Oheim 'Alâ ed-Dîns, wie bereits erzählt wurde, sondern er hatte sich verstellt und sich einen falschen Anschein gegegeben, um durch den Knaben, der allein den Schatz heben konnte, jene Lampe zu gewinnen; nun schloß aber dieser verfluchte Maure die Erde wieder über 'Alâ ed-Dîn und überließ ihn dem Hungertode. Der verfluchte maurische Zauberer nämlich stammte aus dem fernsten Westen des Landes Afrika und hatte seit seiner Jugend die Zauberei und die Wissenschaften von den Geistern eifrig betrieben; denn das Gebiet von Afrika ist berühmt ob aller dieser Wissenschaften. Dieser Maure also studierte und lernte von Jugend auf in seiner Stadt in Afrika, bis er sich in allen Wissenschaften vervollkommnet hatte. Und da er in einer Zeit von vierzig Jahren so übermäßig viel Zauberei und Beschwörungen gelernt und sich angeeignet hatte, entdeckte er eines Tages, daß am äußersten Ende von China eine Stadt namens el-Kal'âs liege und daß in dieser Stadt ein so gewaltig großer Schatz verborgen sei, wie ihn kein König in der ganzen Welt besitze; das sonderbarste aber sei, daß sich in diesem Schatze eine Wunderlampe befinde; wer sie besäße, der könne von keinem Menschen auf der Erde an Reichtum und Macht übertroffen werden, ja nicht einmal der mächtigste König der Welt könne nur einen Teil des Reichtums und der Macht und der Stärke dieser Lampe sein eigen nennen.

Der Maure entdeckte und erfuhr, daß dieser Schatz nur durch einen Knaben gehoben werden könne, der 'Alâ ed-Dîn hieße und von armer Herkunft wäre, und daß dieser Knabe aus derselben Stadt sei; auch erkannte er, daß es leicht und mühelos sei, ihn zu gewinnen. Daher rüstete er sich sofort und ohne Verzug zur Reise nach China, wie wir erzählt haben, und tat mit 'Alâ ed-Dîn all das, was schon berichtet ist, in dem Gedanken, er könne so in den Besitz der Lampe kommen. Aber nun waren seine Mühe und seine Hoffnung enttäuscht, seine Anstrengungen waren vergeblich gewesen, und daher beschloß er, den 'Alâ ed-Dîn umkommen zu lassen. So hatte er denn durch seine Zauberei den Erdboden über dem Knaben wieder zugedeckt, damit er dort stürbe; denn wer noch am Leben ist, an dem ist kein Mord verübt.

Zweitens aber beabsichtigte er dadurch auch, daß 'Alâ ed-Dîn nicht wieder herauskommen und so auch die Lampe nicht aus dem Schoße der Erde hervorkommen solle. Darauf ging er seines Wegs und kehrte in sein Land Afrika zurück, traurig und in seiner Hoffnung enttäuscht.

Lassen wir nun den Zauberer dahinziehen und sehen wir, was mit 'Alâ ed-Dîn geschah! Als die Erde sich über ihm geschlossen hatte, begann er nach dem Mauren, den er für seinen Oheim hielt, zu rufen, damit er ihm die Hand reiche und er selbst aus dem unterirdischen Gange wieder zur Erdoberfläche emporsteigen könne. Wie er aber niemanden auf sein Rufen antworten hörte, da wußte er, daß der Maure trügerisch an ihm gehandelt hatte, und daß er gar nicht sein Oheim, sondern ein verlogener Zauberer war. Nun verzweifelte 'Alâ ed-Dîn am Leben, und traurig erkannte er, daß er nicht mehr an die Oberfläche der Erde kommen konnte; so begann er denn über sein Unglück zu weinen und zu klagen. Nach einer kleinen Weile jedoch machte er sich auf und stieg wieder hinunter, um zu sehen, ob Allah der Erhabene ihn vielleicht den Weg zu einer Tür würde finden lassen, durch die er hinausgelangen könnte. Er wandte sich nach rechts und links, aber er fand nichts als Dunkelheit und vier Wände, die sich rings um ihn geschlossen hatten; denn der maurische Zauberer hatte durch seine schwarze Kunst alle Türen geschlossen, ja auch sogar den Garten, in den 'Alâ ed-Dîn eingetreten war, um ihm gar keinen Ausweg zur Erdoberfläche zu lassen und um seinen Tod zu beschleunigen. Da begann 'Alâ ed-Dîn noch bitterer zu weinen und noch mehr zu klagen, als er sah, daß alle Türen und auch der Garten verschlossen waren. Er hatte gedacht, er könnte dort ein wenig Trost finden; aber da er alles verschlossen fand, so schrie und weinte er wie einer, dem alle Hoffnung abgeschnitten ist. Und er kehrte zurück und setzte sich auf die Stufen der Treppe des unterirdischen Ganges, auf der er zuvor heruntergekommen war; dort weinte und klagte er, da er alle Hoffnung aufgegeben hatte. Aber denket daran, daß Allah der Hochgepriesene und Erhabene, wenn Er etwas schaffen will, nur sagt

»Werde!«, und daß es dann wird; denn mitten in der Not schafft Er die Erlösung. So erging es auch 'Alâ ed-Dîn. Als der maurische Zauberer ihn in den unterirdischen Gang hinabgeschickt hatte, da hatte er ihm einen Ring gegeben und ihn ihm auf den Finger geschoben und dabei gesagt: »Dieser Ring wird dich aus aller Not erretten, wenn ein Unglück bei dir weilt oder ein Mißgeschick dich ereilt; er wird alle Übel von dir fernhalten und dir ein Helfer sein, wo du nur bist.« Dies war durch eine Fügung Allahs des Erhabenen geschehen, auf daß die Errettung 'Alâ ed-Dîns dadurch zustande käme. Als nun 'Alâ ed-Dîn so dasaß und über sein Unglück klagte und weinte, wie er schon am Leben verzweifelte und der Gram ihn überwältigte, da begann er im Übermaße seines Kummers die Hände zu ringen, wie es ein Trauernder tut, und seine Hände emporzuheben und zu Allah zu flehen, indem er sprach: »Ich bezeuge, daß es keinen Gott gibt außer dir allein, du Allgewaltiger, Allmächtiger, Allbezwinger, der du den Toten zum Leben erweckst, der du die Wünsche schaffst und sie vollendest, der du die Schwierigkeiten und Fährlichkeiten bringst und sie beendest! Mein Genüge bist du, und du bist der beste Anwalt. Und ich bezeuge, daß Mohammed dein Knecht und dein Gesandter ist. Mein Gott, bei seinem Ruhme vor dir, errette mich aus meiner Not!« Während er so zu Allah flehte und die Hände rang, im Übermaße seiner Trauer um diese Not, die über ihn gekommen war, fügte es sich, daß seine Hand an dem Ringe rieb. Und siehe da, im Nu stand ein dienender Geist vor ihm und sprach zu ihm: »Zu Diensten! Dein Sklave steht vor dir. Fordere, was du willst! Ich bin der Diener dessen, der diesen Ring, den Ring meines Herrn, an der Hand trägt.« Nun schaute 'Alâ ed-Dîn auf und sah einen Dämon, der einem der Dämonen unseres Herren Salomo glich, vor sich stehen. Zuerst erschrak er vor seinem furchtbaren Aussehen; aber als er den Geist sagen hörte: »Fordere, was du willst! Ich bin dein Sklave, denn der Ring meines Herren ist an deiner Hand«, da faßte er wieder Mut und dachte an das, was der Maure zu ihm gesagt hatte, als er ihm den Ring gab. Er war hocherfreut, und mutig sprach er zu ihm: »Du Diener des Herrn dieses Ringes, ich wünsche von dir, daß du mich an die Oberfläche der Erde bringst!« Im selben Augenblicke, als er noch kaum diese Worte vollendet hatte, tat die Erde sich auf, und er befand sich bei dem Eingang zur Schatzhöhle draußen im Freien. Wie nun aber 'Alâ ed-Dîn, der drei Tage lang unter der Erde in der Schatzhöhle im Dunkeln gesessen hatte, sich wieder in der freien Welt befand, und wie das Tageslicht und die Sonnenstrahlen sein Antlitz trafen, konnte er seine Augen nicht sogleich auftun; sondern er begann sie ein wenig zu öffnen und dann wieder ein wenig zu schließen, bis seine Augen neue Kraft gewannen und sich an das Licht gewöhnten und von der Finsternis befreit waren. Und er war hocherfreut, daß er sich auf der Oberfläche der Erde sah. Doch nahm es ihn wunder, daß nun, da er sich über dem Eingang zur Schatzhöhle befand, durch den er hinabgestiegen war, als der maurische Zauberer ihn aufgetan hatte, die Tür wieder geschlossen und die Erde wieder geebnet war, so daß man dort ganz und gar keine Spur einer Tür mehr entdecken konnte. Sein Erstaunen wuchs immer mehr, und er glaubte schon, er befände sich an einer anderen Stelle. Nicht eher wußte er, daß er doch an derselben Stätte war, als bis er die Stelle entdeckte, wo sie das Feuer von Holzstücken und Reisig angezündet hatten und wo der maurische Zauberer geräuchert und gezaubert hatte. Darauf wandte er sich nach rechts und links und sah die Gärten in der Ferne; er schaute den Weg an und erkannte, daß es derselbe war, auf dem er gekommen war. Nun dankte er Allah dem Erhabenen, der ihn zur Oberfläche der Erde herausgeführt und ihn vom Tode errettet hatte, als er bereits am Leben verzweifelte. So machte er sich denn auf und schritt den Weg zur Stadt dahin, den er jetzt kannte, bis er die Stadt selbst erreichte. Er ging hinein und dann weiter bis zu seinem Elternhause. Dort trat er ein; doch als er seine Mutter erblickte, sank er im Übermaße der Freude, die er ob seiner Errettung empfand, vor ihr auf den Boden. Und da er solche Angst und Not hatte durchmachen müssen, da er jetzt vor Freude überwältigt, aber auch von Hunger ermattet war, so ward er ohnmächtig. Seine Mutter hatte seit der Trennung von ihm getrauert und hatte weinend und klagend über ihn dagesessen. Als sie ihn nun eintreten sah, war sie hocherfreut; und doch ward sie wieder betrübt, wie sie ihn ohnmächtig zu Boden sinken sah. Indessen, ihre Fürsorge um ihn war dadurch nicht behindert, sondern sie eilte sofort hin, sprengte Rosenwasser auf sein Antlitz und erbat von ihren Nachbarn wohlriechende Essenzen; die ließ sie ihn riechen. Als er darauf wieder ein wenig zu sich kam, bat er sie, ihm etwas zu essen zu bringen, indem er sprach: »Liebe Mutter, seit drei Tagen habe ich gar nichts gegessen.« Seine Mutter brachte ihm von dem, was sie gerade vorrätig hatte, setzte es vor ihn hin und sprach: »Wohlan, mein Sohn, iß und sei heiter! Wenn du dich ausgeruht hast, so berichte mir, was du erlebt hast und was dir widerfahren ist! Jetzt will ich dich nicht fragen, mein Kind; denn du bist jetzt müde.« 'Alâ ed-Dîn aß und trank und ward heiter. Nachdem er sich dann ausgeruht und erholt hatte, sprach er zu seiner Mutter: »Ach, liebe Mutter, auf dir ruht eine schwere Schuld an mir, daß du mich dem verfluchten Kerl da überlassen hast, der auf mein Verderben sann und mich umbringen wollte. Wisse denn, daß ich dem Tode ins Auge geschaut habe um dieses verruchten Menschen willen, den du als meinen Oheim anerkannt hast! Ja, ich wäre tot, wenn Allah der Erhabene mich nicht errettet hätte. Denn wir beide, meine Mutter, du und ich, wir sind durch ihn betrogen worden, weil der Verruchte so viel Gutes an mir zu tun versprach und weil er mir so viel Liebe erwies. Vernimm denn, Mutter, jener Mann ist ein maurischer Zauberer, ein verfluchter Lügner, ein listenreicher Betrüger und Heuchler; ich glaube nicht, daß selbst die unterirdischen Teufel es ihm gleichtun könnten – Allah lasse ihn mit all seinen Büchern zuschanden werden! Nun höre weiter, liebe Mutter, was dieser Verfluchte getan hat! Alles, was ich dir sage, ist lautere Wahrheit. Sieh, wie der Verruchte log, denke an die Versprechen, die er mir gab, indem er sagte, er wolle mir alles Gute tun; denke auch an die Liebe, die er mir erwies, und bedenke, wie er all das nur tat, um zu seinem Ziele zu kommen! Ja, seine Absicht war, mich zu töten, aber Preis sei Allah, daß Er mich errettet hat! So vernimm, liebe Mutter, und höre, was dieser Verfluchte getan hat!« Darauf berichtete 'Alâ ed-Dîn seiner Mutter alles, was er erlebt hatte, indem er vor übergroßer Freude Tränen vergoß; so tat er ihr zuerst kund, wie er sich von ihr getrennt hatte, wie der Maure ihn zu dem Berge geführt hatte, in dem sich der Schatz befand, und wie er dort gezaubert und Weihrauch verbrannt hatte. »Und dabei, liebe Mutter«, so erzählte der Knabe, »hat er mir auch noch einen Schlag versetzt, daß ich vor Schmerzen die Besinnung verlor. Denn große Furcht hatte mich gepackt, als ich sah, wie durch seine magische Kunst der Berg sich spaltete und die Erde sich vor mir auftat; da bebte ich und erschrak vor der Stimme des Donners, die ich hörte, und vor der Finsternis, die sich verbreitete, als er den Weihrauch verbrannte und zauberte. So wollte ich denn, wie ich diese furchtbaren Dinge erleben mußte, in meiner Angst fortlaufen. Doch als er sah, daß ich mich zur Flucht anschickte, schalt er mich und schlug mich. Das tat er, weil er, obwohl die Schatzhöhle sich aufgetan hatte, doch nicht selbst in sie hinabsteigen konnte; denn der Schatz konnte nur durch mich gehoben werden, weil er auf meinen Namen lautete und ihm nicht gehörte. Nur, weil er ein arger Zauberer ist, so wußte er, daß dieser Schatz von mir gehoben werden sollte und daß diese Reichtümer mir gehörten.«

Als 'Alâ ed-Dîn seiner Mutter alles, was ihm von dem maurischen Zauberer widerfahren war, erzählte, sprach er des weiteren zu ihr: »Nachdem er mich aber geschlagen hatte, sah er sich gezwungen, mich wieder zu besänftigen, damit er mich überredete, in die offene Schatzhöhle hinabzusteigen, und damit er sein Ziel erreichte. Wie er mich dann hinabsandte, gab er mir einen Siegelring und schob ihn auf meinen Finger, einen Ring, der vorher an seiner Hand gewesen war. Darauf stieg ich in die Höhle hinunter und fand zuerst vier Räume, die alle mit Gold und Silber und anderen Kostbarkeiten angefüllt waren; aber das alles galt als nichts, und der Verruchte schärfte mir ein, nichts davon anzurühren. Dann kam ich in einen großen Garten, in dem lauter hohe Bäume waren mit Früchten von vielfarbigem Kristall, die mir fast den Verstand raubten, liebe Mutter. Nachdem ich dann den hochgebauten Saal erreicht hatte, in dem diese Lampe war, nahm ich sie sofort an mich, löschte sie aus und goß ihren Inhalt zu Boden.« Bei diesen Worten zog 'Alâ ed-Dîn die Lampe aus seiner Brusttasche und zeigte sie seiner Mutter. Und ebenso ließ er sie die Edelsteine sehen, die er aus dem Garten mitgebracht hatte; es waren zwei große Beutel voll solcher Juwelen, von denen sich nicht ein einziges im Besitze der Könige der ganzen Welt fand; aber 'Alâ ed-Dîn kannte ja ihren Wert nicht, sondern er glaubte, sie seien aus Glas und Kristall. Dann fuhr er in seiner Erzählung fort: »Liebe Mutter, nachdem ich die Lampe geholt hatte und auf meinem Rückwege wieder bis zur Tür der Schatzhöhle gekommen war, da rief ich nach dem verfluchten Mauren, der vorgab, daß er mein Onkel wäre, er sollte mir seine Hand geben und mich hochziehen, damit ich hinaufsteigen könnte; denn ich trug Dinge, die mich beschwerten, und ich konnte nicht allein emporsteigen. Aber er reichte mir seine Hand nicht, sondern sagte zu mir: ›Gib mir die Lampe her, die du bei dir hast; danach will ich dir meine Hand geben und dich herausziehen!‹ Da ich aber die Lampe unten in meine Tasche getan hatte und die Beutel darüber lagen, und da ich sie nicht erreichen konnte, um sie ihm zu geben, so sprach ich: ›Oheim, ich kann dir die Lampe nicht reichen; wenn du mich herausgezogen hast, dann kann ich sie dir geben.‹ Aber ihm lag ja nicht daran, mich herauszuziehen, sondern er wollte nur die Lampe haben, und seine Absicht war, sie von mir hinzunehmen und dann die Erde über mir zu schließen, um mich umzubringen, wie er es ja auch nachher getan hat. Dies ist es, liebe Mutter, was mir von diesem bösen Zauberer angetan wurde.« Und nun berichtete 'Alâ ed-Dîn ihr noch alles bis zuletzt, und er begann den Mauren zu schmähen, indem sein Herz von heißem Zorn entbrannte, und er rief: »O über diesen Verruchten, den gemeinen, grausamen Zauberer! Er ist hartherzig, unmenschlich, er ist ein heuchlerischer Betrüger, der kein Erbarmen und kein Mitleid kennt!«

Als die Mutter 'Alâ ed-Dîns von ihrem Sohne vernommen

hatte, was der maurische Zauberer mit ihm getan, sprach sie zu dem Knaben: »Ja, wahrlich mein Sohn, er ist ein Ungläubiger und ein Heuchler, der die Menschen durch seine Zauberei umbringt. Doch Allah der Erhabene war gnädig, mein Sohn, Er errettete dich vor dem Lug und Trug dieses verfluchten Zauberers, den ich wirklich für deinen Oheim hielt!« Da nun aber 'Alâ ed-Dîn drei Tage lang gar nicht geschlafen hatte und sich müde fühlte, so wollte er ruhen; er legte sich nieder und schlief ein, und ebenso begab seine Mutter sich dann zur Ruhe. Ununterbrochen schlief der Knabe, bis er erst am nächsten Tage gegen Mittag wieder aufwachte. Und wie er die Augen aufschlug, verlangte er sofort etwas zu essen, da er hungrig war. Aber seine Mutter sprach zu ihm: »Lieber Sohn, ich habe nichts, was ich dir zu essen geben könnte; was ich noch hatte, das hast du gestern gegessen. Warte nur ein wenig! Denn ich habe hier noch etwas gesponnenes Garn bei mir, das will ich zum Basar tragen und verkaufen, und dann will ich dir dafür etwas zu essen kaufen.« »Mutter«, rief nun 'Alâ ed-Dîn, »behalte das Garn, verkauf es nicht, sondern gib mir die Lampe, die ich mitgebracht habe! Ich will hingehen und sie verkaufen und für ihren Erlös etwas kaufen, das wir essen können; ich glaube, die Lampe wird einen höheren Preis einbringen als das Gespinst.« Da reichte die Mutter 'Alâ ed-Dîns ihrem Sohne die Lampe, aber weil sie bemerkte, daß sie schmutzig war, sprach sie zu ihm: »Mein Sohn, da ist die Lampe; aber sie ist schmutzig. Wenn wir sie waschen und putzen, so wird sie teurer verkauft werden können.« Sie nahm daher etwas Sand in ihre Hand und begann damit die Lampe zu reiben. Doch kaum hatte sie ein wenig an ihr gerieben, so erschien vor ihr ein Dämon, furchtbar anzuschauen, von breiter Gestalt, der einem Riesen der Vorzeit glich, und der redete sie an: »Sprich, was willst du von mir? Hier bin ich, ich bin dein Diener, ich bin der Diener dessen, der die Lampe in der Hand hält, doch nicht nur ich allein, sondern alle Diener der Wunderlampe, die in deiner Hand ist!« Die Mutter 'Alâ ed-Dîns aber erschrak, Furcht packte sie, und ihre Zunge ward gelähmt, als sie diese furchtbare Gestalt erblickte; und sie konnte ihm keine Antwort geben, da ihre Augen nicht an den Anblick solcher Erscheinungen gewöhnt waren.

Als die Mutter 'Alâ ed-Dîns vor Angst dem Dämon nicht antworten konnte, sank sie in ihrem Schrecken ohnmächtig zu Boden. Ihr Sohn aber stand etwas entfernt, und er hatte ja auch schon den Dämon des Siegelrings gesehen, als er diesen in der Schatzhöhle gerieben hatte. Wie er also hörte, was der Dämon zu seiner Mutter sprach, eilte er rasch herbei, nahm die Lampe aus der Hand seiner Mutter und rief: »O du Diener der Lampe, ich bin hungrig, und ich wünsche, daß du mir etwas zu essen bringst; es muß aber etwas Gutes sein, etwas ganz Besonderes!« Der Geist verschwand nur einen Augenblick, dann brachte er ihm einen großen kostbaren Tisch aus reinem Silber, darauf standen zwölf Schüsseln mit vielerlei köstlichen Gerichten, zwei silberne Becher, zwei Flaschen mit klarem, altem Weine, und daneben lag Brot, weißer als Schnee. All das legte er vor 'Alâ ed-Dîn hin und entschwand. Da sprengte der Knabe seiner Mutter Rosenwasser ins Antlitz und gab ihr stark duftende Essenzen zu riechen; als sie wieder zu sich kam, sprach er zu ihr: »Liebe Mutter, auf, wir wollen diese Speisen essen, die Allah der Erhabene uns gespendet hat!« Als die Mutter 'Alâ ed-Dîns diesen großen silbernen Tisch erblickte, war sie darüber erstaunt, und sie sprach zu ihrem Sohne: »Lieber Sohn, wer ist dieser freigebige Wohltäter, der unseres Hungers und unserer Armut gedacht hat? Wir schulden seiner Güte Dank; es scheint, daß der Sultan von unserer Not und unserer Bedürftigkeit gehört und uns diesen Tisch geschickt hat.« »Liebe Mutter«, erwiderte er, »es ist jetzt nicht Zeit zum Fragen. Laß uns essen; denn wir sind hungrig!« Nun setzten sie sich an den Tisch und begannen zu essen; doch da die Mutter 'Alâ ed-Dîns solche Speisen, wie sie sie in ihrem ganzen Leben noch nicht gegessen hatte, zu kosten bekam, so aßen sie rasch und mit heißer Eßlust; sie waren ja so sehr hungrig, und dann war es doch auch ein Essen, wie es sonst vor Königen aufgetragen wird. Aber sie wußten nicht, was wertvoller war, der Tisch oder das Essen; denn sie hatten Sachen wie diese noch nie in ihrem Leben gesehen. Als sie die Mahlzeit beendet hatten und gesättigt waren, blieb ihnen noch genug für den Abend und auch für den nächsten Tag übrig. Darauf wuschen sie ihre Hände und setzten sich wieder, um zu plaudern. Nun wandte die Mutter 'Alâ ed-Dîns sich an ihren Sohn mit den Worten: »Mein Sohn, erzähle mir, was ist mit dem Dämon geschehen? Jetzt haben wir uns ja – Gott sei Dank! – durch seine Güte satt gegessen, und du hast keinen Grund mehr, zu sagen, du wärest hungrig.« Da erzählte 'Alâ ed-Dîn ihr alles, was er mit dem Geiste erlebt hatte, nachdem sie in ihrer Angst ohnmächtig zu Boden gesunken war. In höchster Verwunderung sprach sie: »Das mag wahr sein. Aber wenn auch die Geister den Menschenkindern erscheinen, so habe ich sie doch, mein Sohn, in meinem ganzen Leben noch nie gesehen. Ich glaube, dies ist wohl derselbe, der dich befreit hat, als du in der Schatzhöhle warst.« Doch er gab ihr zur Antwort: »Das ist nicht derselbe, liebe Mutter; dieser Geist, der dir erschienen ist, war der Diener der Lampe.« Als sie diese Worte von ihm vernahm, fragte sie ihn: »Wie ist denn das, mein Sohn?« Er erwiderte: »Dieser Geist ist von anderer Art als jener; jener war der Diener des Siegelringes, aber der, den du gesehen hast, war der Diener der Lampe, die in deiner Hand war.« Da rief die Mutter 'Alâ ed-Dîns: »Sieh da, sieh da, der da, das heißt der verfluchte Kerl, der mir erschien und mir einen solchen Todesschrecken einjagte, der hängt also mit der Lampe zusammen?« Wie der Knabe das bejahte, fuhr sie fort: »Ich bitte dich, mein Sohn, bei der Milch, die du von mir getrunken hast, wirf diese Lampe und den Ring fort; denn sie verursachen uns große Furcht; ich könnte den Anblick der Geister nicht zum zweiten Male ertragen. Auch wäre es eine Sünde für uns, mit ihnen zu verkehren; denn der Prophet – Allah segne ihn und gebe ihm Heil! – warnt uns vor ihnen.« »Liebe Mutter«, antwortete er, »deine Befehle erfülle ich sonst herzlich gern. Aber was du jetzt gesagt hast, kann ich unmöglich tun; ich kann weder die Lampe noch den Ring missen. Du hast doch selbst gesehen, welche Wohltat sie uns erwiesen hat, als wir hungrig waren! Und denke dran, Mutter, daß der maurische Zauberer, der Lügner, als ich in die Schatzhöhle gestiegen war, von mir weder Gold noch Silber, von dem die vier Räume voll waren, verlangte, sondern mir nur gebot, ihm allein die Lampe und nichts anderes zu bringen; denn er kannte die Größe ihrer Kräfte, und wenn er nicht gewußt hätte, daß sie gewaltige Zauberkraft besitzt, so hätte er sich nicht so bemüht und abgequält; er wäre nicht aus seiner Heimat auf der Suche nach ihr bis in unser Land gekommen, ja, er hätte auch nicht die Schatzhöhle wieder über mir verschlossen, als er die Lampe nicht erhielt, weil ich sie ihm nicht reichen konnte. Uns geziemt es, Mutter, diese Lampe sorgsam zu hüten und aufzubewahren; denn sie ist unser Lebensunterhalt, sie ist unser Reichtum, und wir dürfen niemandem etwas von ihr verraten. Und mit dem Ringe steht es ebenso; ich kann ihn unmöglich von meinem Finger herunternehmen; denn wäre der Ring nicht gewesen, so hättest du mich nicht wieder lebend erblickt, sondern ich wäre unter der Erde in der Schatzhöhle umgekommen. Wie könnte ich ihn da jetzt von meiner Hand ablegen? Wer weiß, was für Mißgeschick oder Unglück und welche trüben Erlebnisse mir die Zeit noch bringen wird, aus denen dieser Ring mich befreien kann? Doch um deinetwillen will ich diese Lampe fortnehmen und dich sie nie wieder sehen lassen.« Als seine Mutter diese Worte von ihm vernommen hatte und sie erwog und einsah, daß er recht hatte, sprach sie zu ihm: »Mein Sohn, tu, was du willst! Ich meinerseits will sie nie wieder sehen, und ich möchte jenen furchtbaren Anblick, den ich hatte, nie mehr erleben.«

'Alâ ed-Dîn und seine Mutter aßen zwei Tage lang von den Speisen, die ihnen der Dämon gebracht hatte; dann waren die zu Ende. Als er dann sah, daß sie nichts mehr zu essen hatten, nahm er eine von den Schüsseln, die der Geist auf dem Tische gebracht hatte; die waren von reinem Golde, aber 'Alâ ed-Dîn wußte nicht, woraus sie bestanden. Und wie er mit ihr zum Basar ging, begegnete ihm ein jüdischer Mann, der gemeiner war als ein Teufel; dem gab er die Schüssel. Als der Jude sie erblickte, nahm er den Knaben beiseite, damit niemand ihn sähe. Dann betrachtete er die Schüssel genau und überzeugte sich, daß sie von reinem Golde war. Er wußte aber nicht, ob 'Alâ ed-Dîn ihren Wert kannte oder ob er in solchen Dingen ein Neuling war. So fragte er ihn denn: »Wieviel soll diese Schüssel kosten, lieber Herr?« 'Alâ ed-Dîn antwortete: »Du weißt, wieviel sie wert ist.« Nun zögerte der Jude, wieviel er dem 'Alâ ed-Dîn dafür bieten sollte; denn der Knabe hatte ihm wie ein Geschäftsmann geantwortet, er aber wollte ihm nur wenig geben. Zugleich fürchtete er, daß 'Alâ ed-Dîn doch den Wert der Schüssel kennte, und er bedachte, ob er ihm viel bieten müsse. Dennoch sprach er bei sich selber: ›Nun, vielleicht weiß er doch nichts davon und kennt den Wert nicht!‹ Darauf holte er aus seiner Tasche einen Golddinar und gab ihm den; als 'Alâ ed-Dîn den Dinar in seiner Hand sah, behielt er ihn und ging eilends fort. Da wußte der Jude, daß der Knabe den Wert der Schüssel nicht kannte, und er bereute es bitter, daß er ihm statt des Golddinars nicht einen Dreier gegeben hatte. 'Alâ ed-Dîn aber hielt sich nicht auf, sondern ging schnurstracks zum Bäcker, kaufte Brot und ließ sich den Dinar wechseln. Dann ging er damit zu seiner Mutter, gab ihr das Brot und den Rest des Dinars und sprach zu ihr: »Mutter, geh und kaufe für uns ein, was wir brauchen!« Da begab seine Mutter sich zum Markte und kaufte alles, was sie brauchten. Dann aßen sie und waren guter Dinge. Sooft nun der Erlös einer Schüssel ausgegeben war, nahm er eine andere und brachte sie zum Juden; der verfluchte Jude aber kaufte alle diese Schüsseln um einen geringen Preis von ihm. Ja, der Jude hätte ihm sogar gern den Preis noch heruntergedrückt; doch da er ihm das erste Mal einen Dinar gegeben hatte, so fürchtete er, daß der Knabe, wenn er ihm weniger gäbe, weggehen und an einen anderen verkaufen würde, und daß er selbst dann diesen hohen Gewinn nicht mehr erzielen würde. 'Alâ ed-Dîn verkaufte Schüssel auf Schüssel, bis er alle verkauft hatte und ihm nur noch der Tisch übrig blieb, auf dem die Schüsseln gestanden hatten. Da er aber groß und schwer war, so ging er und holte den Juden zum Hause. Dann brachte er den Tisch zu ihm hinaus, und als der Jude sah, wie groß er war, gab er ihm zehn Dinare. 'Alâ ed-Dîn nahm sie, und der Jude ging fort. Nun bestritten der Knabe und seine Mutter ihren Unterhalt von den zehn Dinaren, bis sie aufgebraucht waren. Da holte 'Alâ ed-Dîn die Lampe wieder hervor und rieb sie; sofort stieg vor ihm der Geist auf, der ihm früher erschienen war. Der Geist, der Diener der Lampe, sprach zu 'Alâ ed-Dîn: »Verlange, mein Herr, was du wünschest! Denn ich bin dein Diener, der Diener dessen, der die Lampe hat« 'Alâ ed-Dîn antwortete ihm: »Ich wünsche, daß du mir einen Tisch mit Speisen bringst, wie du ihn mir zuvor gebracht hast; denn ich bin hungrig.« Im Augenblick brachte der Geist den Tisch, gleich dem, den er ihm zuvor gebracht hatte; auf ihm standen zwölf kostbare Schüsseln mit feinen Speisen, dazu auch Flaschen mit klarem Wein, und neben ihnen lag weißes Brot. Die Mutter 'Alâ ed-Dîns aber war hinausgegangen, als sie erfuhr, daß ihr Sohn die Lampe reiben wolle, damit sie den Dämon nicht zum zweiten Male zu sehen brauchte. Nach einer kleinen Weile kam sie wieder zu ihm hinein und sah diesen Tisch voll von den kostbaren Schüsseln, während der Duft der köstlichen Speisen sich im ganzen Hause verbreitete. Wie sie nun erstaunte und sich freute, sprach 'Alâ ed-Dîn zu ihr: »Schau, Mutter, du sagtest mir, ich sollte die Lampe fortwerfen; nun sieh ihre Zauberkräfte!« »Lieber Sohn«, erwiderte sie, »Gott soll es ihm lohnen; aber ich möchte ihn doch nicht wiedersehen.« Darauf setzten 'Alâ ed-Dîn und seine Mutter sich an den Tisch und aßen und tranken, bis sie gesättigt waren. Was ihnen noch übrigblieb, stellten sie für den nächsten Tag beiseite. Und als dann die Speisen, die sie erhalten hatten, aufgezehrt waren, nahm 'Alâ ed-Dîn eine von den Schüsseln unter sein Gewand und ging fort, um den Juden zu suchen und sie ihm zu verkaufen. Doch das Schicksal wollte es, daß er an dem Laden eines Goldschmieds vorbeikam, der ein ehrlicher, frommer und gottesfürchtiger Mann war. Wie der alte Goldschmied den 'Alâ ed-Din erblickte, fragte er ihn: »Mein Sohn, was hast du da vor? Ich habe dich schon viele Male gesehen, wie du hier vorbeigingst und dann mit einem jüdischen Manne verhandeltest. Ich sah auch, wie du ihm Gegenstände gabst, und ich glaube, du hast jetzt auch wieder etwas bei dir und suchst nach ihm, um es ihm zu verkaufen. Du weißt wohl nicht, mein Sohn, daß bei den Juden das Gut der Muslime, die den einigen Allah, den Erhabenen verehren, als erlaubte Beute gilt und daß sie immer die Muslime betrügen, besonders aber dieser verfluchte Jude, mit dem du verhandelt hast und dem du in die Hände gefallen bist. Hast du, mein Sohn, etwas bei dir, das du verkaufen willst, so zeige es mir; hab keinerlei Furcht, ich will dir den rechten Preis dafür geben, so wahr Allah der Erhabene lebt!« Da zeigte 'Alâ ed-Dîn die Schüssel dem Alten; und wie der die sah, nahm er sie und wog sie auf der Waage. Dann fragte er den Knaben: »Waren die Dinge, die du dem Juden verkauftest, so wie dies?« Jener gab zur Antwort: »Ja, genau das gleiche.« »Wieviel pflegte er dir dafür zu geben?« fragte der Goldschmied weiter; und 'Alâ ed-Dîn erwiderte: »Er gab mir immer einen Dinar.«

Als der alte Goldschmied von 'Alâ ed-Dîn hörte, daß der Jude ihm als Preis für die Schüssel nur einen einzigen Dinar zu geben pflegte, rief er aus: »O über diesen Verruchten, der die Diener Allahs des Erhabenen betrügt!« Dann blickte er auf 'Alâ ed-Dîn und sprach zu ihm: »Mein Sohn, dieser listige Jude hat dich betrogen und sich über dich lustig gemacht; denn deine Schüssel hier ist reines, echtes Gold. Ich habe sie gewogen und gefunden, daß ihr Wert siebenzig Dinare beträgt; und wenn du den Preis dafür haben willst, so nimm ihn hin!« Mit diesen Worten zählte der alte Goldschmied ihm siebenzig Dinare hin; er nahm sie von ihm in Empfang und dankte ihm für seine Güte, da er ihm den Betrug des Juden aufgedeckt hatte. Und jedes Mal, wenn der Erlös für eine Schüssel aufgebraucht war, brachte er nunmehr eine andere zu ihm. 'Alâ ed-Dîn und seine Mutter waren nun wohlhabender; aber sie lebten weiter wie bisher als Leute des Mittelstandes, ohne zu viel auszugeben und ohne Geld zu verschwenden. 'Alâ ed-Dîn gab nun auch das Nichtstun und den Verkehr mit den bösen Buben auf und begann mit den rechtschaffenen Männern zu verkehren; jeden Tag ging er zum Basar der Kaufleute, setzte sich zu vornehm und gering unter ihnen und fragte nach den Handelsverhältnissen, nach den Preisen und Waren und dergleichen. Auch ging er zum Basar der Goldschmiede und dem der Juweliere, und dort pflegte er zu sitzen, um sich mit den Juwelen vertraut zu machen und dem Kauf und Verkauf der Edelsteine zuzusehen. Da bemerkte er denn auch bald, daß die beiden Beutel, die er mit den Früchten der Bäume gefüllt hatte, als er damals in der unterirdischen Schatzhöhle war, weder Glas noch Kristall, sondern Edelsteine enthielten, und er wußte nun, daß er großen Reichtum erlangt hatte, wie ihn selbst die Könige nie besaßen. Er betrachtete genau alle Edelsteine, die im Basar der Juweliere vorhanden waren, und er sah, daß auch der größte unter ihnen nicht dem kleinsten der seinigen gleichkam. So ging er immerfort jeden Tag zum Basar der Juweliere, machte sich mit den Leuten bekannt und befreundet und fragte sie nach Kauf und Verkauf, nach Geben und Nehmen und auch nach Teurem und Billigem. Eines Tages aber, nachdem er sich am Morgen erhoben und angekleidet hatte, ging er wie gewöhnlich zum Basar der Goldschmiede; und während er so dahinging, hörte er, daß der Herold folgendermaßen ausrief: »Auf Befehl unseres gnädigen Herren, des größten Königs unserer Zeit, des mächtigsten Herrschers des Jahrhunderts und in Ewigkeit, sollen alle Leute ihre Lager und Läden verschließen und in ihre Häuser gehen; denn die Herrin Badr el-Budûr, die Tochter des Sultans, will sich in das Bad begeben. Jeder, der diesen Befehl übertritt, wird mit dem Tode bestraft werden, und sein Blut soll auf sein Haupt kommen!« Wie 'Alâ ed-Dîn diese Verkündigung hörte, verlangte es ihn danach, die Prinzessin zu sehen, und er sprach bei sich selber: ›Alle Leute reden von ihrer Schönheit und Anmut; drum ist es mein höchster Wunsch, sie zu sehen.‹ Da begann 'Alâ ed-Dîn sich nach einem Mittel umzusehen, durch das er erreichen könnte, die Tochter des Sultans, die Prinzessin Badr el-Budûr, zu schauen. Nun hielt er es für das beste, sich hinter der Tür des Badehauses aufzustellen, um ihr Antlitz zu sehen, wenn sie dort hineinging. Noch im selben Augenblicke begab er sich zum Badehause, ehe sie kam, und stellte sich hinter der Tür an einer Stelle auf, wo ihn kein Mensch sehen konnte. Nachdem dann die Prinzessin sich aufgemacht und die Straßen der Stadt durchzogen und in Augenschein genommen hatte, kam sie zum Badehause. Und wie sie dort angelangt war, hob sie beim Eintritt den Schleier von ihrem Gesichte. Da erstrahlte ihr Antlitz an Schönheit so reich, der leuchtenden Sonne oder einer kostbaren Perle gleich. Und sie war, wie einer der Dichter, die ihresgleichen beschrieben, von ihr gesungen hat:

> Wer streute Zauberschminke wohl auf die Blicke ihr
> Und pflückte Rosenblüten wohl von der Wange ihr?
> Ein nächtlich Dunkel ziert der Haare schwarze Pracht,
> Doch ihrer Stirne Licht erhellt die finstre Nacht.

Als sie nun den Schleier von ihrem Antlitz gehoben hatte und 'Alâ ed-Dîn sie erblickte, sprach er: »Wahrlich, ihre Gestalt preist den Allmächtigen, der sie gestaltet hat! Lob sei Ihm, der sie geschaffen und mit dieser Schönheit und Anmut geschmückt hat!« Seine Kraft brach zusammen, als er sie anstarrte, seine Gedanken wurden verwirrt, sein Blick bezaubert, und die Liebe zu ihr erfüllte sein ganzes Herz. Dann kehrte er nach Hause zurück und trat zu seiner Mutter ein, völlig hingerissen, wie er war. Seine Mutter begann mit ihm zu reden, doch er fragte und sagte nichts. Dann brachte sie ihm das Mittagsmahl, während er immer noch in diesem Zustande verharrte. Da sprach sie zu ihm: »Mein Sohn, was ist dir widerfahren? Schmerzt dich etwas? Sage mir, was ist mit dir geschehen? Du bist nicht so wie sonst. Ich rede mit dir, doch du gibst mir keine Antwort!« 'Alâ ed-Dîn aber, der bis dahin geglaubt hatte, alle Frauen seien wie seine Mutter, der zwar von der Schönheit der Prinzessin Badr el-Budûr, der Tochter des Sultans, gehört hatte, aber nicht ahnte, was Schönheit und Anmut war, wandte sich nach seiner Mutter um und sagte nur: »Laß mich!« Doch sie drang in ihn, er möge zum Essen kommen; so trat er denn heran und aß ein wenig. Dann legte er sich auf sein Bett und war in Gedanken versunken, bis es Morgen ward. Auch am nächsten Tage verharrte er in diesem Zustande. Nun war seine Mutter in großer Sorge um ihren Sohn, und da sie nicht wußte, was mit ihm geschehen war, so dachte sie, er sei vielleicht krank; sie trat zu ihm und fragte ihn mit den Worten: »Mein Sohn, wenn du Schmerzen oder sonst etwas verspürst, so sage es mir, auf daß ich hingehe und dir einen Arzt hole. Gerade jetzt befindet sich in dieser Stadt ein Arzt aus dem Lande der Araber, den der Sultan hat kommen lassen; von dem geht der Ruf, daß er sehr geschickt sei. Wenn du also krank bist, so will ich hingehen und ihn zu dir rufen.« Als 'Alâ ed-Dîn vernahm, seine Mutter wolle ihm den Arzt bringen, sprach er zu ihr: »Liebe Mutter, ich bin gesund, ich bin nicht krank. Aber ich hatte geglaubt, alle Frauen seien so wie du; und nun habe ich gestern die Prinzessin Badr el-Budûr, die Tochter des Sultans, gesehen, wie sie zum Bade ging.« Darauf erzählte er ihr alles und jedes, was er erlebt hatte, und er schloß mit den Worten: »Vielleicht hast du gehört, wie der Herold ausrief, niemand dürfe seinen Laden öffnen, noch auf der Straße stehen, damit die Prinzessin Badr el-Budûr sich zum Badehause begeben könne. Ich aber habe sie gesehen, wie sie ist; denn als sie zu der Tür des Badehauses kam, hob sie den Schleier von ihrem Antlitz. Doch wie ich ihr Angesicht und ihre herrliche Gestalt sah, da ergriff mich, o Mutter, die Liebe zu ihr mit heftigem Weh, und die Sehnsucht nach ihr entbrannte in meinem ganzen Leibe, und ich finde keine Ruhe mehr, wenn ich sie nicht gewinne. Darum denke ich, ich will sie vom Sultan, ihrem Vater, nach Recht und Gesetz zur Gemahlin erbitten.« Als die Mutter 'Alâ ed-Dîns solche Worte von ihrem Sohne vernahm, zweifelte sie an seinem Verstande, und sie sprach zu ihm: »Mein Sohn, der Name Allahs umschirme dich! Es scheint, du hast den Verstand verloren, mein Kind. Laß dich wieder auf den rechten Weg führen und sei nicht wie die Besessenen!« »Nein, liebe Mutter«, rief er, »ich habe den Verstand nicht verloren, ich gehöre auch nicht zu den Besessenen. Diese deine Worte ändern nichts an dem, was ich im Sinne habe. Ich kann keine Ruhe finden, als bis ich mein Herzblut, die schöne Prinzessin Badr el-

Budûr, gewinne; ich will um sie bei ihrem Vater, dem Sultan, freien.« »Ach, mein Sohn«, erwiderte sie, »ich beschwöre dich bei meinem Leben, rede nicht solche Worte, damit keiner dich hört und sagt, du seiest besessen! Laß ab von dieser Torheit! Wer sollte sich wohl getrauen und unterfangen, den Sultan darum zu bitten? Ich weiß auch nicht, wie du es machen willst, daß du diese Bitte zum Sultan gelangen lässest, wenn deine Worte wirklich ernst gemeint sind. Durch wen willst du denn um sie freien?« Da gab 'Alâ ed-Dîn ihr zur Antwort: »Durch wen, liebe Mutter, sollte ich wohl um sie werben lassen, so lange du noch da bist? Wer ist mir ein treuerer Freund als du? Ich wünsche, daß du selbst für mich diese Werbung vorbringst!« »Mein Sohn«, rief sie aus, »Allah behüte mich davor! Habe ich denn wie du den Verstand verloren? Verbanne diesen Gedanken aus deinem Sinne, denke daran, wessen Sohn du bist! Mein Kind, du bist der Sohn des ärmsten und geringsten Schneiders, den es in dieser Stadt gibt; auch ich, deine Mutter, stamme von ganz armen Leuten ab. Wie kannst du es wagen, um die Tochter des Sultans zu werben, deren Vater sie nicht einmal mit einem Prinzen aus dem Hause eines Königs oder eines Sultans zu vermählen geruht, es sei denn, daß er ihm an Macht, Rang und Ehre gleich ist; wenn jener aber nur um eine Stufe niedriger steht, so gibt er ihm seine Tochter nicht.«

'Alâ ed-Dîn wartete, bis seine Mutter ihre Rede beendet hatte, und sprach dann zu ihr: »Liebe Mutter, alles, woran du gedacht hast, das weiß ich; ich bin mir auch wohl bewußt, daß ich ein Kind armer Leute bin. Aber alle diese deine Worte werden mich nie von meinem Entschlusse abbringen; und ich flehe dich an, wenn anders ich dein Sohn bin und du mich lieb hast, tu mir diesen Gefallen; sonst wirst du mich verlieren, und der Tod wird mich bald ereilen, wenn ich nicht bei meiner Herzliebsten das Ziel meiner Wünsche erreiche. Ich bin doch auch, liebe Mutter, immer noch dein Sohn!« Als seine Mutter diese Worte aus seinem Munde vernahm, begann sie in ihrer Trauer um ihn zu weinen, und sie sprach: »Mein Sohn, ja, ich bin deine Mutter, und ich habe kein anderes Kind, kein Herzblut als dich. Es ist mein höchster Wunsch, mich deiner zu erfreuen und dich zu vermählen; und wenn du willst, so will ich dir eine Frau suchen unter unseresgleichen und Leuten unseres Standes. Aber sie werden sofort fragen, ob du ein Handwerk hast oder Landbesitz, ein Gewerbe oder einen Garten, um davon zu leben. Was soll ich ihnen dann antworten? Wenn ich also nicht einmal Leuten, die so arm sind wie wir, Antwort stehen kann, wie könnte ich es da wagen, mein Sohn, um die Tochter des Königs von China zu werben, der vor und nach seinesgleichen nicht hat? Überlege das alles mit deinem Verstande! Und wer soll um sie für einen Schneiderssohn werben? Ich weiß sicher, wenn ich davon spreche, so wird das unser Unglück nur noch vermehren, da es uns in große Gefahr von seiten des Sultans stürzen kann; ja, vielleicht wird es mir und dir den Tod bringen. Und ich selbst, wie könnte ich mich zu einer so gefährlichen und verwegenen Tat hinreißen lassen? Mein Sohn, in welcher Weise soll ich denn für dich beim Sultan um seine Tochter halten? Wie kann ich zu ihm Zutritt erlangen? Und was soll ich antworten, wenn man mich fragt? Vielleicht wird man mich für eine Verrückte halten. Und nimm einmal an, ich ginge hin und verlangte Zutritt zum Sultan, was für ein Geschenk soll ich für Seine Majestät mitnehmen?«

Dann fuhr die Mutter 'Alâ ed-Dîns mit ihren Worten an ihren Sohn fort: »Ja, mein Kind, ich weiß, daß der Sultan milde ist, daß er niemanden abweist, der ihm naht und ihn um Gerechtigkeit oder Gnade anfleht oder sich in seinen Schutz begibt oder ihn um eine Gabe bittet; denn er ist gütig und gnädig gegen nah und fern. Aber er erweist seine Gnade auch nur dem, der ihrer wert ist, der vor ihm eine Heldentat im Kriege vollbracht hat oder der sein Land geschützt hat. Und du nun, mein Sohn, sag mir, welche Großtat hättest du wohl vor dem Sultan oder vor der Regierung vollbracht, daß du von ihm einen solchen Gnadenbeweis verdientest? Und zweitens, diese Gnade, nach der du strebst, ist dir nicht angemessen, und es ist unmöglich, daß der König sie dir gewährt. Wer dem Könige naht und von ihm eine Huld erbittet, der muß ihm ein Geschenk bringen, das sich für seine Majestät ziemt, wie ich dir schon gesagt habe. Wie wäre es denn nur möglich, daß du dich vor den Sultan wagtest und dann vor ihm ständest, um seine Tochter von ihm zur Frau zu erbitten, ohne daß du ein Geschenk bei dir hättest, das seines Ansehens würdig wäre?« »Liebe Mutter«, gab 'Alâ ed-Dîn ihr zur Antwort, »deine Worte sind recht, und deine Gedanken treffen das Richtige. Ich hätte an all das denken sollen, an das du mich erinnert hast. Und doch, o Mutter, die Liebe zur Tochter des Sultans, der Prinzessin Badr el-Budûr, ist mir tief ins Herz gedrungen, und ich finde keine Ruhe mehr, wenn ich sie nicht gewinne. Du hast mich an etwas erinnert, das ich vergessen hatte; doch das ist es gerade, was mir den Mut dazu gibt, um seine Tochter bei ihm durch dich zu werben. Du fragst mich, Mutter, was für ein Geschenk ich hätte, um es dem Könige nach der Sitte der Menschen darzubieten. Nun wohl, ich habe ein Geschenk, eine Gabe, und ich glaube, kein einziger König besitzt etwas, das ihr gliche oder auch nur ähnlich wäre.«

'Alâ ed-Dîn sprach weiter zu seiner Mutter: »Liebe Mutter, was ich für Glas und Kristall hielt, das sind lauter Edelsteine. Ich glaube, alle Könige der Welt haben nicht einmal einen Stein, der dem kleinsten von meinen Juwelen gleichkäme. Durch meinen Verkehr mit den Juwelieren habe ich erfahren, daß es kostbare Edelsteine sind, jene, die ich aus der Schatzhöhle in den Taschen mitgebracht habe. Wenn du so gut sein willst, so bemühe dich und hole mir die Porzellanschüssel, die wir besitzen, auf daß ich sie mit diesen Edelsteinen fülle und du sie als Geschenk dem Sultan bringst. Ich bin gewiß, daß dir hierdurch deine Aufgabe erleichtert wird, wenn du vor dem Sultan stehst und ihn um das bittest, was ich wünsche. Wenn du aber mir nicht behilflich sein willst, daß ich mein Ziel bei der Prinzessin Badr el-Budûr erreiche, so wisse, Mutter, daß ich sterben muß. Mache dir wegen dieses Geschenkes keine Sorgen! Denn es besteht aus den kostbarsten Juwelen. Glaube mir, Mutter, ich bin viele Male zum Basar der Juweliere gegangen, und da habe ich gesehen, wie diese

Leute Edelsteine, die an Schönheit nicht ein Viertel der unsrigen wert waren, für so hohe Summen verkauften, daß der menschliche Verstand sie nicht erfassen kann. Als ich das sah, da sagte ich mir, daß die Edelsteine, die wir haben, ganz außerordentlich wertvoll sind. Drum steh auf, liebe Mutter, wie ich dir gesagt habe, hole mir die Porzellanschüssel, von der ich sprach, damit wir einige von diesen Juwelen hineinlegen und sehen, wie sie sich darin ausnehmen.« Da ging die Mutter 'Alâ ed-Dîns hin und holte die Porzellanschüssel, indem sie bei sich selber sprach: ›Ich will doch einmal sehen, ob das, was mein Sohn von diesen Steinen sagt, wahr ist oder nicht!‹ Nachdem sie dann die Schüssel vor ihn hingesetzt hatte, holte 'Alâ ed-Dîn Edelsteine aus den Beuteln hervor und legte sie in die Schüssel; Edelsteine verschiedenster Art legte er ohne Unterlaß hinein, bis er sie angefüllt hatte. Und als sie ganz voll war, blickte die Mutter des Knaben auf die Schüssel; aber sie konnte nicht lange hinsehen, sondern sie mußte vielmehr mit den Augen blinzeln, weil die Edelsteine strahlten und leuchteten und hell blitzten. Zwar ward ihr fast der Sinn durch sie verwirrt, aber sie war doch noch nicht ganz sicher, ob der Wert der Steine wirklich so sehr hoch war oder nicht. Immerhin sagte sie sich, daß ihr Sohn vielleicht doch recht hatte, wenn er sagte, dergleichen finde sich nicht im Besitze der Könige. Da wandte 'Alâ ed-Dîn den Blick zu ihr und sprach: »Siehst du, Mutter, daß dies ein großes Geschenk für den Sultan ist? Ich bin sicher, daß du dadurch bei ihm hochgeehrt werden wirst und daß er dich mit aller Achtung empfangen wird. Jetzt, liebe Mutter, hast du keine Ausrede mehr; drum sei so gut, nimm diese Schüssel und geh mit ihr zum Schlosse!« »Jawohl, mein Sohn«, erwiderte sie, »dies Geschenk ist sehr teuer und wertvoll, und niemand besitzt seinesgleichen, so wie du gesagt hast. Doch wer hätte den Mut, sich dem Sultan zu nahen und bei ihm um seine Tochter Badr el-Budûr zu werben? Ich kann mich nicht erkühnen, zu ihm zu sagen: ›Ich wünsche deine Tochter‹, wenn er mich fragt, was ich wünsche. Nein, nein, mein Sohn, meine Zunge wäre dann gebunden. Und gesetzt den Fall, Allah gäbe mir Kraft und ich fände den Mut, ihm zu sagen: ›Ich wünsche mich durch die Heirat deiner Tochter, der Prinzessin Badr el-Budûr, mit meinem Sohne 'Alâ ed-Dîn zu verschwägern‹, so würde man mich dann doch für verrückt halten und mich mit Schimpf und Schande fortjagen, um nichts davon zu sagen, daß ich in Todesgefahr geraten würde, nicht nur ich allein, sondern auch du. Aber trotz alledem, mein Sohn, um deinetwillen muß ich mir ein Herz fassen und hingehen. Doch, mein Sohn, wenn der König um des Geschenkes willen mich ehrenvoll aufnimmt, so will ich ihm wohl deine Bitte vortragen.« Und die Mutter 'Alâ ed-Dîns sprach des weiteren zu ihrem Sohne: »Ich will dem Sultan wohl deine Bitte vortragen, nämlich die Vermählung mit seiner Tochter, aber wenn er mich fragt, wie groß dein Besitz und deine Einkünfte seien, wie die Menschen zu fragen pflegen, was soll ich ihm dann antworten? Vielleicht, mein Sohn, wird er eher danach als nach dir fragen.« Doch 'Alâ ed-Dîn erwiderte: »Es ist unmöglich, daß der Sultan danach fragt, wenn er die Edelsteine und ihre Pracht sieht. Darum sorge dich nicht um Dinge, die nicht geschehen werden, sondern mache dich nur auf, bringe ihm diese Juwelen und wirb für mich bei ihm um seine Tochter! Sitze nicht länger da, indem du dir über die Sache schwere Gedanken machst! Früher hast du doch schon um die Lampe gewußt, die ich habe, die jetzt für unseren Lebensunterhalt sorgt und die mir alles verschafft, was ich von ihr verlange. Ich hoffe, daß ich mit ihrer Hilfe auch wissen werde, wie ich dem Sultan antworten soll, wenn er mich danach fragt.« In dieser Weise sprachen 'Alâ ed-Dîn und seine Mutter die ganze Nacht hindurch miteinander. Als es dann aber Morgen ward, faßte die Mutter sich ein Herz, besonders da ihr Sohn ihr noch einiges von den Kräften und Eigenschaften der Lampe erklärt hatte, daß sie ihnen nämlich alles verschaffen würde, was sie nur wünschten; freilich, als 'Alâ ed-Dîn sah, daß seine Mutter Mut schöpfte, weil er ihr die Kräfte der Lampe auseinandersetzte, da fürchtete er, sie würde davon zu den Leuten reden, und darum sprach er zu ihr: »Mutter, hüte dich, irgend jemandem etwas von der Lampe und ihrer Zaubergewalt zu sagen; denn sie ist unser größter Schatz. Nimm dich davor in acht, zu irgendeinem Menschen von ihr zu schwätzen, damit wir sie nicht verlieren und das glückliche Leben, das wir führen und das wir ihr verdanken, entbehren müssen!« Die Mutter gab ihm zur Antwort: »Das brauchst du nicht zu befürchten, mein Sohn«, nahm die Schüssel mit den Edelsteinen, nachdem sie sie in ein feines Tuch gehüllt hatte, und ging beizeiten fort, um den Staatssaal zu erreichen und zu betreten, ehe er sich mit Menschen füllte. So zog sie denn mit der Schüssel zum Schlosse. Als sie dort ankam, war die Staatsversammlung noch nicht vollzählig, und sie konnte sehen, wie der Wesir und einige Große des Reiches in die Regierungshalle des Sultans eintraten. Bald darauf jedoch füllte sich der Saal mit den Wesiren, den Großen und Häuptlingen des Reiches, den Emiren und den Vornehmen. Dann nach einer kleinen Weile erschien der Sultan, und die Wesire und die anderen Häuptlinge und Großen warteten ihm auf. Der Herrscher setzte sich im Staatssaale auf den Königsthron nieder, während alle dort Anwesenden mit gekreuzten Armen vor ihm standen und warteten, bis er ihnen befehlen würde, sich zu setzen. Als er das getan hatte, setzten sie sich, ein jeder auf seinen Platz; dann wurden die Rechtsfälle dem Sultan vorgetragen, und er entschied eine jede Sache in ihrer Weise, bis die Versammlung beendet war. Da erhob der König sich, begab sich wieder in das Schloß zurück, und ein jedes Wesen ging seines Weges.

Die Mutter 'Alâ ed-Dîns hatte, weil sie vor der Menge gekommen war, eintreten können; aber weil niemand ihr ein Wort sagte, um sie vor den Sultan zu führen, so blieb sie dort stehen, bis die Staatsversammlung beendet war, der Sultan sich erhob und sich ins Schloß begab und alle anderen ihres Weges gingen. Als sie sah, daß der Sultan seinen Thron verlassen hatte und in den Harem gegangen war, machte auch sie sich auf, ging ihren Weg zurück und trat in ihr Haus ein. Wie ihr Sohn 'Alâ ed-Dîn sie mit der Schüssel in der Hand erblickte, wußte er, daß ihr wohl etwas zugestoßen war; aber er wollte sie nicht eher fragen, als bis sie drinnen im Hause die Schüssel niedersetzte und ihm selbst berichtete, was ihr widerfahren sei. Schließlich sprach sie zu ihm: »Lieber Sohn, Preis sei Allah, daß ich heute Mut hatte und mir einen Platz im Staatssaale gesucht habe! Und wenn es mir auch noch nicht möglich war, den Sultan zu sprechen, werde ich doch, so Gott der Erhabene will, morgen mit ihm reden. Heute waren auch noch viele andere Leute da, die wie ich keine Gelegenheit fanden, mit dem Sultan zu sprechen. Doch sei guten Muts, mein Sohn, morgen werde ich sicher mit ihm reden, dir zuliebe, komme, was will!« Wie 'Alâ ed-Dîn die Worte seiner Mutter vernommen hatte, war er hocherfreut, obgleich er im Übermaß seiner Liebe und seiner Sehnsucht nach der Prinzessin Badr el-Budûr von Stunde zu Stunde auf die Entscheidung wartete. Trotzdem faßte er sich in Geduld, und so warteten beide bis zum nächsten Morgen. Da machte die Mutter sich wieder auf und ging mit der Schüssel zum Staatssaale des Sultans. Dort sah sie, daß der Saal geschlossen war, und als sie die Leute darüber befragte, sagten sie ihr: »Der Sultan hält immer nur dreimal in der Woche eine Staatsversammlung ab.« So mußte sie an jenem Tage wieder nach Hause zurückkehren. Und nun ging sie jeden Tag hin. Wenn sie sah, daß Versammlung war, so stellte sie sich vor dem Staatssaale auf, so lange, bis alles zu Ende war, und kehrte heim; und an den anderen Tagen fand sie den Saal geschlossen. Dabei blieb sie eine ganze Woche. Der Sultan aber bemerkte sie bei jeder Versammlung; und als sie am letzten Tage wieder hingegangen war und sich wie gewöhnlich vor dem Staatssaale aufgestellt hatte, bis die Versammlung geschlossen wurde, ohne daß sie den Mut fand, vorzutreten oder ein Wort zu sagen, wandte der Sultan sich beim Eintritt in den Harem an den Großwesir, der ihn begleitete, mit den Worten: »Wesir, seit sechs bis sieben Tagen sehe ich zu jeder Staatsversammlung diese Alte hierher kommen, und ich sehe, wie sie immer etwas unter ihrem Mantel trägt. Weißt du etwas von ihr, o Wesir, oder von ihrem Anliegen?« »O unser Herr und Sultan«, erwiderte der Wesir, »die Frauen haben geringe Verstandeskräfte; vielleicht kommt diese Frau, um sich bei dir über ihren Mann oder über jemanden von ihren Angehörigen zu beklagen.« Der Sultan jedoch gab sich mit der Antwort des Wesirs nicht zufrieden, sondern er befahl ihm, wenn die Frau wieder zum Staatssaale käme, so solle er sie vor seinen Thron führen. Sofort legte der Wesir seine Hand auf sein Haupt und sprach: »Ich höre und gehorche, o unser Herr und Sultan!«

Die Mutter 'Alâ ed-Dîns, die sich schon daran gewöhnt hatte, jeden Tag zum Staatssaale zu gehen und dort angesichts des Sultans zu stehen, obgleich sie betrübt und sehr ermattet war, die aber dennoch ihrem Sohne 'Alâ ed-Dîn zuliebe alle Mühe für leicht erachtete, ging nun wieder einmal eines Tages zur Regierungshalle, wie immer, und stellte sich vor den Augen des Sultans auf. Als der sie erblickte, befahl er seinem Wesir: »Da ist ja die Frau, von der ich dir neulich gesprochen habe; bringe sie jetzt vor mich, damit ich ihr Anliegen erfahre und ihre Sache entscheide!« Sofort ging der Wesir hin und führte die Mutter 'Alâ ed-Dîns vor den Thron. Als die alte Frau nun vor dem Herrscher stand, machte sie die Reverenz vor ihm, wünschte ihm Macht und langes Leben und ewiges Glück und küßte den Boden vor ihm. »Du Frau«, hub der Sultan an, »seit wieviel Tagen sehe ich dich schon zum Staatssaale kommen, ohne daß du ein Wort sagst! Nun tu mir kund, ob du ein Anliegen hast, auf daß ich es dir erfülle!« Wiederum küßte die Mutter 'Alâ ed-Dîns den Boden und flehte den Segen des Himmels auf den König herab; dann begann sie: »Jawohl, bei deinem Haupte, o größter König unserer Zeit, ich habe ein Anliegen. Aber vor allen Dingen geruhe, mir Sicherheit zu versprechen, auf daß ich mein Anliegen den Ohren unseres Herrn und Sultans unterbreiten kann; denn vielleicht wird deine Majestät mein Anliegen seltsam finden.« Der Sultan wollte nun gern erfahren, was sie für ein Anliegen hatte, und er war auch von Natur ein sehr gütiger Mann; so versprach er ihr denn Sicherheit, befahl zugleich, daß alle Anwesenden fortgehen sollten, und blieb mit dem Großwesir allein dort. Darauf redete er sie an mit den Worten: »Trag deine Sache vor; du stehst unter dem Schutz Allahs des Erhabenen!« »O größter König unserer

Zeit«, erwiderte sie, »ich bitte auch dich um Verzeihung.« »Allah verzeihe dir!« sprach er darauf, und sie fuhr fort: »O unser Herr und Sultan, ich habe einen Solm, der heißt 'Alâ ed-Dîn. Er hat eines Tages gehört, wie der Herold ausrief, niemand solle seinen Laden auftun oder sich auf den Straßen der Stadt zeigen, weil die Prinzessin Badr el-Budûr, die Tochter unseres Herrn und Sultans, sich zum Badehaus begebe. Als mein Sohn das hörte, wollte er sie so gern anschauen, und er versteckte sich an einer Stelle, von der aus er sie gut sehen konnte; das war hinter der Tür des Bades. Und als sie dann kam, schaute er sie und sah sie noch besser, als er gewollt hatte. Aber seitdem er sie erblickt hat, o größter König unserer Zeit, bis zu diesem Augenblick, ist ihm das Leben keine Freude mehr, und er hat von mir verlangt, ich sollte sie von deiner Majestät erbitten, auf daß du sie mit ihm vermähltest. Es ist mir nicht möglich gewesen, ihm diesen Gedanken aus dem Sinne zu vertreiben; denn die Liebe zu ihr hat sein Herz so sehr gefangen genommen, daß er sogar zu mir gesagt hat: ›Wisse, Mütterchen, wenn ich meinen Wunsch nicht erfüllt sehe, so bin ich sicher bald tot.‹ Ich bitte deine Majestät um Milde und Verzeihung für dies verwegene Unterfangen, in meinem und in seinem Namen. Nimm uns dies nicht übel!« Als der König ihre Worte angehört hatte, begann er, da er ja ein gütiger Herr war, zu lächeln und fragte: »Was ist denn das, was du bei dir hast? Was ist das für ein Bündel?« Wie die Mutter 'Alâ ed-Dîns sah, daß der Sultan nicht zornig wurde, sondern lächelte, öffnete sie sofort das Tuch und reichte ihm die Schüssel mit den Juwelen. Der Sultan blickte auf die Edelsteine, und da nun das Tuch von ihnen abgenommen war, schien es, als ob die ganze Halle von Kronleuchtern und Kandelabern erleuchtet sei; er ward geblendet und verwirrt von dem Glanze der Juwelen und erstaunte über ihre Pracht, ihre Größe und ihre Schönheit.

Der Sultan, der auf die Edelsteine blickte, rief erstaunt aus: »Bis jetzt habe ich noch nie etwas Ähnliches gesehen wie diese Juwelen; so schön, so groß und so herrlich sind sie. Ich glaube, in meinen Schatzkammern findet sich nicht ein einziger wie sie!«

Und zu seinem Wesir gewandt, fuhr er fort: »Was meinst du, Wesir, hast du je in deinem Leben etwas gesehen wie diese Edelsteine?« Der Wesir antwortete: »Ich habe es nie gesehen, o unser Herr und Sultan, und ich glaube auch nicht, daß in den Schatzkammern meines Herrn und Königs sich ein Stein fände, der so groß wäre wie der kleinste von ihnen.« Darauf sagte der König: »Wahrlich, wer mir solche Juwelen schenkt, der verdient es, der Gemahl meiner Tochter Badr el-Budûr zu werden; denn soweit ich sehe, ist keiner ihrer würdiger als er.« Doch wie der Wesir die Worte des Sultans vernahm, ward ihm die Zunge vor Kummer wie gelähmt; er ward von tiefem Gram ergriffen, weil der König ihm versprochen hatte, er wolle seine Tochter mit seinem Sohne vermählen. Nach einer kleinen Weile aber hub er an: »O größter König unserer Zeit, verzeih mir! Deine Majestät hat mir versprochen, Prinzessin Badr el-Budûr solle meinem Sohne zuteil werden. Möge die Güte deiner erlauchten Hoheit eine Frist von drei Monaten zu gewähren geruhen! So Gott will, wird das Geschenk von meinem Sohne noch größer sein als dies!« Obgleich der König wohl wußte, daß dies weder dem Wesir noch auch dem mächtigsten König möglich war, so geruhte er doch in seiner Güte, einen Aufschub von drei Monaten zu gewähren, wie der Minister gebeten hatte. Darauf wandte er sich wieder zu der alten Mutter 'Alâ ed-Dîns und sprach zu ihr: »Geh zu deinem Sohne und sag ihm, ich gäbe ihm mein Wort, daß meine Tochter für ihn bestimmt sei! Doch ich müsse sie erst ausstatten und die nötigen Vorbereitungen treffen, deshalb solle er sich noch drei Monate gedulden.« Nachdem die Mutter 'Alâ ed-Dîns diese Antwort erhalten hatte, dankte sie dem Sultan, betete für sein Wohl und ging fort; vor Freude fliegend eilte sie dahin, bis sie zu Hause ankam, und ging hinein. Als ihr Sohn 'Alâ ed-Dîn sah, daß ihr Antlitz lächelte, da freute er sich, daß sie ihm gute Botschaft bringen würde, zumal sie diesmal so bald wiedergekommen und nicht so lange ausgeblieben war wie sonst immer und auch die Schüssel nicht zurückgebracht hatte. So richtete er denn an sie die Fragen: »Liebe Mutter, bringst du mir, so Gott will, gute Botschaft? Haben die Juwelen und ihr Wert ihre Sache ausgerichtet? Bist du gut bei dem Sultan aufgenommen, hat er sich dir gnädig gezeigt und deine Werbung angenommen?« Da berichtete sie ihm alles, wie der Sultan sie aufgenommen und sich über die Größe und Pracht der Edelsteine gewundert habe, ebenso wie der Wesir; und sie schloß mit den Worten: »Er hat mir versprochen, daß seine Tochter für dich bestimmt ist; doch, mein Sohn, der Wesir hat noch heimlich mit ihm geredet, ehe er mir das Versprechen gab. Und dann, nachdem der Wesir mit ihm insgeheim gesprochen hatte, versprach er sie mir nach drei Monaten; ich fürchte, daß der Wesir Unheil brütet und den Sinn des Königs umstimmen will.«

Als 'Alâ ed-Dîn von seiner Mutter hörte, daß der Sultan seine Tochter ihm nach drei Monaten geben wolle, war er heiteren Gemüts und hocherfreut und sprach: »Wenn der Sultan sie nach drei Monaten zu geben versprochen hat, so ist das zwar eine lange Frist; doch auf jeden Fall ist meine Freude groß.« Und er dankte seiner Mutter herzlich für ihre Mühe, indem er zu ihr sprach: »Bei Allah, liebe Mutter, jetzt ist mir, als hätte ich im Grabe gelegen und du hättest mich daraus emporgezogen. Ich preise Allah den Erhabenen; denn nun bin ich sicher, daß es in der ganzen Welt niemanden gibt, der reicher oder glücklicher wäre als ich!« Dann wartete er, bis zwei von den drei Monaten vergangen waren. Da ging die Mutter 'Alâ ed-Dîns eines Tages gegen Abend zum Basar, um Öl zu kaufen; aber sie fand alle Basare geschlossen und die ganze Stadt geschmückt und sah, wie die Einwohner Lichter und Blumen in ihre Fenster gestellt hatten. Dann sah sie auch die Soldaten und die Garden und die Aghas hoch zu Rosse im feierlichen Aufzuge, bei brennenden Fackeln und Lichtern. Verwundert über diese seltsame Ausschmückung ging sie zum Laden eines Ölhändlers dort, der geöffnet war, und kaufte Öl von ihm. Und sie bat den Ölhändler: »Bei deinem Leben, Oheim, sage mir, was gibt es heute in der Stadt, daß die Leute all diesen Schmuck angelegt haben, daß alle die Basare und Häuser geschmückt sind und daß die Truppen aufziehen?«

»Frau«, erwiderte der Ölhändler, »ich glaube, du bist wohl fremd und nicht aus dieser Stadt!« »Nein«, sagte sie, »ich bin aus dieser Stadt.« Da fuhr er fort: »Du willst aus dieser Stadt sein und weißt nicht einmal, daß der Sohn des Großwesirs heute abend seine Hochzeit mit Badr el-Budûr, der Tochter des Sultans, feiert? Jetzt ist er gerade im Badehaus, und diese Emire und Soldaten sind sein Ehrengeleit; sie stehen und warten, bis er aus dem Bade herauskommt, dann werden sie ihn im feierlichen Aufzuge ins Schloß zu der Tochter des Sultans bringen.« Als die Mutter 'Alâ ed-Dîns diese Worte von ihm vernommen hatte, war sie betrübt, und sie wußte nicht, wie sie es machen sollte, um ihrem Sohne diese traurige Nachricht mitzuteilen; denn ihr armer Sohn wartete von Stunde zu Stunde auf das Ende der drei Monate. Doch sie kehrte sofort nach Hause zurück; und als sie ankam und zu ihrem Sohne eintrat, sprach sie zu ihm: »Mein Sohn, ich will dir eine Kunde melden; aber der Kummer, den sie dir bereitet, wird schwer auf mir lasten.« »Sprich, was ist das für eine Kunde?«, erwiderte er ihr. Da fuhr sie fort: »Der Sultan hat sein Versprechen gebrochen, das er dir in betreff seiner Tochter, der Prinzessin Badr el-Budûr, gegeben hat; heute abend feiert der Sohn des Wesirs Hochzeit mit ihr. Ich habe von Anfang an gedacht, mein Sohn, daß der Wesir den Sinn des Sultans umstimmen wolle, wie ich dir ja auch sagte, daß er vor mir heimlich mit ihm redete.« Nun fragte 'Alâ ed-Dîn sie: »Wie hast du denn das erfahren, daß der Sohn des Wesirs heute abend mit der Prinzessin Badr el-Budûr, der Tochter des Sultans, Hochzeit feiern wird?« Da berichtete seine Mutter ihm alles, was sie gesehen hatte, wie die Stadt ausgeschmückt war, als sie hinging, um das Öl zu kaufen, wie die Aghas und die Großen des Reiches in feierlichem Aufzuge warteten, bis der Sohn des Wesirs aus dem Badehause käme, und daß dies seine Hochzeitsnacht sei. Wie 'Alâ ed-Dîn dies hören mußte, erfaßte ihn ein Fieberanfall vor Kummer; aber gleich darauf dachte er an die Lampe, und erfreut sprach er zu seiner Mutter: »Bei deinem Leben, liebe Mutter, ich glaube, der Sohn des Wesirs wird sich ihrer nicht so erfreuen, wie du denkst. Doch laß uns jetzt davon schweigen! Setze uns das Abendessen vor, auf daß wir speisen! Hernach, wenn ich ein wenig in meine Kammer gegangen bin, wird schon alles gut werden.«

'Alâ ed-Dîn ging nach dem Abendessen in seine Kammer, verschloß die Tür hinter sich, holte die Lampe und rieb sie. Sofort erschien der Geist vor ihm und sprach: »Verlange, was du wünschest; denn ich bin dein Diener, der Diener dessen, der diese Lampe in der Hand hält, ich und alle Diener der Lampe!« Da sagte 'Alâ ed-Dîn: »Höre, ich habe den Sultan gebeten, mir seine Tochter zur Frau zu geben, und er hat mir versprochen, es nach drei Monaten zu tun. Er hat aber sein Versprechen nicht gehalten, sondern er hat sie dem Sohne des Wesirs gegeben, und in dieser Nacht will der mit ihr Hochzeit feiern. Nun befehle ich dir, so du ein getreuer Diener der Lampe bist, wenn du in dieser Nacht Braut und Bräutigam zusammen ruhen siehst, so trag sie auf ihrem Lager an diese Stätte. Dies ist, was ich von dir verlange.« Der Dämon erwiderte: »Ich höre und gehorche! Und wenn du noch einen anderen Dienst begehrst als diesen, so befiehl mir alles, was du wünschest!« Doch 'Alâ ed-Dîn sprach: »Jetzt verlange ich nichts anderes als dies, was ich dir gesagt habe.« Da verschwand der Geist, und 'Alâ ed-Dîn kehrte zu seiner Mutter zurück, um den Rest des Abends mit ihr zu verbringen. Als dann die Zeit nahte, in der er das Kommen des Geistes erwartete, erhob er sich und ging in seine Kammer. Kaum war er dort, da brachte auch schon der Geist die beiden Neuvermählten auf ihrem Bette. Als 'Alâ ed-Dîn sie erblickte, war er hocherfreut, und er sprach zu dem Geiste: »Trag diesen Galgenstrick von hier fort und leg ihn im Abtritt nieder!« Im Augenblick trug der Geist den Sohn des Wesirs fort und legte ihn im Abtritt nieder; doch bevor er ihn wieder verließ, blies er ihn mit einem Hauche an, durch den er ihn erstarren machte, und so blieb der Sohn des Wesirs in elendem Zustande dort. Darauf kehrte der Geist zu 'Alâ ed-Dîn zurück und fragte ihn: »Hast du noch ein anderes Begehr, so tu es mir kund!« 'Alâ ed-Dîn antwortete ihm: »Kehre am Morgen zurück, damit du sie wieder an ihre Stätte bringest!« »Ich höre und gehorche!« sprach der Geist und verschwand. 'Alâ ed-Dîn aber hatte kaum geglaubt, daß ihm alles so gut gelingen würde. Und wie er nun die Prinzessin Badr el-Budûr in seinem Hause sah, bewahrte er, obgleich er seit geraumer Zeit in Liebe zu ihr entbrannt war, dennoch Zurückhaltung ihr gegenüber, und er sprach zu ihr: »O Herrin der Schönen, glaube nicht, daß ich dich hierher gebracht habe, um dir Schmach anzutun. Das sei ferne! Nein, ich wollte nur nicht, daß ein anderer sich deiner erfreut; denn dein Vater, der Sultan, hat dich mir versprochen. So ruhe denn unbesorgt!«

Als die Prinzessin Badr el-Budûr, die Tochter des Sultans, sich in diesem ärmlichen und dunkeln Raume sah und die Worte 'Alâ ed-Dîns vernahm, wurde sie von Furcht und Schrecken ergriffen; ja, sie war so verstört, daß sie dem 'Alâ ed-Dîn keine Antwort geben konnte. Darauf zog 'Alâ ed-Dîn seine Obergewänder aus, legte ein Schwert zwischen sich und sie und ruhte an ihrer Seite auf demselben Lager, ohne etwas Schmähliches zu tun; wollte er doch nur die Ehe des Sohnes des Wesirs mit ihr verhindern. Freilich, die Prinzessin Badr el-Budûr verbrachte eine sehr üble Nacht, und in ihrem ganzen Leben hatte sie noch keine schlimmere als sie kennengelernt. Der Sohn des Wesirs aber lag im Abtritt und konnte sich in seiner Furcht, die er vor dem Geiste hegte, nicht rühren. Doch als es Morgen war, trat der Geist, ohne daß 'Alâ ed-Dîn die Lampe gerieben hätte, vor ihn hin und sprach zu ihm: »Mein Gebieter, wenn du etwas wünschest, so befiehl es mir, auf daß ich es gern und mit Freuden ausrichte!« 'Alâ ed-Dîn gab ihm zur Antwort: »Geh, trage Braut und Bräutigam wieder an ihre Stätte zurück!« Im Augenblicke führte der Geist den Befehl 'Alâ ed-Dîns aus, legte den Sohn des Wesirs neben die Prinzessin Badr el-Budûr, trug sie fort und legte sie so an ihrer Stätte im Schlosse nieder, wie sie zuvor gewesen waren, ohne daß jemand sie sah; doch sie wären fast vor Angst gestorben, als sie sahen, wie sie von Ort zu Ort getragen wurden. Kaum hatte jedoch der Geist sie an ihrer Stätte niedergelegt, da erschien auch schon der Sultan bei seiner Tochter, um sie zu besuchen. Sowie der Sohn des Wesirs hörte, daß die Tür geöffnet wurde, erhob er sich sofort von dem Lager, da er wußte, daß niemand anders als der Sultan selbst eintreten durfte. Aber es ward ihm sehr sauer; denn er wollte sich gern noch wärmen, da er ja gerade erst den Abtritt verlassen hatte. Doch er erhob sich und legte seine Kleider an.

Der Sultan trat bei seiner Tochter, der Prinzessin Badr el-Budûr, ein, küßte sie auf die Stirn, wünschte ihr einen guten Morgen und fragte sie, ob sie mit ihrem jungen Gemahle zufrieden sei. Doch sie gab ihm keinerlei Antwort. Da blickte er auf sie mit dem Auge des Zornes, und nachdem er sie noch mehrere Male angeredet hatte, während sie stillschwieg und ihm kein einziges Wort erwiderte, ging der Sultan seines Weges und verließ sie. Darauf trat er zur Königin ein und erzählte ihr, wessen die Prinzessin Badr el-Budûr sich erdreistet hatte. Die Königin jedoch, die es verhindern wollte, daß der Sultan gegen die Prinzessin Groll hege, sprach zu ihm: »O größter König unserer Zeit, das ist so bei den meisten Neuvermählten; am Tage nach der Hochzeitsnacht schämen sie sich und zieren sich ein wenig. Nimm es ihr nicht übel; nach einigen Tagen wird sie sich schon auf sich selbst besinnen und mit den Menschen reden! Aber jetzt, o größter König unserer Zeit, hält die Scheu sie davon ab, zu sprechen. Doch ich will zu ihr gehen und nach ihr schauen.« Darauf legte die Königin ihre Gewänder an, begab sich zu ihrer Tochter, der Prinzessin Badr el-Budûr, trat an sie heran, wünschte ihr einen guten Morgen und küßte sie auf die Stirn; aber die Prinzessin erwiderte ihr kein einziges Wort. Nun sagte sich die Königin, es müsse ihr etwas Seltsames zugestoßen sein, das sie so verstört habe, und darum fragte sie sie: »Liebe Tochter, was veranlaßt dich zu einem solchen Verhalten? Tu mir kund, was dir begegnet ist, so daß du mir, die ich jetzt zu dir gekommen bin und dir einen guten Morgen gewünscht habe, keine Antwort gibst!« Da hob die Prinzessin Badr el-Budûr ihr Haupt und sprach: »Sei mir nicht böse, liebe Mutter! Ich hätte dir mit aller Höflichkeit und Ehrfurcht begegnen sollen, da du mich mit deinem Besuche beehrt hast. Doch ich bitte dich, höre die Ursache meines Verhaltens und sieh, wie diese Nacht, die nun hinter mir liegt, für mich die allerschlimmste Nacht war! Denn kaum hatten wir uns niedergelegt, liebe Mutter, da hob einer, dessen Gestalt wir nicht kennen, das Lager auf und trug uns zu einem dunkeln, schmutzigen und armseligen Raume.« Und nun berichtete Prinzessin Badr el-Budûr ihrer Mutter, der Königin, alles, was sie in jener Nacht erlebt hatte, wie ihr junger Gemahl weggenommen wurde, wie sie allein blieb, wie dann gleich darauf ein anderer Jüngling kam und an der Stelle ihres Gemahls ruhte, nachdem er zwischen sie und sich ein Schwert gelegt hatte. Und sie schloß mit den Worten: »Am Morgen kehrte er, der uns fortgetragen hatte, zurück und brachte uns wieder hierher an unsere Stätte. Kaum aber hatte er uns hierher gebracht und uns verlassen, da trat auch schon mein Vater, der Sultan, ein, in demselben Augenblick, in dem wir hier angekommen waren. Da versagten mir Herz und Zunge, und ich konnte mit meinem Vater, dem Sultan, nicht sprechen, weil so gewaltiges Entsetzen und Grauen mich gepackt hatten. Vielleicht ist mein Vater mir deswegen gram; darum bitte ich dich, liebe Mutter, erzähle ihm den Grund meines Benehmens, damit er es mir nicht verarge, daß ich ihm keine Antwort gab, und mich nicht tadle, sondern mich entschuldige!«

Als die Königin die Worte ihrer Tochter Badr el-Budûr vernommen hatte, sprach sie zu ihr: »Liebe Tochter, sei darauf bedacht, vor niemandem davon zu reden! Sonst würde man sagen, die Tochter des Sultans habe den Verstand verloren. Du hast recht getan, daß du deinem Vater nichts davon gesagt hast. Hüte dich, hüte dich, meine Tochter, ihm davon zu erzählen!« Doch die Prinzessin Badr el-Budûr gab ihr zur Antwort: »Mutter, ich habe bei klarem Bewußtsein mit dir gesprochen; ich habe den Verstand noch nicht verloren. Dies habe ich wirklich erlebt; und wenn du es mir nicht glaubst, so frage meinen Gemahl!« »Höre, Tochter«, sagte die Königin darauf, »verbanne diese Torheiten aus deinem Sinn; lege deine Kleider an und schau den Hochzeitsfeierlichkeiten zu, die um deinetwillen in der Stadt begangen werden und an denen das ganze Land teilnimmt! Lausche auf den Klang der Trommeln und auf den Gesang; sieh, wie schön alles für deine Hochzeit geschmückt ist, liebe Tochter!« Dann ließ die Königin sofort die Kammerfrauen kommen, und die kleideten und schmückten die Prinzessin Badr el-Budûr. Darauf begab die Königin sich zum Sultan und berichtete ihm, ihre Tochter habe in der Nacht wirre Traumgesichte gehabt, und sie bat ihn, es ihr nicht zu verargen, daß sie ihm keine Antwort gegeben habe. Ferner ließ sie den Sohn des Wesirs insgeheim kommen und fragte ihn, was geschehen sei und ob die Worte der Prinzessin Badr el-Budûr wahr seien oder nicht. Der Sohn des Wesirs aber fürchtete, er könne seine junge Frau aus den Händen verlieren, und so antwortete er: »Hohe Herrin, ich weiß nichts von dem, was du sagst.« Da war die Königin fest überzeugt, daß ihre Tochter nur wirre Traumgesichte gesehen habe. Die Hochzeitsfeiern dauerten den ganzen Tag hindurch; die Tänzerinnen tanzten, die Sängerinnen sangen, und alle Musikinstrumente erklangen, während die Königin und der Sohn des Wesirs sich eifrig bemühten, die Festesfreude zu erhöhen, damit die Prinzessin froh würde und ihren Kummer vergäße. Ja, sie ließen an jenem Tage vor ihr nichts ungetan, was zur Freude anregte, auf daß sie von ihren Gedanken ablieẞe und sich aufheitere. Doch all das machte gar keinen Eindruck auf sie, sondern sie verharrte in Stillschweigen und dachte immer wie verstört an das, was ihr in jener Nacht widerfahren war. Freilich war es dem Sohne des Wesirs noch schlimmer ergangen als ihr, da er im Abtritt gelegen hatte; aber er hatte das Geschehnis abgeleugnet und dachte nicht mehr an seine Qual, weil er fürchtete, er könne seine Gemahlin und sein Ansehen verlieren, zumal ja alle Leute ihn um dies Glück beneideten, weil er dadurch zu hohen Ehren gekommen war; und zweitens, weil die Prinzessin Badr el-Budûr von so großer Anmut und hoher Schönheit war. Auch 'Alâ ed-Dîn ging an jenem Tage aus und sah sich die Feiern an, die in der Stadt und im Schlosse abgehalten wurden; doch er mußte lächeln, besonders als er hörte, wie die Leute von der hohen Ehre redeten, die dem Sohne des Wesirs zuteil geworden sei, und von seinem großen Glück, da er der Eidam des Sultans geworden war, und von der großen Pracht, die bei seiner Hochzeitsfeier entfaltet sei. Bei sich selber nämlich sprach 'Alâ ed-Dîn: ›Ihr wißt ja nicht, ihr armen Teufel, was ihm heute nacht widerfahren ist; sonst würdet ihr ihn nicht beneiden!‹ Als es dann Nacht geworden war und die Zeit des Schlafens herannahte, ging 'Alâ ed-Dîn in seine Kammer und rieb die Lampe; da stand im selben Augenblicke der Geist vor ihm.

'Alâ ed-Dîn gab ihm den Befehl, er solle die Tochter des Sultans mit ihrem jungen Gemahl wie in der vergangenen Nacht herbeibringen. Der Geist zauderte nicht, sondern verschwand auf der Stelle und blieb nur eine kleine Weile fort, bis die Zeit gekommen war; da erschien er wieder mit dem Lager, auf dem die Prinzessin Badr el-Budûr und der Sohn des Wesirs ruhten. Dann tat er mit dem jungen Mann dasselbe wie in der Nacht zuvor; er packte ihn und legte ihn im Abtritt nieder und ließ ihn dort starr vor übergroßer Angst und Furcht liegen. 'Alâ ed-Dîn aber legte das Schwert zwischen die Prinzessin Badr el-Budûr und sich und begab sich zur Ruhe. Als es Morgen ward, kam der Geist wieder und brachte die beiden an ihre Stätte zurück; und 'Alâ ed-Dîn war von Schadenfreude über den Sohn des Wesirs erfüllt. Als nun der Sultan sich in der Frühe erhob, dachte er daran, sich zu seiner Tochter, der Prinzessin Badr el-Budûr, zu begeben, um zu sehen, ob sie es wieder mit ihm so machen würde wie am Tage zuvor. Nachdem er also aus dem Schlafe erwacht war, legte er seine Gewänder an und ging zum Schlosse seiner Tochter. Kaum öffnete er die Tür, da sprang auch schon der Sohn des Wesirs auf, verließ das Lager und begann, seine Kleider anzuziehen, obgleich ihm die Rippen vor Kälte klapperten; denn als der Sultan kam, hatte der Geist sie gerade erst soeben dorthin geschafft. Der Sultan trat ein und näherte sich seiner Tochter, der Prinzessin Badr el-Budûr, die auf ihrem Lager ruhte. Er hob den Vorhang, wünschte ihr einen guten Morgen, küßte sie auf die Stirn und fragte sie nach ihrem Befinden. Doch als er sah, wie sie die Stirn runzelte, ihm keine Antwort gab, sondern nur ihn zornig anblickte und sich in einem jämmerlichen Zustande befand, da ergrimmte er über sie, weil sie ihn keines Wortes würdigte, und er argwöhnte, es stünde nicht recht mit ihr. Er zückte das Schwert und rief ihr zu: »Was ist mit dir geschehen? Entweder du sagst mir jetzt, was mit dir vorgefallen ist, oder ich nehme dir in diesem Augenblick das Leben! Achtest und ehrst du mich so, daß du mir kein Wort erwiderst, wenn ich zu dir spreche?« Wie die Prinzessin Badr el-Budûr nun sah, daß ihr Vater, der Sultan, ergrimmt war und das gezückte Schwert in der Hand hielt, da schwand ihr alle Furcht, sie hob ihr Haupt und sprach: »Mein geliebter Vater, zürne mir nicht und übereile dich nicht in deinem Grimme; denn ich habe keine Schuld an dem Elend, in dem du mich jetzt siehst! Höre denn, was mir widerfahren ist; und das ist sicher, wenn du meinen Bericht über das, was mir in diesen beiden Nächten widerfahren ist, gehört hast, so wirst du mich von Schuld freisprechen, und deine Majestät wird mit mir herzliches Mitleid haben, wie ich es von deiner Liebe zu mir erwarte.« Darauf erzählte die Prinzessin Badr el-Budûr ihrem Vater, dem Sultan, alles was ihr widerfahren war, und sie schloß mit den Worten: »Mein Vater, wenn du mir nicht glaubst, so frage meinen Gemahl; er wird deiner Majestät alles berichten; denn ich ahnte nicht, was man mit ihm tun würde, als man ihn von meiner Seite nahm, ja, ich wußte nicht einmal, wohin man ihn brachte.«

Als der Sultan die Worte seiner Tochter vernommen hatte, ward er betrübt und, mit Tränen in den Augen, steckte er das Schwert wieder in die Scheide. Er beugte sich über seine Tochter, küßte sie und sprach zu ihr: »Liebe Tochter, warum hast du mir das nicht schon gestern gesagt? Dann hätte ich diese Not und Angst, die dich in der letzten Nacht heimgesucht haben, von dir fernhalten können. Doch gräme dich nicht! Scheuche diese Gedanken von dir! Heute abend will ich Wächter für dich aufstellen, die dich behüten sollen; dann wird dir solch Elend nicht wieder begegnen.« Nun begab der Sultan sich in sein Schloß zurück und ließ sofort den Wesir zu sich rufen. Als der erschienen war und des Befehles gewärtig vor dem Throne stand, fragte der Sultan ihn: »Wie siehst du diese Dinge an? Vielleicht hat dein Sohn dir von dem berichtet, was ihm und meiner Tochter widerfahren ist.« »O größter König unserer Zeit«, erwiderte der Wesir, »ich habe meinen Sohn weder gestern noch heute gesehen.« Darauf berichtete der Sultan ihm alles, was seine Tochter Badr el-Budûr ihm erzählt hatte, und er fügte hinzu: »Jetzt ist es mein Wunsch, daß du deinen Sohn nach dem wahren Sachverhalte befragst; denn es ist ja möglich, daß meine Tochter vor Furcht nicht genau weiß, was mit ihr geschehen ist. Dennoch glaube ich, daß alle ihre Worte wahr sind.« Sofort machte der Wesir sich auf, ging hin und ließ seinen Sohn kommen; dann befragte er ihn nach alledem, was der Sultan ihm berichtet hatte, ob es wahr sei oder nicht. Da rief der Jüngling: »O Wesir, mein Vater, das sei ferne, daß die Prinzessin Badr el-Budûr die Unwahrheit gesprochen hätte! Nein, alles was sie gesagt hat, ist wahr! Diese beiden Nächte waren für uns die elendesten, die es gibt, anstatt daß sie uns Nächte des Glücks und der Freuden gewesen wären. Aber was mir widerfuhr, war das Schlimmste; denn ich mußte, anstatt bei meiner Gemahlin auf dem Lager zu ruhen, im Aborte liegen, einem finsteren, furchtbaren, übelriechenden, verfluchten Orte, und meine Rippen zogen sich vor Kälte zusammen.« Kurz, der Jüngling erzählte alles, was ihm widerfahren war, und zuletzt fügte er noch hinzu: »Lieber Vater, ich flehe dich an, sprich mit dem Sultan, daß er mich von dieser Ehe befreie! Freilich ist es eine hohe Ehre für mich, der Eidam des Sultans zu sein, zumal ja auch die Liebe zur Prinzessin Badr el-Budûr mein Herz ganz gefangen hält. Aber ich habe keine Kraft mehr, noch eine einzige Nacht wie die beiden letzten zu ertragen.« Als der Wesir die Worte seines Sohnes vernommen hatte, ward er sehr betrübt und bekümmert; denn er hatte doch seinen Sohn dadurch, daß er ihn zum Eidam des Sultans machte, zu Ehre und Ansehen bringen wollen. So versank er in Gedanken und war ratlos, was er nun in dieser Sache tun sollte. Es war sehr hart für ihn, die Ehe wieder aufzuheben, und er hatte schon vor Freuden die zehn Heiligen angerufen, weil ihm ein solches Glück widerfahren war; so sprach er denn zu seinem Sohne: »Warte, mein Sohn, wir wollen sehen, was in der nächsten Nacht geschieht; wir wollen Wächter für euch aufstellen, die euch behüten sollen. Diese hohe Ehre, die dir allein zuteil geworden ist, laß dir doch nicht wieder entgehen!« Darauf verließ der Wesir ihn, kehrte zum Sultan zurück und berichtete ihm, daß alles, was die Prinzessin Badr el-Budûr gesagt hatte, wahr sei. Da sprach der Sultan: »Sintemalen sich die Sache also verhält, so brauchen wir keine Hochzeit mehr!« Und er befahl, sofort die Feier abzubrechen und die Ehe für nichtig zu erklären. Alles Volk, alle Einwohner der Stadt wunderten sich sehr über die sonderbare Begebenheit, zumal als sie den Wesir und seinen Sohn aus dem Palaste kommen sahen, die sich vor Gram und übermäßigem Ingrimm in einem jämmerlichen Zustande befanden. Alsbald begannen die Leute zu fragen: »Was ist denn geschehen? Weshalb ist die Hochzeit ungültig gemacht und die Ehe gelöst?« Niemand wußte, was geschehen war, außer allein der Urheber des Ganzen, 'Alâ ed-Dîn, der sich ins Fäustchen lachte. So wurde denn die Hochzeit für nichtig erklärt; der Sultan aber dachte und erinnerte sich nicht mehr an das Versprechen, das er der Mutter 'Alâ ed-Dîns gegeben hatte. Auch der Wesir tat das nicht, und beide wußten nicht, woher das sonderbare Erlebnis gekommen war. 'Alâ ed-Dîn wartete noch bis zum Ablauf der drei Monate, nach denen, wie der Sultan ihm versprochen hatte, seine Hochzeit mit der Prinzessin Badr el-Budûr stattfinden sollte. Dann aber schickte er sofort seine Mutter zum Sultan, um von ihm die Erfüllung seines Versprechens zu erbitten. Da ging die alte Frau zu dem Schlosse, und als der Sultan in den Staatssaal eintrat und die Mutter 'Alâ ed-Dîns vor sich stehen sah, dachte er an das Versprechen, das er ihr gegeben hatte, daß er nämlich nach drei Monaten seine Tochter mit ihrem Sohne vermählen wolle. So wandte er sich an den Wesir mit den Worten: »Wesir, da ist die Frau, die mir die Juwelen gebracht hat und der wir unser Wort gegeben haben, daß wir nach drei Monaten...! Bringe sie vor allen anderen zuerst zu mir!« Der Wesir ging hin und brachte die Mutter 'Alâ ed-Dîns zum Sultan. Als sie dann vor dem Throne stand, machte sie Reverenz, wünschte ihm Macht, langes Leben und Glück. Der Sultan fragte sie, ob sie ein Anliegen habe, und sie gab ihm zur Antwort: »O größter König unserer Zeit, die drei Monate, die du bei deinem Versprechen als Frist gesetzt hast, sind abgelaufen; nun ist es Zeit, daß du meinen Sohn 'Alâ ed-Dîn mit deiner Tochter, der Prinzessin Badr el-Budûr, vermählest!« Der König war ratlos ob dieser Mahnung, zumal er schaute, daß die Mutter 'Alâ ed-Dîns ärmlich aussah und daß sie zum niedrigsten Volke gehörte. Aber das Geschenk, das sie ihm gebracht hatte, war ja sehr wertvoll und unbezahlbar. Er redete also wieder den Wesir an mit den Worten: »Was rätst du zu tun? Ich habe ihr in der Tat mein Wort gegeben; doch es ist offenbar, daß sie arme Leute sind und nicht zu den Vornehmen gehören.«

Der Wesir, der fast vor Neid starb und der über das, was seinem Sohne widerfahren war, sich ganz besonders grämte, sprach bei sich selber: ›Wie? Soll ein solcher Bursche wie der da die Tochter des Sultans heiraten, während mein Sohn dieser Ehre verlustig geht?‹ Zum Sultan aber sprach er: »Hoher Herr, es ist ein leichtes, diesen Fremdling von uns fernzuhalten; denn es ziemt sich für deine Majestät nicht, deine Tochter einem Kerl wie dem da zu geben, von dem man nicht weiß, was er ist.« Da fragte der Sultan: »Auf welche Weise können wir diesen Menschen denn von uns fernhalten, wo ich ihm doch mein Wort gegeben habe? Das Wort der Könige ist eine Urkunde!« »Hoher Herr«, erwiderte der Wesir, »mein Rat geht dahin, daß du von ihm vierzig Schüsseln aus reinem Waschgold verlangst, die mit solchen Edelsteinen gefüllt sein sollen, wie die Frau sie dir damals brachte, ferner vierzig Sklavinnen, die die Schüsseln tragen, und vierzig Sklaven.« Der König entgegnete: »Bei Allah, Wesir, du hast recht gesprochen; das ist etwas, was er nicht wird tun können, und so können wir uns auf gute Weise seiner entledigen!« Darauf sprach der Sultan zu der Mutter 'Alâ ed-Dîns: »Geh, sag deinem Sohne, daß ich bei dem Versprechen, das ich ihm gegeben habe, bleibe, aber nur, wenn er die Brautgabe für meine Tochter beschaffen kann: ich verlange von ihm vierzig Schüsseln aus reinem Golde, die sollen alle mit solchen Edelsteinen, wie du sie mir gebracht hast, gefüllt sein; ferner vierzig Sklavinnen, die sie tragen, und vierzig Sklaven zu ihrer Bedienung und Begleitung! Wenn dein Sohn dies alles zu beschaffen vermag, so will ich ihn mit meiner Tochter vermählen.« Da machte die Mutter 'Alâ ed-Dîns sich auf den Heimweg, indem sie den Kopf schüttelte und bei sich sprach: ›Woher sollten meinem armen Sohne solche Schüsseln und Juwelen zuteil werden? Angenommen, er kehrte zu der Schatzhöhle zurück und holte die Schüsseln und pflückte die Edelsteine von den Bäumen, obgleich ich nicht glaube, daß es ihm möglich sein wird – doch angenommen, er brächte sie wirklich, woher soll er die Sklavinnen und die Sklaven nehmen?‹ In dieser Weise redete sie immerfort mit sich selber, bis sie zu Hause ankam. 'Alâ ed-Dîn wartete schon auf sie; doch als sie eingetreten war, sprach sie zu ihm: »Mein Sohn, habe ich dir nicht gesagt, du solltest nicht denken, daß du die Prinzessin Badr el-Budûr jemals gewinnen könntest? Das ist etwas für Leute, wie wir es sind, ganz Unmögliches!« »Sag an, was gibt es?« fragte er darauf; und sie fuhr fort: »Mein Sohn, der Sultan hat mich mit allen Ehren empfangen, wie es sein Brauch ist, und es scheint mir, daß er es gut mit uns meint; aber dein Feind ist der verruchte Wesir. Denn als ich in deinem Namen so zu dem Könige gesprochen hatte, wie du mir gesagt hast, nämlich, daß die Frist für sein Versprechen abgelaufen sei, und nachdem ich ihm gesagt hatte: ›Möge deine Majestät nunmehr den Befehl erteilen, daß die Prinzessin Badr el-Budûr mit meinem Sohne 'Alâ ed-Dîn vermählt werde‹, da wandte er sich zu dem Wesir und sprach mit ihm; und der anwortete ihm mit heimlichem Geflüster. Und zuletzt gab mir der Sultan seine Antwort.« Darauf erzählte sie ihrem Sohne, was der Sultan verlangt habe, und fügte hinzu: »Mein Sohn, er will von dir sofort Antwort haben; aber ich glaube, wir haben keine Antwort für ihn.«

Als 'Alâ ed-Dîn die Worte seiner Mutter vernahm, begann er

zu lachen und sprach zu ihr: »Liebe Mutter, du sagst, wir könnten ihm keinen Bescheid geben, und du glaubst, die Sache sei sehr schwer. Sei so gut, geh hin und hole mir etwas zu essen! Nach dem Essen wirst du, so der Barmherzige will, meinen Bescheid sehen. Der Sultan denkt ebenso wie du, daß er etwas Gewaltiges gefordert hat, so daß er mich von der Prinzessin Badr el-Budûr fernhalten kann; in Wirklichkeit aber hat er etwas viel Leichteres verlangt, als ich gedacht hatte. Doch geh jetzt hin, kaufe uns etwas zu essen und laß mich allein, damit ich die Antwort vorbereiten kann!« Da machte seine Mutter sich auf und ging fort, um auf dem Basar zu kaufen, was sie für die Mittagsmahlzeit brauchte. 'Alâ ed-Dîn aber ging in seine Kammer, holte die Lampe und rieb sie. Im selben Augenblicke stand der Geist vor ihm und sprach: »Mein Gebieter, verlange, was du wünschest!« 'Alâ ed-Dîn antwortete: »Ich habe um die Tochter des Sultans geworben, auf daß ich mich mit ihr vermähle. Nun aber hat der Sultan von mir vierzig Schüsseln aus reinem Golde verlangt; davon soll eine jede zehn Pfund wiegen und mit solchen Juwelen gefüllt sein, wie sie in dem Garten der Schatzhöhle sind. Vierzig Sklavinnen sollen die vierzig Schüsseln tragen, bei jeder Sklavin soll ein Eunuch sein, so daß es im ganzen auch vierzig Eunuchen sind. Nun wünsche ich von dir, daß du mir dies alles bringst.« »Ich höre und gehorche, mein Gebieter!« sprach der Dämon, und nachdem er eine Weile verschwunden war, brachte er die vierzig Sklavinnen, deren jede von einem Eunuchen begleitet war und auf dem Haupte eine Schüssel aus reinem Golde trug, die mit den kostbarsten Edelsteinen gefüllt war. Er führte sie vor 'Alâ ed-Dîn, indem er sprach: »Hier ist das, was du verlangt hast; sage mir, ob du noch eine Sache oder einen anderen Dienst begehrst!« Da gab 'Alâ ed-Dîn ihm zur Antwort: »Ich begehre jetzt nichts; wenn ich aber etwas nötig habe, so werde ich dich rufen und es dir sagen.« Darauf verschwand der Geist wieder. Nach einer kleinen Weile kam auch die Mutter 'Alâ ed-Dîns zurück und trat in ihr Haus ein. Da erblickte sie die Sklaven und die Sklavinnen, und verwundert rief sie aus: »Das alles kommt von der Lampe; Allah erhalte sie meinem Sohne immerdar!« Aber noch ehe sie ihren Mantel ablegte, rief 'Alâ ed-Dîn: »Mutter, jetzt ist es Zeit für dich, bevor der Sultan zu seinem Schloß in seinen Harem geht! Drum nimm, was er verlangt hat, und bring es ihm sofort, damit er weiß, daß ich seine Forderungen erfüllen kann, ja, noch mehr als das; auch daß er von seinem Wesir betrogen wurde, als er mit ihm der Meinung war, sie könnten sich meiner durch eine mir unmögliche Aufgabe entledigen.« Sofort ging 'Alâ ed-Dîn hin, machte die Haustür weit auf und ließ die Sklavinnen und die Eunuchen in Paaren hinausgehen, immer eine Sklavin von einem Eunuchen begleitet, bis sie fast die ganze Straße füllten. Ihnen voran schritt die Mutter 'Alâ ed-Dîns; die Leute im Stadtviertel aber blieben stehen, als sie das herrliche, wunderbare Schauspiel erblickten, sahen es sich an, staunten, betrachteten die schönen und lieblichen Gestalten der Sklavinnen in ihren golddurchwirkten und juwelenbesetzten Gewändern, von denen das geringste Tausende wert war. Auch blickten sie auf die Schüsseln und sahen den Glanz, der von ihnen ausging und das Sonnenlicht überstrahlte, obgleich eine jede von ihnen mit einem Stück Goldbrokat bedeckt war, das gleichfalls einen Besatz aus kostbaren Juwelen trug. Während das Volk und die Leute des Stadtviertels stehen blieben und dies wunderbare Schauspiel anstaunten, schritt die Mutter 'Alâ ed-Dîns dahin, begleitet von den Sklavinnen und den Eunuchen in wohlgeordnetem Zug. Und immer wieder blieben die Menschen stehen, um die Schönheit der Sklavinnen zu betrachten, und priesen den allmächtigen Schöpfer, bis der Zug ans Ziel gelangte. Dann trat die Mutter 'Alâ ed-Dîns mit ihnen ins Schloß ein. Doch als die Aghas und die Kammerherren und die Hauptleute der Truppen sie erblickten, wurden sie von Verwunderung ergriffen, und sie waren wie geblendet durch diesen Anblick, dessengleichen sie noch nie in ihrem Leben gesehen hatten, besonders auch durch die Sklavinnen, von denen eine jede sogar einem Gottesmanne den Verstand hätte rauben können. Obwohl nun die Kammerherren und die Hauptleute der Truppen des Sultans alle von Vornehmen und

Emiren abstammten, so wunderten sie sich doch am meisten über die kostbaren Gewänder, mit denen die Mädchen bekleidet waren, und über die Schüsseln, die sie auf ihren Häuptern trugen, und vor denen sie wegen ihres hellen Blitzens und Funkelns kaum die Augen auftun konnten. Darauf gingen die wachhabenden Soldaten hinein und erstatteten dem Sultan Bericht, und sofort gab der Herrscher Befehl, die Ankommenden sollten vor ihn in den Staatssaal geführt werden. Da trat die Mutter 'Alâ ed-Dîns mit ihnen ein, und als sie vor dem Throne standen, machten sie alle Reverenz vor dem Sultan in vollendeter Höflichkeit und Ehrerbietung, wünschten ihm Macht und Glück, nahmen die Schüsseln von ihren Häuptern und legten sie vor ihm nieder; dann standen sie mit gekreuzten Armen da, nachdem sie die Decken von den Schüsseln abgenommen hatten. Der Sultan war auf das höchste erstaunt; er wurde durch die unbeschreibliche Schönheit und Anmut der Mädchen verwirrt, und sein Verstand war wie geblendet, als er die goldenen Schüsseln voll von Edelsteinen, die den Blick bezauberten, vor sich sah. Ja, der Sultan war ganz ratlos in seiner Verwunderung, so daß er einem Stummen glich und im Übermaße des Staunens kein Wort sagen konnte. Und sein Sinn ward noch mehr verwirrt durch den Gedanken daran, daß dies alles in einer Stunde gekommen war. Darauf gab er Befehl, die Sklavinnen sollten mit allem, was bei ihnen war, auch den Schüsseln, in das Schloß der Prinzessin Badr el-Budûr gehen. Die Mädchen hoben nun die Schüsseln wieder auf und traten dort ein. Dann trat die Mutter 'Alâ ed-Dîns vor und sprach zum Sultan: »Hoher Herr, das ist nicht viel im Vergleich zu der hohen Ehrenstellung der Prinzessin Badr el-Budûr; sie verdient das Vielfache von diesem.« Doch der Sultan wandte sich an den Wesir mit den Worten: »Was sagst du nun, Wesir? Ist er, der in kurzer Zeit einen solchen Reichtum herbeischaffen konnte, nicht wert, der Eidam des Sultans zu werden und die Tochter des Sultans zur Frau zu erhalten?« Der Wesir war zwar noch mehr als der Herrscher über die Größe dieses Reichtums erstaunt; aber tödlicher Neid fraß an ihm und ward immer noch stärker, als er sah, daß der Sultan mit der Morgengabe und dem Brautgeschenk zufrieden war. Nun konnte er aber nicht der Wahrheit widersprechen noch zum Sultan sagen, all das sei ihrer nicht würdig; und so sann er über ein Mittel nach, durch das er den Sultan veranlassen könnte, seine Tochter Badr el-Budûr dem 'Alâ ed-Dîn zu versagen. Darum sprach er zu ihm: »Hoher Herr, alle Schätze der Welt sind nicht so viel wert wie ein Nagel von der Hand deiner Tochter; deine Hoheit überschätzt dies im Vergleiche zu ihr.«

Als der Sultan die Worte des Wesirs vernommen hatte, bemerkte er, wie diese seine Rede ihm nur von seinem übermäßigen Neid eingegeben war; und so redete er denn die Mutter 'Alâ ed-Dîns mit den Worten an: »Frau, geh zu deinem Sohne, sage ihm, daß ich die Morgengabe von ihm angenommen habe, daß ich mein Versprechen halte, daß meine Tochter nunmehr seine Braut und er mein Eidam ist! Und sage ihm ferner, er solle hierher kommen, damit ich ihn kennen lerne; er soll von mir mit hoher Ehre und Achtung empfangen werden, und heute abend soll die Hochzeitsfeier beginnen. Aber, wie gesagt, laß ihn ohne Verzug zu mir kommen!« Da eilte die Mutter 'Alâ ed-Dîns so schnell, daß die Winde sie kaum einholen konnten, nach Hause zurück, um ihrem Sohne die frohe Botschaft zu bringen; ja, sie flog vor Freuden, wenn sie daran dachte, daß ihr Sohn der Eidam des Sultans werden sollte. Der Sultan aber gab, nachdem die Mutter 'Alâ ed-Dîns fortgegangen war, den Befehl, die Staatsversammlung zu beenden, ging zum Schlosse der Prinzessin Badr el-Budûr und gebot, man solle die Sklavinnen mit den Schüsseln zu ihm und seiner Tochter bringen, damit er sie ihr zeigen könne. Als man nun die Mädchen gebracht hatte, betrachtete die Prinzessin Badr el-Budûr die Edelsteine, und voll Entzücken rief sie aus: »Ich glaube, in allen Schatzhäusern der Welt findet sich nicht ein einziges Juwel von ihrer Art!« Darauf schaute sie die Sklavinnen an und fand großes Gefallen an ihrer Schönheit und Anmut. Wie sie dann erfuhr, daß dies alles von ihrem neuen Bräutigam komme und daß er es ihr zu Ehren gesandt hatte, da freute sie sich, obwohl sie gerade noch um ihren früheren Gemahl, den Sohn des Wesirs, betrübt und traurig gewesen war. Eine gewaltige Freude kam über sie, als sie die Juwelen und die schönen Mädchen sah, und da sie so froh war, freute sich ihr Vater herzlich mit ihr. Wie er also sah, daß Gram und Trauer gewichen waren, richtete er an sie die Worte: »Liebe Tochter, Prinzessin Badr el-Budûr, gefällt dir dies? Ich glaube, dein neuer Gemahl wird noch schöner sein als der Ministersohn. So Gott will, wirst du viel Freude an ihm erleben.«

So weit der Sultan. Wenden wir uns nun wieder zu 'Alâ ed-Dîn! Als seine Mutter heimgekehrt und mit freudestrahlendem Antlitz in ihr Haus eingetreten war, und als er sie gesehen hatte, da wußte er, daß alles gut stand, und so sprach er: »Allah sei ewig Preis! Jetzt ist mein Wunsch erfüllt!« »Frohe Botschaft, mein Kind«, sprach die Mutter, »sei guten Muts und freudigen Sinnes, da du dein Ziel erreicht hast! Der Sultan hat deine Gabe angenommen als Brautgeschenk und Morgengabe für die Prinzessin Badr el-Budûr. Sie ist nun deine Braut; noch heute abend, mein Sohn, soll eure Hochzeit stattfinden. Der Sultan hat, um mir sein Wort zu bekräftigen, vor aller Welt verkündet, daß du sein Eidam bist, und er hat gesagt, dies solle die Hochzeitsnacht sein. Dann fügte er aber auch hinzu: ›Laß deinen Sohn zu mir kommen, auf daß ich ihn kennen lerne; ich will ihn mit hohen Ehren und Auszeichnungen empfangen!‹ Nun denn, mein Sohn, mein Auftrag ist erledigt; was noch übrig bleibt, das liegt dir ob.« Da küßte 'Alâ ed-Dîn die Hand seiner Mutter und dankte ihr; dann ging er in seine Kammer, nahm die Lampe und rieb sie. Sofort stand der Geist vor ihm und sprach: »Zu Diensten! Verlange, was du wünschest!« »Ich wünsche«, erwiderte 'Alâ ed-Dîn, »daß du mich in ein Bad bringst, dessengleichen es sonst in der Welt nicht gibt, und daß du mir dann ein so kostbares Königsgewand herbeischaffst, wie es sonst kein König hat.« »Ich höre und gehorche!« sprach der Dämon, hob ihn auf und brachte ihn in ein Bad, wie es die Kaiser und die Perserkönige noch nie gesehen hatten; es war ganz aus Marmor und Karneol, wundersame Malereien, die den Blick bezauberten, waren in ihm angebracht, und in ihm befand sich eine Halle, die ganz mit kostbaren Edelsteinen ausgelegt war. In dem Bade befand sich kein Mensch; doch als 'Alâ ed-Dîn eintrat, kam zu ihm ein Dämon in menschlicher Gestalt, wusch ihn und ließ ihm alle Pflege des Bades, die er nur wünschen konnte, zuteil werden. Nachdem 'Alâ ed-Dîn sich gewaschen und die Pflege des Bades genossen hatte, ging er aus dem Baderaume in die äußere Halle hinüber; dort bemerkte er, daß seine eigenen Kleider fortgenommen waren und daß an ihrer Stelle das allerprächtigste Königsgewand lag. Darauf wurden ihm Scherbette und Kaffee mit Ambra gebracht. Nachdem er getrunken hatte, kam eine Schar von Sklaven zu ihm und legte ihm die Prachtgewänder an; und wie er sich angekleidet hatte, sprengte er duftende Wohlgerüche über sich. 'Alâ ed-Dîn war ja ein armer Schneiderssohn; aber jetzt hätte niemand das gedacht, sondern jeder hätte gesagt: ›Dies ist der allervornehmste Prinz‹ – Preis sei Ihm, der verändert und unveränderlich ist! Dann erschien der Geist wieder vor ihm, hob ihn auf und trug ihn in sein Haus zurück. Dort sprach er zu ihm: »Mein Gebieter, wünschest du noch etwas?« »Jawohl«, antwortete 'Alâ ed-Dîn, »ich wünsche, daß du mir achtundvierzig Mamluken bringst, von denen vierundzwanzig vor mir und vierundzwanzig hinter mir herziehen sollen, dazu auch die Rosse, Rüstungen und Waffen für sie, und alles, was sie und ihre Rosse tragen, soll vom Teuersten und Wertvollsten sein, wie es sich selbst in den Schatzhäusern der Könige nicht findet. Ferner bringe mir einen Hengst, wie ihn die Perserkönige reiten, dessen Geschirr aus Gold und ganz mit kostbaren Edelsteinen besetzt ist! Schaffe mir auch achtundvierzigtausend Dinare herbei, für jeden Mamluken tausend! Ich will mich jetzt zum Sultan begeben, so säume denn nicht, denn ohne all das, was ich dir genannt habe, kann ich nicht zum Herrscher kommen! Bringe mir aber auch noch zwölf Sklavinnen von einzigartiger Schönheit, die mit den prächtigsten Kleidern angetan sind, auf daß sie meine Mutter zum Palaste des Sultans begleiten; jede Sklavin soll ein Gewand tragen, wie es sich für die Kleidung von Frauen der Könige ziemt!« »Ich höre und gehorche!« erwiderte der Geist, verschwand eine kurze Weile, aber im Augenblicke brachte er schon alles, was ihm aufgetragen war. An der Hand führte er einen Hengst, wie er sich selbst unter den Rossen der echten Araber nicht findet; der trug ein Sattelzeug aus dem kostbarsten golddurchwirkten Stoffe. Da führte 'Alâ ed-Dîn sofort seine Mutter herbei, übergab ihr die zwölf Sklavinnen und reichte ihr die Gewänder, damit sie sich kleidete und sich mit den Sklavinnen zum Palaste begäbe. Darauf sandte er einen der Mamluken, die der Dämon ihm gebracht hatte, zum Sultan, um zu erfahren, ob der Sultan den Harem verlassen habe oder nicht. Der Mamluk machte sich schneller als der Blitz auf den Weg und kehrte eilends wieder zurück mit der Meldung: »Mein Gebieter, der Sultan erwartet dich!« Da saß 'Alâ ed-Dîn auf; auch die Mamluken vor ihm und hinter ihm bestiegen ihre Rosse, und ihr Anblick war ein Lobpreis für den Herrn, der sie in all der Schönheit und Anmut, die sie zierte, geschaffen hatte. Und sie streuten die Goldstücke unter das Volk vor ihrem Herrn 'Alâ ed Din, der sie alle durch seine Schönheit und Anmut übertraf, von den Söhnen des Königs ganz zu schweigen – Preis sei dem Spender, dem Ewigen! Und all das geschah durch die Zauberkräfte der Wunderlampe, die ihrem Besitzer Schönheit und Herrlichkeit, Reichtum und Kenntnisse verlieh. Das Volk aber erstaunte über die Freigebigkeit und die ganz außergewöhnliche Großmut 'Alâ ed-Dîns, und alle waren entzückt, als sie seine herrliche Schönheit und seine majestätische Würde sahen, und sie priesen den Barmherzigen für diese edle Gestalt; alle riefen den Segen des Himmels auf ihn herab, obgleich sie ihn als den Sohn des Schneiders Soundso kannten. Keiner beneidete ihn, sondern ein jeder rief: »Er verdient es!«

'Alâ ed-Dîn streute, während das Volk von ihm und seiner großmütigen Freigebigkeit entzückt war, auf seinem Wege zum Sultanspalaste die Goldstücke aus, und alle, groß und klein, riefen den Segen des Himmels auf ihn herab, bis er zum Schlosse kam, begleitet von den Mamluken, die vor ihm und hinter ihm auch Gold an die Leute verteilten. Nun hatte der Sultan die Vornehmen des Reiches bei sich versammelt und ihnen mitgeteilt, daß er sein Wort gegeben habe, er wolle seine Tochter mit 'Alâ ed-Dîn vermählen; und er befahl ihnen, sie sollten auf ihn warten, bis er käme, und ihm dann alle entgegenziehen. Alle Emire, Wesire, Kammerherren, Statthalter und Hauptleute der Truppen hatte er versammelt und beim Schloßtore sich aufstellen lassen, um 'Alâ ed-Dîn zu erwarten. Als jener nun eintraf, wollte er am Tore absitzen; aber einer von den Emiren, den der König für diesen Auftrag ausersehen hatte, sprach zu ihm: »Mein Gebieter, es ist Befehl gegeben, daß du zu Rosse einziehst und erst an der Tür des Staatssaales absteigst!« Alle gingen vor ihm her, während er einritt, bis sie ihn zur Tür des Staatssaales gebracht hatten; da traten die einen vor und hielten ihm die Steigbügel, andere stützten ihn auf beiden Seiten, noch andere faßten ihn bei der Hand und halfen ihm beim Absteigen. Wiederum zogen die Emire und die Großen des Reiches vor ihm her und führten ihn in den Staatssaal hinein, bis er dicht vor dem Thron des Sultans stand. Sofort stieg der Sultan von seinem Thron herunter, umarmte ihn und hinderte ihn, den Teppich zu küssen; ja, er küßte seinen Eidam selbst und ließ ihn zu seiner Rechten sitzen. 'Alâ ed-Dîn aber huldigte und sprach Segenswünsche, wie es sich vor Königen gebührt und geziemt, und dann fuhr er fort: »O unser Herr und Sultan, die Gnade deiner Majestät hat geruht, mir deine Tochter, die Prinzessin Badr el-Budûr, zu gewähren, obgleich ich diese große Huld nicht verdiene, da ich einer der geringsten unter deinen Dienern bin. So bete ich denn zu Allah, daß Er dir ein langes Leben verleihe. Und wahrlich, o König, meine Zunge vermag die Dankbarkeit gegen dich nicht auszudrücken, so groß ist diese über alle Maßen hohe Gnade, die du mir zu erweisen geruht hast. Nun bitte ich deine Majestät noch, mir ein Gelände anweisen zu wollen, dazu geeignet, daß ich auf ihm ein Schloß, das der Prinzessin Badr el-Budûr würdig ist, erbauen lasse.« Der Sultan war ganz überrascht, als er 'Alâ ed-Dîn in diesem königlichen Gewande erblickte; er schaute und richtete die Augen auf seine liebliche Schönheit; er sah auch die Mamluken, die zu seinen Diensten dastanden und so herrlich anzuschauen waren. Sein Erstaunen aber war noch größer, als die Mutter 'Alâ ed-Dîns hereintrat, so kostbar und prächtig gekleidet, als ob sie eine Königin wäre. Und weiter erblickte er die zwölf Sklavinnen, die zu ihren Diensten mit gekreuzten Armen vor ihr standen, in ehrerbietiger und achtungsvoller Haltung. Dann bedachte er auch die reine und feine Redeweise 'Alâ ed-Dîns, und er wunderte sich darüber ebenso wie alle anderen, die bei ihm in der Regierungshalle zugegen waren. Doch im Herzen des Wesirs brannte das Feuer des Neides gegen 'Alâ ed-Dîn, so daß er fast bersten wollte. Nachdem der Sultan die Segenswünsche 'Alâ ed-Dîns angehört und sein hoheitsvolles und doch ehrerbietiges Benehmen sowie seine Beredsamkeit bemerkt hatte, da zog er ihn an seine Brust, küßte ihn und sprach zu ihm: »Es ist mir leid, mein Sohn, daß ich nicht schon früher durch dich beglückt worden bin.«

Als er 'Alâ ed-Dîn so vor sich sah, wurde der Sultan hocherfreut und gab sogleich Befehl, daß die Musikkapellen spielen sollten. Dann begab er sich mit 'Alâ ed-Dîn zum Schlosse; dort war die Abendmahlzeit gerüstet, und die Diener breiteten die Tische aus. Der Sultan setzte sich und ließ 'Alâ ed-Dîn zu seiner rechten Seite sitzen; darauf setzten sich auch die Wesire und die Vornehmen des Reiches und die hohen Würdenträger des Landes, ein jeder nach seinem Range. Nun spielten auch die Kapellen, und man feierte ein großes Freudenfest im Schlosse. Der Sultan begann sich mit 'Alâ ed-Dîn zu unterhalten und mit ihm zu plaudern, während dieser ihm mit aller Höflichkeit und Feinheit der Rede antwortete, als ob er in den Palästen der Könige erzogen wäre oder stets mit ihnen verkehrt hätte. Je länger die Unterhaltung zwischen ihnen währte, desto größere Freude empfand der Sultan, weil er so schöne Antworten und so fein gewählte Worte aus seinem Mund vernahm. Nachdem man gegessen und getrunken hatte und die Tische fortgetragen waren, gab der Sultan Befehl, die Kadis und Zeugen zu rufen. Die kamen und schlossen das Ehebündnis und schrieben die Eheurkunde zwischen 'Alâ ed-Dîn und der Prinzessin Badr el-Budûr. Darauf erhob 'Alâ ed-Dîn sich und wollte fortgehen; doch der Sultan hielt ihn zurück und sprach zu ihm: »Wohin des Wegs, mein Sohn? Die Freude ist da, und die Hochzeit ist nah; geschlossen ist der Pakt und geschrieben der Kontrakt.« »Mein Herr und König«, erwiderte 'Alâ ed-Dîn, »ich möchte für die Prinzessin Badr el-Budûr ein Schloß erbauen lassen, das ihrem Range und Stande angemessen ist. So Gott will, wird der Bau des Schlosses durch den höchsten Eifer deines Dieners und durch den Segen des Blickes deiner Majestät in allerkürzester Zeit vollendet sein. Ja, es ist wahr, ich sehne mich danach, mich jetzt schon der Prinzessin Badr el-Budûr zu erfreuen; doch es liegt mir ob, ihr zu dienen, und ich muß mich alsbald ans Werk machen.« Der Sultan gab ihm darauf zur Antwort: »Suche dir ein Gelände aus, mein Sohn, das du für deinen Plan geeignet findest, und nimm es hin! Alles steht dir zur Verfügung! Doch scheint es mir das beste zu sein, daß du auf dem weiten Platze, der hier gegenüber meinem Palaste liegt, wenn er dir gefällt, das Schloß bauen lässest.« Mit den Worten: »Es ist auch mein höchster Wunsch, deiner Majestät nahe zu sein«, nahm 'Alâ ed-Dîn Abschied von dem Sultan, ging hinaus und ritt davon, begleitet von seinen Mamluken, die vor und hinter ihm ritten, während alles Volk für ihn betete und sprach: »Bei Allah, er verdient es!« Als er dann bei seinem Hause ankam, stieg er von seinem Rosse ab, trat in seine Kammer ein und rieb die Lampe. Da stand auch der Geist schon wieder vor ihm und sprach zu ihm: »Verlange, was du wünschest, mein Gebieter!« 'Alâ ed-Dîn erwiderte ihm: »Ich wünsche, daß du mir einen wichtigen Dienst leistest; der ist, daß du mir ein Schloß gegenüber dem Sultanspalast in aller Eile errichtest; es soll von wunderbarem Bau sein, derart, daß selbst Könige seinesgleichen noch nicht gesehen haben, und es soll vollkommen eingerichtet sein, versehen mit großen königlichen Teppichen und allem anderen Zubehör.« »Ich höre und gehorche!« erwiderte der Geist und verschwand; doch ehe noch die Morgenröte aufstieg, kam er wieder zu 'Alâ ed-Dîn und sprach zu ihm: »Mein Gebieter, sieh, das Schloß ist fertig und so vollkommen, wie man nur wünschen kann. Wenn du es dir ansehen willst, so mache dich auf und nimm es in Augenschein!« Da erhob 'Alâ ed-Dîn sich, und der Geist trug ihn in einem Augenblicke zu dem Schlosse. Als der Jüngling es erblickte, war er von diesem Bau überrascht, da alle seine Steine aus grünem Achat, Marmor, Porphyr und Mosaik bestanden. Dann führte der Geist ihn in eine Schatzkammer, gefüllt mit allen Arten von Gold-und Silbersachen und mit Edelsteinen in unzählbarer und unberechenbarer Menge, die niemand bezahlen, niemand auch nur abschätzen konnte. Und weiter führte er ihn in einen anderen Raum; dort erblickte 'Alâ ed-Dîn alles Tischgerät, Schüssel und Löffel, Kannen und Becken aus Gold und aus Silber, dazu auch Krüge und Becher. Dann führte der Geist ihn in die Küche; dort sah er die Köche ausgerüstet mit allem möglichen Küchengerät, das gleichfalls ganz aus Gold und Silber bestand. Und wiederum führte er ihn in einen anderen Raum; den fand 'Alâ ed-Dîn voll von Truhen, die mit königlichen Gewändern angefüllt waren, Sachen, die den Verstand raubten, golddurchwirkten Stoffen aus Indien und China und Brokaten. So führte er ihn in viele Räume, alle voll von Dingen, die keine Worte beschreiben können. Und schließlich führte er ihn in den Marstall; dort sah 'Alâ ed-Dîn Rosse, wie kein König in der ganzen Welt ihresgleichen besaß. Und noch weiter drinnen zeigte der Geist ihm die Rüstkammer; dort fand 'Alâ ed-Dîn lauter kostbare Zäume und Sättel, die alle mit Perlen und kostbaren Steinen besetzt waren, und andere ähnliche Dinge. All das war das Werk einer einzigen Nacht. 'Alâ ed-Dîn war wie geblendet vor Staunen über die Größe eines solchen Reichtums, wie ihn selbst der mächtigste Herrscher der Welt nicht sein eigen nennen konnte. Nun war das Schloß auch noch voll von Eunuchen und Sklavinnen, die durch ihre Anmut einen Gottesmann hätten verführen können. Das größte Wunder aber von allem, das er im Schlosse sah, war im oberen Stockwerke ein Kiosk mit vierundzwanzig Nischen, die ganz mit Smaragden, Hyazinthen und anderen Edelsteinen ausgelegt waren. Eine Nische aber war nicht vollendet; das war auf Wunsch 'Alâ ed-Dîns geschehen, damit der Sultan sich außerstande zeigen sollte, sie zu vollenden. Nachdem 'Alâ ed-Dîn das ganze Schloß angesehen hatte, ward er von großer Freude durchdrungen. Dann wandte er sich an den Geist mit den Worten: »Ich wünsche von dir eins, das noch fehlt und das ich dir zu sagen vergessen habe.« Der Geist erwiderte: »Verlange, was du wünschest, mein Gebieter!« Da fuhr 'Alâ ed-Dîn fort: »Ich wünsche von dir einen großen Teppich aus Brokat, der ganz mit Gold durchwirkt ist, und der, wenn er ausgebreitet ist, sich von meinem Schlosse bis zum Sultanspalaste erstreckt, damit die Prinzessin Badr el-Budûr, wenn sie hierher kommt, auf ihm schreiten kann und ihr Fuß nicht den Erdboden zu berühren braucht!« Der Geist verschwand einen Augenblick, kehrte zurück und sprach zu ihm: »Mein Gebieter, was du wünschest, ist da!« Dann führte er ihn und zeigte ihm den Teppich, der die Sinne berückte, ausgebreitet vom Sultanspalaste bis zum Schlosse 'Alâ ed-Dîns. Zuletzt trug der Geist den 'Alâ ed-Dîn in sein Haus zurück.

Bald nachdem der Geist den Teppich dem Jüngling gezeigt und ihn in sein Haus zurückgebracht hatte, graute der Morgen. Da erwachte der Sultan aus dem Schlafe, stand auf und öffnete das Fenster seines Prunkgemaches und blickte hinaus; als er vor seinem Palaste ein Gebäude erblickte, begann er sich die Augen zu reiben und sie dann weit aufzureißen, um genau hinzusehen. Nun schaute er ein großes Schloß, das die Sinne blendete, und blickte auf einen Teppich, der von seinem Palaste bis zu jenem Schlosse ausgebreitet dalag. Auch die Türhüter und alle Leute, die im Schlosse waren, erstaunten so sehr, daß sie fast den Verstand darüber verloren. Mittlerweile kam auch der Wesir, und gerade wie er eintreten wollte, sah er das neue Schloß und den Teppich; da ward auch er ganz verwundert. Nachdem er dann zum Sultan eingetreten war, begannen sie über dies Wunder zu sprechen und gaben ihrem Staunen Ausdruck, da sie etwas sahen, das den Blick berückte und das Herz entzückte. Und sie sprachen: »Wirklich, dies ist ein Schloß, von dem wir glauben, daß kein König seinesgleichen erbauen kann!« Der Sultan aber wandte sich an den Wesir mit den Worten: »Siehst du nun ein, daß 'Alâ ed-Dîn es verdient, der Gemahl meiner Tochter, der Prinzessin Badr el-Budûr, zu werden? Hast du dir diesen königlichen Bau, diesen Reichtum, den keines Menschen Verstand begreifen kann, genau angesehen?« Doch in seinem Neide auf 'Alâ ed-Dîn erwiderte der Wesir: »O größter König unserer Zeit, wisse, dieser Bau und dieses Schloß und dieser Reichtum können nur durch Zauberei entstanden sein. Kein Mensch in der ganzen Welt, weder der mächtigste Herrscher noch der allerreichste Mann, kann diesen Bau in einer einzigen Nacht aufführen und errichten.« Dagegen sprach der König: »Ich wundere mich über dich, wie du immer etwas Schlechtes von 'Alâ ed-Dîn denken mußt! Ich glaube, das kommt nur davon, daß du neidisch auf ihn bist. Du warst doch zugegen, wie ich ihm dies Gelände schenkte, als er mich um ein Grundstück bat, um darauf ein Schloß für meine Tochter zu erbauen; ich selber habe ihm doch in deiner Gegenwart erlaubt, auf diesem Gelände einen Palast zu erbauen. Und wer mir als Morgengabe für meine Tochter Edelsteine gebracht hat, von denen selbst Könige nicht einen einzigen besitzen, sollte der nicht imstande sein, ein solches Schloß zu erbauen?«

Wie der Wesir diese Worte aus dem Munde des Sultans hörte und daraus entnahm, daß dieser den 'Alâ ed-Dîn sehr lieb hatte, wurde er noch neidischer auf ihn; aber da er doch nichts gegen ihn tun konnte, so schwieg er und gab keine Antwort. Als nun auch 'Alâ ed-Dîn sah, daß es hell wurde und daß es Zeit war, zum Schlosse zu gehen, weil die Hochzeitsfeier beginnen sollte und die Emire und Wesire und die Vornehmen des Reiches sich beim Sultan versammelten, um an dem Feste teilzunehmen, da erhob er sich und rieb die Lampe. Der Geist erschien und sprach: »Mein Gebieter, verlange, was du wünschest; ich stehe vor dir zu deinen Diensten!« 'Alâ ed Din erwiderte: »Ich will mich jetzt zum Palaste des Sultans begeben; denn heute ist die Hochzeit. Und da brauche ich zehntausend Dinare; ich wünsche, daß du sie mir bringst.« Der Geist verschwand einen Augenblick und kehrte mit zehntausend Dinaren zu ihm zurück. Dann stieg 'Alâ ed-Dîn zu Pferde, auch die Mamluken vor ihm und hinter ihm saßen auf, und so zog er zum Palaste; dabei verteilte er das Gold an das Volk, während er vorüberzog, so daß die Leute von Liebe zu ihm ergriffen wurden und seine Freigebigkeit rühmten. Als er dann vor dem Palaste erschien und die Emire und Aghas und Soldaten, die seiner harrten, ihn erblickten, eilten sie sofort zum Sultan und brachten ihm die Meldung. Da erhob sich der Sultan, ging ihm entgegen, umarmte ihn, küßte ihn und führte ihn an der Hand in den Palast; dort setzte er sich nieder und ließ 'Alâ ed-Dîn zu seiner Rechten sitzen. Die ganze Stadt war geschmückt, die Musikinstrumente erklangen im Palaste, und die Gesänge erschollen. Darauf gab der Sultan Befehl, das Mittagsmahl aufzutragen; nun eilten die Diener und Mamluken und breiteten die Tische aus, Tische, wie sie die Könige für sich passend finden. Dann setzten sich der Sultan und 'Alâ ed-Dîn, die Vornehmen des Reiches und die höchsten Würdenträger des Landes, und sie aßen und tranken, bis sie gesättigt waren. Es war ein großes Fest im Schlosse und in der Stadt, alle Vornehmen des Reiches waren erfreut, und alle Einwohner des Landes waren vergnügt. Auch die Vornehmen aus den Provinzen und die Statthalter der Länder kamen aus fernen Gebieten, um das Hochzeitsfest 'Alâ ed-Dîns mitzuerleben. Der Sultan aber wunderte sich in Gedanken auch über die Mutter 'Alâ ed-Dîns, wie sie früher in ärmlichen Kleidern zu ihm zu kommen pflegte, während ihr Sohn doch über so gewaltige Reichtümer verfügte. Die Einwohner der Stadt kamen zum Sultanspalaste herbeigeströmt, um sich die Hochzeit 'Alâ ed-Dîns anzusehen. Und wie sie dort den neuen Palast und seinen schönen Bau erblickten, kam große Verwunderung über sie, daß ein so prächtiges Schloß in einer einzigen Nacht errichtet worden war. Und alle flehten den Segen des Himmels auf 'Alâ ed-Dîn herab, indem sie riefen: »Allah gebe ihm Freude! Bei Allah, er verdient es! Allah segne seine Tage!«

Nachdem die Mahlzeit beendet war, erhob sich 'Alâ ed-Dîn

und nahm vom Sultan Abschied und ritt mit seinen Mamluken zu seinem Schlosse, um sich dort auf den Empfang seiner Gemahlin, der Prinzessin Badr el-Budûr, vorzubereiten. Alle Menschen aber riefen ihm, während er vorbeizog, wie aus einem Munde zu: »Allah gebe dir Freude! Allah vermehre deinen Ruhm! Allah gebe dir ein langes Leben!« So hatte er einen ungeheuer großen Hochzeitszug von Leuten aus dem Volk, die ihn bis zu seinem Schlosse geleiteten, während er Goldstücke an sie verteilte. Wie er bei seinem Schlosse ankam, stieg er ab und ging hinein; dann setzte er sich auf den Diwan, und die Mamluken stellten sich mit gekreuzten Armen vor ihm auf. Nach einer kleinen Weile wurden ihm die Scherbette gebracht. Dann gab er seinen Mamluken, Sklavinnen, Dienern und allen, die in seinem Schlosse waren, Befehl, sie sollten sich für den Empfang der Prinzessin Badr el-Budûr, seiner Gemahlin, rüsten. Als nun die Zeit des Nachmittags herankam, die Luft frischer wurde und die Hitze der Sonne nachließ, gebot der Sultan den Soldaten, den Emiren des Reiches und den Wesiren, zum Blachfelde hinabzuziehen; da zogen denn alle dorthin, und auch der Sultan selbst ritt mit ihnen. Desgleichen machte auch 'Alâ ed-Dîn sich auf und ritt ebenfalls mit seinen Mamluken auf den Plan; dort zeigte er seine ritterliche Kunst und begann das Turnier auf dem Plane, so daß keiner vor ihm standhalten konnte; und dabei ritt er einen Hengst, wie seinesgleichen sich nicht unter den Rossen der echten Araber fand. Seine Gemahlin, die Prinzessin Badr el-Budûr, sah ihm vom Fenster ihres Schlosses aus zu; und als sie an ihm solche Schönheit und Ritterlichkeit erschaute, ward sie von Liebe zu ihm ergriffen, und es war ihr, als sollte sie vor Freuden fliegen. Nachdem nun mehrere Kampfspiele auf dem Plan ausgetragen waren, in denen ein jeder von ihnen gezeigt hatte, was er an Rittertugend besaß, und nachdem 'Alâ ed-Dîn sie alle besiegt hatte, begab sich der Sultan zu seinem Palaste, und ebenso kehrte 'Alâ ed-Dîn zu seinem Schlosse zurück. Als es jedoch Abend ward, zogen die Vornehmen des Reiches und die Wesire mit 'Alâ ed-Dîn im Hochzeitszuge dahin und geleiteten ihn in das berühmte

Sultansbad; er ging hinein, badete und salbte sich mit wohlriechenden Essenzen. Dann begab er sich aus dem Baderaum in die Halle, legte ein Gewand an, das noch prächtiger war als das frühere, und stieg wieder zu Pferde. Die Soldaten und die Emire ritten vor ihm her und geleiteten ihn in einem großen Hochzeitszuge, während vier von den Wesiren rings um ihn die Schwerter hochhielten. Alle Einwohner der Stadt, alle Fremden und Soldaten schritten vor ihm im Festzuge dahin mit Fackeln, Trommeln, Pfeifen und anderen Musikinstrumenten mancherlei Art, bis sie ihn zu seinem Schlosse gebracht hatten. Dort saß er ab und ging hinein; er setzte sich mit den Wesiren und Emiren, die ihn begleitet hatten, nieder; die Mamluken kamen mit Scherbetten und Süßigkeiten und bewirteten auch all das Volk, das mit im Zuge gekommen war, eine zahllose Menge. Ferner gab 'Alâ ed-Dîn seinen Mamluken Befehl, vor das Tor des Schlosses zu treten und Goldstücke an die Leute zu verteilen.

Als der Sultan vom Turnierfelde zurückgekehrt und wieder in seinem Palast angekommen war, gab er alsbald Befehl, seine Tochter, die Prinzessin Badr el-Budûr, im Hochzeitszuge zum Schlosse ihres Gemahls 'Alâ ed-Dîn zu geleiten. Sofort stiegen die Krieger und die hohen Würdenträger des Reiches, die den 'Alâ ed-Dîn geleitet hatten, zu Pferde, und die Sklavinnen und Diener kamen mit Fackeln heraus; und alle geleiteten die Prinzessin Badr el-Budûr in einem prächtigen Hochzeitszuge, bis sie sie in das Schloß ihres Gemahls 'Alâ ed-Dîn gebracht hatten. Dabei schritt die Mutter 'Alâ ed-Dîns ihr zur Seite, und vor ihr her zogen die Frauen der Wesire und Emire, der Vornehmen und der hohen Würdenträger; in ihrer Begleitung waren auch die achtundvierzig Sklavinnen, die 'Alâ ed-Dîn ihr geschenkt hatte, und eine jede von ihnen trug eine große Kerze von Kampfer und Ambra in einem goldenen Leuchter, der mit Edelsteinen besetzt war. Auch alle Frauen und Männer, die im Palaste waren, zogen mit ihr aus und schritten alle vor ihr her bis zum Schlosse ihres jungen Gemahls. Dort führten die Frauen sie in ihr Gemach im Söller, legten ihr die verschiedenen Kleider an und stellten sie darin zur Schau. Und nachdem die Schaustellung beendet war, führten sie sie in das Gemach ihres Gemahls 'Alâ ed-Dîn. Darauf trat er zu ihr ein, während seine Mutter noch bei ihr war. Als aber 'Alâ ed-Dîn zu ihr trat und ihr den Schleier abnahm, begann die Mutter die Schönheit und Anmut der jungen Frau zu betrachten. Dann blickte sie auch in dem Gemach umher, in dem sie sich befand; das war ganz aus Gold und Edelsteinen gearbeitet, und in ihm hing ein goldener Kronleuchter, der ganz mit Smaragden und Hyazinthen besetzt war. Da sprach sie bei sich selber: ›Früher meinte ich, der Palast des Sultans sei prächtig; aber schon allein dies Gemach ist derart, daß ich glaube, keiner von den großen Perserkönigen und von den Kaisern hat je etwas Ähnliches besessen, ja, ich glaube sogar, daß die ganze Welt ein Gemach wie dieses nicht herstellen kann.‹ Auch die Prinzessin Badr el-Budûr begann sich umzuschauen, und sie staunte über dies Schloß und seine Pracht. Darauf wurden die Tische ausgebreitet, man aß und trank und war guter Dinge. Zuletzt kamen achtzig Sklavinnen, von denen jede ein Musikinstrument in der Hand trug, das waren Instrumente von mancherlei Art. Nun begannen die Mädchen ihre Finger zu regen, sie griffen in die Saiten und spielten klagende Weisen, so daß sie die Herzen der Hörer zerrissen. Die Prinzessin Badr el-Budûr aber wunderte sich immer mehr, und sie sprach bei sich selber: »In meinem ganzen Leben habe ich noch nie solche Weisen gehört!« Ja, sie vergaß sogar zu essen, um besser zuhören zu können. 'Alâ ed-Din schenkte ihr indessen Wein ein und reichte ihr den Becher mit eigener Hand; und so herrschte bei ihnen Vergnügen und helle Freude, und es war eine so herrliche Nacht, wie sie selbst Alexander der Große zu seiner Zeit nie erlebt hatte. Doch als Essen und Trinken beendet und die Tische von ihnen fortgetragen waren, erhob 'Alâ ed-Dîn sich und ging zu seiner Braut. Und als es wieder Morgen ward, brachte ihm der Schatzmeister ein herrliches, kostbares Gewand, die allerprächtigste Herrscherkleidung. 'Alâ ed-Dîn legte es an und setzte sich nieder, während ihm Kaffee mit Ambra gereicht wurde. Nachdem er getrunken hatte, befahl er, die Rosse zu bringen. Die wurden gesattelt, und da saß er mit seinen Mamluken, die vor ihm und hinter ihm ritten, auf und begab sich zum Sultanspalaste. Wie er dort ankam und ins Tor trat, eilten die Diener hinein und meldeten dem Sultan, daß 'Alâ ed-Dîn da sei.

Als der Sultan von 'Alâ ed-Dîns Ankunft hörte, ging er ihm alsbald entgegen, umarmte und küßte ihn, als wäre er sein eigener Sohn, und ließ ihn zu seiner Rechten sitzen. Die Wesire und die Emire, die hohen Würdenträger des Reiches und die Vornehmen des Landes sprachen ihm ihre Glückwünsche aus; und auch der Sultan wünschte ihm Glück und Segen. Dann befahl der Herrscher, die Frühmahlzeit zu bringen; das geschah, und sie speisten gemeinsam. Nachdem sie nun sich satt gegessen und getrunken hatten und als die Diener die Tische von ihnen fortgenommen hatten, wandte 'Alâ ed-Dîn sich an den Sultan mit den Worten: »Hoher Herr, würde deine Majestät geruhen, mich heute zum Mittagsmahle bei der Prinzessin Badr el-Budûr, deiner geliebten Tochter, zu beehren, und würde deine Majestät mit ihrem Gefolge, allen Wesiren und Vornehmen des Reiches kommen wollen?« »Mit Vergnügen, mein Sohn!« erwiderte der Sultan, der sich darüber freute, und gab sofort den Wesiren und Vornehmen des Reiches und hohen Würdenträgern des Landes Anweisung. Dann saß er auf, auch sein Gefolge stieg zu Pferde, und 'Alâ ed-Dîn ritt mit ihnen zu seinem Schlosse. Wie der Sultan in das Schloß eintrat und diesen Wunderbau mit den kostbaren Steinen, die nur aus grünem Achat und Karneol bestanden, genauer betrachtete, ward sein Geist geblendet und verwirrt ob solcher Herrlichkeit, solchen Reichtums und solcher Pracht. Zum Wesir gewandt, sprach er darauf: »Was sagst du nun, Wesir? Hast du in deinem ganzen Leben je etwas Ähnliches gesehen? Gibt es selbst bei dem mächtigsten König der Welt so viel Reichtum, so viel Gold und Juwelen, wie wir in diesem Schlosse hier erblicken?« »Mein Herr und König«, entgegnete der Wesir, »dies ist etwas, das nicht in der Macht eines Herrschers unter den Menschenkindern steht; alles Volk der Erde zusammen könnte ein solches Schloß nicht erbauen, ja, es würden sich nicht einmal

Baumeister finden, die eine solche Arbeit vollbringen könnten. Nein, dies konnte, wie ich deiner Majestät bereits gesagt habe, nur durch Zauberkraft geschehen.« Aber der Sultan wußte, daß der Wesir immer nur aus Neid gegen 'Alâ ed-Dîn redete und ihn davon überzeugen wollte, daß dies alles nicht durch Menschenkraft entstanden, sondern lauter Zauberwerk sei, und so sprach er denn zu ihm: »Genug, Wesir, du brauchst nichts mehr zu sagen! Ich kenne den Grund recht wohl, der dich veranlaßt, solche Worte zu reden.« Darauf ging 'Alâ ed-Dîn vor dem Sultan her, bis er ihn zu dem oberen Kiosk geführt hatte; dort blickte der Herrscher auf die gewölbte Decke, die Fenster und Gitter, die alle aus Smaragden, Hyazinthen und anderen kostbaren Edelsteinen hergestellt waren. Er staunte und starrte, seine Sinne wurden geblendet und seine Gedanken verwirrt. Dann aber begann der Sultan in dem Kiosk umherzuschreiten und sich alle diese Dinge, die das Auge gefangen nahmen, anzusehen. Da erblickte er auch das Fenster, das 'Alâ ed-Dîn mit Absicht unfertig und unvollendet gelassen hatte. Wie der Sultan es anschaute und sah, daß es noch nicht fertig gearbeitet war, rief er: »Ach, wie schade um dich, o Fenster, daß du nicht vollkommen bist!« Und indem er sich zum Wesir wandte, fragte er: »Weißt du den Grund, weshalb dies Fenster mit seinen Gittern nicht vollendet worden ist?« Der Wesir antwortete dem Sultan: »Hoher Herr, ich glaube, daß dies Fenster deshalb nicht vollendet wurde, weil deine Majestät die Hochzeit für 'Alâ ed-Dîn so sehr beeilte, daß er keine Zeit mehr hatte, es fertigzustellen.« Unterdessen war 'Alâ ed-Dîn zu seiner jungen Gemahlin, der Prinzessin Badr el-Budûr, gegangen, um ihr die Ankunft ihres Vaters, des Sultans, zu melden. Als er nun zurückkehrte, fragte der Sultan ihn: »Mein Sohn 'Alâ ed-Dîn, was ist der Grund dafür, daß ein Gitter in diesem Kiosk nicht vollendet ist?« Der Jüngling gab ihm zur Antwort: »O größter König unserer Zeit, da die Hochzeit so beschleunigt werden mußte, konnten die Meister es nicht mehr ganz fertigstellen.« »Ich will es vollenden«, sprach der Sultan; und 'Alâ ed-Dîn sagte darauf: »Allah gebe dir ewigen Ruhm, o König! So wird dein

Andenken im Schlosse deiner Tochter verewigt werden.« Sofort befahl der Sultan, die Juweliere und Goldschmiede zu rufen, und gab auch Anweisung, man solle ihnen aus seinem Schatze alles geben, was sie nötig hätten, Gold, Juwelen und Edelmetalle. Wie nun die Juweliere und Goldschmiede erschienen, beauftragte der Sultan sie, das fehlende Stück im Gitter des Kioskes zu arbeiten. Inzwischen war auch die Prinzessin Badr el-Budûr aus ihren Gemächern herausgetreten, um ihren königlichen Vater zu begrüßen. Als sie ihm entgegentrat und er ihr freudestrahlendes Antlitz sah, umarmte er sie, küßte sie und ging mit ihr zu ihren Gemächern, und alle traten zusammen ein. Nun war aber die Zeit des Mittagsmahles herangenaht, und die Tische waren bereitgestellt, einer für den Sultan, die Prinzessin Badr el-Budûr und 'Alâ ed-Dîn und ein zweiter für den Wesir, die Großen des Reiches, die hohen Würdenträger des Landes, die Hauptleute der Truppen, die Kammerherren und Statthalter. Der Sultan setzte sich zwischen seiner Tochter, der Prinzessin Badr el-Budûr, und seinem Eidam 'Alâ ed-Dîn; und als er seine Hand nach dem Mahle ausstreckte und davon kostete, wunderte er sich über solche Speisen und solche würzigen, kostbaren Gerichte. Vor ihnen standen die achtzig Sklavinnen, von denen eine jede zum Vollmonde hätte sagen können: ›Erhebe dich, auf daß ich mich an deinen Platz setze!‹ Und eine jede von ihnen hielt ein Musikinstrument in der Hand; nun stimmten sie ihre Instrumente, griffen in die Saiten und spielten so ergreifende Weisen, daß ein betrübtes Herz darüber seinen Kummer vergessen hätte. Der Sultan ward froh und heiter, und er verlebte eine so schöne Zeit, daß er rief: »Wirklich, so etwas können Kaiser und Könige nicht haben!« Man begann zu essen und zu trinken, und der Becher kreiste bei ihnen, bis sie sich gesättigt hatten. Dann wurden Süßigkeiten, Früchte und anderes Konfekt gereicht, jedoch in einem zweiten Saale. Dorthin begaben sie sich und genossen von dem Naschwerk, bis sie gesättigt waren. Darauf erhob sich der König, um zu schauen, ob das Werk der Juweliere und Goldschmiede dem anderen Werke in dem Schlosse gleich würde. Er ging also zu ihnen hinauf und sah zu, wie sie ihre Arbeit gemacht hatten; doch er sah, daß sie weit davon entfernt waren, eine solche Arbeit wie die im Schlosse 'Alâ ed-Dîns zu schaffen.

Nachdem der Sultan das Werk der Goldschmiede und Juweliere gesehen und diese ihm mitgeteilt hatten, sie hätten alle Edelsteine gebracht, die sie in seinem Schatze gefunden hätten, und das sei noch nicht genug, gab er nunmehr den Befehl, man solle das große Schatzhaus öffnen und den Werkmeistern alles geben, was sie nötig hätten; und wenn das noch nicht genug sei, so solle man das nehmen, was 'Alâ ed-Dîn ihm geschenkt hatte. Also nahmen die Juweliere alle die Edelsteine, die der Sultan ihnen zugewiesen hatte, und arbeiteten mit ihnen; aber sie entdeckten, daß sie auch daran nicht genug hatten, ja, sie hatten damit nicht einmal die Hälfte des Stückes, das an dem Gitter des Kioskes fehlte, vollenden können. Darauf befahl der Sultan, alle Edelsteine, die sich im Besitze der Wesire und der Vornehmen des Reiches befänden, sollten hinzugenommen werden; die Juweliere nahmen sie alle und verarbeiteten sie, aber wiederum war es nicht genug. Am anderen Morgen ging 'Alâ ed-Dîn hinauf, um das Werk der Juweliere zu sehen; und er bemerkte, daß sie noch nicht die Hälfte des fehlenden Stückes in dem Gitter vollendet hatten. Sofort befahl er ihnen, alles, was sie gearbeitet hatten, wieder auseinanderzunehmen und die Edelsteine ihren Besitzern zurückzugeben. Sie führten seinen Befehl aus und sandten alles zurück: was des Sultans war, zum Sultan, und was den Wesiren gehörte, an die Wesire. Dann gingen die Juweliere zum Sultan und teilten ihm mit, daß 'Alâ ed-Dîn ihnen das befohlen habe. Der fragte sie: »Was hat er euch gesagt? Was ist der Grund? Warum hat er denn nicht gewollt, daß ihr das Gitter fertigmachen solltet? Und warum hat er das, was ihr gemacht habt, wieder vernichtet?« »O unser Gebieter«, erwiderten sie, »wir wissen gar nichts davon, sondern er hat uns nur befohlen, alles, was wir gemacht haben, zu vernichten.« Sofort gab der Sultan Befehl, die Pferde zu bringen, saß auf und begab sich zum Schlosse 'Alâ ed-Dîns. Der war inzwischen, nachdem er die Goldschmiede und

Juweliere entlassen hatte, in seine Kammer gegangen und hatte die Lampe gerieben. Im selben Augenblicke erschien der Geist vor ihm und sprach: »Verlange, was du wünschest; dein Knecht steht vor dir!« 'Alâ ed-Dîn aber sagte: »Ich wünsche, daß du das Gitter im Kiosk vollendest, das du unfertig gelassen hast.« »Herzlich gern!« erwiderte der Geist; dann verschwand er, und als er nach einer kleinen Weile zurückkehrte, sagte er: »Mein Gebieter, was du mir befohlen hast, das habe ich vollendet.« Da ging 'Alâ ed-Dîn zum Kiosk hinauf und sah, daß alle seine Gitter vollendet waren. Während er sie gerade betrachtete, trat plötzlich ein Eunuch zu ihm ein und sprach: »Hoher Herr, der Sultan kommt zu dir; er ist schon bei dem Schloßtore.« Sogleich stieg 'Alâ ed-Dîn hinab und begrüßte ihn.

Als der Sultan den 'Alâ ed-Dîn erblickte, sprach er zu ihm: »Warum, mein Sohn, hast du das getan? Warum hast du die Juweliere nicht das Gitter im Kiosk vollenden lassen, damit keine Stelle in deinem Schlosse unfertig bliebe?« »O größter König unserer Zeit«, erwiderte 'Alâ ed-Dîn, »ich habe sie ja doch absichtlich unfertig gelassen, und ich war auch nicht außerstande, sie zu vollenden. Ich konnte auch unmöglich wünschen, daß deine Majestät mich in einem Schlosse beehrte, in dem noch etwas fehlte. Möge deine Majestät jetzt sehen, daß ich nicht unfähig bin, alles vollkommen zu machen, und darum hinaufsteigen und die Gitter des Kioskes betrachten, ob noch etwas an ihnen fehlt!« Darauf stieg der König in den Söller hinauf, trat in den Kiosk und schaute dort nach rechts und nach links; aber er konnte keinerlei Fehl an seinen Gittern entdecken, nein, er fand sie alle von vollkommener Art. Als er das sah, wunderte er sich, schloß 'Alâ ed-Dîn in die Arme, küßte ihn und sprach zu ihm: »Lieber Sohn, was für ein Wunder ist das! In einer einzigen Nacht schaffst du ein Werk, das die Juweliere in Monaten nicht herstellen können! Bei Allah, ich glaube, du hast in der ganzen Welt nicht deinesgleichen!« 'Alâ ed-Dîn sagte darauf: »Allah schenke dir langes Leben und ewige Dauer! Dein Knecht ist dieses Lobes nicht würdig.« »Bei Allah, mein Sohn«, rief der König,

»du verdienst jegliches Lob; denn du hast etwas geschaffen, dessen alle Baumeister der ganzen Welt nicht fähig sind!« Darauf ging der Sultan wieder hinab und trat in die Gemächer seiner Tochter, der Prinzessin Badr el-Budûr, ein, um sich bei ihr auszuruhen. Er sah, daß sie sehr froh war über all diese herrliche Pracht, mit der sie umgeben war. Und nachdem er sich bei ihr eine kleine Weile ausgeruht hatte, kehrte er in seinen Palast zurück. 'Alâ ed-Dîn aber ritt von nun ab jeden Tag durch die Stadt, während seine Mamluken hinter ihm und vor ihm die Goldstücke an das Volk nach rechts und nach links austeilten. Und alles Volk hatte ihn gern, Fremde und Landsleute, von nah und fern, weil er so über die Maßen freigebig und großmütig war. Er vermehrte die Einkünfte der Armen und Bedürftigen, ja, er teilte auch mit eigener Hand Gaben an sie aus. Durch solche Taten gewann er großen Ruhm im ganzen Lande; auch die meisten der Vornehmen des Reiches und der Emire pflegten an seinem Tische zu speisen, und die Leute schworen nur noch bei seinem teuren Leben. Von Zeit zu Zeit pflegte er auch auf die Jagd zu gehen oder auf dem Blachfelde sich zu Rosse zu tummeln und an den Kriegsspielen vor dem Sultan teilzunehmen. Sooft die Prinzessin Badr el-Budûr ihn sah, wie er sich auf den Rücken der Rosse tummelte, ward ihre Liebe zu ihm nur noch stärker, und sie dachte bei sich, daß Allah ihr doch ein sehr großes Glück beschert habe, als er sie das Erlebnis mit dem Sohne des Wesirs durchmachen ließ, um sie für ihren richtigen Gemahl 'Alâ ed-Dîn aufzusparen.

'Alâ ed-Dîns trefflicher Ruf und Ruhm nahmen mit jedem Tage zu; die Liebe zu ihm ward immer inniger in den Herzen aller Untertanen, und er stand in den Augen der Leute hoch und hehr da. In diesen Tagen zogen feindliche Reiterscharen wider den Sultan heran; da rüstete der gegen den Feind ein Heer aus und machte 'Alâ ed-Dîn zum Oberbefehlshaber der Truppen. Nun zog dieser mit den Streitkräften aus, bis er nahe am Feinde war; die Truppen des Feindes aber waren sehr zahlreich. Da zückte 'Alâ ed-Dîn sein Schwert und stürmte auf die Feinde los. Er entbrannte Schlacht und Streit, und das Kampfgetümmel ward heftig; doch 'Alâ ed-Dîn brach ihre Macht und trieb sie in die Flucht. Die meisten von ihnen erschlug er, und ihr Hab und Gut erbeutete er; unzählbar und unausrechenbar reiche Beute brachte er heim. Als stolzer Sieger kehrte er zurück und zog in die Stadt ein, die ihm zu Ehren im Freudenschmucke prangte. Der Sultan selbst ritt ihm entgegen, beglückwünschte ihn und umarmte und küßte ihn; und im ganzen Lande ward mit viel Freude ein großes Fest gefeiert. Der Sultan aber ritt mit 'Alâ ed-Dîn zu dessen Schloß; dort trat ihm die Prinzessin Badr el-Budûr, seine junge Gattin, freudig bewegt entgegen, küßte ihn auf die Stirn und führte ihn mit sich in ihre Gemächer. Nach einer kurzen Weile kam der Sultan ihnen nach; sie setzten sich und tranken, nachdem die Sklavinnen die Scherbette gebracht hatten. Dann gab der Sultan Befehl, das ganze Land solle den Sieg 'Alâ ed-Dîns über die Feinde feiern; und nun gab es für Bürger und Soldaten, für alle Leute nur noch Allah im Himmel und 'Alâ ed-Dîn auf Erden. Sie liebten ihn noch immer mehr und mehr; denn er war ja nicht nur über alle Maßen freigebig und großmütig, sondern er hatte auch das Land beschützt und durch seine Tapferkeit die Feinde zurückgeschlagen.

Lassen wir nun 'Alâ ed-Dîn und sehen wir einmal, was inzwischen aus dem maurischen Zauberer geworden war! Der hatte, nachdem er in sein Land zurückgekehrt war, diese ganze Zeit über traurig dagesessen, weil er so viel Mühen und Plagen hatte durchmachen müssen, um die Lampe zu gewinnen, und sich doch ganz vergeblich abgemüht hatte, weil ihm der Bissen, den er schon an den Mund geführt hatte, doch noch aus der Hand davongeflogen war. Und wenn er trauernd darüber nachdachte, dann pflegte er 'Alâ ed-Dîn zu verfluchen, weil er so gewaltig auf ihn erbost war. Manchmal aber pflegte er auch zu sagen: ›Daß dieser Bastard unter der Erde verreckt ist, darüber bin ich doch wirklich froh. Nun habe ich doch noch Hoffnung, daß ich in den Besitz der Lampe kommen kann, da sie ja gut aufgehoben ist.‹ Eines Tages aber warf er den Sand zum Zaubern, so daß die Figuren sich zeigten; die ordnete er in festen Gruppen und zeichnete sie auf, um sie genau zu betrachten und daraus sicher festzustellen, daß 'Alâ ed-Dîn tot und die Lampe noch unter der Erde wohlverwahrt sei. Er schaute die Figuren, die Mütter und Töchter heißen, sorgfältig an, aber er sah die Lampe nicht mehr. Da packte ihn die Wut, und er warf den Sand noch einmal, um sich von 'Alâ ed-Dîns Tod zu überzeugen. Aber er sah den Jüngling nicht mehr in der Schatzhöhle. Da ward seine Wut noch größer, und sie steigerte sich immer mehr, als er feststellte, daß 'Alâ ed-Dîn noch auf Erden lebte, und erfuhr, daß jener aus der Erde herausgekommen sei und die Lampe besitze, um deren willen er selber so viel Qualen und Mühen, die kaum ein Mensch ertragen kann, ausgehalten hatte. Nun sprach er bei sich selber: ›Ich habe viele Qualen ertragen, ich habe Mühsale auf mich genommen, die niemand als ich ertragen kann, nur um der Lampe willen: und dieser Verruchte nimmt sie sich ohne Anstrengung! Sicherlich, wenn er die Zauberkraft der Lampe kennt, so ist er jetzt der reichste Mann in der Welt.‹

Als der maurische Zauberer mit Sicherheit erkannt hatte, daß 'Alâ ed-Dîn aus der Erde hervorgekommen war und sich des Zaubers der Lampe erfreute, fuhr er bei sich selber fort: ›Ich muß darauf hinwirken, daß er zu Tode kommt!‹ Darauf warf er den Sand noch einmal, erforschte die Figuren und sah nunmehr, daß 'Alâ ed-Dîn ungeheuren Reichtum besitze und mit der Tochter des Sultans vermählt sei. Da lohte in ihm vor Neid das Feuer des Zornes auf, und zur selbigen Stunde machte er sich bereit und auf den Weg nach dem Lande China. Als er bei der Hauptstadt des Sultans, in der 'Alâ ed-Dîn lebte, angekommen war, ging er hinein und stieg in einer der Herbergen ab. Dort hörte er, wie die Leute immer nur von der Pracht des Schlosses 'Alâ ed-Dîns redeten. Nachdem er sich von der Reise ausgeruht hatte, legte er seine Kleider wieder an und ging aus, um in den Straßen der Stadt umherzustreifen. Aber er konnte bei keinem Menschen vorbeigehen, ohne daß man von diesem Schlosse und seiner Pracht erzählte oder von der strahlenden Schönheit, der hochherzigen Freigebigkeit und den trefflichen Eigenschaften 'Alâ ed-Dîns redete. Da trat der maurische Zauberer zu einem der Leute, die in dieser Weise von 'Alâ ed-Dîn sprachen, und fragte ihn: »Guter Jüngling, wer ist der Mann, den ihr schildert und preist?« Jener antwortete ihm: »Mann, du scheinst ein Fremdling zu sein, und du bist wohl aus einem fernen Lande gekommen. Nehmen wir an, daß du von weit her bist, hast du denn noch nichts von dem Emir 'Alâ ed-Din gehört, von dessen Ruf, wie ich dachte, die ganze Welt erfüllt ist? Sein Schloß ist ein Weltwunder, von ihm hat fern und nah gehört. Wie kommt es, daß du weder davon noch von dem Namen des 'Alâ ed-Dîn, dem der Herr seinen Ruhm mehren und Freude bescheren möge, je etwas gehört hast?« Nun fuhr der Maure fort: »Es ist mein höchster Wunsch, mir das Schloß anzusehen. Wenn du mir einen Gefallen erweisen willst, so führe mich dorthin; denn ich bin ein Fremdling.« »Ich höre und gehorche!« erwiderte der Mann, ging vor ihm her und führte ihn zum Schlosse 'Alâ ed-Dîns. Der Maure begann dies Schloß zu betrachten und erkannte, daß all das ein Werk der Lampe war. Und da rief er aus: »Ach! Ach! Ich muß diesem Verruchten, dem Schneiderssohne, der früher nicht einmal genug hatte, um zu Abend zu essen, eine Grube graben. Wenn das Geschick mir Kraft verleiht, so werde ich auch seine Mutter wieder am Rade spinnen lassen, wie sie es früher tun mußte. Ihm selber aber nehme ich das Leben.« Darauf kehrte er zum Chân zurück, betrübt, bekümmert und traurig, wie er in seinem Neid auf 'Alâ ed-Dîn war.

Als der maurische Zauberer wieder in den Chân gekommen war, nahm er sein astrologisches Gerät hervor und warf den Sand, um zu erfahren, wo die Lampe wäre; da entdeckte er, daß sie in dem Schlosse war, jedoch nicht bei 'Alâ ed-Dîn selbst. Darüber war er hocherfreut, und er sprach: ›Jetzt ist es eine leichte Sache, diesem Verruchten das Leben zu nehmen, und ich sehe schon einen Weg, um die Lampe zu gewinnen!‹ Dann ging er zu einem Kupferschmied und sprach zu ihm: »Mache mir ein paar Lampen; du sollst von mir mehr als den gewöhnlichen Preis erhalten! Nur verlange ich von dir, daß du sie rasch fertigstellst.« »Ich höre und gehorche!« erwiderte der Schmied, machte sich an die Arbeit und stellte sie fertig. Als sie nun fertig waren, bezahlte der Maure ihm so viel dafür, wie er verlangte, nahm sie, ging fort und kam zur Herberge zurück. Dort legte er sie in einen Korb und begann in den Straßen und Basaren der Stadt umherzugehen, indem er ausrief: »O, wer vertauscht alte Lampen gegen neue Lampen!« Als die Leute ihn so ausrufen hörten, lachten sie ihn aus und sagten: »Dieser Mann da ist doch sicher verrückt, daß er umherzieht und neue Lampen für alte weggibt!« Nun lief auch das Volk hinter ihm her, und die Gassenbuben verfolgten ihn von Ort zu Ort und lachten ihn aus. Er aber hielt nicht inne und kümmerte sich nicht darum, sondern zog immer weiter in der Stadt umher, bis er unten bei dem Schlosse 'Alâ ed-Dîns ankam. Dort rief er, so laut er nur konnte, während die Kinder schrieen: »Ein Verrückter! Ein Verrückter!« Nun traf es sich, daß die Prinzessin Badr el-Budûr in dem Kiosk war und hörte, wie jemand ausrief, während die Buben ihn anschrieen, aber sie verstand nicht, um was es sich handelte. Da gab sie einer ihrer Sklavinnen den Befehl: »Geh hin und schau, was das für ein Mann ist, der da ruft, und was er ausruft!« Die Sklavin ging hin, schaute nach und sah einen Mann, der da ausrief: »O, wer vertauscht alte Lampen gegen neue!«, während die Gassenbuben hinter ihm ihn auslachten. Dann kehrte die Sklavin zurück und berichtete ihrer Herrin, der Prinzessin Badr el-Budûr, indem sie sprach: »Der Mann da ruft aus: ›O, wer vertauscht alte Lampen gegen neue!‹ Und die Kinder laufen hinter ihm her und lachen ihn aus!« Da lachte auch die Prinzessin Badr el-Budûr über diese sonderbare Erscheinung. 'Alâ ed-Dîn aber hatte die Lampe in seinem Gemache liegen lassen, ohne sie in seine Schatzkammer zu legen und dort zu verschließen. Eine der Sklavinnen hatte das gesehen, und die hub an: »Hohe Herrin, ich denke, ich habe im Gemache meines Herrn 'Alâ ed-Dîn eine alte Lampe gesehen. Laß uns die bei diesem Manne gegen eine neue eintauschen, damit wir sehen, ob seine Worte wahr oder falsch sind!« Da sprach die Prinzessin Badr el-Budûr: »Hole die alte Lampe, von der du sagst, du hättest sie im Gemache deines Herrn gesehen!« Denn die Prinzessin wußte nichts von der Lampe, noch von ihren Zauberkräften, noch ahnte sie, daß die es war, die ihrem Gatten 'Alâ ed-Dîn all diese große Pracht verschafft hatte. Jetzt war es ihr höchster Wunsch, durch einen Versuch den Verstand dieses Mannes, der Neues für Altes vertauschte, zu ergründen. So ging denn die Sklavin hin, stieg zum Gemache 'Alâ ed-Dîns hinauf und kehrte mit der Lampe zu der Prinzessin Badr el-Budûr zurück. Da nun auch niemand von der List und Bosheit des maurischen Zauberers ein Arg hatte, so befahl die Prinzessin dem Obereunuchen, er solle hinuntergehen und die Lampe gegen eine neue vertauschen. Jener nahm die Lampe, ging hinunter und gab sie dem Mauren; und nachdem er eine neue Lampe von ihm erhalten hatte, kehrte der Obereunuch zur Prinzessin zurück und gab ihr die Lampe, die er eingetauscht hatte. Sie betrachtete sie und sah, daß sie wirklich neu war; da begann sie, über den Verstand des Mauren zu lächeln. Der aber steckte die Lampe, nachdem er sie erhalten und als die Lampe aus der Schatzhöhle erkannt hatte, sofort in seinen Busen und ließ all die anderen Lampen den Leuten, die mit ihm tauschen wollten. Eilends lief er fort, bis er draußen vor der Stadt war; dann schritt er über die ebenen Fluren dahin, bis die Nacht hereinbrach. Und da er nun sah, daß er in der Steppe allein war, daß niemand außer ihm dort war, holte er die Lampe aus seinem Busen und rieb sie. Sofort erschien der Dämon vor ihm und sprach zu ihm: »Zu Diensten! Dein Knecht steht vor dir! Verlange von mir, was du wünschest!« Der Maure erwiderte: »Ich wünsche, daß du das Schloß 'Alâ ed-Dîns mit seinen Bewohnern und allem, was darinnen ist, von seiner Stelle aufhebst und mich mit ihm in meinem Lande, im Lande Afrika, auf den Boden setzest. Du kennst meine Stadt; und ich wünsche, daß dies Schloß in meiner Stadt zwischen den Gärten stehe!« »Ich höre und gehorche!« sprach der dienende Geist, »schließ die Augen und öffne die Augen, so wirst du dich mit dem Schlosse in deinem Lande wiederfinden.« Und sofort geschah es also; in einem Augenblicke ward der Maure mit dem Schlosse 'Alâ ed-Dins und allem, was darin war, in das Land Afrika gebracht.

So weit der maurische Zauberer. Kehren wir nun zum Sultan und zu 'Alâ ed-Dîn zurück! Der Sultan pflegte an jedem Tage, wenn er des Morgens aufstand, in seiner treuen Liebe zu seiner Tochter, der Prinzessin Badr el-Budûr, gleich nach dem Erwachen das Fenster zu öffnen und hinauszuschauen. So machte er denn auch an jenem Tage nach seiner Gewohnheit das Fenster auf, um nach seiner Tochter hinüberzuschauen. Als der Sultan aus dem Fenster seines Gemaches nach dem Schlosse 'Alâ ed-Dîns hinüberschaute, erblickte er dort nichts, sondern sah nur eine kahle Stätte, wie sie früher dort gewesen war; weder Schloß noch sonst einen Bau konnte er sehen. Da kam ein maßloses Erstaunen über ihn, sein Verstand ward verwirrt, und er begann seine Augen zu reiben, da sie ja vielleicht getrübt oder verdunkelt sein konnten. Dann spähte er wieder aus, doch schließlich überzeugte er sich, daß von dem Schlosse keine Spur mehr vorhanden war; und er wußte nicht, was mit ihm geschehen, was mit ihm vorgegangen war. Da geriet er in noch größere Verwirrung, er rang die Hände, und die Tränen begannen ihm auf den Bart zu rollen, da er nicht wußte, was aus seiner Tochter geworden war. Sofort sandte er aus und ließ den Wesir rufen. Der kam, und als er zum Herrscher eintrat und ihn in solch trauriger Verfassung erblickte, sprach er: »Verzeih mir, o größter König unserer Zeit, Allah halte alles Übel von dir fern! Warum bist du betrübt?« Der Sultan rief: »Weißt du denn noch nichts von meiner Not?« »Wahrlich nein, hoher Herr«, erwiderte der Wesir, »bei Allah, ich habe gar keine Kunde!« Darauf der Sultan: »Dann hast du also noch nicht nach dem Schlosse 'Alâ ed-Dîns geblickt!« »Das ist wahr, mein Gebieter«, sagte der Wesir, »jetzt ist es wohl noch verschlossen.« Doch der König fuhr fort: »Sintemalen du gar keine Kunde hast, nun denn, schau aus dem Fenster und sieh, wo das Schloß 'Alâ ed-Dîns ist, von dem du sagst, daß es noch verschlossen sei!« Da schaute der Wesir aus dem Fenster nach dem Schlosse 'Alâ ed-Dîns hinüber; aber er fand nichts, weder Schloß noch sonst etwas. Ganz verwirrt und verstört blickte er wieder auf den Sultan, und der fuhr fort: »Weißt du jetzt den Grund meiner Trauer? Hast du das Schloß 'Alâ ed-Dîns gesehen, von dem du sagst, es sei wohl verschlossen?« »O größter König unserer Zeit«, sagte der Wesir nun, »ich habe schon früher deiner Majestät zu sagen gewagt, daß dies Schloß und all diese Dinge Zauberei seien.« Da entflammte der Sultan von Zorn, und er rief: »Wo ist 'Alâ ed-Dîn?« Als der Wesir antwortete, er sei auf der Jagd, gab der Herrscher im selben Augenblick Befehl, einige von den Aghas und den Soldaten sollten fortreiten und 'Alâ ed-Dîn an Händen und Füßen gefesselt zur Stelle schaffen. Die Aghas und Soldaten zogen fort, bis sie 'Alâ ed-Dîn trafen; und da sprachen sie zu ihm: »O du unser Herr 'Alâ ed-Dîn, sei uns nicht böse, der Sultan hat uns befohlen, wir sollten dich an Händen und Füßen gefesselt zu ihm bringen. Wir bitten dich, miß uns keine Schuld bei, denn wir stehen unter seinem königlichen Befehle, wir können ihm nicht zuwiderhandeln!« Wie 'Alâ ed-Dîn die Worte der Aghas und Soldaten vernahm, ward er von Staunen ergriffen; seine Zunge war wie gelähmt, da er ja die Ursache von alledem nicht kannte. Dann aber redete er sie an und sprach: »Ihr Leute, kennt ihr nicht den Grund zu diesem Befehle des Sultans? Ich weiß mich unschuldig, ich habe kein Verbrechen gegen den Sultan noch gegen das Land begangen.« »Unser Gebieter«, erwiderten sie, »wir haben gar keine Kunde!« Da sprang 'Alâ ed-Dîn von seinem Rosse und sprach zu ihnen: »Tut mit mir, was der Sultan euch befohlen hat! Denn dem Gebote des Sultans muß willig gehorcht werden.« Die Aghas legten dem 'Alâ ed-Dîn Fußfesseln und Handschellen an, schleppten ihn so in eisernen Ketten fort und kamen mit ihm in die Stadt. Als die Bürger ihn mit eisernen Fesseln an Händen und Füßen erblickten, da wußten sie, daß der Sultan ihm das Haupt abschlagen lassen wolle. Weil er aber so über alle Maßen beliebt bei ihnen war, taten sich alle Bürger zusammen, nahmen ihre Waffen in die Hand, verließen ihre Häuser und folgten den Soldaten, um zu sehen, was geschehen würde. Wie dann die Soldaten mit dem Gefangenen bei dem Palaste angekommen waren, erstatteten sie dem Sultan Meldung, und der sandte sofort dem Henker Befehl, er solle kommen und jenem den Kopf abschlagen. Doch als die Bürger diesen Befehl des Sultans vernahmen, verrammelten sie die Tore des Palastes und ließen dem Sultan sagen: »In diesem Augenblick werden wir den Palast über den Häuptern aller, die in ihm sind, und auch über deinem Haupte niederreißen, wenn dem 'Alâ ed-Dîn das geringste Leid geschieht!« Der Wesir ging zum Sultan hinein und meldete ihm: »O größter König unserer Zeit, es wird mit uns zu Ende gehen! Es ist darum das beste, wenn du dem 'Alâ ed-Dîn verzeihst, damit uns nicht ein Unheil widerfährt; denn die Bürger lieben den 'Alâ ed-Dîn mehr als uns!« Der Henker hatte aber schon das Blutleder hingebreitet, den 'Alâ ed-Dîn darauf gesetzt und ihm die Augen verbunden. Und jetzt ging er dreimal um ihn herum, gewärtig des letzten Befehles vom Sultan. Doch der Sultan sah nun, wie die Volksmenge gegen den Palast anstürmte und schon hinaufkletterte, um ihn niederzureißen. Sofort gab er dem Henker Befehl, von 'Alâ ed-Din abzulassen, und er gebot dem Ausrufer, vor das Volk hinauszutreten und zu verkünden, daß der Herrscher dem 'Alâ ed-Dîn verziehen und ihn begnadigt habe. Wie dieser sich nun in Freiheit fühlte und den Sultan auf dem Throne sitzen sah, trat er auf ihn zu und sprach: »Hoher Herr, da deine Majestät geruht hat, mir das Leben zu schenken, so möge sie auch geruhen, mir mitzuteilen, worin mein Verbrechen besteht!« »Ha, Verräter«, rief der Sultan, »kennst du dein Verbrechen noch nicht?« Dann wandte er sich an den Wesir mit den Worten: »Nimm ihn und laß ihn aus dem Fenster sehen, wo sein Schloß ist!« Als der Wesir ihn dorthin geführt hatte, und als 'Alâ ed-Din durch das Fenster nach seinem Schlosse hinüberschaute, sah er die Stätte kahl, wie sie zuvor gewesen war, ehe das Schloß dort gebaut war; doch vom Schlosse entdeckte er keine einzige Spur mehr. Da ward er starr vor Staunen und wußte nicht, was geschehen war. Doch wie er zurücktrat, rief der Sultan ihm zu: »Nun, was hast du gesehen? Wo ist dein Schloß? Wo ist meine Tochter, mein Herzblut, mein einziges Kind, außer dem ich kein anderes habe?« »O größter König unserer Zeit«, erwiderte 'Alâ ed-Dîn, »ich weiß nichts davon; ich weiß ja nicht, was geschehen ist!« Dann fuhr der Sultan fort: »Wisse, 'Alâ ed-Dîn, ich habe dir verziehen, damit du dich aufmachst und diese Sache erforschest und nach meiner Tochter suchst. Doch laß dich nur mit ihr wiedersehen; wenn du sie mir nicht bringst, so lasse ich dir – bei meinem Haupte! – den Kopf abschlagen!« »Ich höre und gehorche, o größter König unserer Zeit!« antwortete 'Alâ ed-Din, »doch gib mir eine Frist von vierzig Tagen; wenn ich sie dir nach Ablauf dieser Zeit nicht bringe, so laß mir den Kopf abschlagen und tu, was dir beliebt!« Der Sultan sprach darauf zu 'Alâ ed-Dîn: »Ich gewähre dir die gewünschte Frist von vierzig Tagen. Glaube aber nicht, daß du meiner Hand wirst entrinnen können; denn ich werde dich zur Stelle schaffen, nicht nur auf Erden, sondern auch, wenn du über den Wolken schwebtest!« »O mein Herr und Sultan«, gab 'Alâ ed-Dîn zur Antwort, »wie ich zu deiner Majestät gesagt habe, wenn ich sie dir nicht in dieser Frist bringe, so will ich vor dich treten, damit du mir das Haupt abschlagen lässest.« Als nun die Bürger und all das Volk den 'Alâ ed-Dîn sahen, waren sie hocherfreut über seinen Anblick und jubelten, daß er in Freiheit war; doch die Schmach dieses Erlebnisses und die Scham und die Schadenfreude der Neider hatten das Haupt 'Alâ ed-Dîns gebeugt. So eilte er denn fort und irrte ziellos in der Stadt umher und wußte nicht, wie alles gekommen war. Zwei Tage blieb er in der Stadt, in tiefstem Leid, ohne zu wissen, was er tun solle, um seine junge Frau, die Prinzessin Badr el-Budûr, und sein Schloß wiederzufinden. Und während dieser Tage kamen einige von den Einwohnern heimlich mit Speisen und Trank zu ihm. Danach aber verließ er die Stadt und streifte auf dem freien Felde umher, ohne darauf zu achten, nach welcher Richtung er sich wandte. Wie er so immer weiter dahinging, kam er dort auf seinem Wege in die Nähe eines Flusses; da gab er im Übermaße des Grams, der seine Seele erfüllte, alle Hoffnung auf und wollte sich in das Wasser stürzen. Aber weil er ein frommer Muslim war, der sich nur zu Allah allein bekannte, so fürchtete er Gott in seinem Herzen, und er blieb am Ufer des Flusses stehen, um die religiöse

Waschung vorzunehmen. Und wie er nun das Wasser mit der Hand schöpfte und die Finger gegeneinander rieb, geschah es, daß auch der Siegelring gerieben ward. Da erschien auch schon der Dämon vor ihm und sprach: »Zu deinen Diensten! Dein Knecht steht vor dir! Verlange, was du wünschest!« Als 'Alâ ed-Dîn den Geist erblickte, war er hocherfreut und sprach zu ihm: »Knecht, ich wünsche von dir, daß du mir mein Schloß mit meiner Gemahlin, der Prinzessin Badr el-Budûr darinnen, samt allem, was in ihm ist, hierherbringest.« Doch der Dämon antwortete ihm: »Mein Gebieter, es tut mir sehr leid, du forderst etwas von mir, dessen ich nicht mächtig bin. Denn dies ist etwas, das von den Dienern der Lampe abhängt; ich kann es nicht wagen.« Da fuhr 'Alâ ed-Dîn fort: »Sintemalen dies etwas ist, das über deine Kraft geht, so nimm mich und setze mich neben meinem Schlosse nieder, in welchem Lande es auch sein mag!« »Ich höre und gehorche, mein Gebieter!« erwiderte der Geist, hob ihn empor und setzte ihn im selben Augenblicke neben seinem Schlosse im Lande Afrika nieder, gerade vor dem Gemache seiner Gemahlin. Es war um die Zeit, da die Nacht anbrach, aber mit einem Blick erkannte er sein Schloß, und da wichen Sorgen und Kummer von ihm, und er betete zu Allah, er möchte ihn, nachdem er schon alle Hoffnung aufgegeben hatte, seine Gemahlin noch einmal wiedersehen lassen. Dann dachte er an die geheimnisvollen Wege der Gnade Allahs, dessen Allmacht hochherrlich ist, wie der Ring ihm Hilfe gebracht hatte, ja, wie er selbst alle Hoffnung aufgegeben hätte, wenn Allah ihm nicht den Geist des Ringes gesandt hätte. So war er froh, und all seine Trauer ward von ihm genommen. Doch da er seit vier Tagen im Übermaße seines Grams, seiner Sorge und seines Kummers und wegen seiner quälenden Gedanken nicht geschlafen hatte, so trat er an das Schloß heran und legte sich unter einem Baume zum Schlafe nieder; denn das Schloß befand sich ja, wie bereits erzählt wurde, im Lande Afrika zwischen den Gärten außerhalb der Stadt.

'Alâ ed-Dîn schlief in jener Nacht neben seinem Schlosse unter einem Baume in aller Ruhe. Freilich, wer einen Hammelkopf beim Garkoch hat, der schläft nicht bei Nacht aus Sorge um sein Eigentum; dennoch übermannte ihn der Schlummer, da er so müde war und seit vier Tagen nicht geschlafen hatte. Und so schlief er, bis er am Morgen durch das Zwitschern der Vögel geweckt wurde. Da stand er auf und begab sich zu einem Flusse, der von dort aus durch die Stadt floß. Er wusch seine Hände und sein Gesicht, verrichtete die religiöse Waschung und betete das Frühgebet. Als er das Gebet zu Ende gesprochen hatte, kehrte er zurück und setzte sich unter den Fenstern der Gemächer der Prinzessin Badr el-Budûr nieder. Nun pflegte die Prinzessin in ihrer großen Trauer über ihre Trennung von ihrem Gemahl und ihrem Vater, dem Sultan, sowie über all die Not, die der verfluchte maurische Zauberer über sie gebracht hatte, jeden Tag im frühesten Morgengrauen aufzustehen; und dann saß sie da und weinte. Des Nachts schlief sie nie mehr, und sie hatte Essen und Trinken von sich verbannt. Wenn sie die Grußformel am Schlusse des Frühgebetes gesprochen hatte, pflegte eine Sklavin zu ihr einzutreten, um sie anzukleiden. An jenem Tage aber traf es sich, daß die Sklavin das Fenster öffnete, um ihre Herrin durch den Anblick der Bäume und der Bäche zu erfreuen und zu trösten. Als sie nun aus dem Fenster schaute, erblickte sie ihren Herren 'Alâ ed-Dîn, wie er unter den Fenstern des Söllers saß, und da rief sie der Prinzessin Badr el-Budûr zu: »O Herrin, o Herrin, da sitzt ja mein Herr 'Alâ ed-Din, unten an der Mauer des Schlosses!« Die Prinzessin eilte rasch herbei, blickte aus dem Fenster hinaus und sah ihn auch. Gerade hob 'Alâ ed-Dîn seinen Kopf, und er schaute sie an. Da grüßte sie ihn, und er grüßte sie, und beide flogen fast vor Freuden. Sie rief ihm zu: »Steh auf, komm herein zu mir durch die geheime Pforte; denn der Verruchte ist jetzt nicht hier!« Dann ging auf ihren Befehl hin die Sklavin nach unten und öffnete ihm die geheime Pforte. 'Ala ed-Dîn trat durch sie ein, und seine Gemahlin, die Prinzessin Badr el-Budûr, kam ihm bis dorthin entgegen. Da umarmten und küßten sie einander in heller Freude, ja, im Übermaße ihres Glückes begannen sie zu weinen. Dann setzten sie sich nieder, und nun hub 'Alâ ed-Dîn an: »Prinzessin Badr el-Budûr, vor allem anderen möchte ich dich etwas fragen; ich hatte eine alte Messinglampe in meinem Gemache an die und die Stelle gelegt…« Doch sowie die Prinzessin das hörte, seufzte sie und unterbrach: »Ach, mein Freund, die ist ja die Ursache davon, daß wir in dies Elend geraten sind!« »Wie ist denn das gekommen?« fragte 'Alâ ed-Din sie; und die Prinzessin Badr el-Budûr erzählte ihm alle ihre Erlebnisse von Anfang bis zu Ende, wie sie die alte Lampe gegen eine neue umgetauscht hatten, und dann schloß sie mit den Worten: »Am Tage darauf sahen wir uns frühmorgens in diesem Lande, und er, der uns betrogen und die Lampe eingetauscht hatte, tat mir kund, daß er durch die Kraft seiner Zauberei mit Hilfe der Lampe dies mit uns getan hatte, daß er ein Maure aus Afrika sei und daß wir in seiner Stadt seien.«

Nachdem die Prinzessin ihre Worte beendet hatte, sprach 'Alâ ed-Dîn zu ihr: »Sage mir, was hat dieser Verruchte mit dir im Sinne? Wie redet er denn mit dir? Was sagt er zu dir? Was will er von dir?« Sie gab ihm zur Antwort: »Jeden Tag kommt er nur ein einziges Mal zu mir, und er will mich verleiten, ihn zu lieben; er will, daß ich ihn statt deiner zum Gemahl nehme, daß ich dich vergesse und deiner nicht mehr gedenke. Er hat mir auch gesagt, mein Vater, der Sultan, habe dir den Kopf abschlagen lassen. Und dabei sagte er immer von dir, du wärest ein Sohn armer Leute, und er wäre der Grund deines Reichtums. So redet er mir immer freundlich zu, aber er sieht an mir nichts als Tränen und Weinen, und er hat von mir noch kein süßes Gelispel zu hören bekommen.« Da fuhr 'Alâ ed-Dîn fort: »Sage mir, wohin er die Lampe gelegt hat, wenn du es weißt!« Und sie entgegnete ihm: »immer trägt er sie bei sich; er kann sich nicht einen Augenblick von ihr trennen. Damals, als er mir alles erzählte, was ich dir berichtet habe, nahm er die Lampe aus seinem Busen und zeigte sie mir.« Wie 'Alâ ed-Dîn diese Worte vernahm, freute er sich sehr, und er sprach zu ihr: »Prinzessin, höre, ich will jetzt fortgehen. Aber ich komme bald zurück, mit anderen Kleidern angetan; wundere du dich nicht über mich. Laß immer eine Sklavin an der Geheimpforte stehen, damit sie, wenn sie mich kommen sieht, mir sofort die Tür aufmacht! Ich will auf Mittel und Wege sinnen, daß ich diesen Verruchten zu Tode bringe.« Darauf ging 'Alâ ed-Dîn aus dem Tore des Schlosses hinaus und schritt dahin, bis er auf seinem Wege einen Bauern traf. Zu dem sprach er: »Du, Mann, nimm meine Kleider und gib mir die deinen!« Der Bauer wollte es nicht tun; aber 'Alâ ed-Dîn zwang ihn dazu, nahm ihm seine Kleider ab, zog sie selber an und gab ihm seine eigenen kostbaren Gewänder. Dann ging er auf dem Wege zur Stadt weiter, bis er in sie eintrat, begab sich zum Drogenbasar und kaufte sich bei den Spezereihändlern von starkem Bendsch, das augenblicklich wirkt, sechs Gramm für zwei Dinare. Darauf ging er auf demselben Wege zurück, bis er wieder bei dem Schlosse ankam. Als die Sklavin ihn sah, machte sie ihm die geheime Pforte auf, und er ging zur Prinzessin Badr el-Budûr hinein.

Nachdem 'Alâ ed-Dîn zu seiner Gemahlin, der Prinzessin Badr el-Budûr, eingetreten war, sprach er zu ihr: »Höre, ich wünsche, daß du dich schön kleidest und schmückest und die Trauer abtust. Wenn dann der Maure kommt, so nimm ihn mit herzlichem Willkommensgruß auf, empfang ihn mit lächelndem Antlitz und lad ihn ein, mit dir zu speisen. Tu ihm gegenüber, als ob du deinen geliebten 'Alâ ed-Dîn und deinen Vater vergessen, ihn dagegen sehr lieb gewonnen hättest; verlange von ihm roten Wein, stelle dich vor ihm völlig vergnügt und froh und trink auf sein Wohl! Wenn du ihm aber zwei bis drei Becher Wein zu trinken gegeben hast, so daß er achtlos geworden ist, dann tu ihm dies Pulver in den Becher und fülle ihn wieder mit Wein! Wenn er dann diesen Becher, in dem dies Pulver ist, getrunken hat, wird er sofort wie tot auf den Rücken fallen.« Als die Prinzessin Badr el-Budûr diese Worte aus dem Munde 'Alâ ed-Dîns vernommen hatte, sprach sie zu ihm: »Das ist für mich eine Aufgabe, die ich nur sehr schwer zu erfüllen vermag. Doch da wir von der Gemeinheit dieses Verruchten, der mich durch die Trennung von dir und von meinem Vater so gequält hat, befreit werden können, ist es erlaubt, den Schurken zu töten.« Darauf aß und trank 'Alâ ed-Dîn mit seiner Gemahlin, doch nur so viel, daß er Hunger und Durst stillte, stand alsbald wieder auf und verließ das Schloß. Prinzessin Badr el-Budûr aber ließ ihre Kammerfrau kommen, und die kleidete und schmückte sie. Sie legte prächtige Kleider an und salbte sich mit Wohlgerüchen. Und als das geschehen war, kam auch schon der verfluchte Maure. Wie der sie in diesem Schmuck erblickte, freute er sich sehr; noch mehr aber, als sie ihn mit lächelndem Antlitze begrüßte, ganz gegen ihre Gewohnheit; da ward die Flamme der Liebe zu ihr noch stärker in ihm entfacht, und es verlangte ihn nach ihr. Dann zog sie ihn an ihre Seite, lud ihn ein, sich zu setzen, und sprach zu ihm: »Mein Geliebter, wenn du willst, so komme heute abend zu mir, damit wir zusammen speisen. Ich bin der Trauer überdrüssig; denn wenn ich auch tausend Jahre traurig dasäße, so nützte es nichts; 'Alâ ed-Dîn kann doch nicht aus dem Grabe wiederkehren. Ich verlasse mich auf das, was du mir neulich sagtest, daß nämlich mein Vater im Übermaße seines Schmerzes wegen der Trennung von mir ihn wohl hat töten lassen. Wundre dich heute nicht über mich, weil ich anders aussehe als gestern! Der Grund ist, daß ich mich besonnen habe, dich zu meinem Geliebten und Gefährten zu machen an 'Alâ ed-Dîns Statt, da ich niemanden mehr habe als dich. So hoffe ich denn, daß du heute abend kommen wirst, auf daß wir zusammen speisen und ein wenig Wein miteinander trinken. Ich möchte, daß du mich von dem Weine deines Landes Afrika kosten ließest; vielleicht ist er besser als der Wein, den ich hier habe und der aus unserem Lande stammt. Ja, ich habe den heißen Wunsch, den Wein eures Landes zu kosten.«

Als der Maure sah, welche Liebe die Prinzessin Badr el-Budûr ihm bezeugte, und wie sie ganz anders war als früher, da sie noch betrübt war, dachte er nunmehr, sie habe ihre Hoffnung auf 'Alâ ed-Dîn aufgegeben, und rief hocherfreut: »Mein Leben, ich höre und gehorche allem, was du wünschest und mir befiehlst! Ich habe in meinem Hause einen Krug von dem Weine unseres Landes, den ich seit acht Jahren unter der Erde aufbewahrt habe; jetzt will ich hingehen und aus ihm so viel abfüllen, wie wir brauchen.

Dann komme ich flugs wieder zu dir zurück.« Die Prinzessin aber, die ihn in immer größere Sicherheit wiegen wollte, erwiderte ihm: »Ach, mein Lieb, geh nicht fort von mir, schicke einen deiner Diener, daß er uns daraus abfülle, bleib du bei mir sitzen, damit ich mich deiner Gesellschaft erfreue!« »Meine Herrin«, sagte er darauf, »niemand kennt den Ort des Kruges außer mir; ich werde nicht lange von dir fortbleiben.« Dann ging der Maure fort und kehrte nach einer kleinen Weile mit so viel Wein zurück, wie sie brauchten. Die Prinzessin Badr el-Budûr rief ihm zu: »Du hast dir Mühe machen müssen, und ich habe dich belästigt, mein Liebling!« »Ganz und gar nicht, mein Augenstern«, gab er ihr zur Antwort, »ich fühle mich geehrt, wenn ich dir dienen kann.« Darauf setzte die Prinzessin Badr el-Budûr sich mit ihm zu Tische, und sie begannen zu essen. Alsbald aber begehrte die Prinzessin zu trinken; sofort füllte die Dienerin ihr den Becher und schenkte dann auch dem Mauren ein. Nun trank die Prinzessin auf sein Leben und seine Gesundheit, während er auf ihr Wohl trank. So begann sie mit ihm ein fröhliches Gelage, und da sie wunderbar schön und fein reden konnte, betörte sie ihn bald, indem sie in süßen, bedeutungsvollen Worten mit ihm plauderte, um in ihm immer heißere Liebesglut zu entfachen. Er aber, der Maure, dachte, all das komme ihr wirklich von Herzen, und er ahnte nicht, daß diese Andeutung ihrer Liebe zu ihm nur eine Schlinge war, die seinen Tod herbeiführen sollte. Darum ward seine Leidenschaft zu ihr immer stärker, und er wollte vor Liebe zu ihr vergehen, als er hörte, welche zärtlichen Worte sie ihm darbot; er war wie geistesabwesend, sein Kopf begann sich vor Wonne zu drehen, und die ganze Welt galt ihm nichts mehr in seinen Augen. Als sie die Mahlzeit fast beendet hatten und der Wein ihm bereits zu Kopfe gestiegen war, sagte die Prinzessin Badr el-Budûr, die dessen gewahr geworden war, zu ihm: »In unserem Lande haben wir eine Sitte, doch ich weiß nicht, ob ihr sie in diesem Lande auch übt oder nicht.« »Was ist das für eine Sitte?« fragte der Maure; und sie antwortete ihm: »Die besteht darin, daß am Ende der Mahlzeit ein jeder den Becher seines

Freundes nimmt und ihn austrinkt.« Darauf nahm sie sofort seinen Becher und füllte ihn für sich mit Wein, und sie befahl der Sklavin, ihm ihren Becher zu reichen, in dem der Wein mit Bendsch gemischt war, gemäß der Anweisung, die sie vorher der Sklavin gegeben hatte. Alle Sklavinnen und Diener im Schlosse wünschten nämlich seinen Tod und waren darüber eines Sinnes mit der Prinzessin Badr el-Budûr. Die Sklavin reichte ihm also den Becher; doch wie er ihre Worte vernahm und sah, daß sie aus seinem Becher trank und ihm ihren eigenen Becher zu trinken gab, da fühlte er sich wie Alexander der Große, weil er einen solchen Liebesbeweis von ihr sehen durfte. Sie aber sprach zu ihm, indem sie sich hin und her wiegte und ihre Hand in die seine legte: »Ach, meine Seele, da ist dein Becher bei mir und mein Becher bei dir! So trinken die Liebenden einer aus dem Becher des anderen.« Dann führte die Prinzessin Badr el-Budûr seinen Becher zum Munde, trank ihn und setzte ihn nieder; darauf neigte sie sich zu dem Mauren hinüber und küßte ihn auf die Wange. Ihm war, als flöge er vor Freuden gen Himmel, und um nun das gleiche zu tun wie sie, hob er den Becher an den Mund und leerte ihn ganz, ohne darauf zu achten, ob in ihm etwas Schädliches wäre. Sogleich, im selben Augenblicke, sank er wie tot auf den Rücken, und der Becher entfiel seiner Hand. Des freute sich die Prinzessin Badr el-Budûr, und die Sklavinnen liefen um die Wette hin und machten ihrem Herrn 'Alâ ed-Dîn das Schloßtor auf; und er trat ein.

Nachdem 'Alû ed-Dîn in das Schloß eingetreten war, eilte er hinauf zum Gemache seiner Gemahlin, der Prinzessin Badr el-Budûr, und sah dort, wie sie am Tische saß, der Maure aber wie tot vor ihr lag. Da trat er auf sie zu, küßte sie und dankte ihr für ihr Tun, erfüllt von herzlicher Freude. Dann redete er sie mit den Worten an: »Geh du jetzt mit deinen Sklavinnen in dein Gemach da drinnen, laß mich nun allein, damit ich mein Werk vollende!« Die Prinzessin zauderte nicht, sondern begab sich mit ihren Dienerinnen in das innere Gemach. 'Alâ ed-Dîn schloß aber die Tür hinter ihnen, ging auf den Mauren zu, legte seine Hand in dessen

Busen und holte die Lampe von dort heraus, dann zog er sein Schwert und hieb des Mauren Kopf ab. Darauf rieb er die Lampe; sofort erschien der dienende Geist vor ihm und sprach zu ihm: »Zu Diensten, mein Gebieter! Was wünschest du?« Da erwiderte 'Alâ ed-Dîn: »Ich wünsche, daß du dies Schloß aus diesem Lande fortnimmst und in das Land China trägst und an derselben Stätte niedersetzest, an der es früher war, gegenüber dem Palaste des Sultans.« »Ich höre und gehorche, mein Gebieter!« antwortete der Dämon. Nun ging 'Alâ ed-Dîn zu seiner Gemahlin hinein, setzte sich zu ihr, umarmte sie und küßte sie, und sie küßte ihn wieder. Und während sie im trauten Verein beieinander saßen, trug der Dämon das Schloß mit ihnen dahin und setzte es an seiner Stätte nieder, gegenüber dem Palaste des Sultans. 'Alâ ed-Dîn aber hatte den Sklavinnen Befehl gegeben, und die breiteten den Tisch vor ihm aus; da setzte er sich mit seiner Gemahlin, der Prinzessin Badr el-Budûr, zu Tische, und sie begannen, in reiner Freude und Fröhlichkeit, zu essen und zu trinken, bis sie gesättigt waren. Darauf begaben sie sich in das Zimmer der fröhlichen Gelage, setzten sich nieder, tranken und plauderten und küßten einander in heißem Verlangen. Sie waren ja auch seit langer Zeit nicht miteinander froh gewesen, und so verweilten sie bei diesem löblichen Tun, bis die Sonne des Weines in ihren Köpfen schien; dann kam der Schlaf über sie, und sie legten sich in aller Behaglichkeit auf ihr Lager nieder. Am nächsten Morgen erhob 'Alâ ed-Dîn sich und weckte seine Gemahlin, die Prinzessin Badr el-Budûr; da kamen auch schon die Sklavinnen, kleideten sie in ihre Gewänder, zierten und schmückten sie. Auch 'Alâ ed-Dîn legte sein prächtigstes Gewand an. Dabei wollten die beiden fast vergehen vor Freuden darüber, daß sie jetzt nach der Trennung wieder miteinander vereint waren; und die Prinzessin war ganz besonders erfreut, daß sie an jenem Tage ihren Vater wiedersehen sollte.

Wenden wir uns nun von 'Alâ ed-Dîn und der Prinzessin Badr el-Budûr wieder zu dem Sultan! Der war, nachdem er den 'Alâ ed-Dîn freigelassen hatte, über den Verlust seiner Tochter immerfort traurig gewesen. Zu jeder Zeit und Stunde saß er da und weinte um sie wie klagende Frauen, da sie ja sein einziges Kind gewesen war. Und jeden Morgen, sobald er aus dem Schlafe erwachte, ging er eilends zum Fenster, machte es auf, blickte nach der Stätte hin, an der das Schloß 'Alâ ed-Dîns gestanden hatte, und weinte, bis seine Augen fast erblindeten und seine Lider sich von Wunden entzündeten. An jenem Tage nun erhob er sich früh wie gewöhnlich, öffnete das Fenster und schaute hinaus. Da sah er vor sich ein Gebäude, rieb sich die Augen, blickte wiederum genau hin, und da war er sicher, daß es 'Alâ ed-Dîns Schloß war. Im selben Augenblicke rief er nach den Pferden; die wurden gesattelt, er eilte hinab, saß auf und ritt zu dem Schlosse. Als 'Alâ ed-Dîn ihn kommen sah, eilte er hinab und ging ihm auf halbem Wege entgegen. Er faßte ihn bei der Hand und stieg mit ihm zum Gemache seiner Tochter, der Prinzessin Badr el-Budûr, hinauf. Doch auch sie hatte solches Verlangen nach ihrem Vater, daß sie hinuntereilte und ihn schon an der Tür des Treppenhauses gegenüber der unteren Halle begrüßte. Da schloß ihr Vater sie in die Arme und küßte sie und weinte Freudentränen; und sie tat desgleichen. Dann geleitete 'Alâ ed-Dîn die beiden in das obere Gemach, und alle setzten sich nieder; nun begann der Sultan seine Tochter mit Fragen zu bestürmen, wie es ihr gehe und was ihr widerfahren sei.

Die Prinzessin Badr el-Budûr berichtete darauf ihrem Vater, dem Sultan, alles, was sie erlebt hatte, indem sie also begann: »Lieber Vater, erst gestern bin ich wieder lebendig geworden, als ich meinen Gemahl erblickte; er ist es, der mich aus dem Gefängnisse des maurischen Mannes, des verfluchten Zauberers, befreit hat. Ich glaube, es gibt auf der ganzen Erde keinen gemeineren Menschen als den Mann; wäre mein geliebter 'Alâ ed-Dîn nicht gewesen, so wäre ich nicht aus seinen Händen befreit worden, ach, dann hättest du mich nie im Leben wiedergesehen. Ja, lieber Vater, Trauer und tiefer Kummer hielten mich umfangen, nicht nur weil ich von dir getrennt war, sondern auch weil ich meinem Gemahl fern sein mußte; ihm werde ich alle Tage meines Lebens für seine Güte dankbar sein, da er mich aus der Gewalt dieses verruchten Magiers befreit hat.« Darauf berichtete die Prinzessin Badr el-Budûr ihrem Vater alles, was sie erlebt hatte; sie erzählte ihm, was für ein Mensch der Maure gewesen war, und was er ihr angetan hatte; wie er sich als Lampenhändler verkleidet hatte, um neue gegen alte zu vertauschen. »Weil ich nun glaubte«, so sagte sie, »daß er das aus Unverstand täte, fing ich an, über ihn zu lachen; denn ich hatte ja kein Arg von seinem listigen Plan. So nahm ich denn eine alte Lampe, die im Gemache meines Gatten war, schickte sie durch einen Eunuchen hinab, und der tauschte von ihm eine neue Lampe dafür ein. Am nächsten Tage jedoch, lieber Vater, fanden wir uns frühmorgens mit dem Schlosse und allem, was darinnen war, in Afrika; ich wußte immer noch nichts von den Zauberkräften der Lampe meines Gemahles, die ich vertauscht hatte. Schließlich kam 'Alâ ed-Dîn selbst zu uns und ersann eine List gegen den Zauberer, um uns aus seinen Händen zu befreien. Und hätte mein Gatte uns nicht zur rechten Zeit erreicht, so hätte der Verfluchte sein Ziel erreicht und mir Gewalt angetan. Doch 'Alâ ed-Dîn gab mir ein Pulver; das gab ich ihm in einem Becher Weines zu trinken, er trank es und fiel wie tot nieder. Danach kam mein Gemahl zu uns, und ich weiß nicht, was er tat, so daß er uns aus dem Lande Afrika wieder hierher an unsere Stätte brachte.« »Mein Gebieter«, fuhr nun 'Alâ ed-Dîn fort, »als ich hinaufstieg und sah, daß er wie ein Erschlagener dahingestreckt lag, vom Bendsch betäubt, da sprach ich zu der Prinzessin Badr el-Budûr: ›Geh du mit deinen Sklavinnen in das innere Gemach!‹ Sie ging darauf mit den Dienerinnen vor dem schrecklichen Anblick fort; ich aber trat an den verfluchten Mauren heran, legte meine Hand in seinen Busen und holte die Lampe heraus, denn die Prinzessin Badr el-Budûr hatte mir gesagt, daß er sie stets in seinem Busen trug. Nachdem ich die nun wiedererhalten hatte, zog ich mein Schwert und schlug dem Verruchten den Kopf ab. Darauf gebrauchte ich die Lampe und befahl den Geistern, die ihr dienen, das Schloß mit allem, was darinnen war, fortzutragen und uns hier an unserer Stätte niederzusetzen. Doch wenn deine Majestät gegen meine Worte Zweifel hegt, so geruhe mit mir den verfluchten Mauren anzusehen!« Da machte der König sich auf, und 'Alâ ed-Dîn führte ihn in den Söller. Als der Sultan den Mauren erblickte, gab er sofort Befehl, man solle die Leiche fortschaffen und verbrennen und ihre Asche in den Wind streuen. Dann umarmte er den 'Alâ ed-Dîn, küßte ihn und sprach zu ihm: »Miß mir keine Schuld bei, mein Sohn, weil ich dir das Leben nehmen wollte, um der Gemeinheit jenes verfluchten Zauberers willen, der dich in diese Grube stürzte! Lieber Sohn, ich bin für das, was ich dir getan habe, zu entschuldigen; denn ich sah, daß ich meine Tochter verloren hatte, mein einziges Kind, das mir lieber war als mein Reich. Und du weißt doch, wie sehr sich das Herz der Eltern nach den Kindern sehnt; besonders aber tat ich es, weil ich niemanden außer der Prinzessin Badr el-Budûr hatte.« So bat der Sultan den 'Alâ ed-Dîn um Entschuldigung, und der gewährte sie ihm. 'Alâ ed-Din sprach darauf zum Sultan: »Du hast nichts wider mich getan, das gegen das heilige Gesetz ist; doch auch ich habe keine Schuld. All das Unglück kam von diesem Mauren, dem gemeinen Zauberer.« Dann befahl der König, die Stadt zu schmücken; das geschah auch, und nun begannen die Freudenfeste. Er gebot ferner dem Herold, in der Stadt auszurufen: »Dieser Tag ist ein hoher Feiertag, an ihm beginnen die Freudenfeste im ganzen Lande, und sie sollen einen Monat, dreißig Tage, dauern, weil die Prinzessin Badr el-Budûr mit ihrem Gemahle 'Alâ ed-Dîn heimgekehrt ist!«

All dies hatte 'Alâ ed-Dîn mit dem Mauren erlebt. Und doch sollte er trotzdem noch keine Ruhe vor dem verfluchten Westländer finden, obgleich sein Leichnam verbrannt und die Asche in den Wind gestreut war! Dieser Schurke hatte nämlich einen Bruder, der noch durchtriebener war als jener in Zauberei, Geomantie und Astrologie, wie es im Sprichworte heißt: ›Eine Saubohne, die zwei Hälften hat.‹ Ein jeder von beiden hauste in einer anderen Weltgegend, um sie mit seiner Zauberei, seiner Arglist und seiner Tücke zu erfüllen. Nun begab es sich eines Tages, daß der Bruder des Mauren wissen wollte, wie es seinem Bruder ergehe; darum warf er den Sand, führte die Figuren aus, betrachtete und erforschte sie genau, und da erkannte er, daß sein Bruder gestorben und ein Bewohner des Totenreichs war. Da ward er betrübt und wußte sicher, daß sein Bruder tot war; doch er warf den Sand noch ein zweites Mal, um zu erfahren, wie sein Bruder zu Tode gekommen und wo er gestorben war. Da erkannte er, daß sein Bruder im Lande China verbrannt worden war und den allerschimpflichsten Tod gefunden hatte. Ferner erkannte er, daß der, durch den er umgekommen war, ein Jüngling sei des Namens 'Alâ ed-Dîn. Sofort machte er sich auf, rüstete sich zur Reise und zog fort; er durchquerte Steppen und Wüsten und Gebirge viele Monate lang, bis er in China ankam, und zwar in der Sultansstadt, in der 'Alâ ed-Dîn lebte. Dort begab er sich in die Herberge der Fremden, mietete sich einen Raum und ruhte sich in ihm zunächst ein wenig aus. Dann begann er die Straßen der Stadt zu durchstreifen, um einen Weg zu finden, der ihm die Möglichkeit bot, sein arges Ziel zu erreichen; und das war, daß er an 'Alâ ed-Dîn Blutrache für seinen Bruder nehmen wollte. So trat er denn dort in ein Kaffeehaus am Markte, ein großes Gebäude, in dem sich viel Volks zum Spiele versammelte; die einen spielten Steinchenspiel, die anderen Dame, noch andere Schach und dergleichen. Er setzte sich da nieder und hörte, wie die Leute, die neben ihm saßen, von einer alten frommen Frau namens Fâtima redeten, die immer in ihrer Klause vor der Stadt weilte und Gott diente und nur an zwei Tagen im Monat in den Ort selbst kam; auch hieß es, sie tue viele Wunder. Als der maurische Zauberer das hörte, sprach er bei sich selber: ›Jetzt habe ich gefunden, was ich suche. So Gott der Erhabene will, werde ich durch diese Frau mein Ziel erreichen!‹

Der maurische Zauberer trat an die Leute, die von den Wundern jener frommen Alten redeten, heran und sagte zu einem von ihnen: »Lieber Oheim, ich höre, wie ihr von den Wundern einer Heiligen sprecht, die Fâtima heißt. Wo ist sie, und wo befindet sich ihre Wohnstätte?« »Sonderbar!« rief der Mann aus, »wie ist es möglich, daß du in dieser Stadt weilst und noch nicht von den Wundern der heiligen Fâtima gehört hast? Du Armer, du scheinst ein Fremdling zu sein, daß dir bisher noch nichts von dem Fasten, der Weltentsagung und der reinen Gottesfurcht dieser frommen Frau zu Gehör gekommen ist.« »Ja freilich, lieber Herr«, erwiderte der Maure, »ich bin ein Fremder. Vorgestern abend bin ich in dieser eurer Stadt angekommen; und ich bitte dich, erzähle mir von den Wundern dieser tugendreichen Frau! Sag, wo ist ihre Wohnstätte? Denn mich hat ein Unglück betroffen, und ich will zu ihr gehen, um sie zu bitten, daß sie für mich bete; vielleicht wird Allah, der Allgewaltige und Glorreiche, mich durch ihr Gebet von meinem Unglück befreien.« Da erzählte der Mann ihm von den Wundern, der Gottesfurcht und dem lauteren Gottesdienst der frommen Fâtima, nahm ihn bei der Hand, führte ihn aus der Stadt hinaus und zeigte ihm dort den Weg zu ihrer Stätte in einer Höhle auf der Höhe eines kleinen Berges. Der Maure dankte dem Manne herzlich für seine Güte und ging zu seiner Wohnung im Chân zurück. Es traf sich nun, daß Fâtima am nächsten Tage in die Stadt herunterkam. Der Maure verließ früh am Morgen die Herberge und sah, wie die Menschen sich drängten. Als er näher trat, um zu schauen, was es gäbe, sah er Fâtima dort stehen; ein jeder, der ein Leiden hatte, ließ sich von ihr segnen und bat sie, für ihn zu beten, und wenn sie ihn berührte, so wurde er alsbald von dem Leiden, mit dem er behaftet war, geheilt. Der maurische Zauberer folgte ihr, bis sie zu ihrer Höhle zurückkehrte; dann wartete er den Abend ab, bis es dunkel ward, trat in den Laden eines Weinhändlers, trank einen Becher und ging aus der Stadt hinaus zu der Höhle der frommen Fâtima. Als er dort angekommen war, trat er in die Klause ein und sah, wie die Heilige auf einer alten Matte rücklings schlief. Er sprang auf sie zu, setzte sich auf ihren Leib, zog den Dolch und schrie sie an. Sie erwachte, und wie sie die Augen aufschlug, sah sie einen Mann, einen Mauren, mit gezücktem Dolche auf ihrem Leib sitzen, der im Begriffe war, sie zu töten. Sie war zu Tode erschrokken; und da fuhr er sie an: »Höre, wenn du ein Wort sagst oder schreist, so töte ich dich im selben Augenblick! Jetzt aber tu alles, was ich dir sage!« Und er schwor ihr einen Eid, wenn sie täte, was er ihr sage, so wolle er sie am Leben lassen. Dann stand er auf von ihrem Leib und fuhr fort: »Gib mir deine Kleider und nimm die meinen!« Da gab sie ihm ihre Kleider, ihre Kopfbinden, ihren Schleier und ihren Mantel. Und weiter sprach er zu ihr: »Du mußt mich auch mit etwas einreiben, so daß mein Gesicht dieselbe Farbe erhält wie deines!« Darauf ging Fâtima in das Innere der Höhle und holte ein Fläschchen mit Salbe; aus ihm nahm sie etwas in ihre Hand und salbte ihm das Gesicht. So erhielt es dieselbe Farbe wie das ihre. Schließlich gab sie ihm auch ihren Stab, zeigte ihm, wie er gehen und was er tun solle, wenn er in die Stadt käme, legte ihm ihren Rosenkranz um den Hals, und zuletzt reichte sie ihm den Spiegel mit den Worten: »Schau, jetzt ist kein Unterschied mehr zwischen dir und mir!« Der Maure blickte hinein und sah, daß er selbst das genaue Abbild der Fâtima war, an dem nichts fehlte und zu dem nichts hinzukommen durfte. Aber er brach seinen Eid, als er seinen Zweck erreicht hatte; denn er forderte von ihr einen Strick, und als sie ihm den gebracht hatte, nahm er ihn und erdrosselte sie damit in ihrer Höhle. Wie sie dann tot war, schleppte er die Leiche hinaus und warf sie in eine Grube, die sich draußen vor der Höhle befand.

Nachdem der Maure Fâtima ermordet und in die Grube geworfen hatte, ging er wieder zur Höhle zurück, und schlief dort, bis der Tag anbrach. Dann machte er sich auf, ging zur Stadt hinunter und kam bis zum Schlosse 'Alâ ed-Dîns. Nun versammelte sich das Volk bei ihm, da alle sicher glaubten, er sei die heilige Fâtima. Er begann auch so zu tun, wie sie zu tun pflegte, legte seine Hand auf die Leidenden, sprach für den einen die erste Sure, für den andern eine andere Sure des Korans, und für noch andere betete er. Da nun das Volk sehr drängte und lärmte, horchte die Prinzessin Badr el-Budûr auf, und sie sprach zu den Sklavinnen: »Schaut nach, was es gibt, und was die Ursache dieses Lärmens ist!« Darauf ging ein Agha von den Eunuchen hinunter, um zu schauen, was es gäbe. Dann kehrte er zurück mit den Worten: »Hohe Herrin, dieser Lärm findet um der heiligen Fâtima willen statt. Wenn du mir zu gebieten geruhst, so will ich sie zu dir bringen, damit auch du ihres Segens teilhaftig wirst.« »Geh«, rief die Prinzessin, »und bring sie zu mir! Denn ich habe schon immer von ihren Wundern und Tugenden gehört, und ich trage Verlangen danach, sie zu sehen, damit ich von ihr gesegnet werde. Die Leute haben mir viel von ihren Tugenden berichtet.« Der Eunuchen-Agha ging hin und brachte den maurischen Zauberer, der ja genau wie Fâtima gekleidet war; und der trat nun vor die Prinzessin Badr el-Budûr. Als er sie erblickte, begann er vor ihr eine Reihe von Gebeten herzusagen; und kein einziger Mensch zweifelte daran, daß er die heilige Fâtima selbst sei. Die Prinzessin aber trat auf ihn zu, begrüßte ihn und ließ ihn zu ihrer Seite sitzen; dann sprach sie zu ihm: »Heilige Fâtima, ich möchte, daß du immer bei mir bliebest, damit ich durch dich gesegnet werde, von dir die Wege der Frömmigkeit und der Gottesfurcht erlerne und dir nacheifere.« Das war ja gerade der Wunsch dieses verruchten Zauberers, und er beschloß nun, seinen Betrug noch mehr zu vollenden. Darum sprach er zu ihr: »Hohe Herrin, ich bin eine arme Frau, die in der Wüste haust; meinesgleichen ist es nicht wert, in Königsschlössern sich aufzuhalten.« »Sorge dich nicht, du heilige Fâtima!« erwiderte die Prinzessin. »Ich will dir ein Gemach in meinem Hause anweisen, in dem du Gott dienen kannst, und wo kein einziger Mensch zu dir hineinkommen soll; dort wirst du deinen Gottesdienst besser ausüben können, als wenn du in deiner Höhle wärest.« Der Maure sagte darauf: »Ich höre und gehorche, hohe Herrin! Ich will deinen Worten nicht widersprechen; denn was die Kinder von Königen sagen, darf man nicht mißachten, noch zurückweisen. Doch ich bitte dich, du wollest mich in meiner Kammer essen und trinken und allein sitzen lassen; niemand soll zu mir eintreten dürfen. Ich brauche auch keine prächtigen Speisen; nein, erweise du mir nur die Gnade, mir jeden Tag durch eine Sklavin ein Stück Brot und einen Trunk Wasser in meine Kammer schicken zu lassen; dann werde ich, wenn mich hungert, allein in meinem Gemache essen.« Das tat der Verruchte, weil er fürchtete, wenn er beim Essen den Schleier höbe, so würde sein Geheimnis verraten werden, und man würde ihn an seinem Barte auf Kinn und Lippen als Mann erkennen. Nun erwiderte ihm die Prinzessin Badr el-Budûr: »Heilige Fâtima, sei guten Muts! Alles soll nur nach deinem Wunsch geschehen. Doch jetzt komm mit mir, auf daß ich dir das Gemach zeige, das ich für deinen Aufenthalt bei uns herrichten lassen will!«

Die Prinzessin Badr el-Budûr führte den Magier, der sich für die fromme Fâtima ausgab, zu dem Raume, den sie ihm zum Aufenthaltsorte bestimmt hatte. Und dort sprach sie zu ihm: »Heilige Fâtima, hier sollst du wohnen; dies Gemach gehört jetzt dir. Hier sollst du in aller Ruhe und beschaulicher Abgeschlossenheit verweilen.« Der Maure dankte ihr für ihre Güte und flehte den Segen des Himmels auf sie herab. Dann führte die Prinzessin ihn auch noch in den Kiosk, zeigte ihm dort die gewölbte Decke und die Juwelen, die an vierundzwanzig Fenstern erstrahlten, und fragte ihn: »Was meinst du, heilige Fâtima, zu diesem wunderbaren Gemach?« Der Maure antwortete ihr: »Bei Allah, es ist wunderbar, ja, noch mehr als das! Ich glaube, in der ganzen Welt findet sich nicht seinesgleichen. Es ist über die Maßen prächtig; doch schade um eins, das seine Schönheit und Herrlichkeit doch noch erhöhen könnte!« Da fragte die Prinzessin Badr el-Budûr: »Heilige Fâtima, was fehlt ihm denn noch? Was ists, das es noch mehr zieren könnte? Sage es mir! Ich dachte, es wäre ganz und gar vollkommen.« »Hohe Herrin«, gab der Zauberer ihr zur Antwort, »was ihm noch fehlt, ist das Ei des Vogels Ruch, das in seiner Kuppel hängen müßte. Wenn das in der Kuppel hinge, so würde dies Gemach in der ganzen weiten Welt nicht seinesgleichen haben!« Nun fragte die Prinzessin weiter: »Was ist denn das für ein Vogel? Wo könnten wir sein Ei finden?« »Hohe Herrin«, versetzte der Maure, »dies ist ein gewaltig großer Vogel, der Kamele und Elefanten mit seinen Klauen aufheben und sie im Fluge davontragen kann, da er so groß und so stark ist. Dieser Vogel findet sich zumeist auf dem Berge Kâf; und der Meister, der dies

Schloß gebaut hat, der kann dir auch das Ei dieses Vogels bringen.« Dann hielten sie mit dieser Rede inne, und da es Zeit zum Mittagsmahle war, so breiteten die Sklavinnen den Tisch aus. Die Prinzessin Badr el-Budûr setzte sich und bat auch den verruchten Magier, mit ihr zu speisen. Er aber lehnte ab und weigerte sich und begab sich in sein Gemach, das die Prinzessin ihm angewiesen hatte; und die Sklavinnen brachten ihm das Mahl dorthin. Als es nun Abend ward und 'Alâ ed-Dîn von der Jagd heimkehrte, kam die Prinzessin Badr el-Budûr ihm entgegen und begrüßte ihn. Er umarmte sie und küßte sie; doch als er ihr ins Antlitz schaute, sah er, daß sie ein klein wenig bekümmert war und nicht lächelte, wie sie es sonst zu tun pflegte. Darum fragte er sie: »Was ist dir geschehen, mein Lieb? Sag mir, ist dir etwas begegnet, das deinen Sinn beunruhigt?« »Es ist weiter nichts, mein Lieb!« antwortete sie; »aber ich hatte doch geglaubt, daß in unserem Schlosse ganz und gar nichts fehle. Und doch, 'Alâ ed-Dîn, du mein Augenstern, erst wenn in der Kuppel des Obergemachs das Ei des Vogels Ruch hinge, dann gäbe es in der weiten Welt nichts, was unserem Schlosse gleichkäme.« Da rief 'Alâ ed-Dîn: »Deswegen bist du bekümmert? Das ist für mich so leicht wie nur irgend etwas! Sei wohlgemut, sag mir nur alles, was du wünsches, ich schaffe es dir herbei, auch aus den Tiefen der Welt, in schnellster Zeit, in kürzester Frist!«

Nachdem 'Alâ ed-Dîn das Gemüt der Prinzessin Badr el-Budûr beruhigt und ihr alles versprochen hatte, was sie wünschte, ging er sofort in seine Kammer und rieb die Lampe. Im selben Augenblicke erschien der Geist vor ihm und sprach: »Verlange, was du wünschest!« 'Alâ ed-Dîn erwiderte: »Ich wünsche von dir, daß du mir das Ei des Ruch bringest und es in der Kuppel des Obergemaches aufhängst!« Doch wie der Geist diese Worte aus dem Munde des 'Alâ ed-Dîn vernahm, runzelte er die Stirn und rief zornig mit gewaltiger Stimme: »Du Undankbarer, ist es dir nicht genug, daß ich und alle Geister der Lampe dir zu Diensten sind? Nun verlangst du auch noch, daß ich dir unsere Herrin bringe, damit du sie zu deinem Vergnügen in der Kuppel deines Söllers aufhängst, auf daß du mit deiner jungen Frau dich daran ergötzest? Bei Allah, ihr beiden verdient, daß ich euch in diesem Augenblicke zu Asche verbrenne und euch in den Wind streue. Aber da ihr beiden von diesen Dingen nichts wißt und den inneren Sinn nicht vom äußeren Schein unterscheiden könnt, so will ich euch verzeihen; denn ihr seid unschuldig. Die Schuld liegt an dem verruchten Kerl, dem Bruder des maurischen Zauberers, der sich hier aufhält und sich für die fromme Fâtima ausgibt, der ihre Kleider angelegt und sie in ihrer Höhle ermordet hat, der ihr Aussehen und ihr Tun angenommen hat und hierher gekommen ist in der Absicht, euch umzubringen, um an dir Blutrache für seinen Bruder zu nehmen. Er ist es, der deine Frau gelehrt hat, dies von dir zu verlangen.« Darauf verschwand der Geist vor den Augen 'Alâ ed-Dins. Doch als der diese Worte vernommen hatte, war er fast wie von Sinnen, und seine Glieder zitterten, da der Dämon mit solcher Donnerstimme geschrieen hatte. Dennoch faßte er wieder Mut und ging sofort aus seiner Kammer hinaus. Er trat zu seiner Gemahlin ein und gab vor, er habe Kopfschmerzen; denn er wußte, daß Fâtima dafür bekannt war, daß sie die geheime Kraft besäße, alle Schmerzen zu heilen. Als die Prinzessin Badr el-Budûr nun sah, daß er seine Hand an den Kopf legte und hörte, wie er über seine Schmerzen klagte, da fragte sie ihn nach dem Grunde. »Ich weiß nicht«, gab er ihr zur Antwort, »nur mein Kopf tut mir so weh.« Sofort rief sie nach Fâtima, damit diese ihm ihre Hand auf den Kopf lege. »Wo ist Fâtima?« fragte 'Alâ ed-Dîn; und die Prinzessin Badr el-Budûr teilte ihm mit, daß sie die fromme Fâtima bei sich im Schlosse wohnen habe. Die Sklavinnen gingen nun hin und brachten den verfluchten Mauren herbei. Da tat 'Alâ ed-Dîn vor ihm, als wisse er nichts von seinem wahren Wesen, vielmehr begrüßte er ihn, als ob er die wirkliche fromme Fâtima begrüße, küßte den Saum seines Ärmels und hieß ihn willkommen; dann sprach er zu ihm: »Heilige Fâtima, ich bitte dich, erweise mir deine Güte! Ich weiß, daß du gewohnt bist die Schmerzen zu heilen, und ich habe jetzt heftige Kopfschmerzen!« Der verruchte Maure glaubte kaum den Worten, die er hörte; denn dies war es ja gerade, was er wollte. Der maurische Zauberer trat nun zu 'Alâ ed-Dîn als fromme Fâtima heran, um ihm die Hand auf den Kopf zu legen und ihn von seinen Schmerzen zu heilen. Doch wie er neben dem Jüngling stand, legte er seine eine Hand auf dessen Haupt, während er mit der anderen unter seine Gewänder griff, um einen Dolch herauszuziehen, mit dem er 'Alâ ed-Dîn töten wollte. Aber der war auf seiner Hut; er wartete nur, bis jener den Dolch ganz herausgezogen hatte, da packte er ihn plötzlich bei der Hand, entriß ihm den Dolch und bohrte ihn ihm ins Herz. Als die Prinzessin Badr el-Budûr das sah, schrie sie laut auf und rief: »Was hat diese tugendreiche, fromme Frau getan, daß du nun durch ihr Blut eine so schwere Schuld auf dich geladen hast? Fürchtest du nicht die Strafe Allahs für eine solche Tat, daß du Fâtima, die fromme Frau, deren Wunder weitberühmt sind, ermorden konntest?« Doch 'Alâ ed-Dîn rief zurück: »Ich habe ja nicht Fâtima getötet, nein, ich habe den Mörder der Fâtima umgebracht! Das ist doch der Bruder des verfluchten Mauren, des Zauberers, der dich raubte und das Schloß mit dir durch seine Zauberkraft nach Afrika brachte. Und dieser verruchte Kerl hier, sein Bruder, ist in dies Land gekommen und hat solche Missetaten verübt: er hat Fâtima ermordet, ihre Kleider angelegt und ist hierher gekommen, um an mir Blutrache für seinen Bruder zu nehmen; er ist es ja auch, der dich gelehrt hat, das Ei des Ruch von mir zu verlangen, auf daß ich dadurch den Tod fände. Wenn du noch an diesen meinen Worten zweifelst, so tritt herzu und schau, wer es ist, den ich getötet habe!« Damit hob 'Alâ ed-Dîn den Schleier des Mauren empor; die Prinzessin Badr el-Budûr schaute hin und sah einen Mann, dessen Gesicht vom Bart bedeckt war. Nun erkannte sie die Wahrheit und sprach zu 'Alâ ed-Dîn: »Mein Geliebter, ach, zweimal habe ich dich in Todesgefahr gestürzt!« Doch ihr Gemahl antwortete: »Das laß dich nicht bekümmern! Prinzessin Badr el-Budûr, um deiner Augen willen nehme ich alles mit reiner Freude auf mich, was von dir kommt!« Als die Prinzessin ihn so sprechen hörte, eilte sie auf ihn zu, schloß ihn in die Arme, küßte ihn und sprach: »Ach, mein Geliebter, all dies geschah doch nur wegen meiner Liebe zu dir; ich wußte ja nichts davon, und ich achte deine Liebe wahrlich nicht gering.« Da küßte 'Alâ ed-Dîn sie und preßte sie an die Brust, und ihre Liebe zueinander ward noch inniger. Zur selbigen Zeit kam auch der Sultan, und nun erzählten sie ihm alles, was durch den Bruder des maurischen Zauberers geschehen war, und zeigten ihm auch seinen Leichnam. Da befahl der Sultan, ihn zu verbrennen und seine Asche in den Wind zu streuen, wie man mit seinem Bruder getan hatte. Und von nun ab lebte 'Alâ ed-Dîn mit seiner Gemahlin, der Prinzessin Badr el-Budûr, in eitel Freude und Glück, frei von aller Gefahr. Nach einer Weile aber starb der Sultan; und da bestieg sein Eidam den Königsthron, sprach Recht und Gerechtigkeit über die Untertanen, und alles Volk liebte ihn. Und er führte mit seiner Gemahlin, der Prinzessin Badr el-Budûr, ein Leben der Zufriedenheit und Glückseligkeit, bis Der zu ihnen kam, der die Freuden schweigen heißt und die Freundesbande zerreißt.

## SINDBAD DER SEEFAHRER

Zur Zeit des Kalifen Harûn er-Raschîd, des Beherrschers der Gläubigen, lebte in der Stadt Baghdad ein Mann, der Sindbad der Lastträger genannt ward. Er war ein armer Mann, der um Lohn Lasten auf dem Kopfe trug. Eines Tages nun, als er eine schwere Last zu tragen hatte, begab es sich, daß er unter dem Gewicht fast zusammenbrach; denn es war ein sehr heißer Tag. Und er begann zu schwitzen, und die Hitze bedrückte ihn sehr. Da kam er an dem Hause eines Kaufmanns vorbei, vor dem die Straße gefegt und gesprengt war; die Luft war dort kühl, und neben der Haustür stand eine breite Bank. Auf die setzte der Träger seine Last, um sich auszuruhen und Luft zu schöpfen. Aus der Tür strömten ihm ein laues Lüftchen und ein lieblicher Duft entgegen. Daran hatte der Arme seine Freude, und so setzte er sich auch auf die Bank. Und nun hörte er von drinnen her den Klang der Saiten und Lauten, dazu Stimmen, die berückten, und allerlei Weisen, die entzückten. Ferner hörte er, wie Vögel zwitscherten und Allah den Erhabenen lobpriesen mit mancherlei Stimmen zart und in Sprachen von vielerlei Art; da waren Turteltauben, Spottdrosseln, Amseln, Nachtigallen, Ringeltauben und Wachteln. Erstaunt und voller Entzücken trat er näher und entdeckte in dem Hause einen großen Garten, und darinnen sah er Knaben und Sklaven, Eunuchen und Diener und Dinge, die man nur bei Königen und Sultanen findet. Und der Duft von köstlichen und würzigen Speisen jeglicher Art und von feinen Weinen wehte ihm entgegen. Da erhob er seinen Blick gen Himmel und sprach: »Preis sei dir, o Herr und Schöpfer, du Spender, der du spendest, wem du willst, ohne zu rechnen! O mein Gott, ich bitte dich um Vergebung für alle Sünden, vor dir laß mich meine

Reue ob aller Fehler künden! O Herr, gegen dich gibt es keinen Widerspruch in deinem Entscheid und deiner Allmacht; du kannst nicht zur Rechenschaft gezogen werden wegen dessen, was du tust; denn du bist über alle Dinge mächtig! Preis sei dir, du machst reich, wen du willst, und machst arm, wen du willst; du erhöhest, wen du willst, und du erniedrigst, wen du willst. Es gibt keinen Gott außer dir! Wie gewaltig ist deine Pracht, wie stark ist deine Macht, wie herrlich ist dein Walten! Du begnadest unter deinen Dienern, wen immer du willst. Und so lebt der Herr dieses Hauses herrlich und in Freuden; er kann sich an lieblichen Düften, an köstlichen Speisen und edlen Weinen aller Art ergötzen. Du hast für deine Geschöpfe bestimmt, was du willst und was du ihnen im voraus zuerteilt hast. Die einen von ihnen sind mühselig, die anderen pflegen der Ruhe; die einen leben im Glück, und andere, wie ich, sind von Mühsal und Elend geplagt.« Und er sprach diese Verse:

Wie mancher ist elend und hat keine Ruh
Und findet den Schatten des Glücks nimmermehr!
Ich lebe in wachsenden Qualen dahin,
Ja, seltsam ergehts mir, die Last ist so schwer!
Ein andrer ist glücklich und kennt keine Not;
Ihn drückt nicht das Schicksal wie mich meine Last.
Ihm beut sich ein Leben des Glücks immerdar,
In Freude und Herrlichkeit trinkt er und praßt.
Aus göttlicher Allmacht kam jedes Geschöpf;
Und ich bin wie der da, und er ist wie ich.
Und doch, zwischen uns ist der Abstand so groß,
Wie wenn man den Wein mit dem Essig verglich'.
Doch ich bin, o Herr, nicht ein hadernder Knecht;
Denn du bist der Weise und waltest gerecht.

Als Sindbad der Lastträger seine Verse gesprochen hatte, wollte er seine Last wieder aufheben und weitergehen; doch da trat aus jener Tür ein Diener zu ihm heraus, jung an Jahren, schön von

Angesicht, von zierlichem Wuchse und prächtig gekleidet. Der ergriff den Lastträger bei der Hand und sprach zu ihm: »Tritt ein, folge dem Rufe meines Herrn; denn er wünscht dich zu sprechen!« Der Lastträger wollte sich weigern, mit dem Diener hineinzugehen; aber es gelang ihm nicht, und so ließ er seine Last bei dem Türhüter in der Vorhalle stehen und trat mit seinem Führer ins Innere des Hauses. Er sah, daß es ein schöner Bau war, freundlich und würdig; dann schaute er eine große Halle und nahm in ihr eine Schar von edlen Herren und vornehmen Männern wahr. Dort waren auch alle Arten von Blumen und duftenden Kräutern, vielerlei Naschwerk und Früchte, eine große Menge von verschiedenen kostbaren Gerichten und Weine von den erlesensten Reben; und ferner hörte er dort Gesang und Saitenspiel von vielen schönen Mädchen. Ein jeder der Gäste saß auf seinem Platze, der ihm nach seinem Range angewiesen war; doch auf dem Ehrenplatze saß ein großer und würdiger Herr, dessen Bart auf den Wangen schon vom Grau gefärbt war, eine stattliche Gestalt von schönem Antlitz, voller Würde und Vornehmheit, Hoheit und Erhabenheit. Sindbad der Lastträger ward durch all das verwirrt, und er sprach bei sich selber: ›Bei Allah, dies ist wohl ein Stück von der Paradiesesau, oder eines Königs oder Sultans Bau?‹ Darauf machte er eine höfliche Verbeugung, sprach den Gruß vor den Herren und wünschte ihnen Segen und küßte den Boden vor ihnen. Dann blieb er gesenkten Hauptes stehen.

Als Sindbad der Lastträger den Boden vor den Herren geküßt hatte und darauf gesenkten Hauptes und in ergebener Haltung stehen blieb, gab der Herr des Hauses ihm ein Zeichen, er möge näher treten und sich setzen. Nachdem der Träger das getan hatte, hieß jener ihn mit freundlichen Worten willkommen. Darauf ließ er ihm etwas von den prächtigen, wohlschmeckenden und kostbaren Speisen vorsetzen, und Sindbad der Lastträger rückte an den Tisch heran und begann mit den Worten »Im Namen Gottes« zu essen, bis er ganz satt war. Dann sprach er: »Preis sei Allah in allen Dingen!«, wusch sich die Hände und dankte den Herren für das Mahl. Doch der Hausherr sagte: »Das ist dir gern gegönnt; dein Tag sei gesegnet! Sag, wie heißest du und was für ein Gewerbe betreibst du?« Jener gab zur Antwort: »Hoher Herr, ich heiße Sindbad der Lastträger, und ich trage um Lohn die Sachen der Leute auf meinem Kopfe.« Lächelnd fuhr der Hausherr fort: »Wisse, du Lastträger, ich habe den selben Namen wie du; ich bin Sindbad der Seefahrer. Doch nun wünsche ich, o Träger, daß du mich noch einmal die Verse hören lässest, die du sprachest, als du an der Tür standest.« Da schämte sich der Träger und erwiderte: »Bei Allah, ich beschwöre dich, sei mir nicht böse! Mühsal und Qual und leere Hände lehren den Menschen schlechte Sitten und Unziemlichkeit.« »Schäme dich nicht«, sprach da der Hausherr, »du bist ja jetzt mein Bruder geworden. Wiederhole die Verse; sie gefielen mir, als ich sie von dir hörte, während du sie an der Tür vortrugst!« So trug denn der Lastträger jene Verse noch einmal vor; und wiederum gefielen sie dem Herrn, und er war entzückt, wie er sie hörte. Dann fuhr der Herr fort:

»Wisse, o Lastträger, meine Geschichte ist wunderbar, und ich will dir alles berichten, wie es mir ergangen ist und was ich erlebt habe, ehe ich zu diesem Wohlstande kam und in diesem Hause wohnen konnte, in dem du mich jetzt siehst. Denn dieser Reichtum und dies Haus ist mir erst nach schweren Mühsalen, großen Plagen und vielen Schrecknissen zuteil geworden. Ach, wieviel Qual und Kummer habe ich in der alten Zeit erdulden müssen! Sieben Reisen habe ich gemacht, und an jeder hängt eine wundersame Geschichte, die den Verstand verwirren kann. Doch all das war durch das Geschick vorherbestimmt; und dem, was geschrieben steht, kann keiner entrinnen noch entfliehen.« Und nun erzählte er

Wisset, ihr edlen Herren, mein Vater war ein Kaufmann, einer der Vornehmen unter dem Volke und unter den Kaufherren, und er besaß viel Geld und Gut. Er starb, als ich noch ein kleiner Knabe war, und hinterließ mir großen Reichtum an Geld und Grundbesitz und Landgütern. Wie ich nun herangewachsen war, nahm ich all das in Besitz, und ich aß die besten Speisen, trank die edelsten Weine und gesellte mich zu den jungen Leuten. Ich schmückte mich mit schönen Kleidern und wandelte mit den Freunden und Gefährten, in dem Glauben, das müsse immer so bleiben und mir zum besten dienen. So trieb ich es lange Zeit hindurch, aber schließlich erwachte ich aus meiner Sorglosigkeit. Und als ich dann wieder zu Verstande kam, bemerkte ich, daß meine Waren waren und daß mein Stand schwand. Ja, ich sah, daß alles dahin war, was ich besessen hatte, und so kam ich voll Schrecken und Entsetzen zur Besinnung. Da dachte ich an einen Ausspruch, den ich früher einmal von meinem Vater gehört hatte; das war ein Spruch unseres Herrn Salomo, des Sohnes Davids – über beiden sei Heil! –, und der lautet: Drei Dinge sind besser als drei andere: der Tag des Todes ist besser denn der Tag der Geburt; ein lebendiger Hund ist besser als ein toter Löwe; und das Grab ist besser als die Armut. Und ich machte mich auf, sammelte, was mir noch an Hausrat und Kleidern verblieben war, und verkaufte es; dann verkaufte ich meinen Grundbesitz und was ich sonst noch mein eigen nannte, und schließlich hatte ich dreitausend Dirhems zusammengebracht. Nun kam es mir in den Sinn, eine Reise in fremde Länder zu machen, indem ich des Dichterwortes gedachte, das da lautet:

Durch Mühsal wird die steile Höh erklommen;
Wer Ruhm begehrt, der schlummert nicht bei Nacht.
In Meerestiefen taucht, wer Perlen suchet;
Und so gewinnt er Geld und Gut und Macht.
Wer glaubt, solch Werk sei mühelos getan,
Verliert das Leben bald in seinem Wahn.

So faßte ich denn meinen Entschluß, machte mich auf und kaufte mir Waren und Güter und allerlei Sachen, auch Dinge, die zur Reise nötig waren; und da meine Seele nach einer Reise zur See verlangte, so bestieg ich ein Schiff und fuhr nach der Stadt Basra, zusammen mit einer Schar von Kaufleuten. Von dort reisten wir auf dem Meere weiter, viele Tage und Nächte; wir kamen von Insel zu Insel, von Meer zu Meer und von Land zu Land. Überall, wo wir landeten, trieben wir Handel und tauschten Güter ein. Und während wir so auf dem Meere dahinsegelten, kamen wir eines Tages zu einer Insel, die so schön war, daß sie einem Paradiesesgarten glich. Der Kapitän machte dort mit uns halt; und nachdem er die Anker ausgeworfen hatte, legte er die Landungsplanke an, und alle, die sich auf dem Schiffe befanden, gingen auf der Insel an Land. Nachdem sie sich dort Herde errichtet hatten, zündeten sie Feuer darin an und machten sich an Arbeiten mancherlei Art. Die einen kochten, die anderen wuschen, wieder andere schauten sich um. Ich gehörte zu denen, die auf der Insel umhergingen. Als dann alle Reisenden bei Essen und Trinken, Kurzweil und Spiel versammelt waren, rief plötzlich der Kapitän, der an Bord des Schiffes stand, uns Ahnungslosen mit lauter Stimme zu: »Ihr Leute, rettet euer Leben! Lauft, kommt an Bord und beeilt euch mit dem Kommen! Laßt eure Sachen im Stich! Flieht, solang ihr noch lebt, rettet euch vor dem Verderben! Die Insel da, auf der ihr seid, ist keine Insel; sie ist ein großer Fisch, der mitten im Meere feststeht. Sand hat sich auf ihm abgelagert, so daß er nun wie eine Insel aussieht und Bäume auf ihm gewachsen sind. Als ihr das Feuer auf ihm anzündetet, da merkte er die Hitze und bewegte sich. In diesem Augenblick wird er mit euch in die Tiefe versinken, und dann werdet ihr alle ertrinken. Drum bringt euch in Sicherheit, ehe das Verderben über euch kommt! Laßt die Sachen im Stich!« Als die Leute seine Worte hörten, liefen sie fort und kletterten eilends auf das Schiff; ihre Sachen, Kleider, Kessel und Feuerherde ließen sie liegen. Einige erreichten das Schiff noch, andere kamen zu spät; denn schon hatte jene Insel sich bewegt, und bald verschwand sie in der Tiefe mit allem, was darauf war, und darüber schloß sich das tosende Meer mit den brandenden Wogen ringsumher. Ich war einer von denen, die auf der Insel zurückbleiben mußten, und ich versank mit ihnen im Wasser; doch Allah der Erhabene behütete mich und rettete mich vom Tode des Ertrinkens; denn er sandte mir einen großen hölzernen Zuber, eins der Geräte, in denen die Leute vorher gewaschen hatten. Besorgt um das süße Leben, hielt ich den Zuber mit der Hand fest und setzte mich rittlings darauf, und dann ruderte ich mit meinen Beinen im Wasser wie mit Riemen, während das Spiel der Wogen mich bald nach rechts und bald nach links trieb. Der Kapitän aber hatte inzwischen die Segel des Schiffes gespannt und war mit denen, die an Bord hatten kommen können, davongefahren, ohne sich um die Ertrinkenden zu kümmern. Ich schaute sehnsüchtig jenem Schiffe nach, bis es meinen Blicken entschwand; da war ich des Todes gewiß. Und dann brach die Nacht über mich herein, während ich in solcher Not war. Die ganze Nacht und den nächsten Tag hindurch blieb ich in der gleichen Lage; dann aber trieben günstige Winde und Wogen mich an den Fuß einer hohen Insel, deren Bäume mit ihren Ästen über das Wasser hinausragten. Ich konnte den Zweig eines hohen Baumes ergreifen und mich daran festhalten, nachdem ich schon den Tod vor Augen gesehen hatte. An jenem Zweige kletterte ich entlang, bis ich auf die Insel springen konnte. Da sah ich, daß meine Füße geschwollen und starr geworden waren, und daß an ihren Sohlen Spuren von Bissen der Fische waren. Das hatte ich vorher in meiner großen Angst und Verzweiflung gar nicht bemerkt. Ich warf mich auf den Boden der Insel nieder, wie tot, verlor die Besinnung und versank in einen bleiernen Schlaf. So blieb ich bis zum andern Morgen liegen, und als die Sonne über mir aufging, erwachte ich. Da aber meine Füße geschwollen waren, bewegte ich mich weiter, so gut ich konnte; bald rutschte ich wie ein Kind, bald kroch ich auf den Knieen. Nun waren auf der Insel viele Früchte und Quellen süßen Wassers; und so begann ich mich von jenen Früchten zu nähren. Aber noch eine Reihe von Tagen und Nächten blieb ich in derselben

Verfassung; dann erst regte sich in mir neue Kraft, meine Lebensgeister kehrten zurück, und ich konnte mich besser bewegen. Da entschloß ich mich, am Strande der Insel entlang zu gehen, und sah mich zwischen den Bäumen um, was Allah der Erhabene dort wohl erschaffen haben möchte. Auch machte ich mir einen Stab aus einem Aste der Bäume und stützte mich auf ihn beim Gehen. So blieb es noch eine Weile, bis ich eines Tages bei meiner Wanderung am Strande der Insel in der Ferne eine Gestalt erblickte. Ich dachte, das wäre ein wildes Tier oder ein Ungeheuer des Meeres; doch als ich mich näherte und immer genauer hinschaute, sah ich, daß es ein edles Roß war, das dort am Strande nahe dem Meeresufer stand. Wie ich aber ganz nahe herankam, stieß es einen gewaltigen Schrei aus, so daß ich erschrak und zurücklaufen wollte. Da kam plötzlich ein Mann aus der Erde heraus, rief mich an und lief mir nach. Er sagte: »Wer bist du? Woher kommst du? Was führt dich an diese Stätte?« »Lieber Herr«, erwiderte ich, »ach, ich bin ein Fremdling, ich war auf einem Schiffe, und ich fiel mit mehreren anderen, die auf ihm fuhren, ins Wasser. Da sandte mir Allah einen Zuber aus Holz, und ich setzte mich darauf, und er schwamm mit mir dahin, bis mich die Wellen an diese Insel trieben.« Als der Mann meine Worte gehört hatte, ergriff er mich bei der Hand und sprach zu mir: »Geh mit mir!« Dann führte er mich in einen unterirdischen Gang und ließ mich in eine große Halle unter der Erde eintreten. Dort setzte er mich an den Ehrenplatz, der Tür gegenüber, und brachte mir etwas zu essen; und da mich hungerte, aß ich, bis ich ganz satt war und mich gestärkt hatte. Dann fragte er mich von neuem, wer ich wäre und was ich alles erlebt hätte; und ich berichtete ihm alles, was mir widerfahren war, von Anfang bis zu Ende. Er hörte meiner Erzählung mit wachsendem Erstaunen zu, und so sagte ich zu ihm, als ich meinen Bericht beendet hatte: »Bei Allah, ich beschwöre dich, lieber Herr, zürne mir nicht! Ich habe dir die volle Wahrheit über mich und meine Erlebnisse kundgetan; und nun bitte ich dich, daß du mir sagest, wer du bist, und weshalb du hier in dieser Halle unter der Erde wohnst, und warum jene Stute an der Meeresküste steht.« Da gab er mir zur Antwort: »Wisse, wir sind eine ganze Schar von Leuten, die über diese Insel verteilt sind. Wir sind nämlich die Stallmeister des Königs Mihrdschân, und unter unserer Aufsicht stehen alle seine Rosse. In jedem Monate bringen wir, wenn der Neumond aufgeht, die edlen Stuten hierher und lassen sie auf dieser Insel. Dann verstecken wir uns in einer solchen Halle unter der Erde, damit keiner uns sieht. Darauf kommt ein Seehengst, wenn er die Stuten wittert, und steigt ans Land. Er wendet sich nach allen Seiten um, und wenn er niemanden sieht, so springt er auf und will eine Stute mit sich nehmen. Dann fängt der Hengst an zu schreien und stößt mit dem Kopfe und schlägt mit den Hufen wider die Stute und wiehert immerzu. Wenn wir den Lärm hören, so eilen wir ihm mit lautem Geschrei entgegen; der Hengst fürchtet sich dann vor uns und steigt wieder ins Meer hinab. Die Stute aber bringt ein Hengstfohlen oder ein Stutfohlen zur Welt, das einen Schatz Goldes wert ist und auf Erden nicht seinesgleichen hat. Dies ist jetzt die Zeit, daß der Seehengst heraufkommt: und so Allah der Erhabene will, werde ich dich mit mir zum König Mihrdschân nehmen und dir unser Land zeigen. Wisse aber, wenn du uns nicht hier getroffen hättest, so hättest du sonst keinen Menschen an dieser Stätte gesehen, und du wärest elend umgekommen, ohne daß jemand um dich gewußt hätte. Ich werde so die Ursache deiner Rettung und deiner Rückkehr in die Heimat sein.« Da flehte ich den Segen des Himmels auf sein Haupt herab und dankte ihm für seine große Güte. Während wir so miteinander redeten, kam der Hengst aus dem Meere herauf und stieß einen lauten Schrei aus; dann wollte er die Stute mit sich nehmen; aber er vermochte es nicht, und sie begann auszuschlagen und wieherte ihn an. Da griff der Stallmeister zu Schwert und Schild, lief zur Tür des Saales hinaus und rief nach seinen Gefährten: »Vorwärts! Auf den Hengst los!« und schlug dabei mit dem Schwerte auf den Schild. Alsbald eilte eine Schar herbei, schreiend und die Speere schwingend; vor ihr erschrak der Hengst, lief davon und stürzte sich ins Meer wie ein Wasserbüffel und verschwand in den Fluten. Darauf setzte sich der Mann nieder; aber schon nach einer kurzen Weile kamen seine Gefährten zu ihm, deren jeder eine Stute führte. Wie sie mich bei ihm erblickten, fragten sie mich, was es mit mir sei. Ich erzählte ihnen dasselbe, was ich jenem berichtet hatte. Dann traten sie zu mir, breiteten den Tisch hin, um zu essen, und luden mich dazu ein; so aß ich denn mit ihnen. Schließlich erhoben sie sich wieder und stiegen auf die Rosse, indem sie mir auch eine Stute zum Reiten gaben und mich mit sich nahmen. So ritten wir immer weiter dahin, bis wir zur Stadt des Königs Mihrdschân kamen. Dort traten sie bei ihm ein und machten ihn mit meiner Geschichte bekannt; er ließ mich rufen, und sie führten mich hinein und ließen mich vor ihm stehen. Da sprach ich den Gruß vor ihm, und er erwiderte ihn und hieß mich willkommen und nahm mich ehrenvoll auf; dann fragte er mich nach mir selber, und ich berichtete ihm alles, was mir widerfahren war, meine sämtlichen Erlebnisse von Anfang bis zu Ende. Er war über meine vielen Abenteuer erstaunt und sprach zu mir: »Mein Sohn, bei Allah, du bist doppelt gerettet worden. Wäre dir nicht ein langes Leben bestimmt, so wärest du diesen Fährnissen nicht entronnen. Doch Allah sei Preis für deine Rettung!« Dann erwies er mir hohe Ehren, indem er mich an seiner Seite sitzen ließ und mich mit Reden und Taten huldvoll behandelte. Ferner machte er mich zum Hafenmeister, der alle einlaufenden Schiffe zu verzeichnen hatte. Ich wartete ihm nunmehr auf, um seine Geschäfte zu erledigen; und er bezeigte mir seine Huld und tat mir viel Gutes; auch kleidete er mich in ein schönes und prächtiges Gewand. Ja, ich wurde sogar zum Vermittler bei ihm für die Bittgesuche und erledigte die Anliegen des Volkes. So lebte ich eine lange Zeit bei ihm; aber jedesmal, wenn ich zum Hafen ging, fragte ich die reisenden Kaufleute und die Seeleute nach der Stadt Baghdad, ob vielleicht einer mir darüber Auskunft geben würde, daß ich mit ihm hätte heimfahren können. Doch keiner kannte sie, und keiner wußte jemanden, der dorthin fuhr. Darüber war ich bekümmert, und ich ward der langen Fremdlingschaft überdrüssig;

allein es ging noch eine Weile so weiter. Eines Tages nun kam ich zu König Mihrdschân und fand bei ihm eine Schar von Indern. Als ich die begrüßte, erwiderten sie meinen Gruß, hießen mich willkommen und fragten mich nach meiner Heimat. Wie ich sie dann nach ihrer Heimat befragte, sagten sie, sie gehörten verschiedenen Kasten an; die einen seien Kschatrija, und das sei die vornehmste ihrer Kasten, die kein Unrecht und keine Gewalttat gegen einen Menschen begehen; andere seien Brahmanen, und das seien Leute, die keinen Wein trinken, aber doch glücklich und heiter leben bei Spiel und Gesang, und die auch Kamele, Pferde und Rinder besitzen. Ferner taten sie mir kund, daß das Volk der Inder in zweiundsiebenzig Kasten zerfällt; und darüber war ich sehr erstaunt. Im Reich des Königs Mihrdschân sah ich auch eine Insel namens Kâbil, auf der man die ganze Nacht hindurch den Klang des Tamburins und der Trommeln hört; aber die Bewohner der anderen Inseln und die Reisenden sagten uns, die Leute dort seien ein ernsthaft und verständig Volk. Und ferner sah ich in jenem Meere einen Fisch, der zweihundert Ellen lang war, und einen anderen, der ein Gesicht wie eine Eule hatte. Ja, ich sah auf jener Reise der Wunder und Seltsamkeiten viel, und wollte ich sie alle erzählen, so würde die Zeit nicht reichen. Ich schaute mich also auf den Inseln um und sah alles, was es dort gab, bis eines Tages, als ich wie gewöhnlich mit dem Stabe in der Hand am Hafen stand, ein großes Schiff mit vielen Kaufleuten einlief. Wie es in den Stadthafen und zum Ankerplatze kam, ließ der Kapitän die Segel reffen und ging am Lande vor Anker; die Landungsplanke wurde ausgeworfen, und die Mannschaft begann die ganze Ladung des Schiffes zu löschen. Sie waren aber lange bei der Arbeit, während ich immer dabeistand und alles aufzeichnete. Schließlich sagte ich zu dem Kapitän: »Ist noch etwas in deinem Schiffe?« »Ja, Herr«, erwiderte er, »ich habe im Raum noch Waren, deren Besitzer uns unterwegs bei einer der Inseln ertrank, während wir weiterfahren mußten. Diese Waren sind jetzt als anvertrautes Gut bei uns; wir wollen sie verkaufen und den Erlös dafür genau buchen, damit wir ihn den Seinen in der

Stadt Baghdad, dem Horte des Friedens, ausliefern können.« Da fragte ich den Kapitän: »Wie hieß denn der Mann, dem die Waren gehörten?« »Er hieß Sindbad der Seefahrer«, erwiderte jener, »er ist uns im Meere ertrunken.« Als ich diese Worte von ihm hörte, sah ich ihn genauer an, und wirklich, ich erkannte ihn. Da stieß ich einen lauten Schrei aus und sagte dann: »Kapitän, wisse, ich bin der Besitzer der Waren, von denen du sprichst! Ich bin jener Sindbad der Seefahrer, der mit einer Schar von Kaufleuten bei der Insel dein Schiff verließ. Als der Fisch, auf dem wir waren, sich bewegte und du uns zuriefst, da kamen ja manche an Bord zurück, die andern aber fielen ins Wasser. Ich gehörte zu denen, die im Meere versanken; doch Allah der Erhabene behütete mich und rettete mich vor dem Ertrinken durch einen großen Zuber, eins von den Geräten, in denen die Reisenden gewaschen hatten. Ich setzte mich darauf und begann mit meinen Beinen zu rudern, und günstige Winde und Wellen trieben mich an diese Insel. Hier ging ich an Land, und Allah der Erhabene ließ mich in Seiner Gnade mit den Stallmeistern des Königs Mihrdschân zusammentreffen. Die führten mich mit sich, bis wir zu dieser Stadt kamen, und brachten mich vor ihren König. Dem erzählte ich meine Geschichte, und da erwies er mir seine Huld; er machte mich zum Hafenmeister dieser Stadt; es ist mir in seinem Dienste gut gegangen, und ich habe Gnade vor seinen Augen gefunden. Die Waren, die du noch bei dir hast, sind also meine Waren und mein Eigentum.« Jener rief aus: »Es gibt keine Macht und es gibt keine Majestät außer bei Allah dem Erhabenen und Allmächtigen! Treu und Glauben gibt es nicht mehr.« Ich aber fuhr fort: »Kapitän, was soll das bedeuten? Du hast doch gehört, wie ich dir meine Geschichte erzählte!« Darauf entgegnete er: »Weil du mich sagen hörtest, ich hätte Waren bei mir, deren Besitzer ertrunken ist, willst du sie nun widerrechtlich an dich nehmen; das ist eine Sünde! Wir haben doch selbst gesehen, wie er ertrank, und wie noch viele andere Reisende bei ihm waren, von denen nicht ein einziger gerettet wurde. Wie kannst du nun behaupten, daß diese Waren dir gehören?« »Kapitän«, erwiderte ich, »hör doch auf meine Worte und verstehe den Sinn meiner Rede! Dann wirst du einsehen, daß ich die Wahrheit sage. Die Lüge ist das Kennzeichen der Heuchler.« Und dann erzählte ich dem Kapitän alles, was sich mit mir zugetragen hatte, von der Zeit an, da ich mit ihm von Baghdad abfuhr, bis wir zu jener Insel kamen, auf der wir ins Wasser versanken, auch erinnerte ich ihn an einige Dinge, die zwischen uns beiden vorgefallen waren. Da waren der Kapitän und die Kaufleute von meiner Wahrhaftigkeit überzeugt; und als sie mich wieder erkannten, beglückwünschten sie mich zu meiner Rettung und sagten alle: »Bei Allah, wir haben nicht geglaubt, daß du dem Tod in den Wellen entronnen wärest. Allah hat dir wahrlich ein neues Leben geschenkt.« Dann gaben sie mir die Waren, und ich fand meinen Namen darauf geschrieben, und nichts fehlte daran. Und alsbald öffnete ich sie und holte kostbare Dinge von hohem Werte heraus; die gab ich einigen Matrosen des Schiffes zu tragen und brachte sie dem König zum Geschenke dar. Auch tat ich ihm kund, daß dies das Schiff sei, auf dem ich gewesen wäre, und fügte hinzu, daß ich alle meine Waren vollzählig wiedererhalten hätte und daß dies Geschenk von daher stamme. Darüber wunderte sich der König gar sehr, und die Wahrheit alles dessen, was ich erzählt hatte, ward ihm von neuem offenbar; und er gewann mich sehr lieb und erwies mir seine Huld in noch höherem Maße als zuvor und verlieh mir als Gegengabe ein großes Geschenk. Dann kaufte ich mir Waren und Güter und allerlei Sachen aus jener Stadt, und als die Kaufleute mit dem Schiffe wieder abfahren wollten, ließ ich alle meine Habe an Bord bringen. Darauf trat ich zum König ein und dankte ihm für seine überreiche Güte. Doch zugleich bat ich ihn um Erlaubnis, in mein Land und zu den Meinen heimkehren zu dürfen. Da sagte er mir Lebewohl und schenkte mir zum Abschied noch vielerlei von den Erzeugnissen seiner Stadt. Nachdem ich mich von ihm verabschiedet hatte und an Bord gegangen war, traten wir die Reise an mit der Erlaubnis Allahs des Erhabenen. Das Glück war uns hold, und das Geschick war uns günstig, so daß wir Tag und Nacht ununterbrochen fahren konnten, bis wir bei der Stadt Basra ankamen. Dort gingen wir an Land und hielten uns eine kurze Zeit auf; und ich war froh, daß ich nun glücklich in mein Heimatland zurückgekehrt war. Dann begab ich mich nach der Stadt Baghdad, dem Horte des Friedens, mit meinen Lasten und Waren und Gütern, einem großen Schatze, der von hohem Werte war. Dort ging ich in mein Stadtviertel und trat in mein Haus ein; und alle die Meinen und meine Freunde eilten herbei. Nun erwarb ich mir Eunuchen und Diener und Mamluken, Odalisken und schwarze Sklaven, bis ich einen großen Haushalt hatte. Ferner kaufte ich mir Häuser und Grundstücke, noch mehr, als ich früher besessen hatte. Auch gesellte ich mich wieder zu den Freunden und verkehrte mit den Genossen noch enger als zuvor. Ich vergaß alles, was ich durchgemacht hatte, Mühsal in der Fremde, Qualen und Schrecken. Ich gab mich den Wonnen und Freuden hin, den leckeren Speisen und den köstlichen Weinen, und lebte immer so weiter. – Das also war meine erste Reise; morgen werde ich euch, so Allah der Erhabene will, die zweite meiner sieben Reisen erzählen.

*

Darauf ließ Sindbad der Seefahrer das Nachtmahl bereiten und lud Sindbad den Festländer dazu ein; dann befahl er, ihm hundert Quentchen Gold zu geben, und entließ ihn mit den Worten: »Du hast uns heute durch deine Gesellschaft erfreut.« Der Lastträger dankte ihm, nahm das Geschenk mit und ging seiner Wege, indem er staunend darüber nachdachte, was alles geschehen und den Menschen begegnen kann. Die Nacht über schlief er in seiner Wohnung; doch als es Morgen geworden war, begab er sich wieder zum Hause Sindbads des Seefahrers und trat zu ihm ein; jener hieß ihn ehrenvoll willkommen und ließ ihn an seiner Seite sitzen. Und nachdem dann alle seine anderen Freunde sich versammelt hatten, ließ er ihnen Speise und Trank vorsetzen; und sie waren heiter und guter Dinge. Nun begann Sindbad der Seefahrer von neuem zu erzählen und berichtete

Wisset, meine Brüder, ich führte, wie ich euch gestern erzählt habe, ein herrliches Leben in lauter Freuden, bis es mir eines Tages wieder in den Sinn kam, in die Welt hinauszufahren. Meine Seele riet mir, Handel zu treiben, Geld zu verdienen und mich in den Ländern und auf den Inseln umzuschauen. Und wie dieser Entschluß bei mir feststand, nahm ich eine große Summe Geldes heraus, kaufte Waren und Sachen für die Reise, ließ alles verschnüren und ging zum Flußufer hinunter. Dort fand ich ein schönes neues Schiff, das mit Segeln aus guter Leinwand bespannt, wohlbemannt und gut gerüstet war. Auf ihm ließ ich meine Lasten verstauen; und desgleichen taten andere Kaufleute. Noch am selbigen Tage fuhren wir ab, und da wir eine gute Reise hatten, segelten wir ununterbrochen dahin, von Meer zu Meer, von Insel zu Insel. Überall wo wir anlegten, besuchten wir die Kaufherren und Großen des Reiches, die Käufer und Verkäufer, und wir trieben Handel und tauschten Waren ein. So ging es eine ganze Weile, bis uns das Geschick zu einer schönen Insel führte, über die sich Baumreihen schlangen, mit reifen Früchten behangen, von Blumendüften umfangen, wo die Vögelein sangen und die klaren Bächlein sprangen. Doch kein Bewohner fand sich an jener Stätte, noch jemand, der ein Feuer angeblasen hätte. Nachdem der Kapitän mit uns bei dieser Insel vor Anker gegangen war, begaben sich die Kaufleute und Reisenden an Land, um sich dort unter den Bäumen zu ergehen und die Vögelein anzusehen; und sie priesen Allah, den Einen, der alle bezwingt, und staunten über die Allmacht des Königs, dessen Gewalt alles durchdringt. Ich ging damals auch mit den anderen an Land und setzte mich an einen klaren Quell, der unter den Bäumen floß; ich hatte etwas Zehrung bei mir, und so begann ich denn, als ich dort saß, von dem zu essen, was Allah der Erhabene mir zugeteilt hatte. Ein lieblicher Zephir wehte, und mir ward so leicht zumute, daß mich der Schlaf überkam. So ruhte ich denn an jener Stätte, in Schlaf versunken, vom lauen Zephir und von süßem Blumenduft umfächelt. Als ich aber wieder aufstand, fand ich keinen Menschen mehr, kein sterbliches Wesen und keins aus der Geisterwelt; das Schiff war abgefahren, keiner von den Kaufleuten und den Matrosen hatte mehr an mich gedacht, und so hatten sie mich auf der Insel gelassen. Ich wandte mich nach rechts und nach links, aber ich sah niemanden, ich war allein. Da packte mich ein solcher Schrecken an, wie man ihn sich nicht größer denken kann, und fast wäre mir die Galle geplatzt in all meiner Sorge und Trauer und Qual. Ich hatte ja nichts in aller Welt bei mir, auch nichts zu essen oder zu trinken. In meiner Verlassenheit und Seelenqual gab ich mich verloren, und ich sagte mir: ›Nicht alleweil bleibt der Krug heil. Beim ersten Male konnte ich mich noch retten, da ich jemanden traf, der mich von der verlassenen Insel in eine bewohnte Gegend führte; aber diesmal, ach, wie weit, wie weit bin ich davon entfernt, daß ich jemanden fände, der mich in ein Land bringt, da Menschen wohnen!‹ Dann hub ich an zu weinen und über mich zu klagen, bis mich der Zorn übermannte und ich mir Vorwürfe über mein Tun und Beginnen machte, daß ich mich wieder den Mühsalen der Reise ausgesetzt hatte, nachdem ich zu Hause in meiner Heimat ein so geruhiges Leben hatte führen können, erfreut und erquickt durch gutes Essen, Trinken und schöne Kleider, und wo es mir an nichts fehlte, weder an Geld noch an Gut. Ich bereute es, daß ich die Stadt Baghdad verlassen hatte und wieder auf See gegangen war, trotzdem ich auf der ersten Reise so viel Not durchgemacht hatte; und da ich den Tod vor Augen sah, sprach ich: ›Siehe, wir sind Allahs Geschöpfe, und zu Ihm kehren wir zurück!‹ Und ich ward wie ein Wahnsinniger. Danach aber machte ich mich auf und streifte auf der Insel umher, nach allen Seiten, und ich vermochte nicht an irgendeinem Orte ruhig sitzen zu bleiben. Schließlich klomm ich auf einen hohen Baum und hielt von oben nach allen Seiten hin Umschau; doch ich sah nichts als Himmel und Meer, Bäume und Vögel, Inseln und Dünen. Als ich aber schärfer ausspähte, erblickte ich auf der Insel etwas Weißes von großem Umfang. Sofort stieg ich vom Baum hinab und ging darauf zu, immer geradeaus, bis ich es erreichte; und siehe, es war eine große weiße Kuppel, die hoch in die Luft emporragte und einen weiten Umfang hatte. Ich trat an sie heran und ging um sie herum, aber ich fand keine Tür in ihr, noch auch hatte ich die Kraft und Gelenkigkeit, hinaufzuklettern, weil sie so überaus glatt war. Darauf machte ich mir ein Zeichen an der Stelle, auf der ich stand, und schritt ganz um die Kuppel herum, weil ich ihren Umfang messen wollte; und es stellte sich heraus, daß er fünfzig starke Schritte betrug. Als ich nun über ein Mittel nachsann, um in sie hineinzudringen, zumal der Tag schon zur Neige ging und die Sonne sich dem Untergange näherte, da verschwand die Sonne ganz plötzlich, und der Himmel verfinsterte sich. Und weil ich die Sonne gar nicht mehr sehen konnte, so glaubte ich, eine Wolke sei wohl vor sie getreten. Aber es war ja Sommerszeit, und so wunderte ich mich darüber. Ich hob meinen Blick gen Himmel und sah genauer dorthin; und was sah ich da? Einen Vogel von riesiger Gestalt, von gewaltigem Leibesumfang und mit weithin gebreiteten Flügeln, der durch die Luft flog; der war es, der die Sonne verhüllte und ihr Licht von der Insel fernhielt. Nun ward meines Staunens noch mehr, und ich erinnerte mich an eine Geschichte, die mir früher einmal Pilger und Reisende erzählt hatten, daß nämlich auf einer Insel ein riesenhafter Vogel hause, Vogel Ruch geheißen, der seinen Jungen Elefanten als Futter in den Schnabel stecke, und da war ich sicher, daß jene Kuppel, die ich sah, ein Ei des Vogels Ruch sein müsse; und ich bewunderte die Werke Allahs des Erhabenen. Wie ich aber noch so dastand, kam plötzlich jener Vogel auf die Kuppel herab, breitete seine Schwingen zum Brüten über sie aus, streckte seine Füße hinter sich auf den Boden und schlief ein – Preis sei Ihm, der nimmer schläft! – Da nahm ich meinen Turban vom Kopfe, wickelte ihn auseinander, faltete ihn und drehte ihn zu einem Strick; den legte ich mir eng um die Hüften und band mich mit ihm an die Füße jenes Vogels fest; denn ich sagte mir: ›Vielleicht wird er mich in das Land der Städte bringen, wo Menschen wohnen; das wäre besser, als wenn ich auf dieser Insel sitzen bliebe.‹ Jene Nacht über tat ich kein Auge zu, da ich fürchtete, der Vogel könnte unversehens, wenn ich schliefe, mit mir davonfliegen. Als aber das Frührot aufstieg und der Morgen leuchtete, erhob sich der Vogel von dem Ei und stieß einen lauten Schrei aus. Dann stieg er mit mir gen Himmel empor, immer höher und höher, bis ich glaubte, er habe die Wolken des Himmels erreicht. Darauf ließ er sich langsam wieder hinab und landete mit mir auf dem Erdboden, wo er sich auf den Gipfel eines hohen Berges niedersetzte. Sowie ich den Boden unter mir fühlte, band ich mich eilends von seinen Füßen los, da ich Angst vor ihm hatte, obgleich er nichts von mir wußte und mich gar nicht spürte. Ich löste also meinen Turban von ihm und befreite mich von seinen Füßen, zitternd vor Furcht, und machte mich auf und davon. Bald darauf aber hob er mit seinen Krallen etwas von der Erde auf und flog damit den Wolken des Himmels zu. Als ich genauer hinsah, erkannte ich, daß es eine Schlange von gewaltiger Länge und mächtigem Leibesumfang war, die er aufgehoben hatte und nun in die Luft emportrug. Der Anblick erfüllte mich mit Grausen. Wie ich dann auf jener Höhe weiterging, entdeckte ich, daß ich auf einer Klippe war, unter der sich ein langes, breites und tiefes Tal hinzog, während auf ihrer anderen Seite ein mächtiges Gebirge so hoch in die Luft ragte, daß wegen der weiten Entfernung niemand seine Spitze sehen konnte; auch vermochte keiner hinaufzusteigen. Da schalt ich mich selbst wegen dessen, was ich getan hatte, und ich sprach: »Wäre ich doch auf der Insel geblieben! Die war noch besser als diese öde Stätte; dort auf der Insel hatte ich wenigstens Früchte zum Essen und Wasser zum Trinken, aber hier findet sich kein Baum, keine Frucht noch ein Bach. Doch es gibt keine Macht und es gibt keine Majestät außer bei Allah dem Erhabenen und Allmächtigen! Jedesmal, wenn ich dem einen Unheil entrinne, gerate ich in ein noch größeres und schlimmeres.« Dennoch faßte ich mir ein Herz und ging in jenes Tal und fand, daß der Boden ganz mit Diamanten bedeckt war; das ist der Stein, mit dem man Erze und Edelsteine, Porzellan und Onyx durchbohren kann, ein harter und spröder Stein, auf dem weder Eisen noch Felsgestein einen Eindruck hinterläßt und von dem niemand etwas abschneiden noch abbrechen kann, es sei denn mit Hilfe des Bleisteins. Aber das ganze Tal war voll von Schlangen und Vipern, von denen eine jede so lang war, wie ein Palmbaum hoch ist, und wegen ihrer Größe einen Elefanten hätte verschlingen können, wenn er dorthin gekommen wäre. Diese Schlangen kommen nur bei Nacht hervor und verbergen sich bei Tage, weil sie fürchten, daß der Vogel Ruch oder die Adler sie packen und zerreißen könnten; warum die das tun, weiß ich nicht. Ich blieb in dem Tal, voller Reue über mein Tun, und ich sagte mir: »Bei Allah, ich hatte es eilig, das Verderben über mich selbst zu bringen!« Nun ging aber der Tag schon zur Neige, und so schritt ich in dem Tale dahin, um mich nach einer Stätte umzusehen, an der ich die Nacht verbringen könnte. In meiner Angst vor den Schlangen dachte ich nicht an Essen und Trinken, sondern nur an mein Leben. Da entdeckte ich in der Nähe eine Höhle; auf die ging ich zu, und da ich fand, daß sie einen engen Eingang hatte, so trat ich ein, nahm einen großen Stein, der beim Eingang lag, und schob ihn vorwärts, so daß er den Zugang zu jener Höhle versperrte. Während ich da drinnen war, sagte ich mir: ›Jetzt bin ich sicher, da ich diesen Ort betreten habe; wenn es wieder Tag wird, will ich hinausgehen und abwarten, was das Schicksal vorhat.‹ Dann schaute ich in das Innere der Höhle hinein, und da sah ich am oberen Ende eine gewaltige Schlange auf ihren Eiern liegen. Ein Grausen lief mir über den Leib, und ich hob mein Haupt empor und stellte meine Sache dem Entscheid des Schicksals anheim. Ich wachte die ganze Nacht hindurch, bis die Morgenröte aufstieg und leuchtete. Dann schob ich eilends den Stein, mit dem ich die Höhle zugesperrt hatte, wieder weg und taumelte hinaus wie ein Trunkener, schwindelnd vor Müdigkeit, Hunger und Schrecken. Und wie ich so im Tale weiterging, fiel plötzlich ein großes geschlachtetes Tier vor mir nieder, ohne daß ich einen Menschen gesehen hatte. Darüber war ich sehr erstaunt, und nun erinnerte ich mich an eine Geschichte, die ich früher einmal von den Kaufleuten und Reisenden und Pilgern gehört hatte, daß nämlich das Diamantgebirge voll fürchterlicher Schrecken wäre und daß niemand dorthin gehen könne; daß aber die Kaufleute, die mit Diamanten Handel treiben, ein Mittel hätten, um sie zu erhalten; und zwar nähmen sie ein Schaf, schlachteten es und häuteten es ab und zerlegten es, dann würfen sie die Stücke von dem Berge dort in das Tal hinab, und weil das Fleisch noch frisch wäre, so blieben manche von den Steinen daran kleben. Sie ließen es bis zum Mittag dort liegen, und dann kämen die Raubvögel, Adler und Geier, zu den Fleischstücken, packten sie mit ihren Krallen und flögen auf den Gipfel des Berges; darauf liefen die Kaufleute mit lautem Geschrei herbei, die Vögel flögen von den Fleischstücken fort, und so könnten die Männer näher herankommen und die Steine, die an dem Fleische klebten, abnehmen. Dann pflegten sie das Fleisch den Raubvögeln und wilden Tieren zu überlassen und ihre Diamanten mit nach Hause zu nehmen. Niemand aber könne an die Diamanten anders als durch diese List herankommen. Als ich jenes geschlachtete Tier erblickte, erinnerte ich mich an diese Geschichte, und so ging ich rasch an das Tier heran, ergriff eine Menge von den Steinen und tat sie in meinen Busen und zwischen meine Kleider, ja, ich griff immerfort zu und steckte sie in meine Taschen, meinen Gürtel, meinen Turban und in alle Falten meiner Kleidung; und wie ich noch damit beschäftigt war, fiel eine zweite große Fleischmasse herab. An die band ich mich mit meinem Turban fest, streckte mich auf dem Rücken aus und legte das Fleisch auf meine Vorderseite, indem ich mich daran festhielt, und so lag es etwas höher über der Erde. Da kam auch schon ein Adler heruntergeflogen, packte das Fleisch mit seinen Krallen und schwebte damit in die Luft empor, während ich daran festhing. Bis zum Gipfel des Berges flog er dahin; dort setzte er sich nieder und wollte darauf loshacken. Aber da erscholl plötzlich ein gewaltiger Lärm hinter dem Adler, Geschrei und Gerassel von Hölzern, die gegen den Fels geschlagen wurden. Der Adler erschrak darob und flog in seiner Furcht hoch empor, ich aber machte mich von dem Fleische los; und während ich mit blutbesudelten Kleidern neben dem toten Tiere stand, kam plötzlich der Kaufmann, der hinter dem Adler geschrieen hatte, herbeigelaufen. Wie der meiner gewahr wurde, sagte er kein Wort zu mir, sondern ward von Furcht und Entsetzen gepackt. Dennoch trat er an das Fleisch heran, drehte es um, und als er keinen Stein daran fand, schrie er laut auf: »O welche Enttäuschung! Es gibt keine Macht und es gibt keine Majestät außer bei Allah! Wir nehmen unsere Zuflucht zu Allah vor dem verfluchten Satan!« In seinem Gram schlug er die Hände zusammen und rief: »O, welch ein Jammer! Was bedeutet das?« Darauf ging ich zu ihm heran; und er fragte mich: »Wer bist du? Was führt dich an diese Stätte?« Ich gab ihm zur Antwort: »Erschrick nicht! Hab keine Furcht! Ich bin ein menschliches Wesen, ein guter Mensch. Ich bin ein Kaufmann. Doch ich habe viel durchgemacht und wundersame Abenteuer erlebt; auch was mich zu diesem Berge und in jenes Tal geführt hat, ist seltsam zu berichten. Sei doch nicht ängstlich! Dir soll Freude von mir zuteil werden; ich habe eine Menge von Diamanten bei mir, und ich will dir so viele davon abgeben, daß du genug hast. Jedes Stück, das ich habe, ist besser als das, was du sonst hättest erhalten können. Drum hab keine Furcht noch Angst!« Da dankte der Mann mir und betete um Segen für mich und begann mit mir zu plaudern. Als nun die Kaufleute hörten, wie ich mit ihrem Genossen redete, kamen sie herzu; jeder von ihnen aber hatte bereits ein Stück Fleisch hinuntergeworfen. Wie sie vor uns standen, begrüßten sie mich und beglückwünschten mich zu meiner Rettung. Und während sie mich mitnahmen, erzählte ich ihnen meine ganze Geschichte, alles, was ich auf meiner Reise erduldet hatte und wie ich schließlich zu dem Tale dort gekommen war. Dann gab ich dem Eigentümer des Fleisches, an das ich mich festgebunden hatte, eine Menge von den Steinen, die ich bei mir trug. Darüber freute er sich, und er segnete mich und dankte mir dafür. Die Kaufleute aber sagten: »Bei Allah, dir war ein neues Leben vorherbestimmt. Vor dir ist noch nie jemand an jene Stätte gelangt und mit dem Leben davongekommen; doch Allah sei Preis für deine Rettung!« Die Nacht über rasteten wir an einem sicheren und schönen Orte; denn ich blieb bei ihnen, hocherfreut, daß ich aus dem Tale der Schlangen unversehrt entkommen war und mich nun wieder in bewohntem Lande befand. Als es Tag wurde, brachen wir auf und stiegen über jenes hohe Gebirge, und dabei sahen wir die vielen Schlangen in jenem Tale. Wir zogen immer weiter dahin, bis wir zu einem Garten auf einer schönen, großen Insel kamen. Dort standen Kampferbäume, von denen ein jeder so groß war, daß in seinem Schatten hundert Menschen Obdach finden konnten. Wenn jemand aus ihm Kampfer gewinnen will, so bohrt er mit einer langen Stange oben im Baume ein Loch und nimmt in Empfang, was daraus herunterkommt; der flüssige Kampfer, das ist der Saft des Baumes, fließt nämlich daraus hervor und verdickt sich nachher wie Gummi. Danach trocknet der Stamm aus und wird als Brennholz benutzt. Auf jener Insel gibt es auch ein Tier der Wildnis, das Nashorn genannt wird. Es weidet dort, wie in unserem Lande die Kühe und die Büffel weiden; es ist aber an Gestalt noch größer als ein Kamel, und es nährt sich von Gras und von Blättern der Bäume. Ein seltsames Ungeheuer ist es; denn es hat ein dickes Horn mitten auf dem Kopfe, das wohl zehn Ellen lang ist und in dem sich das Bild eines Menschen befindet. Es gibt aber auf jener Insel auch eine Art von Rindern. Seeleute, Reisende und Pilger, die über Berg und Tal ziehen, haben uns erzählt, daß dies Nashorn, wie man es nennt, einen großen Elefanten auf seinem Horn davontragen kann und dann auf der Insel und am Ufergelände weiter weidet, ohne etwas davon zu bemerken; dann verendet jedoch der Elefant auf dem Horn, und sein Fett, das in der Sonnenhitze schmilzt, fließt dem Nashorn auf den Kopf und dringt ihm in die Augen, so daß es blind wird und sich am Strande niederlegen muß. Darauf kommt der Vogel Ruch herbei, hebt es mit seinen Fängen hoch und bringt es seinen Jungen; denen steckt er es samt dem Elefanten, der auf seinem Horne aufgespießt ist, in den Schnabel. Ferner sah ich auf jener Insel viele Büffel von einer Art, wie sie bei uns nicht vorkommt. Nun hatte ich ja aus dem Tale viele Diamanten mitgebracht, die ich in meiner Kleidung geborgen hatte; und von denen tauschten mir die Leute einige ein gegen Waren und Erzeugnisse ihres Landes, die sie mir brachten; andere Leute gaben mir auch Goldstücke und Silbergeld dafür. Dann zog ich mit den Kaufleuten immer weiter dahin, indem ich mir die Länder der Menschen und die Schöpfung Allahs ansah, von Tal zu Tal und von Stadt zu Stadt; und wir trieben derweilen auch Handel, bis wir zur Stadt Basra kamen. Dort blieben wir einige Tage, und schließlich setzte ich meine Reise nach Baghdad fort.

Sindbad der Seefahrer schloß so seine Erzählung: »Als ich von meiner Reise in die Ferne heimkehrte und wieder in die Stadt Baghdad, den Hort des Friedens, eingezogen war, begab ich mich in mein Stadtviertel und betrat mein Haus, reichbeladen mit Diamanten, Geld, Waren und Gütern, die sich sehen lassen konnten. Alsbald versammelten sich auch die Meinen und die Freunde bei mir, und ich verteilte Spenden, Gaben und Geschenke mancherlei Art an alle Verwandte und Bekannte. Ich begann wieder, gut zu essen, gut zu trinken, mich schön zu kleiden und mich zu den Freunden zu gesellen. Ich vergaß alles, was ich durchgemacht hatte, und lebte heiter und sorglos in den Tag hinein, und mein Herz erfreute sich an Scherz und Saitenspiel. Und jeder, der von meiner Heimkehr hörte, kam zu mir und fragte mich, wie es mir auf der Reise ergangen sei und wie es in den fremden Ländern aussehe. Dann konnte ich ihnen viel von dem erzählen, was ich alles erlebt und durchgemacht hatte; und die Leute staunten ob meiner gefährlichen Abenteuer und wünschten mir Glück zu meiner sicheren Heimkehr. – Dies ist nun das Ende von dem, was mir auf meiner zweiten Reise widerfahren und begegnet ist; morgen werde ich euch, so Allah der Erhabene will, erzählen, wie es mir auf meiner dritten Reise erging.«

*

Als Sindbad der Seefahrer seinen Bericht beendet hatte, sprachen alle ihre Verwunderung darüber aus; und dann speisten sie mit ihm zu Nacht. Darauf befahl er, Sindbad dem Festländer hundert Quentchen Gold zu geben; der nahm sie in Empfang und ging seiner Wege, staunend über alles, was Sindbad der Seefahrer durchgemacht hatte, und er dankte ihm noch und betete für ihn, als er schon zu Hause war. Doch als der Morgen sich einstellte und die Welt mit seinem Licht und Glanz erhellte, erhob sich Sindbad der Lastträger, betete das Frühgebet und begab sich zum Hause Sindbads des Seefahrers, wie der ihm befohlen hatte. Als er eintrat und ihm einen guten Morgen wünschte, hieß jener ihn willkommen und setzte sich zu ihm, bis die anderen Freunde kamen. Und als sie gegessen und getrunken hatten und heiter und fröhlich und guter Dinge waren, hub Sindbad der Seefahrer an und erzählte

## DIE DRITTE REISE SINDBADS DES SEEFAHRERS

Vernehmt, meine Brüder, und hört von mir, was ich euch jetzt kundtun will; das ist noch seltsamer, als was ich euch früher erzählt habe. Doch Allah ist allwissend und kennt Seinen verborgenen Ratschluß! Ich kam, wie bereits berichtet worden ist, von der zweiten Reise zurück, fröhlich und strahlend von Glück; denn ich freute mich nicht nur über die glückliche Heimkehr, sondern ich hatte auch viel Geld und Gut erworben, wie ich euch ebenfalls gestern schon erzählt habe. Allah hatte mir alles wieder ersetzt, was ich verloren hatte. Ich blieb nun in der Stadt Baghdad in Glück und Seligkeit, Freude und Fröhlichkeit. Dennoch riet mir meine Seele von neuem, zu reisen und die Welt zu schauen; und sie sehnte sich danach, Handel zu treiben, Geld zu verdienen und Gewinn zu haben. Ja, des Menschen Seele treibt ihn zum Bösen! Als mein Entschluß gefaßt war, kaufte ich viele Waren, wie sie für eine Reise zur See geeignet sind, ließ sie für die Fahrt in Ballen verschnüren und reiste mit ihnen zuerst von Baghdad nach Basra. Dort ging ich zum Seehafen und suchte mir ein großes Schiff aus, auf dem viele Kaufleute und Reisende waren, lauter gute Männer, brave und tüchtige Menschen, ein gläubiges, gefälliges und rechtschaffenes Volk. Ich ging zu ihnen an

Bord, und so fuhren wir mit jenem Schiffe ab; wir vertrauten auf den Segen Allahs des Erhabenen, auf Seine Hilfe und Seine gnädige Führung, und wir freuten uns schon auf eine gute und glückliche Fahrt. So segelten wir dahin von Meer zu Meer, von Insel zu Insel, von Stadt zu Stadt. Überall, wo wir anlegten, schauten wir uns um und trieben Handel, stets fröhlich und heiter. Schließlich aber, als wir eines Tages mitten dahinfuhren über das tosende Meer mit den brandenden Wogen ringsumher, begann plötzlich der Kapitän, der von Bord des Schiffes über das Meer hin Ausschau hielt, sich ins Gesicht zu schlagen; rasch gab er den Befehl, die Segel zu reffen und die Anker auszuwerfen, und dabei raufte er sich den Bart und zerriß sich die Kleider und stieß einen lauten Schrei aus. Wir riefen: »Kapitän, was gibt es?« Und er antwortete: »Ihr Reisenden, Gott sei euch gnädig! Der Wind ist Herr über uns geworden und hat uns mitten im Meere aus der Richtung getrieben, und das Geschick hat uns zu unserem Unheil an den Berg der Haarigen verschlagen; das sind Wesen, die den Affen gleichen, und noch nie ist jemand, der dorthin gelangte, mit dem Leben davongekommen. Mein Herz ahnt, daß wir alle des Todes sind.« Und kaum hatte der Kapitän zu Ende gesprochen, da kamen auch schon die Affen und umringten das Schiff von allen Seiten; eine ungeheure Menge von ihnen wimmelte alsbald wie ein Heuschreckenschwarm an Bord und am Lande. Wir fürchteten aber, sie würden, wenn wir einen von ihnen töteten oder schlügen oder verjagten, uns totbeißen, da sie in so gewaltiger Menge waren; denn die Überzahl siegt über die Tapferkeit. So standen wir denn untätig da, obwohl wir besorgt waren, daß sie unser Hab und Gut rauben würden. Es waren die häßlichsten Tiere, die es gibt; Haare hatten sie wie von schwarzem Filz, und sie sahen fürchterlich aus, und niemand verstand ein Wort von dem, was sie sagten. Sonst scheuen sie den Menschen, sie, die Bestien mit den gelben Augen, den schwarzen Gesichtern und der kleinen Gestalt, die bei keinem von ihnen mehr als vier Spannen hoch ist. Jetzt aber kletterten sie an den Ankertauen hoch, zerrissen sie mit ihren Zähnen und zerbissen auch alle anderen Taue des Schiffes; da trieb es vor dem Winde her und strandete an ihrer Felsenküste. Als es dort an ihrem Strande lag, ergriffen sie alle die Kaufleute und Reisenden und schleppten sie auf die Insel. Dann nahmen sie das Schiff mit allem, was darinnen war, zogen ihrer Wege und ließen uns auf der Insel zurück. Das Schiff entschwand unseren Augen, und wir wußten nicht, wohin sie damit fuhren. Als wir nun dort auf der Insel allein waren, begannen wir, uns von ihren Früchten, Beeren und Gemüsen zu nähren und aus ihren Bächen zu trinken; eines Tages aber erblickten wir mitten auf ihr etwas, das einem bewohnten Hause glich. Wir gingen rasch darauf zu, und da entdeckten wir eine Burg mit ragenden Säulen und hohen Mauern; die hatte ein zweiflügeliges Tor aus Ebenholz, und das Tor stand offen. Wir traten hinein und sahen uns in einem geräumigen Hofe, der einem großen und weiten Platze glich; ringsherum waren viele hohe Türen, und am oberen Ende, dem Eingang gegenüber, stand eine breite, hohe Bank. Ferner waren dort Küchengeräte an Kohlenbecken aufgehängt, und um die herum lagen viele Knochen; aber wir sahen dort keinen Menschen. Über alles das waren wir sehr erstaunt. Doch wir setzten uns eine Weile in dem Burghof nieder, und dann schliefen wir ein und schlummerten vom Vormittag an bis zum Sonnenuntergang. Da, plötzlich, erbebte die Erde unter uns, und wir hörten ein Getöse in der Luft. Und nun stieg von der Zinne der Burg ein gewaltiges Wesen zu uns herab, das glich einem Menschen, aber es war schwarz von Farbe und hoch von Wuchs, so lang wie eine große Dattelpalme; und es hatte Augen, die wie Feuerscheite glühten, Zähne gleich den Hauern eines Ebers, ein Maul, so weit wie die Öffnung eines Brunnens, Lippen wie die eines Kamels, die ihm auf die Brust hinabfielen, und Ohren wie zwei große Decken, die ihm bis auf die Schulter reichten; und die Nägel an seinen Händen waren den Krallen eines Löwen gleich. Als wir dies Ungeheuer erblickten, schwanden uns die Sinne, gewaltige Furcht und grausiger Schrecken kamen über uns, und wir erstarrten wie Tote im Übermaß von Grauen, Angst und Entsetzen.

Als ich und meine Gefährten dies entsetzliche Ungeheuer erblickten, kam gewaltige Furcht und Angst über uns. Der Riese aber setzte sich, als er auf ebener Erde angelangt war, eine Weile auf die Bank. Dann stand er auf, kam auf uns zu und griff mich aus meinen Gefährten, den Kaufleuten, heraus; er hob mich in seiner Hand empor, befühlte mich und drehte mich hin und her, während ich in seiner Hand wie ein kleiner Bissen war; und weiter betastete er mich, wie ein Fleischer das Schaf betastet, das er schlachten will. Aber er sah, daß ich dünn und mager war von all den Aufregungen und Anstrengungen während der Reise, und daß ich gar kein Fleisch mehr an mir hatte; und so ließ er mich los aus seiner Hand und ergriff einen anderen von meinen Gefährten. Auch den wandte er hin und her und betastete ihn, wie er es mit mir gemacht hatte; dann ließ er ihn los. So befühlte und drehte er uns alle, einen nach dem andern, bis er zu dem Kapitän des Schiffes kam, mit dem wir gereist waren. Das war ein dicker, fetter, breitschultriger Mann von starker Kraft; und nachdem er ihn gepackt hatte, wie ein Fleischer sein Schlachttier packt, warf er ihn auf den Boden, setzte ihm den Fuß auf den Nacken und brach ihn durch. Darauf holte er einen langen Bratspieß und stieß ihn ihm den Rücken entlang, bis er zum Schädel wieder herausfuhr. Nun zündete er ein mächtiges Feuer an, legte darüber den Spieß, an dem der Kapitän aufgespießt war, und drehte ihn über den Kohlen, bis sein Fleisch geröstet war; alsdann nahm er ihn von dem Feuer herunter und legte ihn vor sich hin. Und er zerteilte ihn, wie man wohl ein Huhn zerteilt, indem er sein Fleisch mit den Krallen zerriß, und begann zu fressen. Das tat er so lange, bis er das ganze Fleisch verzehrt hatte. Zuletzt nagte er auch noch die Knochen ab, so daß er nichts von ihm übrig ließ; und die Knochen, die nun noch da waren, warf er an die eine Seite der Burgmauer. Danach setzte er sich wieder eine Weile auf die Bank; aber bald streckte er sich auf ihr aus und schlief; dabei schnarchte und röchelte er wie ein Hammel oder wie ein Ochse, wenn er geschlachtet wird. Bis zum Morgen schlief er, ohne aufzuwachen; dann erhob er sich und ging auf und davon. Als wir sicher wußten, daß er fort war, begannen wir miteinander zu sprechen und unser Los zu bejammern; und wir sagten: »Ach, wenn wir doch nur im Meere ertrunken wären oder die Affen uns gefressen hätten! Das wäre noch besser, als wenn man hier auf den Kohlen geröstet würde. Bei Allah, dies ist ein scheußlicher Tod! Doch was Allah will, das geschieht; und es gibt keine Macht und es gibt keine Majestät außer bei Allah dem Erhabenen und Allmächtigen! Wir kommen hier elend um, ohne daß jemand von uns weiß. Von hier können wir nicht mehr entfliehen.« Darauf gingen wir hinaus zur Insel, um uns ein Stätte zu suchen, an der wir uns verbergen könnten, oder ein Mittel zur Flucht. Es schien uns jetzt ein leichtes, zu sterben, wenn nur unser Fleisch nicht auf dem Feuer geröstet würde. Wir fanden aber keinerlei Versteck, und da es schon Abend ward, so kehrten wir in die Burg zurück, voll banger Furcht, und setzten uns dort eine Weile hin. Plötzlich erbebte wiederum die Erde unter uns, und schon kam der schwarze Riese auf uns zu, trat an uns heran und begann, einen nach dem andern von uns umzudrehen und zu betasten wie das erste Mal, bis ihm einer gefiel; den ergriff er und tat mit ihm dasselbe, was er am Tage zuvor mit dem Kapitän getan hatte. Er röstete ihn und fraß ihn auf und schlief auf jener Bank. Die ganze Nacht hindurch schlief er und röchelte wie ein Tier, das geschlachtet wird. Bei Tagesanbruch erhob er sich wieder, ging seiner Wege und ließ uns dort wie zuvor. Da rückten wir zusammen und berieten miteinander, indem wir sprachen: »Bei Allah, wenn wir uns ins Meer werfen und durch Ertrinken aus dem Leben scheiden, so ist das besser, als hier den Feuertod zu erleiden. Dies ist doch eine abscheuliche Todesart.« Nun hub einer von uns an: »Höret auf meine Worte! Wir wollen eine List wider ihn ersinnen, um ihn zu Tode zu bringen, auf daß wir uns von der Angst vor ihm befreien und den Muslimen Ruhe vor seiner Gewalttätigkeit und Grausamkeit verschaffen.« Darauf sagte ich: »Höret, meine Brüder! Wenn er denn getötet werden muß, so wollen wir zuerst einige von diesen Brettern und etwas von diesem Brennholz fortschaffen und zum Strande tragen und uns ein

Boot zimmern; danach wollen wir ihn mit List umbringen. So können wir dann entweder mit dem Boote auf dem Meere wegfahren, wohin Allah uns führt, oder auch an dieser Stätte bleiben, bis ein Schiff hier vorüberfährt und uns mitnimmt. Auf alle Fälle aber können wir so, wenn es uns nicht gelingt, ihn zu töten, das Boot besteigen und aufs Meer fahren; und wenn wir auch ertrinken sollten, so brauchen wir doch nicht zu fürchten, geschlachtet und auf dem Feuer geröstet zu werden. Winkt uns das Heil, so werden wir gerettet; ertrinken wir, so sterben wir als Märtyrer!« Alle sprachen: »Bei Allah, der Plan ist richtig.« Wir waren uns also einig und machten uns alsbald ans Werk, indem wir die Bretter aus der Burg hinausschleppten und uns ein Boot zimmerten; das banden wir am Ufer fest, verstauten ein wenig Wegzehrung darin und kehrten dann zur Burg zurück. Kaum ward es Abend, da erbebte auch schon wieder die Erde unter uns, und der Schwarze trat zu uns herein wie ein bissiger Hund. Und wiederum drehte und betastete er uns, einen nach dem andern, und holte sich dann einen aus unserer Mitte; mit dem machte er es wie mit den vorigen. Nachdem er ihn gefressen hatte, schlief er auf der Bank und schnarchte donnergleich. Nun erhoben wir uns sacht, nahmen zwei eiserne Bratspieße von denen, die dort standen, und hielten sie in ein heißes Feuer, bis sie rot glühten wie die Kohlen. Dann packten wir sie fest an, gingen damit auf den schwarzen Kerl dort los, während er schlief und schnarchte, legten sie an seine Augen und stießen sie hinein, indem wir uns alle mit unserer ganzen Kraft und Stärke dagegen stemmten. So wurden ihm im Schlafe beide Augen geblendet; und er stieß einen gewaltigen Schrei aus, so daß unsere Herzen vor ihm erbebten. Dann sprang er mit aller Kraft von der Bank herunter und begann nach uns zu suchen. Wir aber stoben nach allen Seiten auseinander; denn obgleich er blind war und nichts mehr sehen konnte, so hatten wir doch gewaltige Angst vor ihm, und wir hatten in dem Augenblick schon wieder den Tod vor Augen und zweifelten an unserer Rettung. Er tastete sich mit den Händen nach dem Tore und ging hinaus, laut schreiend, während wir noch immer in Todesfurcht schwebten und die Erde unter uns von seinem Gebrüll erbebte. Als er aus der Burg hinausging, schlichen wir hinter ihm; und da draußen lief er hin und her, um uns zu suchen. Bald aber kehrte er mit einer Riesin zurück, die noch größer und häßlicher war als er. Und kaum erblickten wir ihn und bei ihm jenes entsetzliche Wesen, so gerieten wir wieder in furchtbare Angst. Die beiden aber wurden unserer gewahr und kamen auf uns zu. Da machten wir eiligst das Boot los, das wir gezimmert hatten, stiegen hinein und stießen es vom Lande ab, ins Meer hinaus. Doch die beiden hatten jeder einen gewaltigen Felsblock in der Hand, und den warfen sie auf uns, so daß die meisten von uns unter den Würfen ihren Tod fanden. Nur drei von uns blieben übrig, ich und zwei andere.

Das Boot aber trieb mit uns an eine Insel. Auf der gingen wir umher, bis der Tag sich neigte; und als die Dunkelheit über uns hereinbrach, legten wir uns in unserer Verzweiflung nieder, um zu schlafen. Aber nach einer kurzen Weile wachten wir aus unserem Schlafe auf, und da sahen wir eine Riesenschlange, die eine gewaltige Länge und einen dicken Leib hatte. Sie hatte sich im Kreise um uns geringelt, und schon schoß sie auf einen von uns los und verschlang ihn bis zu den Schultern; dann verschluckte sie das übrige; und wir hörten, wie seine Rippen in ihrem Leibe zerbrochen wurden; und danach kroch sie davon. Das alles erfüllte uns mit Staunen und Grauen, und wir trauerten um unseren Gefährten und fürchteten für unser Leben; und wir sprachen: »Bei Allah, dies ist doch wunderbar! Jeder neue Tod ist noch scheußlicher als der frühere. Wir freuten uns schon so über unsere Rettung vor dem Schwarzen, aber die Freude ward nicht vollkommen. Es gibt keine Macht und es gibt keine Majestät außer bei Allah! Bei Gott, wir sind dem Schwarzen und dem Tode durch Ertrinken entronnen; doch wie können wir uns vor diesem abscheulichen Schlangenungeheuer retten?« Dann standen wir auf und gingen auf der Insel umher, aßen von ihren Früchten und tranken aus ihren Bächen. Das taten wir bis zum Abend; da suchten wir uns einen mächtigen, hohen Baum, kletterten hinauf und legten uns dort schlafen; ich aber war auf den höchsten Ast gestiegen. Kaum war jedoch die Nacht hereingebrochen und die Zeit der Dunkelheit gekommen, da kroch auch die Schlange wieder heran, blickte nach rechts und nach links und schoß dann auf jenen Baum zu, in dessen Krone wir uns befanden. Sie kroch bis zu meinem Gefährten empor, verschlang ihn bis zu den Schultern und ringelte sich um ihn, oben auf dem Baume, während ich hörte, wie seine Knochen in ihrem Leibe zerbrachen; dann verschlang sie ihn ganz, vor meinen sehenden Augen. Zuletzt aber glitt sie wieder von dem Baume hinunter und kroch davon. Ich blieb die ganze Nacht hindurch auf dem Baume; doch als der Tag anbrach und das Tageslicht schien, stieg ich hinunter, wie tot vor Schrecken und Angst. Ich wollte mich ins Meer werfen, um von allem Erdenleid auszuruhen, aber mein Leben war mir doch zu lieb; ja, das Leben ist uns teuer! Und nun band ich mir ein breites Brett vor die Füße, ein anderes band ich an meine linke Seite, ein ebensolches an die rechte Seite, ein viertes auf meinen Bauch, und ein langes und breites band ich mir quer über den Kopf, ein gleiches wie jenes, das unter meinen Füßen war. In diesem Gerüst lag ich nun, so daß es mich von allen Seiten umgab; ich hatte es ganz fest zugebunden und mich dann mit dem Ganzen der Länge nach auf die Erde geworfen. Und ich blieb in meinem Holzgestell liegen wie in einem rings geschlossenen Verlies. Als es nun Abend ward, kam jene Schlange wie gewöhnlich ihres Wegs, erblickte mich und kroch auf mich zu. Aber sie konnte mich nicht verschlingen, da ich ja so auf allen Seiten von meinen Brettern umgeben war. Darauf kroch sie immer um mich herum, ohne daß sie an mich herankam, während ich ihr zusah und vor Schrecken und Grausen fast umkam. Dann entfernte sich die Schlange von mir, kehrte aber wieder zurück, und so tat sie immerfort; jedesmal, wenn sie auf mich losschoß, um mich zu verschlucken, waren ihr die Bretter, die ich überall an mich festgebunden hatte, im Wege. Von Sonnenuntergang bis Tagesanbruch ließ sie nicht davon ab; als es aber hell ward und die Sonne schien, da endlich ging die Schlange ihrer Wege, so wütend und grimmig, wie sie nur sein konnte. Nun reckte ich meine Hand aus und machte mich frei von meinem Holzkäfig. Dabei war mir, als gehörte ich schon zum Totenreich; denn ich war durch das, was ich mit der Riesenschlange erleben mußte, zu sehr mitgenommen. Dann machte ich mich auf und ging bis ans Ende der Insel; und wie ich dort aufs Meer hinausschaute, sah ich von ferne ein Schiff auf der hohen See. Da riß ich von einem Baume einen großen Ast herunter und winkte mit ihm den Seefahrern zu, indem ich ihnen zugleich laut zurief. Als sie mich erblickten, sagten sie sich: »Wir müssen doch einmal nachsehen, was das ist; vielleicht ist es ein Mensch.« Dann fuhren sie näher an mich heran und hörten, wie ich ihnen zurief. Alsbald kamen sie zu mir, holten mich zu sich an Bord und fragten mich, was es mit mir für eine Bewandtnis habe. Da berichtete ich ihnen, was ich erlebt hatte, von Anfang bis zu Ende, alle die schweren Gefahren, die ich durchgemacht hatte. Sie aber erstaunten gewaltig darüber; dann gaben sie mir einige von ihren Kleidern, um meine Blöße zu bedecken, brachten mir etwas Speise, so daß ich mich satt essen konnte, und gaben mir kühles, frisches Wasser zu trinken. Dadurch ward mein Herz gestärkt und meine Seele erquickt; und so kam eine große Ruhe über mich, nachdem mich Allah der Erhabene gleichsam vom Tode wiederauferweckt hatte. Und ich pries den Höchsten für Seine überreiche Huld und dankte Ihm. Nachdem ich schon ganz verzweifelt gewesen war, faßte ich jetzt wieder neuen Mut, so daß mir alles, was ich erduldet hatte, wie ein Traum vorkam. Und da wir durch die Gnade Allahs des Erhabenen günstigen Wind hatten, so fuhren wir rasch dahin, bis wir zu einer Insel kamen, die es-Salâhita heißt; dort ging der Kapitän vor Anker. Als das Schiff, auf dem ich mich befand, bei jener Insel vor Anker lag, gingen alle Kaufleute und Reisende an Land, um Handel zu treiben. Da sprach der Kapitän zu mir: »Hör, was ich dir sage! Du bist ein armer Fremdling, und du hast uns erzählt, wie viele Schrecknisse du durchgemacht hast. Darum will ich etwas für dich tun, das dir dazu verhilft, in dein Land heimzukehren, damit du mich immerdar segnest.« »Gern«, erwiderte ich;

»mein Segen soll dir zuteil werden.« Und er fuhr fort: »Vernimm denn! Einst war ein Reisender bei uns an Bord, den wir verloren haben und von dem wir nicht mehr wissen, ob er noch lebt oder schon gestorben ist; denn wir haben nie wieder etwas von ihm gehört. Nun will ich dir seine Waren aushändigen, damit du sie auf dieser Insel verkaufen und dich ihrer annehmen kannst. Einen Teil von dem Erlös wollen wir dir geben als Entgelt für deine Mühe und deine guten Dienste; was übrig bleibt, wollen wir aufheben, bis wir wieder nach Baghdad kommen. Dort wollen wir uns nach den Seinen erkundigen, und ihnen wollen wir die unverkauften Waren und den Rest des Ertrages übergeben. Sag, willst du sie übernehmen und sie auf dieser Insel verkaufen, wie es Kaufleute tun?« »Ich höre und gehorche dir, mein Gebieter«, erwiderte ich, »du bist überaus gütig!«; und ich segnete ihn und dankte ihm. Darauf befahl er den Lastträgern und den Matrosen, jene Waren auf der Insel zu landen und sie mir zu überliefern. Der Schiffsschreiber aber fragte: »Kapitän, was sind das für Ballen, die jene Matrosen und Lastträger hinausschaffen? Welches Kaufmannes Namen soll ich aufschreiben?« Jener antwortete: »Schreib auf sie den Namen Sindbads des Seefahrers, der früher bei uns war und auf der Insel umkam und von dem wir nie wieder etwas gehört haben! Wir wollen, daß dieser Fremdling sie verkauft und den Erlös dafür einbringt; dann wollen wir ihm einen Teil davon geben, als Entgelt für seine Mühe beim Verkauf, und was übrig bleibt, wollen wir aufheben, bis wir nach Baghdad kommen. Wenn wir den Mann wiederfinden sollten, so wollen wir alles ihm übergeben; sonst händigen wir es den Seinen dort aus.« Der Schreiber erwiderte: »Deine Worte sind nicht schlecht, und dein Rat ist recht!« Wie ich aber hörte, daß der Kapitän die Ballen auf meinen Namen nannte, sagte ich mir: ›Bei Allah, ich bin ja Sindbad der Seefahrer; und ich bin es, der damals bei der Insel mit den anderen ins Wasser fiel.‹ Doch ich faßte mich in Geduld, bis alle Kaufleute gelandet und beieinander waren, um zu plaudern und sich über die Geschäfte zu unterhalten. Dann trat ich auf den Kapitän zu und fragte ihn: »Mein Gebieter, weißt du, was jener Mann war, dessen Waren du mir zum Verkauf übergeben hast?« Er antwortete mir: »Ich weiß nichts Näheres über ihn, sondern nur, daß er ein Mann aus der Stadt Baghdad war und daß er Sindbad der Seefahrer hieß. Als wir bei einer Insel vor Anker lagen, ertranken uns dort viele Leute, und er war einer von ihnen; bis heute haben wir nie wieder etwas über ihn gehört.« Da stieß ich einen lauten Schrei aus und rief: »Kapitän, Gott soll dich behüten! Wisse, ich bin Sindbad der Seefahrer! Ich bin nicht ertrunken. Nein, als du damals bei der Insel vor Anker gegangen warst und die Kaufleute und Reisenden an Land gingen, da stieg auch ich mit einigen Leuten aus. Ich hatte auch etwas bei mir, um es auf der Insel zu essen; und als ich mich dort niedergesetzt hatte, um auszuruhen, kam der Schlaf über mich, und ich schlief ganz fest ein. Als ich aber wieder aufwachte, fand ich kein Schiff und keinen Menschen mehr. Dies Gut ist mein Gut; diese Waren sind meine Waren! Und alle die Kaufleute, die mit Diamantsteinen handeln, haben mich gesehen, als ich auf dem Diamantberge war, und sie können mir bezeugen, daß ich Sindbad der Seefahrer bin, und wie ich ihnen meine Erlebnisse berichtet habe; ich habe ihnen erzählt, wie es mir bei euch auf dem Schiffe ergangen ist, wie ihr mich schlafend auf der Insel zurückgelassen habt, und wie ich dann niemanden fand, als ich wieder aufwachte.« Als die Kaufleute und Reisenden hörten, was ich sagte, drängten sie sich um mich herum; einige glaubten mir, andere aber hielten mich für einen Lügner. Während wir nun so miteinander redeten, sprang plötzlich einer von den Kaufleuten auf, der gehört hatte, daß ich das Diamantental nannte, und trat an mich heran und sagte zu den Umstehenden: »Hört, was ich sage, ihr Leute! Als ich euch früher von meinem wunderbarsten Reiseabenteuer erzählte und euch sagte, nachdem wir unsere Tiere in das Diamantental geworfen hätten, ich wie die anderen nach meiner Gewohnheit, da hätte es sich gezeigt, daß an meinem Tiere ein Mensch hing, glaubtet ihr mir nicht, sondern ihr erklärtet mich für einen Lügner.« »Jawohl«, erwiderten sie, »du hast uns von der Sache erzählt, aber wir konnten das doch nicht für wahr halten.« Jener Kaufmann fuhr fort: »Dies ist der Mann, der damals an meinem Tiere hing! Er gab mir Diamantsteine von hohem Werte, derengleichen man sonst nicht findet: ja, er hat mir mehr gegeben, als mit meinem Tiere heraufgekommen wäre. Ich reiste mit ihm zusammen, bis wir nach der Stadt Basra kamen; von dort zog er in seine Stadt, nachdem wir Abschied genommen hatten, und wir kehrten in unser Land zurück. Dies hier ist ebenderselbe Mann; er hat uns auch kundgetan, daß er Sindbad der Seefahrer heißt, und er hat uns erzählt, daß sein Schiff ihn verlassen hat, während er auf jener Insel saß. Jetzt wißt ihr, daß dieser Mann nur hierher gekommen ist, damit ihr mir die Geschichte, die ich euch erzählt habe, glauben sollt. Diese Waren da sind alle sein Eigentum. Er hat auch mit uns davon gesprochen, als er bei uns war. Nun zeigt es sich, daß er die Wahrheit gesprochen hat.« Als der Kapitän solches aus dem Munde des Kaufmanns vernahm, kam er auf mich zu, trat dicht an mich heran und faßte mich eine Weile fest ins Auge; schließlich fragte er: »Wie sind deine Waren gekennzeichnet?« Ich antwortete ihm: »Wisse, das Zeichen meiner Waren ist doch soundso!« Zugleich aber erinnerte ich ihn an etwas, was zwischen uns geschehen war, als ich mit ihm von Basra in See ging. Da glaubte er mir, daß ich Sindbad der Seefahrer sei; und er fiel mir um den Hals, begrüßte mich und beglückwünschte mich zu meiner Rettung und sagte: »Bei Allah, lieber Herr, deine Geschichte ist wirklich wunderbar; dir ist es seltsam ergangen. Doch Preis sei Allah, der dich wieder mit mir zusammengeführt und dir deine Waren und dein Gut zurückgegeben hat!«

Als der Kapitän und die Kaufleute eingesehen hatten, daß ich selbst jener Mann war, sprach er zu mir: »Preis sei Allah, der dir deine Waren und dein Gut zurückgegeben hat!« Dann verfügte ich über meine Waren so gut, wie ich nur konnte, und ich hatte wirklich großen Gewinn auf jener Reise. Darüber freute ich mich sehr, und ich beglückwünschte mich selber, daß ich gerettet und daß mein Gut mir wiedergegeben war. Wir trieben nun auf den Inseln dort Handel und kamen schließlich nach dem Lande Sind;

auch dort verkauften und kauften wir. In jenem Meere aber sah ich so viele wunderbare Dinge, daß man sie nicht zählen noch ausrechnen kann. Unter anderem erblickte ich dort einen Fisch, der wie eine Kuh aussieht, und andere Fische wie Esel. Auch sah ich einen Vogel, der aus einer Muschel des Meeres auskriecht und der seine Eier aufs Wasser legt und dort ausbrütet und niemals vom Wasser aufs Land fliegt. Schließlich, nach all unseren Fahrten, segelten wir heim mit Gottes Hilfe; Wind und Wetter waren günstig, bis wir in Basra einfuhren. Dort blieb ich einige Tage; dann aber zog ich heim gen Baghdad, begab mich in mein Stadtviertel, trat in mein Haus ein und begrüßte die Meinen und meine Freunde und Gefährten. So war ich denn froh, daß ich glücklich zurückgekehrt war und nun mein Land und Volk, meine Stadt und meine Häuser wiedersah. Ich teilte Gaben und Geschenke aus, kleidete die Witwen und Waisen und sammelte meine Gefährten und Freunde um mich. Und so lebte ich dahin bei Speise und Trank, bei Spiel und Sang. Ich aß gut, ich trank gut und genoß die Freuden der Geselligkeit, sodaß ich bald all die Gefahren und Schrecken, die ich durchgemacht hatte, wieder vergaß; auch hatte ich ja unzählbare und unberechenbare Reichtümer auf jener Reise gewonnen. Dies also sind die wunderbarsten Dinge, die ich auf meiner dritten Reise erlebt habe; so Allah der Erhabene will, kommt morgen wieder zu mir, damit ich euch die vierte Reise erzähle, die noch wunderbarer ist als all die früheren Reisen.

*

Darauf befahl Sindbad der Seefahrer wie gewöhnlich, dem Festländer Sindbad hundert Quentchen Gold zu geben. Dann ließ er die Tische breiten, und als das geschehen war, aß die Gesellschaft zu Abend. Und dabei unterhielten sich alle noch immer voll Verwunderung über die Geschichte und alles, was darin vorgekommen war. Nach dem Essen gingen sie ihrer Wege; auch Sindbad der Lastträger machte sich, nachdem er sein Gold an sich genommen, auf den Heimweg, immer noch staunend über das, was er von Sindbad dem Seefahrer gehört hatte, und verbrachte die Nacht in seinem Hause. Als aber der Morgen sich erhob und die Welt mit seinen leuchtenden Strahlen durchwob, stand er auf, sprach das Frühgebet und begab sich zu Sindbad dem Seefahrer. Wie er dort eintrat und ihn begrüßte, hieß jener ihn fröhlich und freundlich willkommen und ließ ihn an seiner Seite sitzen, bis die andern Gäste sich einfanden. Das Essen ward gebracht, und als man gegessen und getrunken hatte und guter Dinge war, hub Sindbad der Seefahrer an und erzählte.

## DIE VIERTE REISE SINDBADS DES SEEFAHRERS

Ihr wisset, meine Brüder, als ich nach der Stadt Baghdad zurückgekehrt war, blieb ich bei den Meinen und bei meinen Freunden und Genossen und lebte in der größten Wonne und Freude und Behaglichkeit und vergaß, was ich durchgemacht hatte, weil es mir so gut ging. Ich gab mich ganz den Freuden des Spiels und Gesanges hin und dem Zusammensein mit den Gefährten und Freunden und führte das schönste Leben, das man sich denken kann. Und dennoch, von neuem versuchte mich meine Seele zum Bösen und flüsterte mir ein, in die weite Welt hinauszueilen, und ich begehrte wieder, bei all den fremden Völkern zu weilen, Handel zu treiben und Gewinn zu machen. Sowie mein Entschluß feststand, kaufte ich mir kostbare Waren, die sich für eine Seereise eigneten, ließ sie in viele Ballen verschnüren, und das waren mehr als gewöhnlich. Dann zog ich von Baghdad nach Basra, brachte meine Ballen auf ein Schiff und traf dort mit Leuten zusammen, die zu den Vornehmsten der Stadt gehörten. Wir traten unsere Fahrt an, und unser Schiff fuhr mit dem Segen Allahs des Erhabenen dahin über das tosende Meer mit den brandenden Wogen ringsumher. Da der Wind uns günstig war, so segelten wir eine lange Zeit hindurch Tag und Nacht weiter, von Insel zu Insel und von Meer zu Meer, bis sich plötzlich eines Tages ein widriger Wind über uns erhob. Da ließ der Kapitän die

Anker auswerfen und hielt das Schiff mitten im Fahren an, aus Furcht, wir könnten auf hoher See untergehen. Und wie wir nun in unserer Not beteten und demütig zu Allah dem Erhabenen flehten, kam plötzlich ein gewaltiger Orkan über uns, zerriß die Segel in lauter Fetzen und warf die Menschen samt ihren Waren, samt all ihren Gütern und Sachen, die sie besaßen, in die See. So sank auch ich mit den anderen ins Meer; aber ich schwamm auf dem Wasser einen halben Tag lang umher, und als ich mich schon verloren gab, sandte Allah der Erhabene mir eine von den Planken des Schiffes; auf die kletterte ich hinauf, und ebenso taten einige von den Kaufleuten. Als das Schiff untergegangen war und ich mit einigen von den Kaufleuten eine von den Planken erklommen hatte, blieben wir beieinander und trieben auf jenem Brette weiter, indem wir mit unseren Beinen im Meere ruderten; und Wind und Wellen waren uns günstig. Einen Tag und eine Nacht hindurch verbrachten wir in solcher Lage; am nächsten Tage aber in der Frühe erhob sich ein Sturm wider uns, das Meer begann zu toben, Wind und Wellen gingen hoch, und da warf uns die See auf eine Insel. Wir waren fast tot vor Aufregung und Anstrengung, vor Kälte und Hunger, vor Schrecken und Durst. Dennoch gingen wir auf der Insel weiter, und da fanden wir auf ihr allerlei Kräuter, von denen aßen wir, um unser Leben zu fristen und uns bei Kräften zu erhalten. Die Nacht über verbrachten wir am Strande der Insel. Als aber der Morgen sich einstellte und die Welt mit seinem Glanz und Licht erhellte, erhoben wir uns und wanderten auf der Insel nach allen Seiten umher. Da leuchtete uns plötzlich in der Ferne ein Gebäude. Und wir gingen auf diesen Bau zu, den wir so von ferne erblickten, und machten nicht eher halt, als bis wir vor seiner Tür standen. Doch kaum waren wir dort, so kam aus jener Tür eine Schar nackter Männer zu uns heraus. Die sagten kein Wort zu uns, sondern ergriffen uns und schleppten uns vor ihren König. Der gab uns ein Zeichen, daß wir uns setzen sollten; und als wir das getan hatten, brachte man uns eine Speise, die wir nicht kannten und derengleichen wir noch nie gesehen hatten. Meine Seele warnte mich davor, und so aß ich nichts von ihr, obgleich meine Gefährten es taten. Daß ich mich des Essens enthielt, geschah durch die Gnade Allahs des Erhabenen, und dies ist der Grund, daß ich heute noch am Leben bin. Als nämlich meine Gefährten von jener Speise gegessen hatten, entfloh ihnen der Verstand, und sie begannen wie die Wahnsinnigen zu schlingen, und ihr ganzes Aussehen veränderte sich. Danach brachten die Wilden ihnen Kokosnußöl, gaben es ihnen zu trinken und rieben sie damit ein. Kaum hatten meine Gefährten von jenem Öl getrunken, so verdrehten sie die Augen im Kopf und begannen von neuem jene Speise zu verschlingen, ganz anders, als sie sonst zu essen pflegten. Da machte ich mir große Sorge um ihren Zustand, und sie taten mir leid. Zugleich machte ich mir schwere Gedanken, weil ich wegen jener nackten Leute sehr für mein eigenes Leben fürchten mußte. Doch sah ich mir die Menschen etwas näher an; sie waren ein heidnisch Volk, und der König ihrer Stadt war ein böser Dämon. Jeden, der in ihr Land kam, oder den sie im Tale oder auf den Wegen sahen oder trafen, den führten sie zu ihrem König, gaben ihm von jener Speise zu essen und salbten ihn mit jenem Öl; dann erweiterte sich sein Magen, so daß er viel verschlingen konnte, sein Verstand umnebelte sich, seine Gedanken wurden völlig verwirrt, und er ward wie ein blöder Narr. Darauf gaben sie ihm noch mehr von jener Speise zu essen und von jenem Öl zu trinken, bis er dick und feist war und sie ihn schlachteten und für ihren König zubereiteten; die Leute des Königs aber fraßen das Menschenfleisch, ohne es zu rösten oder zu kochen. Als mir solches bei den Leuten kund ward, graute mir fürchterlich um meinetwillen, und auch um meiner Gefährten willen; die wußten jetzt, da ihre Sinne ganz umnebelt waren, schon gar nicht mehr, was mit ihnen geschah, und sie wurden einem Burschen übergeben, der sie jeden Tag auf jener Insel zur Weide brachte, wie man Vieh weidet. Ich war jedoch durch Furcht und Hunger schwach und siech geworden, und mein Fleisch war auf den Knochen eingeschrumpft. Als die Wilden mich in diesem Zustande sahen, ließen sie mich in Ruhe und vergaßen mich ganz; keiner von ihnen dachte mehr an mich, und ich kam ihnen gar nicht mehr in den Sinn, so daß ich eines Tages durch eine List jener Stätte entschlüpfen konnte. Und ich lief auf der Insel weiter, weit weg von jenem Schreckensort. Da erblickte ich einen Hirten, der auf einem hohen Felsen mitten im Meere saß; wie ich genauer hinschaute, erkannte ich in ihm den Burschen, dem sie meine Gefährten zum Weiden übergeben hatten, und bei ihm waren noch viele andere, denen es ebenso erging. Als jener Bursche mich sah, wußte er, daß ich noch im Besitze meines Verstandes war und nicht besessen wie meine Gefährten; und so machte er mir von ferne ein Zeichen, das besagen sollte: »Kehr um und geh dann den Weg zu deiner Rechten, so kommst du auf die große Landstraße!« Ich kehrte also um, wie er mir geraten hatte, fand den Weg zu meiner Rechten und ging auf ihm weiter. Eine ganze Weile zog ich auf ihm dahin; bald lief ich vor Angst, bald ging ich langsam, um mich zu erholen, und das tat ich so lange, bis ich dem Menschen, der mich auf den Weg gewiesen hatte, aus den Augen entschwunden war: ich sah ihn nicht mehr, und er konnte mich auch nicht mehr erkennen. Nun aber ging die Sonne vor mir unter, und die Dunkelheit kam; da setzte ich mich nieder, um auszuruhen; gern hätte ich geschlafen, aber der Schlummer kam in jener Nacht nicht zu mir, vor lauter Angst, Hunger und Übermüdung. Als die halbe Nacht vergangen war, stand ich auf und ging auf der Insel weiter, bis es Tag ward. Und wie nun der Morgen sich erhob und die Welt mit seinem leuchtenden Lichte durchwob, und als der Sonne Strahl aufging über Berg und Tal, da begann ich, weil mich hungerte und dürstete, von den Kräutern und Gräsern der Insel zu essen. Ich aß also so lange davon, bis ich satt war und ich so mein Leben gefristet hatte. Dann brach ich von neuem auf und wanderte weiter auf der Insel; das tat ich den ganzen Tag und die ganze Nacht hindurch, indem ich jedesmal, wenn ich Hunger verspürte, von den Kräutern aß. Und dabei blieb es sieben Tage und sieben Nächte. Als aber der Morgen des achten Tages anbrach, fiel mein Blick auf ein unbestimmtes Etwas in der Ferne. Darauf ging ich los, bis ich nach Sonnenuntergang in seine Nähe kam; und während ich noch ein wenig entfernt war und mir das Herz erbebte wegen all der Schrecken, die ich zum ersten und zum andern Male erduldet hatte, sah ich genauer hin, und da erkannte ich eine Schar von Leuten, die Pfefferkörner sammelten. Nun ging ich nahe an sie heran, und als sie mich erblickten, eilten sie auf mich zu und umringten mich von allen Seiten und fragten mich: »Wer bist du und woher kommst du?« Ich antwortete ihnen: »Wisset, ihr Leute, ich bin ein armer Fremdling«, und dann erzählte ich ihnen alles, wie es um mich stand und was für Schrecknisse und Gefahren ich durchgemacht hatte.

Da sagten sie: »Das ist alles wunderbar! Aber wie bist du den Schwarzen entronnen und ihnen auf dieser Insel entschlüpft, wo sie doch so viele sind, diese Menschenfresser, denen keiner entgeht und niemand entrinnen kann.« Nun erzählte ich ihnen, wie es mir bei jenen ergangen war, wie die Wilden meine Gefährten ergriffen und ihnen die Speise zu essen gegeben hatten, während ich nicht davon aß. Sie beglückwünschten mich zu meiner Errettung und wunderten sich von neuem über meine Abenteuer. Dann baten sie mich, bei ihnen zu bleiben; und als sie mit ihrer Arbeit fertig waren, brachten sie mir etwas gute Speise; und ich aß davon, weil ich hungrig war. Nachdem ich mich so eine Weile bei ihnen erholt hatte, nahmen sie mich mit sich in ein Boot und fuhren mich zu ihrer Insel, auf der sie wohnten. Dort führten sie mich alsbald vor ihren König. Nachdem ich den Gruß vor ihm gesprochen hatte, hieß er mich ehrenvoll willkommen und fragte mich, wie es um mich stehe. Da gab ich ihm Auskunft über mich und über meine Erlebnisse und Abenteuer von dem Tage meiner Abfahrt von Basra an bis zur Zeit meiner Ankunft bei ihm. Mit hoher Verwunderung hörte er der Erzählung meiner Abenteuer zu, und desgleichen taten alle, die in seinem Saale anwesend waren. Dann befahl er mir, mich an seine Seite zu setzen, und nachdem ich das getan hatte, ließ er die Speisen bringen. Als die nun vor mir standen, aß ich, bis ich satt war; darauf wusch ich meine Hände und sagte Allah dem Erhabenen Lob und Preis und

Dank für Seine Güte. Schließlich verließ ich den König wieder, um mich in der Stadt umzuschauen; da sah ich, daß sie wohlgebaut und volkreich war und viele Nahrungsmittel, Märkte und Waren, Käufer und Verkäufer hatte. So freute ich mich denn, daß ich zu dieser Stadt gekommen war, und ich ließ es mir dort wohl sein; ich schloß auch Freundschaft mit den Einwohnern und stand bald bei ihnen und bei ihrem König in höheren Ehren als die Großen des Reiches aus dem Volke der Stadt.

Nun sah ich, daß alle Leute, groß und klein, auf edlen, schönen Pferden ritten, aber ohne Sättel. Darüber wunderte ich mich, und so fragte ich den König: »Hoher Herr, warum reitest du nicht auf einem Sattel? Dadurch hat der Reiter doch mehr Ruhe und behält mehr Kraft.« Der König fragte mich: »Was ist denn ein Sattel? Solch ein Ding haben wir in unserem ganzen Leben noch nie gesehn, und darauf sind wir noch nie geritten.« Ich antwortete ihm: »Wenn du mir erlaubst, dir einen Sattel zu machen, so kannst du darauf reiten und seinen Wert erkennen.« »Tu das!«, erwiderte er; und dann bat ich ihn, mir etwas Holz holen zu lassen. Er befahl sogleich, mir alles zu bringen, was ich haben wollte. Da ließ ich einen geschickten Zimmermann kommen, setzte mich neben ihn und lehrte ihn die Kunst, ein Sattelgestell zu machen. Darauf nahm ich Wolle, krempelte sie und machte eine Filzdecke daraus; ferner ließ ich mir Leder bringen und überzog das Gestell damit; nachdem ich es auch noch geglättet hatte, versah ich es mit Riemen und Gurt. Zuletzt ließ ich einen Schmied kommen und beschrieb ihm die Steigbügel; er schmiedete ein Paar großer Bügel, und ich feilte sie glatt und verzinnte sie. Ferner befestigte ich auch noch seidene Fransen an dem Sattel. Und schließlich holte ich eins der besten Rosse des Königs herbei, legte ihm den Sattel auf, band die Steigbügel daran und zäumte es auf; dann brachte ich es dem König. Der Anblick bereitete ihm ein großes Wohlgefallen, und er dankte mir. Als er aber darauf ritt, kannte seine Freude über den Sattel keine Grenzen mehr, und er machte mir ein großes Geschenk als Entgelt für meine Mühe. Und als sein Wesir sah, daß ich jenen Sattel gemacht hatte, bat er mich um einen gleichen; und so machte ich ihm denn einen gleichen Sattel. Nun kamen auch die Großen des Reiches und die Würdenträger und wollten alle einen Sattel von mir haben; und ich erfüllte ihnen den Wunsch. Ich hatte ja den Zimmermann die Kunst, Sattelgestelle zu machen, und den Schmied die Kunst, Steigbügel zu schmieden, gelehrt, und so verfertigten wir denn gemeinsam Sättel mit Steigbügeln und verkauften sie an die Großen und Vornehmen. Dadurch verdiente ich viel Geld, und ich stand bei ihnen hoch in Ehren, so daß sie mich immer lieber gewannen; ja, ich hatte eine hohe Stellung beim König und seinen Leuten, bei den Vornehmen der Stadt und den Großen des Reiches. Eines Tages nun saß ich beim König, in aller Freude und hochgeehrt; und während ich so dasaß, sprach er plötzlich zu mir: »Wisse, Mann, du stehst jetzt in hohen Ehren bei uns und bist einer der Unsrigen geworden. Wir können uns nicht mehr von dir trennen und würden es nicht ertragen, wenn du unsere Stadt verließest; deshalb verlange ich etwas von dir, in dem du mir ohne Widerspruch gehorchen mußt.« Ich gab ihm zur Antwort: »Was ist das, was du von mir verlangst, o König? Ich werde deinen Worten nie widersprechen; denn du bist gütig und freundlich und wohltätig gegen mich. Preis sei Allah, daß ich einer von deinen Dienern geworden bin!« Da fuhr er fort: »Ich möchte dich bei uns mit einer schönen, klugen und anmutigen Frau vermählen, reich an Geld, die allen gefällt, auf daß du ganz bei uns heimisch wirst; und dann will ich dich bei mir in meinem Schlosse wohnen lassen. Widersprich mir nicht und handle meinem Worte nicht zuwider!« Wie ich das von dem König gehört hatte, schwieg ich beschämt und gab ihm keine Antwort, da ich so verlegen vor ihm war. Er aber fragte: »Warum gibst du mir keine Antwort, mein Sohn?« Da erwiderte ich: »Mein Gebieter, du hast zu befehlen, o größter König unserer Zeit!« Zur selbigen Stunde ließ er den Kadi und die Zeugen kommen und vermählte mich sogleich mit einer Frau aus vornehmem Stande und von hoher Herkunft, die viel Geld und Gut ihr eigen nannte, eines edlen Stammes Anverwandte, von wunderbarer Anmut und Schönheit, einer Herrin von Häusern, Höfen und Gütern. Als mich nun der König mit der edlen Frau vermählt und unseren Ehebund geschlossen hatte, gab er mir ein großes und schönes Haus, das für sich allein stand; auch schenkte er mir Eunuchen und Diener und wies mir Gehalt und Einkünfte an. So lebte ich dort in aller Behaglichkeit, Zufriedenheit und Freude und vergaß, was ich vorher an Mühsal, Qual und Not erlitten hatte; und ich sagte mir: ›Wenn ich heimreise, will ich sie mit mir nehmen. Alles, was dem Menschen vorher bestimmt ist, muß ihm zuteil werden; und niemand weiß, was ihm bevorsteht.‹ Ich liebte sie von ganzem Herzen, und wir waren einander zugetan. Wir lebten herrlich und in Freuden immerdar, eine lange Zeit, bis Allah der Erhabene einst die Frau meines Nachbarn zu sich nahm. Der war mein Freund, und so ging ich zu ihm, um ihn über den Verlust seiner Gattin zu trösten. Ich fand ihn im tiefsten Elend; Herz und Sinn waren ihm voll Qual. Da sprach ich ihm mein Mitgefühl aus und suchte ihn zu trösten, indem ich sagte: »Traure nicht so sehr um deine Gattin! Allah der Erhabene wird dir an ihrer Statt wohl noch eine bessere geben, und du wirst lange leben, so Allah der Erhabene will.« Aber er brach in heftiges Weinen aus und sprach zu mir: »Mein Freund, wie kann ich mich denn mit einer anderen vermählen, wie kann Allah mir eine bessere als sie geben, wo ich doch nur noch einen einzigen Tag zu leben habe?« Ich fuhr fort: »Mein Bruder, sei vernünftig und berufe nicht deinen eigenen Tod; du bist doch wohl und gesund!« Doch er entgegnete: »Mein Freund, bei deinem Leben! morgen wirst du mich verlieren, und du wirst mich nie in deinem Leben wiedersehen.« »Wie ist das möglich?« fragte ich ihn, und er antwortete mir: »Heute noch wird man meine Frau begraben, und man wird mich mit ihr in derselben Grube begraben; denn es ist die Sitte in unserem Lande, wenn die Frau zuerst stirbt, ihren Mann mit ihr lebendig zu begraben, und ebenso, wenn der Mann stirbt, die Frau mit ihm lebendig ins Grab zu bringen, damit nicht der eine nach dem Hinscheiden des andern sich noch des Lebens erfreue.« »Bei Allah«, rief ich aus, »das ist eine sehr schlechte

Sitte; die kann niemand ertragen.« Und während wir noch so miteinander sprachen, kamen die meisten Leute der Stadt und begannen dem Manne ihr Beileid auszusprechen, um seiner Gattin und um seiner selbst willen. Dann richteten sie die Leiche her, wie es ihre Sitte war, und brachten eine Bahre und trugen sie darauf fort, indem sie ihren Mann mit sich nahmen. Sie führten die beiden zur Stadt hinaus, bis sie zum Fuß eines Berges an der Meeresküste kamen. Dort traten sie näher und hoben einen großen Stein vom Felsboden auf, und unter diesem Stein zeigte sich eine große Öffnung, die wie ein Brunnenloch aus sah. Hier nun warfen sie die Frau hinab; denn dort unten befand sich eine große Höhle. Dann holten sie den Mann herbei, banden ihm ein Seil um die Brust und senkten ihn in jene Höhle hinab, und mit ihm einen großen Krug frischen Wassers und sieben Brote als Zehrung. Nachdem sie ihn hinabgelassen hatten, machte er sich von dem Seile los, und sie zogen es wieder hoch; dann deckten sie den großen Stein über die Öffnung der Höhle, wie er vorher gewesen war, gingen ihrer Wege und ließen meinen Freund dort unten bei seiner toten Frau. Da sagte ich mir: »Bei Allah, diese Todesart ist noch schlimmer als die früheren.« Und sofort ging ich zum König und sprach zu ihm: »Mein Gebieter, wie kommt es, daß man in eurem Lande die Lebendigen mit den Toten begräbt?« Er antwortete mir: »Es ist eine Sitte in unserem Lande, die Frau mit dem Manne zu begraben, wenn er zuerst stirbt, und ebenso den Mann mit seiner Frau, auf daß sie im Leben und im Tode vereint sind. Diese Sitte kommt von unseren Vorvätern her.« Weiter fragte ich: »O größter König unserer Zeit, wenn einem fremden Manne, wie zum Beispiel mir, seine Frau bei euch stirbt, tut ihr dann ebenso mit ihm, wie ihr mit jenem getan habt?« »Jawohl«, erwiderte der König, »wir begraben ihn mit ihr; es ergeht ihm, wie du gesehen hast.« Als ich diese Worte aus seinem Munde hören mußte, barst mir die Galle vor lauter Schrecken und Angst um mein Leben; mein Sinn war verstört, und ich lebte immer in der Furcht, meine Frau könnte vor mir sterben, und dann würden die Leute mich lebendig begraben. Aber zuletzt tröstete ich mich doch wieder, indem ich mir sagte: ›Vielleicht sterbe ich vor ihr; niemand weiß, wer als erster dahingeht und wer als letzter.‹ Und ich begann meine Gedanken durch allerlei Geschäfte abzulenken. Allein es dauerte nicht lange, da ward meine Frau krank, und nachdem sie nur wenige Tage hingesiecht hatte, starb sie. Die meisten Leute der Stadt versammelten sich bei mir, um mich und die Ihren über ihren Verlust zu trösten; ja, sogar der König selbst kam zu mir, um mir seine Trauer über ihr Hinscheiden auszusprechen, so wie es bei ihnen Sitte war. Dann holte man eine Leichenwäscherin für sie; und nachdem sie gewaschen war, legte man ihr die schönsten Dinge an, die sie besaß, Kleider und Schmuck, Halsbänder und kostbare Edelsteine. Und als sie dann angekleidet und auf die Bahre gelegt und zu jenem Felsen hinausgetragen war, und als man ferner den Stein von der Öffnung der Höhle genommen und sie selbst hineingesenkt hatte, da traten alle meine Freunde und die Anverwandten meiner Frau auf mich zu, um von mir Abschied zu nehmen, während ich noch lebte; ich aber schrie: »Ich bin ein fremder Mann; ich brauche mich nicht eurer Sitte zu fügen!« Sie hörten meine Worte wohl, doch sie kümmerten sich nicht darum, sondern ergriffen mich und fesselten mich wider meinen Willen; auch banden sie sieben Laibe Brotes und einen Krug frischen Wassers an mich fest, wie sie es gewohnt waren, und senkten mich in die Gruft hinab, zu jener großen Höhle unter dem Felsen. Dabei riefen sie mir zu: »Mach dich von den Seilen los!« Aber ich wollte es nicht tun, und so warfen sie die Seile zu mir herunter. Dann legten sie jenen großen Stein, der zu der Gruft gehörte, wieder über die Öffnung und gingen ihrer Wege. Als die Leute mich mit meiner toten Frau in die Höhle hinabgelassen und die Öffnung wieder verschlossen hatten und ihrer Wege gegangen waren, entdeckte ich in der Gruft viele Leichen, von denen ein ekelhafter Geruch ausströmte. Nun machte ich mir selbst Vorwürfe über das, was ich getan hatte, und ich rief: »Bei Allah, ich verdiene alles das, was mir begegnet und was mir zustößt!« Ich konnte aber von nun an Tag und Nacht nicht mehr unterscheiden, und ich nahm nur wenig Nahrung zu mir; ich aß immer nur dann, wenn der Hunger an mir nagte, und trank nur dann, wenn der Durst mich allzusehr quälte, aus Furcht, daß mein Vorrat an Brot und an Wasser aufgebraucht würde. Und ich sagte mir: ›Es gibt keine Macht und es gibt keine Majestät außer bei Allah dem Erhabenen und Allmächtigen! Was für ein Fluch lag denn auf mir, daß ich mich in dieser Stadt vermählte! Jedesmal, wenn ich denke, ich sei einem Unheil entronnen, gerate ich in ein noch schlimmeres. Bei Allah, mein Tod hier ist ein ganz abscheulicher Tod! Wäre ich doch im Meere ertrunken oder in den Bergen umgekommen! Das wäre besser gewesen, als hier so elend zu verrotten.‹ In solcher Weise fuhr ich fort, mich zu schelten; und dabei lag ich auf den Gebeinen der Toten, und ich flehte zu Allah dem Erhabenen und begann den Tod herbeizusehnen, ohne ihn doch in meiner Verzweiflung zu finden. Und so ging es weiter, bis der Hunger wieder an mir nagte und der Durst mich verbrannte; dann richtete ich mich auf und tastete nach dem Brote und aß etwas davon und schlürfte ein klein wenig Wasser dazu. Schließlich aber stand ich ganz auf und begann in der Höhle umherzugehen. Da sah ich, daß sie sich weithin erstreckte und leere Ausbauchungen hatte; doch auf dem Boden lagen überall die Leichen und die modernden Knochen aus alter Zeit. Darauf machte ich mir auf der einen Seite der Höhle, fern von den frischen Leichen, ein Lager zurecht, und dort pflegte ich zu schlafen. Aber allmählich ging mein Vorrat auf die Neige, und ich hatte nur noch ganz wenig übrig, obwohl ich nur einmal an jedem Tage oder gar an jedem zweiten Tage einen Bissen aß und einen Schluck trank, aus Furcht, Wasser und Brot möchten mir ausgehen, ehe ich stürbe. In solcher Not blieb ich, bis eines Tages, als ich dasaß und nachdachte, was ich tun sollte, wenn mein Vorrat aufgebraucht wäre, plötzlich der Stein über der Öffnung weggeschoben wurde und das Tageslicht auf mich herabfiel. Ich sagte mir: ›Was hat das wohl zu bedeuten?‹ und sah nun alsbald, wie die Leute oben um den Eingang zur Höhle herumstanden. Dann senkten sie einen toten Mann herunter und mit ihm eine lebendige Frau, die laut weinte und über ihr Los jammerte; der Frau aber hatten sie einen großen Vorrat an Brot und Wasser mitgegeben. Ich konnte sie sehen, aber sie sah mich nicht. Als nun die Leute den Stein wieder über die Öffnung der Gruft gewälzt hatten und ihrer Wege gegangen waren, sprang ich auf, in der Hand den Schenkelknochen eines toten Mannes, stürzte mich auf die Frau und schlug sie mitten auf den Kopf. Sie sank ohnmächtig zu Boden; dann schlug ich noch ein zweites und ein drittes Mal auf sie los, bis sie tot war. Und nun nahm ich ihr Brot und alles, was sie bei sich trug; denn ich sah an ihr viel Schmuck und kostbare Gewänder, Halsbänder, Juwelen und Edelsteine. Ich trug das Wasser und das Brot von der Frau fort und setzte mich an den Platz, den ich mir auf der einen Seite der Höhle zurechtgemacht hatte, um dort zu schlafen. Und nun begann ich ein wenig von diesem Vorrat zu essen, nur so viel, daß ich gerade mein Leben fristen konnte; denn ich wollte es nicht zu rasch aufbrauchen und dann vor Hunger und Durst umkommen. Eine lange Zeit lebte ich so in jener Gruft; und jedesmal, wenn jemand lebendig mit einem Toten begraben wurde, schlug ich ihn tot und nahm ihm Speise und Trank ab, um mich damit am Leben zu erhalten. Schließlich aber, als ich eines Tages im Schlafe dalag, wachte ich plötzlich auf, da ich an einer Ecke der Höhle etwas kratzen hörte. Ich wollte erfahren, was das sei, und so erhob ich mich und schlich auf das Geräusch zu, in der Hand den Schenkelknochen eines toten Mannes. Sobald aber das Wesen mich bemerkte, lief es eiligst vor mir davon. Es war nämlich ein wildes Tier; ich ging ihm bis zum andern Ende der Höhle nach, und da entdeckte ich plötzlich einen ganz kleinen Lichtschein, der so groß war wie ein Stern und bald auftauchte, bald verschwand. Sowie ich den erblickte, ging ich auf ihn zu, und je näher ich kam, desto heller und größer wurde der Schein. So war ich denn sicher, daß dort ein Spalt im Felsen sein müsse, der ins Freie führte; und ich sagte mir: ›Dieser Spalt da muß doch irgendeinen Grund haben; entweder ist es ein zweiter Zugang wie jene Öffnung, durch die man mich heruntergelassen hat, oder es ist ein Riß im Felsen.‹ So dachte ich eine Weile darüber nach, und als ich immer weiter in der Richtung des Lichtscheines ging, zeigte sich mir ein Loch auf der anderen Seite jenes Felsens, das die wilden Tiere ausgehöhlt hatten und durch das sie an diese Stätte zu kommen pflegten, um die Leichen zu fressen, und, wenn sie satt waren, wieder hinausschlüpften. Als ich das sah, kam Ruhe und Frieden über mein ganzes Innere, mein Herz war erlöst, und nun war nach des Todes Banden der Glaube an das Leben wieder erstanden. Doch ich ging dahin wie im Traum. Als es mir dann gelungen war, durch den Spalt hinauszukriechen, sah ich mich auf einem hohen Felsen an der Küste des Salzmeeres, der zwischen den beiden Meeren lag und das Meer auf jener Seite der Insel von dem auf der anderen Seite und von der Stadt trennte, so daß niemand von ihr dorthin gelangen konnte. Da pries ich Allah den Erhabenen und dankte Ihm; ich freute mich gewaltig, und mein Herz schöpfte neuen Mut. Darauf kehrte ich durch den Spalt wieder in die Höhle zurück und holte mir all das Brot und Wasser, das ich mir dort aufgespart hatte. Auch holte ich mir ein paar Kleider von den Toten und legte sie an, um andere zu haben, als die ich bisher getragen hatte. Ferner nahm ich ihnen vieles ab von dem, was sie trugen, Ketten, Edelsteine, Perlenhalsbänder, Schmuckstücke aus Silber und Gold, in die allerlei Juwelen eingelegt waren, und andere Kleinodien; die schnürte ich in meine Kleider und in Kleider der Toten ein und brachte sie so durch den Spalt hinaus auf den Felsrücken. Und ich blieb an der Meeresküste; aber jeden Tag ging ich in der Höhle aus und ein, und jedesmal, wenn man einen Lebendigen begrub, schlug ich ihn tot, ob Mann oder Weib, nahm seinen Vorrat an Speise und Trank und kroch wieder durch den Spalt hinaus. Dann saß ich wieder an der Küste des Meeres und wartete auf Rettung von Allah dem Erhabenen durch ein Schiff, das an mir vorbeifahren würde. Alles, was ich in jener Höhle an Schmuckstücken fand, das schnürte ich in die Kleider der Toten und schaffte es hinaus. Auf diese Weise lebte ich eine lange Zeit an der Küste des Meeres dahin. Doch eines Tages, als ich wieder dort saß und über mein Schicksal nachdachte, entdeckte ich ein vorbeifahrendes Schiff, mitten in dem tosenden Meer mit den brandenden Wogen ringsumher. Da nahm ich ein weißes Tuch, eins von den Kleidern der Toten, und band es an einen Stab. Dann lief ich an der Küste hin und her, indem ich den Leuten auf dem Schiffe mit jenem Tuche winkte, bis ihr Auge auf mich gelenkt ward und sie mich dort oben auf dem Felsen erkannten. Sie kamen näher, und als sie meine Stimme hörten, schickten sie ein Boot, das mit einigen Seeleuten bemannt war, zu mir herüber. Wie die nun nahe bei mir waren, riefen sie mir zu: »Wer bist du, und wie bist du auf diesen Felsen gekommen, auf dem wir in unserem ganzen Leben noch nie einen Menschen gesehen haben?« Ich antwortete ihnen: »Ich bin ein Kaufmann; das Schiff, auf dem ich fuhr, ist untergegangen, und ich habe mich mit meinen Sachen auf einer Planke gerettet. Allah der Erhabene half mir, daß ich hier landen konnte, und meine Sachen habe ich durch eigene Kraft und Geschicklichkeit behalten, nach dem ich mich schwer gemüht habe.« Da nahmen sie mich in ihr Boot auf und verluden auch alles das, was ich aus der Höhle geholt und in Kleider und Leichentücher verschnürt hatte. Dann ruderten sie mit mir zurück, bis sie mich auf das Schiff hinauf zu ihrem Kapitän führen konnten, während ich alle meine Sachen bei mir hatte. Der Kapitän fragte mich: »Mann, wie bist du an diese Stätte gekommen? Das ist ja ein hoher Berg, und hinter ihm liegt eine große Stadt; ich bin mein ganzes Leben lang in diesem Meere gefahren und immer bei diesem Berge vorbeigekommen, aber ich habe nie auf ihm etwas anderes als wilde Tiere und Vögel gesehen.« Darauf erwiderte ich ihm: »Ich bin ein Kaufmann; ich fuhr auf einem großen Schiffe, aber es litt Schiffbruch, und da fiel ich mit all meinen Sachen ins Meer, mit all diesen Stoffen und Kleidern, wie du sie hier siehst. Ich konnte sie jedoch auf eine von den Schiffsplanken packen, und dann halfen mir Glück und Geschick, daß ich auf den Felsen dort klettern konnte. Ich habe immer gewartet, ob nicht jemand vorbeikäme und mich mit sich nähme.« Allein ich erzählte ihm nicht, wie es mir in der Stadt und in der Höhle ergangen war; denn ich fürchtete, es könnte einer von den Einwohnern jener Stadt auf dem

Schiffe sein. Darauf holte ich für den Schiffsherrn vielerlei aus meinem Schatze heraus und sprach zu ihm: »Mein Gebieter, du bist die Ursache meiner Rettung von diesem Berge; so nimm denn dies als Entgelt für die Wohltat, die du mir erwiesen hast!« Er wollte es aber nicht nehmen, sondern er sprach zu mir: »Wir nehmen nichts an. Wenn wir einen Schiffbrüchigen an der Meeresküste oder auf einer Insel sehen, so retten wir ihn und geben ihm zu essen und zu trinken; und wenn er nackt ist, so kleiden wir ihn. Und wenn wir schließlich zum sicheren Hafen gelangen, so geben wir ihm von uns aus ein Geschenk und handeln gütig und freundlich an ihm um Allahs des Erhabenen willen.« Da betete ich um langes Leben für ihn; und wir fuhren weiter von Insel zu Insel und von Meer zu Meer. In jener Zeit hoffte ich, daß ich nun von allem Leid befreit sei, und ich freute mich, daß ich mit dem Leben davongekommen war. Sooft ich aber daran dachte, wie ich in der Gruft bei meiner toten Frau gesessen hatte, schwanden mir die Sinne. Durch die Allmacht Allahs kamen wir dann unversehrt nach der Stadt Basra; dort ging ich an Land, und nachdem ich mich einige Tage lang aufgehalten hatte, kam ich endlich wieder nach der Stadt Baghdad. Ich begab mich sofort in mein Stadtviertel und trat in mein Haus ein. Dann begrüßte ich die Meinen und meine Freunde und fragte sie, wie es ihnen ging; und alle freuten sich über meine glückliche Heimkehr und beglückwünschten mich. Dann speicherte ich alle Güter, die ich mitgebracht hatte, in meinen Warenhäusern auf, verteilte Geschenke und Gaben und kleidete die Witwen und Waisen. Ich lebte so herrlich und schön, wie man es sich nur denken kann, indem ich mich auch wieder wie früher in fröhlichem Verein zu den Genossen gesellte, bei Scherz und Gesang. Dies ist das Wunderbarste, das ich auf der vierten Reise erlebt habe. Jetzt, mein Bruder Sindbad, speise bei mir zu Abend und empfang dein gewohntes Geschenk! Wenn du morgen wieder zu mir kommst, will ich die Erlebnisse und Abenteuer meiner fünften Reise erzählen. Die ist noch wunderbarer und seltsamer als alles, was vorherging.

Darauf ließ er wieder hundert Quentchen Goldes bringen und die Tische breiten. Nachdem die Gäste zu Abend gegessen hatten, gingen sie ihrer Wege, höchlichst erstaunt; denn jede Geschichte war ja noch aufregender als die vorhergehende. Auch Sindbad der Lastträger ging nach Hause und verbrachte die Nacht dort in aller Freude und Heiterkeit und Verwunderung. Als aber der Morgen sich einstellte und die Welt mit seinem leuchtenden Glanze erhellte, erhob er sich, sprach das Frühgebet und schritt dann dahin, bis er in das Haus Sindbads des Seefahrers kam und ihm einen guten Morgen wünschte. Der hieß ihn willkommen und bat ihn, sich an seine Seite zu setzen. Als auch die anderen Gäste eintrafen, wurde gegessen und getrunken in lauter Freude und Fröhlichkeit, während das Gespräch unter ihnen kreiste. Dann hub Sindbad der Seefahrer an und erzählte

## DIE FÜNFTE REISE SINDBADS DES SEEFAHRERS

Ihr wisset, meine Brüder, daß ich, als ich von meiner vierten Reise heimgekehrt war, mich wieder ganz dem Leben in Scherz und Frohsinn und Sorglosigkeit hingab. Da vergaß ich vor lauter Freude über den großen Gewinn und Verdienst alles, was mir widerfahren war, alles, was ich erlebt und erlitten hatte. Und meine Seele flüsterte mir wieder ein, zu reisen und mich in den Ländern der Menschen und auf den Inseln umzuschauen. Als nun dieser Entschluß bei mir feststand, kaufte ich mir Waren, wie sie für eine Seereise geeignet sind, ließ sie in Ballen verpakken und verließ Baghdad. Wiederum begab ich mich zur Stadt Basra, und wie ich dort am Hafen entlang schritt, sah ich ein großes, hohes und schönes Schiff, das mir gefiel. Die ganze Ausrüstung war auch noch neu, und so kaufte ich es. Ich heuerte einen Kapitän und Seeleute, wies meinen Sklaven und Dienern ihren Dienst dort an und ließ meine Ballen dort verstauen. Darauf kam eine Schar von Kaufleuten zu mir, und die ließen auch ihre Lasten auf mein Schiff bringen, indem sie mir die Fracht und die Fahrt bezahlten. Dann segelten wir so froh und heiter ab, wie wir es nur sein konnten; denn wir versprachen uns glückliche Heimkehr und reichen Gewinn. Wir segelten von Insel zu Insel und von Meer zu Meer; dabei schauten wir uns auf den Inseln und in den Städten um, gingen an Land und trieben Handel. Nachdem unsere Fahrt eine Weile so fortgegangen war, kamen wir eines Tages zu einer großen unbewohnten Insel; dort zeigte sich kein Mensch, öde und verlassen lag sie da, nur eine gewaltig große weiße Kuppel war auf ihr zu sehen. Einige von uns stiegen aus, um sich diese anzusehen; und siehe da, es war ein großes Ei vom Vogel Ruch. Die Kaufleute aber, die dorthin gingen und sich das Gebäude ansehen wollten, wußten nicht, daß es ein Ei des Ruch war, und schlugen mit Steinen darauf. Da zerbrach es, und es floß viel Wasser heraus; und drinnen zeigte sich das Junge des Ruch. Das zerrten sie aus dem Ei hervor, und nachdem sie es geschlachtet hatten, nahmen sie viel Fleisch von ihm mit. Ich aber war auf dem Schiffe geblieben und ahnte nicht, was sie taten. Da rief mir plötzlich einer von den Reisenden zu: »Herr, komm doch und sieh dir das Ei an, das wir für eine Kuppel hielten!« Ich ging alsbald hin, um es mir anzusehen, und fand die Kaufleute damit beschäftigt, das Ei zu zerschlagen. Da schrie ich sie an: »Tut das nicht! Sonst kommt gewiß gleich der Vogel Ruch und zertrümmert unser Schiff und richtet uns zugrunde!« Aber sie wollten nicht auf mich hören, und während sie noch mit ihrem Tun fortfuhren, verschwand auf einmal die Sonne vor unseren Augen, und der helle Tag ward zur Finsternis; wie eine Wolke, die den ganzen Himmel verdunkelte, zog es über uns hin. Wir hoben unsere Blicke empor, um zu sehen, was denn zwischen uns und die Sonne gekommen sei; und da entdeckten wir, daß es ein Flügel des Ruch war, der das Sonnenlicht von uns fernhielt, so daß Dunkelheit herrschte. Als aber der Vogel näher kam und sah, daß sein Ei zerbrochen war, fing er an zu schreien; nun kam auch sein Weibchen, und die beiden begannen über dem Schiffe zu kreisen, indem sie dabei mit Stimmen, die lauter als der Donner dröhnten, auf uns hernieder schrieen. Da rief ich dem Kapitän und den

Matrosen zu: »Stoßt ab und sucht die Rettung in der Flucht, ehe wir des Todes sind!« Die Kaufleute stürzten an Bord, und der Kapitän machte eiligst das Schiff los, und wir fuhren von der Insel fort. Als der Ruch bemerkte, daß wir auf dem Meere fuhren, flog er davon und verschwand eine kurze Weile, während wir so schnell wie möglich fuhren, in der Absicht, den beiden Vögeln zu entrinnen und aus ihrem Bereich herauszukommen. Aber da waren sie schon wieder hinter uns und kamen uns näher, und jeder von ihnen hielt einen großen Felsblock in den Krallen. Zuerst ließ das Männchen den Felsen, den es trug, auf uns herunterfallen; aber der Kapitän lenkte das Schiff rasch zur Seite, so daß jener Block uns gerade noch um ein kleines verfehlte. Er sauste ins Meer und unter das Schiff mit solcher Gewalt, daß unser Fahrzeug sich hob und dann wieder so tief hinabschoß, daß wir den Meeresgrund sehen konnten; mit solcher Kraft war der Felsen heruntergekommen. Dann ließ auch das Weibchen den Felsblock, den es trug, herunterfallen; der war wohl etwas kleiner als der erste, aber er traf nach der Bestimmung des Schicksals das Heck des Schiffes und zertrümmerte es, so daß unser Steuerruder in zwanzig Stücke auseinanderflog und alles was sich auf dem Schiffe befand, ins Wasser fiel. Ich begann um meine Rettung zu ringen, da das Leben doch so süß ist, und Allah der Erhabene bescherte mir eine von den Planken des Schiffes. An die klammerte ich mich, und dann kletterte ich auf sie hinauf und begann mit meinen Beinen zu rudern. Wind und Wellen waren mir günstig auf meiner Fahrt; und da das Schiff in der Nähe einer Insel auf der hohen See untergegangen war, so warf mich das Geschick mit Willen Allahs des Erhabenen an ebenjenes Eiland. Ich kletterte hinauf; doch ich war am Ende meiner Kräfte und fast wie ein Toter, da alles, was ich an Mühen und Qualen, an Hunger und Durst erduldet hatte, furchtbar auf mir lastete. Ich warf mich am Strande nieder und blieb eine lange Weile dort liegen, bis mein Geist sich erholte und mein Herz sich beruhigte. Dann ging ich auf der Insel umher und sah, daß sie einem Paradiesesgarten glich; da waren die Bäume mit reifen Früchten behangen, die

Bächlein sprangen, und die Vögel sangen und priesen Ihn, der allmächtig und ewig ist. Ja, vielerlei Bäume und Früchte und Blumen jeglicher Art befanden sich auf jener Insel. So begann ich denn von den Früchten zu essen, bis ich satt war, und aus den Bächen zu trinken, bis mein Durst gelöscht war. Und ich pries und lobte Allah den Erhabenen für Seine Güte. Als ich dem Tod in den Wellen entronnen und auf jener Insel an Land getrieben war und dort von den Früchten essen und aus den Bächen trinken konnte, pries und lobte ich Allah den Erhabenen für Seine Güte. Und ich blieb dort sitzen, bis der Tag zur Rüste ging und die Nacht nahte. Ich war aber immer noch wie ein Toter; so hatten die Anstrengung und die Angst mich erschöpft. Keinen Laut vernahm ich auf jener Insel, kein menschliches Wesen erblickte ich auf ihr. Und so schlief ich denn dort bis zum Morgen. Dann machte ich mich auf und wanderte zwischen den Bäumen dahin; und plötzlich sah ich ein Schöpfwerk bei einer Quelle fließenden Wassers, und neben dem Schöpfwerk saß ein alter Mann von würdigem Aussehen, der mit einem Schurz aus Baumblättern bekleidet war. Ich sagte mir: ›Vielleicht ist dieser Alte da auch auf der Insel gelandet und ist einer von denen, die von einem Schiffe fielen, als es kenterte.‹ So trat ich denn an ihn heran und grüßte ihn. Er aber erwiderte meinen Gruß durch ein Zeichen und sprach kein Wort. Darauf sagte ich zu ihm: »Alterchen, warum sitzest du hier an dieser Stätte?« Er schüttelte das Haupt und seufzte und gab mir durch Zeichen mit der Hand zu verstehen, ich sollte ihn auf meine Schultern heben und ihn von dort auf die andere Seite der Schöpfrinne tragen. Nun sagte ich mir: ›Ich will ihm den Gefallen tun und ihn dorthin tragen, wohin er will; vielleicht wird der Himmel mich dafür belohnen.‹ Ich trat also an ihn heran, hob ihn auf meine Schultern und trug ihn an den Ort, den er mir bezeichnet hatte. Dort sagte ich zu ihm: »Steig langsam herunter!« Aber er stieg nicht herunter, sondern wand mir seine Beine um den Hals. Und wie ich seine Beine anschaute, da sahen sie aus wie das Fell eines Büffels, schwarz und rauh. Darüber erschrak ich, und ich wollte ihn von meinen Schultern abschütteln. Doch er preßte seine Beine noch fester um meinen Hals und würgte mich so heftig, daß mir schwarz vor den Augen wurde. Mein Bewußtsein schwand, und ich fiel ohnmächtig wie tot zu Boden. Da hob er seine Schenkel und schlug mich mit den Füßen auf meinen Rücken und auf meine Schultern; und das tat mir so weh, daß ich wieder aufsprang, obgleich er noch immer auf mir saß und ich unter seiner Last ermüdete. Dann gab er mir mit der Hand ein Zeichen, ich solle ihn unter die Bäume zu den besten Früchten tragen; und wenn ich mich weigerte, so schlug er mich mit den Füßen ärger als mit Peitschenhieben. In einem fort wies er mit der Hand auf jede Stelle, die er erreichen wollte, so daß ich ihn dorthin tragen mußte. Wenn ich säumte oder langsam ging, so schlug er mich; und so war ich bei ihm wie ein Gefangener. Während ich mit ihm nun mitten auf der Insel unter den Bäumen dahinlief, fing er auch noch an, mir die Schultern zu nässen und zu beschmutzen. Tag und Nacht stieg er nicht herab, und wenn er schlafen wollte, so wickelte er seine Beine fest um meinen Hals und schlief eine kleine Weile. Wenn er dann wieder aufwachte, schlug er mich von neuem, und ich mußte eilends aufstehen und durfte ihm nicht zuwiderhandeln, weil ich sonst zu schwer von ihm zu leiden hatte. Nun machte ich mir selber Vorwürfe, daß ich mich seiner erbarmt und ihn auf meine Schultern gehoben hatte. Aber es ging noch immer so weiter, und ich war in der größten Bedrängnis, die man sich denken kann. Da sagte ich mir: ›Ich habe dem Kerl Gutes erwiesen, und er hat mir mit Bösem vergolten. Von jetzt an will ich, bei Allah, mein ganzes Leben lang nie mehr einem Menschen etwas Gutes tun.‹ Und ich bat zu jeder Zeit, zu jeder Stunde Allah den Erhabenen, Er möchte mich sterben lassen; denn ich konnte die schweren Anstrengungen und Qualen nicht mehr ertragen. Dennoch mußte ich eine lange Weile so weiterleben, bis ich schließlich eines Tages mit ihm zu einer Stelle auf der Insel kam, an der viele Kürbisse wuchsen. Manche von denen waren trocken, und so nahm ich mir einen großen, trockenen Kürbis, schnitt ihn oben auf und höhlte ihn aus. Dann trug ich ihn zu einem Rebstock, füllte ihn dort mit

Traubensaft, schloß die Öffnung und stellte ihn in die Sonne. Nachdem ich ihn dort eine Reihe von Tagen hatte stehen lassen, war der Saft zu starkem Wein geworden. Und nun begann ich, jeden Tag davon zu trinken, um mich dadurch gegen die Qualen zu stärken, die ich von jenem rebellischen Satan erlitt; und jedesmal, wenn ich von dem Weine trunken war, faßte ich neuen Mut. Doch eines Tages, als er mich trinken sah, fragte er mich durch ein Zeichen mit der Hand, was das sei. Ich antwortete ihm: »Dies ist etwas Gutes, das dem Herzen Kraft verleiht und das Gemüt neu belebt.« Darauf lief ich mit ihm unter den Bäumen umher und begann zu tanzen; und in der Trunkenheit, die über mich kam, klatschte ich mit den Händen, sang und war ganz ausgelassen. Wie er mich in diesem Zustande sah, machte er mir ein Zeichen, ich solle ihm den Kürbis geben, damit er auch trinken könne. Da ich Angst vor ihm hatte, reichte ich ihm die Schale hin. Und er trank alles, was noch darin war, sofort aus und warf sie weg. Nun wurde er lustig und begann auf meinen Schultern hin und her zu wackeln. Schließlich aber wurde er trunken, und ein so schwerer Rausch kam über ihn, daß seine Glieder und Muskeln ganz schlaff wurden und er auf meinen Schultern zu schwanken begann. Sobald ich bemerkte, daß er trunken und seiner Sinne nicht mehr mächtig war, streckte ich meine Hand nach seinen Füßen aus, löste sie von meinem Halse, beugte mich dann mit ihm vornüber und setzte mich, während er auf die Erde fiel. Als ich den Satan von meinen Schultern abgeworfen hatte, konnte ich es noch kaum glauben, daß ich mich befreit hatte und daß ich meiner Not entronnen war. Und da ich fürchtete, er könne sich aus seinem Rausche erheben und mir ein Leid antun, holte ich mir einen großen Stein, der unter den Bäumen lag, trat an den Alten heran und schlug ihm, während er schlief, so gewaltig damit aufs Haupt, daß sein Fleisch und sein Blut ein Brei wurden. Nun lag er tot da – Allah habe ihn nicht selig! Darauf schritt ich mit leichtem Herzen über die Insel dahin und kam wieder zu der Stelle am Strande, an der ich schon vorher gewesen war. Aber ich mußte noch eine ganze Weile auf der Insel bleiben, indem ich von den Früchten dort aß und aus den Bächen trank, und dabei hielt ich immer Ausschau, ob wohl ein Schiff vorüberfahren würde. Und endlich, eines Tages, als ich wieder dasaß und über meine Erlebnisse und mein Schicksal nachdachte und mir sagte: ›Ich möchte wohl wissen, ob Allah mich glücklich davonkommen lassen wird, so daß ich in mein Land heimkehren und wieder bei den Meinen und meinen Freunden sein kann!‹ – da tauchte plötzlich ein Schiff auf aus dem tosenden Meer mit den brandenden Wogen ringsumher, und es kam geradenwegs auf die Insel zu und ging dort vor Anker. Die Reisenden stiegen aus und gingen an Land; ich trat auf sie zu, und als sie mich erblickten, eilten sie alle herbei und drängten sich um mich und fragten mich, was es mit mir sei und wie ich auf diese Insel gekommen wäre. Da berichtete ich ihnen von meinen Erlebnissen und Abenteuern, und sie hörten mir mit dem größten Erstaunen zu. Dann sagten sie: »Dieser Mann, der auf deinen Schultern geritten ist, heißt der Alte vom Meere; noch nie ist einer, der unter seine Beine geriet, von ihm erlöst worden außer dir. Preis sei Allah für deine Rettung!« Dann brachten sie mir etwas Speise, und ich aß, bis ich satt war; auch gaben sie mir Kleider, daß ich sie anlegen und meine Blöße bedecken konnte. Und schließlich nahmen sie mich mit sich an Bord, und wir fuhren Tag und Nacht weiter, bis uns das Schicksal zu einer hochgebauten Stadt führte, deren Häuser alle aufs Meer hinaus blickten. Sie hieß die Affenstadt; und wenn die Nacht anbrach, so pflegten alle Leute, die dort wohnten, zu den Toren am Meere herauszukommen, in Boote und Schiffe zu steigen und auf dem Wasser zu übernachten, da sie befürchteten, daß die Affen aus den Bergen bei Nacht über sie herfallen würden. Ich ging an Land, um mir die Stadt anzusehen; aber da fuhr das Schiff weiter, ohne daß ich es wußte. Nun bereute ich, daß ich bei der Stadt ausgestiegen war, und ich dachte an meine Gefährten und an all das, was ich mit den Affen schon zweimal durchgemacht hatte. Ich setzte mich nieder und weinte in meiner Trauer. Da kam ein Mann von den Einwohnern der Stadt auf mich zu und fragte mich: »Lieber Herr, du bist wohl ein

Fremdling in diesen Landen?« »Jawohl,« erwiderte ich ihm, »ich bin ein armer Fremdling. Ich bin mit einem Schiff gekommen, das hier vor Anker ging; ich stieg aus, um mir die Stadt anzusehen, doch als ich zur Küste zurückkehrte, fand ich es nicht mehr.« Jener Mann aber fuhr fort: »Komm, geh mit uns und steige ins Boot; denn wenn du bei Nacht in der Stadt bleibst, so werden die Affen dir den Garaus machen.« »Ich höre und gehorche!« erwiderte ich, machte mich sofort auf und stieg zu den Leuten ins Boot. Die stießen darauf vom Lande ab und fuhren in See, bis sie etwa eine Meile von der Küste entfernt waren; dort brachten sie die Nacht zu, und ich blieb bei ihnen. Als es Morgen ward, kehrten sie mit ihren Schiffen zur Stadt zurück, stiegen an Land, und ein jeder von ihnen ging seinen Geschäften nach. Das pflegten sie jede Nacht zu tun; wenn jedoch einer von ihnen am Abend in der Stadt zurückblieb, so kamen die Affen über ihn und töteten ihn. Bei Tage liefen die Affen wieder zur Stadt hinaus, fraßen von den Früchten der Gärten und schliefen in den Bergen bis zur Abendzeit; dann erst kehrten sie in die Stadt zurück. Jene Stadt liegt im fernsten Teile des Landes der Schwarzen; und das Seltsamste, was ich dort erlebt habe, ist dies. Einer von den Leuten, mit denen ich im Boote zu übernachten pflegte, sagte einmal zu mir: »Lieber Herr, du bist ein Fremdling in diesen Landen. Kennst du ein Handwerk, in dem du arbeiten kannst?« »Nein, bei Allah, mein Bruder«, erwiderte ich, »ich habe kein Handwerk, und ich kann auch nichts arbeiten; denn ich bin Kaufmann, ich besaß Geld und Gut und nannte ein Schiff mein eigen, das mit vielen Waren und Gütern beladen war. Aber es litt Schiffbruch auf dem Meere, und alles, was darinnen war, ging unter. Ich konnte mich nur mit der Hilfe Allahs vor dem Ertrinken retten; denn Er sandte mir eine Planke, auf die ich steigen konnte, und das war die Ursache, weshalb ich mit dem Leben davonkam.« Da brachte der Mann mir einen baumwollenen Sack und sprach zu mir: »Nimm diesen Sack und fülle ihn mit Kieselsteinen, wie sie hier herumliegen; dann zieh mit einer Schar von den Leuten dieser Stadt aus, ich will dich mit ihnen bekannt machen und dich ihrer Obhut empfehlen. Tu genau so, wie sie tun! Vielleicht kannst du dir dann etwas verdienen, das dir dazu verhilft, weiterzureisen und in dein Land heimzukehren.« Darauf nahm er mich mit sich und führte mich zur Stadt hinaus. Dort sammelte ich kleine Kieselsteine und füllte sie in den Sack. Alsbald kam auch eine Schar von Leuten aus der Stadt heraus, und mein Freund machte mich mit ihnen bekannt und empfahl mich ihrer Obhut, indem er zu ihnen sprach: »Dieser Mann ist ein Fremdling; nehmt ihn mit euch und lehrt ihn das Sammeln, auf daß er sein täglich Brot verdiene und euch der Lohn des Himmels zuteil werde!« »Wir hören und gehorchen!« erwiderten sie; dann hießen sie mich willkommen und nahmen mich mit sich fort. Ein jeder von ihnen aber hatte einen Sack bei sich, wie ich ihn trug, mit Kieselsteinen angefüllt. Wir zogen immer weiter dahin, bis wir ein geräumiges Tal erreichten, mit vielen hohen Bäumen, auf die kein Mensch hinaufsteigen konnte. In jenem Tale gab es aber auch viele Affen, und sowie die uns erblickten, flüchteten sie vor uns und kletterten auf die Bäume hinauf. Nun begannen die Leute, mit den Steinen, die sie in ihren Säcken hatten, nach den Affen zu werfen, und jene rissen die Früchte von den Bäumen und warfen sie auf die Männer hinab. Ich sah mir die Früchte, mit denen die Affen warfen, genauer an und entdeckte, daß es Kokosnüsse waren. Wie ich also jene Leute bei ihrem Tun beobachtet hatte, wählte ich mir einen großen Baum aus, auf dem viele Affen saßen, ging hin und begann, die Tiere mit Steinen zu bewerfen. Da rissen sie die Nüsse ab und schleuderten sie auf mich, und ich sammelte sie, wie die anderen es taten. Ehe ich noch die Steine in meinem Sack alle verbraucht hatte, war schon eine große Menge von Nüssen in meinem Besitz. Als die Leute dann mit ihrer Arbeit fertig waren, sammelten sie alles, was bei ihnen lag, und ein jeder von ihnen trug so viel fort, wie er konnte. Und zuletzt kehrten wir, solange es noch Tag war, in die Stadt zurück. Dort ging ich alsbald zu meinem Freunde, dem Manne, der mich mit den anderen bekannt gemacht hatte, und wollte ihm alles geben, was ich gesammelt hatte, indem ich ihm für seine Güte dankte. Doch er sprach zu mir: »Nimm du sie, verkaufe sie und verwerte den Erlös für dich!« Dann gab er mir den Schlüssel zu einer Kammer in seinem Hause und sagte: »An dieser Stätte kannst du immer die Nüsse, die du zurücklegst, aufbewahren. Zieh jeden Morgen mit den anderen aus, wie du heute getan hast, und von den Nüssen, die du heimbringst, wähle die schlechten aus, verkaufe sie und verwende den Erlös für dich; die guten aber speichere hier auf: vielleicht wirst du so viel zusammenbringen, daß du dafür deine Reise bestreiten kannst!« »Allah der Erhabene vergelte es dir!« erwiderte ich und tat, wie er mir gesagt hatte. Ich fuhr fort, jeden Tag meinen Sack mit Kieseln zu füllen, mit den Leuten hinauszuziehen und so zu schaffen wie sie. Nun empfahlen sie mich einander und zeigten mir immer den Baum, an dem die meisten Nüsse hingen. Eine lange Zeit hindurch blieb ich bei ihnen, und so häufte sich bei mir ein großer Vorrat von guten Kokosnüssen auf; ich verkaufte auch viele und verdiente durch sie viel Geld, so daß ich mir alles, was ich sah und gern haben wollte, kaufen konnte. So verlebte ich eine schöne Zeit, und mein Ansehen nahm zu in der ganzen Stadt. Und ich lebte weiter so dahin, bis einmal, während ich am Ufer stand, ein großes Schiff auf jene Stadt zulief und am Strande vor Anker ging; auf ihm befanden sich Kaufleute, die Waren mit sich führten und die nun mit Kokosnüssen und anderen Dingen Handel trieben. Da ging ich zu meinem Freunde und erzählte ihm von dem Schiffe, das gekommen war; zugleich aber sagte ich zu ihm, ich möchte nun wieder in meine Heimat reisen. »Das steht bei dir«, erwiderte er; und ich nahm Abschied von ihm, nachdem ich ihm für alle seine Güte gegen mich gedankt hatte. Darauf ging ich zu dem Schiffe, traf mit dem Kapitän zusammen und vereinbarte mit ihm Fahrgeld und Fracht. Dann schiffte ich mich mit meinem ganzen Besitz an Nüssen und anderen Dingen auf dem Fahrzeug ein. Als ich nun mit dem Kapitän Fahrgeld und Fracht vereinbart hatte, brachen wir noch am selben Tage auf. Und dann segelten wir dahin von Insel zu Insel und von Meer zu Meer. Auf jeder Insel, bei der wir anlegten, verkaufte ich Kokosnüsse oder tauschte sie gegen Waren ein; und Allah gab mir mehr zurück, als ich früher besessen und verloren hatte. Wir kamen auch an einer Insel vorbei, auf der Zimt und Pfeffer wuchs; und Leute dort erzählten uns, sie fänden bei jeder Pfefferdolde ein großes Blatt, das ihr Schatten spendet und die Nässe von ihr abwehrt, wenn es regnet; sobald aber die Regenzeit vorüber sei, wende das Blatt sich um und hänge dann neben der Dolde herunter. Von jener Insel nahm ich einen großen Vorrat an Pfeffer und Zimt mit mir, den ich für Kokosnüsse eingetauscht hatte. Dann kamen wir auch bei der Insel der Fährnisse vorbei, auf der das komariner Aloeholz wächst, und weiter bei einer anderen Insel, die fünf Tagereisen lang ist; dort wächst das chinesische Aloeholz, und das ist besser als das komariner. Aber die Bewohner dieser Insel stehen in Sitten und Glauben auf einer niedrigeren Stufe als das Volk der Insel des komariner Aloeholzes; denn sie sind dem Weintrinken ergeben und kennen weder den Gebetsruf noch überhaupt etwas von der Gebetspflicht. Darauf kamen wir zu den Perlenfischereien, und ich gab den Tauchern ein paar Kokosnüsse und sagte ihnen, sie sollten auf mein Glück und Gelingen tauchen. Sie taten es und holten wirklich eine Menge von großen und kostbaren Perlen herauf. Da sprachen sie zu mir: »Hoher Herr, bei Allah, dir ist das Glück hold!« Ich aber nahm alles, was sie für mich gefunden hatten, zu mir ins Schiff. Und wir fuhren mit dem Segen Allahs des Erhabenen immer weiter dahin, bis wir endlich bei der Stadt Basra ankamen. Ich ging an Land und blieb dort eine kurze Weile. Dann setzte ich meine Reise fort nach Baghdad, begab mich in mein Stadtviertel und kam zu meinem Hause. Hier begrüßte ich die Meinen und meine Freunde, und sie wünschten mir Glück zu meiner sicheren Heimkehr. Nachdem ich alle Waren und Güter, die ich mit mir führte, aufgespeichert hatte, kleidete ich die Witwen und Waisen und verteilte Spenden und Gaben und Geschenke an die Meinen, an meine Freunde und Gefährten; denn Allah hatte mir das, was ich verloren hatte, vierfach ersetzt. Ich vergaß auch über diesem reichen Gewinn und Verdienst alle Mühen, die ich erduldet und durchgemacht hatte, und kehrte zu meinem früheren Leben in Gemeinschaft mit meinen Freunden zurück. Dies ist also das Wunderbarste, was mir auf meiner fünften Reise begegnet ist. Doch nun speiset zu Abend! Wenn ihr morgen wiederkommt, will ich euch von den Abenteuern der sechsten Reise berichten; die sind noch merkwürdiger als die heutigen.

*

Als die Gäste nun gespeist hatten, befahl er, Sindbad dem Lastträger hundert Quentchen Gold zu geben. Der nahm sie entgegen und ging fort, indem er sich wieder über alles wunderte. Die Nacht brachte er in seinem Hause zu; doch als es Morgen ward, stand er auf, sprach das Frühgebet und schritt hinaus, bis er zum Hause Sindbads des Seefahrers gelangte. Dort trat er ein und wünschte ihm einen guten Morgen. Jener bat ihn, sich zu setzen; und nachdem er das getan hatte, plauderten die beiden, bis die anderen Gäste kamen. Sie begrüßten einander, die Tische wurden gebreitet, man aß und trank, war froh und guter Dinge. Dann hub Sindbad der Seefahrer an und erzählte

## DIE SECHSTE REISE SINDBADS DES SEEFAHRERS

Ihr wisset, meine Brüder, Freunde und Genossen, als ich von jener fünften Reise heimgekehrt war, vergaß ich bei Scherz und Gesang, in Wohlsein und Frohsinn alles, was ich vorher durchgemacht hatte, und führte das heiterste und freudigste Leben, das man sich denken kann. So lebte ich dahin, bis eines Tages, als ich in lauter Glück und Seligkeit dasaß, eine Schar von Kaufleuten mich besuchte, denen man ansah, daß sie von der Reise kamen. Ich dachte daran, wie ich selbst einst von der Reise heimgekehrt war und mich gefreut hatte, die Meinen, meine Freunde und Gefährten wiederzusehen und in der Heimat zu sein. Da ergriff mich von neuem die Sehnsucht, zu reisen und Handel zu treiben. Und als ich mich zur Fahrt entschlossen hatte, kaufte ich mir kostbare und prächtige Waren, die sich für eine Seereise eigneten, ließ die Lasten aufladen und zog mit ihnen von Baghdad nach Basra. Dort fand ich ein großes Schiff mit Kaufleuten und Vornehmen, die wertvolle Waren bei sich hatten. Ich ließ wie sie meine Ballen auf dem Schiff verstauen, und dann fuhren wir wohlbehalten von Basra ab, und wir segelten immer weiter dahin, von Ort zu Ort, von Stadt zu Stadt, indem wir Handel trieben und uns die fremden Länder anschauten. Das Glück war uns hold, die Reise war günstig, und wir hatten große Gewinne. Aber eines Tages, als wir auf der Fahrt waren, fing plötzlich der Kapitän des Schiffes laut zu schreien an, warf seinen Turban fort, zerschlug sich das Gesicht, raufte sich den Bart und fiel vor lauter Angst und Aufregung in den Schiffsraum. Alle Kaufleute und Reisenden drängten sich um ihn und riefen: »Kapitän, was ist geschehen?« Da gab er ihnen zur Antwort: »Wisset, ihr Leute, wir fahren mit unserem Schiff in die Irre; wir haben das Meer, in dem wir fuhren, verlassen, und nun sind wir in einer See, deren Straßen wir nicht kennen, und wenn Allah uns keine Hilfe sendet, um uns aus diesem Meer zu erretten, so sind wir alle des Todes. Betet zu Allah dem Erhabenen, daß Er uns aus dieser Not befreie!« Und alsbald sprang er hoch und kletterte auf den Mast und wollte die Segel losmachen; aber der Wind bekam das Schiff in seine Gewalt und trieb es zurück, so daß unser Steuerruder dicht bei einem hohen Felsen zerbrach. Da kam der Kapitän vom Mastbaum herunter und rief: »Es gibt keine Macht und es gibt keine Majestät außer bei Allah dem Erhabenen und Allmächtigen! Kein Mensch kann dem Schicksal in die Zügel greifen. Bei Allah, wir sind jetzt in großer Not; aus ihr bleibt uns keine Rettung, kein Entrinnen.« Nun begannen alle Reisenden ihr Los zu beweinen, und sie nahmen voneinander Abschied, da ja nun ihre Lebenszeit abgelaufen und ihnen alle Hoffnung abgeschnitten war. Und gleich darauf prallte das Schiff gegen den Felsen und zerschellte; die Planken brachen auseinander, und alles, was auf dem Schiffe war, versank ins Meer. Auch die Kaufleute fielen ins Wasser, und einige von ihnen ertranken, während andere sich an den Felsen klammern und hinaufkriechen konnten. Ich gehörte zu denen, die den Felsen erklommen, und von ihm aus entdeckten wir, daß wir uns auf einer großen Insel befanden, an deren Strand viele Wracke und viel Schiffsgut lagen; das kam von all den Schiffen, deren Trümmer das Meer dort an Land zu spülen pflegte und deren Insassen ertrunken waren. Dort lagen so viele Geräte und Güter, die das Meer ausgeworfen hatte, daß Sinn und Verstand darüber verwirrt wurden. Ich stieg nun zur Höhe jener Insel hinauf und ging weiter, bis ich im Innern einen Bach fließenden Süßwassers fand, der unten am Fuße des Berges herauskam und unter dem Höhenzug auf der anderen Seite wieder im Boden verschwand. Die anderen Reisenden kletterten alle über jenen Berg noch weiter in die Insel hinein und zerstreuten sich auf ihr, verwirrt und wie von Sinnen durch den Anblick all der Güter und Waren, die dort am Strande des Meeres umherlagen. Ich aber entdeckte am Boden jenes Baches eine gewaltige Menge von Juwelen, Edelsteinen, Rubinen und großen Königsperlen aller Art; wie Kies lagen sie in den Wasserläufen jener Fluren umher, und der ganze Boden des Baches selber glitzerte von der Menge all des edlen Gesteines. Ferner fanden wir auf jener Insel das kostbarste Aloeholz, chinesisches und komariner. Dort entspringt auch eine Quelle von einer Art rohen Ambers. Der schmilzt in der Sonnenhitze wie Wachs und läuft über die Quellränder hinaus bis zur Meeresküste; dann kommen die Seeungetüme, verschlucken ihn und verschwinden wieder in der Tiefe. Aber er brennt ihnen im Leibe, und so speien sie ihn wieder aus dem Rachen aufs Meer hinaus; dann erstarrt er auf der Oberfläche des Wassers, seine Farbe und seine Gestalt verändern sich, und die Wellen werfen ihn an die Gestade des Meeres; dort holen ihn die Reisenden und die Kaufleute, die ihn kennen, und nachher verkaufen sie ihn. Der rohe Amber jedoch, der noch nicht verschluckt ist, fließt über die Ränder jener Quelle und erstarrt auf der Erde; und wenn die Sonne darauf scheint, so schmilzt er, und das ganze Tal duftet nach ihm wie nach Moschus; wenn aber die Sonne von ihm weicht, so erstarrt er von neuem. Die Stätte, an der jener rohe Amber aufquillt, kann kein Mensch erreichen noch betreten; denn sie ist auf allen Seiten von jenem Gebirge umgeben, das niemand erklimmen kann. Wir zogen eine Weile auf der Insel umher und betrachteten die wunderbaren Dinge, die Allah der Erhabene dort geschaffen hatte, verwirrt ob unserer eigenen Lage und durch das, was wir dort sahen; denn wir lebten in großer Sorge. Wir hatten am Strande ein wenig Nahrung aufgelesen, und damit gingen wir sparsam um, indem wir nur einmal am Tage oder jeden zweiten Tag davon einen Bissen aßen; wir mußten befürchten, daß jener Vorrat uns ausgehen würde und wir dann alle elend in Hunger und Furcht umkämen. Wenn aber einer von uns starb, so wuschen wir ihn und hüllten ihn in ein Kleid oder in Linnen, das von den Wellen dort ans Land gespült war. Schließlich starben viele von uns, und es blieb nur noch eine kleine Schar von uns übrig. Wir litten aber an einer Erkrankung des Leibes, die von der See herrührte; und es dauerte nicht lange, da starben alle meine Freunde und Gefährten, einer nach dem andern wurde von uns begraben. Da blieb ich denn ganz allein auf jener fernen Insel und hatte nur noch wenig Nahrung, ich, der ich einst so reich gewesen war. Ich beweinte mein Los, und ich sprach: »Wäre ich doch nur vor meinen Gefährten gestorben! Dann hätten sie mich gewaschen und begraben. Doch es gibt keine Macht und es gibt keine Majestät außer bei Allah dem Erhabenen und Allmächtigen!« Als alle meine Gefährten begraben waren und ich mich nun ganz allein auf der Insel befand, wartete ich noch eine kleine Weile; dann aber machte ich mich auf und grub ein tiefes Grab für mich, dort am Strande, und ich sagte zu mir selber: ›Wenn ich schwach werde und fühle, daß der Tod mir naht, so will ich mich in dies Grab legen und darin sterben; dann werden die Winde den Sand darüber wehen und mich zudecken, so daß auch ich begraben bin.‹ Und ich machte mir Vorwürfe, daß ich so töricht gewesen war, meine Stadt und mein Land zu verlassen und wieder in die Welt hinauszureisen, nach alledem, was ich zum ersten, zum zweiten, zum dritten, zum vierten und zum fünften Male durchgemacht hatte. Jedesmal, auf jeder einzelnen Reise, hatte ich doch immer schlimmere und furchtbarere Schrecken und Gefahren durchgemacht als auf der vorhergehenden, und jetzt endlich hatte ich gar keine Hoffnung mehr, mit dem Leben davonzukommen. Ich bereute, daß ich immer wieder auf See gegangen war, zumal ich das Geld gar nicht nötig hatte; denn ich besaß doch so viel, und was ich besaß, konnte ich nicht einmal aufbrauchen, ja, nicht die Hälfte davon konnte ich in meinem ganzen übrigen Leben ausgeben, ich hatte genug, übergenug! Darauf begann ich nachzusinnen, und ich sagte mir: ›Bei Allah, der Bach dort muß doch Anfang und Ende haben; er muß doch irgendwo wieder aus der Erde in bewohntem Lande ans Tageslicht treten. Darum halte ich es für das Richtige, wenn ich mir ein kleines Floß mache, so groß, daß ich gerade darin sitzen kann und, wenn ich es auf diesen Bach setze, hineinsteigen und mich von der Strömung treiben lassen kann. Finde ich dann den Weg zur Rettung, so werde ich mit Gottes Hilfe mein Leben retten; finde ich ihn aber nicht, so werde ich in diesem Flusse sterben, und das ist besser als hier.‹ Mit einem Seufzer um mein Los machte ich mich ans Werk, holte Stämme von der Insel, und zwar Stämme von Bäumen der chinesischen und komariner Aloe, band sie mit Tauen von den Wracken zusammen, suchte mir Planken von gleicher Größe unter den Schiffsplanken und legte sie auf jene Stämme. So machte ich mir ein Floß, das nur etwas weniger breit war als jener Bach, und band es gut und fest zusammen. Darauf suchte ich mir Schätze von Edelsteinen, Juwelen und großen Perlen, die dort wie Kies herumlagen, und mancherlei andere Dinge von der Insel, auch einige Stücke von dem feinen, reinen, rohen Amber, und brachte sie auf das Floß. Alles, was ich auf der Insel gesammelt hatte, nahm ich mit mir, auch alles, was von dem Vorrat an Nahrung noch übrig war. Zuletzt legte ich noch auf beide Seiten je ein Brett, das als Ruder dienen sollte, und dann tat ich nach den Worten des Dichters:

Geh fort von einem Orte, da dir vor Unheil graut,
Und laß das Haus beklagen den, der es selbst erbaut!
Du findest eine Stätte an einem andren Platz;
Doch für dein Leben findest du nimmermehr Ersatz.
Drum fürchte nicht das Grausen der schicksalschweren Nacht!
Dem Unheil wird auf Erden ein Ende stets gemacht.
Und wem an einer Stätte bestimmt ist zu verderben,
Der wird an keiner Stätte als eben dieser sterben.
Auch sende keinen Boten in großen, schweren Dingen:
Den rechten Rat wird immer die eigne Seele bringen!

Und ich fuhr mit meinem Floße auf dem Bach dahin und dachte darüber nach, was wohl aus diesem Unterfangen noch werden würde. Ich trieb immer weiter, bis ich zu der Stelle kam, wo der Bach unter dem Höhenzug verschwand. Als nun mein Floß dort hineinfuhr, umgab mich plötzlich dichte Finsternis; die Strömung aber trieb das Fahrzeug mit mir immer weiter in das Berginnere, bis zu einer Stelle, wo die Höhlung im Felsgestein enger ward. Da rieben sich die Seiten des Floßes an den Bergwänden, und mein Kopf streifte an der Decke entlang; aber es gab keine Rückkehr mehr für mich. Wieder machte ich mir Vorwürfe über das, was ich mir selbst angetan hatte, und ich sagte mir: ›Wenn dies Loch noch enger wird, so kann das Floß nicht mehr hindurchfahren; es kann aber auch nicht mehr zurückfahren, und dann werde ich hier elend umkommen, daran ist kein Zweifel.‹ Dann warf ich mich, weil es dort so eng war, der Länge nach mit dem Gesicht auf das Floß; die Strömung jedoch trug mich immer weiter, und es war dort im Felsen so finster, daß ich nicht wußte, ob es Tag oder Nacht war; und dazu kam noch der Schrekken und die Angst meiner Seele vor dem Tode. So ließ ich mich denn dahintreiben auf jenem Strome, bald durch weite, bald durch enge Höhlungen im Gestein. Aber die Dunkelheit machte mich so müde, daß ich einschlief, trotz all der Aufregung, und so lag ich schlafend auf meinem Gesicht, dort auf dem Floß, das mit mir dahinfuhr, während ich schlummerte, ich weiß nicht, ob lange oder kurze Zeit. Doch plötzlich wachte ich auf und fand mich im Licht des Tages; als ich die Augen öffnete, sah ich eine weite Gegend, das Floß war am Ufer festgebunden, und um mich stand eine Schar von Indern und braunen Menschen. Sobald sie sahen, daß ich aufgewacht war, kamen sie auf mich zu und redeten mich in ihrer Sprache an. Ich verstand aber nicht, was sie sagten, und ich hielt alles für eine Einbildung und glaubte, das geschehe im Traume, da ich noch so voll Angst und Aufregung war. Nachdem sie mich angeredet hatten, ohne daß ich ihre Sprache verstand und ohne daß ich ihnen eine Antwort gab, trat einer von ihnen auf mich zu und sagte zu mir auf arabisch: »Friede sei mit dir, Bruder! Wer bist du? Woher kommst du? Warum bist du hierher gekommen? Wie bist du in dies Wasser hineingeraten? Was für ein Land liegt hinter dem Berge? Wir kennen niemanden, der von dort hierher zu uns gekommen wäre.« Da fragte ich ihn: »Was für Leute seid ihr denn? Und was für ein Land ist dies?« Er antwortete mir: »Bruder, wir sind Ackerbauer und Landleute, und wir sind gekommen, um unsere Felder und Saaten zu bewässern. Als wir dich auf dem Floße schlafen sahen, hielten wir es an und banden es hier fest, damit du gemächlich aufwachen könntest. Doch nun sage uns, weshalb du hierher gekommen bist!« »Um Gottes willen, lieber Herr,« rief ich, »bring mir etwas zu essen, ich bin so hungrig; dann frage mich, was du willst!« Sofort lief er hin und brachte mir Speise; und ich aß, bis ich satt war und mich erholt hatte; da legte sich meine Furcht, und das Gefühl der reichlichen Sättigung verlieh mir neue Kraft. Nun pries ich Allah den Erhabenen für alle Dinge und freute mich, daß ich aus jenem Flusse heraus zu jenen Leuten gekommen war; und ich erzählte ihnen alles, was ich erlebt hatte, von Anfang bis zu Ende, besonders auch, was ich auf dem Flusse dort in dem engen Loche durchgemacht hatte. Dann redeten sie miteinander und sagten: »Wir müssen ihn mit uns nehmen und vor unseren König bringen, auf daß er ihm seine Abenteuer erzähle.« Dann nahmen sie mich mit sich und trugen auch das Floß mit, samt allem, was darauf war an Geld und Gut, Juwelen, Edelsteinen und Kleinodien. Und als sie zu ihrem König eingetreten waren, berichteten sie ihm, was geschehen war. Da bot er mir den Gruß, hieß mich willkommen und fragte mich nach mir selber und nach meinen Abenteuern. So berichtete ich ihm denn alles über mich und über meine Erlebnisse von Anfang bis zu Ende. Und nachdem er meiner Erzählung mit größtem Staunen zugehört hatte, beglückwünschte er mich zu meiner Rettung. Darauf ging ich hin und holte von dem Floße eine große Menge von Edelsteinen, Juwelen, Aloeholz und rohem Amber und schenkte es dem König. Der nahm es an und erwies mir immer mehr Ehren und ließ mich sogar in seinem eigenen Palaste wohnen. Ich verkehrte auch mit den Vornehmen dort, und sie bezeigten mir stets hohe Achtung; derweilen blieb ich immer am Hofe des Königs. Und die Fremden, die zu jener Insel kamen, fragten mich, wie es in meiner Heimat aussähe, und dann erzählte ich ihnen davon; ebenso fragte auch ich sie nach den Dingen in ihrer Heimat, und sie berichteten mir darüber. Eines Tages aber fragte der König mich, wie es in meiner Heimat aussehe und wie es mit der Regierung des Kalifen in der Stadt Baghdad stehe; da erzählte ich ihm, wie gerecht der Kalif herrsche. Das bewunderte er, und dann sagte er zu mir: »Bei Allah, des Kalifen Regierung ist weise, und seine Verwaltung ist löblich. Du hast in mir die Liebe zu ihm erweckt, und ich möchte ihm ein Geschenk zurüsten und es ihm durch dich übersenden.« »Ich höre und gehorche, o Gebieter!« erwiderte ich; »ich will es ihm überbringen und ihm berichten, daß du ihm ein aufrichtiger Freund bist.« Ich blieb aber noch eine ganze Weile bei jenem König in höchster Ehrenstellung und im schönsten Leben, bis ich schließlich eines Tages, als ich im Palaste saß, hörte, daß eine Schar von Kaufleuten jener Stadt ein Schiff ausgerüstet hätte, mit dem sie nach der Stadt Basra fahren wollte. Da sagte ich mir: ›Für mich kann es nichts Besseres geben, als mit dieser Schar zu reisen.‹ Und sofort eilte ich hin, küßte die Hand des Königs und tat ihm kund, daß ich mit jener Schar von Kaufleuten, die das Schiff ausgerüstet hatte, abreisen wolle, da ich mich nach den Meinen und nach meiner Heimat sehne. Der

König erwiderte: »Der Entscheid steht bei dir. Doch wenn du bei uns bleiben willst, so wollen wir dich herzlich gern behalten; denn du bist uns vertraut geworden.« »Bei Allah, hoher Herr«, sagte ich darauf, »du überschüttest mich mit deiner Huld und Güte. Dennoch habe ich Sehnsucht nach meinem Volk und meiner Heimat und meinen Anverwandten!« Als er diese Worte von mir vernommen hatte, berief er jene Kaufleute zu sich und empfahl mich ihrem Schutze; auch schenkte er mir vielerlei aus seinen Schätzen und bezahlte für mich die Reise auf dem Schiffe. Auch sandte er mit mir ein prächtiges Geschenk für den Kalifen Harûn er-Raschîd in der Stadt Baghdad und einen Brief an ihn, indem er sprach: »Übergib beides dem Kalifen Harûn er-Raschîd und bring ihm viele Grüße von uns!« »Ich höre und gehorche!« gab ich zur Antwort. Und dies ist, was er an den Kalifen geschrieben hatte: ›Dich grüßt der König von Indien, vor dem tausend Elefanten stehen und auf dessen Schlosses Zinnen tausend Edelsteine schimmern. Des ferneren: Wir senden Dir eine kleine Gabe; nimm sie von uns hin! Du bist uns ein Freund, einem Bruder gleich, und die Liebe zu Dir ist in unserem Herzen überreich. Geruhe uns zu antworten! Das Geschenk entspricht zwar nicht Deiner Würde; doch wir bitten Dich, o Bruder, nimm es huldvoll an. Friede sei mit Dir!‹ Das Geschenk aber war ein Becher aus Rubin, der eine Spanne hoch war und dessen Inneres mit kostbaren Perlen besetzt war; ferner eine Decke aus der Haut der Schlange, die den Elefanten verschlingt, mit Flecken, deren jeder so groß war wie ein Dinar, eine Decke mit der Eigenschaft, daß jeder, der auf ihr sitzt, niemals krank wird; und drittens hundert Quentchen indischen Aloeholzes, dazu noch eine Sklavin, die dem leuchtenden Monde glich.

Darauf nahm ich Abschied vom König und von all meinen Freunden, bei denen ich aus und ein gegangen war. Und nachdem ich mit den Kaufleuten an Bord jenes Schiffes gegangen war, fuhren wir ab; der Wind war günstig, die Reise war glücklich, und im Vertrauen auf Allah, den Hochgepriesenen und Erhabenen, fuhren wir immer weiter dahin, von Meer zu Meer und von Insel zu

Insel, bis wir mit der Hilfe des Höchsten wohlbehalten bei der Stadt Basra eintrafen. Dort verließ ich das Schiff und hielt mich ein paar Tage und Nächte auf, um mich zu rüsten und meine Lasten aufzuladen. Dann begab ich mich zur Stadt Baghdad, dem Horte des Friedens, und erlangte dort Zutritt zum Kalifen Harûn er-Raschîd, um ihm das Geschenk und den Brief zu überreichen. Als ich in seiner Gegenwart war, küßte ich seine Hand und überreichte ihm alles; auch gab ich ihm den Brief, und er las ihn. Die Geschenke nahm er hoch erfreut entgegen, und mir erwies er hohe Ehren. Dann sprach er zu mir: »Sindbad, ist das wahr, was dieser König in seinem Schreiben sagt?« Ich küßte den Boden vor ihm und antwortete: »Hoher Herr, ich habe in seinem Reiche viel mehr gesehen, als er schreibt. An dem Tage, da er sich dem Volke zeigt, wird für ihn ein Thron auf einem großen Elefanten, der elf Ellen hoch ist, errichtet, und darauf setzt er sich. Bei ihm sind seine Würdenträger und Diener und Tischgenossen; die stehen in zwei Reihen zu seiner Rechten und zu seiner Linken. Vor ihm steht ein Mann, der einen goldenen Spieß in seiner Hand hält, und hinter ihm ein anderer mit einer goldenen Keule, an deren Spitze sich ein spannenlanger Smaragd befindet. Und wenn er ausreitet, so reiten tausend Reiter mit ihm, die in Gold und Seide gekleidet sind. Wenn der König dahinzieht, so läuft ein Ausrufer vor ihm her und ruft: ›Dies ist der König von hoher Ehr, der Sultan, der erhabene Herr!‹ Dann preist er ihn noch mit mancherlei Worten, deren ich mich nicht mehr entsinne, und zum Schlusse verherrlicht er ihn mit dem Rufe: ›Dies ist der König, der eine Krone sein eigen nennt, wie weder Salomo noch der Maharadscha sie kennt!‹ Dann schweigt der Vorläufer; aber der Mann, der hinterher läuft, ruft nun: ›Er wird sterben!‹ und noch einmal: ›Er wird sterben!‹ und zum dritten Male: ›Er wird sterben!‹ Darauf ruft der Vorläufer wieder: ›Preis sei dem Lebendigen, der nicht stirbt!‹ In jener Stadt gibt es keinen Kadi; denn alles Volk seines Landes weiß, was gut und böse ist!« Mit Staunen hatte der Kalif meinen Worten zugehört, und dann rief er aus: »Wie mächtig muß dieser König sein! Das hat mir schon sein

Brief gezeigt. Aber die wahre Größe seiner Herrschaft hast du uns erst kundgetan durch deinen Bericht über das, was du gesehen hast. Bei Allah, ihm ist Weisheit und Macht zuteil geworden.« Dann speicherte ich alle meine Schätze und Güter auf und ging in mein Stadtviertel. Die Meinen und meine Freunde kamen zu mir, und ich verteilte Geschenke an alle; auch gab ich Almosen und Spenden. Nach einer Weile jedoch sandte der Kalif nach mir und fragte mich von neuem nach jenem Geschenk und der Stadt, aus der es stammte. Ich gab ihm zur Antwort: »O Beherrscher der Gläubigen, bei Allah, ich kenne den Namen der Stadt nicht und weiß auch nicht den Weg dorthin. Als das Schiff, mit dem ich reiste, untergegangen war, ging ich auf einer Insel an Land und machte mir ein Floß, mit dem ich auf einem Bache im Innern der Insel dahinfuhr.« Und ich berichtete ihm, was ich auf der Reise erlebt hatte, wie ich glücklich jenen Bach entlang gefahren und dann zu jener Stadt gekommen war, und warum das Geschenk übersandt war. Nachdem der Kalif meine Erzählung mit Erstaunen angehört hatte, befahl er den Chronisten, meine Geschichte aufzuzeichnen und sie in seinem Schatzhause niederzulegen, als eine Lehre für alle, die sie lesen würden. Dann verlieh er mir reiche Geschenke. Ich aber führte in der Stadt Baghdad das gleiche Leben wie früher; ich vergaß alles, was ich erlebt und erlitten hatte, ganz und gar und lebte immerdar herrlich und in lauter Freuden. So ist es mir auf der sechsten Reise ergangen, meine Brüder! Morgen, so Allah der Erhabene will, werde ich euch die Geschichte der siebenten Reise erzählen; die ist von allen meinen Reisen die wunderbarste und seltsamste.

*

Darauf befahl er, die Tische zu breiten, und die Gäste speisten bei ihm zur Nacht. Ferner wies er Sindbad dem Lastträger wie immer hundert Quentchen Goldes an; der nahm sie hin und ging seiner Wege. Auch die anderen Gäste kehrten heim, und alle waren über die Maßen erstaunt über das, was sie gehört hatten.

Sindbad der Festländer verbrachte in seiner Wohnung die

Nacht. Dann sprach er das Frühgebet und begab sich danach zum Hause Sindbads des Seefahrers. Nun kamen auch die anderen Gäste, und als alle vollzählig waren, hub jener an und erzählte

## DIE SIEBENTE REISE SINDBADS DES SEEFAHRERS

Wisset, ihr Leute, als ich von meiner sechsten Reise zurückgekehrt war und wieder das alte Leben in Wohlsein und Freude bei Scherz und Gesang begonnen hatte, da lebte ich eine ganze Weile so weiter, immerdar ohne Unterlaß in frohen Vergnügungen, Tag und Nacht; mir war ja auch reicher Gewinn und großer Verdienst zuteil geworden. Dennoch riß mich von neuem der Geist, mir die fremden Länder anzusehen, auf dem Meere zu fahren, mich den Kaufleuten anzuschließen und die Berichte über neue Dinge zu genießen. Als dieser Entschluß bei mir feststand, ließ ich aus kostbaren Waren seetaugliche Ballen machen und führte sie von der Stadt Baghdad nach Basra. Dort fand ich ein Schiff, das zur Ausreise bereit war und auf dem sich eine Schar von Großkaufleuten befand. Ich ging zu ihnen an Bord und schloß Freundschaft mit ihnen; und bald fuhren wir munter und wohlbehalten in die Welt hinaus. Wir hatten aber immer günstigen Wind, bis wir zu einer Stadt kamen, die Madînat es-Sîn heißt. So froh und vergnügt, wie wir nur sein konnten, fuhren wir weiter, plauderten über die Reise und über die Geschäfte, als plötzlich über uns Ahnungslose ein gewaltiger Orkan losbrach, der von vorn kam und uns mit Regen überschüttete, so daß wir selber und unsere Ballen ganz durchnäßt wurden. Da bedeckten wir die Waren mit Filzdecken und Sacktuch, auf daß sie nicht durch den Regen verdürben, und begannen zu Allah dem Erhabenen zu beten und Ihn demütig anzuflehen, Er möge uns aus der Gefahr, in der wir schwebten, erretten. Der Kapitän aber erhob sich, gürtete sich und streifte die Ärmel zurück und stieg auf den Mastbaum. Von dort blickte er nach rechts und nach links, und dann schaute er auf die Leute im Schiff hinab, schlug sich ins Gesicht und raufte sich den Bart. Wir riefen ihm zu: »Kapitän, was gibt es?« Da antwortete er: »Bittet Allah den Erhabenen um Rettung aus der Gefahr, in die wir geraten sind! Beweint euer Los, nehmt Abschied voneinander! Wisset, der Wind hat Gewalt über uns bekommen und hat uns in das äußerste Meer der Welt getrieben.« Dann stieg er wieder vom Mast herunter, öffnete seine Truhe und holte aus ihr einen baumwollenen Beutel hervor; den machte er auf und nahm aus ihm ein Pulver heraus, das wie Asche aussah. Dann befeuchtete er es mit Wasser, wartete eine kleine Weile und roch daran. Ferner nahm er aus der Truhe ein kleines Buch, las darin und sprach darauf zu uns: »Wisset, ihr Reisenden, in diesem Buche steht ein seltsamer Bericht, der darauf hinweist, daß jeder, der in diese Gegend verschlagen wird, nicht wiederkehrt, sondern in ihr umkommt. Diese Gegend hier heißt das Gebiet der Geisterkönige, und in ihr befindet sich das Grab unseres Herren Salomo, des Sohnes Davids – über beiden sei Heil! Und hier gibt es auch Schlangen von gewaltiger Größe und von furchtbarem Anblick. Jedesmal, wenn ein Schiff in dies Gebiet gerät, steigt ein mächtiger Fisch aus der Tiefe vor ihm empor und verschlingt es mit allem, was darinnen ist.« Als wir diese Worte aus dem Munde des Kapitäns vernahmen, war unser Staunen über sie gewaltig groß; aber kaum hatte er zu Ende gesprochen, da wurde unser Schiff plötzlich aus dem Wasser emporgehoben, dann sank es wieder zurück, und wir hörten einen durchdringenden Schrei, so laut wie das Krachen des Donners. Wir erschraken zu Tode und gaben uns ganz verloren. Und nun kam ein Fisch auf unser Schiff zu, der war wie ein hoher Berg und erfüllte uns mit Grausen; wir beweinten unser Los bitterlich und machten uns auf den Tod gefaßt. Voll Staunen blickten wir auf das fürchterliche Untier. Und da kam schon wieder ein Fisch! Der war größer und gewaltiger als alles, was wir bisher gesehen hatten; und bei seinem Anblick nahmen wir Abschied voneinander und jammerten um unser Leben. Und siehe, da kam plötzlich ein dritter Fisch, der noch größer war als die beiden anderen, die vorher aufgetaucht waren. Nun entfloh uns Sinn und Verstand, und wir waren völlig verstört vor Schrecken und Angst. Jene drei Fische aber begannen um unser Schiff zu kreisen, und der dritte sperrte schon das Maul auf, um das Fahrzeug zu verschlingen mit allem, was darinnen war. Doch da blies plötzlich ein heftiger Sturm, das Schiff ward emporgehoben, fiel auf ein großes Riff nieder und zerschellte. Alle Planken sprangen auseinander, alle Waren, alle Kaufleute und Reisenden fielen ins Meer. Ich riß alle Kleider, die ich am Leibe trug, herunter, bis mir nur noch das Hemd geblieben war, und schwamm ein wenig umher, bis ich eine von den Planken des Schiffes erreichte und mich an sie klammern konnte. Dann kletterte ich auf sie hinauf und setzte mich rittlings auf sie. Die Wogen und die Winde aber warfen mich wie ein Spielzeug auf dem Wasser hin und her, während ich an jenem Brette hing; bald trugen die Wellen mich hoch empor, bald wieder hinab in die Tiefe. Ich war in der fürchterlichsten Not, die man sich denken kann, vor Angst und Hunger und Durst. Da schalt ich mich ob dessen, was ich getan hatte, so daß nun meine Seele solche Qualen litt, nachdem sie einst Ruhe gehabt. Und ich sprach zu mir selber: ›O Sindbad, o Seefahrer, du lässest es doch nie; jedesmal gerätst du wieder in Not und Gefahren, doch läßt du nicht ab vom Reisen zur See, und wenn du es tust, so ist es nur zum Schein. Nun dulde auch alles, was über dich kommt; denn du verdienst alles, was dir widerfährt!‹ Als ich ins Meer gefallen war und auf einer Planke von dem Schiffsholze ritt, sprach ich zu mir selber: ›Ich verdiene alles, was mir widerfährt! Dies ist von Allah dem Erhabenen über mich verhängt, damit ich endlich von meiner Begehrlichkeit ablasse; was ich erleide, kommt alles nur von meiner Gier her, und dabei habe ich schon so viel Geld und Gut.‹ Und als ich dann wieder zu ruhigerer Besinnung kam, sagte ich mir: ›Auf dieser Reise will ich nun wirklich vor Allah dem Erhabenen dem Reisen abschwören. In Zukunft will ich nie mehr davon sprechen, ja nicht einmal daran denken.‹ Demütig flehte ich zu Allah dem Erhabenen und weinte lange Zeit; und ich dachte daran, wie ich vorher in Ruhe und Freuden, in Heiterkeit, Fröhlichkeit und Behaglichkeit gelebt hatte. So schwamm ich zwei lange Tage dahin, bis ich auf einer großen Insel landete, auf der viele Bäume sprossen und Bäche flossen. Dort aß ich von den Früchten der Bäume und trank von dem Wasser der Bäche, bis ich erfrischt war; da kehrte das Leben in mich zurück, ich faßte neuen Mut, und mein Herz ward von dem Druck befreit. Dann ging ich auf der Insel umher und fand auf der anderen Seite einen großen Strom süßen Wassers, der in kräftiger Strömung dahinfloß. Da dachte ich an das Floß, auf dem ich früher einmal gefahren war, und sagte mir: ›Ich muß mir doch wieder solch ein Floß machen; vielleicht kann ich mich dadurch aus meiner jetzigen Lage retten. Komme ich mit dem Leben davon, so ist mein Ziel erreicht, und ich schwöre vor Allah dem Erhabenen auf immer dem Reisen ab; und wenn ich sterbe, so kann mein Herz von aller Mühsal und Qual ausruhen.‹ Alsbald machte ich mich auf und sammelte mir Holz von den Bäumen dort; die bestanden aus kostbarem Sandelholz, dessengleichen es nirgends sonst gibt, aber ich wußte nichts davon. Nachdem ich genug von jenem Holz gesammelt hatte, ersann ich mir einen neuen Plan und flocht mir Stricke aus den Zweigen und den Gräsern, die auf jener Insel wuchsen; mit denen band ich das Floß zusammen und sagte mir: ›Wenn ich nun gerettet werde, so geschieht es durch die Gnade Allahs.‹ Dann bestieg ich das Floß und fuhr auf ihm den Fluß entlang, bis ich zum anderen Ende der Insel kam. Dann aber entfernte ich mich von dem Eiland und trieb immer weiter fort, einen Tag, einen zweiten und einen dritten Tag lang, seitdem ich die Insel verlassen hatte. Ich lag da, die ganze Zeit hindurch, ohne zu essen; nur wenn mich dürstete, trank ich von dem Wasser des Stromes, und so glich ich einem schwindeligen Huhn, infolge all der Aufregung, des Hungers und der Angst. Schließlich gelangte das Floß mit mir an einen hohen Berg, unter dem der Strom seinen Weg nahm. Als ich das sah, fürchtete ich für mein Leben wegen der engen Schlucht, durch die ich mich früher auf dem anderen Flusse hatte hindurchzwängen müssen. Ich wollte mein Floß anhalten und bei dem Berge aussteigen; aber die Strömung war stärker als ich und riß das Floß mit mir weiter und trieb es unter den Berg. Als ich das sah, gab ich mich sicher verloren, und ich rief: »Es gibt keine Macht und es gibt keine Majestät außer bei Allah dem Erhabenen und Allmächtigen!« Aber nach kurzer Zeit kam das Floß wieder ins Freie hinaus, und da lag ein großes Tal vor mir, in das der Fluß mit donnergleichem Getöse und mit Windeseile hinabfiel. Ich hielt mich mit den Händen fest an das Floß, aus Furcht, ich könnte von ihm herunterfallen, während die Wellen mich im Spiel hin und her warfen. Mein Fahrzeug aber sauste mit der Strömung in jenes Tal hinab, da ich es nicht anhalten oder nach dem Ufer hin ablenken konnte. Schließlich landete es mit mir bei einer Stadt, die schön anzusehen, prächtig gebaut und dicht bevölkert war. Die Einwohner hatten mich auf jenem Floß gesehen, wie es inmitten des Flusses mit der Strömung dahintrieb, und ein Netz und Stricke darüber geworfen, mit denen sie es aus dem Wasser ans Land ziehen konnten. Da sank ich wie tot zwischen ihnen zu Boden; so sehr hatten Hunger und Wachen und Furcht mich erschöpft. Dann trat aus jener Schar ein alter Mann, ein würdiger Greis, auf mich zu, hieß mich willkommen und warf mir viele schöne Kleider zu, so daß ich damit meine Blöße bedekken konnte. Darauf nahm er mich mit sich, ging mit mir durch die Straßen dahin und führte mich in ein Bad; dort brachte er mir stärkende Scherbette und würzige Wohlgerüche. Und nachdem wir das Bad verlassen hatten, führte er mich in sein Haus hinein, und die Seinen waren froh, mich zu sehen. Darauf wies er mir einen schönen Sitz an und ließ mir köstliche Speisen bereiten. Ich aß, bis ich satt war, und dankte Allah dem Erhabenen für meine Rettung. Als ich das getan hatte, holten seine Diener mir heißes Wasser, in dem ich meine Hände waschen konnte, und seine Sklavinnen brachten mir seidene Tücher; mit denen trocknete ich meine Hände und wischte ich mir den Mund ab. Gleich darauf ließ der Greis ein eigenes Zimmer für mich allein im Seitenflügel seines Hauses frei machen und befahl seinen Dienern und Dienerinnen, mir aufzuwarten, meine Wünsche zu erfüllen und für alles zu sorgen, dessen ich bedurfte. Während die eifrig um mich besorgt waren, blieb ich drei Tage in dem Gastgemach und pflegte mich mit guter Speise, gutem Trank und duftenden Wohlgerüchen, bis Leben in mich zurückkehrte; meine Furcht legte sich, mein Herz ward ruhig, und meine Seele fand ihren Frieden wieder. Am vierten Tage kam der Greis zu mir und sprach: »Du hast uns durch deinen Besuch erfreut, mein Sohn. Allah sei gepriesen für deine Rettung! Sag an, willst du mit mir zum Strande und dann in den Basar hinuntergehen, um deine Ware zu verkaufen und den Erlös dafür zu erhalten? Vielleicht wirst du dir dafür etwas kaufen, mit dem du Handel treiben kannst.« Ich schwieg eine Weile, da ich mir sagte: ›Woher sollte ich Ware haben? Weshalb redet er so?‹ Er aber fuhr fort: »Mein Sohn, sorge dich nicht und mach dir keine Gedanken, sondern laß uns zum Basar gehen! Wenn wir jemanden finden, der dir für deine Ware so viel gibt, daß du zufrieden bist, so nimm den Preis an dich; wenn sie aber nicht genug für dich einbringt, so will ich sie für dich in meinem Vorratshause aufbewahren, bis gute Tage für den Handel kommen.« Ich sann noch immer über mich nach und sprach zu meinem Sinn: ›Tu nur, was er sagt! Du kannst ja sehen, was es mit der Ware auf sich hat.‹ Und so antwortete ich dem Manne: »Ich höre und gehorche, mein Oheim Scheich; auf deinem Tun ruhe Segen! Ich kann dir in nichts widersprechen.« Dann ging ich mit ihm zum Basar, und da fand ich, daß er jenes Floß, auf dem ich gekommen war, bereits auseinandergenommen hatte, und daß es aus Sandelholz bestand. Und er ließ es durch den Ausrufer zum Verkaufe ausbieten.

Da kamen auch schon die Kaufleute und öffneten das Tor des Angebotes; und sie boten immer mehr dafür, bis der Preis auf tausend Dinare gestiegen war. Nun hörten sie auf zu bieten; der Scheich aber wandte sich an mich mit den Worten: »Höre, mein Sohn, dies ist der rechte Preis für deine Ware in Tagen, wie diese sind; willst du sie um diesen Preis verkaufen, oder willst du warten und soll ich sie für dich in meinem Vorratshaus aufbewahren, bis eine Zeit kommt, in der du einen höheren Preis verlangen und erzielen kannst?« Ich erwiderte ihm: »Lieber Herr, du hast zu entscheiden; tu, was du willst!« »Mein Sohn«, fuhr er fort, »willst du mir das Holz um hundert Dinare mehr verkaufen, als die Händler dafür geboten haben?« »Ja«, antwortete ich, »dafür verkaufe ich es dir, und ich nehme den Preis an.« Nun befahl er seinen Dienern, das Holz in sein Vorratshaus zu schaffen; und nachdem ich mit ihm in sein Haus zurückgekehrt war, setzten wir uns, und er zählte mir das Kaufgeld vor. Auch ließ er mir Beutel holen und tat das Geld hinein; dann schloß er sie hinter einem eisernen Schlosse ein und gab mir den Schlüssel dazu. Nach einigen Tagen sprach der Scheich zu mir: »Mein Sohn, ich will dir einen Vorschlag machen, und ich würde es gern sehen, wenn du ihn annähmest.« »Welcher Art ist er?« fragte ich; und er antwortete: »Wisse, ich bin jetzt ein alter Mann geworden, und ich habe keine männlichen Nachkommen. Aber ich habe eine Tochter, jung an Jahren und schön von Gestalt, reich an Geld und Anmut. Ich möchte sie mit dir vermählen, auf daß du mit ihr in unserem Lande bleibst. Dann will ich dir auch alles, was ich habe und besitze, zu eigen geben; denn ich bin ja ein alter Mann, und du wirst bald an meine Stelle treten.« Ich schwieg und gab ihm keine Antwort. Da fuhr er fort: »Mein Sohn, willfahre mir in dem, was ich dir sage! Denn ich will dein Bestes; und wenn du meinen Wunsch erfüllest, so werde ich dich alsbald mit meiner Tochter vermählen; dann wirst du wie mein eigen Kind sein, und alles, was ich an Eigentum und Besitz habe, das wird dir gehören. Und wenn du dann Lust hast, Handel zu treiben und in deine Heimat zu reisen, so wird dich keiner hindern; du hast dann all diesen Reichtum zur Verfügung. Nun tu, was du willst und was du dir erwählst!« »Bei Allah, mein Oheim Scheich«, erwiderte ich ihm, »du bist mir wie ein Vater geworden. Ich habe viele Schrecken durchgemacht, und jetzt habe ich keine Einsicht und kein Urteil mehr. Daher stehe der Entscheid bei dir in allem, was du wünschest!« Da sandte der Scheich seine Diener aus, um den Kadi und die Zeugen zu holen; als jene gekommen waren, vermählte er mich mit seiner Tochter und bereitete für uns ein großes Freudenfest. Dann führte er mich zu ihr, und ich sah vor mir eine Jungfrau von höchster Schönheit und Lieblichkeit und des Wuchses Ebenmäßigkeit; auch trug sie reiche Gewänder und viel Schmuck und Geschmeide, Edelsteine, Halsbänder und kostbare Juwelen, Dinge, die tausendmal tausend Goldstücke wert waren, so viel wie niemand bezahlen konnte. Und nachdem ich zu ihr gegangen war, gefiel sie mir sehr, und wir liebten einander. Und ich lebte mit ihr lange Zeit in lauterster Freude und Fröhlichkeit, bis ihr Vater einging zur Barmherzigkeit Allahs des Erhabenen. Da bahrten wir ihn auf und begruben ihn; und ich legte meine Hand auf alles, was er besessen hatte, alle seine Sklaven wurden mein Eigentum und dienten von nun ab unter meinem Geheiß. Und die Kaufleute setzten mich in sein Amt ein; denn er war ihr Vorsteher gewesen, und keiner von ihnen hatte je etwas ohne sein Wissen und seine Erlaubnis beginnen dürfen, eben weil er ihr Scheich gewesen war. Nun aber trat ich an seine Stelle. Als ich mit den Leuten jener Stadt näher bekannt wurde, da entdeckte ich, daß sie sich einmal in jedem Monat verwandelten; dann wuchsen ihnen Flügel, und sie flogen zu den Wolken des Himmels empor, und niemand blieb in der Stadt zurück außer den Frauen und Kindern. Und ich sagte mir: ›Wenn der Erste des Monats kommt, will ich einen von ihnen bitten, mich mitzunehmen, wohin sie sich begeben.‹ Als darauf der nächste Monat begann und ihre Züge sich veränderten und ihre Gestalten verwandelt wurden, trat ich zu einem von ihnen ein und sprach zu ihm: »Bei Allah, ich beschwöre dich, trage mich mit dir fort, auf daß ich mir alles ansehen kann und dann mit euch zurückkehre!« Doch er gab mir zur Antwort: »Das ist ein Ding der Unmöglichkeit.« Aber ich hörte nicht auf, in ihn zu dringen, bis er einwilligte und ich mich auch mit den anderen verabredet hatte. Da hängte ich mich an ihn, und er schwebte mit mir in die Luft empor, ohne daß ich den Meinen, noch auch meinen Dienern und Freunden etwas davon gesagt hatte. Jener Mann aber flog immer weiter dahin, während ich an seinen Schultern hing, bis er mich zum Äther emportrug und ich hörte, wie die Engel im Himmelsdome Gott verherrlichten. Erstaunt rief ich aus: »Preis sei Allah! Gelobt sei Gott!« Kaum aber hatte ich die Lobpreisung ausgesprochen, so schoß ein Feuer vom Himmel, das die Leute beinahe verbrannt hätte. Da stiegen sie alle hinab und warfen mich auf einen hohen Berg; und weil sie sehr zornig auf mich waren, eilten sie wieder fort und ließen mich liegen. Nun war ich ganz allein auf jenem Berge dort. Ich machte mir Vorwürfe über das, was ich getan hatte, und ich sprach: »Es gibt keine Macht und es gibt keine Majestät außer bei Allah dem Erhabenen und Allmächtigen! Jedesmal, wenn ich kaum einer Not entronnen bin, gerate ich in eine andere, die noch ärger ist als die vorige.« Während ich nun auf dem Berge saß und nicht wußte, wohin ich mich wenden sollte, kamen plötzlich zwei Jünglinge, Monden gleich, von denen jeder einen goldenen Stab in der Hand hatte, auf den er sich stützte. Ich trat an sie heran und grüßte sie; und nachdem sie meinen Gruß erwidert hatten, sprach ich zu ihnen: »Um Gottes willen, sagt, wer seid ihr, was habt ihr vor?« Sie antworteten: »Wir gehören zu den Dienern Allahs des Erhabenen.« Darauf gaben sie mir einen der beiden Stäbe aus rotem Golde, die sie bei sich hatten, gingen ihrer Wege und ließen mich allein. Ich aber begann auf dem Gipfel des Berges umherzugehen, indem ich mich auf den Stab stützte und dabei über das Wesen der beiden Jünglinge nachdachte; da schoß plötzlich eine Schlange unter dem Berge hervor mit einem Manne in ihrem Maul, den sie bis unterhalb seines Nabels verschluckt hatte; und der Mann schrie: »Wer mich befreit, den soll Allah von aller Not befreien!« Alsbald eilte ich zu der Schlange hin und schlug ihr mit dem goldenen Stabe auf den Kopf; und sie spie den Mann aus ihrem Schlunde aus. Als ich die Schlange mit dem goldenen Stabe, den ich in der Hand trug, geschlagen, und sie den Mann aus ihrem Schlunde ausgespieen hatte, da trat der Mann zu mir hin und sprach: »Da meine Befreiung von dieser Schlange durch deine Hand geschehen ist, so will ich mich nie von dir trennen; du bist auf diesem Berge mein Gefährte geworden.« »Willkommen!« erwiderte ich; und wir schritten den Berg entlang, bis uns plötzlich eine Schar von Leuten entgegen kam. Ich schaute sie an, und siehe da, unter ihnen war der Mann, der mich auf seinen Schultern getragen und mit mir geflogen war. Ich ging zu ihm hin, entschuldigte mich bei ihm und redete ihm freundlich zu, indem ich sagte: »Mein Freund, so sollte ein Freund nicht am andern handeln.« Doch der Mann entgegnete mir: »Du bist es, der uns ins Unglück stürzte, weil du Allah auf meinem Rücken priesest.« »Sei mir nicht böse!« fuhr ich fort, »ich wußte nichts davon, hinfort werde ich kein Wort mehr sprechen.« Da willigte er ein, mich mitzunehmen, aber nur unter der Bedingung, daß ich den Namen Allahs nicht nennen und ihn nicht preisen dürfe, solange ich auf seinem Rücken wäre. Darauf nahm er mich auf und flog wie zuvor mit mir dahin, bis er mich zu meinem Hause gebracht hatte. Dort kam meine Frau mir entgegen, begrüßte mich und beglückwünschte mich zur sicheren Heimkehr und sagte dann zu mir: »Hüte dich, noch einmal mit jenen Leuten auszuziehen, und geselle dich auch nicht zu ihnen; denn sie sind die Brüder der Teufel, und sie dürfen den Namen Allahs des Erhabenen nicht aussprechen!« »Wie hielt es denn dein Vater mit ihnen?« fragte ich; und sie erwiderte mir: »Mein Vater gehörte nicht zu ihnen und tat auch nicht wie sie. Und da er nun gestorben ist, so halte ich es für das beste, daß du alles, was wir besitzen, verkaufst und für den Preis Waren erstehst und dann mit mir in deine Heimat und zu den Deinen fährst; ich trage kein Verlangen danach, in dieser Stadt zu bleiben, nachdem meine Mutter und mein Vater gestorben sind.« Da verkaufte ich den ganzen Besitz jenes Scheichs, ein Stück nach dem andern, und hielt Umschau, ob nicht einer aus jener Stadt nach Baghdad reiste, so daß ich mich ihm hätte anschließen können. Während ich damit beschäftigt war, vernahm ich bald von einer Schar der Städter, die zwar dorthin reisen wollte, aber kein Schiff finden konnte; deshalb kauften sie Holz und bauten sich ein großes Fahrzeug. Ich einigte mich mit ihnen über Fahrgeld und Fracht, und nachdem ich ihnen den vollen Preis im voraus bezahlt hatte, brachte ich meine Frau und alle unsere bewegliche Habe an Bord; nur die Grundstücke und Landgüter ließen wir im Stich. Dann gingen wir in See und fuhren immer weiter dahin auf dem Wasser, von Insel zu Insel und von Meer zu Meer. Wind und Wetter waren günstig, bis wir wohlbehalten bei der Stadt Basra eintrafen. Diesmal hielt ich mich dort nicht auf, sondern ich mietete mir sofort ein anderes Schiff, in das ich alle meine Waren umlud, und machte mich auf den Weg nach Baghdad. Dort begab ich mich in mein Stadtviertel, ging in mein Haus und begrüßte die Meinen, meine Freunde und Gefährten; dann speicherte ich alle die Waren, die ich mitgebracht hatte, in meinen Vorratshäusern auf. Die Meinen aber hatten schon die Zeit meines Fernbleibens von ihnen auf der siebenten Reise berechnet und gefunden, daß es siebenundzwanzig Jahre waren; und so hatten sie alle Hoffnung auf meine Heimkehr fahren lassen. Als ich aber zu ihnen kam und ihnen von allen meinen Erlebnissen und Abenteuern berichtete, waren sie ganz davon überrascht und beglückwünschten mich zu meiner sicheren Heimkehr. Darauf entsagte ich vor Allah dem Erhabenen allen Reisen zu Lande und zu Wasser, nachdem ich diese siebente Reise überstanden hatte; sie war meiner Fahrten Wende und meiner Reiselust Ende. Und ich dankte Allah, dem Hochgepriesenen und Erhabenen und lobte Ihn von ganzem Herzen, weil Er mich zu den Meinen und in mein Heimatland zurückgeführt hatte. Nun erwäge, o Sindbad, o Festländer, alles was ich erlebt und durchgemacht habe, und wie es mir dann ergangen ist! Und doch mußte ich meine siebente Reise noch durch ein anderes Erlebnis beschließen.

*

Als ich das Reisen und die Handelsgeschäfte aufgab, sagte ich mir: ›Jetzt habe ich genug erlebt, und jetzt endet die Zeit in Freuden und Fröhlichkeit.‹ Während ich aber eines Tages in meinem Hause dasaß, klopfte es plötzlich an die Tür. Der Pförtner öffnete, und da trat ein Sklave des Kalifen herein und meldete: »Der Kalif entbietet dich zu sich.« Ich folgte dem Boten bis vor den Kalifen, küßte den Boden und sprach den Gruß. Ehrenvoll hieß der Herrscher mich willkommen; dann sprach er zu mir: »Sindbad, ich habe eine Bitte an dich; willst du sie erfüllen?« Da küßte ich ihm die Hand und sprach: »Mein Gebieter, welche Bitte kann der Herr an den Knecht haben?« Er aber fuhr fort: »Ich wünsche, daß du zum König von Ceylon reisest und ihm einen Brief und Geschenke von mir überbringest; denn er hat mir ja Gaben und ein Schreiben gesandt.« Darüber erschrak ich und erwiderte: »Bei Allah dem Allmächtigen, mein Gebieter, ich habe jetzt Abscheu vor dem Reisen, und wenn man mir nur von Reisen zur See und anderswo spricht, so erzittern meine Glieder um all der Fährlichkeiten und Schrecknisse willen, die ich erlitten und durchgemacht habe. Jetzt trage ich gar kein Verlangen mehr danach, und ich habe mir geschworen, nie mehr Baghdad zu verlassen.« Darauf berichtete ich dem Kalifen alles, was ich erlebt hatte, von Anfang bis zu Ende. Mit großem Staunen hörte er zu; dann fuhr er fort: »Bei Allah dem Allmächtigen, Sindbad, seit Menschengedenken hat man nicht gehört, daß ein Mensch dergleichen durchzumachen gehabt hätte, wie du es getan hast; und du tust recht daran, wenn du nicht mehr vom Reisen sprechen willst. Doch um meinetwillen zieh noch dies eine Mal fort und bringe meine Geschenke und mein Schreiben zum König von Ceylon! Dann magst du, so Allah der Erhabene will, alsbald heimkehren, und es wird keinerlei Dankesverpflichtung gegenüber jenem König mehr auf uns lasten.« »Ich höre und gehorche!« erwiderte ich; denn ich konnte ja seinem Befehle nicht widersprechen. Darauf gab er mir die Geschenke und den Brief und das Reisegeld; und ich küßte ihm die Hand und verließ seine Gegenwart. Ich reiste also von Baghdad fort, dem Meere zu. Und als ich mich eingeschifft hatte, fuhren wir mit der Hilfe Allahs des Erhabenen Tag und Nacht dahin, bis wir bei der Insel Ceylon ankamen; es war aber eine große Anzahl von Kaufleuten mit mir zusammen. Nachdem wir in den Hafen eingelaufen waren, gingen wir vom Schiff in die Stadt; ich nahm die Geschenke und das Schreiben und trat mit ihnen beim König ein und küßte den Boden vor ihm. Als er mich erblickte, rief er: »Sei willkommen, Sindbad! Bei Allah dem Allmächtigen, ich hatte schon Sehnsucht nach dir. Allah sei gepriesen, daß er mich dein Antlitz noch einmal hat schauen lassen!« Dann ergriff er meine Hand und ließ mich an seiner Seite sitzen; von neuem hieß er mich voll Freundlichkeit und Freude willkommen, sprach mich an und bezeigte mir seine Huld. Und er fragte mich: »Wie kommt es, daß du wieder zu uns gereist bist, o Sindbad?« Ich küßte ihm die Hand, dankte ihm und erwiderte: »Mein Gebieter, ich komme zu dir mit Geschenken und einem Briefe von meinem Herrn, dem Kalifen Harûn er-Raschîd.« Dann überreichte ich ihm die Gaben und das Schreiben; er las es und war sehr erfreut darüber. Das Geschenk bestand aus einem Rosse, das zehntausend Dinare wert war und einen vergoldeten, juwelenbesetzten Sattel trug, ferner aus einem Buche, einem prächtigen Gewande, hundert verschiedenen Arten von ägyptischer Leinwand und von Seidenstoffen aus Suez, Kufa und Alexandria, griechischen Decken und hundert Doppelpfunden roher Seide und Linnen. Außerdem befand sich darunter ein gar seltenes Kleinod, ein Becher aus Kristall, auf dem in der Mitte ein Löwe abgebildet war, und ihm gegenüber ein kniender Mann, der einen Bogen mit einem Pfeile so weit spannte, wie es ihm möglich war; dazu noch der Tisch Salomos, des Sohnes Davids – über beiden sei Heil! Der Brief aber lautete also: ›Gruß von dem Kalifen Harûn er-Raschîd, dem Allah große Macht beschied, und der durch Seine Gnade wie seine Väter hochgeehrt dasteht, ruhmvoll nah und fern, an den König, den glücklichen Herrn! Des ferneren: Dein Brief ist uns zu Händen gekommen, und wir haben uns seiner gefreut. Und nun senden wir Dir ein Buch des Namens: Der Verständigen Labe und der Freunde kostbare Gabe; dazu einige wertvolle Geschenke, wie sie Königen gebühren. Nimm sie huldvoll entgegen! Und Friede sei mit Dir!‹ Da beschenkte der König mich reichlich und erwies mir hohe Ehren; und ich flehte den Segen des Himmels auf ihn herab und dankte ihm für seine Güte. Nach einigen Tagen bat ich ihn um Erlaubnis zur Heimkehr, aber er gab sie mir erst, nachdem ich ihn lange und inständig angefleht hatte. Darauf nahm ich Abschied von ihm und zog zur Stadt hinaus, zusammen mit einigen Kaufleuten und anderen Reisegefährten. Jetzt wollte ich alsobald heimfahren; nach weiteren Reisen und Handelsgeschäften gelüstete es mich nicht mehr. Wir segelten immer weiter dahin und kamen an manchen Inseln vorbei; aber während der Fahrt umringten uns plötzlich auf hoher See Boote, in denen Menschen saßen, Teufeln gleich, bewaffnet mit Schwertern und Dolchen und Bogen, und gekleidet in Panzer und andere Rüstungen. Die fielen mit Hieb und Stoß über uns her, verwundeten oder töteten jeden von uns, der sich ihnen widersetzte, und nahmen das Schiff weg mit allem, was darinnen war. Dann brachten sie uns zu einer Insel und verkauften uns dort als Sklaven um den niedrigsten Preis. Mich kaufte ein reicher Mann, der mich in sein Haus führte; dort gab er mir Speise und Trank und Kleider und behandelte mich freundlich. So ward denn meine Seele beruhigt, und ich erholte mich ein wenig. Eines Tages aber sprach er zu mir: »Verstehst du nicht irgendeine Arbeit oder ein Handwerk?« Ich antwortete ihm: »Herr, ich bin Kaufmann, ich verstehe mich nur darauf, Handel zu treiben.« Als er dann weiter fragte: »Kannst du mit Pfeilen schießen?« erwiderte ich: »Ja, das kann ich.« Darauf holte er mir einen Bogen und Pfeile und setzte mich hinter sich auf einen Elefanten. Gegen Ende der Nacht brach er auf und führte mich zwischen mächtigen Bäume hindurch, bis er zu einem ganz hohen und starken Baume kam. Auf den hieß er mich hinaufklettern, gab mir Bogen und Pfeile und sprach zu mir: »Bleib jetzt hier sitzen, und wenn am Morgen die Elefanten an diese Stätte kommen, so schieße auf sie mit den Pfeilen; vielleicht erlegst du einen! Und wenn einer von ihnen stürzt, so komm zu mir und melde es mir!« Dann verließ er mich und ging fort; ich aber blieb voll Angst und Furcht in meinem Versteck auf dem Baume sitzen, bis die Sonne aufging. Da kamen die Elefanten heraus und liefen unter den Bäumen einher; und ich schoß auf sie mit den Pfeilen so lange, bis ich einen erlegt hatte. Am Abend ging ich zu meinem Herrn, und als ich ihm die Meldung brachte, freute er sich und machte mir ein Geschenk. Dann ging er hin und schaffte den toten Elefanten fort. So ging es nun weiter; jeden Morgen erlegte ich einen Elefanten, und dann kam mein Herr und schaffte ihn fort. Eines Tages aber, als ich wieder in meinem Versteck auf dem Baume saß, kamen plötzlich, ehe ich mich dessen versah, unendlich viele Elefanten, und als ich das Getöse hörte, das sie mit ihrem Brüllen und Trompeten machten, vermeinte ich, die Erde müsse davon erbeben. Alle umringten den Baum, auf dem ich saß und der einen Umfang von fünfzig Ellen hatte; und plötzlich trat ein ganz gewaltig großer Elefant vor, lief auf den Baum zu, wickelte seinen Rüssel um den Stamm, riß ihn mit den Wurzeln heraus und schleuderte ihn zu Boden. Da fiel ich ohnmächtig zwischen den Elefanten nieder. Und nun kam der Rieseneleｆant an mich heran, wand seinen Rüssel um mich und hob mich auf seinen Rücken. Dann lief er mit mir davon, und die anderen trabten hinterher. Immer weiter trug er mich dahin, während ich bewußtlos auf ihm lag, bis er mich an einer Stelle, an die er mich bringen wollte, von seinem Rücken abwarf. Dann lief er fort und die anderen Elefanten folgten ihm. Da kam ich zur Ruhe, und meine Angst legte sich. Allmählich besann ich mich auch wieder auf mich selber; doch ich glaubte, alles sei ein Traum. Als ich aber aufstand, sah ich mich zwischen lauter Elefantenknochen, und ich erkannte, daß jene Stätte der Totenacker der Elefanten war und daß jenes Riesentier mich wegen der Stoßzähne dorthin geführt hatte. Und sofort machte ich mich auf und ging einen Tag und eine Nacht hindurch, bis ich zum Hause meines Herren kam. Er sah wohl, daß ich vor Schrekken und Hunger bleich geworden war, aber er freute sich doch über meine Rückkehr und sprach zu mir: »Bei Allah, du hast mir das Herz schwer gemacht! Denn als ich hinging und den Baum entwurzelt fand, glaubte ich sicher, die Elefanten hätten dich zu Tode gebracht. Nun sag mir aber, wie es dir ergangen ist!« Da berichtete ich ihm, was ich erlebt hatte; er war höchlichst erstaunt und erfreut und fragte mich sogleich: »Kennst du jene Stätte noch?« Und wie ich sagte: »Jawohl, mein Gebieter«, nahm er mich mit sich auf einem Elefanten, und wir ritten dahin, bis wir die Stelle erreichten. Beim Anblick all jener vielen Elefantenzähne brach mein Herr in lauten Jubel aus, und dann lud er so viele von ihnen auf, wie er haben wollte, und wir kehrten nach Hause zurück. Dort bezeigte er mir hohe Achtung und sprach zu mir: »Mein Sohn, du hast uns den Weg zu sehr großem Gewinn gewiesen. Gott vergelte es dir reichlich! Jetzt lasse ich dich frei, vor dem Angesichte Allahs des Erhabenen. Die Elefanten haben schon manchen von uns ums Leben gebracht, weil wir sie wegen ihrer Zähne jagen. Dich aber hat Allah vor ihnen beschützt, und du hast uns großen Nutzen gebracht, indem du uns den Weg zu jenen Stoßzähnen wiesest.« Ich gab ihm zur Antwort: »Mein Gebieter, Allah lasse dich frei vom Feuer der Hölle! Jetzt bitte ich dich, mein Gebieter, erlaube mir, in meine Heimat zurückzukehren.« »Ja«, erwiderte er, »ich gebe dir die Erlaubnis. Wir haben alljährlich eine Messe, bei der die Kaufleute zu uns kommen, um diese Elefantenzähne von uns zu kaufen. Die Zeit der Messe steht jetzt nahe bevor; und wenn die Leute zu uns kommen, will ich dich mit ihnen heimsenden. Ich will dir auch genug geben, daß du deine Heimat erreichen kannst.« Da betete ich um Segen für ihn und dankte ihm; und ich stand bei ihm hinfort in hoher Ehre und Achtung. Nach einigen Tagen kamen auch die Kaufleute, wie er gesagt hatte; sie kauften und verkauften und trieben Tauschhandel, und als sie aufbrechen wollten, kam mein Herr zu mir und sagte: »Die Kaufleute sind zur Abfahrt bereit; mache dich auf und zieh mit ihnen in deine Heimat!« Da machte ich mich auf und rüstete mich zur Abfahrt mit ihnen. Sie hatten nämlich viele von jenen Stoßzähnen gekauft, ihre Lasten zusammengebunden und auf dem Schiffe verstaut; und als mein Herr mich mit ihnen heimsandte, zahlte er für mich das Fahrgeld und alle anderen Ausgaben, die ich zu leisten hatte, dazu gab er mir noch ein großes Geschenk in Waren. Wir segelten nun von Insel zu Insel, bis wir das Meer durchmessen hatten und die Gestade des Festlandes erreichten. Dort holten die Kaufleute ihre Vorräte heraus und verkauften sie, und auch ich tat das gleiche mit hohem Gewinn. Dann kaufte ich mir einige der kostbarsten Geschenke und der schönsten Seltenheiten sowie alles, was ich brauchte. Ferner erstand ich mir ein Reittier, und wir zogen durch die Wüste dahin, von Land zu Land, bis ich den Weg nach Baghdad fand. Dort ging ich zum Kalifen, sprach die Worte der Begrüßung, küßte ihm die Hand und berichtete ihm, was geschehen war und was ich erlebt hatte. Er freute sich über meine Rettung und dankte Allah dem Erhabenen; und dann ließ er meine Geschichte mit goldenen Buchstaben aufzeichnen. Ich aber ging in mein Haus und war nun wieder mit meinen Anverwandten und Freunden vereint.

»Bei Allah, ich beschwöre dich«, sagte darauf Sindbad der Festländer zu Sindbad dem Seefahrer, »sei mir nicht böse wegen dem, was ich dir etwa zuleide getan habe!«

Und hinfort lebten sie als treue Freunde und Gefährten in lauter Fröhlichkeit, Freude und Seligkeit, bis Der zu ihnen kam, der die Freuden schweigen heißt und die Freundesbande zerreißt, der die Schlösser vernichtet und die Gräber errichtet, der da ist der Becher des Todes – Preis sei Ihm dem Lebendigen, der nimmer stirbt!

## PRINZ AHMED UND FEE PERÎ BANÛ

In alten Zeiten und längst entschwundenen Vergangenheiten lebte einmal ein Sultan von Indien. Der hatte drei Söhne; der älteste hieß Prinz Husain, der zweite Prinz 'Alî, der dritte Prinz Ahmed. Er hatte auch eine Nichte, des Namens Prinzessin Nûr en-Nahâr, die Tochter seines jüngeren Bruders, der früh gestorben war und sein einziges Kind unter der Obhut des Onkels hinterlassen hatte. Der König widmete sich ihrer Erziehung mit großer Sorgfalt, und er verwandte alle Mühe darauf, daß sie im Lesen und Schreiben, im Nähen und Sticken, im Singen und im kunstvollen Spielen der Instrumente, die Lust und Freude schaffen, unterrichtet wurde. Diese Prinzessin übertraf auch an Schönheit und Lieblichkeit und an Verstand und Weisheit bei weitem alle Mädchen ihrer Zeit in allen Landen. Sie wuchs mit den Prinzen, ihren Vettern, in lauterer Freude auf; sie aßen gemeinsam und spielten miteinander und schliefen zusammen. Der König hatte in seinem Sinne beschlossen, wenn sie das Alter der Mannbarkeit erreicht hätte, so wolle er sie einem der benachbarten Fürsten vermählen; aber als sie zur Jungfrau herangereift war, bemerkte ihr Oheim, daß die drei Prinzen, seine Söhne, alle von tiefer Liebe zu ihr ergriffen waren, und daß ein jeder von ihnen sehnlichst wünschte, ihr Herz und ihre Hand zu gewinnen. Darum war der König tief innerlich betrübt, und er sprach bei sich selber: ›Wenn ich die Herrin Nûr en-Nahâr einem ihrer Vettern vermähle, werden die andern beiden mißvergnügt sein und wider meinen Entscheid murren; doch mein Herz kann es nicht ertragen, sie traurig und enttäuscht zu sehen. Würde ich sie aber einem Fremden zur Frau geben, so käme über alle drei Prinzen, meine eigenen Söhne, tiefer Gram und schweres Herzeleid;

ja, wer weiß, ob sie sich nicht selbst das Leben nehmen oder fortziehen und sich in ein fernes, fremdes Land begeben? Die Sache ist schwierig und birgt Gefahren; so geziemt es sich denn für mich, ihren Vater, derart zu handeln, daß, wenn einer von ihnen sie zur Gemahlin erhält, die andern beiden darüber nicht grollen.‹

Lange Zeit überlegte der Sultan die Sache in seinem Herzen; und schließlich ersann er einen Plan. Er ließ die drei Prinzen zu sich kommen und redete mit ihnen, indem er sprach: »Liebe Söhne, ihr seid mir alle gleich lieb und wert, einer wie der andere; ich kann darum weder einem von euch den Vorzug geben und ihn mit der Prinzessin Nûr en-Nahâr vermählen, noch auch steht es in meiner Macht, sie allen dreien zur Frau zu geben. Aber ich habe einen Plan erdacht, durch den sie einem von euch zuteil werden soll, ohne daß seine Brüder sich gekränkt zu fühlen brauchen oder Grund zum Neide haben; möge dann eure gegenseitige Liebe und Zuneigung unvermindert bleiben, und keiner soll je eifersüchtig auf das Glück des andern sein! Kurz, mein Plan ist dieser: Gehet hin und ziehet in ferne Länder, indem ihr euch voneinander trennt; dann bringt mir das wunderbarste und seltsamste Ding von allem, was ihr auf euren Reisen seht; und wer mit dem seltensten Kleinod heimkehrt, der soll der Gemahl der Prinzessin Nûr en-Nahâr werden! Stimmet nun diesem Vorschlage zu; und was ihr nur immer an Geld für die Reise und für den Erwerb seltener und einzigartiger Dinge gebraucht, das nehmet aus dem königlichen Schatze, so viel, wie ihr wünschet!« Die drei Prinzen, die stets ihrem Vater gehorsam waren, fügten sich einstimmig diesem Vorschlage; ein jeder war zufrieden und hegte die Zuversicht, daß er dem König die wundersamste Gabe bringen und so die Prinzessin zur Gemahlin gewinnen würde. Da befahl der Sultan, man solle einem jeden so viel Geld geben, wie er gebrauchte, ohne Beschränkung und ohne Berechnung; und dann sprach er zu ihnen: »Rüstet euch für die Reise ohne Zögern und Zaudern und ziehet dahin unter dem Schutze Allahs!«

Alsbald machten die drei Prinzen sich für Reise und Fahrt bereit. Sie verkleideten sich, indem sie die Gewandung von reisenden Kaufleuten anlegten, kauften alles ein, was sie nötig hatten, bestiegen Rosse von reinstem Blut und ritten, ein jeder von seinem Gefolge umgeben, mitsammen zum Palaste hinaus. Mehrere Tagereisen weit zogen sie auf derselben Straße dahin, bis sie eine Stätte erreichten, wo sich der Weg nach drei Richtungen hin teilte; dort kehrten sie in einem Chân ein und verzehrten ihr Nachtmahl. Dann verabredeten und vereinbarten sie, daß sie von jetzt ab, nachdem sie bis dorthin gemeinsam gereist waren, bei Tagesanbruch getrennte Wege wählen wollten; ein jeder von ihnen sollte seine eigene Straße ziehen, und alle drei sollten verschiedene Länder in der Ferne aufsuchen. Dabei kamen sie überein, nur ein Jahr lang zu reisen und dann, wenn sie noch im Lande der Lebenden weilten, alle drei wieder bei derselben Herberge zusammenzutreffen und gemeinsam zu ihrem Vater, dem Könige, heimzukehren. Ferner bestimmten sie, daß der erste, der zu dem Chân zurückkäme, bis zur Ankunft des nächsten warten sollte, und daß dann die beiden dort verweilen sollten, bis der dritte käme. Nachdem nun dies alles bündig verabredet war, begaben sie sich zur Ruhe; und als der Morgen graute, umarmten sie einander und sagten sich Lebewohl. Darauf bestiegen sie ihre Rosse und ritten von dannen, ein jeder in seiner Richtung.

Nun hatte Prinz Husain, der älteste Bruder, oftmals von den Wundern des Landes von Bischangarh erzählen hören, und er hatte es schon seit langer Zeit einmal besuchen wollen; darum wählte er den Weg, der dorthin führte, schloß sich einer Karawane an, deren Ziel jenes Land war, und zog mit ihr zu Wasser und zu Lande durch viele Gebiete, wüste Wildnisse und steinige Steppen, dichte Dschungeln und fruchtbare Landstriche, mit Feldern und Weilern, mit Gärten und Städten. Nachdem er drei Monate lang unterwegs gewesen war, erreichte er endlich Bischangarh, ein Land, das so ausgedehnt war und dessen Macht so weit reichte, daß es von vielen Fürsten beherrscht ward. Er kehrte in einer Karawanserei ein, die für Kaufleute aus den fernsten Ländern eigens erbaut war; und von den Leuten, die dort weilten, hörte er, daß die Hauptstadt einen großen Basar besaß, in dem man alle Arten von Seltsamkeiten und wunderbaren Dingen kaufte und verkaufte. Am nächsten Tage also begab Prinz Husain sich zu dem Basar, und wie er ihn erblickte, blieb er stehen und staunte über seine Länge und Breite. Denn er teilte sich in viele Straßen, die alle von Gewölben überdacht und durch Oberlichtfenster erleuchtet waren, und die Läden auf beiden Seiten waren von fester Bauart, alle nach demselben Muster und fast von gleicher Größe; und vor einem jeden war ein Schirmsegel ausgespannt, das den Sonnenglanz abhielt und kühlen Schatten spendete. In diesen Läden waren verschiedenerlei Arten von Waren in Reihen aufgespeichert. Da waren Ballen indischer Gaze, Leinenstoffe von feinstem Gewebe, einfarbig weiß oder gefärbt oder mit lebenswahren Mustern verziert, aus denen Tiere, Bäume und Blumen so deutlich hervortraten, daß man sie für wirkliche Tiere, Büsche und Gärten hätte halten können. Da waren ferner Seidenstoffe, Brokate und die feinsten Satins aus Persien und Ägypten in unerschöpflicher Fülle; und in den Porzellanläden standen gläserne Gefäße von jeglicher Art. Hier und da waren auch Läden, in denen Wandteppiche und Tausende von Fußteppichen zum Verkaufe auslagen.

Prinz Husain schritt von Laden zu Laden dahin und war voll Staunen darüber, daß er so wunderbare Dinge sah, von denen er sich nie hatte träumen lassen. Schließlich kam er zur Goldschmiedegasse, und dort erblickte er Edelsteine und Juwelen, goldene und silberne Gefäße, übersät mit Diamanten, Rubinen, Smaragden, Perlen und noch anderen kostbaren Steinen, die alle so hell glänzten und blitzten, daß die Läden von ihrem wundersamen Scheine erleuchtet waren. Da sagte er sich: ›Wenn in einer einzigen Straße solche Schätze und so seltene Juwelen zu finden sind, so weiß niemand als allein Allah der Allmächtige, wieviel Reichtum in dieser ganzen Stadt geborgen sein mag!‹ Nicht weniger staunte er, als er sah, wie die Frauen der Brahmanen im Übermaße ihres Reichtums mit den schönsten Edelsteinen geziert und von Kopf bis zu Fuß mit den reichsten Gewändern geschmückt waren; sogar ihre Diener und Dienerinnen trugen goldene Halsbänder und Armbänder und Spangen, die mit kostbaren Steinen besetzt waren. In der einen Basarstraße standen der Länge nach Scharen von Blumenverkäufern; denn alles Volk, hoch und niedrig, trug Kränze und Blumenschmuck. Einige hielten Sträuße in den Händen, andere wanden sich Kränze um ihre Häupter, wieder andere trugen lang herabhängende Blumengewinde und Girlanden um den Hals. Die ganze Straße sah aus wie eine einzige große Blumenterrasse; selbst die Kaufleute setzten Sträuße in jeden Laden und Verkaufsstand, und die ganze Luft war von schwülem Blütenduft erfüllt.

Wie Prinz Husain so hin und her schlenderte, ward er schließlich müde, und er hätte sich gern irgendwo niedergesetzt, um etwas auszuruhen. Da bemerkte einer der Kaufleute, daß er müde aussah, und er bat ihn freundlich und höflich, er möchte sich in seinem Laden niedersetzen. Der Fremdling sprach die Grußformel und setzte sich; gleich darauf sah er einen Makler des Weges kommen, der einen Teppich, vier Ellen im Geviert, zum Verkaufe feilbot, indem er ausrief: »Ein Teppich zu verkaufen! Wer zahlt mir seinen Preis? Das sind dreißigtausend Goldstücke!« Da war der Prinz höchlichst erstaunt über den Preis; er winkte den Händler heran, und nachdem er dessen Ware genau besichtigt hatte, sprach er: »Ein Teppich wie dieser wird um wenige Silbermünzen verkauft! Was für eine besondere Eigenschaft hat er denn, daß du die Summe von dreißigtausend Goldstücken dafür verlangst?« Der Makler glaubte, Husain sei ein Kaufmann, der vor kurzem in Bischangarh angekommen sei, und gab ihm zur Antwort: »Werter Herr, glaubst du, ich setze den Preis dieses Teppichs zu hoch an? Mein Herr hat mir befohlen, ihn nicht für weniger als vierzigtausend Goldstücke zu verkaufen!« Da fuhr der Prinz fort: »Er muß doch irgendeine wunderbare Eigenschaft besitzen; sonst würdest du nicht eine so ungeheure Summe verlangen!« »Es ist wahr, werter Herr«, erwiderte der Makler, »seine Eigenschaften sind einzigartig und wundersam. Wer auf diesem Teppich sitzt und in Gedanken den Wunsch ausspricht, in die Höhe gehoben und an anderer Stätte niedergesetzt zu werden, der wird im Augenblick dorthin getragen, mag die Stätte in der Nähe sein oder auch viele Tagereisen entfernt und schwer zu erreichen.« Als der Prinz diese Worte vernahm, sprach er bei sich selber: ›Ich kann meinem Vater, dem Sultan, nichts als Gabe heimbringen, das so wunderbar seltsam wie dieser Teppich wäre, nichts auch, das ihm größeres Vergnügen und Entzücken bereiten würde. Allah der Erhabene sei gepriesen, das Ziel meiner Fahrt ist erreicht, und hierdurch werde ich, so Gott will, meinen Wunsch erfüllt sehen! Wenn irgend etwas, so wird dieser Teppich ihm ein ewiger Quell der Freude sein.‹ So wandte sich denn der Prinz, in der Absicht, den fliegenden Teppich zu kaufen, an den Makler und sprach zu ihm: »Wenn er wirklich solche Kräfte hat, wie du sie beschreibst, dann ist der Preis, den du für ihn verlangst, in der Tat nicht zu hoch, und ich bin bereit, dir die verlangte Summe zu zahlen.« Jener gab ihm zur Antwort: »Wenn du meine Worte bezweifelst, so bitte ich dich, stelle sie auf die Probe und behebe dadurch deinen Verdacht! Setze dich auf dies Geviert von gewirktem Stoffe und es wird uns auf deinen bloßen Wunsch und Willen hin nach der Karawanserei tragen, in der du wohnst; auf diese Weise wirst du dich vergewissern, daß meine Worte wahr sind; und erst wenn du dich von ihrer Wahrheit überzeugt hast, brauchst du mir den Preis meiner Ware zu zahlen, an jenem Orte und zu jener Zeit, nicht eher!« Darauf breitete der Mann den Teppich hinter dem Laden auf den Boden und ließ den Prinz darauf Platz nehmen, während er sich selbst neben ihn setzte. Dann plötzlich, auf den bloßen Willen und Wunsch des Prinzen Husain hin, wurden die beiden zum Chân getragen, als ob sie sich auf dem Throne Salomos befänden.

So freute sich denn der älteste von den drei Brüdern gar sehr in dem Gedanken, daß er ein solch seltenes Kleinod, dessengleichen nirgends in allen Landen, auch nicht bei den Königen, gefunden werden konnte, nunmehr gewonnen hatte; Herz und Seele frohlockten in ihm, weil er nach Bischangarh gekommen war und dort solch ein Wunderding getroffen hatte. Er zahlte daher die vierzigtausend Goldstücke als Preis für den Teppich und schenkte obendrein dem Makler noch zwanzigtausend als Zugabe. Und immerfort sagte er sich, der König werde ihn, sobald er den Teppich sähe, mit der Prinzessin Nûr en-Nahâr vermählen; denn das wäre doch ganz und gar unmöglich, daß einer von seinen Brüdern, wenn sie auch die ganze Welt nach allen Richtungen durchsuchten, ein Kleinod finden könnte, das sich mit diesem vergleichen ließe. Es verlangte ihn, sich sofort auf den Teppich zu setzen und in sein Land zu fliegen, oder doch wenigstens seine Brüder in der Herberge zu erwarten, bei der sie sich getrennt hatten mit dem feierlich beschworenen Versprechen, nach einem Jahre sich wieder zu treffen. Doch alsbald kam ihm der Gedanke, daß ihm die Zeit, die er dort würde warten müssen, zu lang werden könnte, und er fürchtete sehr, er möchte in Versuchung geraten, einen übereilten Schritt zu tun. Deshalb beschloß er, in dem Lande zu bleiben, dessen König und Einwohner er schon seit so langer Zeit sehnsüchtig hatte kennen lernen wollen, und er faßte den Plan, die Zeit damit zu verbringen, daß er sich das Land ansah und Lustfahrten in die benachbarten Länder machte.

So verweilte denn Prinz Husain einige Monate in Bischangarh. Nun hatte der König jenes Landes die Gewohnheit, einmal in jeder Woche einen Gerichtstag abzuhalten, um Streitigkeiten anzuhören und Rechtsfälle zu schlichten, die fremde Kaufleute betrafen; auf diese Weise sah der Prinz den König des öfteren, aber er erzählte nie einem Menschen etwas von seinem Erlebnis. Doch da er ein schönes Antlitz und einen anmutigen Gang hatte, höflich in seiner Rede war, dazu beherzt und stark, verständig, vorsichtig und voll Geist, so wurde er vom Volke in höheren Ehren gehalten als der Sultan, von den Kaufleuten, seinen Genossen, ganz zu schweigen; und mit der Zeit wurde er bei Hofe beliebt, und er erfuhr aus des Herrschers eigenem Munde alles, was sein Reich und seine Macht und seine Größe betraf. Auch besuchte der Prinz die berühmtesten Pagoden jenes Landes. Die erste, die er sah, war aus Kupfer und Messing von allerfeinster

Arbeit; die innere Zelle maß drei Ellen im Geviert und barg in ihrer Mitte ein goldenes Bild, das an Größe und Gestalt einem Mann von wunderbarer Schönheit glich; und so kunstvoll war die Arbeit, daß sein Gesicht die Augen, zwei große Rubinen von ungeheurem Werte, auf jeden Beschauer zu heften schien, mochte er stehen, wo er wollte. Ferner sah der Prinz einen Götzentempel, der nicht weniger wunderbar und selten war als der erste; der war inmitten eines Dorfes erbaut, auf einer ebenen Fläche, die etwa einen halben Morgen lang und breit war, und auf der liebliche Rosen, Jasmin, Basilienkraut und mancherlei andere süß duftende Pflanzen blühten, deren Wohlgerüche die ganze Luft dort erfüllten. Rings um den Tempelhof aber lief eine Mauer, drei Fuß hoch, so daß sich kein Tier hinein verirren konnte; und in der Mitte befand sich eine Terrasse, fast in Manneshöhe, ganz aus weißem Marmor und welligem Alabaster erbaut; in ihr war jede einzelne Platte so fein behauen und so genau eingefügt, daß der ganze Flur, obgleich er eine große Fläche bedeckte, aussah, als ob er nur aus einem einzigen Steine bestände. In der Mitte der Terrasse stand der heilige Kuppelbau, der sich etwa fünfzig Ellen hoch emporhob und auf viele Meilen hin sichtbar war; er war dreißig Ellen lang und zwanzig breit, und die roten Marmorsteine in der Mauerverkleidung waren blank poliert wie ein Spiegel, so daß ein jedes Ding sich darin naturgetreu widerspiegelte. Die Kuppel war kunstvoll gemeißelt und auf der Außenseite prächtig verziert; drinnen waren nach Rang und Würden Reihen und Reihen von Götzenbildern aufgestellt. Hierher, zu diesem Allerheiligsten, strömten von früh bis spät Tausende von Brahmanen, Männer und Frauen, zum täglichen Gottesdienste herbei. Die fanden Spiele und Lustbarkeiten dort ebensowohl wie Riten und Zeremonien; die einen schmausten, andere tanzten, die einen sangen, andere spielten Instrumente der Freude und Fröhlichkeit, und so fanden an mancherlei Orten Spiele und Gelage und unschuldige Lustbarkeiten statt. Hierher strömten auch zu jeder Jahreszeit Scharen von Pilgern aus fernen Ländern, um ihre Gelübde zu erfüllen und ihre Gebete zu verrichten; alle brachten Gaben an Gold und Silbermünzen und seltene und kostbare Geschenke, die sie in Gegenwart der königlichen Beamten opferten.

Ferner sah Prinz Husain ein Fest, das nur einmal im Jahre in der Stadt Bischangarh gefeiert wurde. Da kamen alle Lehnspächter, große und kleine, zusammen und zogen um die Pagoden herum, vor allem aber um eine, die alle anderen an Größe und Pracht übertraf. Große und gelehrte Pandits, die in den heiligen Schriften bewandert waren, machten Reisen von vier und fünf Monaten und begrüßten einander bei diesem Feste; aus allen Gegenden Indiens pilgerte das Volk in solchen Mengen dorthin, daß Prinz Husain über diesen Anblick erstaunt war; und weil sich solche Volksmassen bei den Tempeln zusammendrängten, konnte er nicht einmal sehen, in welcher Weise die Götter verehrt wurden.

Auf der einen Seite der benachbarten Ebene, die sich weit und breit erstreckte, stand ein neu errichteter Bau von gewaltiger Größe und hoher Pracht, neun Stockwerke hoch, der auf einem Unterbau aus vierzig Pfeilern ruhte; dort versammelte der König einmal in jeder Woche seine Wesire, um allen Fremden im Lande Recht zu sprechen. Das Innere des Palastes war reich verziert und mit kostbarer Einrichtung ausgestattet; auf der Außenseite waren die Wandflächen bemalt mit Darstellungen von heimischen Landschaften und Szenerien aus fernen Gegenden, vor allem auch von allerlei vierfüßigen Tieren, Vögeln und Insekten, sogar auch von Mücken und Fliegen, die mit solchem Kunstsinn und mit so geschickter Hand abgebildet waren, daß sie wirklich lebendig schienen und daß das Landvolk und die Bauern, wenn sie von ferne die Bilder von Löwen, Tigern und an deren reißenden Tieren sahen, mit Furcht und Schrecken erfüllt wurden. Auf den anderen Seiten der Ebene befanden sich Pavillons, gleichfalls aus Holz, für den Gebrauch des Volkes hergerichtet; die waren im Innern und auf den Außenseiten schön ausgestattet und bemalt wie jener erste Bau, doch so kunstvoll gebaut, daß man sie mit allem Volke darin umdrehen und nach jeder Stelle, wohin man nur wollte, fortbewegen konnte. So schaffte man diese gewaltigen Bauten mit Hilfe von Maschinen hin und her, und das Volk darin konnte nacheinander verschiedenen Lustbarkeiten und Spielen zuschauen. Ferner waren auf jeder Seite des Vierecks Elefanten in Reihen, wohl tausend an der Zahl; deren Rüssel und Ohren und Hinterseiten waren mit Zinnober bemalt und mit allerlei gefälligen Zeichnungen geschmückt; ihre Schabracken waren aus Goldbrokat, die Sänften auf ihren Rücken waren mit Silber bestickt. Sie trugen Bänkelsänger, die mancherlei Instrumente spielten, während Spaßmacher die Menge mit ihren Scherzen belustigten und Schauspieler ihre unterhaltsamsten Rollen spielten. Von all den Sehenswürdigkeiten aber, die der Prinz erblickte, gefiel ihm die Elefantenschau am meisten, und die erfüllte ihn mit der größten Verwunderung. Ein mächtiges Tier, das hin und her gefahren werden konnte, wohin die Wärter nur wollten, da seine Füße auf einem Gestelle ruhten, das auf Rollen lief, hielt in seinem Rüssel eine Flöte, auf der es so schön spielte, daß alles Volk mit Freuden Beifall rief. Da war auch noch ein kleineres Tier, das auf der einen Seite eines Balkens stand; dieser Balken lag quer über einem acht Ellen hohen Holzblock und war mit Angeln daran befestigt, und auf dem anderen Ende lag ein eisernes Gewicht, das ebenso schwer war wie der Elefant. Der drückte dann so lange auf den Balken, bis sein Ende den Boden berührte, und dann hob ihn das Gewicht am anderen Ende wieder hoch. So schwang der Balken wie eine Schaukel auf und nieder, und wenn er sich bewegte, so wiegte der Elefant sich hin und her, im gleichen Takte wie die Musik der spielenden Kapellen, wobei er laut trompetete. Das Volk konnte sich um diesen Elefanten, während er sich auf dem Balken wiegte, von Ort zu Ort herumfahren lassen. Solche Vorführungen von gelehrigen Elefanten geschahen meist in Gegenwart des Königs.

Prinz Husain verbrachte fast ein Jahr damit, sich die Sehenswürdigkeiten auf den Märkten und bei den Festen von Bischangarh anzuschauen. Als dann aber die Zeit der Verabredung mit seinen Brüdern kam, breitete er seinen Teppich im Hofe hinter dem Chân, in dem er wohnte, auf die Erde, schaffte sein Gefolge, die Rosse und alles, was er mitgebracht hatte, hinauf, setzte sich und sprach in Gedanken den Wunsch aus, er wolle nach der Karawanserei versetzt werden, in der die drei Brüder sich zu treffen verabredet hatten. Kaum hatte er den Gedanken gefaßt, da erhob sich schon im selben Augenblicke der Teppich hoch in die Luft, sauste dahin durch den Raum und trug alle zu der bestimmten Stätte; und dort blieb der Prinz, immer noch im Gewande eines Kaufmanns, um seine Brüder zu erwarten.

Hören wir nun, was Prinz 'Alî, der ältere von den beiden Brüdern des Prinzen Husain, erlebte! Der hatte sich am dritten Tage nach seiner Trennung von den beiden anderen auch einer Karawane angeschlossen und war gen Persien gereist. Als er nach einem Marsche von vier Monaten in Schiras, der Hauptstadt des Landes Iran, angekommen war, kehrte er mit seinen Reisegefährten, die ihm fast wie Freunde geworden waren, in einem Chân ein; und er bezog dort seine Wohnung mit ihnen, indem er als Juwelier galt. Am nächsten Tage gingen die Händler fort, um Waren zu kaufen und ihre eigenen Güter zu verkaufen; Prinz 'Alî jedoch, der nichts mitgebracht hatte, was er verkaufen konnte, sondern nur die Sachen, die er für sich brauchte, legte alsbald sein Reisekleid ab und begab sich mit einem Gefährten von der Karawane zu dem Hauptbasar, der als Bazistân, oder Tuchmarkt, bekannt war. 'Alî wanderte umher auf jenem Markte, der aus Ziegelsteinen erbaut war und an dem alle Läden gewölbte Dächer hatten, die auf schönen Säulen ruhten; und er wunderte sich sehr, wie er die prächtigen Lagerhäuser sah, in denen alle Arten von unendlich wertvollen Waren zum Verkaufe auslagen. Erstaunt fragte er sich, wie reich die ganze Stadt sein müsse, wenn eine einzige Marktstraße schon dergleichen Schätze barg. Während nun die Makler einhergingen und ihre Waren zum Verkaufe ausriefen, sah er unter ihnen einen, der ein etwa ellenlanges Elfenbeinrohr in der Hand hielt, das er zum Preise von dreißigtausend Goldstücken zum Verkaufe ausbot. Als Prinz 'Alî diesen Preis hörte, dachte er bei sich: ›Der Bursche da ist sicher ein Narr, daß er einen solchen Preis für ein so armseliges Ding verlangt!‹ Dann fragte er einen der Ladenbesitzer, mit dem er bekanntgeworden war, indem er sprach: »Mein Freund, ist der Mann dort ein Irrsinniger, daß er die Summe von dreißigtausend Goldstücken für diese kleine Elfenbeinröhre verlangt? Doch nur ein Dummkopf würde ihm einen so hohen Preis zahlen und für das Ding einen solchen Schatz Goldes verschwenden!« »Werter Herr«, erwiderte der Ladenbesitzer, »dieser Makler ist klüger und verständiger als alle die anderen seines Standes, und durch ihn habe ich Waren im Werte von Tausenden von Goldstücken verkaufen lassen. Bis gestern war er noch bei klarem Verstande; aber ich weiß nicht, in welcher Verfassung er sich heute befindet und ob er seinen Verstand verloren hat oder nicht. Doch das weiß ich sicher, wenn er dreißigtausend für ein Elfenbeinrohr verlangt, dann ist es so viel wert oder noch mehr. Immerhin, wir werden es ja mit eigenen Augen sehen. Setz dich hier nieder und warte im Laden, bis er bei uns vorbeikommt!« Da setzte Prinz 'Alî sich nieder auf den Platz, den jener ihm anbot, und alsbald sah man auch den Makler des Weges kommen. Nun rief der Besitzer des Ladens ihn heran und sprach zu ihm: »Mann, deine kleine Röhre da muß eine seltsame Kraft besitzen; alle Leute hören mit Staunen, daß du einen so hohen Preis dafür verlangst; ja, mein Freund hier glaubt sogar, du seiest von Sinnen.« Der Makler, ein verständiger Mann, zeigte keinerlei Ärger über diese Worte, sondern antwortete in höflicher Rede: »Hoher Herr, ich zweifle gar nicht daran, daß du mich für einen Irren halten mußt, da ich einen so hohen Preis verlange und einem so geringen Gegenstand so hohen Wert beilege; aber wenn ich dir seine Eigenschaften und Kräfte gezeigt haben werde, so wirst du gern bereit sein, ihn für den Preis zu erwerben. Nicht nur du allein, sondern alle Leute, die mich meinen Ruf haben ausrufen hören, lachen und nennen mich einen Narren.« Mit diesen Worten zeigte der Makler dem Prinzen 'Alî das Rohr und reichte es ihm, indem er hinzufügte: »Schau dir dies Elfenbein gut an: ich will dir seine Eigenschaften erklären! Du siehst, daß es an beiden Enden mit einem Stück Glas versehen ist; wenn du nun das eine Ende davon an dein Auge legst, so kannst du alles sehen, was du nur wünschest, und es wird nah bei dir erscheinen, mag es auch viele hundert Meilen von dir entfernt sein.« Der Prinz gab zur Antwort: »Das geht über alles Verständnis hinaus; ich kann es auch noch nicht für wahr halten, bis ich es erprobt und mich davon überzeugt habe, daß es sich so verhält, wie du sagst.« Darauf legte der Makler das kleine Rohr in Prinz 'Alîs Hand, und indem er ihm zeigte, wie er es handhaben müsse, sprach er: »Was du nur immer wahrzunehmen wünschest, wird sich dir zeigen, wenn du durch dies Elfenbein schaust.« Prinz 'Alî wünschte stillschweigend seinen Vater zu sehen, und sowie er das Rohr dicht vor sein Auge hielt, sah er ihn frisch und froh auf seinem Throne sitzen, wie er dem Volke seines Landes Recht sprach. Dann verlangte er sehnsüchtig sein Herzlieb, die Prinzessin Nûr en-Nahâr, zu sehen; und sofort sah er auch sie, wie sie gesund und munter auf ihrem Ruhelager saß, plauderte und lachte, während eine Schar von Dienerinnen ihrer Befehle gewärtig umherstand. Der Prinz war über die Maßen erstaunt, wie er dies seltsame und wunderbare Schauspiel sah, und er sprach bei sich selber: ›Wenn ich auch die ganze Welt zehn Jahre lang oder noch länger in all ihren Ekken und Winkeln durchsuche, werde ich doch nie ein so selten und kostbar Ding wie dies Elfenbeinrohr finden.‹ Darauf sagte er zu dem Makler: »Die Eigenschaften deines Rohres sind, wie ich sehe, wirklich von der Art, die du beschrieben hast, und ich will dir sehr gern dreißigtausend Goldstücke als Preis dafür bezahlen.« »Hoher Herr«, erwiderte der Makler, »mein Gebieter hat einen Eid geschworen, daß er sich nicht für weniger als vierzigtausend Goldstücke davon trennen will.« Der Prinz nun, der einsah, daß der Makler ein gerechter und ehrlicher Mann war, wog ihm die vierzigtausend Goldstücke ab und wurde so der Besitzer des Fernrohres, selig in dem Gedanken, daß es seinen Vater voll erfreuen und ihm die Hand der Prinzessin Nûr en-Nahâr gewinnen würde. So zog denn 'Alî mit frohem Sinne durch Schiras und weiter auf mancherlei Straßen Persiens dahin; und schließlich, als das Jahr fast vorüber war, schloß er sich einer Karawane an und erreichte auf seiner Rückreise nach Indien gesund und wohlbehalten die verabredete Karawanserei, in der Prinz Husain schon vor ihm eingetroffen war. Dort warteten die beiden, bis ihr dritter Bruder wohlbehalten zurückkehrte.

Dies ist die Geschichte der beiden älteren Brüder; hören wir nun, was dem jüngsten von ihnen, dem Prinzen Ahmed, widerfuhr! Denn sein Erlebnis war das merkwürdigste und seltsamste von allen. Als er sich von seinen Brüdern getrennt hatte, wählte er den Weg, der nach Samarkand führte; und wie er dort nach einer langen Reise eintraf, kehrte er, ebenso wie seine Brüder, in einem Chân ein. Am nächsten Tage ging er fort, um sich den Markt anzuschauen, den das Volk dort Bazistân nennt, und er sah, daß er schön angelegt war; die Läden waren kunstvoll gebaut und mit seltenen Stoffen, wertvollen Gütern und kostbaren Waren gefüllt. Wie er nun so hin und her schritt, traf er auf einen Makler, der einen Zauberapfel feilbot mit dem Rufe: »Wer kauft diese Frucht? Sie ist fünfunddreißigtausend Goldstücke wert!« Da sprach Prinz Ahmed zu dem Manne: »Bitte, laß mich doch einmal die Frucht sehen, die du in der Hand hast, und erkläre mir, welche geheime Kraft sie besitzt, daß du einen so hohen Preis für sie verlangst!« Der Makler lächelte, reichte ihm den Apfel und sprach: »Wundere dich nicht hierüber, mein guter Herr! Fürwahr, ich bin gewiß, wenn ich dir seine Eigenschaft erklärt habe, und wenn du siehst, welch eine Wohltat für die Menschheit sie ist, so wirst du meinen Preis nicht für übertrieben halten; nein, du wirst vielmehr gern einen Schatz Goldes dafür hingeben, falls du den besitzest.« Dann fuhr er fort: »Jetzt höre mich an, mein Gebieter, ich will dir erzählen, welche Kraft in diesem kunstvollen Apfel verborgen liegt! Wenn irgendein Mensch an einer Krankheit leidet, mag sie auch noch so schwer sein, ja noch mehr, wenn er schon dem Tode nahe ist, und wenn er dann nur an diesem Apfel riecht, so wird er sich alsbald erholen, er wird gesund und geheilt von jeglicher Krankheit, die ihn plagte, sei es Pest oder Brustseuche, Fieber oder irgendein anderes bösartiges Leiden, gleich als ob er niemals krank gewesen wäre; seine Kraft wird ihm sofort zurückkehren, und nachdem er einmal an dieser Frucht gerochen hat, wird er aller Krankheit und alles Leidens frei und ledig sein, solange die Lebensgeister in ihm weilen.« Doch Prinz Ahmed entgegnete: »Wie kann ich sicher sein, daß deine Worte wahr sind? Wenn die Sache sich so verhält, wie du sagst, dann will ich dir mit der größten Freude die Summe geben, die du verlangst!« »Mein Gebieter«, erwiderte der Makler, »alle Menschen, die hier in der Gegend von Samarkand wohnen, wissen recht wohl, daß früher in dieser Stadt ein weiser Mann wohnte, der eine wundersame Geschicklichkeit besaß, und der nach vielen Jahren mühsamer Arbeit diesen Apfel hergestellt hat, durch Mischung von unendlich vielen Arzneien aus Kräutern und Mineralien. All sein Gut, das sehr beträchtlich war, gab er dafür aus, und nachdem er den Apfel hergestellt hatte, machte er Tausende von kranken Menschen wieder gesund, indem er sie nur an dieser Frucht riechen ließ. Doch ach, sein Leben fand ein plötzliches Ende, und der Tod überraschte ihn unversehens, ehe er sich selbst durch den wunderbaren Duft retten konnte; und da er keinen Reichtum gesammelt, sondern nur eine trauernde Witwe, eine große Schar kleiner Kinder und viele Angehörige hinterlassen hat, so konnte seine Witwe sich nicht anders helfen als dadurch, daß sie sich von diesem Wunderkleinod trennte, um Mittel für den Unterhalt der Ihrigen zu gewinnen.« Während der Verkäufer dem Prinzen diesen seinen Bericht erstattete, sammelte sich eine große Schar von Bürgern um sie; und einer aus der Menge, der dem Makler wohlbekannt war, trat hervor und sprach: »Einer meiner Freunde liegt sterbenskrank zu Hause; die Ärzte und Männer der Heilkunde verzweifeln alle an seinem Leben; darum flehe ich dich an, laß ihn an dieser Frucht riechen, damit er am Leben bleibt!« Wie Prinz Ahmed diese Worte vernahm, wandte er sich dem Verkäufer zu und sprach: »Mein Freund, wenn dieser Kranke, von dem du da hörst, durch den Geruch des Apfels wieder zu Kräften kommt, will ich ihn dir sofort abkaufen zum Preise von vierzigtausend Goldstücken.«

Der Mann hatte Vollmacht, ihn für den Betrag von fünfunddreißigtausend Goldstücken zu verkaufen; und da er nun mit einer Maklergebühr von fünftausend zufrieden war, sagte er: »Es ist gut, mein Herr! Jetzt magst du die Kräfte dieses Apfels erproben und dich selbst davon überzeugen; Hunderte von Kranken habe ich mit seiner Hilfe gesund gemacht.« Somit begleitete der Prinz die Leute zum Hause des Kranken und fand ihn in den letzten Atemzügen auf seinem Bette liegen; kaum hatte jedoch der Sterbende an der Frucht gerochen, da erholte er sich sofort und erhob sich, vollkommen geheilt, gesund und munter. Darauf erwarb Ahmed den Wunderapfel von dem Makler und zahlte ihm die vierzigtausend Goldstücke aus. Nachdem er so das Ziel seiner Reise erreicht hatte, dachte er alsbald daran, sich einer Karawane, die nach Indien zog, anzuschließen und zu seines Vaters Heimstatt zurückzukehren; doch inzwischen beschloß er, sich mit den Sehenswürdigkeiten und Wunderdingen Samarkands die Zeit zu vertreiben. Eine besondere Freude war es ihm, auf die herrliche Ebene, die da Soghd heißt und die eine von den Wundern der Welt ist, hinauszuschauen; dies Gelände war auf allen Seiten eine Augenweide, in smaragdgrünem, lichtem Kleide, mit kristallenen Bächen wie das Paradiesesland; die Gärten brachten alle Arten von Blumen und Früchten hervor, und die Städte und Paläste erfreuten das Auge der Fremden. Nach einer Weile schloß sich dann Prinz Ahmed einer Karawane von Kaufleuten an, die gen Indien zog; und als seine lange und mühsame Reise zu Ende war, erreichte er schließlich die Karawanserei, in der seine beiden Brüder Husain und 'Alî ungeduldig auf sein Kommen warteten. Da wurden die drei Brüder von herzlicher Freude erfüllt, als sie wieder vereint waren, und sie umarmten einander; und sie dankten Allah, der sie nach so langer und banger Trennung nunmehr gesund und munter, frisch und froh heimgeführt hatte.

Nun wandte Prinz Husain, als der Älteste, sich zu den anderen und sprach: »Jetzt geziemt es uns, daß ein jeder berichte, wie es ihm ergangen ist, und zu wissen tue, was für ein selten Ding er mitgebracht hat und welche Kräfte es besitzt. Ich, als der Erstgeborene, will auch zuerst meine Erlebnisse berichten. Ich bringe aus Bischangarh einen Teppich mit, der zwar nur unansehnlich ist, der aber solch wunderbare Kräfte besitzt, daß jemand, der auf ihm sitzt und dann im Geiste den Wunsch ausspricht, ein Land oder eine Stadt zu besuchen, sogleich dorthin versetzt wird, ohne Beschwer und unversehrt, mag die Reise bis dort auch sonst Monate oder gar Jahre lang dauern. Ich habe vierzigtausend Goldstücke dafür bezahlt; und nachdem ich dann alle Wunderdinge im Lande Bischangarh angeschaut hatte, setzte ich mich auf mein erworbenes Kleinod und wünschte mich nach dieser Stätte. Sofort befand ich mich hier, wie ich es mir wünschte, und jetzt habe ich in dieser Karawanserei drei Monate auf euer Kommen gewartet. Der fliegende Teppich ist hier bei mir; wer will, mag ihn versuchen!«

Nachdem der älteste Prinz seine Geschichte zu Ende erzählt hatte, sprach als nächster Prinz 'Alî, und er hub an: »Lieber Bruder, dieser Teppich, den du mitgebracht hast, ist wunderseltsam, und er besitzt ganz außergewöhnliche Kräfte; und nach dem, was du berichtest, hat noch nie jemand in aller Welt etwas gesehen, das ihm zu vergleichen wäre.« Dann aber zog er das Fernrohr hervor und fuhr fort: »Seht hier, auch ich habe für vierzigtausend Goldstücke etwas gekauft, dessen Kräfte ich euch jetzt zeigen werde! Seht ihr dies Elfenbeinrohr? Mit seiner Hilfe kann man Dinge schauen, die dem Blicke verborgen und viele Meilen weit entfernt sind. Es ist wahrlich ein ganz wundersames Ding und wert, daß ihr es prüft; ihr beide mögt es erproben, wenn ihr wollt. Legt nur ein Auge an das kleinere Glas und sprecht in Gedanken den Wunsch aus, irgend etwas, das euer Herz zu sehen begehrt, zu schauen; und ob es nun in der Nähe oder viele hundert Meilen weit entfernt ist, dies Elfenbein wird es deutlich und ganz nah vor euer Auge rücken.« Bei diesen Worten nahm Prinz Husain das Rohr von Prinz 'Alî entgegen, und indem er sein Auge an das eine Ende legte, wie ihm gesagt war, wünschte er in seinem Herzen Prinzessin Nûr en-Nahâr zu erblicken; seine beiden Brüder aber beobachteten ihn, um zu sehen, was er sagen würde. Doch plötzlich bemerkten sie, wie sein Angesicht sich verfärbte und gleich einer welken Blume zusammensank, und wie ihm in seiner Erregung und Seelenpein ein Tränenstrom aus den Augen rann; und ehe noch seine Brüder sich von ihrem Erstaunen erholt hatten und ihn nach der Ursache dieses seltsamen Verhaltens fragen konnten, rief er laut: »Wehe! Wehe! Wir haben Mühe und Beschwer ertragen, und wir sind so weit in die Ferne gezogen, da wir hofften, die Prinzessin Nûr en-Nahâr zu gewinnen. Doch es war alles vergebens: ich sah sie todkrank auf ihrem Lager liegen, gleich als ob sie zum letzten Male atmen wollte, und rings um sie standen ihre Frauen, die alle in tiefster Trauer weinten und klagten. Ach, meine Brüder, wenn ihr sie noch ein letztes Mal sehen wollt, so werfet einen Blick des Abschiedes durch das Glas, bevor sie nicht mehr ist!« Da ergriff Prinz 'Alî das Fernrohr und schaute hindurch und erblickte die Prinzessin in dem Zustande, den sein Bruder Husain geschildert hatte; der gab es alsbald an Prinz Ahmed weiter, und auch er sah hindurch und überzeugte sich, daß die Herrin Nûr en-Nahâr im Begriffe war, den Geist aufzugeben. So sprach er denn zu seinen älteren Brüdern: »Wir alle drei leiden die gleiche Liebesqual um die Prinzessin, und ein jeder von uns hat den herzlichsten Wunsch, sie zu gewinnen. Ihr Leben schwindet jetzt dahin, aber ich kann sie retten und wieder gesunden lassen, wenn wir sofort ohne Zaudern und Zögern zu ihr eilen.« Mit diesen Worten nahm er den Wunderapfel aus seiner Tasche, zeigte ihn den Brüdern und rief: »Dieser hier ist nicht weniger wertvoll denn der fliegende Teppich und das Fernrohr! Ich habe ihn für vierzigtausend Goldstücke in Samarkand gekauft und nun haben wir die beste Gelegenheit, seine Kräfte zu erproben. Man sagte mir, daß ein Kranker, wenn er diesen Apfel an die Nase hält, sofort wieder geheilt und gesund wird, mag er auch dem Tode nahe sein; ich habe ihn selbst erprobt, und jetzt werdet ihr selbst seine Wunderheilkraft sehen, wenn ich ihn gegen das Leiden Nûr en-Nahârs anwende. Nur laßt uns bei ihr sein, ehe sie stirbt!« »Das ist ein leichtes Ding«, rief Prinz Husain, »mein Teppich wird uns im

Augenblick an das Lager unserer Herzliebsten tragen. Setzt euch sofort mit mir auf ihn nieder, denn er hat Raum genug für uns drei; wir werden unverzüglich dorthin getragen werden, unsere Diener aber mögen uns folgen!« Da setzten die drei Prinzen sich auf den fliegenden Teppich, jeder sprach in Gedanken den Wunsch aus, bei dem Lager der Prinzessin Nûr en-Nahâr zu sein, und im Augenblick befanden sie sich in ihrem Gemache. Die Sklavinnen und Eunuchen, die sie pflegten, waren über diesen Anblick erschrocken und staunten, wie diese fremden Männer in das Zimmer hatten kommen können; und gerade, als die Eunuchen schon mit dem Schwerte in der Hand über sie herfallen wollten, erkannten sie die Prinzen und wichen zurück, noch immer über deren Eindringen verwundert. Die Brüder aber standen sofort von dem fliegenden Teppich auf, und Prinz Ahmed trat vor und legte den Wunderapfel an die Nase der Herrin, die bewußtlos auf ihrem Lager dahingestreckt lag; doch sobald der Duft ihr ins Hirn drang, verließ die Krankheit sie, und sie war vollkommen geheilt. Sie öffnete ihre Augen weit, richtete sich in den Kissen empor und blickte ringsumher, zumal auf die Prinzen, die vor ihr standen; denn sie fühlte, daß sie frisch und froh geworden war, als ob sie gerade aus dem erquickendsten Schlafe erwachte. Alsbald stand sie von ihrem Lager auf und befahl ihren Kammerfrauen, sie anzukleiden; und während sie das taten, erzählten sie, wie die drei Prinzen, die Söhne ihres Oheims, plötzlich erschienen seien, und wie Prinz Ahmed ihr etwas zu riechen gegeben hätte, durch das sie von ihrer Krankheit geheilt sei. Nachdem sie dann auch noch die Waschung nach der Genesung vollzogen hatte, kehrte sie zurück und zeigte ihre herzliche Freude über das Wiedersehen mit den Prinzen, und sie dankte ihnen, besonders dem Prinzen Ahmed, da er ihr doch Leben und Gesundheit wiedergegeben hatte. Auch die Prinzen waren hocherfreut, wie sie sahen, daß Prinzessin Nûr en-Nahâr so rasch von ihrer tödlichen Krankheit genesen war; aber bald nahmen sie wieder Abschied von ihr und gingen fort, um ihren Vater zu begrüßen.

Inzwischen hatten die Eunuchen das ganze Begebnis dem Sultan berichtet, und als nun die Prinzen zu ihm kamen, erhob er sich, umarmte sie zärtlich und küßte sie auf die Stirn, glückselig, daß er sie wiedersah und von ihnen die Genesung der Prinzessin erfuhr, die ihm so teuer war, als ob sie seine eigene Tochter wäre. Darauf holten die drei Brüder die Wunderdinge herbei, die ein jeder von seiner Reise mitgebracht hatte. Zuerst zeigte Prinz Husain den fliegenden Teppich, der sie im Augenblick aus weiter Ferne heimgetragen hatte, und sprach: »Nach seinem Aussehen hat dieser Teppich keinerlei Wert, aber sintemalen er eine so wundersame Kraft besitzt, deucht mich: es ist unmöglich, in der ganzen Welt etwas zu finden, das ihm an Seltenheit gleichkäme.« Darauf bot Prinz 'Alî dem König sein Fernrohr dar, indem er sprach: »Der Spiegel des Dschamschêd ist gar nichts wert gegen dies Rohr, durch das alle Dinge vom Osten zum Westen und vom Norden zum Süden dem Blicke des Menschen klar erkennbar werden.« Zuletzt nahm Prinz Ahmed den Wunderapfel hervor, der in so seltsamer Weise das teure Leben Nûr en-Nahârs gerettet hatte, und er sagte: »Mit Hilfe dieser Frucht werden alle Krankheiten und schweren Leiden sofort geheilt.« Und ein jeder überreichte sein Kleinod dem Sultan mit den Worten: »Gebieter, geruhe diese Gaben, die wir gebracht haben, wohl zu prüfen, und entscheide dann, welche von ihnen die wertvollste und wunderbarste ist; darauf soll, nach deinem Versprechen, der unter uns, den deine Wahl trifft, sich mit der Prinzessin Nûr en-Nahâr vermählen!« Nachdem der König mit Bedacht ihre Ansprüche angehört und auch erkannt hatte, wie eine jede Gabe zu der Genesung seiner Nichte beigetragen hatte, versank er eine Weile tief in das Meer der Gedanken; dann gab er zur Antwort: »Erkennte ich das höchste Verdienst dem Prinzen Ahmed zu, dessen Wunderapfel die Prinzessin geheilt hat, so würde ich doch ungerecht gegen die andern beiden handeln. Mag immerhin sein Kleinod sie aus tödlicher Krankheit dem Leben und der Gesundheit zurückgegeben haben, so sagt mir doch: wie hätte er von ihrer Krankheit etwas erfahren ohne die Kraft des Fernrohres des Prinzen 'Alî? Und ebenso auch wäre ohne den fliegenden Teppich des Prinzen Husain, der euch drei in einem Augenblick hierher brachte, der Zauberapfel nutzlos gewesen. Deshalb lautet mein Entscheid dahin, daß alle drei gleichen Anteil hatten und daher das gleiche Verdienst an ihrer Genesung beanspruchen können; denn es wäre unmöglich gewesen, sie zu heilen, wenn irgendeins von den drei Wunderdingen gefehlt hätte; ferner sind ja auch alle drei gleich selten und wunderbar, ohne daß eines das andere überträfe, und ich kann nicht mit dem geringsten Recht einem vor den anderen Vorzug oder Vorrang zuerkennen. Ich versprach die Herrin Nûr en-Nahâr mit dem zu vermählen, der die allergrößte Seltenheit bringen würde; aber so sonderbar es ist, es bleibt darum nicht minder wahr, daß sie alle in der einen wesentlichen Eigenschaft einander gleich sind. Die Schwierigkeit besteht noch immer, und die Frage ist noch nicht gelöst; dennoch möchte ich gern die Sache noch vor Tagesschluß entschieden sehen, und zwar so, daß keinem Unrecht geschieht. So muß ich mich denn unbedingt für einen Plan entscheiden, durch den ich einen von euch zum Sieger erklären und ihm die Hand der Prinzessin Nûr en-Nahâr gemäß meinem verpfändeten Worte verleihen kann, damit ich mich so von aller Verantwortung befreie. Ich habe also folgendes beschlossen: ein jeder von euch soll sein Roß besteigen und sich mit Pfeil und Bogen versehen; dann reitet hin zum Turnierfelde, und ich werde euch mit den Staatsministern, den Großen des Reiches und den Vornehmen des Landes folgen. Dann sollt ihr, einer nach dem andern, in meiner Gegenwart mit all eurer Kraft und Macht einen Pfeil abschießen; und der unter euch, dessen Pfeil am weitesten fliegt, wird von mir als der Würdigste erklärt werden, die Prinzessin Nûr en-Nahâr zur Frau zu gewinnen.« Die drei Prinzen nun, die dem Entscheid ihres Vaters nicht widersprechen noch auch seine Weisheit und Gerechtigkeit anzweifeln konnten, bestiegen ihre Renner und eilten mit Pfeil und Bogen geradenwegs zur bestimmten Stätte. Auch der König traf dort mit seinen Wesiren und den Würdenträgern seines Reiches ein, nachdem er die Kleinode im königlichen Schatzhause geborgen hatte. Sobald alles bereit war, versuchte der älteste

Sohn und Erbe, Prinz Husain, seine Stärke und Geschicklichkeit, und er schoß einen Pfeil weit über die flache Ebene hin. Nach ihm griff Prinz 'Alî zu seinem Bogen, entsandte einen Pfeil in der gleichen Richtung und schoß ihn über den ersten hinaus. Zuletzt kam Prinz Ahmed an die Reihe. Auch er zielte in die gleiche Richtung; aber es war also vom Schicksal bestimmt, daß die Ritter und Höflinge, obgleich sie ihre Rosse vorwärts jagten, um zu sehen, wo sein Pfeil zu Boden fallen würde, doch keine Spur von ihm entdeckten, und keiner von ihnen wußte, ob der Pfeil in die Tiefen der Erde gesunken oder bis zu den Enden des Himmelsraumes emporgeflogen war. Ja, es waren ihrer, die in böser Absicht der Meinung waren, Prinz Ahmed hätte gar keinen Schuß getan und sein Pfeil hätte die Sehne überhaupt nicht verlassen. Schließlich gab der König den Befehl, man solle nicht mehr danach suchen, er sprach sich für Prinz 'Alî aus und entschied, daß der sich mit der Prinzessin Nûr en-Nahâr vermählen solle, da sein Pfeil ja den des Prinzen Husain hinter sich gelassen hatte. So wurden denn die Feierlichkeiten und Zeremonien der Hochzeit nach Gesetz und Sitte des Landes mit großer Pracht und vielem Prunk vollzogen. Prinz Husain aber wollte bei dem Hochzeitsfeste nicht zugegen sein, da er enttäuscht und von Eifersucht erfüllt war; denn er war der Herrin Nûr en-Nahâr mit einer viel heißeren Liebe zugetan als seine beiden Brüder. Darum legte er seine fürstlichen Kleider ab und zog im Gewande eines Fakirs von dannen, um als Einsiedler zu leben. Auch Prinz Ahmed war von Eifersucht verzehrt und weigerte sich, am Vermählungsfeste teilzunehmen; aber er zog sich nicht wie Prinz Husain in die Einsamkeit zurück, sondern er verbrachte alle seine Tage auf der Suche nach dem Pfeile, um festzustellen, wo er niedergefallen sei.

Nun traf es sich, daß er eines Morgens, als er wieder, allein wie gewöhnlich, auf die Suche auszog und von dem Platze ausging, an dem die Pfeile abgeschossen waren, die beiden Stellen erreichte, an denen die Pfeile der Prinzen Husain und 'Alî gefunden waren. Dann ging er weiter, immer geradeaus, und warf seine Blicke nach allen Seiten über Hügel und Tal, nach rechts und nach links. Wie er so überall suchte, sah er plötzlich, nachdem er schon etwa drei Parasangen weit gegangen war, den Pfeil flach auf einem Felsen liegen. Darüber war er sehr erstaunt; denn er wunderte sich, wie der Pfeil so weit hatte fliegen können, noch mehr aber, als er hinaufging und erkannte, daß der Pfeil nicht im Boden stak, sondern offenbar abgeprallt und flach auf eine Steinplatte gefallen war. Da sprach er bei sich selber: ›Mit dieser Sache hat es sicherlich eine geheimnisvolle Bewandtnis! Wie könnte jemand sonst einen Pfeil so weit schießen und ihn dann in einer so seltsamen Weise daliegen sehen?‹ Darauf bahnte er sich einen Weg zwischen den spitzen Klippen und den großen Blöcken und kam alsbald zu einer Höhle im Boden, die in einen unterirdischen Gang auslief; wie er einige Schritte darin vorgedrungen war, erblickte er eine eiserne Tür. Die stieß er mit Leichtigkeit auf, da sie nicht verriegelt war, und nachdem er mit dem Pfeile in der Hand eingetreten war, kam er auf einen abfallenden Weg, auf dem er hinabstieg. Aber während er gefürchtet hatte, alles ganz dunkel zu finden, entdeckte er in einiger Entfernung, wo die Höhle sich erweiterte, einen großen Raum, der auf allen Seiten durch Lampen und Leuchter erhellt war. Wie er dann noch etwa fünfzig Ellen weitergegangen war, fiel sein Blick auf einen mächtigen und schönen Palast. Und alsbald trat aus dessen Innerem heraus in die Säulenhalle eine liebliche Maid, schön und voll Liebreiz, eine Feengestalt in fürstlichen Gewändern und über und über mit den kostbarsten Juwelen geschmückt. Sie schritt langsam und majestätisch dahin, und doch anmutig und bezaubernd, umgeben von ihren Dienerinnen wie der volle Mond von den Sternen. Als Prinz Ahmed dies Bild der Schönheit sah, eilte er sich, ihr den Friedensgruß darzubringen, und sie erwiderte den Gruß; dann trat sie heran und hieß ihn huldvoll willkommen, indem sie mit lieblicher Stimme sprach: »Herzlich willkommen, Prinz Ahmed! Ich bin erfreut, dich zu sehen. Wie ergeht es deiner Hoheit, und weshalb bist du so lange mir ferngeblieben?« Der Königssohn staunte sehr, als er hörte, daß sie ihn bei Namen nannte;

denn er wußte nicht, wer sie war, da sie einander nie zuvor gesehen hatten. Wie hatte sie also seinen Titel und seinen Rang erfahren können? Darauf küßte er den Boden vor ihr und sprach zu ihr: »Hohe Herrin, ich bin dir zu herzlichem Danke verpflichtet, daß du so gütig warst, mich an dieser seltsamen Stätte mit so freundlichen Worten willkommen zu heißen, hier, wo ich, ein einsamer Fremdling, nur mit Zögern und Zaudern einzutreten wage. Doch es ist mir ein ganz rätselhafter Gedanke, wie du den Namen deines Sklaven hast erfahren können!« Lächelnd erwiderte sie: »Mein Gebieter, tritt herzu und laß uns dort in jenem Lustschlosse geruhsam sitzen! Dort will ich dir deine Frage beantworten.« Nun gingen sie dorthin, indem Prinz Ahmed ihren Fußspuren folgte; und als er eintrat, sah er voll Staunen auf das gewölbte Dach, das von herrlicher Arbeit war, mit Gold und Lapislazuli, mit Gemälden und Verzierungen so schön geschmückt, daß es in der ganzen Welt nicht seinesgleichen hatte. Als die Herrin seine Verwunderung bemerkte, sprach sie zu dem Prinzen: »Dies Haus ist nichts im Vergleich zu all meinen anderen, die ich jetzt aus freiem Willen dir zu eigen gebe; wenn du die siehst, dann wirst du mit Recht erstaunt sein.« Darauf setzte sich jenes feenhafte Wesen auf eine erhöhte Estrade und bat den Prinzen Ahmed unter vielen Zeichen ihrer Zuneigung, sich an ihrer Seite niederzusetzen. Dann fuhr sie fort: »Ob du mich gleich nicht kennst, so kenne ich dich doch gut, wie du mit Verwunderung sehen wirst, wenn ich dir meine ganze Geschichte erzähle. Aber zuerst geziemt es sich, daß ich dir sage, wer ich bin. Du hast wohl in der Heiligen Schrift gelesen, daß diese Welt nicht nur eine Wohnstätte von Menschen ist, sondern auch von einem Geschlechte, das man die Geisterwesen nennt, die an Gestalt den Sterblichen ganz ähnlich sind. Ich bin die einzige Tochter eines Geisterfürsten von vornehmster Abkunft, und mein Name ist Perî Banû. Drum sei nicht überrascht, wenn du mich sagen hörst, wer du bist und wer dein Vater, der König, ist, und wer Nûr en-Nahâr, die Tochter deines Oheims, ist. Ich habe volle Kenntnis von allem, was dich, deinen Stamm und deine Sippe angeht; du bist einer von drei Brüdern, die alle drei von Liebe zur Prinzessin Nûr en-Nahâr berückt waren und einander den Besitz ihrer Hand streitig machten. Ferner hielt es dein Vater für das beste, euch alle weit fort in fremde Länder zu schicken, und du zogst nach dem fernen Samarkand, von wo du einen Zauberapfel heimbrachtest, der mit seltener und geheimnisvoller Kunst gefertigt ist und für den du vierzigtausend Goldstücke bezahlt hast; mit seiner Hilfe heiltest du deine Herzliebste von einer schweren Krankheit. Prinz Husain aber, dein ältester Bruder, kaufte für denselben Preis einen fliegenden Teppich in Bischangarh, und Prinz 'Alî brachte ein Fernrohr heim aus der Stadt Schiras. Dies möge dir genügen, um dir zu zeigen, daß nichts von allem, was dich betrifft, mir verborgen ist. Doch nun sage mir die volle Wahrheit, wen bewunderst du mehr ob Schönheit und Anmut, mich oder die Herrin Nûr en-Nahâr, die Gemahlin deines Bruders? Mein Herz sehnt sich nach dir mit heißem Verlangen und wünscht, daß wir uns vermählen und die Freuden des Lebens und Wonnen der Liebe genießen. Drum sag an, bist auch du gewillt, dich mir zu vermählen, oder verzehrt dich stärkere Sehnsucht nach der Tochter deines Oheims? In der Fülle meiner Liebe stand ich unsichtbar an deiner Seite während des Bogenwettkampfes auf dem Turnierfelde, und als du deinen Pfeil abschossest, wußte ich, daß er weit hinter dem des Prinzen 'Alî zurückbleiben werde. Deshalb griff ich ihn auf, ehe er den Boden berührte, und trug ihn aus dem Bereich der Augen davon; und indem ich ihn auf die eiserne Tür treffen ließ, bewirkte ich, daß er abprallte und flach auf den Felsen fiel, auf dem du ihn fandest. Und seit jenem Tage habe ich immer dagesessen und auf dich geharrt, da ich wohl wußte, daß du nach ihm suchen würdest, bis du ihn fändest, und so war ich sicher, daß ich dich hierher zu mir führen würde.« Also sprach die schöne Maid Perî Banû, indem sie mit dem Blicke sehnender Liebe zu Prinz Ahmed aufschaute; dann aber senkte sie die Stirn in züchtiger Scheu und wandte ihren Blick ab.

Als Prinz Ahmed diese Worte aus dem Munde der Perî Banû vernahm, war er hocherfreut, und er sprach bei sich selber: ›Es steht nicht mehr in meiner Macht, die Prinzessin Nûr en-Nahâr zu gewinnen; und Perî Banû übertrifft sie noch an Liebreiz des Antlitzes und Schönheit der Gestalt und Anmut des Ganges.‹ Kurz, er war so entzückt und hingerissen, daß er die Liebe zu seiner Base ganz vergaß; und da er ja erkannte, daß das Herz seiner neuen Zauberin sich ihm zuneigte, sprach er: »Hohe Herrin, du Schönste der Schönen, ich begehre nichts, als dir zu dienen und deinem Gebot zu gehorchen, solange ich lebe. Doch ich bin von menschlicher Geburt, und du bist von übermenschlicher Herkunft. Deine Freunde und Anverwandten, dein Stamm und deine Sippe werden es dir vielleicht verargen, wenn du dich zu einem Bunde mit mir verbindest.« Sie aber gab zur Antwort: »Ich habe volle Freiheit von meinen Eltern, mich zu vermählen, wem ich will und wem ich meine Liebe schenke. Du sagst, du wollest mein Diener sein, doch nein, du sollst mein Herr und Gebieter sein; denn ich bin dein, und mein Leben und all mein Gut gehört dir, ich will auf ewig deine Magd sein. Willige ein, ich bitte dich, mich zur Gemahlin zu nehmen; mein Herz sagt mir, daß du mir meine Bitte nicht versagen wirst!« Und weiter fügte Perî Banû hinzu: »Ich habe dir bereits gesagt, daß ich hierüber mit vollster Willensfreiheit entscheiden kann. Zudem ist es bei uns Geistervolk Sitte und uralter Brauch, daß wir Mädchen, wenn wir das mannbare Alter und die Jahre des Verstandes erreichen, nach dem Gebote des Herzens uns vermählen dürfen, eine jede mit dem Manne, der ihr am meisten gefällt und von dem sie glaubt, er werde ihr Leben am glücklichsten machen. So leben denn Mann und Frau ihr ganzes Leben lang in Eintracht und Glück. Wenn aber eine Jungfrau von ihren Eltern nach deren Wahl, nicht nach ihrer eignen, vermählt wird, und sie so an einen Gefährten gekettet wird, der nicht der rechte für sie ist, weil er eine häßliche Gestalt oder ein häßliches Wesen hat und ihre Zuneigung nicht zu gewinnen vermag, dann werden die beiden wohl gar ihr ganzes Leben lang miteinander streiten; und Not ohne Ende wird für sie aus einer solchen unglücklichen Verbindung entstehen. Wir sind auch nicht durch das andere Gesetz gebunden, das die sittsamen Jungfrauen aus Adams Geschlecht bindet; denn wir tun offen unsere Neigung dem Manne kund, den wir lieben, und wir brauchen nicht zu warten und zu schmachten, bis wir umworben und gewonnen werden.« Als Prinz Ahmed diese Antwort vernahm, ward er von herzlicher Freude erfüllt, und er beugte sich nieder, um den Saum ihres Gewandes zu küssen; doch sie hinderte ihn und reichte ihm ihre Hand, nicht ihr Gewand. Der Prinz ergriff die Hand voll Entzükken, und nach der Landessitte küßte er sie und legte sie auf seine Brust und auf seine Augen. Darauf sprach die Fee mit einem bezaubernden Lächeln: »Mit meiner Hand fest in der deinen, so gelobe du mir Treue, wie ich dir feierlich verspreche: ich will unwandelbar treu sein allezeit, will mich nie des Wortbruches schuldig machen noch der Unbeständigkeit!« Und der Prinz gab ihr zur Antwort: »Holdseligstes Wesen, Geliebte meiner Seele, glaubst du, daß ich jemals zum Verräter an meinem eigenen Herzen werden könnte, ich, der ich dich bis zur Raserei liebe und dir Leib und Seele darbringe, dir, die du meines Herzens königliche Herrscherin bist? Ganz weihe ich mich dir: tu du mit mir, was du willst!« Dann sagte Perî Banû zu Prinz Ahmed: »Du bist mein Gemahl, und ich bin dein Weib. Dies feierliche Versprechen, das wir beide einander geben, steht an Stelle einer Eheurkunde. Wir brauchen keinen Kadi; denn bei uns sind alle andern Förmlichkeiten und Zeremonien überflüssig und nutzlos. Bald will ich dir das Gemach zeigen, in dem wir unsere Hochzeitsnacht feiern wollen, und ich glaube, du wirst es bewundern und gestehen, daß es in der ganzen Welt der Menschen keines gibt, das ihm gleich wäre.« Sogleich breiteten ihre Mägde den Tisch aus und trugen Speisen von mancherlei Art auf, dazu die köstlichsten Weine in Karaffen und in goldenen Bechern, die mit Juwelen besetzt waren. So setzten sich denn die beiden nieder zum Mahle und aßen und tranken, bis sie gesättigt waren. Darauf nahm Perî Banû den Prinzen Ahmed bei der Hand und führte ihn zu ihrem Gemache, in dem sie schlief; doch er blieb auf der Schwelle stehen, überwältigt von der Pracht, die er dort sah, und der Fülle von Juwelen und

Edelsteinen, die seine Augen blendeten; und als er schließlich wieder zu sich kam, rief er: »Mich dünkt, im ganzen Weltall gibt es keinen so prächtigen Raum, der mit solch kostbarem Gerät und solchem Edelsteinschmuck übersät ist.« Da hub Perî Banû an: »Wenn du schon diesen Palast so voll Bewunderung preisest, was wirst du erst sagen beim Anblick der Schlösser und Burgen meines Vaters, des Geisterkönigs? Und wenn du meinen Garten siehst, so wirst du wohl auch von Staunen und Entzücken erfüllet werden; doch jetzt ist es zu spät, dich dorthin zu führen, denn die Nacht ist nahe.« Dann geleitete sie den Prinzen Ahmed in ein anderes Gemach, wo das Nachtmahl gerüstet war; und der Glanz dieses Saales stand dem der anderen in nichts nach, ja, er war sogar noch herrlicher und blendender. Hunderte von Wachskerzen in Leuchtern aus feinstem Bernstein und reinstem Kristall, die auf allen Seiten aufgereiht waren, ergossen Ströme von Licht überallhin, während goldene Blumengefäße und Schalen von feinster Arbeit und unermeßlichem Werte, von lieblichen Formen und wunderbarer Kunst die Nischen und die Wände schmückten. Keine menschliche Zunge vermöchte je die Pracht dieses Gemaches zu beschreiben; darin waren auch Scharen jungfräulicher Perîs, von lieblicher Gestalt und holdem Angesicht, in die auserlesensten Gewänder gekleidet, die Instrumente der Freude und Fröhlichkeit spielten und Lieder der Liebe zu herzbetörenden Weisen sangen.

Die beiden nun, der junge Gatte und seine Gattin, setzten sich nieder zum Mahle; doch immer und immer wieder hielten sie inne, um zu tändeln und sich verschämtem Liebesspiel und keuschen Liebkosungen hinzugeben. Perî Banû reichte dem Prinzen Ahmed die erlesensten Bissen mit eigener Hand und ließ ihn von jeder Schüssel und jedem Naschwerk kosten, indem sie ihm deren Namen nannte und ihm erzählte, wie sie zubereitet waren. Aber wie könnte man jene Geisterspeisen beschreiben oder den köstlichen Geschmack der Gerichte, wie sie kein Sterblicher je gekostet oder gesehen hat, mit gebührenden Worten des Preises schildern? Als nun die beiden ihr Nachtmahl beendet hatten, tranken sie die köstlichsten Weine und erquickten sich an Süßigkeiten, trockenen Früchten und einer Zukost von mancherlei Leckerbissen. Dann, als sie genug gegessen und getrunken hatten, begaben sie sich in ein anderes Gemach, in dem sich eine prächtige erhöhte Estrade befand, bedeckt mit goldgewirkten Polstern und mit Kissen, die aus Stickperlen und altpersischen Geweben gearbeitet waren; dort setzten sie sich Seite an Seite nieder, um zu plaudern und sich der Heiterkeit hinzugeben. Dann trat eine Schar von Geisterwesen und Feen herein, die vor ihnen mit wunderbarer Anmut und Kunst tanzten und sangen; dies schöne Schauspiel erfreute Perî Banû und den Prinzen Ahmed, und sie schauten und hörten dem Spiel und dem Reigen mit immer neuem Entzücken zu. Schließlich erhob sich das neuvermählte Paar und zog sich, müde der Festlichkeiten, in ein anderes Gemach zurück; dort fanden sie das Geisterlager, das von den Sklaven gebreitet war. Dessen Rahmen war aus Gold und mit Edelsteinen besetzt, während die Decken und Kissen aus Satin und Zindeltaft mit den seltensten Blumenstickereien bestanden. Hier stellten sich die Gäste, die bei der Hochzeitsfeier zugegen waren, und die Sklavinnen des Palastes in zwei Reihen auf und jubelten dem jungen Paare zu, als es hineinging; dann baten sie, fortgehen zu dürfen, schritten alle von dannen und überließen die beiden ihrer Hochzeitsfreude. So wurden das Vermählungsfest und die hochzeitlichen Lustbarkeiten Tag für Tag gefeiert, mit immer neuen Speisen und Spielen, neuen Tänzen und Weisen; und hätte Prinz Ahmed auch tausend Jahre lang unter dem Geschlecht der Sterblichen gelebt, er hätte doch nie solche Festlichkeiten gesehen, solche Weisen gehört, solches Liebesglück genossen.

Sechs Monate flossen ihm so im Feenlande dahin, neben Perî Banû, der er in so zärtlicher Liebe zugetan war, daß er es auch nicht einen Augenblick ertragen konnte, sie nicht zu sehen; ja, wenn er sie einmal nicht schaute, so ward er unruhig und rastlos. Und in gleicher Weise war Perî Banû ganz von Liebe zu ihm erfüllt, und sie suchte ihrem Gemahl zu jeder Zeit immer mehr und mehr durch neue Künste der Tändelei und Erfindungen der Freude zu gefallen, bis seine Leidenschaft für sie so verzehrend ward, daß der Gedanke an Haus und Heim, an Sippe und Stamm seinem Sinn entschwand und aus seiner Seele entfloh. Doch nach einer Weile erwachte sein Gedächtnis aus dem Schlummer, und bisweilen ertappte er sich dabei, wie er sich danach sehnte, seinen Vater wiederzusehen, ob er gleich wohl wußte, daß es ihm unmöglich war, zu erfahren, wie es dem Fernen erging, wenn er nicht selbst auszog, ihn zu besuchen. So sprach er denn eines Tages zu Perî Banû: »Wenn es dein Wille ist, so bitte ich dich, befiehl mir, dich auf wenige Tage zu verlassen, damit ich meinen Vater sehe, der sicherlich über mein langes Fernbleiben betrübt ist und all die Qualen der Trennung von seinem Sohne leidet!« Wie Perî Banû diese Worte vernahm, erschrak sie heftig; denn sie dachte in ihrem Herzen, dies sei nur eine Ausrede, durch die er ihr entrinnen und entfliehen wolle, nachdem Genuß und Besitz seinen Sinn ihrer Liebe überdrüssig gemacht hätte. Drum gab sie ihm zur Antwort: »Hast du dein Gelübde und dein gegebenes Wort vergessen, daß du mich jetzt zu verlassen wünschest? Haben Liebe und Verlangen aufgehört, dein Herz zu erregen, während doch mein ganzes Innere allzeit von Freuden erbebt, wie es immer getan hat, wenn es nur an dich denkt?« »O du Geliebte meiner Seele«, erwiderte der Prinz, »du meines Herzens königliche Herrscherin, was sind das für Zweifel, die deinen Sinn heimsuchen? Weshalb solche bangen Besorgnisse und traurigen Worte? Ich weiß recht wohl, daß deine Liebe und deine Neigung zu mir der Art sind, wie du sagst; und wenn ich diese Wahrheit nicht anerkennte oder mich undankbar zeigte oder dich nicht mit einer ebenso warmen und tiefen, zarten und echten Liebe ansähe wie du mich, so wäre ich in der Tat undankbar und der schwärzeste Verräter. Es sei ferne von mir, daß ich mich von dir zu trennen wünschte; niemals ist mir der Gedanke in den Sinn gekommen, dich zu verlassen, und nicht wieder zurückzukehren! Aber mein Vater ist jetzt ein alter Mann, er ist hochbetagt, und sein Herz ist betrübt ob der langen Trennung von seinem jüngsten Sohne.

Wenn du mir gestatten willst, so würde ich gern hingehen, um ihn zu besuchen, und dann mit aller Eile in deine Arme heimkehren; und doch, ich möchte hierin nichts gegen deinen Willen tun. Meine herzliche Liebe zu dir ist derart, daß ich gern zu allen Stunden des Tages und der Nacht an deiner Seite weilen und dich niemals auch nur einen Augenblick verlassen möchte.« Perî Banû schöpfte ein wenig Trost aus diesen Worten; und an seinen Blicken, seinen Worten und seinen Gebärden erkannte sie sicher, daß Prinz Ahmed ihr wirklich mit herzlicher Liebe zugetan war, und daß sein Herz, wie seine Zunge, ihr treu wie Gold war. Darauf gewährte sie ihm Urlaub und gestattete ihm, fortzugehen und seinen Vater zu besuchen; doch zugleich schärfte sie ihm dringend ein, nicht zu lange bei seiner Sippe und seinem Stamm zu verweilen.

Hören wir nun, was dem Sultan von Indien widerfuhr und wie es ihm erging, nachdem Prinz 'Alî sich mit der Prinzessin Nûr en-Nahâr vermählt hatte! Als er den Prinzen Husain und den Prinzen Ahmed viele Tage lang schon nicht mehr gesehen hatte, ward er sehr traurig und schweren Herzens, und eines Morgens nach der Staatsversammlung fragte er seine Wesire und Minister, was mit jenen geschehen sei und wo sie wären. Darauf erwiderten ihm seine Minister mit den Worten: »Hoher Herr, Schatten Allahs auf Erden, dein ältester Sohn, die Frucht deines Leibes und der Erbe deines Reiches, Prinz Husain, hat in seiner Enttäuschung und Eifersucht und tiefen Trauer seine königlichen Gewänder abgelegt, um ein Einsiedler zu werden, der als Mann Gottes auf alles Verlangen und Hangen der Welt verzichtet. Prinz Ahmed, dein dritter Sohn, hat auch in tiefem Groll die Stadt verlassen; doch von ihm weiß niemand etwas, wohin er geflohen ist oder was ihm widerfahren sein mag.« Der König ward schwer bekümmert und gebot ihnen, ohne Zaudern und Zögern zu schreiben und sogleich Firmane und Befehle an alle Statthalter und Verwalter der Provinzen zu senden, mit der eindringlichen Vorschrift, sie sollten unverzüglich nach Prinz Ahmed suchen und ihn zu seinem Vater heimsenden, sobald er gefunden wäre. Aber obwohl die Befehle genau ausgeführt wurden und alle, die da suchten, die größte Sorgfalt aufwandten, so fand doch niemand eine Spur von ihm. Darauf ward das Herz des Sultans noch betrübter, und er hieß seinen Großwesir nach dem Flüchtling suchen; und der Minister erwiderte: »Zu Befehl und zu Diensten! Dein Diener hat schon in allen Gegenden auf das sorgfältigste suchen lassen, aber nicht die geringste Spur von ihm ist bisher zutage getreten; und dies quält mich um so mehr, als er mir so lieb wie mein eigener Sohn war.« Nun bemerkten der Wesir und die Großen, daß der König von Schmerzen überwältigt war, daß seine Augen voll Tränen standen und das Herz ihm schwer war ob des Verlustes des Prinzen Ahmed; darauf dachte der Großwesir an eine Hexe, die wegen ihrer schwarzen Kunst berühmt war, die selbst die Sterne vom Himmel herunterzaubern konnte und die in der Hauptstadt eine bekannte Person war. Er ging also zum Sultan, sprach hoch von ihrem Geschick in der Erkenntnis der geheimen Dinge und fügte hinzu: »Möge der König, ich bitte untertänigst, nach dieser Zauberin senden und sie über seinen verlorenen Sohn befragen!« »Dein Rat ist gut«, erwiderte der Sultan, »man soll sie hierher bringen, vielleicht wird sie mir Kunde von dem Prinzen und seinem Ergehen geben können.« Da holte man die Zauberin und führte sie zum Sultan; der sprach zu ihr: »Gute Frau, ich tue dir zu wissen, daß seit der Vermählung des Prinzen 'Alî mit der Herrin Nûr en-Nahâr mein jüngster Sohn, der Prinz Ahmed, der sich in seiner Liebe zu ihr enttäuscht sah, unseren Augen entschwunden ist und daß niemand etwas von ihm weiß. Gebrauche du nun sogleich deine Zauberkunst und sag mir nur dies eine: ist er noch am Leben oder ist er tot? Wenn er lebt, so möchte ich auch wissen, wo er ist und wie es ihm ergeht; und ferner frage ich noch: steht es im Buche meines Schicksals geschrieben, daß ich ihn je wiedersehen werde?« Hierauf antwortete die Hexe: »O größter König unserer Zeit und mächtigster Herrscher aller Zeiten, es ist mir nicht möglich, alle diese Fragen sogleich zu beantworten, da sie zur Wissenschaft von den verborgenen Dingen gehören; aber wenn deine Hoheit geruhen will, mir einen Tag Frist zu gewähren, so will ich meine Zauberbücher befragen und dich morgen durch eine ausreichende Antwort zufriedenstellen.« Der Sultan war damit einverstanden und fügte noch hinzu: »Wenn du mir eine genaue und vollständige Antwort geben kannst und meinem Herzen nach all diesen Sorgen die Ruhe wiederbringst, so sollst du eine sehr hohe Belohnung haben, und ich werde dich mit den höchsten Ehren auszeichnen.« Am nächsten Morgen bat die Zauberin, begleitet vom Großwesir, um Erlaubnis, vor dem König erscheinen zu dürfen; und nachdem sie ihr gewährt war, trat sie vor und sprach: »Ich habe mit Hilfe meiner geheimen Kunst eifrig nachgeforscht, und ich habe sicher erkundet, daß Prinz Ahmed noch im Lande der Lebenden weilt. Drum sei um seinetwillen nicht unruhig in deinem Herzen! Aber jetzt kann ich außer diesem noch nichts anderes über ihn erfahren, ich kann auch noch nicht sicher sagen, wo er ist und wie man ihn finden kann.« Durch diese Worte fand der Sultan Trost, und in seiner Brust keimte die Hoffnung, daß er seinen Sohn noch wiedersehen wurde, ehe er sterben müßte.

Kehren wir nun zu Prinz Ahmed zurück! Als Perî Banû einsah, daß er gewillt war, seinen Vater zu besuchen, und als sie überzeugt war, daß seine Liebe zu ihr fest und treu blieb wie zuvor, da sann sie nach und entschied, daß es ihr übel anstehen würde, wenn sie ihm zu solchem Zwecke Urlaub und Freiheit versagte; dann dachte sie wiederum in ihrem Geiste darüber nach, und manche Stunde lang kämpfte sie mit sich selber, bis sie schließlich eines schönen Tages sich zu ihrem Gatten mit den Worten wandte: »Obgleich mein Herz sich nicht darein finden kann, daß ich mich auch nur einen Augenblick von dir trenne oder ein kleines Weilchen dich aus den Augen verliere, so will ich doch deinem Wunsche nicht länger hinderlich sein, da du mich so oft gebeten und dich so besorgt gezeigt hast, deinen Vater zu sehen. Aber diese meine Gunst hängt von einer Bedingung ab; sonst werde ich dir deine Bitte nie gewähren noch dir die Erlaubnis dazu geben. Schwöre mir den feierlichsten Eid, daß du mit aller erdenklichen Eile hierher zurückkehren willst, und daß du mir nicht durch langes Fernsein schmerzliche Sehnsucht und banges Warten auf deine sichere Heimkehr verursachen wirst!« Prinz Ahmed nun, hocherfreut über die Erfüllung seines Wunsches, dankte ihr und sprach: »Mein Herzlieb, hab keinerlei Furcht um mich und sei versichert, daß ich in aller Eile zu dir zurückkommen werde, sobald ich meinen Vater gesehen habe; das Leben hat keinen Wert für mich, wenn ich fern von dir bin! Obgleich ich also einige wenige Tage von dir getrennt bleiben muß, so wird mein Herz doch immer deiner, nur deiner gedenken.« Diese Worte des Prinzen Ahmed erfreuten das Herz der Perî Banû und verscheuchten die zagenden Zweifel und die bange Besorgnis, die sie in ihren Träumen bei Nacht und ihren Gedanken bei Tage verfolgt hatten. Dann sprach sie zu ihrem Gatten, beruhigt durch sein Gelöbnis: »So geh denn hin, wie dein Herz begehrt, und besuche deinen Vater; doch ehe du von dannen ziehst, will ich dir eine Mahnung mit auf den Weg geben, und hüte du dich, meinen Rat und meine Weisung je zu vergessen! Sage niemandem ein einziges Wort von dieser deiner Heirat, noch auch von den seltsamen Dingen, die du gesehen hast, oder den Wundern, die du geschaut hast; halte sie vor allem vor deinem Vater und deinen Brüdern, vor deiner Sippe und deinem Stamme sorgfältig verborgen! Nur dies eine sollst du deinem Vater, auf daß seine Seele Ruhe finde, berichten, daß du heiter und glücklich bist; auch daß du nur auf eine Weile in deine Heimat zurückgekehrt bist, um ihn zu sehen und dich von seinem Wohlergehen zu überzeugen.« Darauf gab sie ihren Leuten Befehl und hieß sie alles für die Reise unverzüglich rüsten; und wie nun alles bereit war, bestimmte sie zwanzig Ritter, die von Kopf bis zu Fuß bewaffnet und vollgerüstet waren, zur Begleitung für ihren Gemahl; und ihm selber gab sie ein Roß von vollkommenem Bau und Wuchs, schnell wie der blendende Blitz oder die stürmende Windsbraut, dessen Geschirr und Decken mit kostbarem Metall und edlen Steinen besetzt waren. Dann fiel sie ihm um den Hals, und sie umarmten einander in herzlichster Liebe;

und als die beiden einander Lebewohl sagten, wiederholte Prinz Ahmed, um ihren Sinn zu beruhigen, seine Beteuerungen und schwor ihr von neuem seinen feierlichen Eid. Dann bestieg er sein Roß, und begleitet von seinem Gefolge, lauter Rittern aus dem Geisterstamme, zog er mit großer Prachtentfaltung dahin und erreichte in eiligem Ritte bald die Hauptstadt seines Vaters. Dort ward er mit so lautem Jubel empfangen, wie man ihn noch nie zuvor im Lande vernommen hatte. Die Minister und Staatsbeamten, die Bürger und die Lehnsleute, sie waren alle aufs höchste erfreut, daß sie ihn wiedersahen; das Volk ließ ab von der Arbeit, folgte dem Reiterzuge unter Segensrufen und tiefen Verbeugungen, und indem es sich von allen Seiten um ihn drängte, geleitete es ihn bis zu den Toren des Palastes. Als der Prinz die Schwelle erreichte, stieg er ab, trat in die Regierungshalle und fiel seinem Vater zu Füßen und küßte sie im Übermaße kindlicher Liebe. Der Sultan, der fast von Sinnen war vor Freuden über den unerwarteten Anblick des Prinzen Ahmed, sprang von seinem Throne auf, fiel seinem Sohne um den Hals, mit Freudentränen im Auge, küßte seine Stirn und sprach: »Mein lieber Sohn, du bist in deiner Verzweiflung über den Verlust der Herrin Nûr en-Nahâr plötzlich aus deinem Hause geflohen, und trotz allem Suchen konnten wir keine Spur, kein Zeichen von dir entdecken, so emsig wir auch nach dir forschten; ich aber war ganz verstört durch dein Verschwinden und geriet in diese Verfassung, in der du mich siehst. Wo bist du nur diese lange Zeit hindurch gewesen, und wie hast du während all dieser Tage gelebt?« »Es ist wahr, mein Herr und König«, antwortete Prinz Ahmed, »ich ward niedergeschlagen und tiefbetrübt, als ich sah, daß Prinz 'Alî die Hand meiner Base gewann; aber das ist nicht der alleinige Grund meines Fernseins. Du erinnerst dich wohl, wie damals, als wir drei Brüder auf dein Geheiß in jene Ebene zum Bogenkampfe ritten, mein Pfeil, obwohl die Fläche weit und eben war, dennoch den Blicken entschwand und wie niemand die Stätte finden konnte, an der er niedergefallen war. So geschah es denn, daß ich eines Tages in schwerer Betrübnis allein und ohne

Geleit auszog, um den Boden dort ringsum zu erforschen und zu versuchen, ob ich meinen Pfeil nicht doch noch finden könnte. Als ich dann die Stelle erreichte, an der die Pfeile meiner Brüder, der Prinzen Husain und 'Alî, aufgelesen worden, suchte ich nach allen Richtungen hin, rechts und links, vorwärts und rückwärts; denn ich glaubte, daß auch meiner dort zutage treten müsse. Doch all meine Mühe war vergeblich: ich fand weder den Pfeil noch sonst etwas. So schritt ich denn weiter, hartnäckig auf der Suche, und ich zog noch eine lange Strecke dahin. Schließlich wollte ich in Verzweiflung das Suchen aufgeben; denn ich wußte recht wohl, daß mein Bogen nicht so weit hatte schießen können. In der Tat, es wäre keinem Schützen möglich gewesen, Pfeil oder Bolzen in solche Ferne zu entsenden. Dennoch erblickte ich ihn plötzlich, wie er flach auf einem Felsen lag, etwa vier Parasangen weit von jener Stelle.« Der Sultan war über seine Worte höchlichst erstaunt; doch der Prinz fuhr sogleich fort: »Als ich den Pfeil auflas, mein Gebieter, und ihn genau betrachtete, erkannte ich, daß es wirklich derselbe war, den ich abgeschossen hatte; ich wunderte mich in meinem Sinne, daß er so weit hatte fliegen können, und ich zweifelte nicht, daß es mit ihm eine geheimnisvolle Bewandtnis haben müsse. Während ich so meinen Gedanken nachhing, kam ich zu der Stätte, an der ich seit jenem Tage in reiner Freude und Glückseligkeit gelebt habe. Mehr als dies darf ich dir von meiner Geschichte nicht erzählen; ich bin nur gekommen, um dein Herz über mich zu beruhigen, und jetzt bitte ich dich, geruhe mir deine allerhöchste Erlaubnis zu gewähren, daß ich alsbald zu meinem Hause der Freuden zurückkehre. Von Zeit zu Zeit werde ich nicht versäumen, dich zu besuchen und mich nach deinem Wohlergehen mit aller kindlichen Liebe zu erkundigen.« »Lieber Sohn«, erwiderte der König, »dein Anblick hat meine Augen erfreut, und jetzt bin ich beruhigt. Nicht ungern gebe ich dir Erlaubnis fortzugehen, da du ja an einer nahen Stätte glücklich bist; doch solltest du irgendeinmal länger ausbleiben, sag an, wie werde ich dann von deinem Wohlsein und Ergehen Nachricht erhalten können?« Darauf gab Prinz Ahmed zur Antwort: »Mein Herr und König, das, nach dem du mich fragst, ist ein Teil meines Geheimnisses, und dies muß tief in meiner Brust verborgen bleiben; wie ich schon zuvor gesagt habe, ich darf es dir nicht enthüllen, noch darf ich irgend etwas sagen, das zu seiner Entdeckung führen könnte. Doch sei unbesorgt in deinem Herzen; denn ich werde gar manches Mal vor dir erscheinen, ja, vielleicht könnte ich dir sogar lästig fallen durch mein allzuhäufiges Kommen!« »Lieber Sohn«, hub der König wieder an, »ich will nicht in dein Geheimnis eindringen, wenn du es vor mir verbergen willst; aber einen Wunsch habe ich an dich, der ist, daß ich stets von Zeit zu Zeit mich von deinem dauernden Wohlergehen und Glück überzeugen kann. Du hast volle Freiheit, heimzueilen; aber vergiß nie, wenigstens einmal im Monat zu kommen und mich zu besuchen, wie du es jetzt getan hast, damit nicht dein Ausbleiben mir Angst und Not, Sorgen und Schmerzen bereite!« Nun blieb Prinz Ahmed noch volle drei Tage bei seinem Vater; aber der Gedanke an die Herrin Perî Banû schwand nicht für einen einzigen Augenblick aus seinem Herzen. Und am vierten Tage stieg er zu Roß und zog mit derselben Prachtentfaltung zurück, wie er gekommen war.

Als Perî Banû den Prinzen Ahmed heimkehren sah, war sie aufs höchste erfreut, und es schien ihr, als ob sie beide dreihundert Jahre lang getrennt gewesen wären; denn also ist die Liebe: Augenblicke der Trennung erscheinen ihr so lang und endlos wie Jahre. Der Prinz entschuldigte sich sehr wegen seines kurzen Fernseins, und seine Worte entzückten Perî Banû um so mehr. Und beide, Liebender und Geliebte, verbrachten die Tage in vollkommenem Glück und hatte ihre Freude aneinander. So ging ein Monat dahin, und Prinz Ahmed erwähnte nie den Namen seines Vaters, noch sprach er je den Wunsch aus, ihn seinem Versprechen gemäß zu besuchen. Da die Herrin Perî Banû diese Verwandlung bemerkte, sprach sie eines Tages zu ihm: »Du hast mir doch einst gesagt, du wolltest jedesmal zu Anfang des Monats fortziehen und zu deines Vaters Hof reisen, um zu erfahren, wie es ihm gehe; warum denkst du denn nicht daran, das zu tun, da du doch weißt, daß er traurig sein und ängstlich auf dich harren wird?« »Es ist, wie du sagst«, erwiderte Prinz Ahmed, »aber ich warte auf dein Geheiß und deine Erlaubnis, und darum habe ich es unterlassen, mit dir von der Reise zu sprechen.« Darauf gab sie zur Antwort: »Laß dein Gehen und Kommen nicht davon abhängig sein, daß ich es dir freistelle, fortzureisen! Zu Anfang eines jeden Monats, sobald er wiederkehrt, reite von dannen; von jetzt ab brauchst du mich nie mehr um Erlaubnis zu bitten. Bleib drei volle Tage bei deinem Vater und komm dann stets am vierten zu mir zurück!« So machte Prinz Ahmed sich denn am nächsten Tage frühmorgens auf und ritt wie zuvor mit großem Gepränge und Prunk dahin, begab sich zu dem Palaste seines Vaters, des Sultans, und machte ihm seine Aufwartung. In gleicher Weise fuhr er fort, jeden Monat auszureiten, doch stets mit einem größeren und glänzenderen Gefolge von Reitern als zuvor, und auch er selbst war immer prächtiger beritten und ausgerüstet. Jedesmal, wenn der Neumond am westlichen Himmel erschien, nahm er zärtlichen Abschied von seiner Gemahlin und stattete dem König einen Besuch ab; drei Tage lang blieb er bei ihm, und am vierten kehrte er zurück, um bei Perî- Banû zu weilen. Doch da jedesmal, wenn er kam, sein Geleit größer und prächtiger war als das Mal zuvor, so ward schließlich einer von den Wesiren, ein Günstling und Tischgenosse des Königs, von Staunen und Neid erfüllt, weil er den Prinzen Ahmed mit solchem Reichtum und Prunk im Palaste erscheinen sah. Da sprach er bei sich selbst: ›Niemand vermag zu sagen, woher dieser Prinz kommt und auf welche Art er sich solch ein prächtiges Gefolge verschafft hat!‹ Und dann begann er in seinem boshaften Neid, dem König trügerische Worte einzuflüstern, indem er sprach: »Hoher Herr und allmächtiger Gebieter, es steht dir nicht gut an, daß du auf das Tun des Prinzen Ahmed so wenig achtgibst. Siehst du nicht, wie sein Gefolge sich von Tag zu Tage an Zahl und Macht vermehrt? Wie, wenn er sich gegen dich verschwüre und dich ins Gefängnis würfe, um dir die Zügel der Herrschaft zu entreißen? Du weißt doch recht wohl, daß du den Zorn der Prinzen Husain und Ahmed herausgeforderst hast, als du den Prinzen 'Alî mit der Herrin Nûr en-Nahâr vermähltest! Damals hat der eine von ihnen in seiner Verbitterung auf die Pracht und die Nichtigkeiten dieser Welt verzichtet und ist ein Fakir geworden, während der andere, gerade dieser Prinz Ahmed, in deiner Gegenwart mit so maßloser Macht und Majestät auftritt. Ohne Zweifel sinnen die beiden auf Rache; und wenn sie dich in ihre Gewalt bekommen haben, so werden sie alle beide Verrat an dir üben. Drum rate ich dir, hüte dich, und wiederum sage ich, hüte dich, ergreife die Gelegenheit beim Schopfe, ehe es zu spät ist! Denn die Weisen haben gesagt:

Mit einem Stücke Ton kannst du die Quelle dämmen!
Doch wird sie, wenn sie schwillt, ein Heer von dannen schwemmen!«

Also sprach der boshafte Wesir; und alsbald fuhr er fort: »Du weißt auch, daß Prinz Ahmed, wenn er seinen Besuch von drei Tagen bei dir beendet, dich nie um Erlaubnis bittet, nie dir Lebewohl sagt, nie auch von einem einzigen der Seinen Abschied nimmt. Solches Gebaren ist der Beginn der Empörung, und es beweist, daß er im Herzen Groll hegt. Doch es ist an dir, in deiner Weisheit zu entscheiden!« Diese Worte drangen dem arglosen Sultan tief ins Herz und ließen dort eine Saat des ärgsten Argwohns reifen. Bald dachte er bei sich: ›Wer weiß um die Gedanken und die Absichten des Prinzen Ahmed, ob sie mir freundlich oder feindlich sind? Vielleicht sinnt er doch auf Rache. Darum geziemt es mir, über ihn nachzuforschen und zu erfahren, wo er wohnt und auf welche Art er sich solche Macht und Pracht verschafft hat.‹ Von diesem Gedanken des Argwohns erfüllt, sandte er eines Tages heimlich, ohne Wissen des Großwesirs, der dem Prinzen Ahmed immerdar freundlich gesinnt war, nach der Hexe, und nachdem er sie durch eine geheime Tür in sein eigenes Gemach eingelassen hatte, forschte er sie aus, indem er sprach: »Du hast früher durch deine Zauberkunst in Erfahrung gebracht, daß Prinz Ahmed noch am Leben ist, und hast mir so Nachricht über ihn gegeben. Ich bin dir für diesen guten Dienst verpflichtet, und jetzt wünsche ich von dir, daß du weiter nach ihm forschest und mein Herz, das sehr in Sorgen ist, beruhigst. Obgleich mein Sohn noch lebt und mir in jedem Monat einen Besuch abstattet, so weiß ich doch gar nichts von dem Orte, an dem er weilt und von dem er kommt, wenn er mich aufsucht; denn das hält er vor seinem Vater streng verborgen. Mache du dich sofort insgeheim auf den Weg, ohne daß irgend jemand es weiß, weder meine Wesire noch meine Statthalter, noch auch einer von meinen Höflingen und Dienern, forsche eifrig nach und bringe mir in aller Eile Kunde von der Stätte, an der er lebt! Augenblicklich weilt er bei mir zu seinem gewohnten Besuche; am vierten Tage wird er sein Gefolge berufen und sein Roß besteigen, ohne mir oder einem der Wesire und Würdenträger Lebewohl oder ein Wort von seiner Abreise zu sagen; dann reitet er eine kurze Strecke von hier fort und verschwindet plötzlich. Geh du ihm ohne Zaudern und Zögern auf dem Wege vorauf und lege dich in irgendeinem geeigneten Versteck dicht an der Straße auf die Lauer, um von dort aus zu beobachten, wohin er geht. Darauf bringe mir schleunigst Nachricht!«

Die Zauberin verließ nun den König, und als sie die vier Parasangen zurückgelegt hatte, verbarg sie sich in einem Versteck zwischen den Felsen dicht bei der Stätte, an der Prinz Ahmed seinen Pfeil gefunden hatte, und wartete dort auf sein Kommen. Früh am Morgen, wie er es gewohnt war, machte der Prinz sich auf den Weg, ohne seinem Vater Lebewohl zu sagen oder sich von einem der Minister zu verabschieden. Wie er in die Nähe kam, erblickte die Zauberin ihn und das Gefolge, das vor ihm und auf seiner Seite ritt; und sie sah, wie sie alle in einen Hohlweg ritten, der sich in viele Nebenpfade gabelte; doch die Klippen und Blöcke am Wege waren so steil und gefährlich, daß kaum ein Fußgänger mit Sicherheit dort gehen konnte. Als die Zauberin das sah, dachte sie, daß der Pfad sicher zu einer Höhle führe oder vielleicht zu einem unterirdischen Gange oder einer Stätte von

Geistern und Feen unter der Erde; da plötzlich war der Prinz mit seinem ganzen Gefolge ihren Blicken entschwunden. Nun kroch sie aus ihrem Verstecke hervor und ging weit und breit umher und suchte so sorgfältig, wie sie nur konnte, aber sie fand den unterirdischen Gang nicht; denn sie konnte die eiserne Tür, die Prinz Ahmed geschaut hatte, nicht erkennen, da kein Wesen von menschlichem Fleisch und Blut sie sehen konnte, sondern nur der, dem sie von der Fee Perî Banû sichtbar gemacht worden war; außerdem war sie stets allen spähenden Augen des Geschlechts der Frauen verborgen. Nun sprach die Zauberin bei sich selber: ›All diese Mühen und Plagen hab ich vergeblich ertragen; ja, wahrlich, ich habe das, was ich suchte, nicht gefunden.‹ So ging sie denn schnurstracks zum Sultan zurück und berichtete ihm alles, was ihr begegnet war: wie sie mitten zwischen den Klippen und Blöcken auf der Lauer gelegen und wie sie den Prinzen und sein Gefolge gesehen hatte, die auf einem der gefährlichsten Wege ritten und, nachdem sie in einen Hohlweg eingebogen waren, plötzlich im Nu ihren Blicken entschwanden. Und sie schloß mit den Worten: »Obgleich ich mir die allergrößte Mühe gab, den Ort, an dem der Prinz weilt, zu finden, so wollte es mir doch ganz und gar nicht gelingen. So bitte ich dich denn, deine Hoheit möge mir eine Frist gewähren, auf daß ich weiterforschen und dies Geheimnis enthüllen kann, das nicht lange verborgen bleiben soll, wenn ich mit Geschick und Umsicht verfahre.« Der Sultan antwortete ihr: »Es sei, wie du wünschest; ich gewähre dir Muße, um nachzuforschen, und nach einer Weile will ich hier auf deine Rückkehr warten!« Darauf gab der König jener Hexe einen großen Diamanten von hohem Werte, indem er sprach: »Nimm diesen Stein als Lohn für deine Mühe und Beschwer und als Angeld auf künftige Gnadenbeweise! Du sollst, wenn du mit der Nachricht zu mir kommst, daß du das Geheimnis erforscht und aufgedeckt hast, eine Gabe von noch viel höherem Wert erhalten, ja, ich werde dein Herz mit frohester Freude erfüllen und dir die höchsten Ehren erweisen.«

Nun wartete die Zauberin wieder auf das Kommen des Prinzen; denn sie wußte wohl, daß er beim Aufgang jedes Neumondes in seine Heimat ritt, um seinen Vater zu besuchen, und daß er drei Tage lang bei ihm bleiben würde, wie die Herrin Perî Banû es ihm erlaubt und eingeschärft hatte. Als dann der Mond zugenommen und wieder abgenommen hatte, begab die Hexe sich einen Tag, bevor der Prinz seine Wohnstätte für den monatlichen Besuch verließ, in die Felsen und setzte sich neben der Stelle nieder, an der er nach ihrer Berechnung herauskommen mußte; und früh am nächsten Morgen ritten er und sein Gefolge, viele Ritter zu Roß, deren jeder seinen Fußknappen bei sich hatte, in immer größerer Zahl, stolz zum eisernen Tor hinaus und kamen dicht bei der Stelle vorbei, an der sie auf ihn lauerte. Die Zauberin kauerte in ihren zerfetzten Lumpen am Boden; und als der Prinz dort einen Klumpen erblickte, meinte er, ein Felsstück wäre von der Berghöhe auf den Weg heruntergefallen. Doch als er ganz nahe herankam, begann sie zu weinen und zu wimmern mit lautem Lärmen, als ob Schmerzen und Sorgen sie quälten, und sie flehte unter immer heftigeren Tränen und Klagen unaufhörlich um seine Hilfe und seinen Schutz. Wie der Prinz ihren grimmen Schmerz sah, hatte er Mitleid mit ihr; er hielt sein Roß an und fragte sie, was sie von ihm begehre und was der Grund ihres Weinens und Schreiens sei. Da fing die arglistige Alte nur noch mehr an zu schreien, und der Prinz ward noch mehr zum Mitleid gerührt, als er ihre Tränen sah und ihre schwachen, gebrochenen Worte vernahm. Sobald die Zauberin bemerkte, daß der Prinz Erbarmen mit ihr hatte und ihr gern eine Gnade erweisen wollte, stieß sie einen tiefen Seufzer aus, und in kläglichen Tönen, unter Gestöhn und Geächze, richtete sie diese erlogenen Worte an ihn, indem sie sich an den Saum seines Gewandes klammerte und von Zeit zu Zeit innehielt, als ob sie sich vor Schmerzen zusammenkrampfe: »Hoher Herr, du Herr aller Herrlichkeit, wie ich von meinem Hause in jener Stadt dort nach dem und dem Orte ging, um einen Auftrag auszurichten, siehe, da wurde ich plötzlich, gerade als ich bis hierher gekommen war, von einem heftigen Fieberanfall ergriffen; ich begann zu zittern und zu beben, so daß ich alle Kraft verlor und hilflos zu Boden sank, so wie du mich nun siehst; und auch jetzt habe ich keine Kraft in Händen und Füßen, um von der Erde aufzustehen und nach Hause zurückzukehren.« »Ach, du gute Frau«, erwiderte der Prinz, »hier ist kein Haus in der Nähe, in das du gehen könntest, um rechte Pflege und Fürsorge zu finden. Doch weiß ich einen Ort, an den ich dich, wenn du es wünschest, bringen kann, und wo du, so Gott es will, durch freundliche Pflege bald von deinem Leid genesen wirst. Folge mir nun, so gut du es vermagst!« Mit lautem Ächzen und Krächzen gab ihm die Hexe zur Antwort: »Ich bin so schwach in allen Gliedern, ich bin so hilflos, daß ich mich nur mit Hilfe einer freundlichen Hand vom Boden erheben und bewegen kann.« Darauf befahl der Prinz einem der Ritter, die schwache und kranke Alte aufzuheben und auf sein Roß zu setzen; der Reitersmann erfüllte den Befehl seines Herren sofort und setzte sie rittlings hinter ihm auf sein Pferd. Dann ritt Prinz Ahmed mit ihr zurück, kam durch das eiserne Tor, brachte sie in sein Gemach und sandte nach Perî Banû. Sofort eilte seine Gemahlin herbei und fragte ihn in großer Erregung: »Steht alles wohl? Weshalb bist du zurückgekommen? Was wünschest du, daß du nach mir gesandt hast?« Prinz Ahmed erzählte ihr von der kranken und hilflosen Alten, indem er sprach: »Kaum hatte ich mich auf den Weg gemacht, da erblickte ich diese alte Frau, die dicht am Wege lag, in Schmerzen und schwerer Not. Mein Herz hatte Mitleid mit ihr, als ich sie so daliegen sah, und trieb mich, sie hierher zu bringen, da ich sie doch nicht in den Felsen dem Tode überlassen konnte. Nun bitte ich dich, nimm sie in deiner Güte auf und gib ihr die Arzneien, auf daß sie bald von ihrer Krankheit genese! Wenn du ein so gutes Werk tust, werde ich dir immerdar zu Danke verpflichtet sein.« Da blickte Perî Banû die Alte an und befahl zweien ihrer Sklavinnen, sie in ein anderes Gemach zu tragen und sie mit zärtlichster Fürsorge und eifrigstem Bemühen zu pflegen. Die Mägde führten den Befehl aus und brachten die Zauberin in das genannte Gemach. Darauf hub Perî Banû an und sprach zu Prinz Ahmed: »Mein Gebieter, ich freue mich zu sehen, daß du so mitleidig und freundlich gegen diese alte Frau bist, und ich will mich gern ihrer annehmen, so wie du es mir aufgetragen hast; doch mein Herz bangt, und ich fürchte sehr, daß deine Güte ein Unheil zur Folge haben wird. Diese Frau ist nicht so krank, wie sie sich stellt, nein, sie übt Betrug an dir, und mir ahnt, daß irgendein Feind oder Neider gegen dich und mich Arges im Schilde führt. Indessen, mach dich jetzt in Frieden auf den Weg!« Der Prinz, dem die Worte seiner Gemahlin gar nicht zu Herzen gingen, erwiderte ihr: »Meine Gebieterin, Allah der Allmächtige schütze dich vor allem Schaden! Wenn du mir hilfst und mich hütest, so fürchte ich kein Unheil; ich weiß von keinem Feinde, der nach meinem Verderben trachten könnte; denn ich hege keinen Groll gegen irgendein lebendes Wesen, und ich befürchte nichts Arges, weder von den Menschen noch von den Geistern.« Darauf verabschiedete Prinz Ahmed sich wiederum von Perî Banû und begab sich mit seinem Gefolge zum Palaste seines Vaters, der infolge der Bosheit seines arglistigen Ministers dem Kommen seines Sohnes mit bangem Herzen entgegensah; doch nichtsdestoweniger hieß er ihn mit vielen äußeren Zeichen von Liebe und Neigung willkommen.

Inzwischen trugen die beiden Feenmägde, denen Perî Banû die Pflege der Zauberin anvertraut hatte, die Kranke in ein großes und prächtig eingerichtetes Gemach und legten sie dort auf ein Bett, das ein Polster aus Satin und eine Decke aus Brokat hatte. Dann setzte sich eine von ihnen neben sie, während die andere eiligst in einem Becher aus Porzellan eine Essenz holte, die gegen jedes hitzige Fieber ein sicheres Heilmittel war. Darauf richteten sie die Alte empor, ließen sie auf dem Lager sitzen und sprachen: »Trink diesen Trank! Es ist das Wasser vom Löwenquell, und jeder Kranke, der es kostet, wird alsbald von seinem Leiden geheilt, es mag sein, was es will!« Die Zauberin nahm den Becher mit großer Mühe hin, und nachdem sie den Inhalt getrunken hatte, legte sie sich aufs Bett nieder; die Mägde breiteten die Decke über sie hin und sprachen: »Jetzt ruhe eine Weile, und bald wirst du die Heilkraft dieser Arznei verspüren!« Dann gingen sie fort, um sie etwa eine Stunde lang dem Schlafe zu überlassen. Die Hexe aber, die sich ja nur deshalb krank gestellt hatte, weil sie erfahren wollte, wo Prinz Ahmed lebte, und dies dem Sultan kundtun wollte, war nun sicher, daß sie ihr Ziel erreicht hatte, und so erhob sie sich bald wieder, rief die Mägde und sprach zu ihnen: »Der Trank von dieser Arznei hat mir meine ganze Gesundheit und Kraft wiedergegeben; jetzt fühle ich mich wieder frisch und froh, und alle meine Glieder sind von neuem Leben und neuer Kraft erfüllt. Drum meldet es sogleich eurer Herrin, auf daß ich den Saum ihres Kleides küssen und ihr für ihre Güte gegen mich danken kann; dann will ich von dannen gehen und mich wieder nach Hause begeben!« Da nahmen die beiden Mägde die Zauberin mit sich und zeigten ihr, während sie dahingingen, die verschiedenen Gemächer, von denen eines noch immer prächtiger und fürstlicher als das andere war. Schließlich kamen sie in die große Halle, den herrlichsten Saal von allen, der ganz mit dem kostbarsten und seltensten Gerät ausgestattet war. Dort saß Perî Banû auf einem Throne, der mit Diamanten und Rubinen, Smaragden, Perlen und anderen edelen Steinen von seltener Größe und Klarheit verziert war, und rings um sie standen Feen von lieblichstem Wuchs und Antlitz, die in die prächtigsten Gewänder gekleidet waren und mit gekreuzten Armen ihrer Befehle harrten. Die Zauberin war über die Maßen erstaunt, als sie die Pracht der Gemächer und ihrer Geräte sah, vor allem aber, als sie die Herrin Perî Banû auf dem Edelsteinthrone sitzen sah; und sie vermochte vor Verwirrung und Ehrfurcht kein Wort zu sprechen, sondern sie verneigte sich tief und legte ihr Haupt auf die Füße der Perî Banû. Da sprach die Prinzessin mit sanften Worten, um die Alte zu ermutigen: »Gute Frau, es freut mich sehr, dich als Gast hier in meinem Palaste zu sehen; doch noch mehr bin ich darüber erfreut, daß ich höre, du seiest von deiner Krankheit ganz genesen. Nun erquicke deinen Geist, indem du hier überall lustwandelst; meine Dienerinnen werden dich begleiten und dir zeigen, was für dich sehenswert ist!« Da verneigte die Hexe sich wiederum tief, küßte den Teppich unter den Füßen der Perî Banû und verabschiedete sich von der Prinzessin in schöngefügter Rede und unter Bezeugung tiefster Dankbarkeit für die empfangenen Wohltaten. Dann führten die Mägde sie im Palaste umher und zeigten ihr alle die Gemächer, die ihren Blick so blendeten und bezauberten, daß sie keine Worte finden konnte, um sie genugsam zu preisen. Darauf ging sie ihrer Wege, und die Feen begleiteten sie bis jenseits des eisernen Tores, durch das Prinz Ahmed sie hereingeführt hatte, und verließen sie, indem sie ihr Lebewohl sagten und alles Gute wünschten; die verworfene Alte aber schlug den Weg nach Hause ein. Doch sie war kaum eine kurze Strecke gegangen, da kam es ihr in den Sinn, noch einmal nach der eisernen Tür zu blicken, um sie leichter wiederfinden zu können; so kehrte sie um, aber siehe da, der Eingang war verschwunden und war unsichtbar für sie wie für jede andere Frau. Und nachdem sie überall gesucht hatte und hin und her gegangen war, ohne ein Zeichen oder eine Spur von Palast und Portal gefunden zu haben, begab sie sich voll Verzweiflung zur Stadt und schlich dort eine einsame Gasse entlang; dann trat sie nach ihrer Gewohnheit durch die Geheimpforte in den Palast. Als sie wohlbehalten drinnen war, ließ sie sofort dem Sultan durch einen Eunuchen Meldung bringen, und der befahl, daß sie zu ihm geführt werden solle. Sie nahte ihm mit trüber Miene, und wie er daraus entnahm, daß es ihr nicht gelungen war, ihr Ziel zu erreichen, fragte er: »Was gibt es? Hast du deinen Plan ausgeführt oder ist er fehlgeschlagen?« Da erwiderte die Zauberin, die ja nur ein Geschöpf des boshaften Wesirs war: »O König der Könige, alles habe ich genau erforscht, gerade so wie du es mir befohlen hast, und ich will dir sogleich alles erzählen, was mir begegnet ist. Die Spuren der Sorge und die Kennzeichen des Kummers, die du auf meinem Gesichte wahrnimmst, haben einen anderen Grund, und der geht deine Wohlfahrt nahe an.« Dann fuhr sie fort und erzählte ihr Erlebnis mit diesen Worten: »Als ich die Felsen erreicht hatte, setzte ich mich nieder und stellte mich krank; wie dann Prinz Ahmed des Weges kam und mich klagen hörte und meinen elenden Zustand sah, hatte er

Mitleid mit mir. Und nachdem wir einige Worte gewechselt hatten, nahm er mich mit sich durch einen unterirdischen Gang und durch ein eisernes Tor zu einem prächtigen Palast; dort übergab er mich einer Fee, Perî Banû geheißen, von unvergleichlicher Schönheit und Anmut, dergleichen eines Menschen Auge noch nie gesehen hat. Prinz Ahmed trug ihr auf, mich auf einige Tage als Gast zu behalten und mir eine Arznei zu geben, die mich ganz heilen würde, und ihm zu Gefallen bestimmte sie sofort zwei Mägde zu meiner Pflege. Bald war ich dessen sicher, daß die beiden als Mann und Weib unlöslich miteinander verbunden sind. Ich stellte mich völlig ermüdet und ermattet und tat so, als hätte ich nicht einmal die Kraft, zu gehen oder auch nur zu stehen; darauf stützten die beiden Mädchen mich auf beiden Seiten, und so wurde ich in ein Gemach geführt, in dem sie mir etwas zu trinken gaben und mich auf ein Lager betteten, damit ich ruhen und schlafen könnte. Nun dachte ich bei mir selbst: ›Fürwahr, ich habe das Ziel erreicht, um dessentwillen ich mich krank gestellt habe.‹ Und da ich überzeugt war, daß es keinen Nutzen mehr hatte, mich noch länger zu verstellen, so erhob ich mich nach einer kurzen Weile und sagte zu den Dienerinnen, der Trank, den sie mir gereicht, hätte das Fieber vertrieben und meinen Gliedern die Gesundheit, meinem Leibe das Leben zurückgegeben. Da führten sie mich zu der Herrin Perî Banû, die sich sehr erfreut zeigte, daß sie mich frisch und froh wiedersah, und ihren Mägden gebot, mich überall im Palaste umherzuführen und mir jedes Gemach in seiner Schönheit und Pracht zu zeigen; darauf bat ich, fortgehen zu dürfen, um meines Weges zu wandern, und hier stehe ich nun, deines Willens gewärtig.« Als sie so dem König alles berichtet hatte, was ihr begegnet war, hub sie wieder an: »Es mag sein, daß du, nachdem du von der Macht und Pracht, dem Reichtum und dem Glanze der Herrin Perî Banû gehört hast, dich freuest und bei dir selber sprichst: ›Es ist gut, daß Prinz Ahmed mit dieser Fee vermählt ist und daß er so viel Reichtum und Macht gewonnen hat!‹ Aber den Augen dieser deiner Sklavin erscheinen die Dinge doch in einem ganz anderen Lichte. Es ist nicht gut, also wage ich zu behaupten, daß dein Sohn solche Gewalt und solche Schätze sein eigen nennt; denn wer weiß, ob er nicht mit Hilfe von Perî Banû Zwiespalt und Zwietracht im Reiche hervorrufen wird? Hüte dich vor den Listen und der Tücke der Frauen! Der Prinz ist von der Liebe zu ihr betört, und vielleicht wird er auf ihren Antrieb ganz anders als recht an dir handeln; dann könnte er die Hand auf deine Schätze legen, deine Untertanen verleiten und sich zum Herrn deines Königreiches machen. Und wenn er auch aus freien Stücken nichts tun mag, als was Ehrfurcht und Ehrerbietung gegenüber seinem Vater und seinen Ahnen ihm gebieten, so könnten doch die Reize seiner Prinzessin allmählich immer stärker auf ihn einwirken und ihn schließlich zum Aufrührer machen, ja, zu etwas noch Schlimmerem, was ich nicht sagen mag. Jetzt wirst du einsehen, daß die Sache sehr ernst ist; drum sei nicht unvorsichtig, sondern überlege sie sorgsam!« Darauf schickte die Zauberin sich an, ihres Weges zu wandern; aber der König hub an und sprach: »Ich bin dir für zweierlei verpflichtet. Erstlich hast du viel Mühe und Beschwer auf dich genommen und sogar um meinetwillen dein Leben aufs Spiel gesetzt, um die Wahrheit über meinen Sohn, den Prinzen Ahmed, in Erfahrung zu bringen. Und zweitens bin ich dir dankbar, daß du mir einen so trefflichen Rat und eine so kluge Mahnung gegeben hast.« Nach diesen Worten entließ er sie mit den höchsten Ehren; aber kaum hatte sie den Palast verlassen, so berief er in heftiger Unruhe seinen zweiten Wesir, jenen boshaften Minister, der ihn zuerst gegen Prinz Ahmed aufgereizt hatte, und als er mit seinen Freunden vor dem König erschien, legte der ihnen die ganze Sache vor und fragte sie, indem er sprach: »Was ratet ihr? Was soll ich tun, um mich und mein Reich gegen die Listen dieser Fee zu schützen?« Einer von den Ratgebern erwiderte: »Das ist eine leichte Sache, und das Mittel ist einfach und nah zur Hand. Gib den Befehl, daß Prinz Ahmed, der jetzt in der Stadt weilt, wenn nicht gar hier im Palaste, als Gefangener festgehalten werde! Laß ihn jedoch nicht hinrichten, sonst könnte sein Tod einen Aufruhr hervorrufen;

aber auf jeden Fall nimm ihn fest, und wenn er sich widersetzen sollte, so lege ihn in Eisen!« Dieser grausige Rat gefiel dem boshaften Minister, und alle seine Gönner und Günstlinge billigten ihn von Herzen. Doch der Sultan schwieg und gab keine Antwort. Am nächsten Morgen aber sandte er aus und ließ die Zauberin kommen, und mit ihr überlegte er, ob er den Prinzen Ahmed ins Gefängnis werfen solle oder nicht. Da sagte sie: »O König der Könige, dieser Rat ist ganz gegen gesunden Sinn und Verstand. Wenn du Prinz Ahmed ins Gefängnis werfen willst, so mußt du das gleiche mit all seinen Rittern und ihren Knappen tun; doch da sie Geister und dämonische Wesen sind, so weiß niemand, wie sie sich rächen würden! Keine Kerkerzellen noch Tore von Stahl können sie bannen, sie werden sofort entweichen und der Fee von solcher Gewalttat berichten. Sie aber wird von grimmem Zorn entbrennen, wenn sie hört, daß ihr Gemahl wie ein gewöhnlicher Verbrecher in gemeiner Haft gehalten wird, und das alles nicht um eines Verschuldens oder Vergehens willen, sondern durch eine hinterhältige Gefangennahme, und sie wird sicher die ärgste Rache über dein Haupt bringen und uns einen Schaden antun, den wir nicht abzuwehren vermögen. Wenn du mir vertrauen willst, so werde ich dir raten, wie du handeln sollst, so daß du gewinnst, was du wünschest, ohne daß ein Unheil dir oder deinem Reiche naht. Du weißt gar wohl, daß Geister und Feen die Kraft haben, in ganz kurzer Zeit wunderbare und erstaunliche Dinge zu tun, die ein Sterblicher nicht nach langen Jahren mühsamer Arbeit zustande bringen kann. Nun also, wenn du auf die Jagd ziehst oder zu irgendeinem Streifzuge, so brauchst du ein Prunkzelt für dich selbst und viele Zelte für dein Gefolge, deine Diener und Krieger; und um ein solches Lager herzurichten und fortzuschaffen wird viel Zeit und Geld unnütz vergeudet. Ich rate dir also, o König der Könige, stelle den Prinzen Ahmed auf folgende Probe: befiehl ihm, dir ein Königszelt zu bringen, so breit und so lang, daß es deinen ganzen Hof, all deine Krieger, den Lagertroß und auch die Lasttiere aufnehmen und bedecken kann; und dennoch soll es so leicht sein, daß ein einziger Mann es in der hohlen Hand halten und überallhin tragen kann, wohin er nur will!« Darauf schwieg sie eine Weile; aber dann redete sie den König wieder an: »Sobald Prinz Ahmed sich dieser Aufgabe entledigt hat, verlange du von ihm etwas noch Größeres und Wunderbareres! Das will ich dir kundtun, und er wird schwere Mühe haben, es auszuführen. Auf diese Weise wirst du dein Schatzhaus mit seltenen und wunderbaren Dingen, den Werken der Geister, anfüllen, und dies wird so lange dauern, bis dein Sohn schließlich am Ende seiner Kraft ist und deine Befehle nicht mehr ausführen kann. Dann wird er; gedemütigt und beschämt, nicht mehr wagen, in deine Hauptstadt zu kommen noch vor dich zu treten; und du wirst dann frei von Furcht vor Schaden durch seine Hand sein, du brauchst ihn nicht ins Gefängnis zu werfen oder, was noch schlimmer wäre, töten zu lassen.« Als der Sultan diese klugen Worte vernommen hatte, teilte er den Plan der Hexe seinen Ratgebern mit und fragte sie, wie sie darüber dächten. Doch sie schwiegen still und erwiderten kein Wort der Zustimmung oder Mißbilligung; er selbst aber war ganz damit einverstanden und sagte nichts weiter. Am nächsten Tage kam Prinz Ahmed, um den König zu besuchen; der hieß ihn mit überströmender Zärtlichkeit willkommen, drückte ihn an seinen Busen und küßte ihn auf Stirn und Augen. Eine lange Weile saßen sie beisammen und plauderten über mancherlei Dinge, bis schließlich der Sultan eine Gelegenheit fand und also zu sprechen begann: »Mein teurer Sohn, mein Ahmed, viele Tage lang trug ich Trauer im Herzen und Sorgen in der Seele, weil ich von dir getrennt war, und als du dann zurückkehrtest, erfüllte mich große Freude bei deinem Anblick; und obgleich du mich von dem Orte, da du lebst, nichts wissen ließest noch jetzt wissen lässest, habe ich es doch nicht über mich gebracht, dich zu fragen oder dein Geheimnis zu ergründen, weil es nicht nach deinem Sinne war, mir von deiner Wohnstätte zu erzählen. Aber jetzt habe ich vernommen, daß du mit einer mächtigen Dämonin von unvergleichlicher Schönheit vermählt bist; und diese Nachricht hat mir die allergrößte Freude bereitet. Ich wünsche nun nicht irgend etwas von dir über deine Feengemahlin zu erfahren, wenn du es mir nicht aus eigenem freien Willen mitteilen willst; doch sage mir, sollte ich irgendwann einmal etwas von dir erbitten, kannst du es dann von ihr erreichen? Hält sie dich so lieb und wert, daß sie dir nichts versagt, was du von ihr erbittest?« »Mein Gebieter«, erwiderte der Prinz, »was verlangst du von mir? Meine Gemahlin ist ihrem Gatten mit Herz und Seele ergeben; so bitte ich dich, laß mich wissen, was du von ihr und mir begehrst!« Darauf gab der Sultan zur Antwort: »Du weißt, daß ich oftmals zur Jagd ausziehe oder zu Kampf und Krieg; dann habe ich Zelte und Pavillons und Zeltschuppen nötig, und große Herden und Scharen von Kamelen, Mauleseln und anderen Lasttieren müssen das Lager von einem Orte zum anderen schaffen. Darum möchte ich, daß du mir ein Zelt brächtest, so leicht, daß ein einziger Mann es in seiner hohlen Hand tragen kann, und doch auch groß genug, daß es meinen Hof, mein ganzes Heer und Lager, den Troß und die Packtiere aufzunehmen vermag. Wenn du die Herrin um dies Geschenk bitten würdest, so weiß ich recht wohl, daß sie es dir geben kann; und du würdest mir dann viel Mühe abnehmen, die ich sonst auf das Fortschaffen der Zelte verwenden muß, und mir manch unnützen Verlust von Menschen und Vieh ersparen.« »Lieber Vater und Sultan«, entgegnete der Prinz, »mach dir keine sorgenvollen Gedanken! Ich will alsbald deinen Wunsch meiner Gemahlin, der Herrin Perî Banû, kundtun; und wenn ich auch nicht weiß, ob Feen die Macht besitzen, ein solches Zelt zu schaffen, wie du es beschreibst, und ob sie, wenn die Feen wirklich solche Macht haben, mir ihre Hilfe leihen wird oder nicht, so will ich doch, trotzdem ich dir ein solches Geschenk nicht versprechen kann, alles, was nur immer im Bereiche meiner Kräfte liegt, mit Freuden für dich tun.« Darauf sprach der König zu Prinz Ahmed: »Sollte es dir etwa nicht gelingen, und solltest du mir die gewünschte Gabe nicht bringen, mein Sohn, so möchte ich dein Antlitz niemals wiedersehen. Dann wärest du fürwahr ein trauriger Gatte, wenn deine Gemahlin dir ein so geringfügig Ding abschlagen würde und nicht vielmehr alles, was du ihr aufträgst, eilends täte; denn dadurch gäbe sie dir zu verstehen, daß du in ihren Augen nur wenig Wert und Bedeutung besäßest und daß Liebe zu dir bei ihr so gut wie gar nicht vorhanden wäre. Doch nun, mein Sohn, geh hin und bitte sie sofort um das Zelt! Gibt sie es dir, so wisse, sie liebt dich, und du bist ihr das liebste Wesen in der Welt. Mir ist auch berichtet worden, daß sie dich von ganzem Herzen und von ganzer Seele liebt und daß sie dir niemals irgend etwas, um das du bittest, verweigern würde, wäre es auch ihr eigener Augapfel.«

Prinz Ahmed pflegte ja sonst immer drei Tage in jedem Monate bei seinem Vater, dem Sultan, zu verweilen; aber diesmal blieb er nur zwei Tage und sagte schon am dritten Tage seinem Vater Lebewohl. Als er in seinen Palast einzog, konnte es nicht ausbleiben, daß Perî Banû bemerkte, wie er innerlich betrübt war und niedergeschlagen aussah; darum fragte sie ihn: »Steht alles gut mit dir? Warum bist du nicht morgen, sondern schon heute von deinem Vater, dem König, gekommen, und warum trägst du eine so traurige Miene zur Schau?« Er aber küßte sie auf die Stirn, umarmte sie zärtlich und erzählte ihr dann alles von Anfang bis zu Ende. Da gab sie ihm zur Antwort: »Ich will dein Herz bald beruhigen; denn ich möchte dich nicht noch einen Augenblick länger betrübt sehen. Dennoch, mein Lieb, durch diese Bitte deines Vaters, des Sultans, weiß ich sicher, daß sein Ende nahe ist; er wird bald aus dieser Welt zur Barmherzigkeit Allahs des Erhabenen eingehen. Irgendein Feind hat dies angezettelt, und schweres Ungemach droht dir; und die Folge davon ist, daß dein Vater, der von dem kommenden Unheil nichts ahnt, eifrig seinen eigenen Untergang betreibt.« Erschrocken und ängstlich erwiderte der Prinz seiner Gemahlin: »Preis sei Allah dem Erhabenen! Der König, mein allerhöchster Herr, ist bei bester Gesundheit, und an ihm ist kein Zeichen von Unwohlsein oder Altersschwäche zu sehen; noch heute früh verließ ich ihn, wie er frisch und froh war, ja, wahrlich, ich habe ihn nie bei besserem Befinden gesehen. Seltsam, fürwahr, daß du wissen solltest, was ihm bevorsteht, ehe ich dir irgend etwas über ihn berichtet habe, und zumal, daß du ahnst, wie er von unserer Vermählung und unserer Stätte erfahren hat!« »Mein Prinz«, erwiderte Perî Banû, »du weißt, was ich dir sagte, als ich die alte Frau sah, die du hierher brachtest, da sie an hitzigem Fieber litte. Jenes Weib ist eine Hexe aus Satans Brut; die hat deinem Vater alles hinterbracht, was er über diese unsere Wohnstätte zu wissen wünschte. Obgleich ich deutlich sah, daß sie weder siech noch schwach war, sondern sich nur fieberkrank stellte, gab ich ihr eine Arznei zu trinken, die Leiden von jeglicher Art heilt, und sie gab fälschlich vor, daß sie durch deren Wirkung wieder zu Gesundheit und Kraft gekommen sei. Als sie dann zu mir kam, um Abschied von mir zu nehmen, sandte ich zwei meiner Mägde mit ihr und befahl ihnen, ihr jedes Gemach im Palaste mit seiner Einrichtung und seinem Schmuck zu zeigen, auf daß sie besser erkenne, wie es mit dir und mit mir steht. All das tat ich nur um deinetwillen; denn du hattest mir aufgetragen, der alten Frau Mitleid zu erweisen, und ich war froh, als ich sie gesund und munter und frischen Mutes davongehen sah. Außer ihr allein hat kein menschliches Wesen jemals irgend etwas von dieser Stätte zu erfahren oder gar hierher zu kommen vermocht.« Als Prinz Ahmed diese Worte vernommen hatte, dankte er ihr von Herzen und sprach: »O sonnengleiches Antlitz der Schönheit, ich möchte dich doch um die Gnade bitten, den Wunsch meines Vaters zu erfüllen; er verlangt ein Königszelt so groß, daß es ihn und sein groß Volk, seinen Troß und seine Packtiere aufnehmen kann; und trotzdem soll es in der hohlen Hand getragen werden können. Ob solch ein Wunderding existiert, weiß ich nicht; aber ich möchte doch alles tun, um es zu beschaffen, und es ihm getreulich bringen.« Da rief sie: »Was beunruhigst du dich wegen einer solchen Kleinigkeit? Ich will sofort danach senden und es dir geben.« Darauf ließ sie eine ihrer Mägde kommen, die ihre Schatzmeisterin war, und sprach: »Nûr Dschehân, geh sogleich hin und bringe mir einen Zeltbau von der und der Art!« Die Magd ging eilends hin und kam ebenso rasch mit dem Zelte zurück; das legte sie dem Prinzen Ahmed in die flache Hand. Als er es aber in der Hand hielt, dachte er bei sich: ›Was ist dies, das Perî Banû mir da gibt? Sie macht sich wohl einen Scherz mit mir!‹ Seine Gemahlin aber, die ihm die Gedanken vom Gesicht ablas, begann laut zu lachen und rief: »Was ist denn das, mein geliebter Prinz? Glaubst du wirklich, ich treibe Scherz und Spott mit dir?« Dann fuhr sie, zur Schatzmeisterin Nûr Dschehân gewendet, fort: »Nimm jetzt das Zelt dort aus der Hand des Prinzen Ahrned und stelle es im Felde auf, damit er sieht, wie gewaltig groß es ist, und schaut, ob es von der Art ist, wie sein Vater, der Sultan, es wünscht!« Die Magd nahm das Zelt und schlug es fern vom Palaste auf; und doch reichte es vom äußersten Ende der Ebene bis an den Palast heran, und es war so unendlich groß, daß es, wie Prinz Ahmed sah, Raum genug für den ganzen Hofhalt des Königs hatte; ja, hätten sich auch zwei ganze Heere mit allem Lagertroß und Saumvieh darunter aufgestellt, so hätte eines das andere durchaus nicht beengt oder bedrängt. Da bat er Perî Banû um Verzeihung, indem er sprach: »Ich wußte nicht, daß es ein so unendlich großer und wunderbarer Zeltbau war; und darum zweifelte ich, als ich es zuerst sah.« Alsbald brach die Schatzmeisterin das Zelt wieder ab und gab es dem Prinzen wieder in die Hand. Der stieg ohne Zögern und Zaudern zu Roß, ritt, von seinem Gefolge begleitet, zum König zurück und überreichte ihm das Zelt, nachdem er ihm gehuldigt und die schuldige Reverenz dargebracht hatte. Auch der Sultan meinte, als er das Geschenk zuerst sah, es sei nur ein kleines Ding; aber als es aufgeschlagen war, staunte er gewaltig beim Anblick seiner Größe; denn es hätte seine Hauptstadt mit allen Vororten überdecken können. Er war jedoch nicht ganz zufrieden, da das Zelt ihm nun zu groß erschien; aber sein Sohn versicherte ihm, daß es sich jederzeit dem anpassen würde, was es bergen solle. Darauf dankte er dem Prinzen, daß er ihm ein so seltenes Geschenk gebracht hatte, und sprach: »Lieber Sohn, tu deiner Gemahlin kund, daß ich ihr sehr verpflichtet bin, und sprich ihr meinen herzlichen Dank für diese ihre gütige Gabe aus. Jetzt weiß ich in der Tat sicher, daß sie dich von ganzem

Herzen und von ganzer Seele liebt, und all meine Zweifel und Befürchtungen sind nunmehr vertrieben.« Dann befahl der König, man solle das Zelt zusammenlegen und sorgfältig im königlichen Schatzhause aufbewahren.

Es ist seltsam, aber wahr, daß im Herzen des Sultans, als er dies seltene Geschenk von dem Prinzen erhalten hatte, Furcht und Zweifel, Neid und Eifersucht auf seinen Sohn, die von der Hexe und dem boshaften Wesir und seinen anderen üblen Beratern in ihm erregt waren, nur noch größer und lebhafter wurden als zuvor. Denn jetzt war er gewiß, daß die Dämonin über alle Maßen ihrem Gatten hold war und daß sie ihm, dem König, trotz seinem großen Reichtum und seiner Macht an gewaltigen Taten überlegen wäre, wenn sie ihrem Gatten helfen wollte. Daher ward er von banger Furcht erfüllt, sie könnte etwa danach trachten, ihn zu töten, und an seiner Statt den Prinzen auf den Thron setzen. So ließ er denn die Hexe kommen, die ihn schon früher beraten hatte und auf deren List und Tücke er sich jetzt am meisten verließ. Als er ihr berichtete, welchen Erfolg ihr Rat gehabt hatte, besann sie sich eine Weile; dann hob sie ihr Haupt und sprach: »König der Könige, du bist ohne Grund besorgt; du brauchst dem Prinzen Ahmed nur zu befehlen, dir Wasser aus dem Löwenquell zu bringen. Er muß notgedrungen um seiner Ehre willen deinen Wunsch erfüllen; und wenn er es nicht vermag, so wird er vor lauter Scham nicht wagen, sein Antlitz wieder bei Hofe zu zeigen. Du kannst keinen besseren Plan anwenden als diesen; drum sorge dafür und säume nicht, ihn auszuführen!« Am nächsten Tage gegen Abend, als der König in voller Staatsversammlung, umgeben von seinen Wesiren und Ministern, dasaß, trat Prinz Ahmed vor, brachte die schuldige Huldigung dar und setzte sich an seine Seite auf einen niedrigeren Sitz. Darauf redete der König ihn nach seiner Gewohnheit mit hoher Gunstbezeigung an und sprach zu ihm: »Es ist mir eine sehr große Freude, daß du mir jenes Zelt gebracht hast, um das ich dich bat; denn in meinem Schatzhause gibt es wahrlich nichts, das so selten und wundersam wäre. Doch fehlt mir noch eines, und wenn du mir das bringst, so werde ich mich über alle Maßen freuen. Ich habe gehört, daß die Fee, deine Gemahlin, beständig ein Wasser gebraucht, das aus dem Löwenquell fließt und von dem ein Trunk jegliches Fieber und alle anderen tödlichen Krankheiten heilt. Ich weiß, daß du ängstlich um meine Gesundheit besorgt bist; so wirst du mich auch gern dadurch erfreuen, daß du mir etwas von jenem Wasser bringst, damit ich davon trinke, wenn es nötig ist. Ich weiß auch, daß du meine Liebe und Neigung zu dir wert hältst und daß du dich darum nicht weigern wirst, meine Bitte zu erfüllen.« Als Prinz Ahmed dies Verlangen hörte, war er sehr überrascht, daß sein Vater schon so bald eine neue Bitte aussprach. Er schwieg eine Weile, indem er bei sich dachte: ›Ich habe es ja irgendwie zuwege gebracht, daß ich das Zelt von der Herrin Perî Banû erhielt; doch Gott allein weiß, was sie nun tun wird, und ob diese neue Bitte ihren Zorn erregen wird oder nicht. Aber wie es auch sei, ich weiß, daß sie mir nie eine Gnade versagen wird, um die ich sie bitte.‹ Nach langem Zögern also erwiderte Prinz Ahmed: »Hoher Herr und König, ich habe keine Macht, in dieser Sache irgend etwas zu tun; denn sie steht einzig bei meiner Gattin, der Prinzessin. Doch ich will sie bitten, mir das Wasser zu geben, und wenn sie geruht, es mir zu gewähren, so will ich es dir alsbald bringen. Freilich kann ich dir eine solche Gabe nicht mit aller Sicherheit versprechen: ich will gern in allem und jedem, das dir von Nutzen sein kann, mein möglichstes tun; aber wenn ich dies Wasser von ihr erbitte, so ist das ein gewichtigeres Werk als die Bitte um das Zelt.«

Am nächsten Tage nahm der Prinz Abschied und kehrte zu Perî Banû zurück; und nachdem er sie zärtlich umarmt und begrüßt hatte, sprach er: »Meine Gebieterin, du Licht meiner Augen, mein Vater, der Sultan, läßt dir seinen herzlichen Dank sagen für die Erfüllung seines Wunsches, die Übersendung des Zeltes; doch jetzt erkühnt er sich noch einmal, und deiner Güte und Gnade gewiß, erbittet er von dir, du möchtest ihm ein wenig Wasser vom Löwenquell gewähren. Ich aber möchte dir sagen: wenn es dir nicht gefällt, dies Wasser zu geben, so laß die Sache ganz vergessen sein; denn mein einziger und alleiniger Wunsch ist es, alles zu tun, was du wünschest.« Perî Banû erwiderte darauf: »Mich deucht, dein Vater, der Sultan, will mich sowohl wie dich auf die Probe stellen, indem er derartige Gaben verlangt, die ihm die Zauberin vorgeschlagen hat!« Dann fuhr sie fort: »Ich will aber dennoch auch dies Geschenk gewähren, da der Sultan sein Herz daran gehängt hat; und weder dir noch mir soll daraus ein Leid erwachsen, obwohl dies ein Wagnis von großer Gefährlichkeit ist, das von arger Tücke und Bosheit erdacht wurde. Achte du nun genau auf meine Worte, vergiß keines von ihnen, sonst bist du ganz sicher des Todes! In der Halle jenes Schlosses, das auf dem Berge dort emporragt, ist ein Springbrunnen, verteidigt von vier wilden, reißenden Löwen; die bewachen und behüten den Weg, der zu ihm führt; sie wechseln ab, zwei stehen stets auf Wache, während die anderen beiden schlafen, und so ist kein lebendes Wesen jemals imstande, an ihnen vorüberzukommen. Doch ich will dir einen Weg kundtun, wie du gewinnen kannst, was du wünschest, ohne daß dir von den grimmigen Tieren ein Leid oder Schaden geschieht.« Mit diesen Worten zog sie ein Knäuel Garn aus einem Elfenbeinkästchen hervor und machte mit Hilfe einer von den Nadeln, mit denen sie gearbeitet hatte, einen Ball daraus. Diesen gab sie ihrem Gemahl in die Hand, indem sie sprach: »Erstlich, gib sorgfältig acht, daß du diesen Ball bei dir behältst; ich will dir alsbald seinen Zweck erklären! Zweitens, wähle dir zwei sehr schnelle Rosse aus, eins, um selbst darauf zu reiten, und ein anderes, um darauf den Leib eines frisch geschlachteten Schafes zu laden, das in vier Teile zerlegt ist! Drittens, nimm mit dir eine Phiole, die ich dir geben will; sie soll das Wasser enthalten, das du, so Gott will, heimbringen wirst! Sobald der Morgen dämmert, erhebe dich mit dem Tageslicht und reite auf deinem erwählten Rosse hinaus, indem du das andere am Zügel neben dir herführst. Wenn du das eiserne Tor erreichst, das zum Schloßhofe führt, so wirf, nahe dem Tore, diesen Ball vor dich hin auf den Boden. Er wird alsbald aus eigener Kraft zu rollen beginnen, und zwar auf das Schloßtor zu; folge du ihm durch den offenen Eingang hindurch, bis er zu rollen aufhört. In dem Augenblicke wirst du die vier Löwen sehen; die beiden, die wach und auf der Hut sind, werden die anderen zwei, die da ruhen und schlafen, aufwecken. Alle vier werden ihre Rachen aufsperren und brüllen und röhren, grausig anzuhören, als ob sie über dich herfallen und dich in Stücke reißen wollten. Du aber fürchte dich nicht, erschrick nicht, sondern reite kühn vorwärts, doch wirf die vier Teile des Schafes vom Leitpferde auf den Boden, für jeden Löwen ein Stück! Hüte dich, vom Pferde zu steigen; drücke ihm vielmehr die Steigbügelecken in die Flanken und reite so schnell wie nur möglich auf das Becken zu, in dem sich das Wasser ansammelt! Dort steig ab und fülle die Phiole, während die Löwen sich mit ihrem Fraße befassen! Zuletzt kehre eilends wieder um; die Tiere werden dich nicht am Vorbeireiten hindern!« Am nächsten Tage, als der Morgen graute, tat Prinz Ahmed alles, was Perî Banû ihm befohlen hatte, und ritt zum Schosse dahin. Nachdem er dann das eiserne Tor hinter sich gelassen, den Hof durchquert hatte und die Tür zur Halle aufgesprungen war, ritt er dort hinein, warf die vier Viertel des Schafes den Löwen vor, jedem ein Stück, und erreichte rasch den Quell. Er füllte seine Phiole mit Wasser aus dem Becken und eilte in aller Hast zurück. Doch als er eine kurze Strecke weit geritten war, wandte er sich um und sah, wie zwei von den Wächterlöwen ihm folgten; aber er fürchtete sich nicht, sondern zog sein Schwert aus der Scheide, um sich zur Verteidigung zu rüsten. Als der eine von den beiden sah, wie er seinen Säbel zur Verteidigung zog, ging er ein wenig vom Wege abseits, blieb stehen und schaute ihn an, nickte mit dem Kopfe und wedelte mit dem Schweife, als wollte er den Prinzen bitten, seinen Degen wieder einzustecken, und ihm versichern, daß er in Frieden reiten könnte, ohne Gefahr zu befürchten. Darauf sprang der andere Löwe ihm vorauf und hielt sich dicht vor ihm; und beide liefen vor ihm her, immer weiter, bis sie die Stadt, ja, sogar das Tor des Palastes erreichten. Die andern beiden Löwen aber bildeten den Nachtrab, bis Prinz Ahmed in das Tor des Palastes einritt; und als sie das gesehen hatten, kehrten alle vier auf demselben Wege zurück, auf dem sie gekommen waren. Doch wie das Volk der Stadt solch ein wunderbares Schauspiel erblickte, flohen alle in grimmem Grausen, obgleich die Zaubertiere keinem Lebewesen ein Leid antaten. Da nun einige berittene Mannen ihren Fürsten allein und ohne Gefolge reiten sahen, eilten sie zu ihm und halfen ihm absitzen. Der Sultan saß gerade in seinem Staatssaale und sprach mit seinen Wesiren und Ministern, als sein Sohn vor ihm erschien. Der Prinz begrüßte ihn, flehte Segen auf sein Haupt herab und betete, wie es sich geziemte, für lange Dauer seines Lebens, Glückes und Reichtums, und dann setzte er die Phiole mit dem Wasser vom Löwenquell vor seine Füße hin, indem er sprach: »Sieh, ich habe dir die Gabe gebracht, um die du mich batest! Dies Wasser ist sehr selten und schwer zu erlangen; und in deinem ganzen Schatzhause ist nichts so kostbar und wertvoll wie dies. Wenn du je von einer Krankheit befallen werden solltest – Allah der Erhabene verhüte, daß solches dir vom Schicksale bestimmt wäre! –, so trink einen Trunk davon, und du wirst sogleich von jeglichem Leiden, was es auch sei, geheilt werden!« Als Prinz Ahmed seine Worte beendet hatte, umarmte der Sultan ihn mit aller Liebe und Herzlichkeit, Huld und Auszeichnung und küßte ihn auf die Stirn; dann ließ er ihn zu seiner Rechten sitzen und sprach zu ihm: »Lieber Sohn, ich bin dir über alle Maßen verpflichtet; denn du hast dein Leben aufs Spiel gesetzt und mir dies Wasser unter großer Mühsal und Gefahr von einer so schaurigen Stätte gebracht.« Die Hexe hatte nämlich schon vorher von dem Löwenquell erzählt und von den Todesgefahren, die dort lauerten, so daß er wohl wußte, wie tapfer seines Sohnes verwegene Tat war; und alsbald fügte er hinzu: »Sag an, mein Sohn, wie konntest du dich dorthin wagen? Wie bist du den Löwen entronnen, so daß du unversehrt und unverletzt das Wasser heimgebracht hast?« »Bei deiner Huld, o Herr und Sultan«, erwiderte der Prinz, »ich bin vor allem deshalb sicher von jener Stätte heimgekehrt, weil ich gemäß dem Gebote meiner Gattin, der Herrin Perî Banû, gehandelt habe, und ich habe das Wasser vom Löwenquell nur, weil ich ihr gehorchte, bringen können.« Dann berichtete er seinem Vater alles, was ihm auf seinem Wege und Rückwege widerfahren war.

Der Sultan aber ward, als er die allüberwindende Tapferkeit und Kühnheit seines Sohnes erkannte, nur noch mehr von Furcht befangen, und die boshafte Tücke und der eifersüchtige Neid, die sein Herz erfüllten, wurden noch zehnmal stärker als zuvor. Doch indem er seine wahren Empfindungen verbarg, entließ er den Prinzen Ahmed, begab sich in sein eigenes Gemach und ließ sofort die Hexe zu sich kommen; und als die vor ihn trat, erzählte er ihr, daß der Prinz ihn besucht und ihm das Wasser aus dem Löwenquell gebracht habe. Sie hatte bereits etwas davon gehört, weil die Ankunft der Löwen solchen Aufruhr in der Stadt verursacht hatte; aber sobald sie den ganzen Bericht vernommen hatte, erstaunte sie gewaltig, und nachdem sie ihren neuen Plan dem Sultan ins Ohr geflüstert hatte, sprach sie triumphierend: »O König der Könige, diesmal wirst du dem Prinzen einen Auftrag erteilen, der ihm, wie mich deucht, Mühe machen wird, ja, es wird ihm schwerfallen, auch nur etwas davon auszuführen.« »Du hast wohlgesprochen«, erwiderte der Herrscher, »ich will fürwahr nunmehr diesen Plan versuchen, den du für mich ersonnen hast.« Am nächsten Tage also, wie Prinz Ahmed vor seinem Vater erschien, sprach der König zu ihm: »Mein teurer Sohn, es ist mir eine sehr große Freude, deine Mannhaftigkeit und Tapferkeit und die kindliche Liebe, die dich erfüllt, zu sehen; diese Eigenschaften hast du bewiesen, indem du für mich die beiden seltenen Dinge, um die ich dich bat, herbeischafftest. Jetzt habe ich noch eine Bitte an dich, und das ist die letzte; wenn es dir gelingt, meinen Wunsch zu erfüllen, so will ich wahrlich an meinem geliebten Sohne Wohlgefallen haben und ihm mein lebelang danken.« Da fragte Prinz Ahmed: »Was ist das für ein Geschenk, das du begehrst? Ich will für mein Teil dein Gebot erfüllen, soweit es in meinen Kräften liegt.« Nun gab der König dem Prinzen zur Antwort: »Ich möchte, daß du mir einen Mann bringst, der an Wuchs nicht mehr als drei Fuß mißt, aber einen

Bart von zwanzig Ellen Länge hat; der soll auf seiner Schulter einen kurzen stählernen Stab, zweihundertsechzig Pfund schwer, tragen, den er mit Leichtigkeit hebt und, ohne die Stirne kraus zu ziehen, um seinen Kopf wirbelt, so wie die Menschen sonst hölzerne Keulen schwingen.« So bat der Sultan, irregeführt nach dem Spruche des Schicksals und ohne auf Gut und Böse zu achten, gerade um das, was ihm selbst den sicheren Tod bringen sollte. Und auch Prinz Ahmed, der aus reiner Liebe zu seinem Vater ihm blind gehorchte, war bereit, ihm alles, was er verlangte, zu bringen; denn er wußte nicht, was im verborgenen Ratschlusse des Geschicks für ihn bestimmt war. So sprach er denn: »Mein Vater und Sultan, ich glaube zwar, es wird schwer sein, in der ganzen Welt einen solchen Menschen zu finden, wie du ihn verlangst; doch ich will mein Bestes tun, um deinen Befehl auszuführen.« Darauf zog der Prinz sich zurück und kehrte wie gewöhnlich zu seinem Palaste heim, wo er Perî Banû in Liebe und Freude begrüßte; doch sein Antlitz war betrübt, und das Herz war ihm schwer, da er an den letzten Befehl des Königs dachte. Als die Prinzessin bemerkte, wie er so nachdenklich aussah, fragte sie ihn, indem sie sprach: »Mein teurer Gebieter, was für Kunde bringst du mir heute?« Darauf gab er zur Antwort: »Der Sultan verlangt bei jedem Besuche etwas Neues von mir, und er fällt mir mit seinen Bitten zur Last; heute will er mich auf die Probe stellen, und in der Hoffnung, mich zuschanden zu machen, fordert er etwas, das ich vergeblich in der ganzen Welt suchen würde.« Darauf erzählte er ihr alles, was der König zu ihm gesagt hatte. Als aber Perî Banû diese Worte vernommen hatte, sprach sie zu dem Prinzen: »Mach dir darüber keinerlei Sorge! Du hast es unter großer Gefahr gewagt, für deinen Vater Wasser aus dem Löwenquell zu holen, und es ist dir gelungen, deine Absicht auszuführen. Diese neue Aufgabe nun ist durchaus nicht schwerer oder gefährlicher, als jene es war; nein, sie ist vielmehr leichter, da der Mann, den du beschreibst, mein leiblicher Bruder Schabbar ist. Obwohl wir beide die gleichen Eltern haben, so hat es doch Allah dem Erhabenen gefallen, uns in verschiedenen Gestalten zu bilden und ihn seiner Schwester so unähnlich zu machen, wie es in sterblicher Form nur geschehen kann. Überdies ist er tapfer und tatendurstig, und immer sucht er etwas zu unternehmen und auszuführen, durch das er mir dienen kann; und was er nur immer beginnt, das führt er mit großer Freude aus. Er hat eine solche Gestalt und Form, wie der Sultan, dein Vater, sie beschrieben hat, und er gebraucht als einzige Waffe nur die Keule aus Stahl. Sieh, ich will jetzt sogleich nach ihm senden, aber erschrick nicht, wenn du ihn schaust!« Prinz Ahmed gab zur Antwort: »Wenn er in Wahrheit dein Bruder ist, was tut es dann, wie er aussieht? Ich werde mich so freuen, ihn zu sehen, wie wenn man einen werten Freund oder lieben Verwandten willkommen heißt. Warum sollte ich mich fürchten, ihn anzuschauen?« Wie Perî Banû diese Worte hörte, sandte sie eine ihrer Dienerinnen fort, die ihr dann aus ihrem geheimen Schatze eine goldene Räucherpfanne brachte; darauf befahl sie, ein Feuer in ihr anzuzünden, und nachdem sie ein Kästchen aus Edelmetall, das mit Juwelen besetzt war, eine Gabe ihrer Sippe, hatte kommen lassen, nahm sie etwas Weihrauch daraus hervor und warf es in die Flammen. Alsbald entstand ein dichter Rauch, der hoch in die Luft stieg und sich im ganzen Palaste verbreitete; wenige Augenblicke danach hielt Perî Banû mit ihren Beschwörungen inne und rief: »Sieh da, mein Bruder Schabbar kommt! Kannst du seine Gestalt erkennen?« Der Prinz schaute hin und erblickte ein Männlein von Zwerggestalt, das nur drei Fuß hoch war, mit einem Höcker auf der Brust und einem Buckel auf dem Rücken; doch trotzdem trug er eine stolze Miene und ein hoheitsvolles Aussehen zur Schau. Auf seiner rechten Schulter lag eine Keule aus Stahl, die zweihundertundsechzig Pfund wog. Sein Bart war dicht und zwanzig Ellen lang, aber so kunstvoll geflochten, daß er den Boden nicht berührte; auch trug er einen langen gedrehten Schnauzbart, der sich bis zu seinen Ohren hinaufkräuselte, und sein ganzes Gesicht war mit langen Haaren bedeckt. Seine Augen sahen ähnlich wie Schweinsaugen aus; sein Kopf, auf dem er einen kronenartigen Haarwulst trug, war ungeheuer groß und hob sich gewaltig gegen den winzigen Leib ab.

Prinz Ahmed saß ruhig neben seiner Gemahlin, der Fee, und fühlte keine Furcht, als die Gestalt herannahte; Schabbar trat alsbald herzu und fragte Perî Banû mit einem Blicke auf den Prinzen, indem er sprach: »Wer ist der Sterbliche, der dir zur Seite sitzt?« »Lieber Bruder«, erwiderte sie, »dies ist mein geliebter Gatte, Prinz Ahmed, der Sohn des Sultans von Indien. Ich sandte dir damals keine Einladung zur Hochzeit, weil du mit einem großen Feldzug beschäftigt warst; jetzt aber bist du, durch die Gnade Allahs des Erhabenen, siegreich und im Triumph über deine Feinde heimgekehrt, und darum habe ich dich zu mir gebeten in einer Sache, die mich nahe angeht.« Als Schabbar diese Worte vernahm, blickte er huldvoll auf Prinz Ahmed und sprach: »Meine geliebte Schwester, kann ich ihm irgendeinen Dienst erweisen?« Da antwortete sie: »Der Sultan, sein Vater, hat den glühenden Wunsch, dich zu sehen, und ich bitte dich, geh bald hin zu ihm und nimm den Prinzen als Führer mit dir.« Er sagte nur: »Ich bin in diesem Augenblicke bereit, mich aufzumachen.« Doch sie entgegnete: »Noch nicht, mein Bruder! Du bist von der Reise müde, drum verschieb deinen Besuch beim König bis morgen; heute abend will ich dir zuvor noch alles berichten, was den Prinzen Ahmed betrifft!« Als es Abend geworden war, tat Perî Banû ihrem Bruder alles über den König und seine bösen Ratgeber kund; vor allem aber hob sie die Übeltaten der alten Vettel, der Hexe, hervor: wie sie den Plan ersonnen hätte, dem Prinzen Ahmed ein Leids zu tun und heimtückisch seine Besuche in der Stadt und bei Hofe zu verhindern, und wie sie solchen Einfluß über den Sultan gewonnen hätte, daß er seinen Willen ganz dem ihren füge und immer nur tue, was sie ihm befehle.

Am nächsten Morgen früh brachen Schabbar, der Dämon, und Prinz Ahmed gemeinsam auf, um den Sultan zu besuchen. Und als sie das Stadttor erreicht hatten, wurden alle Einwohner, vornehm und gering, von Entsetzen über die grausige Gestalt des

Zwerges ergriffen; sie flohen voller Schrecken nach allen Seiten, rannten in Läden und Häuser, verriegelten die Türen und schlossen die Fenster und verbargen sich dort. Ja, ihre Flucht geschah in solch wilder Eile, daß viele Füße ihre Schuhe und Sandalen beim Laufen verloren und daß manch ein Kopf den losen Turban zur Erde fallen ließ. Und als nun die beiden durch Straßen und über Plätze und Märkte, die so verlassen waren wie die Wüste von Samâwa, weiter zogen bis zum Palaste, gaben alle Torwächter beim Anblick Schabbars Fersengeld und stoben auseinander, so daß niemand da war, ihnen den Eintritt zu verwehren. Sie gingen geradenwegs zur Regierungshalle, wo der Sultan Staatsversammlung hielt; und sie fanden in seiner Umgebung eine Schar von Ministern und Räten, großen und kleinen, die alle nach Rang und Würden dastanden. Und auch die machten sich, sobald sie Schabbar erblickten, eiligst auf die Flucht in grimmem Grausen und versteckten sich; sogar die Leibwachen hatten ihre Posten verlassen, und keiner dachte daran, ob die beiden durchgelassen oder angehalten werden sollten. Doch der Herrscher saß noch regungslos auf seinem Throne, als Schabbar mit stolzer Miene und königlicher Würde zu ihm trat und rief: »O König, du hast den Wunsch ausgesprochen, mich zu sehen. Sieh da, hier bin ich! Sag an jetzt, was willst du von mir?« Der König gab ihm keine Antwort, sondern hielt sich nur die Hände vor die Augen, um die grause Gestalt nicht zu sehen, und er wandte sein Haupt ab und wäre in seinem Schrecken gern davongelaufen. Über dies unhöfliche Benehmen des Sultans ward Schabbar wild vor Wut, und er grollte in übermäßigem Grimm, als er bedachte, daß er sich die Mühe gemacht hatte, auf den Wunsch eines solchen Feiglings zu kommen, der jetzt, als er ihn sah, am liebsten fortlaufen wollte. Und so hob der Dämon, ohne einen Augenblick zu zögern, seine stählerne Keule, schwang sie zweimal durch die Luft und traf, ehe Prinz Ahmed den Thron erreichen oder irgendwie dazwischentreten konnte, den Sultan so gewaltig auf den Kopf, daß sein Schädel zerschlagen und das Hirn über den Boden hingespritzt ward. Nachdem Schabbar diesem Widersacher den Garaus gemacht hatte, wandte er sich wild wider den Großwesir, der zur Rechten des Sultans stand, und er hätte ihn auf der Stelle erschlagen, wenn der Prinz nicht um sein Leben gebeten und gerufen hätte: »Töte ihn nicht! Er ist mein Freund, er hat niemals ein böses Wort wider mich gesagt. Das haben nur die anderen, seine Genossen, getan.« Wie Schabbar dies hörte, fiel er in seiner Wut über die Minister und bösen Berater, alle jene, die gegen Prinz Ahmed Arges im Sinne gehabt hatten, zu beiden Seiten her und erschlug sie samt und sonders und ließ keinen entkommen außer denen, die schon vorher geflohen waren und sich versteckt hatten. Dann ging der Zwerg aus der Halle des Gerichtes auf den Hof und sprach zu dem Wesir, dem der Prinz das Leben gerettet hatte: »Höre du, hier gibt es eine Hexe, die meinem Bruder, dem Gatten meiner Schwester, feindlich gesinnt ist. Schau, daß du sie alsbald herbeischaffest; desgleichen auch den Schurken, der das Herz seines Vaters mit bösem Haß und eifersüchtigem Neid gegen ihn erfüllt hat, auf daß ich ihnen ihre Missetaten in vollem Maße vergelten kann!« Der Großwesir brachte sie alle herbei, zuerst die Zauberin und dann den boshaften Minister, mit seiner Schar von Gönnern und Günstlingen; da schlug Schabbar sie alle, einen nach dem andern, mit seiner stählernen Keule nieder und tötete sie ohne Erbarmen, wobei er der Hexe zurief: »Dies ist das Ende all deiner Ränke beim König, dies ist die Frucht deiner List und Tücke; daraus kannst du lernen, dich nicht krank zu stellen!« In seiner blinden Leidenschaft hätte er beinahe alle Einwohner der Stadt erschlagen; doch Prinz Ahmed hielt ihn zurück und beruhigte ihn mit sanften und milden Worten. Darauf kleidete Schabbar seinen Schwager in das königliche Gewand, setzte ihn auf den Thron und rief ihn zum Sultan von Indien aus. Und alles Volk, hoch und niedrig, war hoch erfreut über diese Kunde; denn Prinz Ahmed war bei allen beliebt. Sie eilten herbei, um den Treueid zu leisten und Geschenke und Huldigungsgaben darzubringen, und sie riefen mit lautem Jubel: »Lang lebe König Ahmed!« Nachdem all dies geschehen war, sandte Schabbar nach seiner Schwester Perî Banû und machte sie zur Königin mit dem Namen Schahr Banû. Nach einer Weile aber nahm er Abschied von ihr und König Ahmed und kehrte in seine Heimat zurück.

Danach berief König Ahmed seinen Bruder Prinz 'Alî und Nûr en-Nahâr, machte ihn zum Statthalter einer großen Stadt, die nahe bei der Hauptstadt war, und sandte ihn mit großem Prunk und großer Pracht dorthin. Auch ordnete er einen hohen Beamten ab, um dem Prinzen Husain seine Aufwartung zu machen und ihm alles zu berichten; und er ließ ihm sagen: ›Ich möchte dich zum Herrscher über jegliche Stadt oder Statthalterschaft machen, die dein Herz begehrt; und wenn du einwilligst, so werde ich dir die Briefe der Bestallung senden.‹ Der Prinz aber war in seinem Derwischleben völlig zufrieden und ganz glücklich, und darum fragte er nichts nach Macht und Herrschaft und weltlichem Tand; so sandte er denn den Boten mit seiner Huldigung und seinem herzlichen Danke zurück, indem er bat, man möge ihn seinem Leben in der Einsamkeit und seinem Verzicht auf die Dinge der Welt überlassen.

## DIE BEIDEN SCHWESTERN, DIE IHRE JÜNGSTE SCHWESTER BENEIDETEN

In alten Zeiten und in längst entschwundenen Vergangenheiten lebte einst ein König von Persien, Chusrau Schâh geheißen; der war berühmt wegen seiner Gerechtigkeit und Rechtschaffenheit. Sein Vater, der in hohem Alter gestorben war, hatte ihn als einzigen Erben des ganzen Reiches hinterlassen, und unter seiner Herrschaft tranken Tiger und Zicklein nebeneinander aus derselben Tränke; und sein Schatz war stets gefüllt, und seine Truppen und Wachen waren ohne Zahl. Nun war es seine Gewohnheit, sich zu verkleiden und, von einem zuverlässigen Wesir begleitet, des Nachts durch die Straßen zu wandern. So kamen ihm zur Kenntnis Seltsamkeiten und sonderbare Begebenheiten.

Er setzte sich nachdem Tode seines Vaters auf den Thron seiner Vorväter, und als die festgesetzten Tage der Trauer verstrichen waren, gemäß der Sitte jenes Landes, ließ er seinen erhabenen Namen, das ist Chusrau Schâh, auf alle Münzen des Königreichs prägen und in die Fürbitte im Freitagsgebet aufnehmen. Und als er in seiner Herrschaft gefestigt war, ging er eines Abends fort wie früher, begleitet von seinem Großwesir, und beide wanderten, als Kaufleute verkleidet, durch die Straßen und Gassen, über die Plätze und Märkte, um besser zu erfahren, was an Gutem und an Schlechtem vor sich ging. Als die Nacht zu dunkeln begann, kamen sie zufällig durch ein Stadtviertel, in dem Leute ärmeren Standes wohnten; und wie sie so dahinschritten, hörte der Schâh drinnen in einem Hause Frauen mit lauten Stimmen reden. Er trat näher und spähte hinein durch einen Türspalt, und da sah er drei schöne Schwestern, die zu Nacht gegessen hatten und nun beisammen auf einem Diwan saßen und miteinander plauderten. Der König legte sein Ohr an den Spalt und lauschte aufmerksam auf das, was sie sagten; und er hörte, wie eine jede von ihnen erzählte, was sie sich am meisten wünschte. Die älteste sagte: »Ich wollte, ich wäre vermählt mit dem Hofbäcker des Schâhs; denn dann hätte ich immer Brot zu essen, das weißeste und feinste der Stadt, und eure Herzen würden sich füllen mit Neid und Eifersucht und Bosheit ob meines Glücks.« Die zweite aber sagte: »Ich möchte lieber dem Hofkoch des Schâhs vermählt sein und von den leckeren Gerichten essen, die Seiner Hoheit vorgesetzt werden; denn mit ihnen kann sich das königliche Brot, das im ganzen Palast verteilt wird, an Wohlgeschmack und Würzigkeit nicht messen.« Die dritte und jüngste von den dreien, die bei weitem die schönste und anmutigste von allen war, eine Maid von bezauberndem Wesen, voller Witz und Laune, scharfsinnig, wachsam und weise – die sprach, als die Reihe an sie kam, ihren Wunsch zu nennen: »Meine Schwestern, mein Ehrgeiz ist nicht so niedrig wie der eure. Mir liegt nichts an feinem Brot, noch auch sehne ich mich wie ein Schlemmer nach leckeren Gerichten. Mein Blick ist auf etwas Edleres und Höheres gerichtet; ja, fürwahr, ich möchte mir nichts Geringeres wünschen, als daß der König mich zur Gemahlin nähme und daß ich die Mutter eines schönen Prinzen würde, der vollkommen wäre an Gestalt und in seiner Gesinnung ebenso stolz wie tapfer. Sein Haar müßte auf der einen Seite golden und auf der anderen silbern sein; wenn er weint, so müßte er Perlen statt Tränen vergießen, und wenn er lacht, so müßten seine rosigen Lippen frisch sein wie eine eben aufgebrochene Blüte.« Der Schâh erstaunte über die Maßen, wie er die Wünsche der drei Schwestern vernahm, besonders aber den der jüngsten, und er beschloß bei sich selber, alle drei Wünsche zu erfüllen. Deshalb sprach er zum Großwesir: »Merke dir dies Haus genau, und morgen bringe diese Mädchen, die wir haben reden hören, vor meinen Thron!« Und der Wesir erwiderte: »O Zuflucht des Weltalls, ich höre und gehorche!« Darauf kehrten die beiden zum Palaste zurück und legten sich nieder, um zu ruhen.

Als es Morgen ward, ging der Minister zu den Schwestern und brachte sie vor den König; der grüßte sie und sagte freundlich zu ihnen, nachdem er ihren Herzen Mut zugesprochen hatte: »Ihr guten Mädchen, was habt ihr gestern nacht in lustigen Worten und im Scherz zueinander gesagt? Gebt acht, daß ihr dem Schâh jede Einzelheit genau erzählt; denn uns muß alles bekannt werden! Einiges haben wir schon gehört, aber jetzt wünscht der König, daß ihr euer Gespräch vor seinen königlichen Ohren ausführlich berichtet.« Auf diese Worte des Schâhs wagten die Schwestern, verwirrt und schamerfüllt, nicht zu antworten, sondern sie standen schweigend und gesenkten Hauptes vor ihm; und trotz allen Fragen und aller Ermutigung vermochten sie sich kein Herz zu fassen. Da die jüngste aber von überragender Schönheit an Gestalt und Gesicht war, so ward der Schâh alsbald von heißer Liebe zu ihr ergriffen; und in seiner Liebe begann er ihnen wieder Mut zuzusprechen, indem er sagte: »O ihr Herrinnen der Schönen, fürchtet euch nicht und seid unbesorgt! Scheu und Schüchternheit soll euch nicht hindern, dem Schâh zu erzählen, welche drei Wünsche ihr tatet; denn er will sie gern alle erfüllen.« Da warfen sie sich ihm zu Füßen, und nachdem sie ihn um Vergebung ob ihrer Kühnheit und freien Rede angefleht hatten, erzählten sie ihm die ganze Unterhaltung, und eine jede wiederholte den Wunsch, den sie getan hatte. Und noch am selben Tage vermählte Chusrau Schâh die älteste Schwester mit seinem Hofbäcker und die zweite mit seinem Hofkoch, und er befahl, alles zu rüsten für seine Vermählung mit der jüngsten Schwester. Als nun die Vorbereitungen für die königliche Hochzeit in kostbarster Weise getroffen waren, ward die Vermählung des Königs mit fürstlichem Prunk und Pomp gefeiert, und die junge Gemahlin erhielt die Titel ›Licht des Harems‹ und ›Herrin des Landes Iran‹. Ebenso feierten die anderen beiden Mädchen ihre Vermählung, die eine mit dem Bäcker des Königs, die andere mit dem Hofkoch, wie es ihrem verschiedenen Stand im Leben entsprach, und dabei ward weniger Prunk und Gepränge entfaltet.

Nun wäre es nur recht und verständig gewesen, wenn diese beiden, da doch eine jede von ihnen ihren Wunsch erreicht hatte, ihr Leben in Fröhlichkeit und Glück verbracht hätten; doch des Schicksals Beschluß bestimmte es anders. Denn sobald sie sahen, zu welch hoher Stellung ihre jüngste Schwester emporgestiegen war und mit welcher Pracht ihre Hochzeit gefeiert wurde, da entbrannten ihre Herzen vor Neid und Eifersucht und bitterem Ärger, und sie beschlossen, ihrem Haß und ihrer Bosheit die Zügel schießen zu lassen und der Schwester ein arges Unheil anzutun. So lebten sie viele Monate dahin, bei Tag und Nacht von Groll verzehrt; ja, sie brannten vor Kummer und Zorn, sooft sie das geringste davon sahen, daß ihrer Schwester Stand und Stellung höher war. Eines Morgens nun, als die beiden sich im Badehause trafen und dort eine Gelegenheit zu heimlicher Rede fanden, sprach die älteste Schwester zu der zweiten: »Es ist wirklich abscheulich, daß sie, unsere jüngste Schwester, die nicht schöner ist als wir, so zu der Würde und Majestät einer Königin emporgehoben werden konnte; wahrhaftig, der Gedanke ist zu schwer zu ertragen.« »Ach, Schwester mein«, erwiderte die andere, »ich bin auch so todunglücklich darüber, und ich weiß gar nicht, was für Vorzüge der Schâh in ihr gesehen haben mag, daß es ihm überhaupt in den Sinn kam, sie zu seiner Gemahlin zu machen. Sie paßt schlecht zu der hohen Stellung, sie mit ihrem Affengesicht; und außer ihrer Jugend wüßte ich nichts, was sie Seiner Hoheit empfehlen konnte, daß er sie so über ihresgleichen erhöhte. Meiner Ansicht nach wärest du, nicht sie, würdig, das Bett des Königs zu teilen; und ich hege einen Groll gegen den König, weil er diese Dirne zu seiner Königin gemacht hat.« Da hub die älteste Schwester wieder an: »Ich muß mich auch über alle Maßen wundern; und ich schwöre, deine Jugend und Schönheit, dein wohlgestalter Wuchs und dein liebliches Antlitz und deine glänzenden Gaben, die über jeden Vergleich erhaben sind, hätten wohl genügen können, um den König zu gewinnen, und hätten ihn veranlassen sollen, sich mit dir zu vermählen und dich für sein Bett zu wählen und dich zu seiner gekrönten Königin und herrschenden Gebieterin zu machen, anstatt diese elende Buhlerin in seine Arme zu nehmen. Wirklich, er hat gezeigt, daß er keinen Sinn hat für das, was recht und billig ist, da er dich verschmähte; und nur deshalb betrübt mich das Ganze so unsagbar.« Darauf berieten die beiden Schwestern miteinander, wie sie ihre jüngste Schwester in den Augen des Schâhs erniedrigen und ihren Sturz und ihr völliges Verderben herbeiführen könnten. Tag und Nacht sannen sie darüber nach und sprachen des langen darüber, sooft sie sich nur trafen; und sie dachten zahllose Pläne aus, um ihrer Schwester, der Königin, zu schaden und sie womöglich zu Tode zu bringen; doch sie konnten sich zu keinem entschließen. Während die beiden also diesen Grimm und Haß wider sie hegten und mit emsigem Eifer nach Mitteln suchten, um ihrem bitteren Neid und Haß und Groll Genüge zu tun, sah jene sie hingegen stets mit der gleichen Liebe und Zärtlichkeit an, wie sie es vor der Hochzeit getan hatte, und sie war nur darauf bedacht, wie sie jene aus ihrem niederen Stande erheben könnte. Als nun einige Monate seit der Hochzeit verstrichen waren, zeigte es sich, daß die schöne Königin guter Hoffnung war; diese frohe Botschaft erfüllte den Schâh mit Freude, und er befahl sofort allem Volke in der Hauptstadt und im ganzen Reiche, ein Fest zu feiern mit Gelagen und Tänzen und allerlei Lustbarkeiten, wie es sich für ein so seltenes und wichtiges Ereignis geziemte. Sobald aber die Nachricht den beiden neidischen Schwestern zu Ohren kam, sahen sie sich gezwungen, der Königin ihre Glückwünsche darzubringen; und als die beiden nach einem langen Besuch im Begriffe waren, Abschied zu nehmen, sagten sie: »Preis sei Allah dem Allmächtigen, liebe Schwester, daß Er uns diesen glücklichen Tag hat erleben lassen! Um eine Gnade aber möchten wir dich bitten, und die ist, daß wir, wenn die Zeit deiner Entbindung von dem Kinde gekommen ist, dir als Wehmütter zur Seite stehen und dann vierzig Tage lang bei dir sein und dich pflegen dürfen.« In ihrer Freude gab die

Königin zur Antwort: »Liebe Schwestern, gern hätte auch ich es so; denn zu einer Zeit solcher Not wüßte ich niemanden, auf den ich mich so verlassen könnte wie auf euch. In meiner künftigen Heimsuchung wird mir eure Gegenwart höchst willkommen und gelegen sein; aber ich kann nur tun, was der Schâh gebietet, und nichts kann ich ohne seine Erlaubnis tun. Mein Rat ist dieser: Macht eure Gatten, die stets Zutritt zum König haben, mit diesem Wunsche bekannt, und laßt sie selbst um eure Berufung als Wehmütter bitten! Ich zweifle nicht daran, daß der Schâh euch die Erlaubnis geben wird, mir beizustehen und bei mir zu bleiben, zumal wenn er die zärtlichen Bande der Verwandtschaft zwischen uns dreien erwägt.« Dann kehrten die beiden Schwestern heim, voll arger Gedanken und Tücke, und sprachen zu ihren Gatten von ihren Wünschen, und die wiederum sprachen mit Chusrau Schâh, indem sie ihre Bitte in aller Demut vortrugen, ohne zu ahnen, was im Schoße des Schicksals für sie verborgen war. Der König antwortete: »Wenn ich mir die Sache in meinem Sinn überlegt habe, werde ich euch die entsprechenden Befehle erteilen.« Nachdem er so gesprochen hatte, begab er sich allein zur Königin und sprach zu ihr: »Meine Herrin, wenn es dir beliebt, so wäre es, dünkt mich, gut, deine Schwestern zu berufen und sich ihrer Hilfe zu versichern für die Zeit, wenn du in Kindesnöten bist, anstatt Fremde zu nehmen; und wenn du derselben Meinung bist wie ich, so laß es mich jetzt gleich wissen, damit ich Schritte tun kann, um ihre Einwilligung und ihr Einverständnis zu erlangen, ehe deine Zeit erfüllt ist! Sie werden dich mit liebevollerer Sorgfalt pflegen als irgend eine gemietete Wartefrau, und du wirst dich in ihren Händen sicher fühlen.« »Mein Herr und Schâh«, erwiderte die Königin, »auch ich wage zu glauben, daß es gut wäre, wenn ich in einer solchen Stunde meine Schwestern zur Seite hätte und nicht ganz Fremde.« So sandte er denn den beiden Bescheid, und sie wohnten von dem Tage an im Palaste, um alles für die erwartete Niederkunft zu rüsten; und auf diese Weise fanden sie Mittel und Wege, ihren boshaften Plan auszuführen, den sie schon seit so vielen Tagen geschmiedet hatten, ohne zum Ziele zu gelangen. Als nun ihre volle Zahl der Monde erfüllet war, genas die Herrin eines wunderbar schönen Knaben; darüber entbrannte das Feuer des Neides und Hasses im Herzen der Schwestern mit doppelter Wut. Und wiederum berieten sie sich und ließen kein Erbarmen, keine natürliche Liebe in ihre grausamen Herzen dringen; vielmehr hüllten sie mit großer Sorgfalt und Heimlichkeit das neugeborene Kind sofort in ein Stück von einer Decke, legten es in einen Korb und warfen es in einen Kanal, der dicht unter dem Gemach der Königin dahinfloß. Dann legten sie einen toten jungen Hund an die Stelle des Prinzen und zeigten ihn den anderen Wehmüttern und Wartefrauen, indem sie behaupteten, die Königin hätte eine solche Mißgeburt zur Welt gebracht. Als diese schlimme Nachricht dem König zu Ohren kam, ward er tief bekümmert und von wildem Grimm ergriffen. Dann, in plötzlich aufwallender Wildheit, zog er sein Schwert, und er hätte seine Königin erschlagen, wenn nicht der Großwesir, der damals gerade bei ihm war, seinen Zorn zurückgehalten und ihn von seinem ungerechten Plan und grausamen Vorsatz abgebracht hätte. Er sagte nämlich: »O Schatten Allahs auf Erden, dies Unglück war vorherbestimmt durch den allmächtigen Herrn, dessen Willen kein Mensch sich zu widersetzen vermag. Die Königin ist frei von jeder Schuld wider dich; denn was sie geboren hat, ist ohne ihre Wahl zur Welt gekommen, sie hat wahrlich nichts dazu getan.« Mit solchen und anderen klugen Ratschlägen brachte er seinen Herrn davon ab, seinen mörderischen Plan auszuführen, und so rettete er die schuldlose Königin vor einem plötzlichen und grausamen Tode.

Inzwischen ward der Korb, in dem der neugeborene Prinz lag, von der Strömung in einen Bach getragen, der durch die königlichen Gärten floß. Und da der Aufseher der Erholungsplätze und Lustgärten gerade am Ufer entlang ging, so erblickte er nach dem Beschlusse des Schicksals den vorüberschwimmenden Korb, und er rief einen Gärtner und befahl ihm, den Korb zu ergreifen und zu ihm zu bringen, damit er sähe, was darin wäre. Der Mann lief also am Ufer entlang, und nachdem er den Korb mit einer langen

Stange ans Land gezogen hatte, zeigte er ihn dem Aufseher. Der öffnete ihn und entdeckte darin ein neugeborenes Kind, einen Knaben von wunderbarer Schönheit, der in ein Stück von einer Decke gehüllt war; bei diesem Anblick war er über alle Maßen erstaunt. Nun traf es sich, daß der Aufseher, der einer der Emire war und bei dem Herrscher in hohem Ansehen stand, keine Kinder hatte, wiewohl er immerdar zu Allah dem Allmächtigen Gebete und Gelübde emporsandte, daß ihm ein Sohn geschenkt werden möchte, der sein Gedächtnis erhalten und seinen Namen fortpflanzen würde. Beglückt von diesem Anblick, nahm er den Korb mit dem Kinde heim, und indem er ihn seiner Frau gab, sagte er: »Sieh, wie Allah uns diesen Knaben gesandt hat, den ich soeben auf dem Wasser habe schwimmen sehen! Mache du dich sogleich bereit und hole eine Amme, die ihm Milch geben und ihn nähren kann. Und zieh ihn mit Sorgfalt und Zärtlichkeit auf, als wäre er dein eigen Kind!« Mit großer Freude nahm die Frau des Aufsehers das Kind in Obhut, und sie zog es mit herzlichster Liebe auf, als wäre es ihrem eigenen Schoß entsprossen. Der Aufseher aber sagte niemandem etwas, auch suchte er nicht zu erkunden, wem das Kind gehöre, damit nicht jemand es beanspruche und es von ihm nehme. Er war zwar in seinem Herzen überzeugt, daß es aus dem für die Königin bestimmten Teile des Palastes käme, aber er hielt es nicht für geraten, die Sache allzu genau zu untersuchen; und er sowohl wie seine Gattin bewahrten das Geheimnis in aller Heimlichkeit. Ein Jahr darauf schenkte die Königin einem zweiten Sohne das Leben; aber ihre Schwestern, die haßerfüllten Teufelinnen, taten mit diesem Kinde ebenso, wie sie mit dem ersten getan hatten: sie hüllten es in ein Tuch und legten es in einen Korb, und den warfen sie in den Fluß; dann gaben sie die Nachricht aus, die Königin habe ein Kätzchen geboren. Doch auch dieser Knabe kam durch die Gnade Allahs des Allmächtigen in die Hände eben jenes Aufsehers der Gärten, und der brachte ihn seiner Frau und vertraute ihn ihrer Hut an, indem er sie streng ermahnte, sich des zweiten Findlings ebenso sorgsam anzunehmen wie des ersten. Der Schâh wütete, als er die schlimme Nachricht hörte, sprang wiederum auf, um die Königin zu töten; doch wie zuvor hielt der Großwesir ihn zurück und beruhigte seinen Zorn mit Worten guten Rates, und so rettete er zum zweiten Male das Leben der unglücklichen Mutter. Nachdem ein weiteres Jahr vergangen war, kam die Herrin wiederum nieder, und diesmal gebar sie eine Tochter; auch an ihr handelten die Schwestern, wie sie an ihren Brüdern gehandelt hatten: sie legten das unschuldige Wesen in einen Korb und warfen es in den Fluß. Und der Aufseher fand auch die Tochter und brachte sie seiner Frau und befahl ihr, den Säugling zugleich mit den beiden Ausgesetzten aufzuziehen. Die neidischen Schwestern aber, ganz wild vor Tücke, berichteten, die Königin habe eine Moschusratte geboren. Nun konnte König Chusrau seinen Zorn und Grimm nicht länger bezwingen, und er schrie in rasender Wut dem Großwesir zu: »Wie soll der Schâh es dulden, daß diese Frau, die nichts als Gewürm und Mißgeburten zur Welt bringt, die Freuden seines Bettes teilt? Ja, noch mehr, der König kann sie nicht länger am Leben lassen, sonst füllt sie ihm den Palast mit Mißgestalten an; wahrlich, sie ist selber ein Ungeheuer, und es geziemt uns, diese Stätte von einer so unsauberen und verfluchten Kreatur zu befreien.« Mit diesen Worten befahl der Schâh, sie hinzurichten; doch die Minister und hohen Würdenträger, die vor ihm standen, fielen dem König zu Füßen und flehten um Gnade und Vergebung für die Königin. Und der Großwesir sprach, indem er die Arme auf der Brust kreuzte: »O König der Könige, dein Sklave möchte dir vorstellig werden, daß es nicht im Einklang mit dem Rechtsbrauch, noch den Gesetzen des Landes steht, einer Frau das Leben zu nehmen wegen etwas, an dem sie selbst unschuldig ist. Sie kann in den Lauf des Schicksals nicht eingreifen, und so kann sie auch die unnatürlichen Geburten nicht hindern, von denen sie dreimal heimgesucht worden ist; solcherlei Unglücksfälle sind öfters schon anderen Frauen begegnet, und ihr Schicksal ruft nach Mitleid, nicht nach Strafe. Wenn sie dem König mißfällt, so möge er aufhören, mit ihr zu leben; und der Verlust seiner huldvollen Gnade wird eine

Strafe sein, die hart genug ist. Und wenn der König ihren Anblick nicht mehr ertragen kann, so möge sie in ein besonderes Gemach eingeschlossen werden, und dann möge sie ihre Schuld sühnen durch Almosen und Mildtätigkeit, bis Asraël, der Engel des Todes, ihre Seele von ihrem Leibe trennt.« Als Chusrau Schâh diese Worte des Rates von seinem bejahrten Ratgeber vernahm, erkannte er, daß es unrecht gewesen wäre, die Königin zu töten, da sie doch in keiner Weise etwas, das vom Schicksal und Verhängnis bestimmt war, verhindern konnte; und er sprach sofort zum Großwesir: »Ihr Leben soll auf deine Fürsprache hin geschont werden, du weiser und wachsamer Mann; doch der König wird sie einem Lose überantworten, das vielleicht noch schwerer zu ertragen ist als der Tod. Bereite du sofort neben der Hauptmoschee einen hölzernen Käfig mit eisernen Stäben und sperre die Königin darin ein, wie man ein wildes Raubtier einsperrt. Dann soll jeder Muslim, der seines Weges geht, um an den öffentlichen Gebeten teilzunehmen, ihr ins Gesicht speien, ehe er seinen Fuß in das Heiligtum setzt; und wer es unterläßt, diesen Befehl auszuführen, soll in der gleichen Weise bestraft werden. Deshalb stelle Wachen und Aufseher dorthin, die den Gehorsam erzwingen, und laß mich hören, ob sich Widerspruch zeigt!« Der Wesir wagte keine Antwort zu geben, sondern führte des Schâhs Befehle aus; aber diese Strafe, die über die schuldlose Königin verhängt ward, hätte ihren neidischen Schwestern weit eher gebührt. Der Käfig wurde nun in aller Eile bereitet; und als die vierzig Tage der Reinigung nach der Geburt vergangen waren, wurde die Herrin dort eingesperrt; und nach dem Befehl des Königs mußten alle, die zum Gottesdienste in der Hauptmoschee gingen, ihr vorher ins Gesicht speien. Die Unglückliche wußte wohl, daß sie diese Schmach nicht verdiente, aber sie ertrug dennoch ihre Leiden mit aller Geduld und Seelenstärke. Und es waren deren auch nicht wenige, die da glaubten, sie sei schuldlos und verdiene es nicht, solche Qualen und Foltern auszuhalten, wie sie der Schâh ihr auferlegt hatte; und diese hatten Mitleid mit ihr und beteten und taten Gelübde für ihre Befreiung.

Derweilen nun zogen der Aufseher der Gärten und seine Frau die beiden Prinzen und die Prinzessin mit aller Liebe und Zärtlichkeit auf; und während die Kinder an Jahren wuchsen, wuchs auch die Liebe der Pflegeeltern für ihre angenommenen Kinder in gleichem Maße. Dem ältesten Prinzen gaben sie den Namen Bahman und seinem Bruder den Namen Parwêz; und da die Tochter von seltener Schönheit und unvergleichlicher Lieblichkeit und Anmut war, so gaben sie ihr den Namen Perizâde. Als dann die Prinzen in dem Alter waren, in dem sie Unterricht erhalten mußten, ernannte der Aufseher Lehrer und Meister, die sie lesen und schreiben und alle Künste und Wissenschaften lehren sollten; und da die Prinzessin den gleichen Eifer bewies, sich Kenntnisse zu erwerben, wurde sie von denselben Lehrern unterrichtet, und bald konnte sie ebenso fließend und leicht lesen und schreiben wie ihre Brüder. Dann wurden sie den weisesten unter den Philosophen und Schriftgelehrten anvertraut, und die lehrten sie die Auslegung des Korans und die Worte des Propheten, ferner die Wissenschaft der Geometrie sowohl wie die Poesie und Geschichte, ja selbst die geheimen Wissenschaften und die mystischen Lehren der Erleuchteten. Und ihre Lehrer staunten, als sie sahen, wie rasche und wie große Fortschritte alle drei in ihren Studien machten und wie sie versprachen, beinahe die gelehrtesten der Weisen zu übertreffen. Außerdem wurden alle drei dazu erzogen, zu reiten und geschickt zu jagen, mit Pfeilen zu schießen und mit der Lanze zu stoßen, das Schwert zu schwingen und den Polostab zu werfen, sowie zu anderen männlichen und kriegerischen Spielen. Und neben dem allem lernte die Prinzessin Perizâde singen und allerlei Musikinstrumente spielen, und darin wurde sie die unvergleichliche Perle ihres Zeitalters. Der Aufseher war von ganzem Herzen froh, als er sah, daß seine angenommenen Kinder sich in allen Zweigen des Wissens als so tüchtig erwiesen; und da seine Wohnung klein war und nicht mehr für die größere Schar ausreichte, so kaufte er bald in der Nähe der Stadt ein Stück Land, das groß genug war, um Felder, Wiesen und Buschwald zu umfassen. Dort begann er ein Schloß von großer Pracht zu erbauen; Tag und Nacht beschäftigte er sich damit, die Baumeister und Maurer und anderen Handwerker zu überwachen. Innen und außen schmückte er die Mauern mit schönstem Bildhauerwerk und erlesenen Malereien, und jedes Gemach stattete er mit dem reichsten Geräte aus. Vor dem Hause ließ er einen Garten anlegen und bepflanzte ihn mit duftenden Blumen und wohlriechenden Sträuchern und Fruchtbäumen, deren Früchte denen des Paradieses glichen. Und ferner war dort ein großer Wald, der auf allen Seiten von einer hohen Mauer umgeben war, und darin züchtete er Wild, alles was da kreucht und fleugt, damit die beiden Prinzen und ihre Schwester jagen konnten. Als nun das Schloß vollendet und zum Wohnen geeignet war, bat der Aufseher, der dem Hause des Schâhs mehrere Menschenalter lang treu gedient hatte, seinen Herrn um die Erlaubnis, der Stadt Lebewohl zu sagen und seinen Wohnsitz auf dem neuen Landgut aufzuschlagen. Und der König, der allzeit mit dem Auge der Huld auf ihn geschaut hatte, gewährte ihm die erbetene Gunst von Herzen; und um außerdem noch zu zeigen, wie hoch er seinen alten Diener und dessen Dienste schätzte, fragte er ihn, ob er irgendeine Bitte hätte, auf daß sie ihm erfüllt werde. »Mein hoher Herr«, erwiderte jener, »dein Sklave hat keinen Wunsch als den, daß er den Rest seiner Tage unter dem Schatten des Schutzes des Schâhs verbringe, mit Leib und Seele seinem Dienste ergeben, wie er vor dem Sohne auch dem Vater schon gedient hat.« Der Schâh entließ ihn mit Worten des Dankes und der Anerkennung; und jener verließ die Stadt, indem er die beiden Prinzen und ihre Schwester mit sich nahm, und führte sie zu seinem neuerbauten Schlosse. Schon einige Jahre vor jener Zeit war seine Frau zur Gnade Allahs eingegangen, und er selbst hatte kaum fünf oder sechs Monate in seinem neuen Heim gelebt, da erkrankte er plötzlich und ward unter die Zahl derer aufgenommen, die Erbarmen gefunden haben. Zwar hatte er jede Gelegenheit versäumt, seinen drei Findlingen die seltsame Geschichte von ihrer Herkunft zu erzählen: wie er sie als Ausgesetzte in sein Haus gebracht und als Pfleglinge aufgezogen und sie wie seine eigenen Kinder gehegt hatte. Doch er hatte, ehe er starb, noch Zeit, sie zu ermahnen, daß sie immerdar in gegenseitiger Liebe und Verehrung, Zärtlichkeit und Achtung miteinander leben sollten. Der Verlust ihres Beschützers erfüllte sie mit bitterem Kummer; denn sie alle hielten ihn für ihren wirklichen Vater. Und nun beklagten sie ihn und begruben ihn, wie es sich gebührte; und hinfort lebten die beiden Brüder und ihre Schwester in Frieden und Fülle zusammen. Doch eines Tages ritten die Prinzen, die voll Verwegenheit und hohen Mutes waren, auf die Jagd hinaus, und die Prinzessin Perizâde blieb allein zu Hause, als eine alte Frau, eine Muslimin und fromme Einsiedlern, an die Tür kam und um Erlaubnis bat, eintreten und ihre Gebete dort sagen zu dürfen, da es gerade die vorgeschriebene Stunde war und sie nur noch eben Zeit für die religiöse Waschung hatte. Perizâde befahl, sie hereinzulassen, bot ihr den Friedensgruß und hieß sie freundlich willkommen. Als die Heilige dann ihre Gebete beendet hatte, führten die Dienerinnen der Prinzessin sie auf deren Befehl durch das ganze Haus und Besitztum, indem sie ihr die Gemächer mit ihrem Hausrat und ihrer Ausstattung und zuletzt die Gärten der Blumen und der Früchte und den Wildpark zeigten. Alles, was sie sah, gefiel ihr sehr, und sie sprach bei sich selber: ›Der Mann, der dies Schloß gebaut und diese Beete mit ihren Umrahmungen angelegt hat, ist wirklich ein vollendeter Künstler und ein Mann von wunderbarem Geschick gewesen.‹ Schließlich führten die Sklavinnen sie zu der Prinzessin zurück, die im Gartenhause saß und ihrer Rückkehr harrte. Und sie sprach zu der Frommen: »Komm, mein gutes Mütterchen, setze dich neben mich und mache mich glücklich durch die Gesellschaft einer frommen Einsiedlerin, die ich durch einen guten Zufall unerwartet bei mir habe aufnehmen können, und laß mich deinen Worten der Gnade lauschen, auf daß ich durch sie großen Gewinn in dieser und in der nächsten Welt habe! Du hast den rechten und geraden Pfad erwählt, um darauf zu wandeln, jenen, nach dem alle Menschen streben und sich sehnen.« Die heilige Frau wollte sich der Prinzessin zu Füßen setzen, aber Perizâde erhob sich höflich, nahm sie bei der Hand und zog sie neben sich nieder. Nun sprach die Alte: »Hohe Herrin, meine Augen haben noch nie jemanden von so feiner Sitte gesehen, wie du es bist; ich bin wahrlich unwürdig, neben dir zu sitzen, dennoch, da du gebietest, so will ich nach deinem Gebote tun.« Und als sie plaudernd beieinander saßen, setzten die Sklavinnen ihnen einen Tisch vor, auf dem Schüsseln mit Brot und Kuchen standen, ferner auch Schalen voll frischer und getrockneter Früchte, sowie allerlei Leckerbissen und Süßigkeiten. Die Prinzessin nahm einen der Kuchen, und indem sie ihn der guten Alten reichte, sprach sie: »Mütterchen, erquicke dich hieran und iß auch von den Früchten, was du gern hast! Es ist jetzt wohl lange her, seit du dein Haus verließest, und ich glaube, du hast auf dem Wege keine Speise gekostet.« Darauf antwortete die Heilige: »O Herrin von edler Geburt, ich bin nicht gewohnt, lekkere Speisen wie diese zu essen, aber ich kann deine Fürsorge nicht wohl zurückweisen, da Allah der Allmächtige geruht hat, mir durch eine so freigebige und großmütige Hand, wie die deine, Speise und Unterhalt zu gewähren.« Und als die beiden etwas gegessen und ihre Herzen gelabt hatten, fragte die Prinzessin die Fromme nach der Art ihres Gottesdienstes und ihres asketischen Lebens; auf alles gab sie bereitwillig Antwort und erklärte es nach ihrem besten Wissen. Dann rief die Prinzessin aus: »Sage mir, bitte, was du von diesem Hause denkst und von der Art seines Baues und von dem Gerät und dem Zubehör; und sage mir, ist alles vollkommen und angemessen oder fehlt noch etwas im Haus oder Garten?« Die Alte gab zur Antwort: »Da du geruhst, nach meiner Meinung zu fragen, so will ich dir bekennen, daß sowohl Haus wie Gartenanlagen vollendet und zur Vollkommenheit eingerichtet sind, und das Zubehör ist nach dem besten Geschmack und in schönster Anordnung. Doch nach meinem Dafürhalten fehlen hier noch drei Dinge; wenn du die hättest, so würde diese Stätte ganz vollkommen sein.« Da beschwor die Prinzessin Perizâde sie mit den Worten: »Liebe Muhme, ich flehe dich an, sage mir, welche drei Dinge noch fehlen, auf daß ich keine Mühe noch Arbeit scheue, um sie zu erhalten!« Und da die Jungfrau mit vielen Bitten in sie drang, so sah die Fromme sich gezwungen, es ihr zu sagen; und sie hub an: »Edle Herrin, das erste ist der sprechende Vogel, genannt Bulbul-i-hazâr-dâstân; der ist sehr selten und schwer zu finden, aber sooft er seine melodischen Weisen erschallen läßt, fliegen Tausende von Vögeln von allen Seiten herbei und stimmen in seine Klänge ein. Das nächste ist der singende Baum, dessen glatte und glänzende Blätter, wenn der Wind sie bewegt und aneinander reibt, liebliche Klänge entsenden, die gleich den Stimmen süß singender Sänger im Ohr erklingen und die Herzen aller Hörer bezaubern. Das dritte ist das goldene Wasser von durchscheinender Klarheit; wenn von ihm nur ein Tropfen in ein Becken fällt und dies in den Garten gestellt wird, so füllt sich das Gefäß alsbald bis zum Rande und sendet Strahlen empor gleichwie ein Springbrunnen; es hört auch nie auf, sich zu regen, und alles Wasser fällt, wenn es nach oben schießt, wieder in das Becken hinab, und nie geht ein Tropfen davon verloren.« Da sagte die Prinzessin: »Ich zweifle nicht daran, daß du die Stätte, an der diese wunderbaren Dinge sich finden, genau kennst; und ich bitte dich, nenne sie mir und auch die Mittel, die ich ergreifen kann, um die Dinge zu gewinnen.« Die Heilige erwiderte: »Diese drei Seltenheiten finden sich nur auf der Grenze, die sich zwischen dem Lande Hind und den anliegenden Ländern hinzieht, zwanzig Tagemärsche auf dem Wege, der von diesem Hause gen Osten führt. Wer auszieht, sie zu suchen, soll den ersten Mann, dem er am zwanzigsten Tage begegnet, nach der Stätte fragen, an der er den sprechenden Vogel, den singenden Baum und das goldene Wasser finden kann, und jener wird den Sucher dorthin weisen, wo er alle drei treffen wird.« Als die Fromme ihre Worte beendet hatte, nahm sie unter vielen Segnungen und Gebeten und Wünschen für ihr Wohlergehen Abschied von der Herrin Perizâde und machte sich auf den Heimweg. Die Prinzessin jedoch begann unaufhörlich über ihre Worte nachzusinnen und in Gedanken immer bei der Erzählung der heiligen Frau zu verweilen; die hatte freilich nie gedacht, daß ihre Wirtin aus anderen Gründen als aus Neugier um Auskunft gebeten habe, noch auch daß sie wirklich die Absicht hege, sich aufzumachen, um die Seltenheiten zu finden, und so hatte sie ahnungslos alles erzählt, was sie wußte, und sogar noch einen Anhalt für die Entdeckung gegeben. Perizâde aber bewahrte all das tief eingegraben in die Tafeln des Gedächtnisses, und sie war fest entschlossen, den Anweisungen zu folgen, und mit allen Mitteln, die in ihrer Macht standen, diese drei Wunderdinge in ihren Besitz zu bringen. Allein, je mehr sie nachsann, desto schwieriger erschien ihr das Unternehmen, und ihre Furcht vor dem Mißerfolg steigerte nur noch ihre Unruhe. Während sie nun so dasaß, durch ängstliche Gedanken verwirrt und manchmal vom heftigen Schrecken ergriffen, kamen ihre Brüder von den Jagdgründen zurück; und sie waren erstaunt, als sie ihre Schwester mit trauriger Miene und niedergeschlagen erblickten, und sie wunderten sich, was sie wohl beunruhigt haben möchte. Und alsbald sagte Prinz Bahman: »Liebe Schwester, weshalb bist du heute so schweren Herzens? Allah der Mächtige verhüte, daß du krank seiest oder daß dir etwas widerfahren wäre, was dein Mißvergnügen erregt oder dich traurig macht. Sage uns, ich bitte dich, was es ist, damit wir an deiner Sorge teilnehmen und dir eiligst helfen können!« Die Prinzessin erwiderte kein Wort; doch nach langem Schweigen hob sie den Kopf und sah ihre Brüder an; dann senkte sie die Augen wieder und sagte mit kurzen Worten, ihr fehle nichts. Da hub Prinz Bahman wieder an: »Ich weiß recht wohl, daß du irgend etwas auf dem Herzen hast, was du uns nicht sagen magst; doch nun höre, ich schwöre einen feierlichen Eid, daß ich nie von deiner Seite weichen will, bis du uns gesagt hast, was es ist, das dich bedrückt. Bist du vielleicht unserer Liebe müde und möchtest das geschwisterliche Band, das uns seit unserer Kindheit vereint hat, jetzt lösen?« Als sie ihre Brüder so verstört und verwirrt sah, fühlte sie sich gezwungen zu reden und sagte: »Wiewohl es euch, meine Lieblinge, Schmerz bereiten mag, wenn ich euch sage, weshalb ich traurig und betrübt bin, so ist es doch nicht anders möglich, ich muß euch beiden das Ganze erklären. Dies Schloß, das unser lieber Vater – der jetzt zur Gnade eingegangen ist – für uns hat bauen lassen, ist in jeder Hinsicht vollendet, und es fehlt ihm nichts an Behaglichkeit oder Vollkommenheit. Und trotzdem habe ich zufällig heute entdeckt, daß es noch drei Dinge gibt: würden die innerhalb dieser Mauern von Haus und Gärten gebracht, so würden sie unser Besitztum zu einem ganz unvergleichlichen machen, und auf der weiten Erde könnte ihm nichts an die Seite gestellt werden. Diese drei Dinge sind der sprechende Vogel, der singende Baum und das goldene Wasser; und seit ich von ihnen gehört habe, ist mein Herz von der höchsten Sehnsucht erfüllt, sie in unseren Besitz zu bringen, und von dem übermäßigen Verlangen, sie durch alle Mittel, die in meiner Macht stehen, zu gewinnen. Jetzt geziemt es euch, mich mit euren besten Kräften zu unterstützen und zu erwägen, wer mir dazu verhelfen kann, diese Seltenheiten in meine Hand zu bekommen.« Prinz Bahman erwiderte: »Mein Leben und das meines Bruders stehen dir zu Diensten, um deinen Wunsch mit aller Kraft des Herzens und der Seele auszuführen; und wenn du mir nur einen Anhalt für die Stätte geben könntest, an der diese seltsamen Dinge sich finden, dann würde ich mit Tagesanbruch, sobald es Morgen wird, auf die Suche nach ihnen ausziehen.« Als Prinz Parwêz erkannte, daß sein Bruder bereit war, diese Fahrt zu unternehmen, hub er an und sprach: »Lieber Bruder, du bist der älteste von uns; drum bleib du zu Hause, während ich ausziehe, um diese drei Dinge zu suchen und sie unserer Schwester zu bringen. Es ist doch wahrlich geziemender, daß ich die Aufgabe übernehme, die mich Jahre lang in Anspruch nehmen kann.« Doch Prinz Bahman entgegnete: »Ich habe volles Vertrauen zu deiner Kraft und Tapferkeit, und was ich zu leisten vermag, das kannst du ebensogut vollbringen wie ich. Dennoch ist es mein fester Entschluß, allein und ohne Hilfe zu diesem Abenteuer auszuziehen, und du mußt zurückbleiben, um für unsere Schwester und unser Haus zu sorgen.«

Am nächsten Morgen also ließ Prinz Bahman sich von der

Prinzessin den Weg beschreiben, den er einschlagen mußte, und ferner die Zeichen und Merkmale, an denen er die Stätte erkennen würde. Und sofort legte er Rüstung und Waffen an, und nachdem er den beiden Lebewohl gesagt hatte, saß er auf und wollte mit dem festesten Herzen fortreiten; aber da füllten sich die Augen der Prinzessin Perizâde mit Tränen, und mit stockender Stimme sprach sie zu ihm: »Mein lieber Bruder, diese bittere Trennung ist herzzerreißend; und ich bin in tiefer Trauer, daß ich dich von uns ziehen sehe. Dies Scheiden und dein Fernsein in fremdem Lande verursachen mir weit größeren Schmerz und Kummer, als ich vorher empfand, wie ich mich nach den Seltenheiten sehnte, um derentwillen du uns verlässest. Wenn wir nur von Tag zu Tag irgendeine Nachricht von dir erhalten könnten, so würde ich mich wenigstens etwas getröstet und beruhigt fühlen; aber es ist nun einmal anders, und Kummer fruchtet nichts.« Darauf antwortete Prinz Bahman und sprach: »Schwester mein, ich bin fest entschlossen, diese Tat zu wagen; doch sei du ohne Furcht und Sorge, denn so Gott will, werde ich als glorreicher Sieger heimkehren. Wenn du nun nach meinem Aufbruch zu irgendeiner Zeit um meine Sicherheit dich ängstigen solltest, so wirst du an diesem Zeichen, das ich dir lasse, mein Schicksalslos erkennen, ob es gut oder schlimm sei.« Dann zog er aus seinem Gürteltuch ein kleines Jagdmesser, ähnlich einem Schnitzmesser, und gab es der Prinzessin Perizâde mit den Worten: »Nimm diese Klinge und behalt sie immer bei dir; und solltest du an irgendeinem Tage oder zu irgendeiner Stunde um mein Ergehen besorgt sein, so zieh sie aus ihrer Scheide! Wenn der Stahl hell und klar ist so wie jetzt, so wisse, dann bin ich am Leben, sicher und gesund; doch wenn du Blutflecken daran findest, so sollst du wissen, daß ich tot bin, und dann bleibt dir nichts anderes übrig, als für mich wie für einen Toten zu beten.« Mit diesen Worten des Trostes machte der Prinz sich auf den Weg und zog geradenwegs auf der Straße nach Indien dahin, indem er sich weder nach rechts noch nach links wandte, sondern immer das gleiche Ziel im Auge behielt. So vergingen zwanzig Tage auf der Reise aus dem Lande Iran, und am zwanzigsten Tage war er am Ziel seiner Fahrt angelangt. Dort erblickte er plötzlich einen alten Mann von furchterregendem Anblick, der unter einem Baume saß, dicht bei seiner Rohrhütte, in die er sich zurückzuziehen pflegte, um sich gegen die Regen des Frühjahrs und die Hitze des Sommers, die herbstlichen Dünste und den Winterfrost zu schützen. So hochbetagt war dieser Scheich, daß Haar und Bart auf Kinn und Lippen und Wangen weiß wie Schnee waren; das Haar auf seiner Oberlippe war so lang und so dicht, daß es seinen Mund ganz verdeckte, während sein Kinnbart bis auf den Boden hing, und die Nägel an seinen Händen und Füßen waren so lang gewachsen, daß sie den Klauen eines wilden Tieres glichen. Auf seinem Kopfe trug er einen breitrandigen Hut aus gewobenen Palmfasern gleich dem eines malabarischen Fischers; und seine ganze übrige Kleidung bestand aus einem Mattenstreifen, den er sich um den Leib gebunden hatte. Dieser Scheich war ein Derwisch, der seit vielen Jahren der Welt und allen weltlichen Freuden entsagt hatte; er lebte ein heiliges Leben der Armut und Keuschheit in Gedanken ans Jenseits, und dadurch war sein Aussehen so geworden, wie es hier geschildert ist. An jenem Tage war Prinz Bahman vom frühen Morgen an wachsam und aufmerksam gewesen und hatte immer nach allen Seiten hin ausgeschaut, um jemanden zu erspähen, der ihm Auskunft geben könnte, wo die Seltenheiten, die er suchte, zu finden wären; und dies war das erste menschliche Wesen, das er an jenem Tage, dem zwanzigsten und letzten seiner Reise, gesehen hatte. Er ritt also auf den Scheich zu, überzeugt, daß der jener Mensch sein müsse, von dem die heilige Frau gesprochen hatte. Dann saß Prinz Bahman ab, verneigte sich tief vor dem Derwisch und sprach: »Mein Vater, Allah der Allmächtige gebe dir ein langes Leben und gewähre dir alle deine Wünsche!« Darauf gab der Fakir Antwort, doch mit so undeutlicher Stimme, daß der Prinz kein einziges Wort von dem, was jener sagte, verstehen konnte. Sofort erkannte Bahman, daß der Lippenbart des Alten dessen Mund so ganz verdeckt und verborgen hatte, daß seine Rede undeutlich wurde und er nur noch murmeln konnte, wenn er reden wollte. Darum band er sein Roß an einen Baum, zog eine Schere heraus und sprach: »Heiliger Mann, deine Lippen sind ganz in diesem überlangen Haar verborgen; ich bitte dich, erlaube mir, das Borstengewirr zu beschneiden, das dein Gesicht überwuchert und so lang und dicht ist, daß du furchtbar anzuschauen bist; ja, du gleichst eher einem Bären als einem menschlichen Wesen.« Der Derwisch zeigte durch ein Nicken, daß er einverstanden war; und als der Prinz das Haar beschnitten und gestutzt hatte, sah das Antlitz des Alten wieder jung und frisch aus wie das eines Mannes in der Blüte der Jahre. Darauf sagte Bahman zu ihm: »Ich wollte, ich hätte einen Spiegel, um dir dein Gesicht zu zeigen; dann könntest du sehen, wie jugendlich du erscheinst und wie dein Gesicht jetzt dem eines Menschen viel ähnlicher geworden ist, als es früher war.« Diese Schmeichelworte gefielen dem Derwisch, und er sagte lächelnd: »Ich danke dir herzlich für diesen deinen guten Dienst und deine freundliche Tat; und wenn ich zur Vergeltung irgend etwas für dich tun kann, so laß es mich, bitte, wissen, und ich will von ganzem Herzen und mit ganzer Seele versuchen, dich in allen Dingen zufrieden zu stellen!« Da sagte der Prinz: »Heiliger Mann, ich bin aus fernen Landen auf beschwerlichem Wege hierher gekommen, um drei Dinge zu suchen; das sind: ein gewisser sprechender Vogel, ein singender Baum und ein goldenes Wasser. Und eines weiß ich gewiß, daß alle drei ganz in der Nähe hier zu finden sind. Dennoch, o heiliger Mann, kenne ich die genaue Stelle nicht, an der sie sich befinden. Wenn du aber sichere Kunde von der Stätte hast und mir von ihr Mitteilung machen willst, so werde auch ich nie deine Güte vergessen, und dann werde ich das zufriedene Gefühl haben, daß diese lange und beschwerliche Fahrt nicht ganz vergebens ist.« Als der Derwisch diese Worte von dem Prinzen vernahm, kam ein anderes Aussehen über sein Antlitz, sein Blick ward betrübt und seine Farbe bleich; dann senkte er die Augen und saß in tiefem Schweigen da. Doch der Prinz hub wieder an: »Heiliger Vater, verstehst du die Worte nicht, die ich zu dir sprach? Wenn du nichts von der Sache weißt, so laß es mich, bitte, gleich wissen, auf daß ich wieder weiterziehe, bis ich einen Mann finde, der mir Auskunft darüber geben kann!« Nach einer langen Weile gab der Derwisch zur Antwort: »O Fremdling, es ist wahr, ich kenne die Stätte, die du suchest, recht wohl; aber ich habe dich gern, weil du mir einen Dienst erwiesen hast, und um deiner selbst willen möchte ich dir nicht sagen, wo sie zu finden ist.« Und der Prinz entgegnete: »Sag mir, o Fakir, weshalb verbirgst du dein Wissen vor mir, und warum siehst du es nicht gern, daß ich davon erfahre?« Jener antwortete: »Es ist ein schwerer Weg und voller Schrecken und Gefahren. Schon vor dir sind manche hierher gekommen und haben mich nach dem Wege gefragt; ich weigerte mich, ihnen den zu zeigen, aber sie achteten meiner Warnung nicht, sondern drangen in mich und zwangen mich, ihnen das Geheimnis zu enthüllen, das ich gern in meiner Brust verschlossen hätte. Wisse, mein Sohn, all diese Helden sind in ihrem Stolze zugrunde gegangen, nicht einer von ihnen ist sicher und gesund zu mir zurückgekehrt. Nun denn, wenn dir dein Leben lieb ist, so folge meinem Rate und zieh nicht weiter, sondern kehre um, ohne Zögern und ohne Zaudern, und suche dein Haus und Heim und die Deinen!« Fest entschlossen, erwiderte Prinz Bahman darauf: »Du hast mir in freundlicher Weise und in gütiger Art den besten Rat gegeben; und nachdem ich alles gehört habe, was du zu sagen hattest, danke ich dir von Herzen. Aber ich kümmere mich keinen Deut und kein Tüttelchen um die Gefahren, die mir drohen; und deine Warnungen, so unheilvoll sie auch klingen, werden mich nicht von meinem Vorhaben abbringen. Und wenn Räuber oder Feinde mich überfallen sollten, so bin ich gerüstet und gewappnet, und ich kann und werde mich selbst schützen; denn ich bin sicher, daß niemand mich an Macht und Mut übertrifft.« Darauf entgegnete der Fakir: »Die Wesen, die dir den Weg sperren und deinen Gang zu jener Stätte aufhalten werden, sind dem Menschen unsichtbar, und sie werden dir in keiner Weise erscheinen; wie willst du dich dann gegen sie wehren?« »Sei es«, fuhr der Prinz fort, »dennoch fürchte ich mich nicht, und ich bitte dich nur, zeige mir den

Weg dorthin!« Als der Derwisch nun überzeugt war, daß der Prinz sich fest entschlossen hatte, die Tat zu wagen, und auf keinen Fall davon ablassen würde oder abgebracht werden könnte, sein Vorhaben auszuführen, steckte er die Hand in einen Sack, der dicht neben ihm lag, entnahm ihm einen Ball und sprach: »Ach, mein Sohn, du willst meinen Rat nicht annehmen, und ich muß dich nun deinem Eigensinne folgen lassen. Nimm diesen Ball, steig auf dein Roß und wirf ihn vor dich hin; solange er weiterrollt, reit hinter ihm her; doch wenn er am Fuße des Hügels haltmacht, so sitz ab, wirf deinem Rosse die Zügel über den Nacken und laß es allein, denn es wird dort stehen bleiben, ohne sich zu rühren, bis du zurückkommst! Dann steig mutig den Hang hinauf, und zu beiden Seiten des Pfades, rechts und links, wirst du ein Geröll von großen schwarzen Felsblöcken sehen. Dort wird aber der Schall vieler Stimmen, in wirrem Getöse und furchtbar anzuhören, plötzlich in dein Ohr dringen, um deinen Zorn zu erregen und dich mit Schrecken zu erfüllen und dich am weiteren Aufstieg zu hindern. Gib acht, daß du dich nicht entmutigen lässest, und hüte dich, ja, ich sage dir, hüte dich, daß du zu keiner Zeit dein Haupt wendest und rückwärts schauest! Wenn dein Mut versagt oder wenn du nur einen einzigen Blick hinter dich wirfst, so wirst du im selben Augenblick in einen schwarzen Stein verwandelt werden. Denn wisse, o Prinz, all jene Steine, die du am Wege zerstreut sehen wirst, waren einst Männer und Helden wie du; sie sind es, die da auszogen in der Absicht, die drei Dinge zu gewinnen, die du suchest, aber sie ließen sich durch jene Stimmen schrecken und verloren die menschliche Gestalt und wurden zu schwarzen Blöcken. Solltest du aber den Gipfel des Hügels sicher und gesund erreichen, so wirst du ganz oben einen Käfig finden, darin der sprechende Vogel sitzt, bereit, alle deine Fragen zu beantworten. Den frage, wo du den singenden Baum und das goldene Wasser finden kannst, und er wird dir alles sagen, was du wünschest. Wenn du alle drei sicher in deine Hand gebracht hast, so bist du frei von weiterer Gefahr; doch, da du diesen Weg noch nicht angetreten hast, so leih dein Ohr meinem Rate. Ich bitte dich, steh ab von diesem deinem Vorsatz und kehr in Frieden heim, solange es noch in deiner Macht steht!« Aber der Prinz antwortete: »O du heiliger Mann, ehe ich nicht mein Ziel erreicht habe, will ich nicht umkehren, nein, niemals! Daher lebe wohl!« So bestieg er denn sein Roß und warf den Ball vor sich hin; und der rollte mit Windeseile weiter, während der Prinz hinter ihm her ritt, den Blick auf ihn geheftet, und immer mit ihm Schritt hielt. Als er den Hügel, von dem der Derwisch gesprochen hatte, erreichte, hielt der Ball still; und der Prinz saß ab, warf seinem Rosse die Zügel über den Nacken, ließ es stehen und stieg zu Fuß den Abhang hinan. Soweit er sehen konnte, war der Weg, den er gehen mußte, vom Fuße des Hügels bis zum Gipfel mit einem Geröll von großen schwarzen Felsblöcken bestreut; doch spürte sein Herz keine Furcht. Noch aber hatte er nicht mehr als vier bis fünf Schritte getan, so erhob sich ein scheußliches Getöse und ein furchtbarer Wirrwarr von vielen Stimmen, wie der Derwisch es ihm verkündet hatte. Prinz Bahman jedoch schritt tapfer dahin, mit erhobener Stirn und mit furchtlosem Gang, obgleich er kein lebendes Wesen sah und nur all die Stimmen rings um sich hörte. Einige riefen: »Wer ist der Narr dort? Woher kommt er? Haltet ihn! Laßt ihn nicht vorüber!« Andere schrieen: »Fallt über ihn her! Packt diesen Hanswurst und schlagt ihn tot!« Und der Lärm ward immer lauter und lauter gleich wie Donnergebrüll, und viele Stimmen gellten: »Räuber! Meuchler! Mörder!« Und andere flüsterten in höhnischem Tone: »Laßt ihn, ein feiner Kerl ist er ja! Laßt ihn nur weitergehen, er, natürlich nur er allein wird den Käfig und den sprechenden Vogel kriegen!« Der Prinz fürchtete sich nicht, sondern schritt mit gewohntem Mut und Eifer raschen Fußes dahin; doch plötzlich kamen die Stimmen immer näher und näher an ihn heran und schwollen auf beiden Seiten zu immer größerer Zahl, so daß er ganz verwirrt wurde. Seine Beine begannen zu zittern, er taumelte, und schließlich, von Schrecken überwältigt, vergaß er ganz die Warnung des Derwisches und schaute sich um: da ward er auf der Stelle zu Stein gleich den

Scharen der Ritter und Abenteurer, die ihm vorangegangen waren.

Derweilen nun trug die Prinzessin Perizâde das Jagdmesser, das ihr Bruder Bahman ihr hinterlassen hatte, von seiner Scheide umgeben in ihrem Mädchengürtel. Sie hatte es immer dort behalten, seit er zu seinem gefährlichen Ritt aufgebrochen war, und immer, wenn sie daran dachte, pflegte sie die Klinge herauszuziehen und an ihrem Glanze zu sehn, wie es ihrem Bruder erging. Nun hatte sie es bis zu jenem Tage, an dem er zu Stein verwandelt wurde, stets, sooft sie es ansah, klar und hell gefunden; doch an eben jenem Abend, an dem ihn sein böses Schicksal ereilte, sagte zufällig Prinz Parwêz zu Perizâde: »Liebe Schwester, ich bitte dich, gib mir das Jagdmesser, damit ich sehe, wie es mit unserem Bruder steht.« Sie nahm es aus ihrem Gürtel und reichte es ihm; und kaum hatte er das Messer aus der Scheide gezogen, siehe, da erkannte er, daß Blutstropfen von ihm herabzuträufeln begannen. Als er das sehen mußte, warf er das Messer zu Boden und brach in laute Klagen aus, während die Prinzessin, die schon ahnte, was geschehen war, eine Flut bitterer Tränen vergoß und unter Seufzen und Schluchzen ausrief: »Weh, mein Bruder, du hast dein Leben für mich dahingegeben! Ach, wehe, wehe über mich! Warum hab ich dir von dem sprechenden Vogel und dem singenden Baum und dem goldenen Wasser gesprochen? Weshalb habe ich jene heilige Frau gefragt, wie unser Haus ihr gefiele, und mußte als Antwort auf meine Frage von jenen drei Dingen hören? Hätte sie doch nie unsere Schwelle betreten und unsere Türen verfinstert! Undankbare Heuchlerin, lohnst du mir so die Güte und die Ehre, die ich dir so gern erwies? Und warum mußte ich denn auch noch fragen, wie man diese Dinge gewinnen könne? Und wenn ich sie jetzt noch erlange, was sollen sie mir da nützen, seit mein Bruder Bahman nicht mehr ist? Was soll ich da mit ihnen tun?« So gab Perizâde sich ihrem Schmerze hin und beweinte ihr trauriges Los, während auch Parwêz in überaus tiefer Trauer um seinen Bruder Bahman klagte. Zuletzt aber wandte sich der Prinz, der trotz seiner Trauer daran dachte, daß seine Schwester immer noch den heißen Wunsch hatte, die drei Wunderdinge zu besitzen, an Perizâde und sprach: »Es geziemt mir, liebe Schwester, sogleich aufzubrechen und zu erforschen, ob unser Bruder Bahman seinen Tod durch den Beschluß des Schicksals gefunden hat, oder ob ein Feind ihn erschlagen hat; denn wenn er getötet worden ist, so muß ich volle Rache an seinem Mörder nehmen.« Perizâde aber flehte ihn unter vielen Tränen und Klagen an, sie nicht zu verlassen, indem sie sprach: »O du Freude meines Herzens, um Allahs willen, folge nicht den Spuren unseres teuren, dahingegangenen Bruders und verlaß mich nicht, um eine so gefahrenreiche Reise zu wagen. Mir liegt nichts mehr an jenen Dingen; denn ich fürchte, ich werde auch dich noch verlieren, wenn du solches unternimmst.« Allein Prinz Parwêz wollte gar nicht auf ihre Klage hören, sondern er nahm am nächsten Tage Abschied von ihr. Doch ehe er aufbrach, sprach sie zu ihm: »Das Jagdmesser, das Bahman mir hinterließ, war das Mittel, um uns von dem Unglück, das ihm zustieß, Kunde zu geben; doch sag, wie soll ich wissen, was dir widerfährt?« Da zog er eine Schnur, die hundert Perlen enthielt, hervor und sprach: »Solange du diese Perlen alle getrennt voneinander lose auf der Schnur hin und her gleiten siehst, sollst du wissen, daß ich am Leben bin; wenn du aber entdeckst, daß sie festsitzen und aneinander haften, dann erkenne, daß ich tot bin.« Die Prinzessin nahm die Perlenschnur und legte sie um ihren Hals, entschlossen, sie Stunde um Stunde zu betrachten und zu sehen, wie es ihrem zweiten Bruder erginge. Dann machte Prinz Parwêz sich auf die Fahrt, und am zwanzigsten Tage kam er zu derselben Stelle, an der Bahman den Derwisch getroffen hatte, und er sah ihn dort noch in gleicher Weise sitzen. Der Prinz sprach den Gruß zu dem Alten und fragte dann: »Kannst du mir sagen, wo ich den sprechenden Vogel und den singenden Baum und das goldene Wasser finde, und auf welche Weise ich in ihren Besitz gelangen kann? Wenn du kannst, so bitte ich dich, gib mir Kunde davon!« Der Derwisch versuchte den Prinzen Parwêz von seiner Absicht abzubringen und malte ihm alle die Gefahren des Weges aus; und er sprach: »Vor nicht vielen Tagen kam einer, der dir gleich war an Jahren und an Zügen, hierher und fragte mich nach ebendem, was du jetzt suchest. Ich warnte ihn vor all den Gefahren der Stätte und wollte ihn von seinem eigenwilligen Wege abbringen; aber er achtete meiner Warnungen nicht und weigerte sich, meinem Rate zu folgen. Er zog fort, von mir genau darüber unterrichtet, wie er die Dinge finden könnte, die er suchte; doch bis jetzt ist er noch nicht zurückgekehrt, und ohne Zweifel ist er umgekommen wie die vielen, die ihm in jenem gefährlichen Unternehmen vorangegangen sind.« Da sagte Prinz Parwêz: »Heiliger Vater, ich kenne den Mann, von dem du redest; denn er war mein Bruder. Und ich wußte auch, daß er tot ist; aber ich ahne nicht, wie er umgekommen ist.« »Junger Herr«, antwortete der Derwisch, »darüber kann ich dir Auskunft geben; er ist in einen schwarzen Stein verwandelt, ebenso wie die andern, von denen ich gerade zu dir gesprochen habe. Wenn du meinen Rat nicht annehmen und meiner Mahnung nicht folgen willst, so wirst du sicherlich auf dieselbe Weise umkommen wie dein Bruder; und ich warne dich feierlich, laß ab von diesem Unternehmen!« Wie nun Prinz Parwêz diese Worte erwogen hatte, antwortete er alsbald: »O Derwisch, ich danke dir wieder und wieder, und ich bin dir tief verpflichtet, dieweil du dich um mein Wohlergehen sorgst und mir den gütigsten Rat und die freundlichste Mahnung gegeben hast; denn solcher Güte gegen einen Fremdling bin ich nicht würdig. Jetzt bleibt mir nur noch die eine Bitte, daß du mir den Pfad zeigen wollest; denn ich bin fest entschlossen, weiterzureiten und um keinen Preis von meinem Vorhaben abzustehen. Ich bitte dich, gewähre mir gütigst volle Auskunft über den Weg, wie du sie meinem Bruder gewährt hast.« Darauf erwiderte der Derwisch: »Wenn du meiner Warnung kein Ohr leihen willst noch tun, was ich wünsche, so macht mir das weder viel noch wenig aus. Wähle selbst! Ich muß nach dem Spruche des Schicksals dein Wagnis fördern, und wenn ich auch wegen meines hohen Alters und meiner Schwäche dich nicht zu der Stätte geleiten kann, so will ich dir doch nicht einen

Führer versagen.« Da bestieg Prinz Parwêz sein Roß, und der Derwisch nahm einen von vielen Bällen aus seinem Beutel, gab ihn dem Jüngling in die Hand und wies ihn derweilen an, was er zu tun hätte, geradeso wie er seinem Bruder Bahman geraten hatte. Und nachdem er ihm viele Ratschläge und Mahnungen gegeben hatte, schloß er mit den Worten: »Junger Herr, gib acht, daß du dich durch die drohenden Stimmen nicht verwirren noch schrecken lässest durch die Klänge von unsichtbaren Wesen, die an dein Ohr dringen; sondern steig furchtlos bis zum Gipfel des Hügels hinauf, dort wirst du den Käfig mit dem sprechenden Vogel, den singenden Baum und das goldene Wasser finden!« Darauf sagte der Fakir ihm Lebewohl mit Worten voll guter Wünsche, und der Prinz brach auf. Er warf den Ball vor sich hin, und als dieser den Pfad entlang rollte, spornte er sein Roß an, auf daß es mit ihm Schritt halte. Doch als er den Fuß des Hügels erreichte und sah, daß der Ball haltgemacht hatte und still lag, saß er ab und wartete eine Weile, ehe er den Aufstieg begann, und überlegte sich noch einmal einzeln all die Anweisungen, die ihm der Derwisch gegeben hatte. Dann schritt er mit starkem Mute und fest entschlossen vorwärts, um den Gipfel zu erreichen. Aber kaum hatte er zu steigen begonnen, als er neben sich eine Stimme hörte, die ihn in grober Sprache bedrohte und schrie: »Du Unglücksjüngling, steh still, damit ich dich für diese deine Frechheit verprügle!« Als Prinz Parwêz diese beleidigenden Worte des unsichtbaren Sprechers hörte, fühlte er, wie ihm das Blut überkochte; er konnte seine Wut nicht zügeln, und in seiner Leidenschaft vergaß er ganz die Worte der Weisheit, mit denen der Fakir ihn gewarnt hatte. Er griff nach seinem Schwerte, zog es aus der Scheide und wandte sich, um den Mann zu erschlagen, der ihn so zu beschimpfen wagte; doch er sah niemanden, und in dem Augenblick, in dem er rückwärts schaute, wurden er und sein Roß in schwarze Steine verwandelt.

Derweilen nun pflegte die Prinzessin immerfort zu allen Stunden des Tages und der Nacht die Perlenschnur zu befragen, die Parwêz ihr zurückgelassen hatte; sie zählte die Perlen nachts, wenn sie sich zur Ruhe zurückzog, sie behielt sie beim Schlafen um den Hals während der Stunden der Dunkelheit, und wenn sie beim Dämmern des Morgens aufwachte, so sah sie die Perlen sofort an und prüfte ihren Zustand. Und eben zu der Stunde, in der ihr zweiter Bruder zu Stein wurde, bemerkte sie, wie die Perlen so fest aneinander hafteten, daß sie nicht eine einzige Perle von der anderen zu lösen vermochte; und daran erkannte sie, daß auch Prinz Parwêz auf ewig für sie verloren war. Perizâde ward durch diesen plötzlichen Schlag tief betroffen, und sie sprach bei sich selber: ›Ach, wehe, wehe über mich! Wie bitter wird das Leben sein ohne die Liebe solcher Brüder, die ihr junges Leben für mich geopfert haben! Es ist nur recht, wenn ich jetzt ihr Schicksal teile, welches auch mein Los sein mag! Was soll ich sonst am Gerichtstage sagen, wenn die Toten auferstehen und die Menschheit gerichtet wird?‹ Deshalb legte sie am nächsten Morgen, ohne zu zögern und zu zaudern, Manneskleidung an; und nachdem sie ihren Dienerinnen und Sklavinnen gesagt hatte, sie würde eine Reihe von Tagen wegen eines Geschäftes abwesend sein und jene sollten während dieser Zeit Haus und Habe hüten, bestieg sie ihr Pferd und brach auf, allein und ungeleitet. Da sie nun im Reiten geschickt war und öfters ihre Brüder begleitet hatte, wenn sie zu Jagd und Beize ausritten, so war sie besser als andere Frauen imstande, die Mühen und Beschwerden der Reise zu ertragen. So kam sie denn am zwanzigsten Tage sicher und gesund bei der Einsiedelei an, und als sie dort denselben Scheich erblickte, setzte sie sich neben ihn; nachdem sie ihm den Friedensgruß dargeboten hatte, bat sie ihn: »Heiliger Vater, laß mich eine Weile an dieser glückverheißenden Stätte ruhen und rasten; dann geruhe, ich bitte dich, mir die Richtung zu weisen nach der Stätte, die nicht weit von hier ist und an der sich ein gewisser sprechender Vogel, ein singender Baum und ein goldenes Wasser befinden! Wenn du es mir sagen willst, so werde ich das als die größte Huld erachten.« Der Derwisch gab ihr zur Antwort: »Deine Stimme verrät mir, daß du ein Weib bist, kein Mann, wiewohl du in Männertracht gekleidet bist. Ich kenne gar wohl die Stätte, von der du sprichst und an der die Wunderdinge sich befinden, die du genannt hast. Aber sage mir, zu welchem Zwecke fragst du mich danach?« Darauf erwiderte die Prinzessin: »Mir ist mancherlei über diese seltenen und wunderbaren Dinge erzählt worden, und ich würde sie gern in meinen Besitz bringen, um sie in mein Haus zu tragen und sie zu seinem schönsten Schmuck zu machen.« »Ja, meine Tochter«, fuhr der Derwisch fort, »wahrlich, diese Dinge sind äußerst selten und wunderbar; sie sind recht geeignet, daß eine solche Schöne wie du sie gewinnt und heimträgt; aber du hast wohl kaum eine Ahnung von den mannigfachen und grausen Gefahren, die sie umlauern. Es wäre besser für dich, du würfest diesen eitlen Gedanken von dir und kehrtest auf dem Wege heim, auf dem du gekommen bist.« Die Prinzessin aber entgegnete: »O heiliger Vater und weitberühmter Einsiedler, ich komme aus einem fernen Lande, in das ich nie wieder zurückkehren werde, ohne mein Ziel erreicht zu haben, nein, nimmermehr. Ich bitte dich also, sage mir, welcher Art jene Gefahren sind und worin sie bestehen, auf daß mein Herz, wenn ich von ihnen höre, beurteilen kann, ob ich die Kraft und den Mut besitze, ihnen zu begegnen oder nicht!« Da beschrieb der Alte der Prinzessin all die Gefahren des Weges, wie er sie einst den Prinzen Bahman und Parwêz kundgetan hatte, und er schloß mit den Worten: »Die Gefahren werden sich zeigen, sobald du beginnst, den Hügel hinanzusteigen, und sie werden nicht eher enden, als bis du den Gipfel erreicht hast, wo der sprechende Vogel lebt. Dann, wenn du das Glück hast, ihn zu ergreifen, so wird er dich dorthin weisen, wo der singende Baum und das goldene Wasser zu finden sind. Die ganze Zeit, während der du den Hügel hinaufsteigst, werden Stimmen aus unsichtbaren Kehlen und grause und wilde Klänge dir in die Ohren hallen. Und ferner wirst du schwarze Blöcke und Steine auf deinem Wege umherliegen sehen; und diese sind – das mußt du wissen – die verwandelten Leiber von Männern, die mit ungewöhnlichem Mute dasselbe Wagnis unternommen haben, die aber, von plötzlichem Schrecken erfaßt und dazu verleitet, sich umzuwenden und rückwärts zu blicken, in Steine verwandelt worden sind. Nun denke du immer daran, wie es ihnen ergangen ist! Zuerst hörten sie jenen furchtbaren Tönen und Flüchen mit fester Seele zu; dann aber bangten ihnen Herz und Sinn, oder sie brausten auf vor Wut, wenn sie die gemeinen Worte vernahmen, die an sie gerichtet wurden, und sie wandten sich um und schauten hinter sich, worauf Roß und Reiter zu schwarzen Blöcken wurden.« Doch als der Derwisch ihr alles berichtet hatte, erwiderte die Prinzessin: »Nach dem, was du mir sagst, scheint es mir klar zu sein, daß diese Stimmen nichts anderes zu tun vermögen, als zu drohen und durch ihr furchtbares Getöse zu schrecken; ferner, daß sonst nichts vorhanden ist, was am Besteigen des Hügels hindern kann, und daß man dort keinen Überfall zu befürchten braucht; was man tun muß, ist nur dies, daß man auf keinen Fall hinter sich blickt.« Und nach einer kurzen Weile fügte sie hinzu: »O Fakir, wenn ich auch eine Frau bin, so habe ich doch Mut und Kräfte, die mir durch dies Abenteuer hindurchhelfen werden. Ich werde nicht auf die Stimmen achten noch mich durch sie zornig machen lassen, auch werden sie keinerlei Macht haben, mich zu ängstigen; und zu alledem habe ich eine List ersonnen, durch die mir der Erfolg in dieser Sache gesichert ist.« »Was willst du denn tun?« fragte er; und sie antwortete: »Ich will mir die Ohren mit Baumwolle verstopfen, so daß mein Geist nicht verwirrt und mein Verstand nicht gestört wird, wenn ich diese furchtbaren Klänge höre.« Der Fakir war aufs höchste erstaunt und rief sogleich: »Meine Herrin, mich deucht, du bist dazu bestimmt, die Dinge zu gewinnen, die du suchst. Diese List ist bisher noch keinem eingefallen, und daher kommt es wohl, daß sie allesamt elend gescheitert und bei ihrem Versuche umgekommen sind. Doch gib gut acht auf dich selber und setze dich keinen anderen Gefahren aus, als sie das Unternehmen verlangt!« Sie erwiderte: »Ich habe keinen Grund zur Furcht, da nur diese eine einzige Gefahr, die einen glücklichen Ausgang hindern könnte, mir bevorsteht. Mein Herz sagt mir, daß ich sicherlich den Lohn gewinnen werde, um dessentwillen ich so viel Mühsal und Beschwerden auf mich genommen habe. Doch jetzt sage mir, was ich tun muß, und wohin ich gehen muß, um mein Ziel zu erreichen!« Der Derwisch bat sie noch einmal, nach Hause zurückzukehren; aber Perizâde weigerte sich, darauf zu hören, und blieb fest und entschlossen wie zuvor. Als er nun einsah, daß sie auf jeden Fall ihr Vorhaben auszuführen gedachte, rief er aus: »So zieh denn hin, meine Tochter, im Frieden Allahs des Allmächtigen und mit Seinem Segen; Er möge deine Jugend und Schönheit vor aller Gefahr beschützen!« Dann nahm er einen Ball aus seinem Sack, gab ihn ihr und sprach: »Wenn du im Sattel sitzest, so wirf ihn vor dich hin und folge ihm, wohin er dich führen wird! Und wenn er am Fuß des Hügels haltmacht, so sitz ab und steig den Hang hinan! Was danach geschehen wird, hab ich dir schon gesagt.« Nachdem die Prinzessin von dem Fakir Abschied genommen hatte, bestieg sie sogleich ihr Roß und warf ihm den Ball vor die Hufe, wie ihr zu tun geboten war. Er rollte in der Richtung auf den Hügel vor ihr her, und sie spornte ihr Pferd an, mit ihm Schritt zu halten, bis er beim Hügel plötzlich haltmachte. Da saß die Prinzessin alsbald ab, und nachdem sie ihre beiden Ohren sorgfältig mit Baumwolle verstopft hatte, begann sie den Hang zu ersteigen mit furchtlosem Herzen und unerschrockener Seele. Kaum war sie einige Schritte vorwärts gegangen, da brach ein Getöse von Stimmen rings um sie aus; doch sie vernahm keinen Ton, da ihr Gehör durch die Baumwolle abgestumpft war. Dann erschollen scheußliche Schreie mit furchtbarem Lärm, aber sie hörte sie nicht; und schließlich schwollen sie an zu einem Sturm von schrillen Schreien und stöhnenden Seufzern, untermischt mit eklen Worten, wie schamlose Frauen sie gebrauchen, wenn sie einander beschimpfen. Dann und wann fing sie ein Echo der Klänge auf; doch sie achtete ihrer nicht, sondern lächelte nur und sprach bei sich selber: ›Was kümmern mich ihr Spott und Hohn und ekliges Geschmäh? Laß sie nur kreischen und bellen und tollen, soviel wie sie wollen: das wenigstens wird mich nicht von meinem Ziele abbringen!‹ Wie sie sich aber dem Ziele näherte, wurde der Weg immer gefährlicher, und die Luft war so erfüllt von höllischem Lärm und grauenhaften Tönen, daß selbst Rustem vor ihnen gebebt und Asfandijârs kühner Mut vor Schrecken gezittert haben würden. Die Prinzessin jedoch schritt in größter Eile und mit unverzagtem Herzen weiter, bis sie dem Gipfel ganz nahe war und schon über sich den Käfig sah, in dem der sprechende Vogel seine melodischen Weisen sang. Doch wie er die Prinzessin nahen sah, brach er, trotz seiner winzigen Gestalt, in Donnertöne aus und rief: »Zurück, du Närrin! Hinweg von hier, wage nicht näher zu kommen!« Die Prinzessin kümmerte sich nicht im geringsten um sein Geschrei, sondern erklomm beherzt den Gipfel, eilte über die ebene Fläche auf den Käfig zu und ergriff ihn, indem sie sprach: »Jetzt hab ich dich endlich; du sollst mir nicht mehr entgehen!« Dann zog sie die Baumwolle, mit denen sie ihre Ohren verstopft hatte, heraus und hörte nun, wie der sprechende Vogel in sanften Tönen erwiderte: »Du tapfere und edle Herrin, sei guten Mutes! Denn dir soll nichts Arges widerfahren, wie es denen zuteil ward, die mich bisher zu gewinnen suchten. Wenn ich auch in einem Käfig lebe, so hab ich doch viel geheime Kunde von dem, was in der Welt der Menschen vorgeht, und ich freue mich, daß ich dein Sklave werde und daß du meine Herrin wirst. Ferner weiß ich alles, was dich angeht, sogar noch besser als du selbst; und eines Tages will ich dir einen Dienst erweisen, der mir deine Dankbarkeit eintragen wird. Welches ist jetzt dein Befehl? Sprich, damit ich dir deinen Wunsch erfülle!« Prinzessin Perizâde war über diese Worte erfreut, aber mitten in ihrer Freude ward sie betrübt durch den Gedanken daran, daß sie ihre Brüder verloren hatte, an denen sie mit so herzlicher Liebe hing; und sie sprach nun zu dem sprechenden Vogel: »Gar vieles wohl wünsche ich, doch zuerst sage mir, ob das goldene Wasser, von dem ich so viel gehört habe, hier in der Nähe ist, und wenn es dort ist, so zeige mir, wie ich es finden kann.« Der Vogel wies ihr den Weg dorthin, und die Prinzessin nahm eine silberne Flasche, die sie mitgebracht hatte, und füllte sie bis zum Rande aus der magischen Quelle. Dann sprach sie wieder zu dem Vogel: »Der dritte und letzte Preis, den ich zu suchen auszog, ist der singende Baum: gib mir an, wo auch der zu finden ist!« »O Prinzessin der Schönen«, erwiderte der Vogel, »hinter deinem Rücken in jenem Gebüsch, das ganz in der Nähe ist, dort wächst der Baum.« Und sie eilte sofort in das Gehölz und fand den Baum, den sie suchte, wie er in den lieblichsten Tönen sang. Da er sich aber zu weit spannte, kehrte sie zu ihrem Sklaven, dem Vogel, zurück und sprach zu ihm: »Den Baum hab ich zwar gefunden, aber er ist hoch und breit; wie kann ich ihn entwurzeln?« Er gab zur Antwort: »Pflücke ein Zweiglein von dem Baume und pflanze das in deinen Garten, so wird es alsbald Wurzeln schlagen und in kurzer Zeit so groß und schön gewachsen sein wie dort im Busche!« Da brach die Prinzessin einen Zweig ab, und da sie jetzt die drei Dinge besaß, von denen die heilige Frau zu ihr gesprochen hatte, so war sie über die Maßen froh, und indem sie sich zu dem Vogel wandte, sprach sie: »Ich habe nun wirklich, was ich gewünscht, aber eines fehlt doch noch an meiner vollen Zufriedenheit. Meine Brüder, die sich in gleicher Absicht hinausgewagt haben, liegen hier in der Nähe, zu schwarzen Steinen verwandelt. Gern möchte ich sie wieder zum Leben bringen, auf daß ich sie beide mit mir heimführen kann in aller Zufriedenheit und Freude über den Erfolg. Drum sag mir nun ein Mittel, durch das sich mein Wunsch erfüllen läßt!« Der sprechende Vogel erwiderte: »O Prinzessin, mache dir keine Sorge, das ist ein leichtes! Sprenge ein wenig von dem goldenen Wasser auf die schwarzen Steine, die rings umherliegen, und durch dessen Kraft werden sie allesamt wieder zum Leben erstehen, deine beiden Brüder sowohl wie die anderen!« Da ward Prinzessin Perizâde ruhig in ihrem Herzen, und indem sie die drei Gewinne mit sich nahm, ging sie zurück und sprengte einige wenige Tropfen aus der silbernen Flasche auf jeden schwarzen Stein, an dem sie vorbeikam, und plötzlich, siehe da, wurden sie alle wieder lebendig, Menschen und Rosse. Unter ihnen waren auch ihre beiden Brüder, und sie erkannte sie sofort, fiel ihnen um den Hals und umarmte sie und fragte sie in ihrer Überraschung: »Ach, meine Brüder, was tut ihr hier?« »Wir schliefen fest«, erwiderten sie, und die Prinzessin fuhr fort: »Seltsam, wahrlich, daß ihr euch des Schlafes erfreuet fern von mir und die Absicht vergesset, mit der ihr mich verlassen habt, nämlich den sprechenden Vogel und den singenden Baum und das goldene Wasser zu gewinnen! Habt ihr nicht gesehen, wie diese ganze Stätte mit dunkelfarbenen Steinen bedeckt war? Schaut jetzt hin und sagt mir, ob noch etwas von ihnen übrig ist! Diese Männer und Rosse, die jetzt rings um uns stehen, waren alle, wie ihr selber, schwarze Steine; aber durch die Gnade Allahs des Allmächtigen sind sie alle wieder lebendig geworden und harren des Zeichens zum Aufbruch. Und wenn ihr nun zu erfahren wünschet, durch welches seltsame Wunder euch und ihnen die menschliche Gestalt wiedergegeben wurde, so wisset, daß es durch die Kraft des Wassers in dieser Flasche geschehen ist: ich habe es auf die Steine gesprengt mit der Erlaubnis des Herrn aller Lebenden. Als ich diesen Käfig mit seinem sprechenden Vogel und auch den singenden Baum, von dem ihr einen Zweig in meiner Hand seht, und schließlich das goldene Wasser in meinen Besitz gebracht hatte, da wollte ich das alles nicht mit nach Hause nehmen, wenn ihr beide nicht bei mir wäret; so fragte ich denn den sprechenden Vogel, wodurch ihr wieder ins Leben zurückgerufen werden könntet. Er hieß mich einige Tropfen des goldenen Wassers auf die Blöcke sprengen, und als ich das getan hatte, kamet ihr beide sowohl wie alle die anderen ins Leben und zu eurer früheren Gestalt zurück.« Als die Prinzen Bahman und Parwêz diese Worte vernahmen, dankten sie ihrer Schwester Perizâde mit preisenden Worten; und all die andern, die sie errettet hatte, überschütteten ihr Haupt mit Dankesworten und Segenswünschen und sprachen alle mit *einer* Stimme: »Hohe Herrin, wir sind jetzt deine Sklaven; nicht kann ein lebenslanger Dienst die Verpflichtung des Dankes erfüllen, den wir dir schulden für diese Gnade, die du uns erwiesen hast. Befiehl, und wir sind bereit, dir mit Herz und Seele zu gehorchen!« Perizâde entgegnete: »Diese meine Brüder zum Leben zu erwecken war mein Ziel und meine Absicht; und als ich es tat, habt auch ihr Nutzen davon gehabt, und ich nehme euren Dank als eine neue Freude hin. Doch jetzt besteiget eure Rosse, ein jeder das seine, und reitet heim im Frieden Allahs auf den Wegen, auf denen ihr gekommen seid!« So entließ die Prinzessin sie und machte sich auch selbst zum Aufbruch bereit; doch als sie ihr Roß besteigen wollte, bat Prinz Bahman sie um die Erlaubnis, daß er den Käfig tragen und vor ihr herreiten dürfe. Sie aber sprach: »Nicht so, mein Bruder; dieser Vogel ist nun mein Sklave, und ich will ihn selber tragen. Wenn du willst, so nimm diesen Zweig; doch halt mir auch den Käfig, bis ich im Sattel sitze!« Dann bestieg sie ihr Roß, und indem sie den Käfig vor sich auf den Sattelknopf stellte, wies sie ihren Bruder Parwêz an, das goldene Wasser in der silbernen Flasche zu nehmen und es mit aller Sorgfalt zu tragen; und der Prinz erfüllte ihren Wunsch mit größter Willigkeit. Als nun alle bereit waren, aufzubrechen, auch die Ritter und Knappen, die Perizâde durch das goldene Wasser wieder zum Leben erweckt hatte, wandte die Prinzessin sich zu ihnen und sprach: »Weshalb verzögern wir unseren Aufbruch, und wie kommt es, daß keiner sich erbietet, uns zu führen?« Doch da alle zögerten, gab sie den Befehl: »So möge denn der unter euch, dessen Adel und hoher Stand ihn zu einer solchen Auszeichnung berechtigen, vor uns reiten und uns den Weg zeigen!« Nun erwiderten alle einmütig: »O Prinzessin der Schönen, unter uns ist keiner einer solchen Ehre würdig, und niemand darf es wagen, vor dir zu reiten.« Und als sie sah, daß keiner von ihnen den Vorrang oder das Recht der Führung beanspruchte, entschuldigte sie sich, indem sie sprach: »O ihr Herren, es kommt mir nach dem Rechte nicht zu, voranzureiten; doch da ihr es befehlt, so muß ich wohl gehorchen.« Dann ritt sie an die Spitze, und hinter ihr kamen ihre Brüder, und hinter denen die anderen. Und wie sie dahinritten, wünschten alle den heiligen Mann zu sehen und ihm für seine Freundlichkeit und seinen gütigen Rat zu danken; aber als sie zu der Stätte kamen, an der er gewohnt hatte, fanden sie ihn tot; und sie wußten nicht, ob das hohe Alter ihn dahingerafft hatte, oder ob er aus verletztem Stolze gestorben war, weil die Prinzessin die drei

Dinge, zu deren Wächter und Weiser er durch das Schicksal bestimmt war, gefunden und mitgenommen hatte. Die ganze Schar ritt nun weiter, und sooft einer die Straße erreichte, die in seine Heimat führte, nahm er Abschied von der Herrin Perizâde und zog seiner Wege, bis alle geschieden waren und die Prinzessin mit ihren Brüdern allein blieb. Schließlich erreichten sie sicher und gesund das Ziel ihrer Reise; und als sie ihr Haus betraten, hängte Perizâde den Käfig im Garten auf, nahe beim Gartenhause, und kaum hatte der sprechende Vogel zu singen begonnen, da kamen auch schon Scharen von Ringeltauben, Nachtigallen und Singdrosseln, Lerchen, Papageien und anderen Singvögeln herbeigeflogen von nah und fern. Und ebenso setzte sie den Zweig, den sie von dem singenden Baum genommen hatte, in ein schönes Beet nah beim Gartenhause; und alsbald schlug er Wurzeln und trieb Zweige und Knospen und wuchs herrlich empor, bis er ein ebenso großer Baum geworden war wie der, von dem sie den Zweig gepflückt hatte, und sein Laub ließ liebliche Töne erklingen, die den Klängen des Elternbaumes glichen. Zuletzt befahl sie, ein Becken aus reinem, weißem Marmor zu meißeln und es mitten in den Lustgarten zu setzen; darauf goß sie das goldene Wasser hinein, und es füllte sofort das ganze Bekken und schoß empor gleich einem Springbrunnen, etwa zwanzig Fuß hoch; und die Garben und Strahlen fielen alle dahin zurück, von wo sie gekommen waren, so daß kein Tropfen verlorenging; und so regte sich das Wasser ununterbrochen und stets sich selber gleich. Nun verstrichen nur wenige Tage, bis sich das Gerücht von diesen drei Wundern im Lande verbreitet hatte; da strömte das Volk täglich aus der Stadt herbei, um sich des Anblickes zu erfreuen, und die Tore standen immer weit offen, und alle, die da kamen, hatten Zutritt zum Hause und zum Garten und volle Erlaubnis, nach Belieben umherzuwandeln und sich die seltenen Dinge anzusehen, die sie mit Bewunderung und Entzücken erfüllten. Als dann die beiden Prinzen sich von den Beschwerden der Reise erholt hatten, begannen sie auch wieder wie zuvor auf die Jagd zu ziehen. Eines Tages nun, als sie mehrere

Meilen weit von Hause fortgeritten waren und beide eifrig bei der Jagd waren, begab es sich, daß der Schâh des Landes Iran durch den Beschluß des Schicksals zur selben Stätte in derselben Absicht kam. Die Prinzen, die eine Schar von Rittern und Jägersleuten kommen sahen, wollten gern heimreiten und einer solchen Begegnung ausweichen; und so verließen sie die Jagdgründe und machten sich auf den Heimweg. Aber wie das Schicksal und Verhängnis es wollte, gerieten sie auf eben die Straße, auf der Chusrau Schâh daherkam, und der Pfad war so schmal, daß sie den Reitern nicht durch eine Schwenkung auf einen anderen Weg ausweichen konnten. So hielten sie denn notgedrungen an, saßen ab, sprachen den Friedensgruß und verneigten sich vor dem Schâh; dann standen sie mit gesenkten Häuptern vor ihm. Als der Herrscher das schöne Geschirr der Rosse und die kostbaren Gewänder der Prinzen sah, glaubte er, die beiden Jünglinge gehörten zum Gefolge seiner Wesire und Staatsminister, und er wünschte sehr, sie von Angesicht zu sehen; deshalb befahl er ihnen, das Haupt zu heben und aufrecht vor ihm dazustehen, und sie gehorchten seinem Befehle mit bescheidener Miene und gesenkten Augen. Er war entzückt, als er ihre schönen Gesichter und anmutigen Gestalten, ihr vornehmes Wesen und ihre höfischen Mienen erblickte; und nachdem er sie eine Weile in nicht geringer Bewunderung staunend angesehen hatte, fragte er sie, wer sie wären und wie sie hießen und wo sie wohnten. Darauf erwiderte Prinz Bahman: »O Zuflucht des Weltalls, wir sind die Söhne eines Mannes, dessen Leben im Dienste des Schâhs dahingegangen ist, des Aufsehers der königlichen Gärten und Erholungsplätze. Als seine Tage sich dem Ende näherten, baute er sich ein Haus vor der Stadt, in dem wir wohnen sollten, bis wir herangewachsen wären und geeignet, deiner Hoheit Dienst und Gefolgschaft zu leisten und deine königlichen Befehle auszuführen.« Da fuhr der Schâh fort zu fragen: »Wie kommt es, daß ihr auf die Jagd zieht? Das ist ein Vorrecht der Könige, und es ist nicht für die Allgemeinheit seiner Untertanen und Diener bestimmt.« Prinz Bahman gab zur Antwort: »O Zuflucht des Weltalls, wir sind noch jung an Jahren, und da wir zu Hause aufgewachsen sind, wissen wir wenig von höfischen Sitten; weil wir aber hoffen, in den Heeren des Schâhs die Waffen zu tragen, so wollten wir unsere Leiber gern an Mühen und Beschwerden gewöhnen.« Diese Antwort fand die Billigung des Königs, und er fuhr wiederum fort: »Der Schâh möchte sehen, wie ihr mit edlem Wilde umzugehen versteht; sucht euch also eine Beute, wie ihr sie wollt, und bringt sie in seiner Gegenwart zur Strecke!« Darauf stiegen die Prinzen wieder zu Pferde und schlossen sich dem Herrscher an; und als sie das tiefste Waldesdickicht erreichten, jagte Prinz Bahman einen Tiger auf, und Prinz Parwêz verfolgte einen Bären. Und beide gebrauchten ihre Speere mit solcher Gewandtheit und Entschlossenheit, daß jeder sein Wild tötete und dem Schâh zu Füßen legte. Dann drangen sie von neuem in den Wald ein, und diesmal erlegte Prinz Bahman einen Bären und Prinz Parwêz einen Tiger, und sie taten mit ihrer Beute wie zuvor. Als sie aber zum dritten Male ausreiten wollten, verbot der Schâh es ihnen, indem er sprach: »Wie? Wollt ihr denn die königlichen Gehege allen Wildes berauben? Dies ist genug und mehr als genug; der Schâh wollte nur eure Tapferkeit auf die Probe stellen, und da er sie nun mit eigenen Augen gesehen hat, ist er vollauf zufrieden. Kommt jetzt mit uns und stehet vor uns, während wir beim Mahle sitzen!« Prinz Bahman erwiderte: »Wir sind der hohen Ehre und Würde nicht wert, mit der du uns, deine demütigen Diener, begnadest. Wir bitten deine Hoheit gehorsamst und demütigst, uns für heute zu entschuldigen; wenn aber die Zuflucht des Weltalls eine andere Zeit zu nennen geruht, so werden deine Sklaven mit großer Freude deine glückbringenden Befehle ausführen.« Als dann Chusrau Schâh, erstaunt ob ihrer Weigerung, nach deren Ursache fragte, gab Prinz Bahman zur Antwort: »Möge ich mein Leben für dich geben, o König der Könige, wir haben zu Hause eine einzige Schwester, und wir drei sind durch die Bande der engsten Liebe verbunden; und deshalb gehen wir Brüder nirgendwohin, ohne sie zu fragen, und auch sie tut nichts ohne unsern Rat.« Der

König war erfreut, solche geschwisterliche Liebe und Einigkeit zu sehen, und sagte sogleich: »Beim Haupte des Schâhs, er gibt euch gern für heute Erlaubnis zu gehen; beratet euch mit eurer Schwester und trefft den Schatten Allahs morgen auf diesem Jagdgrunde und berichtet ihm, was sie gesagt hat und ob sie damit einverstanden ist, daß ihr beide kommt und dem Schâh bei Tische aufwartet.« Da nahmen die Prinzen Abschied, indem sie für ihn beteten; dann ritten sie heim, aber beide vergaßen, ihrer Schwester zu erzählen, wie sie dem König begegnet waren, und von allem, was zwischen ihnen sich ereignet hatte, blieb ihnen nichts im Gedächtnis. Am nächsten Tage ritten sie wieder auf die Jagd, und als sie heimritten, fragte der Schah sie: »Habt ihr mit eurer Schwester beraten, ob ihr dem König dienen sollt, und was sagt sie dazu? Habt ihr die Erlaubnis von ihr erhalten?« Als die Prinzen diese Worte vernahmen, wurden sie starr vor Furcht; die Farbe in ihren Gesichtern erblich, und ein jeder begann dem andern in die Augen zu blicken. Dann hub Prinz Bahman an: »Vergebung, o Zuflucht der Welt, für diese unsre Verfehlung! Wir haben beide den Befehl vergessen und nicht daran gedacht, mit unserer Schwester zu sprechen.« Der König erwiderte: »Es tut nichts. Fragt sie heute und erstattet mir morgen Bericht!« Doch es begab sich, daß sie auch an jenem Tage den Auftrag vergaßen; dennoch war der König nicht über ihr kurzes Gedächtnis erzürnt, sondern er nahm drei kleine goldene Kugeln aus seiner Tasche, band sie in ein seidenes Tuch ein und reichte sie dem Prinzen Bahman mit den Worten: »Tu diese Kugeln in dein Gürteltuch; dann wirst du nicht vergessen, deine Schwester zu fragen! Und wenn der Gedanke daran dennoch deinem Gedächtnis entschwinden sollte, so wird, wenn du zu Bette gehst und deinen Gürtel ablegst, das Geräusch der zu Boden fallenden Kugeln dich doch wohl an dein Versprechen erinnern.« Trotz dieser eindringenden Mahnung des Schattens Allahs vergaßen die Prinzen auch an jenem Tage ganz und gar den Befehl und das Versprechen, das sie dem König gegeben hatten. Als es aber Nacht wurde und Prinz Bahman in sein Gemach ging, um zu schlafen, löste er seinen Gürtel, und herab fielen die goldenen Kugeln, und bei ihrem Klange tauchte der Auftrag des Schâhs plötzlich wieder in seinen Gedanken auf. Da eilten er und sein Bruder Parwêz sogleich in das Gemach Perizâdes, in dem sie sich gerade zur Ruhe begeben wollte, und unter vielen Entschuldigungen wegen der Störung zu einer so unpassenden Stunde berichteten sie ihr alles, was sich begeben hatte. Sie beklagte ihre Gedankenlosigkeit, die sie drei Tage hintereinander den königlichen Befehl hatte vergessen lassen, und schloß mit den Worten: »Das Glück ist euch günstig gewesen, meine Brüder, und hat euch so plötzlich zur Kenntnis der Zuflucht des Weltalls gebracht, ein Zufall, der schon manchen auf die Höhe des Glücks gehoben hat. Es tut mir sehr leid, daß ihr in eurer allzu großen Rücksicht auf unsere geschwisterliche Liebe und Einigkeit nicht sofort bei dem König Dienst nahmet, als er geruhte, es euch zu befehlen. Dennoch habt ihr viel mehr Grund zum Bedauern und Bereuen als ich, dieweil ihr keine genügende Entschuldigung geltend gemacht habt; denn die, deren ihr euch bedient habt, muß roh und grob geklungen haben. Es ist ein recht gefährlich Ding, königliche Wünsche zu durchkreuzen. In seiner außerordentlichen Herablassung gebietet euch der König, bei ihm Dienst zu nehmen; ihr aber habt töricht gehandelt, indem ihr euch gegen seine erhabenen Befehle auflehntet, und ihr habt mir große Unruhe verursacht. Doch ich will mir von meinem Sklaven, dem sprechenden Vogel, Rats erholen und sehen, was er wohl sagt; denn immer, wenn ich eine schwierige und gewichtige Frage zu entscheiden habe, unterlasse ich es nicht, ihn um Rat zu fragen.« Darauf holte die Prinzessin den Käfig an ihre Seite, und nachdem sie ihrem Sklaven alles erzählt hatte, was ihre Brüder ihr kundgetan hatten, fragte sie ihn um Rat über das, was sie tun sollten. Da gab der sprechende Vogel zur Antwort: »Es geziemt den Prinzen, dem Schâh in allen Dingen, die er von ihnen verlangt, zu Willen zu sein; ferner mögen sie ein Fest für den König rüsten und ihn demütig bitten, dies Haus zu besuchen, und ihm dadurch Treue und Ergebenheit für seine königliche Person bezeigen!« Die Prinzessin entgegnete: »Lieber Vogel, meine Brüder sind mir sehr teuer, und wenn es möglich wäre, möchte ich sie auch nicht einen Augenblick lang aus meinen Augen lassen; und Allah verhüte, daß unter dieser ihrer Kühnheit unsere Liebe und Zuneigung zu leiden habe!« Darauf sagte der sprechende Vogel: »Ich habe dir aufs beste geraten und habe dir die richtige Weisung dargeboten; fürchte du nichts, wenn du sie befolgst, denn nur Gutes soll dir daraus entspringen!« »Aber«, fragte die Prinzessin, »wenn der Schatten Allahs uns ehrt, indem er die Schwelle dieses Hauses überschreitet, muß ich mich da vor ihm mit unverschleiertem Angesicht zeigen?« »Gewiß«, erwiderte der sprechende Vogel, »dies wird dir nicht schaden, nein, es wird eher zu deinem Vorteil sein.«

Am nächsten Tage früh ritten die beiden Prinzen Bahman und Parwêz wie zuvor zu den Jagdgründen und trafen Chusrau Schâh; der fragte sie, indem er sprach: »Welche Antwort bringt ihr mir von eurer Schwester?« Da trat der ältere Bruder vor und sprach: »O Schatten Allahs, wir sind deine Knechte, und was nur immer du zu befehlen geruhst, dem sind wir bereit zu gehorchen. Sie hier, die geringer sind als die Geringsten, haben die Sache ihrer Schwester vorgetragen und haben ihre Einwilligung erlangt; ja, sie hat sie sogar getadelt und gescholten, weil sie sich nicht beeilt haben, die Befehle der Zuflucht der Welt im selben Augenblick auszuführen, in dem sie erteilt worden waren. Und da sie deshalb sehr unzufrieden mit uns ist, wünscht sie, daß wir auch um ihretwillen die Vergebung des Königs der Könige erbitten wegen dieses Vergehens, das wir begangen haben.« Der König erwiderte: »Ihr habt kein Verbrechen begangen, das des Königs Mißfallen hervorrufen könnte; nein, vielmehr erfreut es den Schatten Allahs gar sehr, die Liebe zu sehen, die ihr beide eurer Schwester entgegenbringt.« Wie die Prinzen solche herablassenden und freundlichen Worte von dem König hörten, schwiegen sie und ließen beschämt die Köpfe zu Boden hängen; und der König, der an diesem Tage nicht so begierig auf die Jagd war wie sonst, rief die Prinzen, wenn er sie sich zurückhalten sah, zu sich heran und machte ihnen mit gnädigen Worten Mut. Und als er des Reitens müde war, wandte er den Kopf seines Rosses dem Palaste zu und geruhte, den Prinzen zu befehlen, daß sie an seiner Seite ritten; doch die Wesire und Ratgeber und Höflinge schäumten alle vor Wut und Eifersucht, als sie sahen, daß zwei Unbekannte mit so besonderer Gunst behandelt wurden. Als sie nun an der Spitze des Gefolges die Marktstraße hinunter ritten, waren aller Augen auf die Jünglinge gerichtet, und die Leute fragten einander: »Wer sind die beiden, die neben dem Schâh reiten? Gehören sie in diese Stadt, oder kommen sie aus einem fremden Lande?« Und das Volk pries und segnete sie und sprach: »Allah schenke unserem König der Könige zwei Prinzen, die so schön und stattlich sind wie diese beiden, die neben ihm reiten! Wenn unsere unglückliche Königin, die im Kerker schmachtet, durch Allahs Gnade Söhne zur Welt gebracht hätte, so wären sie jetzt im selben Alter wie diese jungen Herren.« Als aber der Zug den Palast erreichte, stieg der König von seinem Roß und führte die Prinzen in sein eigenes Gemach, einen prächtigen Raum, der herrlich eingerichtet war; und dort war ein Tisch mit den kostbarsten Speisen und seltensten Leckerbissen gedeckt. Nachdem er sich an ihm niedergesetzt hatte, winkte er den beiden, das gleiche zu tun; da machten die Brüder eine tiefe Verneigung und nahmen ihre Plätze ein, und sie aßen in wohlerzogenem Schweigen mit ehrfurchtsvoller Haltung. Der Schâh aber, der sie zum Sprechen bringen wollte, um dadurch ihren Witz und ihre Weisheit zu erproben, redete mit ihnen über vielerlei Dinge und richtete manche Fragen an sie; und da sie ja wohlunterrichtet und in jeder Kunst und Wissenschaft gebildet waren, so antworteten sie ihm richtig und mit der größten Leichtigkeit. Von Bewunderung erfüllt, bedauerte der Schah bitter, daß Allah der Allmächtige ihm nicht solche Söhne gegeben hatte, so schön an Gestalt, so gewandt und so kenntnisreich wie diese beiden; und weil er ihnen so gern zuhörte, blieb er länger bei der Tafel, als er es sonst zu tun pflegte. Nachdem er aber aufgestanden war und sich mit ihnen in sein inneres Gemach zurückgezogen hatte, saß er noch lange mit ihnen im Gespräch, und schließlich rief er in seiner

Bewunderung aus: »Nie bis auf den heutigen Tag hab ich mit meinen Augen Jünglinge gesehen, die so wohlerzogen waren und so schön und geschickt wie diese, und mich deucht, es dürfte schwer sein, irgendwo ihresgleichen zu finden.« Schließlich sprach er: »Es wird schon spät, drum laßt uns jetzt unsere Herzen mit Musik erheitern!« Und alsbald begann die königliche Schar der Sänger und Spieler zu singen und auf allerlei Instrumenten der Freude und des Frohsinns zu spielen, während Tänzerinnen und Knaben ihre Geschicklichkeit entfalteten und Mimen und Mummenschanzer ihre Scherze schauen ließen. Die Prinzen hatten sehr große Freude an dem Schauspiel, und die letzten Stunden des Nachmittags verstrichen in fürstlicher Freude und festlicher Feier. Als aber die Sonne untergegangen war und der Abend nahte, baten die Jünglinge den Schâh um Entlassung unter vielen Danksagungen für die hohen Gnaden, die er ihnen zu erweisen geruht hatte; und ehe sie gingen, sprach der König noch mit ihnen, indem er sagte: »Kommt morgen wieder in unsere Jagdgründe wie zuvor und laßt uns von dort zum Palast heimkehren! Beim Barte des Schâhs, er hätte euch gern immer bei sich, um sich eurer Gesellschaft und eures Gespräches zu erfreuen!« Da warf Prinz Bahman sich nieder vor der Majestät und antwortete: »Es ist gerade das Ziel und der Gipfel unserer Wünsche, O Schatten Allahs auf Erden, daß du morgen, wenn du von der Jagd kommst und an unserem armseligen Hause vorüberreitest, gnädig geruhen wollest, dort einzutreten und eine Weile zu rasten, indem du dadurch uns und unserer Schwester die allerhöchste Ehre erweisest. Wenn auch die Stätte nicht würdig ist der erhabenen Anwesenheit des Königs der Könige, so lassen sich doch zuzeiten mächtige Könige dazu herab, die Hütten ihrer Sklaven zu besuchen.« Der König, der von ihrer Schönheit und ihrer anmutigen Rede immer mehr entzückt war, gewährte ihnen eine höchst gnädige Antwort, indem er sprach: »Der Wohnsitz von Jünglingen eures Standes und Ranges wird sicherlich schön und eurer würdig sein. Und der Schâh willigt gern ein, morgen Gast zu sein bei euch beiden und eurer Schwester, von der er, obgleich er sie noch nicht gesehen hat, überzeugt ist, daß er sie vollkommen an allen Gaben des Leibes und des Geistes finden wird. Also erwartet beide morgen in aller Frühe den Schâh an der gewohnten Treffstätte!« Darauf baten die Prinzen um Erlaubnis, ihrer Wege gehen zu dürfen; und als sie nach Hause kamen, sprachen sie zu ihrer Schwester: »Perizâde, der Schâh hat beschlossen, morgen nach der Jagd in unser Haus zu kommen und hier eine Weile zu rasten.« Sie antwortete: »Wenn dem so ist, müssen wir gewißlich dafür sorgen, daß alles für ein königliches Festmahl gerüstet wird und wir nicht beschämt dastehen, wenn der Schatten Allahs uns zu beschatten geruht. Es ist nicht anders möglich, als daß ich in dieser Sache meinen Sklaven, den sprechenden Vogel frage, welchen Rat er mir geben würde; und ich muß demgemäß auch solche Speisen bereiten, wie sie ihm gebühren und wie sie dem Gaumen des Königs zusagen.« Die Prinzen billigten beide ihren Plan und gingen zur Ruhe, während Perizâde den Käfig kommen ließ; und nachdem sie ihn vor sich hingesetzt hatte, sprach sie: »Lieber Vogel, der Schâh hat versprochen und beschlossen, morgen dies unser Haus zu beehren. Deshalb müssen wir gewißlich für unseren höchsten Herrn das beste der Festmähler rüsten, und ich wünsche, daß du mir sagst, welche Gerichte die Köche für ihn zubereiten sollen.« Der sprechende Vogel antwortete: »Hohe Herrin, du hast die geschicktesten Köche und Zuckerbäcker. Drum befiehl ihnen, die kostbarsten Leckerbissen zu bereiten, doch vor allem achte du mit eigenen Augen darauf, daß sie dem Schâh ein Gericht frischer, grüner Gurken vorsetzen, die mit Perlen gefüllt sind.« Höchlichst verwundert erwiderte die Prinzessin: »Ich habe noch nie bis auf den heutigen Tag von einem solchen Leckerbissen vernommen! Wie! Gurken mit Perlen gefüllt? Und was wird der König, der doch kommt, um Brot zu essen, nicht um Steine anzustarren, zu einem solchen Gerichte sagen? Ferner besitze ich nicht Perlen genug, um auch nur eine einzige Gurke damit zu füllen.« Doch der Vogel fuhr fort: »Das ist ein leichtes; fürchte du nichts, sondern handle genau, wie ich dir rate! Ich strebe nach nichts anderem als nach deinem Wohle, und ich würde dir nimmermehr zu deinem Nachteile raten. Was die Perlen angeht, so kannst du sie in dieser Weise sammeln: geh morgen früh beizeiten in die Lustgärten und laß ein Loch graben am Fuße des ersten Baumes in der Allee zu deiner Rechten, dort wirst du von Perlen einen so großen Vorrat finden, wie du ihn nötig hast!« Am nächsten Tage nun, nach Anbruch der Dämmerung, befahl die Prinzessin Perizâde einem Gärtnerburschen, sie zu begleiten, und begab sich zu der Stätte in den Lustgärten, von der ihr der sprechende Vogel erzählt hatte. Dort grub der Bursche ein Loch, tief und weit, und plötzlich stieß sein Spaten auf etwas Hartes; da entfernte er die Erde mit seiner Hand und entblößte dem Blick eine goldene Schatulle, die nahezu einen Fuß im Geviert maß. Dann zeigte der junge Gärtner sie der Prinzessin, und sie rief aus: »Eben zu diesem Zweck habe ich dich mit mir genommen. Gib acht und sieh zu, daß die Schatulle nicht beschädigt wird, grab sie mit aller Sorgfalt aus und bringe sie mir!« Als der Bursche ihren Befehl ausgeführt hatte, öffnete sie den Kasten sofort und fand ihn voll von den schönsten Perlen, die frisch aus dem Meere kamen; sie waren rund wie Ringe und alle von derselben Größe und gerade zu dem Zwecke geeignet, den der sprechende Vogel angegeben hatte. Perizâde war durch den Anblick aufs höchste erfreut, und indem sie die Schatulle mitnahm, kehrte sie nach Hause zurück; die Prinzen aber, die ihre Schwester in der Frühe mit dem Gärtnerburschen hatten fortgehen sehen und sich gewundert hatten, warum sie sich gegen ihre Gewohnheit so zeitig in den Garten begab, legten schnell, als sie ihrer vom Fenster aus gewahr wurden, ihre Gewänder an und kamen ihr entgegen. Und wie die beiden Brüder dahingingen, sahen sie, daß die Prinzessin ihnen mit etwas Ungewohntem unter dem Arme nahte; und als sie zusammentrafen, erwies es sich als eine goldene Schatulle, von der sie nichts ahnten. Da sprachen sie: »Liebe Schwester, im Frühlicht sahen wir, daß du mit einem Gärtnerburschen in die Lustgärten gingst, ohne etwas in der Hand zu tragen, jetzt aber bringst du diese goldene Schatulle zurück: drum erkläre uns, wo und wie du sie gefunden hast; vielleicht liegt in den Beeten irgendein Schatz verborgen!« Perizâde erwiderte: »Ihr sprecht die Wahrheit, meine Brüder; ich nahm diesen Burschen mit mir und ließ ihn unter einem bestimmten Baume graben, und dort stießen wir auf diesen Kasten mit Perlen, deren Anblick, deucht mich, eure Herzen erfreuen wird.« Alsbald öffnete die Prinzessin den Kasten, und als ihre Brüder die kostbaren Perlen erblickten, waren sie über die Maßen erstaunt und freuten sich sehr, sie zu sehen. Darauf sagte die Prinzessin: »Kommt jetzt beide mit mir; denn ich habe eine wichtige Sache vor!« Doch Prinz Bahman hub an: »Was gibt es hier zu tun? Ach, ich bitte dich, sage es uns ohne zu zögern, denn du hast uns noch nie in deinem Leben etwas verborgen gehalten!« Sie gab zur Antwort: »Meine Brüder, ich habe euch nichts zu verbergen; denkt auch nichts Arges von mir; ich will euch jetzt den ganzen Hergang erzählen!« Dann tat sie ihnen kund, welchen Rat ihr der sprechende Vogel gegeben hatte; und wie die beiden die Sache sich im Geiste überlegten, wunderten sie sich sehr, warum der Sklave ihrer Schwester ihnen geboten hatte, dem Schah ein Gericht von grünen Gurken vorzusetzen, die mit Perlen gefüllt waren, und sie konnten sich keinen Grund dafür denken. Doch die Prinzessin fuhr fort: »Der sprechende Vogel ist wahrlich weise und wachsam; daher glaube ich, dieser Rat muß doch zu unserem Vorteil sein; und auf jeden Fall kann es nicht ohne Sinn und Absicht sein. Daher geziemt es uns, zu tun, wie er geheißen hat.« Dann begab die Prinzessin sich in ihr Gemach, berief den Oberkoch und sprach zu ihm: »Heute wird der Schâh, der Schatten Allahs auf Erden, sich herablassen, hier das Mittagsmahl zu speisen. Deshalb gib acht, daß die Speisen vom köstlichsten Wohlgeschmack sind und in jeder Weise geeignet, der Zuflucht der Welt vorgesetzt zu werden. Unter all den Gerichten ist jedoch eines, das du allein bereiten mußt und an das keine andere Hand rühren soll; es soll aus frischen grünen Gurken bestehen, die mit kostbaren Perlen gefüllt sind.« Der Oberkoch hörte diesem Befehle der Prinzessin voll Erstaunen zu und sprach bei sich selber: ›Wer hat je von einem solchen Gericht gehört oder sich träumen lassen, so etwas zu bestellen?‹ Und wie die Herrin das Erstaunen, das sich in seinen Zügen verriet, ohne die Wissenschaft des Gedankenlesens erkannte, sprach sie zu ihm: »Deine Miene verrät mir, daß du mich für unverständig hältst, weil ich dir einen solchen Befehl gebe. Ich weiß, daß noch nie jemand ein Gericht dieser Art gekostet hat; aber was geht das dich an? Tu, wie dir befohlen ist! Du siehst diesen Kasten bis an den Rand voll von Perlen; nimm von ihnen, soviel du für das Gericht brauchst, und was übrigbleibt, das laß in dem Kasten!« Der Koch, der in seiner Verwirrung und seinem Staunen nichts zu antworten wußte, wählte von den kostbaren Perlen, soviel er ihrer brauchte, und eilte sofort hinweg, um darüber zu wachen, daß die Speisen für das Fest gekocht und bereit gehalten würden. Derweilen schritt die Prinzessin durch das Haus und durch die Gärten und gab den Sklaven Anweisungen über deren Ausschmückung, indem sie ihre besondere Aufmerksamkeit den Teppichen und Diwanen, den Lampen und all dem anderen Gerät zuwandte. Am nächsten Morgen mit Tagesanbruch ritten die Prinzen Bahman und Parwêz reich gekleidet zu der verabredeten Stätte, jener, an der sie den Schâh zum ersten Male getroffen hatten; und auch er hielt sein Versprechen pünktlich ein und geruhte mit ihnen an der Jagd teilzunehmen. Als aber die Sonne hochgestiegen war und ihre Strahlen heiß wurden, gab der König das Jagen auf und machte sich mit den Prinzen auf den Weg nach ihrem Hause; und als sie sich ihm näherten, ritt der jüngere Bruder voraus und sandte der Prinzessin Bescheid, daß die Zuflucht der Welt in aller guter Vorbedeutung nahe. So eilte sie denn, den König zu empfangen, und harrte seiner Ankunft am inneren Eingang; und dann, als der König zum Tor hineingeritten und im Hofe abgestiegen war und über die Schwelle der Haustür trat, fiel sie zu seinen Füßen nieder und huldigte ihm. Da sagten die beiden Brüder: »O Zuflucht der Welt; dies ist unsere Schwester, von der wir gesprochen haben.« Und der Schâh hob sie mit huldvoller Freundlichkeit und Herablassung an der Hand empor, und als er sie von Angesicht erblickte, staunte er sehr über ihre wunderbare

Anmut und Lieblichkeit. Er dachte bei sich selber: »Wie gleicht sie doch ihren Brüdern an Gesicht und Gestalt! Ich glaube, unter all meinen Untertanen in Stadt und Land gibt es niemanden, der sich mit ihnen an Schönheit und edlem Wesen messen kann. Auch dies Landhaus übertrifft alles, was ich je gesehen habe, an Glanz und Herrlichkeit.« Dann führte die Prinzessin den Schâh durch das Haus und zeigte ihm dessen ganze Pracht, während er sich an allem, was ihm zu Gesichte kam, über die Maßen freute. Als nun König Chusrau gesehen hatte, was sich in dem Hause befand, sprach er zu der Prinzessin: »Dies dein Haus ist weit prächtiger als irgendein Palast, den der Schâh besitzt, und er würde jetzt gern durch den Lustgarten wandeln, da er nicht zweifelt, daß jener ebenso herrlich sein wird wie das Haus.« Da machte die Prinzessin die Tür, durch die man den Garten sehen konnte, weit auf; und sofort sah der König als erstes vor allen anderen Dingen den Springbrunnen, der unaufhörlich in Garben und Strahlen Wasser emporwarf, das klar wie Kristall war und doch von goldener Farbe. Wie er solch ein Wunder sah, rief er: »Dies ist wahrlich ein glorreicher Gießbach! Noch nie habe ich etwas so Herrliches gesehen. Doch sag mir, wo ist seine Quelle, und wie kommt es, daß er in so hohen Strahlen emporschießt? Woher kommt diese beständige Zufuhr, und auf welche Weise ist er angelegt worden? Der Schah möchte ihn gern aus der Nähe betrachten.« »O König der Könige und Herr der Lande«, antwortete die Prinzessin, »es gefalle dir zu tun, was dir beliebt!« Darauf traten sie zu dem Springbrunnen hinaus, und der Schâh stand da und blickte ihn voll Entzücken an, als er plötzlich ein Klingen von zuckersüßen Stimmen vernahm, die harmonisch und melodisch tönten wie berauschende Musik. Er wandte sich um und schaute aus, um die Sänger zu entdecken; aber es war kein einziger zu sehen; und ob er gleich in die Ferne und in die Nähe blickte, es war alles vergebens: er hörte die Stimmen, aber er konnte keine Sänger entdecken. Und schließlich rief er, ganz verwirrt: »Woher kommen diese herrlichsten der Töne? Steigen sie aus dem Innern der Erde auf oder schweben sie hoch oben in der Luft? Sie füllen mein Herz mit Entzücken, aber sie überraschen die Sinne, weil kein Sänger zu sehen ist.« Lächelnd erwiderte die Prinzessin: »O Herr der Herren, es sind keine Sänger hier; die Klänge, die zum Ohre des Schâhs gelangen, kommen von jenem Baume dort. Ich bitte dich, geruhe weiterzuschreiten, und sieh ihn dir recht an!« So trat er denn heran, und die Musik entzückte ihn immer mehr und mehr, und bald schaute er auf das goldene Wasser, bald auf den singenden Baum, bis er sich in Staunen und Verwunderung verlor. Dann sprach er zu sich selber: ›O Allah, ist all dies ein Werk der Natur oder der Zauberei? Ja, wahrlich, diese Stätte ist der Geheimnisse voll!‹ Doch alsbald wandte er sich zu der Prinzessin und fragte: »Liebe Herrin, bitte, wie seid ihr zu diesem Wunderbaume gekommen, der inmitten dieses Gartens gepflanzt ist? Hat ihn jemand aus fernem Lande als ein seltenes Geschenk mitgebracht? Und unter welchem Namen ist er bekannt?« Perizâde erwiderte: »O König der Könige, dies Wunder, genannt der singende Baum, wächst nicht in unserem Lande. Es würde zu lange währen, zu erzählen, woher und auf welche Weise ich ihn erlangt habe; so möge es für jetzt genügen, zu sagen, daß der Baum und das goldene Wasser und der sprechende Vogel alle zu ein und derselben Zeit von mir gefunden wurden. Geruhe nun deine Magd zu begleiten und diese dritte Seltenheit anzusehen, und wenn der Schâh von den Mühen und Beschwerden des Jagens geruht und gerastet hat, so soll die Geschichte dieser drei seltsamen Dinge der Zuflucht der Welt in aller Ausführlichkeit erzählt werden!« Darauf antwortete der König: »Die Ermattung des Schâhs ist schon durch den Anblick dieser Wunder gewichen; jetzt, auf zum sprechenden Vogel!« Nun führte die Prinzessin den König, und als sie ihm den sprechenden Vogel gezeigt hatte, kehrten sie in den Garten zurück, wo er nicht müde wurde, den Springbrunnen mit höchstem Erstaunen zu betrachten; und dann rief er aus: »Wie kommt das? Keine Quelle, aus der all dies Wasser käme, ist dem Auge des Schâhs sichtbar, noch auch ein Kanal; es gibt auch kein Vorratsbecken, das groß genug wäre, um es zu fassen.« Sie sagte darauf: »Du sprichst die Wahrheit, o König der Könige! Dieser Springbrunnen hat keine Quelle; er entspringt einem kleinen Marmorbecken, das ich mit einer einzigen Flasche des goldenen Wassers gefüllt habe. Aber durch die Kraft Allahs des Allmächtigen schwoll es an und nahm zu, bis es in dieser gewaltigen Garbe, die der Schâh sieht, emporschoß. Ferner, es fließt Tag und Nacht; und, seltsam zu sagen: das Wasser, das aus jener Höhe ins Becken zurückfällt, vermindert sich nicht, ja, nichts von ihm wird verschüttet oder geht verloren.« Darauf befahl der König, von Staunen und Bewunderung erfüllt, zu dem sprechenden Vogel zurückzukehren; und die Prinzessin führte ihn zu dem Gartenhause, aus dem er auf Tausende von Vögeln aller Art schauen konnte, die in den Bäumen sangen und die Luft mit ihren Liedern und Lobgesängen auf den Schöpfer erfüllten. Da fragte er seine Führerin: »Liebe Herrin, woher kommen diese zahllosen Sänger, die zu jenem Baume fliegen und das Weltall erklingen lassen von ihren melodischen Stimmen, und setzen sich doch auf keinen anderen Baum?« »O König der Könige«, erwiderte sie, »alle werden von dem sprechenden Vogel angelockt und strömen hier zusammen, um seinen Gesang zu begleiten; und da sein Käfig am Fenster dieses Gartenhauses hängt, so setzen sie sich nun in den nächsten Baum, und hier kann man hören, wie er viel lieblicher singt als all die anderen, ja, sein Klagen klingt weit melodischer als das irgendeiner Nachtigall.« Und als der Schâh sich dem Käfig näherte und dem Singen des Vogels lauschte, rief die Prinzessin ihrem Gefangenen die Worte zu: »He, mein gefiederter Sklave, bemerkst du nicht, daß die Zuflucht der Welt hier ist? Du erweist ihm ja nicht die schuldige Ehrerbietung und Huldigung!« Als der sprechende Vogel diese Worte vernahm, hielt er sofort mit seinem Gesang inne, und sogleich saßen auch alle die anderen Sänger in tiefem Schweigen da; denn sie waren ihrem Oberherrn treu ergeben, und keiner wagte mehr einen Ton von sich zu geben, wenn er verstummte. Darauf sprach der sprechende Vogel in menschlicher Rede die Worte: »O großer König, möge Allah der Allmächtige dir in Seiner Macht und Majestät Gesundheit und

Glück gewähren!« Der Schâh erwiderte den Gruß, und der Sklave der Prinzessin Perizâde rief unaufhörlich Segenswünsche auf sein Haupt herab. Inzwischen waren die Tische in prächtigster Weise gedeckt, und die kostbarsten Speisen wurden der Gesellschaft dargeboten, die nach ihrer geziemenden Rangordnung dasaß; der Schâh aber wählte sich seinen Sitz dicht neben dem sprechenden Vogel, nahe bei dem Fenster, an dem der Käfig hing. Als darauf das Gericht der grünen Gurken ihm vorgesetzt ward, streckte er die Hand aus, um davon zu nehmen; aber er zog sie erstaunt zurück, als er sah, daß die Gurken, die in Reihen auf der Schüssel lagen, mit Perlen gefüllt waren, die auf beiden Enden heraussahen. Er fragte die Prinzessin und ihre Brüder: »Was für ein Gericht ist dies? Es kann doch nicht zur Nahrung bestimmt sein; weshalb setzt man es also dem Schâh vor? Erklärt mir, ich befehle es euch, was dies bedeutet!« Sie konnten ihm keine Antwort geben, da sie nicht wußten, was sie erwidern sollten; und als alle schwiegen, hub an ihrer Statt der sprechende Vogel an: »O größter König unseres Zeitalters, erachtest du es für sonderbar, ein Gericht von Gurken zu sehen, die mit Perlen gefüllt sind? Wieviel sonderbarer ist es, daß du nicht erstaunt warst zu hören, die Königin, deine Gemahlin, habe, entgegen den Gesetzen der Weltordnung Allahs, solche Tiere geboren wie einen Hund und eine Katze und eine Moschusratte! Das hätte dich weit mehr wundern müssen; denn wer hat je davon gehört, daß eine Frau solchen Wesen wie diesen das Leben schenkte?« Da erwiderte der Schâh dem sprechenden Vogel: »Alles, was du sagst, ist in der Tat richtig, und ich weiß, daß solche Dinge nicht dem Gesetze Allahs des Allmächtigen entsprechen; aber ich glaubte den Berichten der Wehmütter, der weisen Frauen, die um die Königin waren zu der Zeit, als sie niederkam; denn es waren keine Fremden, sondern ihre eigenen Schwestern, Kinder derselben Eltern wie sie. Was konnte ich denn anderes tun, als ihren Worten glauben?« »O König der Könige«, fuhr der sprechende Vogel fort, »wahrlich, die Wahrheit in dieser Sache ist mir nicht verborgen. Wenn sie auch die Schwestern der Königin sind, so waren sie doch, als sie sahen, welche Gunst und Liebe der König ihrer jüngsten Schwester entgegenbrachte, von Zorn und Haß und Ärger erfüllt, weil sie neidisch und eifersüchtig waren. Deshalb sannen sie auf arge Listen wider sie, und schließlich gelang es ihren Tükken, deine Gedanken von ihr abzulenken und ihre Tugenden vor deinen Augen zu verbergen. Jetzt aber sollen ihre Bosheit und Falschheit dir offenbar gemacht werden; und wenn du einen weiteren Beweis verlangst, so laß sie kommen und befrage sie in dieser Sache! Sie können dir nichts davon verbergen und werden bekennen müssen und dich um Vergebung anflehen.« Dann fuhr der sprechende Vogel fort: »Diese zwei königlichen Brüder, so schön und so stark, und diese liebliche Prinzessin, ihre Schwester, sind deine eigenen gesetzmäßigen Kinder, denen die Königin, deine Gemahlin, das Leben geschenkt hat. Die Wehmütter, deine Schwäherinnen, haben, in der Schwärze ihrer Herzen und ihrer Angesichter, die Kinder beiseite geschafft, sowie sie geboren waren; ja, jedesmal, wenn dir ein Kind geboren ward, haben sie es in ein Stück Decke gehüllt, in einen Korb gelegt und den in den Bach geworfen, der am Palaste vorbeifließt, in der Absicht, es eines dunklen Todes sterben zu lassen. Aber das Glück wollte es, daß der Aufseher deiner königlichen Gärten alle diese Körbe sah, wenn sie an seinen Ländereien vorbeischwammen, und die Kinder, die darin lagen, in seine Obhut nahm. Er ließ sie mit aller Sorgfalt nähren und aufziehen, und als sie emporwuchsen zu reiferem Alter, sorgte er dafür, daß sie in allen Künsten und Wissenschaften unterrichtet wurden; und solange sein Leben währte, behandelte er sie und erzog sie mit Liebe und Zärtlichkeit, als ob sie seine eigenen Kinder gewesen wären. Und jetzt, O Chusrau Schâh, erwache aus deinem Schlafe der Unwissenheit und Gedankenlosigkeit und wisse, daß diese beiden Prinzen Bahman und Parwêz und ihre Schwester, die Prinzessin Perizâde, deine eigenen Kinder und deine rechtmäßigen Erben sind!« Als der König diese Worte gehört und die Gewißheit erlangt hatte, daß sie der Wahrheit entsprachen, und die Missetaten jener Teufelinnen, seiner Schwäherinnen, begriffen hatte, da sprach er: »O Vogel, ich bin in der Tat von deiner Wahrhaftigkeit überzeugt; denn als ich diese Jünglinge zum ersten Male auf den Jagdgründen sah, da ward mein Innerstes in Liebe zu ihnen hingezogen, und mein Herz fühlte sich gezwungen, sie zu lieben, als ob sie meine eigenen Kinder wären. Sie sowohl wie ihre Schwester zogen meine Liebe zu sich hin, wie ein Magnet das Eisen anzieht; und die Stimme des Blutes schreit in mir und zwingt mich, das Band anzuerkennen und zu gestehen, daß sie meine echten Kinder sind, geboren aus dem Schoße meiner Königin, deren furchtbares Geschick ich vollstrecken mußte.« Dann wandte er sich zu den Prinzen und ihrer Schwester und sagte mit Tränen im Auge und mit gebrochener Stimme: »Ihr seid meine Kinder, und hinfort sehet mich als euren Vater an!« Da eilten sie in lautem Jubel auf ihn zu, fielen ihm um den Hals und umarmten ihn. Dann setzten sie sich alle wieder zu Tische, und als sie gegessen hatten, sprach Chusrau Schâh zu ihnen: »Liebe Kinder, ich muß euch jetzt verlassen, aber so Gott will, werde ich morgen wiederkommen und die Königin, eure Mutter, mitbringen.« Mit diesen Worten sagte er ihnen herzlich Lebewohl, bestieg sein Roß und ritt zu seinem Palaste; und kaum hatte er sich auf den Thron gesetzt, so berief er den Großwesir und gab ihm den Befehl: »Sende sofort nach jenen gemeinen Weibern, den Schwestern meiner Königin, und lege sie in schwere Fesseln; denn ihre Missetaten sind endlich ans Licht gekommen, und sie verdienen, den Tod der Mörder zu sterben! Der Schwertträger soll sofort sein Schwert wetzen; denn die Erde dürstet nach ihrem Blute. Geh und sieh selber zu, daß sie ohne Zaudern und Zögern enthauptet werden; erwarte keinen weiteren Befehl, sondern gehorche auf der Stelle meinem Gebot!« Der Großwesir eilte sofort hinweg, und in seiner Gegenwart wurden die neidischen Schwestern enthauptet und erlitten so die gerechte Strafe für ihre Bosheit und ihre Übeltaten. Zugleich aber ging Chusrau Schah mit seinem Gefolge zu Fuß nach der Hauptmoschee, neben der die Königin so viele Jahre hindurch in bitterem Schmerz und Weh gefangen gehalten war, und mit eigener Hand führte er sie aus ihrem Käfig heraus und umarmte sie zärtlich. Und wie er dann ihren traurigen Zustand und ihre gramverzehrten Züge und ihre jämmerliche Kleidung sah, weinte er und rief: »Allah der Allmächtige vergebe mir, daß ich so unrecht und ungerecht an dir gehandelt habe! Ich habe deine Schwestern, die tückisch und trügerisch meinen grimmen Zorn wider dich, du Unschuldige und Reine, erregt haben, hinrichten lassen, und sie haben die verdiente Vergeltung für ihre Missetaten empfangen.« So sprach der König freundlich und liebevoll zu seiner Gemahlin und erzählte ihr alles, was ihm begegnet war und was der sprechende Vogel ihm kundgetan hatte, indem er mit diesen Worten schloß: »Komm jetzt mit mir in den Palast; dort wirst du deine beiden Söhne und deine Tochter sehen, die zu den lieblichsten Wesen herangewachsen sind! Eile mit mir und umarme sie und zieh sie an deine Brust; denn sie sind ja unsere Kinder, das Licht unserer Augen! Doch zuerst begib dich ins Bad und lege deine königlichen Gewänder und Juwelen an!« Derweilen aber hatte sich das Gerücht von diesen Ereignissen in der Stadt verbreitet: wie der König endlich der Königin die gebührende Gunst erwiesen und sie mit eigener Hand aus der Gefangenschaft befreit und sie um Vergebung gebeten habe für all das Unrecht, das er ihr angetan hatte; und wie es sich erwiesen habe, daß die Prinzen und die Prinzessin ihre echtbürtigen Kinder seien, und wie Chusrau Schâh ihre Schwestern, die sich wider sie verschworen hatten, bestraft habe. Da herrschte nun Freude und Fröhlichkeit in Stadt und Reich, und alles Volk segnete des Schâhs Gemahlin und fluchte den Teufelinnen, ihren Schwestern. Am folgenden Tage, als die Königin sich im Bade gewaschen und ihre königlichen Gewänder und fürstlichen Juwelen angelegt hatte, ging sie mit dem König ihren Kindern entgegen; der führte ihr selbst die Prinzen Bahman und Parwêz und die Prinzessin Perizâde zu und sprach: »Siehe, hier sind deine Kinder, die Frucht deines Leibes und dein Herzblut, deine eigenen Söhne und deine eigene Tochter! Umarme sie mit aller Liebe einer Mutter und gewähre ihnen deine Huld und Liebe, wie ich es getan habe! Als du sie zur Welt brachtest, haben deine Unglücksschwestern sie dir fortgenommen und in jenen Bach geworfen und haben gesagt, du wärest zuerst von einem jungen Hund, dann von einem Kätzchen und zuletzt von einer Moschusratte entbunden. Ich kann mich nicht trösten, daß ich ihren Verleumdungen geglaubt habe, und die einzige Vergeltung, die ich dir zuteil werden lassen kann, ist die, daß ich diese drei, die du geboren hast, in deine Arme führe, sie, die Allah der Allmächtige uns zurückgegeben und würdig gemacht hat, unsere Kinder zu heißen.« Da fielen die Prinzen und die Prinzessin ihrer Mutter um den Hals und umarmten sie zärtlich, indem sie Fluten von Freudentränen vergossen. Darauf setzten sich der Schâh und die Königin gemeinsam mit ihren Kindern zu Tische, und als sie die Mahlzeit beendet hatten, begab Chusrau Schâh sich mit seiner Gemahlin in den Garten, um ihr den singenden Baum und den Brunnen des goldenen Wassers zu zeigen, und die Königin ward durch sie von Staunen und Entzükken erfüllt. Dann wandten sie sich dem Gartenhause zu und besuchten den sprechenden Vogel, von dem der König zu ihr während des Mahles mit dem höchsten Lobe gesprochen hatte, und die Königin hatte ihre Freude an seiner süßen Stimme und seinem melodischen Gesange. Und als sie alle diese Dinge gesehen hatten, bestieg der König sein Roß, Prinz Bahman ritt zu seiner Rechten und Prinz Parwêz zu seiner Linken, während die Königin die Prinzessin Perizâde zu sich in die Sänfte nahm, und so zogen sie nach dem Palaste. Wie nun der königliche Zug durch die Stadtmauern kam und in die Hauptstadt einzog unter fürstlichem Pomp und Gepränge, da drängten die Untertanen, die von der frohen Botschaft gehört hatten, sich in Scharen herbei, um ihren Einzug zu sehen, und sie erhoben laute Freudenrufe; und wie die Leute einst traurig gewesen waren, als sie die königliche Gemahlin in Gefangenschaft sahen, so freuten sie sich jetzt über die Maßen, sie wieder in Freiheit zu sehen. Vor allem aber staunten sie, wie sie den sprechenden Vogel erblickten; denn die Prinzessin trug den Käfig bei sich, und während sie dahinritten, umschwärmten sie von allen Seiten Tausende von süßstimmigen

Sängern, die zum Geleite des Käfigs dahinfiogen, und erfüllten die Luft mit wunderbaren Klängen; und Scharen von anderen Vögeln, die auf den Bäumen und auf den Häusern saßen, sangen und zwitscherten, als wollten sie den Käfig ihres Herrn begrüßen, der den königlichen Festzug begleitete. Und als sie den Palast erreicht hatten, setzten der Schâh und die Königin und ihre Kinder sich zu einem prächtigen Festmahl nieder; und die Stadt ward erleuchtet, und überall zeugten Tänze und Lustbarkeiten von der Freude der Untertanen; viele Tage lang dauerten diese fröhlichen Feste in der Hauptstadt und im Königreiche, wo jedermann froh und glücklich war und Gastmähler und Feiern in seinem Hause veranstaltete. Nach diesen Feierlichkeiten machte Chusrau Schâh seinen älteren Sohn Bahman zum Erben seines Thrones und seines Reiches und übertrug seinen Händen die Geschäfte des Staates in ihrer Gesamtheit; und der Prinz verwaltete die Geschäfte mit so viel Klugheit und Erfolg, daß die Größe und der Ruhm des Reiches auf das Zwiefache anwuchsen. Seinem jüngeren Sohne Parwêz übertrug der Schâh die Sorge für sein Heer, sowohl die Reiter wie das Fußvolk; und die Prinzessin Perizâde ward von ihrem Vater einem mächtigen König, der über ein gewaltiges Reich herrschte, zur Gemahlin gegeben; und schließlich vergaß die Königin-Mutter in reiner Freude und Glückseligkeit all die Qualen der Gefangenschaft. Hinfort schenkte das Schicksal ihnen allen die herrlichsten Tage, und sie führten das schönste Leben, bis zuletzt Der zu ihnen kam, der die Freuden schweigen heißt und die Freundesbande zerreißt, der die Schlösser vernichtet und die Gräber errichtet, Er, der Schnitter für den Auferstehungstag; da wurden sie, als wären sie nie gewesen.

Preis sei dem Herrn, der nicht stirbt und der keinen Schatten des Wandels kennt!

## DER FISCHER UND DER DÄMON

Einst war ein Fischersmann, hochbetagt, der ein Weib und drei Kinder hatte und in großer Armut lebte. Nun war es seine Gewohnheit, sein Netz viermal am Tage auszuwerfen, doch nicht öfter. Eines Tages ging er um die Mittagszeit aus und kam zur Meeresküste, wo er seinen Korb hinlegte; und indem er sein Hemd aufschürzte, ging er ins Wasser, warf sein Netz aus und wartete, bis es zum Grunde sank. Dann faßte er die Stricke zusammen und zog, aber er fand das Netz sehr schwer; und so sehr er auch daran zerrte, er konnte es nicht heraufziehn. Da trug er die Enden ans Land und trieb einen Pfahl in den Boden und band das Netz daran. Dann entkleidete er sich und tauchte ins Wasser, rings um das Netz, und hörte nicht auf, daran zu zerren, bis er es heraufgebracht hatte. Erfreut stieg er wieder ans Land, zog seine Kleider an und trat zum Netze hin; aber er fand darin nur einen toten Esel, der ihm die Maschen zerrissen hatte. Als er das sah, rief er betrübt aus: »Es gibt keine Majestät und es gibt keine Macht außer bei Allah dem Erhabenen und Allmächtigen!« Dann sprach der Fischer: »Dies ist eine sonderbare Art des täglichen Brotes«; und er begann in Versen zu sprechen:

O der du tauchest ins Dunkel der Nacht und ins Verderben,
Kürz deine Müh; denn durch Arbeit wirst du kein Brot erwerben.
Du siehst das Meer, und du siehst den Fischer ums Brot sich mühn,
Wenn die Gestirne der Nacht in flimmerndem Lichte erglühn.
Jetzt taucht er mitten hinein, und die Wogen umpeitschen ihn wild;

Doch er blickt stetig aufs Netz, wie es auf und nieder schwillt.
Und saß er dann endlich einmal des Nachts froh über den Fang
Eines Fisches, dem der Haken des Wehs in den Gaumen drang –
Dann kauft ihn jemand ihm ab, der seine ganze Nacht
Geschützt vor der Kälte behaglich in schönstem Wohlsein verbracht.
Preis sei Ihm, dem Herrn, der geben und nehmen kann:
Der Eine erjaget den Fisch, der Andre verspeiset ihn dann!

Darauf sprach er: »Auf und daran! Es muß ein Wunder geschehen, so Gott der Erhabene will.« Und er fuhr fort:

Wirst du vom Unglück geplagt, so wappne dich dagegen
Mit des Allgütgen Geduld; das stärket dich allerwegen.
Klage es nicht den Menschen; dann würdest du doch nur klagen
Über den Mitleidsvollen zu denen, die Mitleid versagen!

Nun machte er den toten Esel aus dem Netze frei, preßte das Netz aus, und breitete es dann aus; und er stieg von neuem ins Meer und sagte dabei: »Im Namen Allahs!« und warf es aus und wartete, bis es sich setzte. Darauf zog er daran; doch es war noch schwerer und lag noch fester als das erste Mal. Jetzt aber glaubte er, es seien Fische darin, und er befestigte das Netz, entkleidete sich, ging ins Wasser, tauchte und mühte sich ab und zerrte, bis er es losgemacht und aufs trockene Land hinaufgebracht hatte. Da fand er einen großen irdenen Krug darin, der voll Sand und Schlamm war; und als er das sah, war er bekümmert, und er sprach diese Verse:

O Mißgeschick, höre auf;
Und hörst du nicht auf, so verschnauf!
Ich ging und suchte mein Glück;
Da fand ich, mein Glück blieb zurück.

Manch Dummer hat seinen Stern;
Und den Weisen bleibet er fern.

Dann warf er den Krug fort, preßte sein Netz aus, säuberte es, bat Allah den Erhabenen um Verzeihung und ging zum dritten Mal wieder zum Meer, um das Netz auszuwerfen; und er wartete, bis es sich setzte, und zog daran und fand Scherben, zerbrochenes Glas und Knochen darin. Da ward er sehr ärgerlich, weinte und sprach diese Verse:

So ist das Glück: du kannst es weder lösen noch binden;
Bildung weder noch Kenntnisse lassen das Glück dich finden.
Glück und Reichtümer sind allein vom Geschicke beschieden;
Manches fruchtbare Land, manch dürres Land gibt es hienieden.
Des Schicksals wechselnde Launen senken manch aufrechten Mann;
Doch wer das Glück nicht verdient, den heben sie himmelan.
O Tod, so komm doch zu mir, das Leben ist nichts mehr wert,
Wenn der Falke versinkt und der Erpel wolkenwärts fährt.
Kein Wunder darum, siehest du den Edlen ohn Hab und Gut,
Den dürftigen Lumpen, wie er im Reichtum hervor sich tut.
Der eine Vogel durchflieget die Welt von Ost bis West;
Der andre gewinnt alles Glück, verließ er auch nie das Nest.

Darauf hob er die Augen zum Himmel und sagte: »O Allah! du weißt doch, ich werfe mein Netz täglich nur viermal aus; dreimal hab ich es jetzt geworfen, und mir ward nichts zuteil. Also gib mir diesmal, O Allah, das tägliche Brot!« Und nachdem er den Namen Gottes angerufen hatte, warf er nochmals das Netz ins Meer und wartete, bis es sich setzte; dann zog er daran, aber er konnte es wieder nicht heben, denn es war am Boden festgehakt. Da rief er aus: »Es gibt keine Majestät und es gibt keine Macht außer bei Allah!«, und dann sprach er:

Pfui über die Welt, die sich also benahm!
Ich lebe in ihr in Elend und Gram.
Ist des Menschen Leben auch morgens noch klar,
Sie reicht ihm abends den Leidenskelch dar.
Und doch, so war's einst: Fragte man sich:
»Wer lebet im Glück?«, so wies man auf mich.

Da entkleidete er sich und tauchte zum Netz hinunter und mühte sich, bis er es ans Land gebracht hatte. Dann öffnete er das Netz und fand darin eine langhalsige Flasche aus Messing, die mit etwas angefüllt war; die Öffnung war mit einem Bleiverschluß versiegelt, und dieser trug das Siegel unseres Herrn Salomo, des Sohnes Davids – über beiden sei Heil! Als der Fischer das sah, freute er sich und sagte: »Die will ich auf dem Kupfermarkt verkaufen, denn sie ist zehn Golddinare wert.« Dann schüttelte er sie; er fand sie schwer und fest verschlossen, und so fuhr er fort: »Weiß der Himmel, was mag wohl in dieser Flasche sein! Ich will sie öffnen und sehen, was darin ist, und dann will ich sie verkaufen.« Darauf zog er sein Messer und schnitt an dem Blei, bis er es von der Flasche gelockert hatte. Dann legte er sie seitwärts auf die Erde und schüttelte sie, damit ihr Inhalt herausflösse. Aber es kam nichts heraus; da verwunderte er sich höchlichst. Plötzlich jedoch drang ein Rauch aus der Flasche hervor, der bis hoch zum Himmel aufstieg und dahinkroch über die Oberfläche der Erde; als der Rauch seine volle Höhe erreicht hatte, zog er sich zusammen und verdichtete sich und geriet in Bewegung und ward zu einem Dämon, dessen Scheitel die Wolken berührte, während die Füße auf dem Boden standen. Sein Kopf aber war wie eine Kuppel, seine Hände wie Worfschaufeln, seine Beine so lang wie Masten und sein Mund weit wie eine Höhle; seine Zähne glichen großen Steinen, seine Nasenflügel Karaffen, seine Augen zwei Lampen, und sein Blick war wild und finster. Als nun der Fischer den Dämonen sah, zitterten seine Muskeln, seine Zähne klapperten, sein Speichel trocknete ein, und er wußte nicht mehr, was er beginnen sollte. Da sah der Dämon ihn an und rief: »Es gibt keinen Gott außer Allah, und Salomo ist der Prophet Allahs!«; und er fügte noch hinzu: »O Prophet Allahs, töte mich nicht; siehe, nie wieder will ich dir im Wort widersprechen noch mich empören wider dich durch die Tat.« Der Fischer aber sprach: »O Dämon, nennst du Salomo den Propheten Allahs? Salomo ist doch tot seit tausendundachthundert Jahren, und wir leben jetzt am Ende der Zeiten! Was ist deine Geschichte und dein Erlebnis, und weshalb kamst du in diese Flasche?« Als nun der Dämon die Worte des Fischers hörte, sprach er: »Es gibt keinen Gott außer Allah; frohe Botschaft, o Fischer!« Da fragte der Fischer: »Was für eine frohe Botschaft bringst du mir?« Und er erwiderte: »Daß ich dich noch in dieser Stunde eines schlimmen Todes sterben lassen werde.« Nun rief der Fischer: »Du verdienst für diese frohe Botschaft, o Dämonenmeister, daß der Himmel dir deinen Schutz entzieht, o du Verruchter! Weshalb willst du mich töten, und weswegen verdiene ich den Tod, ich, der ich dich aus der Flasche befreit und dich aus der Tiefe des Meeres gerettet und aufs trockene Land gebracht habe?« Doch der Dämon sprach: »Wähle dir nur, welchen Tod du sterben und auf welche Art du ums Leben kommen willst.« Der Fischer fragte: »Welches ist mein Verbrechen, und wofür solche Strafe von dir?« Darauf der Dämon: »Höre meine Geschichte, o Fischer!« Der Fischer erwiderte: »Rede und sei kurz in deinen Worten, denn wahrlich, mein Lebensatem schwebt mir in der Nase!« Da sprach der Dämon: »Wisse o Fischer, ich bin einer von den ketzerischen Dämonen, und ich empörte mich wider Salomo, den Sohn Davids – über beiden sei Heil! – zusammen mit Sachr, dem Dämon; darauf sandte der Prophet seinen Minister Asaf zu mir, den Sohn des Barachija; und der schleppte mich wider meinen Willen und führte mich in Fesseln vor, wobei ich Angst zeigte, ohne daß ich es wollte; und er stellte mich vor ihn hin. Als Salomo mich sah, sprach er über mich die Beschwörungsformel und hieß mich den wahren Glauben annehmen und seinen Befehlen gehorchen; ich aber weigerte mich, und da verlangte er nach dieser Flasche, schloß mich darin ein und versiegelte sie mit Blei, in das er den höchsten Namen preßte, und gab den Dämonen Befehl, mich fortzutragen und mich mitten ins Meer zu werfen. Dort lag ich hundert Jahre, während ich in meinem Herzen sagte: ›Wer immer mich befreit, den will ich auf ewig reich machen.‹ Aber das ganze Jahrhundert verstrich, ohne daß mich einer befreite. Und als das zweite Jahrhundert begann, sagte ich: ›Wer immer mich erlöst, dem will ich die Schätze der Erde öffnen.‹ Aber wieder befreite mich niemand, und so verstrichen vierhundert Jahre. Da sprach ich: ›Wer immer mich erlöst, dem will ich drei Wünsche erfüllen.‹ Aber niemand befreite mich. Da geriet ich in große Wut und sprach zu mir selber: ›Wer mich hinfort noch erlöst, den will ich töten, und ich will ihm die Wahl geben, welchen Tod er sterben will‹; und da nun also du mich erlöst hast, so gebe ich dir die Wahl, welchen Tod du sterben willst.« Als der Fischer diese Worte des Dämonen gehört hatte, rief er: »Gottes Wunder, daß ich gerade jetzt zu deiner Befreiung kommen mußte!« Dann bat er den Dämonen: »Schone mein Leben, so wird Allah dein Leben schonen; und töte mich nicht, daß nicht Allah jemandem Macht über dich gibt, der dich dann tötet!« Da erwiderte der Dämon: »Es hilft nichts, sterben mußt du; so erwähle dir als eine Gnade von mir die Todesart, auf die du sterben willst!« Aber trotzdem der Fischer sah, daß der Dämon dazu entschlossen war, wandte er sich nochmals an ihn, indem er sprach: »Laß ab von mir zum Lohne dafür, daß ich dich befreit habe!« Der Dämon erwiderte: »Ich will dich doch gerade nur deshalb töten, weil du mich befreit hast.« »O Scheich der Dämonen«, sagte der Fischer, »ich tue dir Gutes und du vergiltst mir mit Bösem! Wahrlich, der alte Spruch lügt nicht, wenn er sagt:

Wir taten Gutes; jedoch das Gegenteil ward unser Lohn.
Bei meinem Leben, so handelt doch nur ein Lumpensohn!
Und wer unwürdigen Leuten wohltätige Hilfe leiht,
Dem wird vergolten wie jenem, der die Hyäne befreit.«

Als nun der Dämon diese Worte hörte, erwiderte er: »Säume nicht so lange; denn du mußt sterben!« Da sprach der Fischer bei sich selber: ›Dies ist ein Dämon, und ich bin ein Mensch, und Allah hat mir gesunden Verstand gegeben; so will ich denn durch meine Schlauheit und meinen Verstand sein Verderben zuwege bringen, genau wie er sich von seiner List und seiner Bosheit leiten ließ.‹ Darauf fragte er den Dämon: »Bist du wirklich entschlossen, mich zu töten?« Und als jener antwortete: »Gewißlich«, rief er aus: »Im allerhöchsten Namen denn, eingegraben in den Siegelring Salomos, des Sohnes Davids – über beiden sei Heil! –: wenn ich dich über etwas befrage, willst du mir eine wahrhaftige Antwort geben?« Der Dämon erwiderte: »Ja«, aber weil er den höchsten Namen ausgesprochen hörte, geriet er in Aufregung und sprach zitternd: »Frag, und sei kurz!« Da sagte der Fischer: »Du willst in dieser Flasche gewesen sein, die doch nicht groß genug ist für deine Hand noch für deinen Fuß; wie konnte sie groß genug sein, dich ganz zu bergen?« Darauf der Dämon: »Du glaubst also nicht, daß ich darin war?« Und der Fischer rief: »Nein, nie werde ich es dir glauben, bis ich dich mit eigenen Augen darin sehe.« Da schüttelte sich der Dämon und wurde ein Rauch über dem Meere, der sich verdichtete und langsam, langsam in die Flasche zog, bis er ganz darin war. Und siehe, da ergriff der Fischer in großer Hast die Bleikapsel, die das Siegel trug, und verstopfte damit den Hals der Flasche, und er rief den Dämon an mit den Worten: »Wähle dir als eine Gnade von mir die Todesart, auf die du sterben willst! Bei Allah, ich will dich ins Meer hinauswerfen, und hier will ich mir eine Hütte bauen; und wer immer hierher kommt, den will ich warnen, daß er nicht fische, und will ihm sagen: hier liegt ein Dämon im Meer, der jeden, der ihn heraufholt, vor die Wahl stellt, wie er sterben und zu Tode gebracht werden will.« Als nun der Dämon den Fischer also sprechen hörte und sich gefangen sah, wollte er entschlüpfen, aber er vermochte es nicht, denn das Siegel Salomos hinderte ihn; da wußte er, daß der Fischer ihn überlistet hatte, und er sprach: »Ich scherzte nur mit dir«; aber der Fischer erwiderte:

»Du lügst, o du schändlichster, gemeinster, elendester aller Dämonen!« und dann lief er mit der Flasche zum Meeresstrand. Rief der Dämon: »Nein, nein!«, so rief der Fischer: »Doch, doch!« Und der böse Geist gab gute Worte, demütigte sich und sprach: »Was willst du mit mir tun, o Fischer?« »Ich will dich wieder ins Meer werfen«, versetzte der; »wenn du eintausendundachthundert Jahre darin zugebracht hast, so will ich dich jetzt darin bleiben lassen bis zum Tage des Gerichts. Habe ich nicht zu dir gesagt: verschone mich, so wird Allah dich verschonen; töte mich nicht, sonst wird Allah dich töten? Aber du hörtest nicht auf meine Stimme und wolltest nicht anders als schlimm an mir handeln; nun hat Allah dich in meine Hände gegeben, und ich habe dich überlistet.« Wie der Dämon bat: »Öffne mir, daß ich dir Gutes tue!«, rief der Fischer: »Du lügst, Verfluchter! Hättest du mich verschont, so hätte auch ich dich verschont, aber du bestandest darauf, mich zu töten; so will ich dich jetzt sterben lassen, indem ich dich in dieser Flasche gefangen halte und dich hinausschleudere in dies Meer.« Da brüllte der Dämon laut und schrie: »Ich beschwöre dich bei Allah, o Fischer, tu das nicht! Verschone mich und vergib mir, was ich getan habe; und wenn ich Böses getan habe, so tue du Gutes, denn in den Sprüchen, die im Volk umlaufen, heißt es: O du, der du Gutes tust dem, der Böses getan, der Missetäter hat genug an seiner Tat; und tue mir nicht, wie Umâma der 'Âtika tat.« Da fragte der Fischer: »Was hat denn Umâma der 'Âtika getan?« Doch der Dämon erwiderte: »Dies ist nicht die Zeit zum Erzählen, während ich in diesem Gefängnis sitze. Aber laß mich frei, und ich werde dir erzählen!« Darauf der Fischer: »Laß ab von solchen Reden; es hilft dir alles nichts, du wirst ins Meer geworfen, und es bleibt kein Weg, auf dem du je wieder herausgeholt werden könntest. Siehe, ich stellte mich unter deinen Schutz und demütigte mich vor dir, aber du wolltest mich unbedingt töten ohne ein Verschulden, wodurch ich das von dir verdient hätte; ja, ich tat dir doch nie etwas Böses, sondern einzig Gutes, da ich dich aus dem Gefängnis befreite. Weil du so an mir handeln wolltest, erkannte ich, daß du ein Übeltäter bist; und wisse, wenn ich dich in dies Meer zurückgeworfen habe, so will ich, damit jeder, der dich etwa heraushoIt, dich wieder zurückwirft, ihm erzählen, was mir von dir geschehen ist, und will ihn warnen; so sollst du hier in diesem Meere liegen bleiben, bis das Ende der Zeit ein Ende mit dir macht!« Aber der Dämon rief: »Setze mich in Freiheit! Dies ist eine Gelegenheit zum Edelmut, und ich schwöre dir, daß ich dir niemals etwas Schlechtes antun werde; ja, ich will dir helfen, daß du von der Not befreit wirst.«

Da nahm der Fischer ihm den Schwur ab, daß er, wenn er befreit sei, ihm nichts Böses, sondern nur Gutes tun würde; und nachdem er sich durch sein Gelöbnis gesichert und ihm im Namen Gottes des Allmächtigen einen feierlichen Eid abgenommen hatte, öffnete der Fischer ihm die Flasche. Da stieg die Rauchsäule empor, bis sie ganz in der Luft stand, und sie wurde nochmals zu einem Dämonen von scheußlichem Anblick; und er gab alsbald der Flasche einen Fußtritt, so daß sie weit ins Meer flog. Als aber der Fischer sah, daß der Dämon die Flasche ins Meer hatte fliegen lassen, glaubte er sicher an seinen Tod; und er sprach bei sich selbst: ›Das ist kein gutes Zeichen‹; aber er faßte sich ein Herz und rief: »O Dämon, Allah der Erhabene spricht: Haltet euren Vertrag; denn einst wird über die Erfüllung des Vertrages Rechenschaft gefordert. Du hast gelobt und geschworen, keinen Verrat an mir zu üben, damit Allah keinen Verrat an dir übe; denn wahrlich, er ist ein eifersüchtiger Gott, der dem Sünder Frist gibt, ihn aber nicht entschlüpfen läßt. Ich sage zu dir: Verschone mich, so wird Allah dich verschonen!« Der Dämon aber brach in Lachen aus, trat vor den Fischer und sprach zu ihm: »Folge mir!« und der Fischer schritt hinter ihm her, aber er war noch immer seines Entkommens nicht sicher. So schritt er, bis sie außerhalb der Stadt anlangten. Dann stieg er auf einen Berg und wieder hinab in eine weite Steppe, und siehe, da standen sie vor einem See. Der Dämon watete hinein und rief dem Fischer zu: »Folge mir!«; der folgte ihm bis in die Mitte des Sees. Dort blieb der Dämon stehen und hieß den Fischer das Netz auswerfen und

Fische fangen. Der Fischer nun blickte in den See und sah vielfarbige Fische darin, weiße und rote, blaue und gelbe, und er wunderte sich darüber. Dann nahm er das Netz, warf es aus und holte es ein und fand in ihm vier Fische, einen von jeder Farbe. Als der Fischer die sah, freute er sich; der Dämon aber sprach zu ihm: »Bringe die dem Sultan und setze sie ihm vor! Er wird dir genug geben, um dich zum reichen Manne zu machen. Aber, um Allahs willen, entschuldige mich jetzt; denn ich weiß heute keine andere Art, dir wohlzutun, zumal ich achtzehnhundert Jahre in jenem Meere gelegen und das Angesicht der Erde erst in dieser Stunde wiedergesehen habe. Fische jedoch in diesem See nur einmal am Tage!« Und er nahm Abschied von ihm, indem er sprach: »Allah gebe, daß wir uns wiedersehen!« Dann stampfte er mit einem Fuß auf den Boden, und die Erde spaltete sich und verschlang ihn. Erstaunt über das, was ihm mit dem Dämon begegnet war, und darüber, wie es geschehen war, nahm der Fischer die Fische und machte sich auf den Weg zur Stadt; und sowie er nach Hause kam, nahm er eine irdene Schüssel, füllte sie mit Wasser und warf die Fische hinein, die alsbald im Wasser der Schüssel zu zappeln begannen. Dann trug er die Schüssel auf dem Kopfe in den Palast, wie ihm der Dämon befohlen hatte. Als er nun zum König eingetreten war und ihm die Fische vorgesetzt hatte, geriet dieser in höchstes Erstaunen über den Anblick; denn nie in seinem Leben hatte er noch Fische gesehen wie diese, in Art und Gestalt. So sagte er: »Gib diese Fische der Sklavin Köchin!« Diese Sklavin hatte ihm der König von Griechenland vor drei Tagen geschenkt, und er hatte sie noch nicht in der Kochkunst erprobt. Der Wesir befahl ihr, die Fische zu braten, indem er sprach: »O Mädchen, der König läßt dir sagen: Wir erproben dich, o meine Träne, nur in der Zeit unserer Not! Zeige uns heute deine Kunst und deine Fähigkeit, gut zu kochen! Denn dem Sultan hat heute einer ein Geschenk gebracht.« Und nachdem der Wesir ihr genaue Anweisungen gegeben hatte, kehrte er zum König zurück, der ihm befahl, dem Fischer vierhundert Dinare zu geben. Der Wesir gab sie ihm, und der Fischer nahm sie, tat sie in seinen

Busen und ging eilends nach Hause; dabei fiel er hin, stand wieder auf und stolperte wieder, denn er hielt das Ganze für einen Traum. Er kaufte aber den Seinen alles, was sie brauchten, und schließlich ging er in heller Freude zu seinem Weibe.

So viel von dem Fischer! Was aber die Sklavin angeht, so nahm sie die Fische, säuberte sie, stellte die Pfanne aufs Feuer und ließ die Fische braten, bis die eine Seite gar war; dann wandte sie sie um auf die andere Seite. Und siehe, die Küchenwand spaltete sich, und heraus trat ein Mädchen, schön von Gestalt, mit runden Wangen, von vollendeter Anmut, mit tiefschwarz gefärbten Augenlidern. Sie trug ein seidenes Kopftuch mit blauen Fransen; an ihren Ohren hingen Ringe; die Handgelenke umschloß ein Paar Spangen, und Ringe mit unschätzbaren Edelsteinen waren auf ihren Fingern; in der Hand aber hielt sie eine Rute aus Bambusrohr. Sie stieß mit der Rute in die Pfanne und sagte: »Ihr Fische, seid ihr getreu dem Vertrag?« Als die Köchin dies sah, da fiel sie in Ohnmacht. Das Mädchen aber wiederholte ihre Worte ein zweites Mal und ein drittes Mal, und schließlich hoben die Fische die Köpfe aus der Pfanne und sprachen in deutlicher Rede: »Ja, ja!« und begannen diesen Vers zu sagen:

Kehrst du um, so kehren wir um; und bist du treu, so sind wir treu.
Sagst du aber dich los, so sind wir wie du des Versprechens frei.

Da stieß das Mädchen die Pfanne um und ging an der Stelle hinaus, an der sie hereingekommen war, und die Wand schloß sich hinter ihr. Als dann aber die Köchin aus ihrer Ohnmacht erwachte, sah sie die vier Fische schwarzgebrannt wie Holzkohle und rief aus: »Im ersten Waffentanze zerbrach schon seine Lanze!« Und sie fiel wieder ohnmächtig hin. Während sie so dalag, kam der Wesir; und als er sie, die schwarze Perle, daliegen sah, die nicht imstande war, den Sabbat vom Donnerstag zu unterscheiden, stieß er sie mit dem Fuße an. Da wachte sie auf und weinte und erzählte ihm alles, wie es geschehen war. Der Wesir erstaunte sehr und rief: »Dies ist fürwahr höchst seltsam!« Alsbald schickte er nach dem Fischer; der wurde herbeigeholt, und da rief der Wesir ihn an, indem er sprach: »O Fischer, bringe uns vier Fische, denen gleich, die du zuvor gebracht.« Der Fischer begab sich zu dem See und warf das Netz aus; und als er es einzog, da waren darin vier Fische gleich den ersten. Die nahm er und trug sie sofort zum Wesir, und er brachte sie zur Sklavin hinein und sagte: »Wohlan, brate diese in meiner Gegenwart, damit ich diese Geschichte mitansehe.« Die Sklavin begann und säuberte sie, stellte die Pfanne über das Feuer und legte die Fische hinein; aber sie lagen kaum darin, da spaltete sich die Wand, und das Mädchen trat vor, in derselben Gestalt wie das erste Mal, und in der Hand hielt sie die Rute, mit der sie wiederum in die Pfanne stieß, und sagte: »Ihr Fische, ihr Fische, seid ihr getreu dem alten Vertrag?« Und siehe, alle Fische erhoben die Köpfe und sagten: »Ja, ja!«, und sie sprachen denselben Vers wie vorher, und der hieß:

Kehrst du um, so kehren wir um; und bist du treu, so sind wir treu.
Sagst du aber dich los, so sind wir wie du des Versprechens frei.

Als die Fische gesprochen hatten und das Mädchen mit der Rute die Pfanne umstieß und an der Stelle hinausging, an der sie hereingekommen war, und die Mauer sich hinter ihr schloß, da hub der Wesir an und rief: »Dies ist etwas, das dem König nicht verborgen bleiben darf.« Dann ging er hin zum König und erzählte ihm, was geschehen war und sich vor seinen eigenen Augen ereignet hatte; worauf der König sprach: »Das muß ich unbedingt mit meinen eigenen Augen sehen.« Alsbald schickte er nach dem Fischer und befahl ihm, vier Fische zu bringen, den ersten gleich, und sandte drei Leute zur Bewachung mit ihm. Der Fischer ging hin und brachte die Fische alsbald; und der König befahl, ihm vierhundert Goldstücke zu geben, wandte sich zu dem Wesir und sprach: »Auf, brate du mir diese Fische hier vor meinen Augen!«

Der Wesir sprach: »Ich höre und gehorche!« und er ließ sich die Pfanne bringen, machte die Fische zurecht, setzte die Pfanne aufs Feuer und legte die Fische hinein. Und siehe, die Mauer spaltete sich, und heraus sprang ein schwarzer Sklave, einem riesigen Felsen gleich oder einem Überrest vom Stamme 'Âd, und in der Hand hielt er den Ast eines grünen Baumes; und er rief in lautem Tone: »Ihr Fische, ihr Fische, seid ihr getreu dem alten Vertrag?« Und die Fische hoben die Köpfe aus der Pfanne und sagten: »Ja, ja! Wir halten fest an dem Vertrage.

Kehrst du um, so kehren wir um; und bist du treu, so sind wir treu.
Sagst du aber dich los, so sind wir wie du des Versprechens frei.«

Da trat der Mohr an die Pfanne, stieß sie um mit dem Ast, den er in der Hand trug, und ging an der Stelle hinaus, an der er hereingekommen war. Nun blickten der Wesir und der König auf die Fische und sahen, daß sie schwarzgebrannt waren wie Holzkohlen. Der König erstaunte gewaltig und sprach: »Dies ist etwas, über das man nicht Schweigen bewahren kann, und mit diesen Fischen hat es irgendeine besondere Bewandtnis.« Dann befahl er, den Fischer herbeizuholen; und als der gekommen war, fragte er ihn: »Du da, sag, woher kommen diese Fische?« Der erwiderte: »Von einem See zwischen vier Höhen, unterhalb dieses Gebirges, das vor deiner Stadt liegt.« Da sprach der König, zu dem Fischer gewendet: »Wieviel Tage ist er entfernt?« und jener entgegnete: »O unser Herr Sultan, er ist nur eine halbe Stunde weit entfernt.« Da staunte der König und befahl sofort seinem Fußvolk zu marschieren und seinen Reitern aufzusitzen; und er zog hin mit dem Fischer, der ihn führte und den Dämon verwünschte, bis sie das Gebirge erklommen hatten und niederstiegen in eine große Wüste, die der Sultan und alle die Soldaten zeit ihres Lebens noch nicht gesehen hatten; und sie staunten sehr, als sie jene Wüste erblickten, und den See in ihrer Mitte zwischen den vier Höhen, und die Fische darinnen in vier Farben, in Rot und Weiß und Gelb und Blau. Der König stand da, vom Staunen gefesselt, und fragte seine Truppen und alle, die anwesend waren: »Hat einer unter euch je diesen See zuvor gesehen?«, und alle gaben zur Antwort: »Niemals, o größter König unserer Zeit, solange wir leben.« Sie fragten darauf die ältesten Einwohner. Doch auch die antworteten: »Nie in unserem Leben haben wir diesen See an dieser Stätte gesehen!« Der König aber rief: »Bei Allah, ich will nicht in meine Hauptstadt zurückkehren noch auf dem Thron meiner Herrschaft sitzen, ehe ich nicht erfahre, was es mit diesem See und diesen Fischen für eine Bewandtnis hat.« Dann befahl er den Leuten, sich rings um diese Höhen zu lagern; und sie taten es. Darauf ließ er den Wesir kommen; der war ein Mann von Erfahrung, Verstand und Einsicht und wohlbewandert in allen Geschäften. Dieser nun trat vor den König hin, und der sprach zu ihm: »Siehe, ich wünsche etwas zu tun, davon ich dich unterrichten will; es ist mir in den Sinn gekommen, heute nacht allein auszuziehen und das Geheimnis dieses Sees und dieser Fische aufzuspüren. Nimm du den Platz an meiner Zelttür ein und sage den Emiren und Wesiren, den Kammerherren und Statthaltern und allen, die dich nach mir fragen: ›Der Sultan fühlt sich nicht wohl, und er hat mir befohlen, niemandem die Erlaubnis zum Eintritt zu geben.‹ Doch verrate niemandem meinen Plan!« Und der Wesir konnte ihn nicht davon abbringen. Darauf verkleidete sich der König, gürtete sich mit seinem Schwerte und stieg auf eine der Höhen; und er zog den übrigen Teil der Nacht dahin bis zum Morgen. Dann wanderte er weiter den ganzen Tag hindurch, obwohl die Hitze schwer auf ihm lastete, da er doch Tag und Nacht wanderte. Und weiter zog er die zweite Nacht hindurch bis zum Morgen, da tauchte plötzlich in weiter Ferne ein schwarzer Punkt vor ihm auf. Und er freute sich und sprach zu sich selber: ›Vielleicht werde ich jemanden finden, der mir künden kann, was es mit dem See und den Fischen auf sich hat.‹ Und als er näher herankam, fand er einen Palast, gebaut aus schwarzen Steinen und belegt mit Eisenplatten; und einer der Flügel des Tores stand weit offen, während der andere geschlossen war. Hocherfreut trat der König an das Tor und klopfte leise; doch da er keine Antwort hörte, klopfte er ein zweites Mal und ein drittes; aber auch dann hörte er keine Antwort. Da pochte er sehr laut, aber noch immer antwortete ihm niemand. So sagte er sich: ›Ohne Zweifel steht er leer.‹ Nun faßte er sich ein Herz und schritt durch das Tor des Palastes in die große Vorhalle und rief dort laut: »Ihr Bewohner des Palastes, hier ist ein Fremdling und ein Wandrer; habt ihr ein wenig Wegzehrung?« Und er wiederholte den Ruf ein zweites Mal und ein drittes, aber er hörte keine Antwort; nun stärkte er seinen Mut und festigte sein Herz und schritt durch die Vorhalle bis mitten in den Palast und fand keinen Menschen darin. Und doch war er ausgestattet mit Seidenteppichen und goldgestickten Stoffen; und die Vorhänge waren niedergelassen. In der Mitte des Schlosses aber war ein geräumiger Hof, auf den sich vier Hallen öffneten, mit einer erhöhten Estrade, eine der andern gegenüber; in der Mitte des Hofes war ein Bassin mit einem Springbrunnen; auf diesem standen vier Löwen aus rotem Golde, die aus ihren Mäulern Wasser spien, klar wie Perlen und Edelgestein. Rings im Palast aber flatterten Vögel, und darüber war ein Netz aus goldenem Draht gespannt, das sie hinderte hinauszufliegen; aber er sah keinen einzigen Menschen. Der König staunte und war doch traurig, weil er niemanden sah, der ihm Auskunft geben konnte über jene Wüste und den See, über die Fische, die Höhen und den Palast. Dann setzte er sich nachdenklich nieder zwischen den Türen, und siehe, da erklang eine Stimme der Schmerzen wie aus einem gramverzehrten Herzen, und diese Stimme sang ein Lied:

Ich barg, was mir von dir geschah, doch kams an den Tag;
Der Schlaf meines Auges wich, so daß ich schlummerlos lag.
O Schicksal, quäle mich nicht immer, verwunde mich nicht;
Sieh doch, wie mein armes Herz in Not und Gefahr zerbricht!
Ihr habt kein Erbarmen mit dem Mächtigen, den die Lieb
Erniedrigte, noch mit dem Reichen, den sie in Armut trieb.
Dem Zephyr, der euch umwehte, mißgönnte ich einst sein
Glück;

Doch seit das Verhängnis herabkam, ist blind geworden
der Blick.
Was hilft die Stärke dem Schützen, wenn er mit dem Feinde
sich mißt,
Und beim Abschießen des Pfeiles die Sehne zerrissen ist?
Und kommen der Sorgen viele und häufen sich auf ihn,
Wohin kann der Held dem Geschicke und dem Verhängnis
entfliehn?

Als nun der Sultan die traurige Stimme hörte, sprang er auf die Füße; und indem er dem Klange folgte, fand er einen Vorhang, der vor einer Zimmertür niedergelassen war. Er hob den Vorhang auf und sah dahinter einen jungen Mann auf einem Sessel sitzen, der sich etwa eine Elle hoch über dem Boden erhob; es war ein Jüngling wunderschön, von Gestalt lieblich anzusehn, mit einer Stimme glockenrein, einer Stirne zart und fein, einer Wange von rotem Schein, und einem Male mitten auf seiner Wange, wie ein Ambrakügelchen klein, wie der Dichter sagt:

Ein schlanker Jüngling, um dessen Stirn und lockiges Haar
Die Menschheit in düstrer Trauer und heller Freude war!
Schmähet das schöne Mal nicht, das seine Wange schmückt,
Das zwiefach mit schwarzen Pünktchen die Blicke aller berückt!

Der König freute sich, als er ihn sah, und grüßte ihn. Der Jüngling aber blieb sitzen in seinem Kaftan aus Seidenstoff, bestickt mit ägyptischem Golde, und mit seiner Krone auf dem Haupte, die mit kostbaren Edelsteinen besetzt war. Doch in seinem Gesicht waren die Spuren des Grams. Er erwiderte den Gruß des Königs auf die höflichste Art und sprach: »O mein Herr, deine Würde verlangt, daß ich aufstehe vor dir; doch ich bitte dich, mich zu entschuldigen.« Der König erwiderte: »Du bist entschuldigt, o Jüngling; ich bin dein Gast, der in einer wichtigen Sache zu dir kam. Ich möchte, du tätest mir kund, was es mit jenem See und jenen Fischen und mit diesem Palast auf sich hat, und warum du so allein in ihm sitzest und warum du weinest.« Als der Jüngling diese Worte hörte, flossen seine Tränen ihm über die Wangen, und er weinte bitterlich, bis seine Brust von Tränen naß war. Dann sprach er die Verse:

Dem, der schläft, derweil ihn Schicksalsstürme umtoben,
Sagt: Wie viel' haben sie erniedrigt, wie viele erhoben!
Wenn du auch schläfst, so schlummert das Auge Allahs nie.
Wen beglückten Geschick und Welt? Wem lächelten dauernd sie?

Wieder seufzte er in tiefer Betrübnis und fuhr fort:

Laß nur in allen Dingen den Herrn der Menschen walten;
Weis von dir alle Gedanken, die dich in Sorgen halten!
Frag nicht bei jedem Geschehn, wie es also geschah:
Denn alle Dinge sind doch nach Geschick und Verhängnis da!

Der König staunte und fragte ihn: »Was macht dich weinen, o Jüngling?« Jener erwiderte: »Wie sollte ich nicht weinen, da es so mit mir steht?« Und er streckte die Hand nach dem Saum seines Gewandes und hob ihn auf, und siehe, der untere Teil seines Leibes war bis zu den Füßen hinab aus Stein, vom Nabel aber bis zum Haar seines Hauptes war er aus Fleisch. Als der König den Jüngling in diesem Zustande sah, erfaßte ihn großer Schmerz, und tief betrübt rief er: »Wehe! O Jüngling, du häufest Gram auf meinen Gram. Ich war auf der Suche nach den Fischen und ihrer Geschichte: jetzt aber muß ich nach ihrer Geschichte und nach der deinen fragen. Doch es gibt keine Majestät und es gibt keine Macht außer bei Allah dem Erhabenen und Allmächtigen! Eile, o Jüngling, und tu mir alsbald die Geschichte kund!« Jener sprach: »Leih mir dein Ohr und dein Auge!« Der König entgegnete: »Mein Ohr und mein Auge sind bereit!« Da begann der Jüngling: »Fürwahr, diese Fische und ich haben eine wunderbare Geschichte; und würde sie mit Sticheln in die Augenwinkel gestichelt, sie wäre eine Warnung für jeden, der sich warnen ließe.«

»Und wie ist sie?« fragte der König; da begann der Jüngling: »Ich war Sultan dieses Reiches im Gebiet der Schwarzen Inseln, und ich war mit meiner Base vermählt; fünf Jahre lang lebten wir in inniger Gemeinschaft. Doch dann zeigte es sich, daß sie eine böswillige Zauberin war, und eines Tages sprach sie einige Worte, die ich nicht verstand, und sagte dann: ›Kraft meiner Zauberkunst werde du halb Stein, halb Mensch!‹ Darauf wurde ich, so wie du mich siehst, außerstande aufzustehen und zu sitzen, weder tot noch lebend. Nachdem ich so verwandelt war, verzauberte sie die Stadt mit all ihren Straßen und Gärten in einen See. Nun waren in unserer Stadt vier Zünfte: Muslime, Christen, Juden und Feueranbeter; die verzauberte sie in Fische, und die weißen sind die Muslime, die roten die Feueranbeter, die blauen die Christen und die gelben die Juden. Und die vier Inseln verzauberte sie in vier Hügel, die den See umgeben. Seitdem schlägt und geißelt sie mich jeden Tag mit hundert Hieben, so daß mein Blut fließt und meine Schultern Striemen haben; und zuletzt bekleidet sie mir die obere Hälfte mit einem härenen Hemd aus Hosentuch und wirft dann diese prächtigen Kleider darüber.« Wiederum begann der Jüngling zu weinen, und er sprach diese Verse:

Geduld gebührt deinem Spruche, o Gott, o Schicksal der Welt;
Ich füge mich darein, wenn es dir so gefällt.
Sie übten Gewalt und Feindschaft an mir und grausamen Hohn;
Aber vielleicht wird einst das Paradies mir zum Lohn.
Ich lebte durch das Geschick, das mir zuteil ward, in Pein;
Doch der reine Prophet, der Gott gefällt, tritt für mich ein.

Nun wandte sich der König dem Jüngling zu und sagte: »O Jüngling, du hast mir Kummer auf Kummer gehäuft, nachdem du mir eine Sorge genommen hast; aber jetzt, o Prinz, wo ist sie?« Da sprach der Jüngling: »Sie sitzt in jenem Zimmer gegenüber. Jeden Tag kommt sie mit Sonnenaufgang zu allererst zu mir und zieht mir meine Kleider aus und schlägt mich mit hundert Peitschenhieben, und ich weine und schreie; doch ich habe keine Kraft der Bewegung mehr, um sie von mir abzuwehren. Auch morgen früh wird sie hier sein.« Der König sagte: »Bei Allah, o Jüngling, ich will gewißlich eine Tat tun, die man an mir rühmen und von der man erzählen wird bis zum Ende der Zeiten.« Darauf setzte der König sich neben den Jüngling und unterhielt sich mit ihm bis zum Einbruch der Nacht, und dann schliefen beide. Als aber das Morgengrauen sich zeigte, stand der König auf, und er legte seine Überkleider ab und zog sein Schwert. Nach einer Weile kam die verfluchte Hexe; sie ging zuerst zu ihrem Gatten, zog ihm die Kleider ab, nahm eine Geißel und peitschte ihn, bis er aufschrie: »Ach! Genug sei dir an meinem Zustand, o meine Base! Hab Mitleid mit mir, o meine Base!« Der König aber sprach zu ihr: »O du Teufelsmaid, verdienst du, daß jemand mit dir redet und zu dir spricht?« »Weshalb das?« fragte sie, und er erwiderte: »Das Weshalb ist, daß du den lieben langen Tag deinen Gatten folterst; und er ruft immer um Hilfe, so daß er mir von Abend bis zum Morgen den Schlaf raubt, und er fleht und verwünscht dich.« Da rief sie: »Mit deiner Erlaubnis will ich ihn von dem Zauber, der auf ihm liegt, befreien«; und der König antwortete: »Befreie ihn und schaffe uns ein wenig Ruhe!« Mit den Worten: »Ich höre und gehorche!« nahm sie eine Schale, füllte sie mit Wasser und sprach einige Worte darüber, so daß die Schale aufkochte und sprudelte, wie ein Kessel über dem Feuer kocht. Und damit besprengte sie ihren Gatten, indem sie sprach: »Durch die Kraft dessen, was ich gemurmelt und gesprochen habe, tritt, wenn du so geworden bist durch meinen Zauber und meine Kunst, aus dieser Gestalt hervor und in deine frühere Gestalt zurück!« Und siehe da, der Jüngling schüttelte sich, sprang auf und freute sich seiner Befreiung und rief: »Ich bezeuge, daß es keinen Gott gibt außer Allah, und ich bezeuge, daß Mohammed sein Gesandter ist – Allah segne ihn und gebe ihm Heil!« Dann sprach sie zu ihm: »Geh fort und kehre nie hierher zurück; sonst werde ich dich töten!«; das schrie sie ihm ins Gesicht. So ging er von ihr davon. Doch der König fuhr fort: »Weh dir, du Teufelsmaid! Die Bewohner dieser Stadt und der vier Inseln quälen uns. Jede Nacht, um Mitternacht, heben die Fische ihre Köpfe empor und flehen um Hilfe und verwünschen dich. Geh hin und setze sie eilends in Freiheit!« Als sie die Worte des Königs hörte, sprach sie: »Herzlich gern! Im Namen Allahs!« Dann sprang sie auf und lief fort und hinaus zu dem See; dort nahm sie ein wenig von seinem Wasser. Als das junge Weib, die Zauberin, einiges von dem Wasser des Sees genommen und darüber unverständliche Worte gesprochen hatte, da sprangen die Fische auf und hoben ihre Köpfe empor und standen im Nu als Menschen da. Denn der Zauber war von den Leuten der Stadt genommen, und die Stadt ward wieder bewohnt; die Händler kauften und verkauften, jedermann ging seinem Berufe nach, und die vier Hügel wurden wieder wie einst vier Inseln. Darauf kam das junge Weib, die Zauberin, zum König, und als sie ganz nahe an ihn herantrat, da nahm der König sein Schwert in die Hand, stieß es ihr durch die Brust, so daß ihr die Spitze blitzend zum Rücken herausdrang; dann hieb er auf sie ein und spaltete ihren Leib, also daß sie in zwei Hälften zu Boden fiel. Danach ging er hinaus und fand den einst verzauberten Jüngling, wie er dastand und seiner harrte; er beglückwünschte ihn zu seiner Errettung, und der Prinz küßte ihm die Hand und dankte ihm. Als der König ihn fragte: »Willst du hier bleiben in deiner Stadt oder mit mir in meine Stadt ziehen?«, sprach der Jüngling: »O größter König unserer Zeit, weißt du, welche Entfernung zwischen dir und deiner Stadt liegt?« »Zwei Tagemärsche und ein halber«, erwiderte er; doch da rief der Jüngling: »O König, wenn du schläfst, so erwache! Zwischen dir und deiner Stadt liegt die Reise eines vollen Jahres für einen rüstigen Wandrer, und du wärest nicht in zweieinhalb Tagen hergekommen, wäre die Stadt nicht verzaubert gewesen. Ich aber, o König, will mich nie mehr von dir einen Augenblick trennen.« Da freute sich der König und sprach: »Dank sei Allah, der mir dich geschenkt hat! Von jetzt an bist du mein Sohn; denn mein Leben lang ward ich mit Nachkommen nicht gesegnet.« Darauf umarmten sie sich und freuten sich inniglich; und dann schritten sie gemeinsam zum Palaste. Dort befahl der Sultan, der verzaubert gewesen war, den Großen seines Reiches, sich zur Reise bereitzuhalten und den Troß und alles Notwendige zu rüsten. Die machten sich an die Ausrüstung zehn Tage lang. Dann brachen sie auf mit dem König, dessen Herz in Sehnsucht brannte nach seiner Stadt, der er noch so lange fernbleiben sollte. Und sie zogen dahin mit einem Geleit von fünfzig Mamluken und mit kostbaren Geschenken; ohne Aufenthalt reisten sie weiter, Tag und Nacht, ein volles Jahr lang, und Allah gewährte ihnen, daß sie unversehrt bis zur Hauptstadt des Königs kamen: da entsandten sie Boten und taten dem Wesir kund, daß der König unversehrt angekommen sei. Alsbald zog der Wesir ihm mit den Truppen entgegen; sie hatten freilich schon die Hoffnung aufgegeben, den König je wiederzusehen. Nun aber küßten die Truppen vor ihm den Boden und beglückwünschten ihn zu seiner Rettung. Dann zog er ein und nahm Platz auf seinem Thron; der Wesir trat vor ihn hin, und der König tat ihm alles kund, was jenem jungen Fürsten widerfahren war. Als der Wesir das alles vernommen hatte, beglückwünschte er den Fremden zu seiner Rettung. Und als nun alles wieder zur Ruhe gekommen war, da gab der König vielen seiner Untertanen Geschenke und sprach zum Wesir: »Hole mir den Fischer, der uns die Fische gebracht hat!« Der Wesir schickte alsbald nach dem Fischer, der die erste Ursache der Befreiung der Stadt und ihrer Einwohner gewesen war; und als der gekommen war, verlieh ihm der König ein Ehrenkleid und fragte ihn nach seinem Wohlbefinden und ob er Kinder habe. Jener tat ihm kund, daß er zwei Töchter habe und einen Sohn; da schickte der König nach ihnen und nahm die eine der Töchter zur Gemahlin und gab die andere dem jungen Fürsten und machte den Sohn zu seinem Schatzmeister. Dann beauftragte er den Wesir und entsandte ihn als Sultan zu der Stadt des jungen Prinzen, die auf den Schwarzen Inseln lag, und sandte mit ihm die fünfzig Mamluken, die von dort mitgekommen waren, und gab ihm Ehrenkleider für alle Emire. Der Wesir küßte ihm die Hände, machte sich auf und zog alsbald dorthin, während der König und der junge Fürst daheim blieben. Der Fischer aber wurde der reichste Mann seiner Zeit, und seine Töchter lebten als Gemahlinnen der Könige, bis der Tod zu ihnen kam.

## DER BARBIER VON BAGHDAD

In alter Zeit und in längst verschollener Vergangenheit lebte in einer Stadt Chinas ein Schneidersmann, mit offener Hand, der Scherz und Frohsinn liebte und sich gern von Zeit zu Zeit öffentliche Vergnügungen ansah. Der erzählte vor dem König von China die Geschichte des Barbiers von Baghdad, indem er sprach: »Wisse, o größter König unserer Zeit, wunderbar ist, was mir begegnet und zugestoßen ist. Gestern morgen war ich bei der Hochzeitsfeier eines meiner Genossen, der in seinem Hause an die zwanzig Leute dieser Stadt versammelt hatte; wir waren alle Handwerker, unter anderen Schneider, Seidenspinner und Zimmerleute und mehr noch vom gleichen Schlag. Als die Sonne aufgegangen war, setzte man uns Speisen vor, damit wir äßen; und siehe, der Herr des Hauses trat zu uns ein, und mit ihm ein fremder und anmutiger Jüngling aus dem Volk von Baghdad. Dieser Jüngling trug wunderschöne Kleider; und er war selbst so schön, wie er nur sein konnte, aber er war lahm. Er trat zu uns und grüßte uns, und wir standen auf, ihm zu Ehren; doch als er sich gerade setzen wollte, erblickte er unter uns einen, der Barbier war. Da lehnte er es ab, sich zu setzen, und wollte uns verlassen. Aber wir hielten ihn fest; auch unser Wirt suchte ihn zu halten und beschwor ihn und fragte ihn: ›Was ist der Grund, daß du eintrittst und sofort wieder gehen willst?‹ Jener erwiderte: ›Bei Allah, mein Herr, tritt mir nicht in den Weg! Der Grund, weshalb ich zurückkehren will, ist jener Barbier arger Vorbedeutung, der dort sitzt.‹ Als der Hausherr diese Worte von ihm hörte, da geriet er in höchstes Erstaunen und sagte: ›Wie kann dieser Jüngling aus Baghdad so in Verlegenheit wegen dieses Barbiers sein?‹ Dann sahen wir den Fremden an und sprachen: ›Erkläre uns den Grund deines Zornes gegen diesen Barbier.‹ ›Ihr edlen Herren‹, sprach der Jüngling, ›mir ist in Baghdad, meiner Heimatstadt, mit diesem Barbier ein Abenteuer begegnet; er war schuld, daß ich mein Bein brach und lahm wurde, und ich habe geschworen, nie wieder im gleichen Raum mit ihm zu sitzen, noch auch in einer Stadt zu bleiben, in der er weilt. Ich habe Baghdad verlassen und bin von dort fortgereist, um hier in eurer Stadt zu wohnen. Aber ich werde keine Nacht mehr hier zubringen, sondern weiterreisen.‹ Da baten wir ihn: ›Um Allahs willen, erzähle uns deine Geschichte.‹ Der Jüngling also begann, während der Barbier erbleichte: ›Ihr edlen Herren, wisset, mein Vater war einer der ersten Kaufleute der Stadt Baghdad, und Allah der Erhabene hatte ihm kein anderes Kind beschert als mich. Als ich nun aufwuchs und zum Manne herangereift war, ging mein Vater zur Gnade Allahs des Erhabenen ein und hinterließ mir Geld, Eunuchen und Diener; und ich pflegte mich gut zu kleiden und gut zu essen. Allah aber hatte mich zu einem Hasser der Frauen gemacht; und eines Tages, als ich durch die Straßen von Baghdad dahinging, kam mir eine Schar Frauen auf dem Weg entgegen. Ich floh und trat in eine Gasse, die keinen Ausgang hatte, und setzte mich am oberen Ende auf eine steinerne Bank. Kaum hatte ich eine Weile gesessen, so tat sich gegenüber der Stelle, an der ich war, ein Fenster auf, und aus ihm schaute eine junge Dame, schön wie der volle Mond, wenn er am schönsten ist; nie noch in meinem Leben sah ich ihresgleichen. Sie hatte Blumen auf dem Fensterbrett und die begoß sie; dann wandte sie sich nach rechts und nach links, schloß das Fenster und ging hinweg. In meinem Herzen aber brannte plötzliches Feuer; meine Seele war von ihr gefangen, und der Haß verwandelte sich in Liebe. Ich blieb dort sitzen, der Welt verloren, bis zum Sonnenuntergang; und siehe, da kam der Kadi der Stadt vorbeigeritten, und ihm vorauf seine Sklaven und hinter ihm Eunuchen. Er stieg ab und trat in das Haus, aus dem das Mädchen herausgeschaut hatte. Da wußte ich, daß er ihr Vater war; dann ging ich traurig nach Hause und warf mich im Gram auf mein

Lager. Meine Sklavinnen kamen herein und setzten sich um mich und wußten nicht, was mich bedrückte; ich aber sprach auch nicht zu ihnen, und sie weinten und klagten über mich. Da plötzlich trat eine alte Frau herein; die sah mich an, und mein Zustand blieb ihr nicht verborgen. Sie setzte sich mir zu Häupten und suchte mich zu beruhigen, indem sie sprach: ›Mein Sohn, erzähle mir alles, und ich will dich mit ihr vereinigen!‹ So erzählte ich ihr mein Erlebnis; und sie fuhr fort: ›Mein lieber Sohn, sie ist die Tochter des Kadis von Baghdad, der sie in strenger Abgeschlossenheit hält; und die Stelle, an der du sie sahest, liegt in ihrem Stockwerk, während ihr Vater einen großen Saal zu ebener Erde innehat. Sie sitzt dort oben allein, und ich komme viel in das Haus; also kannst du sie nur durch mich gewinnen. Drum sei guten Mutes!‹ So ward ich denn froh, als ich ihre Worte vernommen hatte, und die Meinen freuten sich darüber, daß ich an jenem Tage gesund wurde. Die Alte ging und kam wieder, doch mit betrübtem Antlitz; und sie sprach: ›Mein Sohn, frage nicht, was mir von ihr widerfahren ist! Als ich es ihr sagte, rief sie: ›Wenn du nicht mit solchen Reden still bist, du Unglücksalte, so werde ich dich behandeln, wie du es verdienst.‹ Aber ich will unbedingt noch einmal zu ihr zurückkehren.‹ Als ich das von ihr hörte, fügte es Leiden zu meinen Leiden; doch nach abermals einigen Tagen kam die Alte wieder und sagte: ›Mein Sohn, ich fordere von dir den Lohn für gute Botschaft.‹ Als ich das von ihr vernahm, kehrte mein Leben zu mir zurück, und ich sprach zu ihr: ›Du sollst alles Beste erhalten.‹ Nun begann sie: ›Gestern ging ich zu der Dame; und als sie sah, daß ich gebrochenen Herzens war und daß mir die Tränen aus den Augen stürzten, fragte sie: ›Liebe Muhme, warum muß ich deine Brust so beklommen sehen?‹, und ich antwortete weinend: ›O Herrin, ich komme gerade vom Hause eines Jünglings, der dich liebt und der um deinetwillen dem Tode nahe ist.‹ Da sprach sie, während ihr Herz weich wurde: ›Woher ist dieser Jüngling, von dem du redest?‹, und ich erwiderte: ›Er ist für mich wie ein Sohn und die Frucht meines Herzens. Er sah dich vor einigen Tagen am Fenster, als du deine Blumen begossest, und da er dein Antlitz erblickte, begann er dich leidenschaftlich zu lieben. Ich ließ ihn wissen, wie es mir das erste Mal mit dir erging, und da verschlimmerte sich sein Leiden; er liegt im Bett und ist des Todes, daran ist nicht zu zweifeln.‹ Erblassend fragte sie: ›All das um meinetwillen?‹ Ich antwortete: ›Ja, bei Gott! Was willst du, das ich tue?‹ Sie sprach: ›Geh hin zu ihm und grüße ihn von mir und sage ihm, ich sei zweimal so krank als er. Am Freitag, vor dem Gebete, soll er hier zum Hause kommen; und wenn er kommt, werde ich selber hinabsteigen und die Tür öffnen. Ich will ihn in meine Kammer führen und eine Weile bei ihm bleiben und ihn von dannen schicken, ehe mein Vater vom Gebete zurückkehrt.‹ Als ich die Worte der Alten vernahm, hörten die Schmerzen, an denen ich litt, auf, und frohen Herzens nahm ich alle Kleider, die ich trug, und gab sie ihr. Dann ging sie mit den Worten: ›Sei guten Mutes!‹ Ich erwiderte: ›Keine Spur von Schmerzen ist mir geblieben.‹ Und meine Angehörigen und meine Freunde freuten sich über meine Genesung, und so wartete ich bis zum Freitag; siehe, da trat die Alte zu mir ein und fragte mich, wie es mir ginge, und ich antwortete ihr, ich sei gesund und wohl. Dann zog ich meine Kleider an und besprengte mich mit Wohlgerüchen und wartete nun, bis die andern zum Gebete gehen würden, damit ich zu ihr eilen könnte. Aber die Alte sagte: ›Du hast reichlich Zeit; und also tätest du gut daran, ins Bad zu gehen und dir die Haare scheren zu lassen, besonders nach deiner schweren Krankheit.‹ ›Das ist recht‹, erwiderte ich; ›aber ich will mir erst den Kopf scheren lassen und dann ins Bad gehen.‹ Darauf schickte ich nach dem Barbier, der mich scheren sollte, indem ich zu dem Diener sagte: ›Geh in den Basar und hole mir einen Barbier, einen verständigen Burschen, der sich nicht in Dinge einmischt, die ihn nichts angehen, und der mir den Kopf nicht spaltet mit seinem übermäßigen Schwätzen!‹ Der Diener ging und kehrte alsbald mit diesem elenden Alten zurück. Als er eintrat, grüßte er mich, und ich erwiderte seinen Gruß; und er sprach: ›Fürwahr, ich sehe dich mageren Leibes‹; und ich: ›Ich war krank.‹ Da fuhr er fort: ›Allah vertreibe deine

Sorge und deinen Gram, Not und Trauer sollen von dir weichen!‹ ›Allah erhöre dein Gebet!‹ versetzte ich; und er fuhr fort: ›Freue dich, o Herr, denn die Genesung ist schon zu dir gekommen! Wünschest du geschoren zu werden, oder soll ich dich zur Ader lassen? Wird doch durch Ibn 'Abbâs – Allah habe ihn selig! – berichtet, daß der Prophet gesagt hat: Wer sich sein Haar am Freitag schneiden läßt, von dem wendet Gott siebzig Krankheiten. Und berichtet wird auch, daß er sagte: Wer sich am Freitag schröpfen läßt, der ist sicher vor dem Verlust des Gesichts und vor vielen Krankheiten.‹ ›Laß dies Gerede‹, rief ich aus; ›komm jetzt und scher mir den Kopf; ich bin ein kranker Mann!‹ Da streckte er seine Hand aus, holte ein Tuch hervor und entfaltete es, und siehe, es enthielt ein Astrolabium mit sieben Scheiben, das mit Silber überzogen war. Und er nahm es, ging in die Mitte des Hofes, hob den Kopf zu den Strahlen der Sonne und blickte eine lange Zeit hindurch. Dann sagte er zu mir: ›Wisse, von diesem unserem Tage, der da ist ein Freitag, und zwar Freitag der zehnte Safar im sechshundertdreiundfünfzigsten Jahre seit der Hidschra des Propheten – über ihm sei herrlicher Segen und alles Heil! – und im siebentausenddreihundertundzwanzigsten Jahre der alexandrinischen Zeitrechnung, dessen Tagesgestirn nach den Regeln der Wissenschaft der Berechnung der Mars ist, sind verstrichen acht Grade und sechs Minuten. Nun aber trifft es sich so, daß in Konjunktion mit dem Mars Merkur steht, und das ergibt einen günstigen Augenblick für das Schneiden der Haare; mir ist jedoch auch offenbar, daß du mit jemandem vereint zu sein wünschest, der dadurch beglückt ist. Aber danach kommt ein Streit, der sich zutragen wird, und eine Sache, die ich dir nicht nennen will.‹ Da rief ich: ›Um Gottes willen, du ermüdest mich und verkürzest mir mein Leben und weissagst mir noch dazu Unglück! Ich habe dich holen lassen, damit du mir den Kopf scherst, und zu keinem Zwecke sonst; also auf, scher mir den Kopf und rede nicht länger!‹ Er darauf: ›Bei Allah, wenn du nur wüßtest, was dir widerfahren wird, so würdest du heute nichts unternehmen, und ich rate dir, tu, wie ich dir nach der Berechnung der Konstellationen sage!‹ Ich sagte: ›Bei Allah, nie noch sah ich einen Barbier, gelehrt in der Astrologie, wie dich; aber ich weiß sicher, daß du viel scherzest. Ich habe dich nur gerufen, damit du mir den Kopf scherst, aber du kommst zu mir mit diesem traurigen Geschwätz.‹ Da erwiderte der Barbier: ›Und was willst du mehr? Allah gewährte dir in seiner Güte einen Barbier, der Astrolog ist, gelehrt in der Alchimie und der Chiromantie, in der Syntax, Grammatik und Lexikologie; in der Bedeutungslehre, Rhetorik und Logik; in der Arithmetik, Astronomie und Geometrie; in der Theologie, den Traditionen des Propheten und der Auslegung des Korans. Ich habe die Bücher gelesen und studiert und mich in den Dingen geübt und sie kapiert; ich habe die Wissenschaften behalten und gründlich bewältigt und habe die Praxis gelernt und mich so vervielfältigt; kurz, ich habe alle Dinge begriffen und in mir vereint. Dein Vater liebte mich ob meines Mangels an Aufdringlichkeit, und darum ist es mir eine religiöse Pflicht, dir zu dienen. Ich bin gar nicht aufdringlich, wie du wohl annimmst, und aus diesem Grunde bin ich sogar bekannt unter dem Namen: der würdevolle Schweiger. Und es geziemt sich also für dich, daß du Allah preisest und mich nicht hinderst; denn ich rate dir gut, und ich habe Mitleid mit dir. Ich wollte, ich stände ein volles Jahr in deinen Diensten, auf daß du mir mein Recht zuteil werden ließest; und ich würde dann keinen Lohn von dir verlangen.‹ Als ich das alles von ihm hatte anhören müssen, sprach ich: ›Fürwahr, du bringst mich heute sicher noch um.‹

Der Barbier antwortete: ›Junger Herr, mich nennen die Leute den Schweiger, dieweil ich so wenig Worte mache im Gegensatz zu meinen sechs Brüdern. Denn der älteste heißt el-Bakbûk, der Schwätzer; der zweite aber el-Haddâr, der Schreihals; und der dritte el-Fakîk, der Plapperer; doch des vierten Namen ist el-Kûz el-Uswâni, der Assuaner Krug mit dem ewig offenen Mund; der fünfte heißt el-Faschschâr, der Bramarbas; der sechste heißt Schakâschik, das Gefasel; doch der siebente heißt es-Sâmit, der Schweiger, und das bin ich selber!‹ Während der Barbier da noch immer mehr auf mich losschwatzte, glaubte ich, mir sei die Galle geplatzt. Ich sagte deshalb zu dem Sklaven: ›Gib ihm einen Vierteldinar und laß ihn in Gottes Namen weggehen; ich will mir heute den Kopf nicht mehr scheren lassen.‹ Da sagte dieser Barbier, als er meinen Befehl an den Sklaven hörte: ›Was für Worte, o mein Gebieter! Bei Allah, ich nehme keinen Lohn von dir, bevor ich dich nicht bedient habe. Ich muß dich doch bedienen; ja, es ist meine Pflicht, dich zu bedienen und deine Wünsche zu erfüllen; und ich frage auch nichts danach, wenn ich niemals Geld von dir erhalte. Wenn du auch meinen Wert nicht kennst, so kenne ich doch deinen Wert; und ich verdanke deinem seligen Vater – Allah der Erhabene erbarme sich seiner! – gar manche Wohltat, denn er war ein freigebiger Mann. Bei Allah, dein Vater ließ mich eines Tages holen, und es war ein Tag wie dieser gesegnete Tag, und ich kam zu ihm und fand Gesellschaft von Freunden bei ihm. Da sprach er zu mir: ›Laß mich zur Ader!‹ Ich aber zog mein Astrolabium hervor, nahm die Sonnenhöhe für ihn auf und stellte fest, daß das Gestirn ungünstig und daß ein Aderlaß zu der Zeit ungelegen war. Und ich tat ihm das kund, und er folgte meinem Rat und wartete. Da dichtete ich ihm zu Ehren diese Verse:

Ich ging zu dem edlen Herrn, das Blut ihm abzuzapfen,
Und fand, daß die Zeit dem Heile des Leibes nicht günstig war.
Ich setzte mich hin und erzählte ihm mancherlei Wunderdinge;
Das Wissen aus meinem Verstande legte ich vor ihm dar.
Und es gefiel ihm, auf mich zu hören, und er sagte:
Du hast die Höhe des Wissens erklommen, o Weisheitsquell!
Doch ich sprach: Hättest du nicht, o du Gebieter der Menschen,
Mir den Verstand geliehen, der meine versagte mir schnell.
Du bist der Herr der Gnade, der Güte und Freigebigkeit,
Der Menschen Hort und Wissen, Verstand und Entschlossenheit.

Dein Vater war ganz entzückt und rief dem Sklaven zu, indem er sprach: ›Gib ihm einhundertunddrei Dinare und ein Ehrengewand!‹ Da gab der Diener mir das alles, und ich wartete, bis der günstige Augenblick kam, und dann ließ ich ihn zur Ader. Er widersprach mir nicht, nein, er dankte mir vielmehr; und alle Freunde, die zugegen waren, dankten mir auch und priesen mich. Doch als der Aderlaß vorüber war, konnte ich nicht mehr schweigen, sondern ich fragte ihn: ›Bei Allah, mein Gebieter, was veranlaßt dich, zu dem Sklaven zu sagen: ›Gib ihm einhundertunddrei Dinare?‹ Da erwiderte er: ›Ein Dinar war für die astrologische Beobachtung, der zweite für deine Unterhaltung, der dritte für den Aderlaß, und die übrigen hundert und das Ehrengewand für deine Verse zu meinem Lobe.‹ ›Möge Allah sich meines Vaters nicht erbarmen!‹ rief ich aus, ›dieweil er deinesgleichen kannte!‹ Dieser Barbier aber lächelte und sprach: ›Es gibt keinen Gott außer Allah, und Mohammed ist der Prophet Allahs! Preis sei Ihm, der wandelt, doch nicht verwandelt wird! Ich hatte dich für einen Mann von Verstand gehalten, aber du faselst jetzt in deiner Krankheit. Allah sprach in Seinem hochheiligen Buch: Die da ihren Zorn im Zaume halten und den Menschen vergeben; und auf jeden Fall bist du entschuldigt. Aber ich kann mir nicht denken, weshalb du so drängst; und du mußt wissen, dein Vater und dein Großvater taten nichts, ohne mich zuvor um Rat zu fragen; und es heißt im Spruche: Wer Rat erteilt, verdient Vertrauen; wer Rat sich holt, wird nicht enttäuscht, und ferner heißt es im Sprichwort: Wer das Alter nicht ehrt, ist des Alters nicht wert. Auch hat der Dichter gesagt:

Hast du eine Sache beschlossen, so frag
Um Rat den Erfahrnen, und folge ihm stets!

Du wirst nie einen finden, der erfahrener ist in den Dingen der Welt als ich, und hier stehe ich auf meinen Füßen, um dir zu dienen. Ich bin nicht böse auf dich; weshalb solltest du also böse auf mich sein? Ich werde Geduld mit dir haben, um der Güte willen, die mir dein Vater erwiesen hat.‹ ›Bei Allah‹, rief ich, ›o du Eselsschwanz, du quälst mich immer noch mit deinem Schwätzen, und übergießest mich immer mehr mit deinem Gewäsch, und dabei will ich nur von dir, daß du mir den Kopf scherst und deiner Wege gehst!‹ Darauf seifte er mir den Kopf und sagte: ›Ich sehe, du bist böse auf mich. Doch will ich es dir nicht übelnehmen; denn dein Verstand ist schwach, und du bist fast noch ein Kind; noch gestern nahm ich dich auf die Schulter und trug dich in die Schule.‹ ›Bruder‹, rief ich, ›um Gottes willen, bleib nur, um deine Arbeit an mir zu verrichten, und geh deines Weges!‹ Und ich zerriß mir das Kleid. Als er sah, was ich getan hatte, nahm er das Messer und zog es ab, und er hörte nicht auf, es zu schärfen, bis mich beinah die Besinnung verließ; schließlich aber kam er herbei und rasierte mir einen Teil des Kopfes; dann hielt er inne und sprach: ›Mein Gebieter: Die Eile fliegt uns vom Satan zu, doch vom Barmherzigen kommt die Ruh.‹ Dann sprach er diese Verse:

Besinn dich und haste nie mit irgendeinem Plane;
Hab Mitleid mit den Menschen, so wirst du durch Mitleid beglückt.
Es gibt keine Macht der Welt, über der nicht Gottes Macht stände;
Und jeder Tyrann wird noch durch einen Tyrannen bedrückt.

Darauf fuhr er fort: ›Mein Gebieter, ich glaube gar, du kennst meinen Rang nicht; denn wahrlich, meine Hand ruht auf den Häuptern der Könige und Emire und Wesire und der Weisen und Gelehrten; und der Dichter sagt von einem meinesgleichen:

Ein jedes Gewerbe ist gleichwie ein Schmuckstück;
Doch dieser Barbier ist die Perle am Band.
Er steht über jedem, der Weisheit besitzet;
Der Könige Häupter sind in seiner Hand.‹

Da sagte ich: ›Laß das, was dich nichts angeht! Du machst mir die Brust beklommen und erregst mein Gemüt.‹ Er aber sprach: ›Mir scheint, du bist ein eiliger Mensch‹; und ich rief: ›Ja! ja! ja!‹ Er fuhr fort: ›Gedulde dich, denn die Eile ist des Teufels Sach, sie bringt uns Reue und Ungemach. Und der Prophet – auf ihm ruhe Segen und Heil! – hat gesagt: Das beste der Werke ist das, darinnen Überlegung liegt. Ich aber, bei Allah, hege Zweifel über dein Vorhaben, und so wollte ich, du ließest mich wissen, was du beabsichtigst; denn ich fürchte, es ist nichts weniger als gut.‹ Es waren nun noch drei Stunden bis zum Gebete übrig. Doch er sprach: ›Ich wünsche nicht, im Zweifel darüber zu sein; ja, ich muß die Zeit ganz genau wissen, denn wahrlich: Wer nur in Vermutungen spricht, entgehet dem Tadel nicht, – besonders ein Mensch wie ich, dessen Vorzüge bei den Menschen bekannt und berühmt sind; und so ziemt es mir nicht, aufs Geratewohl zu reden, wie es so die gewöhnlichen Astrologen tun.‹ Dann warf er das Messer aus der Hand und nahm das Astrolabium; und er ging hinaus unter die Sonne und blieb eine lange Weile dort stehen; und schließlich kehrte er zu mir zurück und sagte: ›Es bleiben bis zur Zeit des Gebets noch drei Stunden, nicht mehr und nicht weniger.‹ Da rief ich: ›Um Gottes willen, halte den Mund, du zerreißest mir das Herz!‹ Und er nahm das Messer wieder auf, schärfte es, wie er vorher getan hatte, und rasierte mir wieder an meinem Kopfe und sprach: ›Ich bin in Sorge wegen deiner Eile, und wirklich, du tätest gut daran, mich ihren Grund wissen zu lassen, da du ja weißt, daß weder dein Vater noch auch dein Großvater je das geringste unternahmen, ohne mich vorher um Rat zu fragen.‹ Als ich sah, daß es kein Entkommen gab, da sagte ich bei mir selber: ›Die Zeit des Gebetes naht, und ich möchte zu ihr gehen, ehe die Leute vom Gebet zurückkommen. Wenn ich noch länger aufgehalten werde, so weiß ich nicht mehr, wie ich zu ihr hineinkommen soll.‹ Und ich sprach laut: ›Mach schnell und laß ab von deinem Geschwätz und deiner Aufdringlichkeit! Ich will zu einer Gesellschaft im Hause eines meiner Freunde gehen.‹ Als er mich von einer Gesellschaft reden hörte, rief er aus: ›Dieser dein Tag ist ein gesegneter Tag für mich! Eben gestern lud ich mir eine Gesellschaft von Freunden ein, und ich habe vergessen, Speise für sie zu besorgen; jetzt denke ich wieder daran: o weh, die Schmach!‹ ›Darüber mache dir keine Sorge‹, erwiderte ich, ›sagte ich dir nicht, daß ich heute bei einer Gesellschaft bin? Also soll alles Trinkbare und Eßbare in meinem Hause dein sein, wenn du deine Arbeit beenden willst und dich beeilst, mir meinen Kopf zu rasieren.‹ Da sprach er: ›Allah vergelte dir mit Gutem! Beschreibe mir doch, was du für meine Gäste hast, damit ich es weiß!‹ Ich erwiderte: ›Fünf Arten von Fleisch, zehn gebratene Küken und ein geröstetes Lamm.‹ ›Laß sie mir bringen‹, sprach er, ›damit ich sie sehe!‹ Da ließ ich ihm das alles bringen. Und als er es sah, da rief er: ›Aber noch fehlt der Wein‹; und ich: ›Den habe ich auch!‹ Er darauf: ›Laß ihn bringen!‹ Ich ließ ihn holen, und er rief aus: ›Allah segne dich für deine Freigebigkeit! Doch es fehlt noch an Räucherwerk und Essenzen.‹ Da ließ ich ihm eine Schachtel bringen, mit Mischspezerei, Aloe, Amber und Moschus, das Ganze im Wert von fünfzig Dinaren. Jetzt aber drängte die Zeit, und auch ich selbst fühlte mich bedrängt, und so sagte ich zu ihm: ›Nimm alles und rasiere mir den Kopf zu Ende, beim Leben Mohammeds – Allah segne ihn und gebe ihm Heil!‹ Der Barbier jedoch sprach: ›Bei Allah, ich will es nicht nehmen, bis ich alles sehe, was darin ist.‹ So befahl ich dem Sklaven, den Kasten zu öffnen; der Barbier legte das Astrolabium aus der Hand, hockte sich nieder auf den Boden und drehte die Essenzen und das Räucherwerk und das Aloeholz in der Schachtel hin und her, bis ich ganz beklommen wurde. Schließlich trat er zu mir her, griff wieder zum Messer, rasierte meinen Kopf ein wenig und sprach die Verse:

> Es wächst der Sohn heran, gleichwie sein Vater war;
> Denn siehe, aus den Wurzeln sproßt der Baum empor.

Und er fuhr fort: ›Bei Allah, mein Sohn, ich weiß nicht, ob ich dir danken soll oder deinem Vater; denn heute kommt alles, womit ich meine Gäste bewirte, nur von deiner Güte und Wohltat; und wenn auch keiner meiner Gäste es wert ist, so habe ich doch eine Reihe ehrenwerter Männer zu Gaste: zum Beispiel Zaitûn, den Badbesitzer, und Salî', den Kornhändler, und Sîlat, den Bohnenverkäufer, und 'Ikrischa, den Grünkrämer, und Humaid, den Straßenkehrer, und Sa'îd, den Kameltreiber, und Suwaid, den Lastträger, und Abu Makârisch, den Badediener, und Kasîm, den Wächter, und Karîm, den Stallknecht. Und unter ihnen ist keiner, der stumpfsinnig wäre oder ein Schreihals, vom Trunk betört, noch auch ein Händelsucher oder jemand, der die Freude stört; und ein jeder von ihnen hat einen eigenen Tanz, den er tanzt, und ein paar Verse, die er singt; und was das beste an ihnen ist, sie sind, genau wie dein Diener, dein Sklave hier und verstehen nicht viel zu reden noch auch aufdringlich zu sein. Der Badbesitzer singt zum Tamburin ein bezauberndes Lied; er steht auf und tanzt und singt:

Ich geh zu meiner Mutter und fülle meinen Krug.

Der Kornhändler steht höher in der Kunst als irgend sonst einer; er tanzt und singt:

O Heulweib, o Herrin, du kannst es so gut.

Er läßt niemandem die Eingeweide heil, so muß man über ihn lachen. Aber der Straßenkehrer singt, daß die Vögel innehalten; und er tanzt und singt:

Was meine Frau weiß, steckt in einer Kiste!

Und er genießt Achtung, denn er ist ein netter Kerl; und von seinen Vorzügen sage ich immer:

Mein Leben geb ich für den Kehrer, zu dem ich in Liebe mich neige;
In seiner süßen Gestalt gleicht er dem schwankenden Zweige.

Das Schicksal schenkte ihn mir eines Abends, da sagte ich –
Und die immer wachsende Sehnsucht fraß und zermürbte mich –:
Du legtest dein Feuer ins Herz mir! Drauf sprach zu mir der Mann:
Kein Wunder ists, zündet der Kehrer mal auch die Öfen an!

Ein jeder von ihnen ist vollkommen in allem, was den Verstand mit Freude und Heiterkeit bezaubern kann‹; und er fügte hinzu: ›Aber Hören ist noch nicht Sehen; wenn du dich entschlössest, zu uns zu kommen, das wäre erwünschter für dich und für uns; drum unterlaß es, zu deinen Freunden zu gehen, mit denen du dich verabredet hast! Die Spuren der Krankheit liegen noch auf dir, und vielleicht gehst du gar unter Leute, die große Schwätzer sind und die von Dingen reden, die sie nichts angehn; oder vielleicht ist unter ihnen ein aufdringlicher Kerl, der dir ein Loch in den Kopf redet, und dabei bist du erst halb von der Krankheit genesen!‹ ›Ein andermal soll es geschehen‹, sagte ich und lachte aus zornigem Herzen; ›tu deine Arbeit an mir! Dann will ich im Schutze Allahs des Erhabenen fortgehen, und du kannst dich zu deinen Freunden begeben; denn sie werden schon auf dich warten.‹ ›O mein Herr‹, erwiderte er, ›ich möchte dich nur mit diesen Burschen bekanntmachen, diesen grundgescheuten, den Söhnen von vornehmen Leuten, unter denen es keinen aufdringlichen Schwätzer gibt. Denn nie, seit ich herangewachsen bin, habe ich es ertragen können, mit einem Menschen zu verkehren, der nach dem fragt, was ihn nichts angeht, und ich habe mich nie mit andern befreundet als mit Leuten, die wie ich Menschen von wenig Worten sind. Wahrlich, wenn du mit ihnen verkehrtest oder sie auch nur einmal sähest, du würdest alle deine Freunde verlassen.‹ Ich sprach zu ihm: ›Allah mache dein Vergnügen mit ihnen vollkommen! Ich muß wirklich mal eines Tages zu ihnen gehen.‹ Aber er sagte: ›Ich wünschte, es wäre heute! Wenn du dich entschließen könntest, mit mir zu meinen Freunden zu gehen, so laß uns mit deinen Gaben zu ihnen gehen! Doch wenn du durchaus heute zu deinen Freunden gehen willst, so will ich diese guten Dinge, mit denen du mich beehrt hast, zu meinen Gästen bringen und ihnen sagen, daß sie essen sollen und trinken und nicht auf mich warten. Dann will ich zu dir zurückkehren und dich zu deinen Freunden begleiten; denn zwischen mir und meinen Freunden gibt es keine Förmlichkeiten, die mich hinderten, sie zu verlassen. Ich werde bald zurück sein und mit dir gehen, wohin du auch gehest.‹ Da schrie ich: ›Es gibt keine Majestät und es gibt keine Macht außer bei Allah dem Erhabenen und Allmächtigen! Geh zu deinen Freunden und vergnüge dich mit ihnen; und, bitte, laß mich zu meinen Freunden gehen und heute bei ihnen bleiben, denn sie erwarten mich!‹ Der Barbier aber rief: ›Allein laß ich dich nicht gehen!‹ Und ich: ›An dem Ort, zu dem ich gehe, darf niemand eintreten außer mir.‹ Er sagte darauf: ›Ich glaube, du hast heute ein Stelldichein mit einer Frau; sonst würdest du mich mit dir nehmen. Und doch verdiente ich es am ehesten unter allen Menschen, und ich könnte dir zu dem Ziel verhelfen, das du erstrebst. Doch ich fürchte, du willst zu einer fremden Frau gehen und dein Leben verscherzen; denn in dieser Stadt Baghdad kann man nichts von solchen Dingen tun, besonders nicht an einem Tage wie diesem; dieser Wali von Baghdad ist ein sehr strenger Mann.‹ ›Holla‹, rief ich, ›du schäbiger Scheich! Scher dich weg! Was sind das für Worte, mit denen du mir kommst?‹ ›O du Tor‹, rief er, ›du sagst etwas, dessen man sich schämen sollte, und du verbirgst deine Absicht vor mir; aber ich habe es gemerkt, und ich weiß genau Bescheid. Was ich will, ist doch nur, daß ich dir heute nach Kräften helfe.‹ Nun fürchtete ich, meine Angehörigen und meine Nachbarn könnten das Gerede des Barbiers belauschen, und so schwieg ich lange. Inzwischen war die Zeit des Gebets gekommen, und die Predigt mußte schon folgen. Als er meinen Kopf zu Ende rasiert hatte, sprach ich zu ihm: ›Geh mit Speise und Trank zu deinen Freunden; und ich will warten, bis du zurückkommst! Dann sollst du mit mir gehen.‹ So bemühte ich mich krampfhaft, den verdammten Kerl da zu beschwichtigen und zu überlisten, damit er mich bloß verließe; doch er sagte, ›Du willst mich überlisten und allein zu deinem Stelldichein gehen; und du willst dich in eine Gefahr begeben, aus der es keine Rettung für dich gibt. Doch bei Allah, bei Allah! Geh nicht, bis ich bei dir zurück bin, daß ich dich begleiten kann und sehe, wie deine Sache ausläuft!‹ ›Sei es so‹, versetzte ich, ›und bleibe mir nicht zu lange aus!‹ Da nahm er alles, was ich ihm gegeben hatte, Speisen und Getränke und die anderen Dinge, und ging aus meinem Hause davon; aber der verdammte Kerl übergab es einem Träger, um es in sein Haus zu tragen, und er selbst versteckte sich in einer der Gassen. Doch ich sprang sofort auf; denn die Gebetsrufer hatten schon den Salâm des Freitags ausgerufen, das ist den Segen über den Propheten. Und ich zog mich in Eile an, ging allein hinaus, kam zu der Straße und stellte mich neben das Haus, darin ich das Mädchen gesehen hatte. Da sah ich die Alte an der Tür stehen und auf mich warten, und ich ging mit ihr hinauf ins oberste Stockwerk, in dem das Mädchen wohnte. Aber kaum war ich dort eingetreten, da kehrte plötzlich der Herr des Hauses vom Gebet in seine Wohnung zurück, trat in den großen Saal und schloß die Tür. Und ich blickte vom Fenster hinunter, sah diesen gottverfluchten Barbier an der Tür sitzen und dachte bei mir: ›Wie hat dieser Satan mich hier ausfindig gemacht?‹ Und in ebendiesem Augenblick geschah es, nach dem Willen Allahs, der beschlossen hatte, den Schleier meines Geheimnisses zu zerreißen, daß die Sklavin des Hausherrn einen Verstoß gegen ihn beging, für den er sie schlug. Sie schrie laut auf; da lief sein Sklave ins Zimmer, um ihr zu helfen, und der Kadi schlug auch ihn, und er schrie ebenfalls. Der verdammte Barbier aber vermeinte, ich würde geschlagen, und er schrie, zerriß sich die Kleider und streute sich Staub auf den Kopf und heulte immerfort und schrie um Hilfe, bis sich viel Volk um ihn gesammelt hatte; und dabei schrie er: ›Mein Herr ist ermordet im Hause des Kadis!‹ Dann lief er schreiend davon zu meinem Hause, und all das Volk hinter ihm her, und er sagte es zu meinen Angehörigen und Sklaven, und ehe ich noch wußte, was geschah, kamen sie daher mit zerrissenen Gewändern und gelöstem Haar und klagten: ›Wehe, unser Herr!‹ Und dieser Barbier lief ihnen voran in zerrissenen Kleidern, und er und das Volk schrie; meine Angehörigen schrien immerfort, und er ihnen voran, und sie heulten, indem sie riefen: ›Wehe um den Ermordeten! Wehe um den Ermordeten!‹ Und sie alle liefen auf das Haus zu, in dem ich war. Als der Hausherr den Aufruhr und das Geschrei an seiner Tür hörte, sagte er zu einem seiner Diener: ›Sieh nach, was es gibt!‹; und der Diener ging und kehrte zu seinem Herrn zurück und sagte: ›O mein Herr, am Tore drängen sich mehr als zehntausend Seelen, Männer und Weiber, und schreien: Wehe um den Ermordeten! Und sie zeigen dabei auf unser Haus.‹ Wie der Kadi das hörte, da schien ihm die Sache ernst, und er ergrimmte; so machte er sich auf, öffnete die Tür und sah eine große Menge; und er staunte und sprach: ›Ihr Leute, was gibt es?‹ ›Verfluchter! Hund! Schwein!‹ riefen meine Diener; ›du hast unseren Herrn ermordet!‹ Er fragte: ›Ihr Leute, was hat denn euer Herr getan, daß ich ihn töten sollte? Mein Haus hier steht euch offen!‹, der Barbier rief: ›Du hast ihn in diesem Augenblick mit Geißeln geschlagen, und ich hörte ihn schreien!‹ Der Kadi wiederholte: ›Was hat er denn getan, daß ich ihn schlagen sollte? Und wer hat ihn in mein Haus geführt? Woher kam er, und wohin ging er?‹ ›Sei kein alter Bösewicht!‹ rief der Barbier; ›ich kenne die Geschichte; und die ganze Sache ist die, daß deine Tochter ihn liebt und er sie; und als du erfuhrst, daß er in deinem Hause war, da hießest du deine Sklaven ihn schlagen, und sie taten es; bei Allah, zwischen uns und dir soll niemand richten als der Kalif; oder aber führe du unsern Herrn heraus, damit seine Leute ihn in Empfang nehmen, ehe ich mit Gewalt eindringe und ihn aus deinem Hause reiße und du der Schande verfällst!‹ Da sprach der Kadi, indem er seine Zunge voller Scheu vor dem Volke im Zaume hielt: ›Wenn du die Wahrheit redest, so komm herein und hole ihn!‹ Nun drängte der Barbier vorwärts und trat in das Haus; und als ich den Barbier eintreten sah, da spähte ich aus nach einem Mittel zu Flucht und Entrinnen, doch ich fand nichts, außer einer großen Kiste in dem oberen Zimmer, in dem ich war. In die sprang ich hinein und zog den Deckel herunter und hielt meinen Atem an. Jener kam in das Haus; aber kaum war er darin, so lief er nach mir, schaute sich in dem Zimmer um, in dem ich war, wandte sich nach rechts und nach links, trat an die Kiste heran, in der ich mich befand, und hob sie sich auf den Kopf; da verlor ich fast die Besinnung. Dann rannte er spornstreichs davon. Weil ich nun wußte, daß er nicht von mir lassen würde, faßte ich mir ein Herz, öffnete die Kiste und sprang hinaus auf die Erde. Dabei brach ich mir ein Bein; und da die Tür offen war, sah ich einen großen Volksschwarm draußen. Nun trug ich im Ärmel viel Gold bei mir, das ich für einen solchen Tag wie diesen und eine solche Gelegenheit vorgesehen hatte; das warf ich unter das Volk, um seine Aufmerksamkeit von mir abzulenken, und während sie danach griffen und sich damit beschäftigten, hinkte ich, so schnell ich konnte, durch die Gassen von Baghdad dahin und bog bald rechts ab und bald links ein. Aber dieser verdammte Barbier war hinter mir; und wohin ich nur ging, dieser Barbier lief mir nach und schrie laut: ›Sie wollten mir meinen Herrn rauben! Preis sei Allah, der mir den Sieg verlieh wider sie und meinen Herrn aus ihren Händen befreit hat!‹ Und zu mir: ›Du hast mich andauernd durch dein Tun betrübt, bis du schließlich dies über dich selbst gebracht hast! Hätte dir Allah nicht mich geschenkt, so wärst du nie aus dieser Not entkommen, in die du geraten warst; denn sie hätten dich so ins Unglück gestürzt, daß du dich niemals hättest befreien können. Wie lange verlangst du denn, daß ich noch für dich leben soll, um dich zu retten? Bei Allah, du hast mich durch dein törichtes Tun beinahe umgebracht, wie du allein dorthin gehen wolltest. Aber ich nehme dir deine Unwissenheit nicht übel; denn du bist so arm an Verstand und neigst so zur Überstürzung!‹ Ich fuhr ihn an: ›Genügt dir noch nicht, was mir schon von dir widerfahren ist, daß du mir noch nachlaufen mußt und in den Straßen des Basars solche Reden gegen mich führen?‹ Und ich gab fast den Geist auf vor Wut gegen ihn. Dann flüchtete ich mich in den Laden eines Webers, inmitten des Basars, und suchte Schutz bei dem Eigentümer; der hielt den Barbier von mir fern.

Als ich dort in einer Vorratskammer saß, da sagte ich zu mir selber: ›Ich werde diesen verfluchten Barbier nie wieder loswerden, da er mich Tag und Nacht belagern wird; und ich kann doch seinen Anblick nicht mehr einen Atemzug lang ertragen.‹ Deshalb schickte ich sogleich nach Zeugen und schrieb meinen Letzten Willen für meine Angehörigen; ich verteilte meine Habe und ernannte einen Aufseher über meine Leute, dem ich den Auftrag gab, mein Haus und meine Ländereien zu verkaufen; und ich übertrug ihm die Fürsorge für jung und alt. Dann machte ich mich alsbald auf und reiste, um von diesem Schurken befreit zu werden; und ich ließ mich schließlich nieder in eurer Stadt, wo ich seit einiger Zeit schon lebe. Als ihr mich nun eingeladen hattet und ich hierhergekommen war, da sah ich diesen verfluchten Schurken bei euch, der auf dem Ehrenplatz saß. Wie sollte denn mein Herz froh sein und heiter mein Aufenthalt in der Gesellschaft dieses Burschen, der all das über mich gebracht hat und die Ursache war, daß ich mir das Bein brach?‹

»Darauf lehnte der Jüngling es nochmals ab, sich zu setzen. Und als wir seine Erlebnisse mit dem Barbier gehört hatten – so fuhr der Schneider fort –, da sagten wir zu dem Barbier: ›Ist das wahr, was dieser Jüngling von dir erzählt?‹ ›Bei Allah‹, erwiderte er, ›ich handelte so an ihm dank meiner Erfahrung und meinem Verstand und meiner Großmut. Wäre ich nicht gewesen, er wäre umgekommen, und niemand war die Ursache seiner Rettung als ich allein. Es war doch gut, daß er nur am Bein litt und nicht am Leben! Wäre ich ein Mensch der vielen Worte gewesen, ich hätte nicht so gut an ihm gehandelt. Doch seht, jetzt will ich euch eine Geschichte erzählen, die mir widerfahren ist, damit ihr ganz sicher seid, daß ich ein Mensch bin, der wenig Worte macht, daß ich nicht aufdringlich bin, sondern ganz anders als meine sechs Brüder, und die Geschichte ist diese.‹

›Ich lebte in Baghdad zur Zeit des damaligen Kalifen al-Mustansir-billâh, des Sohnes von al-Mustadî-billâh, eines Fürsten, der den Armen und Bedürftigen Liebe erwies und die Gelehrten und Frommen zu sich kommen ließ. Eines Tages nun geschah es, daß er wider zehn Leute ergrimmte und dem Präfekten von Baghdad befahl, sie am Tage eines Festes vor ihn zu führen; das waren nämlich Räuber, so die Wege unsicher machten. Da zog der Präfekt der Stadt aus, nahm sie gefangen und brachte sie auf ein Boot. Als ich sie erblickte, sagte ich mir: ›Die haben sich sicher zu einem Ausflug versammelt; ich glaube, sie wollen diesen ganzen Tag in diesem Boot mit Essen und Trinken zubringen; da bin ich ja gerade der rechte Festgenosse für sie.‹ So stand ich auf, ihr Herren, und aus lauter Höflichkeit und verständiger Bescheidenheit stieg ich zu ihnen ins Boot und mischte mich unter sie. Sie ruderten hinüber zu dem anderen Ufer und landeten dort; doch die Schutzleute und Wachen kamen mit Ketten herbei und legten sie den Räubern um den Hals. Und mit den anderen legten sie auch mir eine Kette um den Hals; und nun, ihr Herren, ist es nicht ein Beweis von meiner Höflichkeit und von meiner Wortkargheit, daß ich schwieg und nicht ein Wort sprach? In Ketten führten sie uns fort und brachten uns vor al-Mustansir-billâh, den Beherrscher der Gläubigen, und er befahl, den zehn Räubern den Kopf abzuschlagen. Nachdem nun der Henker uns alle vor sich auf das Blutleder gesetzt hatte, trat er vor, zog sein Schwert und schlug einem nach dem andern den Kopf ab, bis er die zehn hingerichtet hatte und nur noch ich zurückblieb. Da sah der Kalif mich an und fragte den Henker: ›Was ist dir, daß du nur neun Köpfe abschlägst?‹ ›Allah verhüte‹, antwortete er, ›daß ich nur neun abschlüge, wenn du mir befiehlst, zehn abzuschlagen!‹ Darauf der Kalif: ›Mich dünkt, du hast nur die Köpfe von neunen abgeschlagen, und der da vor dir ist, das ist der zehnte.‹ ›Bei deiner Huld!‹ erwiderte der Henker, ›es sind aber doch zehn.‹ Da zählte man sie, und siehe es waren zehn. Nun sah der Kalif mich an und sagte: ›Was veranlaßt dich, in einer solchen Stunde zu schweigen, und wie kommst du in die Gesellschaft der Menschen des Blutes? Was ist der Grund von alledem? Du bist zwar ein alter Mann, aber dein Verstand ist gering.‹ Als ich die Worte des Beherrschers der Gläubigen hörte, sprach ich zu ihm: ›Wisse, o Beherrscher der Gläubigen, ich bin der Scheich es-Sâmit, der Schweigsame; und ich habe sechs Brüder. Ich bin ein Mann von großer Gelahrtheit; und meine verständige Bescheidenheit und meine ausgezeichnete Vernünftigkeit und die Kargheit meiner Rede, all das ist ohne Grenzen, und von Beruf bin ich Barbier. Als ich gestern in der Frühe ausging, sah ich diese zehn, wie sie zu einem Boote gingen; und da ich glaubte, sie seien auf einem Ausfluge, so mischte ich mich unter sie und stieg mit ihnen ins Boot. Nach einer kurzen Weile aber kamen die Wachen und legten ihnen Ketten um den Hals, und mit den anderen legten sie auch mir eine Kette um den Hals; im Übermaß meiner Höflichkeit aber schwieg ich und sprach kein Wort; und das war nichts als Höflichkeit von meiner Seite. Sie nahmen uns mit und brachten uns vor dich; da gabst du Befehl, den zehnen den Kopf abzuschlagen; ich aber blieb vor dem Henker sitzen, ohne mich euch zu erkennen zu geben; und es geschah nur aus meiner übergroßen Höflichkeit, daß ich ihnen bei der Hinrichtung Gesellschaft leistete. Aber mein ganzes Leben lang habe ich so edel an den Menschen gehandelt, und sie vergelten es mir auf die schmählichste Weise!‹ Als der Kalif nun meine Worte hörte und erfuhr, daß ich reich an Höflichkeit und arm an Worten wäre und ganz und gar nicht so aufdringlich, wie dieser Jüngling behauptet, den ich doch aus Todesschrecken errettet habe, da lachte er unbändig, bis er auf den Rücken fiel. Dann sprach der Kalif zu mir: ›O Schweiger, gleichen dir deine sechs Brüder an Weisheit und Wissen und Kargheit der Rede?‹, und ich erwiderte: ›Sie sollen nicht leben und gesund sein, wenn sie mir gleichen! Du tust mir eine Schmach an, o Beherrscher der Gläubigen, und es geziemt dir nicht, mich mit meinen Brüdem auf die gleiche Stufe zu stellen; denn jeder von ihnen hat infolge der Fülle seiner Rede und infolge seines

Mangels an Höflichkeit einen Makel davongetragen. Von ihnen ist einer bucklig, ein anderer gelähmt, der dritte blind, der vierte einäugig, dem fünften sind beide Ohren, dem sechsten beide Lippen abgeschnitten. Und glaube nicht, o Beherrscher der Gläubigen, daß ich viele Worte mache; aber ich muß es dir erklären, daß ich höflicher bin als sie. Ein jeder von ihnen hat seine Geschichte, die ihm den Makel eingebracht hat, und diese Geschichten will ich dir erzählen.‹

## DES BARBIERS ERZÄHLUNG VON SEINEM ERSTEN BRUDER

›Wisse denn, o Beherrscher der Gläubigen, mein erster Bruder, der Bucklige, übte in Baghdad das Schneidergewerbe aus, und er nähte in einem Laden, den er von einem sehr begüterten Manne gemietet hatte; jener Mann aber wohnte über dem Laden, und unten im Hause war noch eine Kornmühle. Eines Tages nun, während mein Bruder, der Bucklige, in dem Laden saß und schneiderte, hob er einmal den Kopf und sah in einem Fenster des Hauses eine Dame, dem aufgehenden Monde gleich, wie sie die Vorübergehenden betrachtete. Und als mein Bruder sie erblickte, wurde sein Herz von Liebe zu ihr erfaßt, und jenen ganzen Tag lang starrte er sie an und vergaß darüber zu schneidern, bis es Abend war. Am nächsten Morgen früh aber öffnete er seinen Laden und setzte sich hin, um zu nähen; doch sooft er einen Stich tat, blickte er hinauf zum Fenster und sah sie wie zuvor; und seine Liebe und seine Leidenschaft zu ihr wuchsen immer mehr. Und als er am dritten Tage wieder an seiner gewohnten Stelle saß und sie anstarrte, erblickte die Dame ihn, und da sie merkte, daß er von der Liebe zu ihr gefangengenommen war, lächelte sie ihm zu, und er lächelte zurück. Darauf verschwand sie und schickte alsbald ihre Sklavin zu ihm mit einem Tuche, in dem sich ein Stück rotgeblümten Stoffes befand. Die sprach ihn an und sagte: ›Meine Herrin grüßt dich und läßt dir sagen, du möchtest mit geschickter Hand aus diesem Stoffe ein Hemd zuschneiden und es fein nähen.‹ Er antwortete: ›Ich höre und gehorche!‹, schnitt ein Hemd für sie zu und nähte es am selben Tage fertig. Und als der Morgen tagte, kam das Mädchen früh wieder zu ihm und sagte: ›Meine Herrin grüßt dich und fragt, wie du die Nacht verbracht hast; denn sie hat keinen Schlaf gefunden, weil ihr Herz mit dir beschäftigt war.‹ Darauf legte sie ein Stück gelben Atlas vor ihn hin und sagte: ›Meine Herrin läßt dir sagen, du möchtest ihr ein Paar Hosen aus diesem Atlas zuschneiden und sie noch heute nähen.‹ ›Ich höre und gehorche!‹ erwiderte er; ›grüße sie von mir vielmals und sage ihr: Dein Sklave ist an deinen Befehl gebunden, und so befiehl ihm, was du willst!‹ Dann machte er sich ans Zuschneiden und nähte eifrig an den Hosen, und nach einer Weile erschien die Dame am Fenster und grüßte ihn durch Zeichen, bald senkte sie die Blicke und bald lächelte sie ihn an; da begann er zu glauben, daß er sie gewinnen würde. Dann entschwand sie seinem Blick, aber die Sklavin kam, und der übergab er die Hosen; sie nahm sie und ging ihrer Wege. Und als es Nacht war, da warf er sich auf sein Lager und wälzte sich bis zum Morgen hin und her; und bei Tagesanbruch stand er auf und setzte sich an seine Stätte. Da kam das Mädchen zu ihm und sagte: ›Mein Herr verlangt nach dir.‹ Als er das hörte, geriet er in große Furcht; die Sklavin aber sagte, als sie seine Angst bemerkte: ›Habe keine Furcht! Nichts als Gutes wartet dort auf dich. Meine Herrin hat meinen Herrn schon mit dir bekannt gemacht.‹ Des freute sich mein Bruder gar sehr und er ging sofort mit ihr; und als er vor ihren Herrn trat, den Gatten der Dame, da küßte er den Boden. Jener gab seinen Gruß zurück und reichte ihm dann ein großes Stück Leinen und sagte: ›Schneide mir dies zu und nähe mir Hemden daraus!‹ Mein Bruder antwortete: ›Ich höre und gehorche!‹ und schnitt ununterbrochen zu, bis er um die Zeit des Nachtmahls zwanzig Hemden beendet hatte; denn er nahm sich keine Zeit zum Essen. Dann fragte der Hausherr ihn: ›Was ist der Lohn dafür?‹, und er erwiderte: ›Zwanzig Dirhems.‹ Da rief der Herr der Sklavin zu: ›Bringe zwanzig Dirhems her!‹ Mein Bruder sprach kein Wort; aber die junge Frau machte ihm ein Zeichen, das bedeutete, er solle von dem Herrn nichts annehmen. Darum sagte er nun: ›Bei Allah, ich werde nichts von dir nehmen.‹ Er nahm das Schneiderwerkzeug und ging hinaus, obgleich er sehr nötig Geld brauchte. Und nun blieb er drei Tage lang, indem er nur ganz wenig aß und trank, eifrig bei der Arbeit, die er für jene Leute zu machen hatte. Dann kam die Sklavin und sagte zu ihm: ›Was hast du geschafft?‹ Er sprach: ›Sie sind fertig‹, nahm sie und ging damit zu den Leuten hinauf. Und er übergab die Hemden dem Gatten der Dame und ging sofort wieder davon.

Nun hatte die junge Frau ihrem Gatten gesagt, wie es mit meinem Bruder stand, ohne daß dieser etwas davon ahnte; und die beiden hatten sich verabredet, ihn umsonst für sich Schneiderarbeit verrichten zu lassen und ihn zum besten zu haben. Am nächsten Morgen ging er in seinen Laden; da kam die Sklavin und sagte zu ihm: ›Mein Herr läßt dich rufen.‹ Sofort ging er mit ihr, und als er vor jenem stand, sprach der zu ihm: ›Ich möchte, daß du mir fünf Gewänder mit langen Ärmeln zuschneidest.‹ Und er schnitt sie zu, nahm den Stoff mit sich und ging davon. Dann nähte er jene Gewänder und brachte sie dem Herrn, und der lobte seine Arbeit und rief nach einem Beutel Silbers. Doch als er die Hand ausstreckte, machte die Dame, die hinter ihrem Gatten stand, ein Zeichen, er solle nichts annehmen, und so sprach er zu dem Manne: ›O mein Herr, es hat keine Eile; dafür ist immer noch Zeit.‹ Und er verließ das Haus elender als ein Esel; denn fünf Dinge waren in ihm vereinigt: Liebe, Armut, Hunger, Blöße und Müdigkeit. Doch er raffte sich auf, und als er all ihre Arbeit vollendet hatte, da spielten sie ihm einen Streich und vermählten ihn mit ihrer Sklavin; und als er nachts zu ihr gehen wollte, sagten sie zu ihm: ›Bleib heute nacht in der Mühle bis morgen früh, das wird Glück bringen!‹ Und da mein Bruder glaubte, das sei wahr, so übernachtete er allein in der Mühle. Nun war der Gatte der Dame hingegangen und hatte den Müller angewiesen, die Mühle vom Schneider drehen zu lassen. Um Mitternacht also kam der Müller zu ihm herein und fing an zu reden: ›Der Ochse da ist faul! Er steht still und will die Mühle heute nacht nicht drehen, und doch ist des Kornes bei uns viel!‹ Darauf trat er zum Mühlwerke und füllte den Trichter mit Korn; dann ging er mit einem Strick in der Hand zu meinem Bruder, band ihn ihm um den Hals und rief: ›Hü! Lauf herum um das Korn! Du willst wohl immer nur fressen und Dreck und Wasser machen!‹ Dann nahm er eine Peitsche in die Hand, schlug meinen Bruder damit, und der begann zu weinen und zu schreien; aber er fand keinen Beschützer, und so wurde bis vor kurz vor Tagesanbruch der Weizen gemahlen. Da kam der Hausherr und sah meinen Bruder ins Joch gespannt und ging wieder fort. Und am frühen Morgen kam die Sklavin und band ihn los und sagte: ›Mir und meiner Herrin geht das, was dir widerfahren ist, sehr zu Herzen, und wir haben deinen Kummer mit dir getragen.‹ Doch ihm versagte nach all den Schlägen und der Arbeit die Zunge, um zu antworten. Darauf ging mein Bruder in seine Wohnung, und siehe, der Meister, der seinen Ehevertrag geschrieben hatte, trat ein, begrüßte ihn mit den Worten: ›Friede sei mit dir!‹ und sagte: ›Allah gewähre dir ein langes Leben! Dein Antlitz sagt mir, du hast die Nacht vom Abend bis zum Morgen in Wonne und Scherzen und Kosen verbracht.‹ ›Allah gewähre dem Lügner keinen Frieden, o du tausendfacher Hahnrei!‹ rief mein Bruder; ›bei Allah, ich habe bis zum Morgen nichts getan als an Stelle des Ochsen die Mühle gedreht!‹ Jener bat: ›Erzähle mir deine Geschichte‹, und mein Bruder erzählte ihm alles, was ihm widerfahren war, worauf der Meister sagte: ›Dein Stern stimmt nicht zu ihrem Stern; doch wenn du willst, so will ich den Vertrag für dich ändern‹; und er fügte noch hinzu: ›Nimm dich in acht, wenn ein neuer Betrug deiner harrt!‹ Dann verließ er ihn; mein Bruder aber ging in seinen Laden und wartete, daß jemand Arbeit brächte, durch die er sein täglich Brot verdienen könnte. Doch plötzlich kam die Sklavin zu ihm und sagte: ›Meine Herrin läßt dich rufen.‹ ›Geh von mir, o mein gutes Mädchen‹, erwiderte er, ›zwischen mir und deiner Herrin gibt es keine Beziehungen mehr!‹ Und das Mädchen ging fort und berichtete ihrer Herrin diese Worte; doch ehe mein Bruder sich dessen versah, steckte die Dame den Kopf zum Fenster hinaus und sprach unter Tränen: ›Weshalb, o mein Geliebter, soll es zwischen mir und dir keine Beziehungen mehr geben?‹ Er aber gab keine Antwort. Da schwor sie ihm, das was ihm in der Mühle widerfahren war, sei gegen ihren Willen geschehen, und sie sei an alledem ohne Schuld, und als mein Bruder auf ihre Schönheit und ihre Lieblichkeit blickte und ihre süße Stimme hörte, da wich der Gram, der ihn ergriffen hatte, von ihm, er ließ ihre Entschuldigung gelten und freute sich ihres Anblicks. Dann grüßte er sie und sprach mit ihr und saß wieder eine Weile bei seiner Schneiderarbeit; und schließlich kam die Sklavin zu ihm und sagte: ›Meine Herrin grüßt dich und teilt dir mit, daß ihr Gatte vorhat, die Nacht bei seinen Freunden zu verbringen. Wenn er also dorthin gegangen ist, so komm du zu uns und verbringe die Nacht mit meiner Herrin im herrlichsten Genusse bis zum Morgen.‹

Nun aber hatte ihr Gatte sie gefragt: ›Wie sollen wir es anfangen, ihn von dir fortzutreiben?‹, und sie hatte gesagt: ›Laß mich ihm noch einen anderen Streich spielen und ihn stadtbekannt machen!‹ Doch mein Bruder wußte nichts von der Arglist der Frauen. Und als es Abend war, kam die Sklavin zu ihm und führte ihn mit sich zurück; und wie die Dame meinen Bruder erblickte, da rief sie aus: ›Bei Allah, mein Gebieter, ich habe mich sehr nach dir gesehnt.‹ ›Um Allahs willen‹, erwiderte er, ›küsse mich schnell vor allem anderen!‹ Kaum aber hatte er das gesagt, so trat der Gatte der Dame aus dem nächsten Zimmer herein und schrie ihn an: ›Bei Allah, ich werde dich erst bei dem Hauptmann der Stadtwache wieder loslassen!‹ Nun bat mein Bruder ihn flehentlich; doch er wollte nicht auf ihn hören, sondern führte ihn vor den Präfekten, der ihn peitschen und auf ein Kamel setzen ließ, auf dem er durch die ganze Stadt geführt wurde, während die Leute ausriefen: ›Dies ist die Strafe für den, der in den Harem ehrenwerter Männer eindringt!‹ Er wurde aus der Stadt verbannt und zog aus, ohne zu wissen, wohin er sich wenden sollte;

ich aber war um ihn besorgt und ging ihm nach, holte ihn ein und führte ihn zurück und nahm ihn auf in mein Haus, allwo er noch lebt.‹ Der Kalif lachte über meine Geschichte und sagte: ›Du hast gut gehandelt, o Schweiger, o Wortkarger!‹, und er ließ mir ein Geschenk geben und befahl mir, davonzugehen. Ich aber sagte: ›Ich will nichts von dir nehmen, es sei denn, daß ich dir zuvor erzähle, was meinen anderen Brüdern widerfahren ist; doch glaube nicht, ich sei ein Mann vieler Worte!‹

## DES BARBIERS ERZÄHLUNG VON SEINEM ZWEITEN BRUDER

›Wisse, o Beherrscher der Gläubigen, mein zweiter Bruder heißt der Plapperer, und er ist der Gelähmte. Es geschah eines Tages, als er ausging zu einer Besorgung, daß ein altes Weib ihm begegnete und zu ihm sprach: ›Mann, bleib ein wenig stehen, damit ich dir einen Vorschlag machen kann! Wenn er dir zusagt, so führe ihn mir aus und bitte Allah um gutes Gelingen!‹ Da blieb mein Bruder stehen, und sie fuhr fort: ›Ich will dir von etwas erzählen und dich dorthin führen, doch du darfst nicht viele Worte machen!‹ ›Sprich dich aus!‹ sagte er; und sie: ›Was meinst du zu einem schönen Hause und einem lieblichen Garten mit fließenden Wassern, Früchten und Wein und einem hübschen Gesicht, das du von Abend bis zum Morgen küssen darfst? Und wenn du tust, was ich dir rate, so wirst du dein Glück erleben.‹ Als mein Bruder ihre Worte vernahm, sprach er zu ihr: ›O meine Herrin, wie kommt es, daß du unter allen Menschen gerade mir dies alles darbietest, und was gefällt dir so an mir?‹ Sie aber erwiderte meinem Bruder: ›Habe ich dir nicht gesagt, du solltest nicht viele Worte machen? Schweig und komm mit mir!‹ Darauf wandte die Alte sich um, und mein Bruder folgte ihr, voll Verlangen nach dem, was sie ihm geschildert hatte, bis sie in ein geräumiges Haus mit vielen Dienern eintraten. Als sie ihn aus dem unteren Stockwerk in das obere führte, bemerkte mein Bruder, daß es ein vornehmes Schloß war. Und als die Leute des Hauses ihn sahen, fragten sie ihn: ›Wer hat dich hierher gebracht?‹ Aber die Alte erwiderte ihnen: ›Laßt ihn in Ruhe und stört ihn nicht; er ist ein Handwerker, und wir haben ihn nötig!‹ Dann führte sie ihn in ein geschmücktes Gemach, so schön, wie sein Auge es noch nie gesehen. Als sie in das Gemach eintraten, erhoben sich die Frauen und hießen ihn willkommen und ließen ihn neben sich sitzen. Kaum hatte er dort einen Augenblick verweilt, da vernahm er ein lautes Geräusch, und herein trat eine Schar von Sklavinnen, die eine Dame umringten, dem Monde gleich in der Nacht seiner Fülle. Mein Bruder richtete seinen Blick auf sie, stand auf und verneigte sich vor ihr; und sie hieß ihn willkommen und winkte ihm, sich zu setzen. Als er sich gesetzt hatte, trat sie auf ihn zu und sprach zu ihm: ›Allah bringe dich zu Ehren! Geht es dir gut?‹ ›O meine Herrin‹, versetzte er, ›es geht mir sehr gut.‹ Darauf befahl sie Speisen zu bringen, und man setzte feine Speisen vor sie hin; und sie ließ sich nieder, um zu essen. Bei alledem hörte die Dame nicht auf zu lachen; aber sooft mein Bruder sie ansah, wandte sie ihren Blick ab zu ihren Sklavinnen hin, als ob sie über die lachte. Meinem Bruder aber machte sie Zeichen der Liebe und scherzte mit ihm. Und er, der Esel, merkte nichts; vielmehr, da die Leidenschaft ihn so ganz überwältigt hatte, bildete er sich ein, die Dame sei in ihn verliebt. Als sie gegessen hatten, trug man den Wein auf; dann kamen der Mädchen zehn, wie Monde so schön, die trugen wohlgestimmte Lauten in den Händen und begannen mit wehmütig-schönen Stimmen zu singen. Da überwältigte meinen Bruder das Entzücken, und er nahm einen Becher aus der Hand der Dame und trank ihn vor ihr stehend aus. Darauf trank auch sie einen Becher Weins, und mein Bruder sagte: ›Dein Wohl!‹, und verneigte sich. Dann reichte sie ihm einen zweiten Becher, und er trank auch ihn aus; sie aber gab ihm einen Streich auf den Nacken. Als mein Bruder dies von ihr erfuhr, lief er eiligst davon; aber die Alte folgte ihm und gab ihm Zeichen mit ihren Augen, daß er zurückkehren sollte. So kam er denn wieder, und die Dame hieß ihn sich setzen; und er ließ sich nieder und blieb sitzen, ohne ein Wort zu sagen. Und wieder schlug sie ihn ins Genick; und auch das genügte ihr noch nicht, sondern sie befahl sogar all ihren Sklavinnen, ihn zu schlagen, während er zu der Alten sagte: ›Nie habe ich etwas Schöneres erlebt als dies.‹ Die Alte aber sagte immerfort: ›Ach bei deinem Leben, o meine Herrin!‹ Doch die Mädchen schlugen ihn, bis er fast ohnmächtig wurde. Darauf stand mein Bruder auf, um ein Geschäft zu besorgen, aber die Alte holte ihn ein und sagte zu ihm: ›Gedulde dich noch ein wenig!‹ ›Wie lange soll ich noch warten?‹ fragte mein Bruder; ›von den Schlägen bin ich ja fast ohnmächtig geworden.‹ ›Wenn sie trunken ist‹, erwiderte sie, ›wirst du dein Ziel erreichen.‹ Also kehrte mein Bruder auf seinen Platz zurück und setzte sich; die Sklavinnen aber standen samt und sonders auf, und die Dame befahl ihnen, ihn mit Weihrauch zu beräuchern und ihm das Gesicht mit Rosenwasser zu besprengen. Jene führten den Befehl aus; die Dame aber sprach zu ihm: ›Allah bringe dich zu Ehren! Du hast mein Haus betreten und meine Bedingungen eingehalten; denn wer mir zuwider handelt, den schicke ich hinweg; doch wer geduldig ist, erreicht sein Ziel.‹ ›O meine Gebieterin‹, sagte mein Bruder, ›ich bin dein Sklave und in deiner Gewalt!‹ ›So wisse‹, fuhr sie fort, ›mich hat Allah zu einer leidenschaftlichen Freundin lustiger Scherze gemacht; und wer mir gehorcht, der erhält, was er wünscht.‹ Dann befahl sie den Mädchen, mit lauter Stimme zu singen, so daß die ganze Gesellschaft entzückt war; und dann sprach sie zu einer von den Sklavinnen: ›Nimm deinen Herrn und tu, was nötig ist, und bring ihn mir alsbald zurück!‹ Da nahm das Mädchen meinen Bruder, ohne daß er wußte, was sie mit ihm beginnen wollte; aber die Alte folgte ihm und sagte: ›Sei geduldig! Es bleibt nur noch wenig zu tun.‹ Und sein Gesicht hellte sich auf, und er wandte sich der Dame wieder zu, während die Alte immerfort sagte: ›Sei geduldig, jetzt wirst du gleich erreichen, was du wünschest!‹ Da fragte er sie: ›Sage mir, was dieses Mädchen mit mir tun soll!‹ ›Dort harrt deiner nichts als Gutes‹, erwiderte sie, ›so wahr ich mich für dich hingebe! Sie soll dir nur die Augenbrauen färben und den Schnurrbart auszupfen.‹ Er sagte: ›Die Farbe auf den Augenbrauen geht beim Waschen wieder ab, aber wenn man mir den Schnurrbart auszupft, das tut weh.‹ ›Nimm dich in acht‹, rief die Alte, ›daß du ihr nicht zuwider handelst! Denn ihr Herz hängt an dir.‹ Und so ließ mein Bruder sich geduldig die Brauen färben und den Schnurrbart auszupfen; und die Sklavin kehrte zu ihrer Herrin zurück und sagte ihr Bescheid. Diese sagte zu ihr: ›Jetzt bleibt noch eins zu tun; du mußt ihm den Bart scheren, daß er ganz glatt wird.‹ Die Sklavin ging darauf zu ihm zurück und sagte ihm, was ihre Herrin ihr befohlen hatte; und mein Bruder, der Dummkopf, erwiderte ihr: ›Was soll ich anfangen, wenn ich unter den Leuten zum Gespött werde?‹ Doch die Alte sagte: ›Sie will das nur tun, damit du werdest wie ein bartloser Jüngling und damit nichts in deinem Gesichte bleibt, was sie kratzt und sticht; denn ihr Herz ist in leidenschaftlicher Liebe zu dir entbrannt. Also sei geduldig!‹ Und mein Bruder war geduldig, gehorchte dem Mädchen und ließ sich den Bart rasieren; und als er wieder vor die Dame geführt wurde, siehe, da waren ihm die Brauen mit Farbe betupft, und der Schnurrbart war ihm ausgezupft, das Kinn rasiert und die Wangen rot angestrichen. Zuerst erschrak sie über ihn; dann lachte sie, bis sie auf den Rücken fiel, und sagte nun: ›Mein Gebieter, wahrlich, du hast durch deine gute Natur mein Herz gewonnen!‹ Und sie beschwor ihn bei ihrem Leben, vor ihr zu tanzen, und er begann zu tanzen, während sie im Zimmer kein Kissen übrig ließ, das sie ihm nicht an den Kopf warf; und ebenso bewarfen ihn all die Sklavinnen, eine mit einer Orange, die andere mit einer Limone, die dritte mit einer Zitrone, bis er hinfiel, halb ohnmächtig von den Schlägen und Streichen auf seinen Nacken und von dem Bewerfen mit Kissen und Früchten. ›Jetzt hast du dein Ziel erreicht‹, sagte die Alte zu ihm, ›wisse, nun harren deiner keine Schläge mehr, und nur noch eins bleibt zu tun übrig. Und das ist folgendes: sie wird dir befehlen, daß du deine Kleider ablegst und laufest, während sie vor dir herläuft, als ob sie vor dir fliehen wollte; du aber folge ihr von Ort zu Ort‹; und sie fügte hinzu: ›Zieh deine Kleider nur gleich aus!‹

Und er, der Welt entrückt, legte alle seine Kleider ab und stand ganz nackt da. Dann sagte die Dame zu ihm: ›Nun halt dich bereit zum Lauf; ich werde auch laufen!‹ Darauf rief sie ihm zu: ›Wenn du etwas willst, so folge mir!‹ Und sie lief vor ihm her, und er lief ihr nach, und sie eilte von Zimmer zu Zimmer immer weiter; mein Bruder hinter ihr her, wie ein Verrückter. Und schließlich eilte sie vor ihm her in einen dunklen Raum und er ihr nach in rasendem Lauf; aber plötzlich trat er auf eine weiche Stelle, die unter ihm durchbrach; und ehe er sich dessen versah, befand er sich mitten auf der Straße im Basar der Lederhändler, die ihre Häute ausriefen und kauften und verkauften. Als sie ihn in diesem Zustande sahen: nackt, mit rasiertem Kinn, mit gefärbten Brauen und rot angestrichenem Gesicht, – da schrien sie und klatschten ihn aus und begannen mit den Häuten auf seinen nackten Leib zu schlagen, bis er ohnmächtig hinfiel. Und sie luden ihn auf einen Esel und führten ihn zu dem Präfekten. Der sprach zu ihnen: ›Was ist dies?‹ Sie antworteten: ›Der da fiel plötzlich in diesem Zustand aus des Wesirs Haus auf uns nieder.‹ Da ließ der Präfekt ihm hundert Peitschenhiebe verabfolgen und verbannte ihn aus Baghdad. Ich aber ging ihm nach und brachte ihn heimlich in die Stadt zurück und gab ihm ein Taggeld, damit er leben kann. Wäre ich nicht so großmütig, dann hätte ich seinesgleichen nicht ertragen.‹

## DES BARBIERS ERZÄHLUNG VON SEINEM DRITTEN BRUDER

›Was nun meinen dritten Bruder betrifft, so heißt er el-Fakîk, und er ist der Blinde. Eines Tages trieben ihn Schicksal und Verhängnis vor ein großes Haus, und er klopfte an die Tür, da er den Eigentümer sprechen wollte, um etwas von ihm zu erbetteln. Der Herr des Hauses rief: ›Wer steht an der Tür?‹ Aber mein Bruder sprach kein Wort, und alsbald hörte er ihn mit lauter Stimme wiederholen: ›Wer ist da?‹ Doch er gab wiederum keine Antwort, und jetzt hörte er, wie der Hausherr an die Tür kam, sie öffnete und fragte: ›Was willst du?‹ Und mein Bruder versetzte: ›Etwas um Allahs des Erhabenen willen.‹ ›Bist du blind?‹ fragte ihn jener; und mein Bruder erwiderte: ›Ja.‹ Der Hausherr sprach: ›Reiche mir deine Hand!‹ Und mein Bruder reichte ihm die Hand hin, denn er glaubte, jener werde ihm etwas geben; der aber ergriff die Hand, führte ihn ins Haus und brachte ihn hinauf von Treppe zu Treppe, bis sie oben auf die Terrasse kamen; und mein Bruder glaubte derweilen, er werde ihm sicherlich Geld oder etwas zu essen geben. Als er nun oben war, fragte jener: ›Was begehrst du, o Blinder?‹ und mein Bruder erwiderte: ›Etwas um Allahs des Erhabenen willen.‹ ›Allah öffne dir eine andere Tür!‹ ›Mann! weshalb sagtest du das nicht, als ich unten war?‹ ›Du Lump, weshalb gabst du mir keine Antwort, als ich dich zum ersten Mal fragte?‹ ›Und was willst du jetzt mit mir tun?‹ ›Ich habe nichts für dich.‹ ›So führe mich die Treppen hinunter!‹ ›Der Weg liegt vor dir.‹ Und mein Bruder machte sich auf und tastete sich die Treppen hinunter, bis er der Tür auf zwanzig Stufen nahe war; da aber glitt sein Fuß aus, und er fiel hinab der Tür zu und schlug sich den Kopf auf.

Er ging hinaus und wußte nicht, wohin er sich wenden sollte; da traf er auf zwei andere Blinde, Gefährten von ihm, und die fragten ihn: ›Was hast du heute verdient?‹ Nun erzählte er ihnen, was ihm widerfahren war, und fügte hinzu: ›O meine Brüder, ich möchte etwas von dem Gelde nehmen, das ich zu Hause habe, und es für mich verwenden.‹ Der Herr des Hauses aber war ihm gefolgt und hörte, was er sagte; doch weder mein Bruder noch auch seine Gefährten bemerkten den Kerl. So ging mein Bruder in seine Wohnung, und der Hauseigentümer folgte ihm unbemerkt; dann setzte mein Bruder sich nieder, um seine Gefährten zu erwarten. Als die eingetreten waren, sagte er zu ihnen: ›Verriegelt die Tür und durchsucht das Haus, ob uns auch kein Fremder gefolgt ist!‹ Als jedoch der Fremde die Worte hörte, kletterte er an einem Strick hinauf, der von der Decke herabhing, während sie im ganzen Hause umhergingen und suchten, aber niemanden fanden. Dann kamen sie zurück, setzten sich neben meinen Bruder, zogen ihr Geld hervor und zählten es, und siehe, es waren zwölftausend Dirhems. Die legten sie in einen Winkel des Zimmers; ein jeder nahm, was er brauchte, und den Rest vergruben sie in der Erde. Dann trugen sie etwas zu essen auf und setzten sich nieder, um zu essen. Und plötzlich hörte mein Bruder neben sich ein fremdes Kauen und sagte zu seinen Freunden: ›Es ist ein Fremder unter uns‹; und er streckte die Hand aus und stieß auf die des Hauseigentümers. Da fielen sie alle über ihn her und schlugen ihn; und als sie müde wurden, riefen sie: ›O ihr Muslime, ein Dieb ist unter uns gekommen, um uns unser Geld zu stehlen!‹ Und eine große Menge sammelte sich um sie; der Eindringling aber hielt sich dicht an sie und klagte mit ihnen, wie sie klagten; und er schloß seine Augen, so daß es aussah, als gehöre er zweifellos zu ihnen, und rief: ›O Muslime, ich rufe Allah und den Sultan an, ich rufe Allah und den Präfekten an, ich habe ihm einen wichtigen Rat zu geben!‹ Da kam auch schon die Wache, verhaftete die ganze Gesellschaft, darunter meinen Bruder, und trieb sie zum Hause des Präfekten, der sie vor sich kommen ließ und fragte: ›Was ist mit euch?‹ Der Eindringling rief: ›Sieh selbst zu! Aber du wirst es nur durch die Folter herausbekommen. Fang nur zuerst mit mir an und laß mich foltern; dann aber den da, meinen Anführer!‹ Und dabei zeigte er mit der Hand auf meinen Bruder. Nun warfen sie den Fremden hin und versetzten ihm vierhundert Streiche auf sein Hinterteil. Und wie die Schläge ihn schmerzten, öffnete er das eine Auge, und als sie ihn noch kräftiger schlugen, öffnete er auch das zweite. Da schrie der Präfekt ihn an: ›Was machst du da, du Verfluchter?‹ und der bat: ›Begnadige mich! Wir vier stellen uns blind, und wir spielen den Leuten Streiche, indem wir in die Häuser eindringen und die Frauen zu sehen bekommen und durch Verführung Geld von ihnen erpressen; auf diese Weise haben wir bereits eine große Summe zusammengebracht, die beläuft sich auf zwölftausend Dirhems. Ich sprach zu meinen Gefährten: ›Gebt mir meinen Anteil, dreitausend‹; aber sie fielen mit Schlägen über mich her und nahmen mein Geld weg, und nun rufe ich Allahs und deinen Schutz an; lieber sollst du meinen Anteil haben als sie. Wenn du wissen willst, ob meine Worte wahr sind, so schlage einen jeden von den andern, mehr noch als du mich geschlagen hast, so wird er die Augen auftun.‹ Da gab der Präfekt Befehl, die Folter mit meinem Bruder zu beginnen; und sie banden ihn an ein Marterbrett, und der Präfekt sprach zu ihnen: ›Ihr Schurken, verleugnet ihr die gütigen Gaben Allahs und tut, als wäret ihr blind?‹ ›Allah! Allah!‹ rief mein Bruder, ›bei Allah, unter uns ist niemand, der sehend ist.‹ Und sie schlugen ihn, bis er in Ohnmacht fiel; da rief der Präfekt: ›Laßt ihn, bis er zur Besinnung kommt, und dann schlagt ihn von neuem!‹ Und er ließ jedem der Gefährten mehr als dreihundert Streiche verabfolgen, während der Sehende ihnen unaufhörlich sagte: ›Tut die Augen auf, sonst werdet ihr von neuem geschlagen!‹ Und schließlich sagte der Fremde zu dem Präfekten: ›Schicke einen mit mir, daß er das Geld herbringe; denn diese Leute wollen die Augen nicht auftun aus Furcht vor der Schande unter den Leuten.‹ Da schickte der Präfekt aus, um das Geld zu holen; und er gab davon dem Fremden seinen angeblichen Anteil, dreitausend Dirhems, behielt den Rest für sich und verbannte die drei Blinden aus der Stadt. Ich aber, o Beherrscher der Gläubigen, zog hinaus, holte meinen Bruder ein und fragte ihn nach seinem Erlebnis; und er berichtete mir, was ich dir erzählt habe; und ich brachte ihn heimlich zurück in die Stadt und gab ihm ein Taggeld, daß er in aller Heimlichkeit essen und trinken kann.‹

Der Kalif lachte über meine Geschichte und sprach: ›Gebt ihm ein Geschenk und laßt ihn gehen!‹ Ich aber rief: ›Bei Allah, ich will nichts nehmen, bis ich dem Beherrscher der Gläubigen erklärt habe, was meinen anderen Brüdern widerfahren ist; denn wahrlich, ich bin ein Mann von wenig Worten.‹

Und dann redete er weiter.

## DES BARBIERS ERZÄHLUNG VON SEINEM VIERTEN BRUDER

›Was nun meinen vierten Bruder angeht, o Beherrscher der Gläubigen, den Einäugigen, so war er Schlächter in Baghdad; und er verkaufte Fleisch und zog Lämmer auf, und die Großen und Reichen kauften ihr Fleisch von ihm, so daß er großen Reichtum gewann und Lasttiere und Häuser erwarb. So lebte er eine lange Zeit, bis eines Tages, als er bei seinem Laden saß, ein Greis mit langem Bart an ihn herantrat, der ihm einige Dirhems hinlegte und zu ihm sprach: ›Gib mir Fleisch dafür!‹ Und er gab ihm Fleisch für sein Geld, und der Alte ging seiner Wege. Mein Bruder aber prüfte das Silber des Scheichs, und als er sah, daß die Dirhems weiß und glänzend waren, legte er sie an besonderer Stelle nieder. Fünf Monate lang kam der Alte regelmäßig wieder, und mein Bruder legte alles Geld, das er von ihm erhielt, in einen besonderen Kasten. Schließlich aber wollte er das Geld herausnehmen, um Schafe dafür zu kaufen. Er öffnete den Kasten und fand nichts darin als rundgeschnittene Stückchen Papier; da schlug er sich das Gesicht und schrie laut auf, so daß das Volk sich um ihn sammelte, und er erzählte ihnen seine Geschichte, und alle erstaunten darüber. Mein Bruder machte sich aber an seine gewohnte Arbeit, schlachtete einen Widder und hängte ihn in seinen Laden; und er schnitt ein wenig von dem Fleisch ab und hängte es draußen auf, indem er bei sich sagte: ›O Allah, wenn doch der Unglücksalte käme!‹ Und es dauerte nicht lange, so kam der Scheich, mit dem Silber in der Hand. Da sprang mein Bruder auf, packte ihn und begann zu schreien: ›Kommt mir zu Hilfe, ihr Muslime, und hört, was mir von diesem Schurken geschah!‹ Wie der Alte seine Worte hörte, sagte er zu ihm: ›Was ist dir lieber? Daß du von mir ablässest oder daß ich dich vor allem Volk bloßstelle?‹ ›Wodurch könntest du mich bloßstellen?‹ ›Dadurch, daß du Menschenfleisch für Hammelfleisch verkaufst!‹ ›Du lügst, Verfluchter!‹ ›Nein, nur der ist der Verfluchte, in dessen Laden ein Mensch aufgehängt ist.‹ ›Wenn es so ist, wie du sagst, so soll mein Geld und mein Blut dir verfallen sein.‹ Da rief der Alte: ›Ihr Leute, wenn ihr euch von der Wahrheit meiner Worte überzeugen wollt, so tretet in seinen Laden ein.‹ Da stürzte das Volk in den Laden meines Bruders, und alle sahen dort einen Menschen hängen, in den der Widder verwandelt war. Bei diesem Anblick fielen sie denn über meinen Bruder her und schrien ihn an: ›O du Ungläubiger, du Schurke!‹, und seine besten Freunde begannen ihn zu schlagen und zu stoßen und sagten: ›Gibst du uns das Fleisch von Menschenkindern zu essen?‹ Und der Alte schlug ihn gar auf das eine Auge, so daß es auslief.

Die Leute nun trugen jenen geschlachteten Menschen vor den Hauptmann der Stadtwache, und der Alte sagte zu ihm: ›O Emir, dieser Bursche schlachtet Menschen und verkauft ihr Fleisch als Hammelfleisch, deshalb haben wir ihn vor dich geführt; wohlan, vollstrecke das Recht Allahs, des Allmächtigen und Glorreichen!‹ Mein Bruder wollte sich verteidigen; doch der Hauptmann hörte ihn nicht an, sondern verurteilte ihn zu fünfhundert Stockschlägen. Man nahm ihm auch all sein Geld; und wäre das Geld nicht gewesen, so hätte man ihn totgeschlagen. Da machte mein Bruder sich auf und wanderte alsbald fort, bis er in eine große Stadt kam, wo er es für das beste hielt, sich als Schuhflicker niederzulassen; und er tat einen Laden auf und setzte sich hinein und arbeitete so viel, daß er davon leben konnte.

Doch eines Tages, als er in Geschäften ausging, hörte er Pferdegetrappel und er fragte nach dem Anlaß und erhielt zur Antwort, der König ziehe aus zu Hatz und Jagd; da blieb mein Bruder stehen, um sich die königliche Pracht anzusehen. Nun aber traf es sich, daß das Auge des Königs auf das leere Auge meines Bruders fiel; sofort senkte der König den Kopf und sprach: ›Ich nehme meine Zuflucht zu Allah vor dem Unglück des heutigen Tages!‹ Er wandte die Zügel seines Rosses und kehrte mit allem Gefolge zurück. Dann gab er seinen Wachen Befehl; die ergriffen meinen Bruder und versetzten ihm so schmerzhafte Schläge, daß er halb tot war, ohne zu ahnen, weshalb das alles geschah. Darauf kehrte er, ganz gebrochen, nach Hause zurück. Dann ging er zu einem aus der Umgebung des Königs und erzählte ihm, was ihm widerfahren war; der andere lachte, bis er auf den Rücken fiel, und sagte: ›Mein Bruder, wisse, der König kann es nicht ertragen, einen Einäugigen anzusehen, und besonders dann nicht, wenn er auf dem rechten Auge blind ist; dann läßt er ihn nicht gehen, ohne ihn durchprügeln zu lassen.‹ Als mein Bruder diese Worte hörte, beschloß er, sogleich aus jener Stadt zu entfliehen; so machte er sich denn auf, zog fort von da und wandte sich einer anderen Gegend zu, wo ihn niemand kannte, und dort wohnte er eine lange Zeit.

Darauf nun ging mein Bruder eines Tages in Gedanken über seine Lage aus, um sich zu zerstreuen; plötzlich hörte er Pferdegetrappel hinter sich und rief: ›Allahs Gericht ist über mir!‹ Und er sah sich nach einem Versteck um, doch er fand keines. Schließlich bemerkte er eine geschlossene Tür und stemmte sich dagegen; und als sie umfiel, trat er ein und sah einen langen Gang, in dem er Zuflucht suchte; doch ehe er sich dessen versah, fielen zwei Männer über ihn her und schrien ihn an: ›Allah sei Dank, der dich in unsere Hände gegeben hat, du Feind Gottes! Drei Nächte lang hast du uns Ruhe und Schlaf geraubt, so daß du uns fast den Tod hast kosten lassen!‹ Da fragte mein Bruder: ›O ihr Leute, was ists mit euch?‹ Und sie erwiderten: ›Du täuschest uns und willst Schande über uns bringen, und du spinnst Ränke, um den Herrn des Hauses zu ermorden! Genügt es nicht, daß du ihn zum Bettler gemacht hast, du mit deinen Genossen? Aber jetzt gib uns das Messer, mit dem du uns jede Nacht bedrohst.‹ Und sie durchsuchten ihn und fanden in seinem Gürtel ein Messer; doch er sagte: ›O ihr Leute, fürchtet Allah in meiner Sache; denn wisset, meine Geschichte ist höchst seltsam!‹ ›Und wie ist deine Geschichte?‹ fragten sie; da erzählte er ihnen, was ihm widerfahren war, in der Hoffnung, sie würden ihn gehen lassen; aber sie hörten nicht auf die Worte meines Bruders und kümmerten sich nicht um ihn, sondern sie schlugen ihn und rissen ihm die Kleider herab; und als sie auf seinen Flanken die Narben der Ruten fanden, da sagten sie: ›Verfluchter, diese Narben verraten dich!‹

Dann führten sie ihn vor den Präfekten, derweilen er zu sich selber sagte: ›Jetzt werde ich für meine Sünden bestraft, und niemand kann mich befreien als Allah der Erhabene!‹ Der Präfekt aber sprach zu meinem Bruder: ›Du Schurke, was trieb dich dazu, mit der Absicht des Mordes in dieses Haus einzudringen?‹ Und mein Bruder erwiderte: ›Ich beschwöre dich bei Allah, o Emir, höre meine Worte an und sprich mir nicht übereilt das Urteil!‹ Doch der Präfekt rief: ›Sollen wir auf die Worte eines Räubers hören, der diese Leute zu Bettlern gemacht hat und der auf dem Rücken die Narben von Streichen trägt?‹, und er fügte hinzu: ›Man hat dir das gewißlich nur wegen eines schweren Verbrechens angetan.‹ Und er verurteilte ihn zu hundert Geißelhieben. Darauf erhielt mein Bruder hundert Geißelhiebe, und dann setzten sie ihn auf ein Kamel und riefen vor ihm aus: ›Dies ist die Strafe, und zwar die geringste Strafe für den, der in der Leute Häuser einbricht!‹ Darauf trieben sie ihn auf Befehl des Präfekten zur Stadt hinaus, und mein Bruder wanderte aufs Geratewohl dahin. Als ich jedoch von seinem Geschick hörte, zog ich ihm nach und fragte ihn nach seinen Erlebnissen; er erzählte mir seine Geschichte und alles, was ihm widerfahren war. Und ich zog mit ihm umher, während die Leute ihn verspotteten, bis sie ihn endlich in Ruhe ließen. Dann führte ich ihn heimlich in diese Stadt zurück und gab ihm ein Taggeld, daß er essen und trinken kann.‹

## DES BARBIERS ERZÄHLUNG VON SEINEM FÜNFTEN BRUDER

›Was nun meinen fünften Bruder angeht, den, dem beide Ohren abgeschnitten wurden, o Beherrscher der Gläubigen, so war er ein armer Mann, der sich abends von den Leuten zu erbetteln pflegte, wovon er tagsüber lebte. Als nun unser hochbetagter Vater, nachdem er uralt geworden war, krank wurde und starb, da hinterließ er uns siebenhundert Dirhems, und ein jeder von uns erhielt hundert Dirhems; doch als mein fünfter Bruder seinen Anteil empfing, da war er ratlos und wußte nicht, was er damit beginnen sollte. Und in dieser Verfassung kam ihm der Gedanke, für das Geld Glaswaren aller Art zu kaufen und daran zu verdienen. So kaufte er denn für die hundert Dirhems Glas, stellte es auf eine große Platte und setzte sich an einem Platze nieder, um es zu verkaufen; daneben befand sich eine Mauer, an die er sich lehnte. Wie er dort so in Gedanken dasaß, sagte er zu sich selber: ›Siehe, mein Kapital in diesen Glaswaren beträgt hundert Dirhems. Die werde ich für zweihundert Dirhems verkaufen. Dann werde ich für zweihundert Dirhems Glaswaren einkaufen und sie wieder für vierhundert Dirhems verkaufen. So werde ich immer weiter verkaufen und kaufen, bis ich ganz viel Geld habe. Dafür werde ich dann alle möglichen Waren einkaufen, auch Edelsteine und Rosenöl, und damit noch viel mehr Geld gewinnen. Dann aber kaufe ich mir ein schönes Haus und weiße Sklaven und Pferde mit goldenen Sätteln; und ich will essen und trinken und keinen Sänger und keine Sängerin in der Stadt übriglassen, sondern alle in meinen Palast entbieten. Dann habe ich, so Allah will, wohl ein Kapital von hunderttausend Dirhems!‹ All dies überdachte er in seinem Geiste, derweilen die Platte mit dem Glase vor ihm stand. Und weiter sprach er bei sich: ›Und wenn mein Kapital auf hunderttausend Dinare gestiegen ist, so will ich Brautwerberinnen entsenden, um die Töchter von Königen und Wesiren für mich zu Frauen zu begehren. Ich will um die Tochter des Wesirs freien; denn es ist mir berichtet worden, daß sie von vollendeter Schönheit und herrlicher Anmut ist. Als Brautgeschenk will ich ihr tausend Dinare geben; und wenn ihr Vater bereit ist, gut; doch wenn nicht, so nehme ich sie mir mit Gewalt, ihm zum Trotz. Und wenn sie dann in meinem Hause ist, dann will ich zehn kleine Eunuchen kaufen, und für mich ein Gewand, wie es Könige und Sultane tragen; und ich will mir einen goldenen Sattel machen lassen, der mit kostbaren Edelsteinen besetzt ist. Dann besteige ich mein Roß, und von meinen Mamluken begleitet, die vor mir zu meinen beiden Seiten und hinter mir laufen, reite ich dahin durch die Stadt, während das Volk mich grüßt und segnet; darauf trete ich ein zu dem Wesir, der des Mädchens Vater ist, vor mir und hinter mir und zu meiner Rechten und Linken umgeben von den weißen Sklaven. Und wenn er mich sieht, so erhebt der Wesir sich vor mir, läßt mich auf seinem Platze sitzen und setzt sich selber tiefer als ich, weil ich sein Eidam werden soll. Nun aber habe ich bei mir zwei Eunuchen, die tragen Beutel, und jeder enthält tausend Dinare; und von ihnen gebe ich ihm die einen tausend als Morgengabe für seine Tochter, und die anderen tausend mache ich ihm freiwillig zum Geschenk, damit er erkenne, daß ich großmütig und freigebig und von hohem Geiste bin und daß weltliches Gut in meinen Augen nichts bedeutet. Und auf zehn Worte, die er an mich richtet, gebe ich ihm nur zwei zur Antwort. Dann kehre ich zurück in mein Haus, und wenn dann jemand im Auftrag der Braut zu mir kommt, so gebe ich ihm ein Geldgeschenk und werfe ihm ein Ehrengewand über die Schulter; doch wenn er mir eine Gabe bringt, so gebe ich sie ihm zurück und weigere mich, sie von ihm anzunehmen, damit man erfahre, daß ich eine stolze Seele habe und daß ich mich nur mit dem mir gebührenden Platze zufrieden gebe. Dann gebe ich ihnen Anweisung, mich herrlich zu schmücken; und wenn sie das getan haben, befehle ich ihnen, die Braut im Hochzeitszug herzuführen, und ich lasse mein Haus strahlend schmücken. Und wenn dann die Zeit der Brautschmückung gekommen ist, lege ich meine prächtigsten Kleider an, und dann sitze ich da in einem Gewande aus Goldbrokat, zurückgelehnt, und blicke weder nach rechts noch nach links, in der Hoheit meines Geistes und der Würde meines Verstandes. Da, vor mir, steht meine Gemahlin in ihren Gewändern und ihrem Schmuck, lieblich wie der volle Mond; und ich werfe auf sie nur einen Blick voll Stolz und Erhabenheit, bis alle, die zugegen sind, mir sagen: ›O Herr, deine Gemahlin und Sklavin steht vor dir; gewähre ihr einen Blick, denn es ermüdet sie, so dazustehen!‹ Dann küssen sie den Boden vor mir, viele Male; ich aber hebe die Augen auf und werfe einen einzigen Blick auf sie und wende das Antlitz wieder zur Erde. Und sie führen sie fort in das Brautgemach, und ich stehe auf und vertausche mein Kleid mit einem weit schöneren Gewand; und wenn sie die Braut zum zweiten Mal bringen, so geruhe ich nicht, ihr einen Blick zu gönnen, bis sie mich viele Male bitten; und dann sehe ich sie an und senke den Blick von neuem. Und so tue ich jedesmal, bis die Brautschmückung vorüber ist. Und dann befehle ich einem meiner Eunuchen, mir einen Beutel mit fünfhundert Dinaren zu bringen; und wenn er ihn gebracht hat, gebe ich ihn den Kammerfrauen und befehle ihnen, mich ins Brautgemach zu führen. Sobald sie mich mit ihr allein gelassen haben, werfe ich keinen Blick auf sie, noch spreche ich zu ihr ein Wort, um meine Geringschätzung zu zeigen, damit es von mir heiße, daß ich eine stolze Seele habe. Und ihre Mutter kommt, küßt mir den Kopf und die Hand und spricht zu mir: ›Mein Gebieter, sieh deine Sklavin an, die sich danach sehnt, dir zu nahen; so heile ihr das gebrochene Herz!‹ Ich aber gebe ihr keine Antwort; und wenn sie das sieht, so küßt sie mir die Füße viele Male und sagt: ›Mein Gebieter, siehe, meine Tochter ist ein schönes Mädchen, und sie hat noch keinen Mann gekannt; und wenn sie bei dir diese Abneigung findet, so bricht ihr das Herz; also neige dich ihr zu und sprich zu ihr!‹ Dann geht sie hin und holt für mich einen Becher Weines; den nimmt ihre Tochter entgegen. Aber wenn sie mir naht, so lasse ich sie vor mir stehen, während ich mich auf einem goldgestickten Kissen lässig zurücklehne, ohne sie anzusehen, in der Hoheit meines Geistes, so daß sie mich wahrlich für einen großmächtigen Sultan hält. Dann spricht sie zu mir: ›Mein Gebieter, um Allahs willen, verweigere nicht, den Becher aus der Hand deiner Sklavin zu nehmen; denn siehe, ich bin deine Magd!‹ Ich aber spreche nicht zu ihr, und sie bittet mich inständig, ihn doch wirklich zu trinken; und sie hält ihn mir an die Lippen. Ich aber schüttele ihr die Faust vorm Gesicht und stoße sie mit dem Fuß und mache so!‹ Da stieß er mit dem Fuße, und – das Glas mitsamt der Platte, die auf einer Erhöhung lag, fiel zu Boden, und alles, was darauf war, zerbrach in Scherben. Und mein Bruder schrie:

›Das kommt alles von meinem Hochmut!‹ Darauf, o Beherrscher der Gläubigen, schlug er sich ins Gesicht, zerriß seine Kleider, fing an zu weinen und prügelte sich. Und die Leute, die zum Freitagsgebet gingen, sahen ihn; und ein paar blickten ihn wohl an und hatten Mitleid, aber andere kümmerten sich nicht um ihn. Nun saß mein Bruder da in solcher Verfassung, sintemalen er Geld und Verdienst verloren hatte. Nachdem er eine Weile in einem fort geweint hatte, siehe, da kam eine schöne Dame, umgeben von vielen Dienern; sie ritt auf einem Maultier mit goldenem Sattel, Moschusduft strömte von ihr aus, und sie war auf dem Wege zum Freitagsgebet. Als sie die Glasscherben sah und meinen weinenden Bruder, regte sich Mitleid mit ihm in ihrem Herzen, und sie fragte, was ihm fehle. Da wurde ihr gesagt: ›Der hat eine Platte voll Glas besessen, durch dessen Verkauf er sich seinen Unterhalt zu verdienen hoffte; aber jetzt ist es zerbrochen, und so kam er in die Verfassung, in der du ihn siehst.‹ Sie aber rief einen ihrer Diener und sagte zu ihm: ›Gib, was du bei dir hast, diesem armen Burschen!‹ Und er gab meinem Bruder einen Beutel, in dem sich fünfhundert Dinare befanden; wie der ihn in seiner Hand fühlte, starb er fast vor übergroßer Freude und rief allen Segen auf sie herab. Dann kehrte er in seine Wohnung zurück als wohlhabender Mann. Doch als er noch in Gedanken dasaß, klopfte es an die Tür. Er stand auf und öffnete und sah ein altes Weib, das er nicht kannte. ›Mein Sohn‹, sprach sie, ›wisse, die Zeit des Gebetes ist nahe, und ich habe die religiöse Waschung noch nicht vorgenommen; nun möchte ich, daß du mir deine Wohnung zur Verfügung stellst, damit ich die kleine Waschung vollziehen kann.‹ Mein Bruder antwortete: ›Ich höre und gehorche!‹ und er ging hinein und hieß sie folgen. So trat sie ein, und er brachte ihr eine Wasserkanne, damit sie sich waschen könne; er selber setzte sich, noch immer ganz außer sich vor Freuden über die Dinare. Dann knotete er sie in seinen Gürtel. Als er damit fertig war und die Alte ihre Waschung beendet hatte, kam sie zu der Stelle, an der er saß, betete zwei Rak'as und flehte auf meinen Bruder schönen Segen herab; und indem er ihr dafür dankte, hob er die Hand zu den Dinaren und gab ihr zwei davon und sagte bei sich: ›Dies ist mein freiwilliges Almosen.‹ Als sie aber das Gold sah, rief sie aus: ›Gelobt sei Allah! Weshalb siehst du Leute, die dich lieben, so an, als wären sie Bettler? Nimm dein Geld, ich brauche es nicht, tu es in deinen Gürtel zurück! Aber wenn du wünschest, mit der vereint zu sein, die dir das Geld gegeben hat, so kann ich dich mit ihr vereinen; denn sie ist meine Herrin.‹ ›O Mütterchen‹, fragte mein Bruder, ›wie kann ich zu ihr gelangen?‹ Und sie antwortete: ›Mein Sohn, sie hat eine Neigung zu dir gefaßt, doch sie ist das Weib eines reichen Mannes; nimm all dein Geld mit dir und folge mir, daß ich dich an das Ziel deiner Wünsche führe; und bist du mit ihr vereint, so wirst du, wenn du alle Liebenswürdigkeiten und schönen Worte ihr widmest, von ihren Reizen und ihren Schätzen alles erlangen, was du wünschest.‹ Mein Bruder nahm all das Gold, machte sich auf und folgte der Alten, ohne daran glauben zu können. Sie ging dahin, und mein Bruder folgte ihr, bis sie ein großes Tor erreichten, wo sie klopfte, und eine griechische Sklavin kam und tat ihnen auf. Die Alte trat ein und hieß meinen Bruder mit ihr eintreten; so trat er denn ein in ein großes Haus und darauf in ein großes Wohngemach, dessen Boden mit wunderbaren Teppichen belegt war und das mit Vorhängen ausgestattet war. Er setzte sich hin und legte das Gold vor sich und seinen Turban auf die Kniee. Doch ehe er sich dessen versah, trat eine junge Dame herein, so schön, wie noch nie jemand sie gesehen hatte, gekleidet in die prunkvollsten Gewänder; da stand mein Bruder auf, und als sie ihn erblickte, lächelte sie ihm zu, zeigte ihm ihre Freude und winkte ihm, sich zu setzen. Dann befahl sie die Tür zu schließen, und als das geschehen war, trat sie zu meinem Bruder und nahm ihn bei der Hand; sie gingen zusammen, bis sie zu einem abseits gelegenen Gemache kamen. Dort traten die beiden ein, und siehe, es war mit mancherlei Arten von goldgestickten Seidenteppichen ausgelegt. Er setzte sich hin, sie setzte sich neben ihn und scherzte eine Weile mit ihm; schließlich stand sie auf und sagte: ›Rühre dich nicht von deinem Sitz, bis ich zurück bin!‹ und verschwand. Und als er so dasaß, siehe, da trat ein schwarzer Sklave von riesenhafter Gestalt zu ihm ein, das gezogene Schwert in der Hand, und schrie: ›Heda, wer hat dich hierher gebracht, und was machst du hier?‹ Als mein Bruder den ansah, konnte er ihm keine Antwort geben, denn er war vor Schrecken sprachlos; da packte ihn der Mohr, zog ihm die Kleider aus und schlug ihn immerfort mit der flachen Klinge seines Schwertes, bis er, ohnmächtig vor Schmerzen, zu Boden fiel. Als der elende Neger meinte, es sei mit ihm zu Ende, hörte mein Bruder ihn rufen: ›Wo ist das Salzweib?‹ Da trat zu ihm eine Sklavin, die in der Hand eine große Platte mit vielem Salze hatte; und der Mohr rieb es in einem fort in die Wunden meines Bruders, der sich jedoch nicht rührte aus Furcht, der Sklave könnte merken, daß er noch lebendig war, und ihm dann völlig den Garaus machen. Das Salzmädchen ging, und der Neger rief: ›Wo ist das Kellerweib?‹ Da kam die Alte zu meinem Bruder, schleppte ihn an den Füßen in einen Keller und warf ihn auf einen Haufen von Ermordeten. Hier lag er auf derselben Stelle zwei volle Tage lang; aber Allah machte das Salz zu einem Mittel, ihm das Leben zu erhalten, da es das Blut stillte. Als mein Bruder sich dann imstande fühlte, sich wieder zu rühren, machte er sich auf aus dem Keller, öffnete furchtsam die Luke und kroch ins Freie hinaus; und Allah schützte ihn, so daß er im Dunkeln vorwärts kam und sich bis zum Morgen in der Halle verbergen konnte. Bei Tagesanbruch zog jene verfluchte Alte aus auf die Suche nach neuer Jagdbeute. Er folgte ihren Spuren, ohne daß sie es merkte, und ging in seine Wohnung, wo er seine Wunden verband und sich pflegte, bis er gesund war. Derweilen beobachtete er die Alte und sah ihr zu allen Tageszeiten zu, wie sie einen Mann nach dem andern mit sich nahm und in jenes Haus führte, ohne daß er ein Wort darüber sagte. Dann, als er wieder gesund und kräftig war, nahm er ein Stück Stoff und machte daraus einen Sack, füllte ihn mit Glasscherben und band ihn sich an den Gürtel. Und er gab sich ein fremdes Aussehen, so daß ihn niemand erkennen konnte, zog persische Kleidung an, nahm ein Schwert und verbarg es unter seinen Gewändern. Als er die Alte sah, sagte er zu ihr mit persischer Aussprache: ›Alte, ich bin ein Fremder und heute erst in dieser Stadt angekommen, und ich kenne niemanden. Hast du eine Waage, auf der ich neunhundert Dinare wägen kann? Ich werde dir ein paar davon geben.‹ ›Ich habe einen Sohn‹, erwiderte die Alte, ›einen Wechsler, der jede Art von Waagen besitzt; komm mit mir, ehe er seinen Laden verläßt, und er wird dir dein Gold abwägen!‹ Mein Bruder bat: ›Führe mich!‹ Da schritt sie aus, mein Bruder hinter ihr her, bis sie zu der Tür kam; sie klopfte an, und die junge Dame kam selber und machte die Tür auf. Dabei lächelte ihr die Alte zu und sagte: ›Ich bringe euch heute fettes Fleisch.‹ Die Dame aber nahm meinen Bruder bei der Hand und führte ihn in das gleiche Zimmer wie zuvor; sie saß eine Weile bei ihm, dann stand sie auf und sagte zu ihm: ›Rühre dich nicht, bis ich zurück bin!‹ Und sie ging fort, aber ehe mein Bruder sich dessen versah, stand plötzlich der verfluchte Neger mit dem gezogenen Schwert da und schrie ihn an: ›Steh auf, Unseliger!‹ Er stand auf; und als der Sklave vor ihm herging, ergriff er mit der Hand das Schwert, das unter seinen Kleidern versteckt war, und schlug dem Sklaven den Kopf vom Rumpfe. Und er schleppte ihn an den Füßen in den Keller und rief: ›Wo ist das Salzweib?‹ Da kam die Sklavin mit der Platte und dem Salz, und als sie meinen Bruder mit dem Schwert in der Hand erblickte, machte sie kehrt, um zu fliehen; er aber folgte ihr und schlug ihr den Kopf ab. Dann rief er laut: ›Wo ist das Kellerweib?‹ Da kam die Alte, und er rief ihr zu: ›Kennst du mich wieder, du Unglücksvettel?‹ ›Nein, mein Gebieter‹, erwiderte sie; und er sprach zu ihr: ›Ich bin der Mann mit den Dinaren, in dessen Haus du warst und die Waschung vollzogst und betetest, und den du hierher gelockt hast.‹ ›Fürchte Allah und verschone mich!‹ rief sie; er aber kümmerte sich nicht um sie, sondem hieb auf sie ein, bis er sie in vier Stücke zerschlagen hatte. Dann ging er hin und suchte nach der jungen Dame; als die ihn sah, ward sie von Sinnen vor Schrecken und flehte um Gnade. Da verschonte er sie und fragte: ›Was trieb dich zur Gemeinschaft mit diesem Mohren?‹ Und sie erwiderte: ›Ich war

Dienerin bei einem Kaufmann, und diese Alte suchte mich häufig auf, und ich schloß mich ihr an. Eines Tages nun sagte sie zu mir: ›Wir haben ein Hochzeitsfest in unserem Hause, so schön, wie noch nie einer es erlebt hat, und ich möchte, daß du es dir ansähest.‹ Mit den Worten: ›Ich höre und gehorche!‹ erhob ich mich und legte meine schönsten Gewänder und meinen Schmuck an; auch nahm ich einen Beutel mit mir, der hundert Dinare enthielt. Dann ging ich mit ihr, bis sie mich in dies Haus hineinführte. Als ich eingetreten war, packte mich, ehe ich mich versah, dieser Mohr, und drei Jahre habe ich durch die Tücke der verfluchten Vettel hier so verbringen müssen.‹ Mein Bruder fragte sie weiter: ›Hat er irgendwelchen Besitz in diesem Hause?‹ und sie erwiderte: ›Er hat großen Reichtum; wenn du ihn fortschaffen kannst, so tu es, und bitte Allah um seinen Segen!‹ Dann ging mein Bruder mit ihr, und sie öffnete ihm Truhen, in denen Geldbeutel lagen, so daß er vor Staunen sprachlos war; und sie sagte zu ihm: ›Geh jetzt und laß mich hier und hole Leute, um das Geld fortzuschaffen!‹ So ging er hin und mietete zehn Träger. Doch als er zur Tür zurückkam, fand er sie weit offen; die Dame sah er nicht, auch die Geldbeutel nicht, sondern nur ein wenig Kleingeld und die Stoffe. Da erkannte er, daß das Mädchen ihn überlistet hatte; und so nahm er das Geld, das noch da war, öffnete die Vorratsräume und ergriff, was darin war, und ließ nichts im Hause. Und er verbrachte die Nacht in Freuden; doch als der Morgen dämmerte, fand er vor der Tür an die zwanzig Schergen, die Hand an ihn legten und sagten: ›Der Präfekt verlangt nach dir!‹ Mein Bruder flehte sie an, ihn nach Hause gehen zu lassen, aber sie ließen ihn nicht dorthin zurückkehren. Dann versprach er ihnen eine Summe Geldes, aber sie wiesen es zurück, banden ihn fest mit einem Strick und schleppten ihn fort. Unterwegs begegneten sie einem Freunde meines Bruders; und er klammerte sich an dessen Saum, flehte ihn an und bat ihn, er möchte ihm beistehen und ihm helfen, aus ihren Händen zu entkommen. Da blieb der Freund stehen und fragte sie, was es gäbe, und sie versetzten: ›Der Präfekt hat uns befohlen, ihn vor ihn zu führen, und so bringen wir ihn jetzt.‹ Nun bat auch meines Bruders Freund sie, ihn freizulassen, und er bot ihnen fünfhundert Dinare und sagte: ›Wenn ihr zum Präfekten kommt, so sagt ihm, ihr hättet ihn nicht finden können!‹ Doch sie achteten nicht auf seine Worte, sondern nahmen meinen Bruder, indem sie ihn auf dem Gesichte liegend schleppten, bis sie ihn vor den Präfekten gebracht hatten. Als der ihn sah, fragte er ihn: ›Woher hast du die Stoffe und das Geld?‹ Mein Bruder rief: ›Ich bitte um Gnade!‹ Da reichte ihm der Präfekt das Tuch der Gnade, und so erzählte er ihm alles, was ihm widerfahren war seit der Begegnung mit der Alten bis zur Flucht der Dame; und er schloß: ›Was ich genommen habe, nimm davon, soviel du willst; doch laß mir das, womit ich mein Leben fristen kann!‹ Aber der Präfekt nahm die Stoffe und das Geld allesamt für sich; und da er fürchtete, die Geschichte könnte dem Sultan zu Ohren kommen, so rief er meinen Bruder heran und sprach zu ihm: ›Zieh fort aus dieser Stadt, sonst lasse ich dich hängen!‹ ›Ich höre und gehorche!‹ sprach mein Bruder, und er zog in eine andere Stadt. Unterwegs aber fielen die Räuber über ihn her, zogen ihn aus und schlugen ihn und schnitten ihm beide Ohren ab. Als ich dann von seinem Mißgeschick hörte, ging ich ihm nach, indem ich Kleider für ihn mitnahm; und ich brachte ihn heimlich in die Stadt zurück und gab ihm ein Taggeld, daß er essen und trinken kann.‹

## DES BARBIERS ERZÄHLUNG VON SEINEM SECHSTEN BRUDER

›Was endlich meinen sechsten Bruder angeht, o Beherrscher der Gläubigen, den, dem beide Lippen abgeschnitten wurden, so war er in Armut geraten. Eines Tages nun ging er aus, um etwas zu erbetteln, mit dem er sein Leben fristen könnte; und unterwegs erblickte er plötzlich ein schönes Haus mit einem weiten und hohen Vorbau; und am Eingang saßen Eunuchen, die einließen und abwiesen. So fragte mein Bruder einen von denen, die dort herumstanden, und der sagte ihm: ›Dieser Palast gehört einem Sprossen der Barmekiden‹; da ging er zu den Türhütern hin und bat sie um eine Gabe. Sie aber sprachen: ›Tritt ein durch das Tor des Hauses, und unser Herr wird dir geben, was du wünschest!‹ Er trat also in die Vorhalle ein und ging eine Weile weiter und kam dann in ein Wohnhaus von höchster Schönheit und Pracht, gepflastert mit Marmor und behangen mit Teppichen, und in der Mitte war ein Blumengarten, dessengleichen er noch nie gesehen hatte. Da stand mein Bruder eine Weile sprachlos vor Staunen und wußte nicht, wohin er die Schritte lenken sollte; doch dann ging er zum oberen Ende des Saales und fand dort einen Mann mit schönem Antlitz und Bart. Als der meinen Bruder sah, da stand er auf, hieß ihn willkommen und fragte ihn, wie es ihm gehe; und er tat ihm kund, daß er in Not sei. Wie jener die Worte meines Bruders hörte, gab er ihm herzliches Mitleid zu erkennen, legte seine Hand an sein Kleid, zerriß es und rief: ›Wie! Bin ich in einer Stadt, in der dich hungert? So etwas kann ich nicht ertragen!‹ Und er versprach ihm alles Gute und sagte: ›Du mußt unbedingt mein Salz mit mir teilen.‹ ›Guter Herr‹, erwiderte mein Bruder, ›ich kann nicht mehr warten, denn wahrlich, ich bin gewaltig hungrig.‹ Da rief er aus: ›He, Knabe! Bringe Becken und Kanne!‹, und zu meinem Bruder gewandt: ›Tritt vor, o mein Gast, und wasche dir die Hände!‹ Und mein Bruder ging hin, um sich die Hände zu waschen, aber er sah weder Kanne noch Bekken; doch der Herr des Hauses machte Bewegungen, als ob er sich die Hände wüsche, und rief dann: ›Bringt den Tisch!‹ Aber wiederum sah mein Bruder nichts. Da sprach jener zu meinem Bruder: ›Bitte, nimm von dieser Speise und sei nicht schüchtern!‹ Und er bewegte die Hand hin und her, als säße er, indem er zu meinem Bruder sagte: ›Ich staune, daß du so wenig issest; du darfst mit dem Essen nicht zu kurz kommen, ich weiß doch, wie hungrig du bist.‹ Und mein Bruder begann zu tun, als äße er, derweilen der Gastgeber sagte: ›Greif zu und achte besonders auf dies schöne Brot und auf seine Weiße!‹ Aber immer noch sah mein Bruder nichts. Dann sprach er bei sich: ›Dieser Mensch liebt es, die Leute zu Narren zu haben‹, und erwiderte: ›Guter Herr, in meinem ganzen Leben habe ich nichts Schöneres gesehen als dies weiße Brot und auch nichts Süßeres gekostet.‹ Jener sagte: ›Dies Brot ist von einer meiner Sklavinnen gebacken, die ich für fünfhundert Dinare gekauft habe.‹ Dann rief der Hausherr: ›He, Knabe! Bringe als erste Schüssel die Fleischpastete, und tu recht viel Fett daran!‹ Und zu meinem Bruder sprach er: ›O mein Gast, sage mir bei Allah, hast du je etwas Besseres gesehen als diese Pastete? Bei meinem Leben, iß und sei nicht schüchtern!‹ Und er rief wiederum: ›He, Knabe! Bringe das Ragout von dem gemästeten Flughuhn‹, und sagte zu meinem Bruder: ›Wohlan, iß, o mein Gast, denn du bist hungrig und hast dergleichen nötig!‹ Mein Bruder begann, die Kiefern zu regen, und tat, als kaue er, derweilen der Herr des Hauses ein Gericht nach dem anderen bestellte und ihm doch nichts darbot als Mahnungen, zu essen. Und schließlich rief er: ›He, Knabe! Bringe uns die Küken mit Pistazienfüllung‹, und sagte zu meinem Bruder: ›Bei deinem Leben, o mein Gast, ich habe diese Küken auch mit Pistazien gemästet; iß drum etwas, wie du es noch nie gegessen hast!‹ ›O mein Herr‹, erwiderte mein Bruder, ›das ist etwas Gutes.‹ Und der Gastgeber machte mit der Hand eine Bewegung, als schöbe er meinem Bruder einen Bissen in den Mund, und in einem fort zählte er dem Hungrigen Gerichte auf und beschrieb sie, bis dessen Hunger so heftig wurde, daß ihn sehnlichst nach einem Stück Gerstenbrot verlangte. Jener aber fragte: ›Hast du je etwas Besseres gesehen als die Würzung dieser Speisen?‹ Mein Bruder sprach: ›Niemals, o mein Herr!‹ ›Iß nach Herzenslust und sei nicht schüchtern!‹ sprach jener; aber der Gast erwiderte: ›Ich habe genug gegessen.‹ Da rief der Barmekide: ›Tragt ab und bringt die Süßigkeiten!‹, und zu meinem Bruder sprach er dann: ›Nimm jetzt davon, es ist vortrefflich! Iß von diesen Waffeln; bei meinem Leben, iß diese Waffel da, ehe der Sirup von ihr abläuft!‹ ›Möge ich deiner nie beraubt sein, guter Herr!‹, erwiderte mein Bruder und fragte ihn nach der Menge des Moschus in den Waffeln. ›So lasse ich sie immer machen‹, versetzte er; ›man tut in jede Waffel ein halbes

Lot Moschus und ein viertel Lot Ambra.‹ Während alledem bewegte mein Bruder immer Kopf und Mund und schob die Kiefern hin und her. Jener sagte noch: ›Iß von diesen Mandeln und sei nicht schüchtern!‹ Doch mein Bruder antwortete: ›O mein Herr, ich bin wirklich satt, und ich kann kein Stück mehr essen.‹ Darauf der Hausherr: ›O mein Gast, wenn du essen und dir zugleich die schönen Dinge ansehen willst, so bleibe doch – o Gott! o Gott! – nicht hungrig!‹ Aber mein Bruder entgegnete: ›O mein Herr, wer von all diesen Gerichten ißt, wie könnte der hungrig bleiben?‹ Darauf sann er nach und sagte zu sich selber: ›Ich will ihm einen Streich spielen, durch den ich ihn von solchem Tun abbringe!‹ Nun rief der Gastgeber: ›Bringt uns den Wein!‹ Und die Diener bewegten die Hände in der Luft, als brächten sie den Wein. Danach reichte er meinem Bruder einen Becher und sagte: ›Nimm diesen Becher, und wenn er dir gefällt, so laß es mich wissen!‹ ›O mein Herr‹, erwiderte er, ›er ist vortrefflich; doch ich bin gewohnt, nur zwanzig Jahre alten Wein zu trinken.‹ ›So klopfe an diese Tür‹, sprach der Wirt, ›denn Besseres kannst du nicht trinken!‹ ›Mit deiner gütigen Erlaubnis‹, sagte mein Bruder und bewegte seine Hand, als tränke er. ›Zum Wohlsein und zur Gesundheit!‹ rief der Herr des Hauses und machte eine Bewegung, als tränke er; darauf reichte er meinem Bruder noch einen Becher, und er führte ihn zum Munde und tat, als sei er betrunken. Und er faßte den Gastgeber unversehens, hob den Arm, bis man die Blöße seiner Armhöhlen sah, und versetzte ihm einen Schlag ins Genick, so daß der Raum davon hallte. Dann traf er ihn mit einem zweiten Schlage; aber da schrie der Gastgeber laut auf: ›Was soll das, o du Abschaum der Erde?‹ ›Guter Herr‹, erwiderte mein Bruder, ›du hast deinem Sklaven so viel Güte erwiesen, hast ihn in dein Haus eingelassen und ihm von deinen Speisen zu essen gegeben; und du hast ihm alten Wein zu trinken gegeben, bis er trunken wurde und ungebärdig gegen dich – aber du bist zu edel, um nicht seiner Torheit zu verzeihen und seinen Verstoß zu vergeben.‹ Als jener meines Bruders Worte hörte, da lachte er laut und sagte: ›Lange habe ich die Menschen zum besten gehabt und meinen Freunden Streiche gespielt, aber nie noch habe ich einen getroffen, der Geduld und Witz genug hatte, auf all meine Launen einzugehen, außer dir. Darum verzeihe ich dir jetzt, und du sollst nun wirklich mein Genosse werden und mich nie verlassen.‹ Darauf befahl er, man solle die vorher genannten Arten von Speisen richtig auftragen; und er aß mit meinem Bruder, bis sie beide gesättigt waren. Dann gingen sie in das Trinkgemach hinüber und fanden dort Mädchen, Monden gleich, die allerlei Lieder sangen und allerlei Instrumente spielten. Dort blieben sie beim Trunke, bis die Trunkenheit Gewalt über sie gewann und der Herr des Hauses meinen Bruder wie einen vertrauten Freund behandelte, so daß er wie sein Bruder wurde; jener gewann ihn sehr lieb und verlieh ihm ein Ehrengewand. Am nächsten Morgen begannen die beiden von neuem zu prassen und zu zechen und lebten so weiter zwanzig Jahre lang. Da starb jener Mann, und der Sultan ergriff Besitz von all seinem Reichtum und preßte meinem Bruder seine Ersparnisse ab, bis er zum Bettler wurde, der nichts mehr besaß. Mein Bruder aber verließ die Stadt und floh hinaus aufs Geratewohl. Unterwegs nun fielen Beduinen über ihn her, banden ihn und schleppten ihn in ihr Lager; und der ihn gefangen hatte, begann ihn zu foltern und sagte: ›Erkaufe dein Leben von mir mit deinem Gelde, sonst werde ich dich töten!‹ Mein Bruder begann zu weinen und rief: ›Bei Allah, ich habe nichts; aber ich bin dein Gefangener; also tu mit mir, wie du willst!‹ Alsbald zog der Beduine ein Messer, schnitt meinem Bruder die Lippen ab und verlangte immer dringender Geld. Nun aber hatte dieser Beduine eine schöne Frau; die hielt sich in ihres Gatten Abwesenheit in der Nähe meines Bruders auf und wollte ihn verführen; doch er hielt sich von ihr zurück. Eines Tages begann sie ihn wieder zu versuchen; da scherzte er mit ihr und ließ sie auf seinem Schoße sitzen, als plötzlich der Beduine hereintrat. Wie er meinen Bruder erblickte, schrie er ihn an: ›Weh dir, verfluchter Schurke, willst du mir jetzt noch meine Frau verführen?‹ Und er zog ein Messer hervor und schnitt meinem Bruder die Hand ab; dann lud er ihn auf ein Kamel, führte ihn in ein Gebirge und ließ ihn allein. Dort kamen Reisende an ihm vorbei; die kannten ihn, gaben ihm zu essen und zu trinken und brachten mir von seinem Zustand Nachricht. Sofort ging ich zu ihm, ließ ihn aufsitzen und brachte ihn in die Stadt zurück; dort setzte ich ihm so viel aus, daß er davon leben kann. Nun bin ich zu dir gekommen, o Beherrscher der Gläubigen, und da wollte ich doch nicht wieder zurückkehren, ehe ich dir alles erzählt hatte; das wäre ja unhöflich gewesen, wo ich sechs Brüder auf dein Halse habe, für die ich sorge.‹

Als der Beherrscher der Gläubigen meine Geschichte gehört hatte und alles, was ich ihm von meinen Brüdern erzählte, da lachte er und sagte: ›Du sprichst die Wahrheit, o Schweiger, du bist wahrlich ein Mann von wenig Worten, und bei dir ist keine Aufdringlichkeit zu finden; jetzt aber zieh hinaus aus dieser Stadt und laß dich nieder in einer anderen!‹ Dann verbannte er mich und ließ mich unter Bewachung zur Stadt hinausschaffen. So zog ich fort in die Fremde und durchstreifte die Länder, bis ich von seinem Tode hörte und von der Thronbesteigung eines anderen Kalifen. Da kehrte ich nach der Hauptstadt zurück und fand meine Brüder tot und traf auf diesen Jüngling, dem ich die freundlichsten Dienste erwies; denn wäre ich nicht gewesen, so wäre er getötet worden. Aber jetzt sagt er mir etwas nach, was gar nicht in meiner Natur liegt; denn das, o ihr Herren, was er von Aufdringlichkeit über mich sagt, ist leeres Gerede. Ja, gerade um dieses Jünglings willen bin ich durch viele Länder gereist, bis ich in diese Gegend gekommen bin und ihn bei euch getroffen habe. Ist dieses, ihr werten Herren, nicht ein Zeichen meines würdigen Auftretens?« Da sprach der Schneider zu dem König von China: »Als wir die Geschichte des Barbiers gehört und seine Geschwätzigkeit erkannt hatten und nunmehr wußten, daß er diesem Jüngling sehr geschadet hatte, da legten wir Hand an ihn und schlossen ihn ein, und dann setzten wir uns in Frieden nieder und aßen und tranken, und das Festmahl nahm einen schönen Verlauf, bis der Ruf zum Nachmittagsgebet erscholl; dann ging ich fort und kam nach Hause.« Als der König von China die Erzählung des Schneiders gehört hatte, schüttelte er vor Freude den Kopf, zeigte sein Erstaunen und sagte: »Die Geschichte von dem Jüngling und dem aufdringlichen Barbier ist wirklich ergötzlich und schön.« Darauf befahl er einem der Kämmerlinge, mit dem Schneider zu gehen und den Barbier aus dem Gefängnis zu holen, und sagte: »Ich wünsche, ihn sprechen zu hören.« Im selben Augenblick gingen der Kämmerling und der Schneider zu dem Gefängnis, holten den Barbier heraus und kehrten mit ihm vor den König zurück. Der sah ihn prüfend an, und siehe, er war ein uralter Mann von über neunzig Jahren, mit dunklem Gesicht, weißem Bart und weißen Brauen, mit kleinen Ohren und langer Nase und einem Gesicht von albernem und eingebildetem Ausdruck. Der König lachte über diesen Anblick und sagte: »O Schweiger, ich wünsche, daß du mir ein wenig von deiner Geschichte erzählest.« Da sprach der Barbier: »O größter König unserer Zeit, weshalb seid ihr hier alle versammelt?« Da sprach der König von China zu ihm: »Und weshalb fragst du nach alledem?« Jener erwiderte: »Ich frage nach ihnen, damit der König erkenne, daß ich nicht aufdringlich bin und daß sie mich zu Unrecht der Geschwätzigkeit bezichtigt haben; denn ich bin der, der da geheißen ist der Schweiger, und wahrlich, ich habe Glück mit meinem Namen, wie es der Dichter sagt:

Selten schauen, wenn du forschest, deine Augen einen Mann,
Dessen Name dir sein innres Wesen nicht erklären kann.«

Danach wandte der Sultan sich dem Schneider zu, gab ihm ein Ehrengewand, ernannte ihn zu seinem Hofschneider und setzte ihm ein festes Jahrgeld aus. Schließlich bewies er auch dem Barbier seine Huld, indem er ihm ein Ehrenkleid und ein Gehalt verlieh und ihn zum Staatsbarbier und zu seinem Tischgenossen machte. Und sie lebten das schönste und fröhlichste Leben, bis der Vernichter der Freuden und Trenner der Freunde zu ihnen kam.

## MEISTER HASAN EL-HABBÂL

Der Kalif Harûn er-Raschîd mußte eines Nachts immerfort wachen; und als er am Morgen sich erhob, kam Unruhe über ihn. Darum waren auch die Leute seiner Umgebung beunruhigt; denn das Volk folgt gern der Weise des Fürsten: es freut sich sehr, wenn er sich freut, und ist sorgenvoll, wenn er sich sorgt, wiewohl es den Grund nicht kennt, weshalb er so gestimmt ist. Alsbald aber sandte der Beherrscher der Gläubigen nach Masrûr, dem Obereunuchen; und als der zu ihm kam, rief er: »Hole mir meinen Wesir, den Barmekiden Dscha'far, ohne Zögern und Zaudern!« So ging denn jener fort und kehrte mit dem Minister zurück; und da dieser den Herrscher allein fand und, als er näher trat, erkannte, daß er sich in düsterer Stimmung befand und nicht einmal seine Augen hob, so blieb er stehen, bis sein Gebieter geruhen würde, ihn anzublicken. Schließlich warf der Beherrscher der Gläubigen einen Blick auf Dscha'far; doch er wandte sein Haupt sogleich wieder ab und saß regungslos da, wie zuvor. Da nun der Wesir im Antlitz des Kalifen nichts gewahrte, was ihn selber anging, so faßte er sich Mut und redete ihn mit diesen Worten an: »O Beherrscher der Gläubigen, will deine Hoheit mir gnädigst gestatten zu fragen, woher diese Traurigkeit kommt?« Da antwortete der Kalif ihm mit einer freundlicheren Stirn: »O Wesir, diese Stimmungen haben mich letzthin gequält; und ich kann mich ihrer nur dadurch erwehren, daß ich seltsame Geschichten und Verse höre. Drum, falls du jetzt nicht mit dringenden Geschäften kommst, so wirst du mich erfreuen, wenn du mir etwas erzählst, um meine Traurigkeit zu verscheuchen.« »O Beherrscher der Gläubigen«, erwiderte der Wesir, »mein Amt zwingt mich, stets dir zu dienen, und so möchte ich dich daran erinnern, daß dies der Tag ist, der dafür bestimmt wurde, daß du dich über die gute Verwaltung deiner Hauptstadt und ihrer Umgebung unterrichtest. Dies wird, so Gott will, deinen Geist ablenken und seine trübe Stimmung verscheuchen.« Der Kalif gab zur Antwort: »Du tust recht daran, mich zu erinnern; denn ich hatte es ganz vergessen. Drum geh und wechsle deine Kleider, während ich das gleiche mit den meinen tue.« Alsbald legten beide die Gewänder von fremden Kaufleuten an und gingen hinaus durch eine geheime Tür des Palastgartens, die auf die Felder führte. Nachdem sie dann am Saume der Stadt entlang geschritten waren, erreichten sie das Ufer des Tigris in einiger Entfernung von dem Tore, das auf jener Seite lag, ohne daß sie irgendwelche Gesetzwidrigkeit bemerkt hätten. Dann fuhren sie über den Fluß in dem ersten Fährboot, das sie fanden; und nachdem sie auf der anderen Seite einen zweiten Rundgang gemacht hatten, kamen sie über die Brücke, durch die beide Hälften der Stadt Baghdad miteinander verbunden werden. Doch ehe der Kalif noch seinen Palast erreichte, sah er in einer Straße, durch die er seit vielen Monaten nicht mehr gekommen war, ein neuerbautes Haus, das ihm der Palast eines großen Herrn im Lande zu sein schien. Er fragte den Wesir, ob er den Besitzer kenne; doch Dscha'far erwiderte, er kenne ihn nicht, darum wolle er sich erkundigen. So fragte dieser denn einen Nachbarn, und der erzählte ihm, daß der Hausbesitzer ein gewisser Meister Hasan sei, der nach seinem Gewerbe als Seiler den Beinamen el-Habbâl habe; er selber hätte den Mann in den Tagen seiner Armut bei der Arbeit gesehen, aber wisse nicht, wie Glück und Geschick ihm hold geworden seien; doch dieser Meister habe solch übermäßigen Reichtum erworben, daß er imstande gewesen sei, alle die Ausgaben, die er auf sich genommen, als er das Haus baute, ehrlich und reichlich zu bezahlen. Dann kehrte der Wesir zum Kalifen zurück und erstattete ihm genauen Bericht über alles, was er gehört hatte. Da rief der Beherrscher der Gläubigen: »Ich muß diesen Meister Hasan el-Habbâl sehen! Drum geh du, o Wesir, und sage ihm, er solle in meinen Palast kommen!« Der Minister führte den Befehl seines Herrn aus; und am nächsten Tage nach dem Nachmittagsgebet zog sich der Kalif in sein eigenes Gemach zurück. Dann führte Dscha'far den Seiler Hasan el-Habbâl herein und stellte ihn dem Kalifen vor. Der warf sich vor seinen Füßen nieder, und als er sich wieder erhoben hatte, fragte ihn der Beherrscher der Gläubigen, der von Natur mild und barmherzig war, nach seiner Geschichte, indem er sprach: »Als ich in demunddem Stadtteile umherging, wunderte ich mich, dein Haus zu sehen, so groß und prächtig ist es; und wie ich mich bei den Städtern erkundigte, antworteten mir alle insgesamt, daß der Palast jemandem – nämlich dir – gehöre, der Meister Hasan heiße. Sie fügten hinzu, du seiest ehedem über die Maßen arm und bedürftig gewesen, doch Allah der Erhabene habe dir reichere Mittel verliehen und dir jetzt Reichtum in solcher Fülle gesandt, daß du dir den herrlichsten Bau errichten konntest; ferner seiest du, obwohl du ein so fürstliches Haus und solchen Überfluß an Reichtum besäßest, doch nicht deines früheren Standes uneingedenk, und du verschwendetest deinen Besitz nicht in schwelgerischem Leben, sondern mehrest ihn durch rechtmäßigen Handel. Die ganze Nachbarschaft spricht gut von dir, und nicht ein einziger von den Leuten hat etwas wider dich zu sagen; deshalb möchte ich jetzt von dir die Wahrheit über all diese Dinge erfahren und von deinen eigenen Lippen hören, wie du diesen Überfluß an Reichtum gewonnen hast. Ich habe dich vor mich berufen, damit ich durch eigenes Hören von all diesen Dingen sicher unterrichtet werde; drum fürchte dich nicht, mir deine ganze Geschichte zu erzählen! Ich wünsche nichts von dir, als von diesem deinem Schicksal Kunde zu haben. Genieße du nach Herzenslust den Wohlstand, den Allah der Erhabene dir zu verleihen geruht hat, und laß deine Seele sich seiner freuen!« Also sprach der Kalif; und die huldreichen Worte beruhigten den Mann. Nun warf Meister Hasan sich vor dem Beherrscher der Gläubigen nieder, und nachdem er den Teppich zu Füßen des Thrones geküßt hatte, rief er: »O Beherrscher der Gläubigen, ich will dir getreulich Bericht erstatten von meinen Erlebnissen, und Allah der Erhabene sei mein Zeuge, daß ich nichts getan habe, was deinen Gesetzen und gerechten Geboten zuwider ist; denn dieser mein ganzer Reichtum kommt allein von der Gnade und Güte Allahs!« Darauf befahl Harûn er-Raschîd ihm von neuem, offen zu sprechen, und alsbald begann jener mit folgenden Worten: »O Herr des Wohltuns, gehorsam deinem königlichen Geheiß, will ich jetzt deine Hoheit davon unterrichten, durch welche Mittel und Wege das Schicksal mich mit solchem Reichtum beglückt hat; aber zuvor möchte ich, daß du etwas von zweien meiner Freunde vernimmst, die in Baghdad, der Stätte des Friedens, wohnen. Die beiden leben noch, und beide kennen die Geschichte, die dein Sklave dir jetzt erzählen will. Den einen nennen die Leute Sa'd, den anderen Sa'di. Sa'di war der Ansicht, daß ohne Reichtum niemand in dieser Welt glücklich und unabhängig sein könnte; und ferner, daß ohne schwere Mühe und Arbeit und ohne Wachsamkeit und Weisheit es obendrein unmöglich wäre, reich zu werden. Sa'd aber war anderer Meinung und behauptete, Wohlstand werde dem Menschen nur zuteil durch den Spruch des Schicksals und das Gebot des Glückes und Geschickes. Sa'd war ein armer Mann, aber Sa'di hatte viel Geld und Gut; doch zwischen ihnen entstand eine feste Freundschaft und eine herzliche Neigung zueinander. Sie pflegten auch nie über irgend etwas zu streiten, außer allein über dies: nämlich darüber, daß Sa'di sich nur auf Überlegung und Vorbedacht verließ, Sa'd aber auf das Schicksal und des Menschen Los. Eines Tages begab es sich, daß Sa'di, als sie beisammen saßen und wieder über die Frage plauderten, behauptete: ›Das ist ein armer Mann, der entweder als Armer geboren ist und alle seine Tage in Bedürftigkeit und Mangel zubringt, oder der in Reichtum und Wohlstand geboren ist, aber alles, was er hat, in seinen Mannesjahren vergeudet und in arge Not gerät und dann nicht mehr die Kraft hat, seine Reichtümer wiederzugewinnen und durch seinen Verstand und Fleiß in Behaglichkeit zu leben.‹ Sa'd antwortete und sprach: ›Weder Verstand noch Fleiß nützen einem irgend etwas, sondern allein das Schicksal macht es einem möglich, Reichtümer zu erwerben und zu bewahren. Elend und Mangel sind nur Zufälle, Überlegung ist nichts. Gar mancher Arme ist wohlhabend geworden durch die Gunst des Geschicks, und viele Reiche sind trotz ihrem Wissen und Wohlstand in Elend und an den Bettelstab geraten.‹ Da sagte Sa'di: ›Du redest töricht. Aber wir wollen doch einmal die Sache richtig erproben und uns einen Handwerksmann suchen, der nur spärliche Mittel hat und von seinem täglichen Verdienst leben muß; den wollen wir mit Geld versehen, dann wird er ohne Zweifel sein Vermögen vermehren und in Ruhe und Behaglichkeit leben, und dann wirst du dich überzeugen, daß meine Worte wahr sind.‹ Als die beiden dann ihres Weges dahingingen, kamen sie durch die Gasse, in der mein Haus stand, und sahen, wie ich Seile drehte, ein Handwerk, das mein Vater und Großvater und viele Geschlechter vor mir ausgeübt hatten. Aus dem Zustande meines Hauses und meiner Kleidung schlossen sie, daß ich ein bedürftiger Mann war; so wies denn Sa'd seinen Gefährten auf mich hin und sprach: ›Wenn du diese unsere Streitfrage durch einen Versuch erproben möchtest, so sieh den Mann dort! Er wohnt hier seit vielen Jahren, und durch sein Seilerhandwerk verdient er einen dürftigen Unterhalt für sich und die Seinen. Ich kenne seine Lage sehr genau seit langer Zeit; er ist der rechte Mann für den Versuch; drum gib ihm einige Goldstücke und erprobe die Sache!‹ ›Recht gern‹, erwiderte Sa'di, ›aber laß uns zuerst genauer mit ihm bekannt werden!‹ So kamen denn die beiden Freunde auf mich zu, und ich verließ meine Arbeit und grüßte sie. Sie erwiderten meinen Gruß, und darauf sagte Sa'di: ›Mit Verlaub, wie ist dein Name?‹ Ich antwortete: ›Mein Name ist Hasan, aber wegen meines Seilerhandwerks nennen mich alle Leute Hasan el-Habbâl.‹ Weiter fragte Sa'di mich: ›Wie geht es dir bei diesem Gewerbe? Mich deucht, du bist vergnügt und ganz mit ihm zufrieden. Du hast lange und tüchtig gearbeitet, und ohne Zweifel hast du eine große Menge Hanf und andere Vorräte angehäuft. Deine Vorfahren haben dies Handwerk viele Jahre schon betrieben und müssen dir viel Geld und Gut hinterlassen haben, das du gut verwertet hast, und in dieser Weise hast du deinen Besitz gewißlich sehr vermehrt.‹ Doch ich gab zur Antwort: ›Ach, hoher Herr, ich habe in meinem Beutel kein Geld, von dem ich glücklich leben oder mir auch nur genug zu essen kaufen könnte. Mit mir steht es so, daß ich jeden Tag von früh bis spät damit verbringe, Seile zu machen, und ich habe keinen einzigen Augenblick Zeit, um mich auszuruhen; dennoch fällt es mir sehr schwer, nur das trockene Brot für mich und meine Familie herbeizuschaffen. Ich habe eine Frau und fünf kleine Kinder, die noch zu jung sind, um mir zu helfen, dies Gewerbe zu betreiben; es ist aber keine leichte Sache, für ihre täglichen Bedürfnisse zu sorgen; wie kannst du also glauben, ich wäre imstande, einen großen Vorrat an Hanf und anderen Dingen aufzuspeichern? Die Seile, die ich täglich drehe, verkaufe ich sofort, und von dem Geld, das ich dafür erhalte, gebe ich einen Teil für unsere Bedürfnisse aus, und für das übrige kaufe ich Hanf, aus dem ich am nächsten Tage Seile drehe. Doch Allah der Erhabene sei gepriesen, daß Er uns trotz dieser meiner armseligen Lage mit so viel Brot versorgt, wie es für unsere Bedürfnisse genug ist!‹ Nachdem ich so meine Lage genau geschildert hatte, hub Sa'di wieder an: ›O Hasan, jetzt bin ich über deine Lage unterrichtet; sie ist wirklich anders, als ich gedacht hatte. Wenn ich dir nun einen Beutel mit zweihundert Goldstücken gebe, so wirst du dadurch deinen Verdienst gewißlich sehr vermehren und in Ruhe und Wohlstand leben können; was sagst du dazu?‹ Ich erwiderte: ›Wenn du mir gütigst so viel Geld geben willst, so könnte ich hoffen, reicher zu werden als alle meine Zunftgenossen insgesamt, obgleich Baghdad so begütert wie bevölkert ist.‹ Sa'di, der mich für treu und vertrauenswürdig hielt, zog darauf aus seiner Tasche einen Beutel mit zweihundert Goldstücken und reichte ihn mir mit den Worten: ›Nimm dies Geld und treib Handel damit! Möge Allah dich fördern; doch gib acht, daß du dies Geld mit aller Vorsicht verwendest, und vergeude es nicht in Torheit und Gottlosigkeit! Ich und mein Freund Sa'd, wir werden hocherfreut sein, von deinem Wohlergehen zu hören; und wenn wir wiederkommen und dich in Glück und Gedeihen finden, so wird es uns beiden eine große Genugtuung sein.‹ Daraufhin, o Beherrscher der Gläubigen, nahm ich den Beutel voll Gold mit großer Freude und dankbarem Herzen an, legte ihn in meine Tasche und dankte Sa'di, indem ich den Saum seines Gewandes küßte; dann gingen die beiden Freunde fort. Und als ich, o Beherrscher der Gläubigen, die beiden aufbrechen sah, fuhr ich mit meiner Arbeit fort; doch ich war in großer Verlegenheit und ganz ratlos, wo ich den Beutel unterbringen sollte, da in meinem Hause kein Schrank und keine Truhe war. Ich nahm ihn jedoch mit nach Hause und hielt die Sache vor meiner Frau und meinen Kindern geheim. Und als ich allein und unbeobachtet war, nahm ich zehn Goldstücke für meine Ausgaben heraus; dann verschloß ich die Öffnung des Beutels mit einer Schnur, band ihn fest in die Falten meines Turbans und wand mir das Tuch um den Kopf. Darauf ging ich in die Marktstraße und kaufte mir einen Vorrat an Hanf, und auf dem Heimwege erstand ich etwas Fleisch zum Nachtmahl; denn es war lange her, seit wir Fleisch gekostet hatten. Während ich so, das Fleisch in der Hand, den Weg dahinschritt, stieß plötzlich eine Weihe herab, und sie hätte mir das Fleisch aus der Hand gerissen, wenn ich den Vogel nicht mit der anderen Hand fortgescheucht hätte. Dann wollte er das Fleisch von der anderen Seite packen; aber ich trieb ihn wieder weg, und wie ich nun in wilder Verzweiflung mich abmühte, den Vogel fernzuhalten, fiel zum Unglück mein Turban auf den Boden. Sofort stieß jene verruchte Weihe herunter und flog davon, indem sie ihn in den Krallen hielt; ich lief hinterher und schrie laut. Als die Leute im Basar mein Schreien hörten, Männer und Frauen und eine Schar von Kindern, taten sie, was sie nur konnten, um den gräßlichen Vogel zu erschrecken, damit er seine Beute fallen ließe; doch vergebens schrien sie und warfen mit Steinen. Die Weihe wollte den Turban nicht fallen lassen und flog bald ganz außer Sicht davon. Ich war sehr bekümmert und schweren Herzens, weil ich die Goldstücke verloren hatte, als ich mich nun nach Hause begab mit dem Hanf und der Zehrung, die ich gekauft hatte; besonders aber war ich ärgerlich und betrübt im

Geiste und wollte vor Scham sterben, wenn ich daran dachte, was Sa'di sagen würde; zumal da ich erwog, wie er an meinen Worten zweifeln und die Geschichte nicht für wahr halten würde, wenn ich ihm erzählte, eine Weihe hätte meinen Turban mit den Goldstücken fortgerafft, und wie er vielleicht glauben müßte, ich hätte irgendeinen Betrug verübt und zur Entschuldigung ein lächerliches Märchen erdacht. Immerhin hatte ich noch große Freude an dem, was mir von den zehn Goldstücken übriggeblieben war, und ich lebte einige Tage herrlich mit meiner Frau und meinen Kindern. Als dann aber alles Gold ausgegeben war und nichts mehr davon übrigblieb, ward ich wieder so arm und bedürftig wie zuvor; doch ich war zufrieden und dankbar gegen Allah den Erhabenen und schalt mein Los nicht. Er hatte mir in Seiner Gnade diesen Beutel mit Gold unversehens gesandt, und nun hatte Er ihn wieder genommen, und so war ich dankbar und zufrieden; denn was Er tut, ist immerdar wohlgetan. Meine Frau, die von der Geschichte mit den Goldstücken nichts wußte, bemerkte bald, daß ich aufgeregt war, und um der Ruhe meines Lebens willen war ich gezwungen, sie in mein Geheimnis einzuweihen. Dazu kamen auch noch die Nachbarn herbei, um mich nach meinem Ergehen zu fragen; allein es widerstrebte mir sehr, ihnen alles zu erzählen, was geschehen war; denn sie konnten das Verlorene doch nicht wiederbringen, und sicherlich hätten sie über mein Unglück Schadenfreude empfunden. Jedoch, als sie sehr in mich drangen, erzählte ich ihnen alles; einige dachten, ich hätte gelogen, und spotteten meiner, andere meinten, ich wäre toll und nicht recht bei Sinnen, und meine Worte wären das wirre Geschwätz eines Irrsinnigen oder das Gefasel von Traumphantasien. Die jungen Leute machten sich unmäßig lustig über mich und lachten über den Gedanken, daß ich, der ich in meinem ganzen Leben noch nie eine Goldmünze gesehen hatte, behaupten wollte, ich hätte so viele Goldstücke erhalten, und eine Weihe sei mit ihnen davongeflogen. Nur meine Frau schenkte meiner Erzählung vollen Glauben, und sie weinte und schlug sich die Brust vor Kummer. So gingen sechs Monate über uns dahin; da begab es sich eines Tages, daß die beiden Freunde, Sa'di und Sa'd, in mein Stadtviertel kamen, und dort sagte Sa'd zu Sa'di: ›Schau, da ist die Straße, in der Hasan el-Habbâl wohnt! Wohlan, laß uns hingehen und sehen, wie er sein Vermögen vermehrt hat und wie er zu Wohlstand gekommen ist durch die zweihundert Goldstücke, die du ihm gegeben hast!‹ ›Wohlgesprochen‹, erwiderte Sa'di, ›in der Tat, wir haben ihn seit vielen Tagen nicht mehr gesehen; ich möchte ihn gern aufsuchen und würde mich freuen, zu hören, daß es ihm gut ergangen ist.‹ So schritten denn die beiden weiter auf mein Haus zu, und da sagte Sa'd zu Sa'di: ›Fürwahr, ich sehe, daß er noch immer der gleiche zu sein scheint, arm und dürftig wie zuvor; er trägt noch alte und zerfetzte Gewänder, nur sein Turban ist vielleicht etwas neuer und sauberer. Sieh doch genau hin und überzeuge dich selbst, ob es so ist, wie ich sagte!‹ Darauf trat Sa'di näher zu mir heran, und auch er sah ein, daß meine Lage unverändert war; und alsbald sprachen die beiden Freunde mich an. Nach der üblichen Begrüßung fragte Sa'd: ›Hasan, wie geht es dir? Und wie steht es mit deinem Gewerbe? Haben die zweihundert Goldstücke dir gut genützt und dein Geschäft verbessert?‹ Darauf gab ich zur Antwort: ›Ach, meine Herren, wie kann ich euch von dem schweren Unglück erzählen, das mich betroffen hat? Ich wage vor lauter Beschämung nicht zu reden, doch kann ich das Geheimnis nicht verborgen halten. Wahrlich, ein wunderbar und seltsam Ding ist mir widerfahren, und der Bericht darüber wird euch mit Verwunderung und Verdacht erfüllen; denn ich weiß recht wohl, daß ihr mir nicht glauben werdet, und daß ich vor euch dastehen werde wie einer, der sich mit Lügen abgibt. Dennoch muß ich euch das Ganze erzählen, so ungern ich es tue.‹ Darauf berichtete ich ihnen jede Einzelheit, die mir begegnet war, von Anfang bis zu Ende, besonders wie es mir mit der Weihe ergangen war; doch Sa'di beargwöhnte mich und mißtraute mir und rief: ›O Hasan, du sprichst nur im Scherz und willst uns hintergehen. Die Geschichte, die du erzählst, ist schwer zu glauben. Weihen fliegen sonst nicht mit Turbanen davon, sondern nur mit solchen Dingen, die sie fressen können. Du möchtest uns überlisten, und du bist einer von denen, die alsbald, wenn ihnen ein unvorhergesehenes Glück zuteil wird, ihre Arbeit und ihr Geschäft verlassen und dann, nachdem sie alles für Vergnügungen verschwendet haben, wieder arm werden und hinfort, mögen sie wollen oder nicht, ihr Dasein fristen müssen, so gut sie können. Dies scheint mir besonders der Fall zu sein mit dir; du hast in aller Eile unsere Gabe vergeudet und bist nun so bedürftig wie zuvor.‹ ›O mein guter Herr, nicht so‹, rief ich, ›diesen Vorwurf und diese harten Worte verdiene ich nicht; denn ich bin gänzlich unschuldig an all dem, was du mir zur Last legst. Das sonderbare Mißgeschick, von dem ich dir berichtet habe, ist die reinste Wahrheit, und ich kann beweisen, daß es keine Lüge ist, denn alle Leute in der Stadt haben Kenntnis davon; ich treibe wirklich und wahrhaftig kein falsches Spiel mit dir. Gewißlich fliegen Weihen sonst nicht mit Turbanen davon; aber solche wunderbaren und merkwürdigen Mißgeschicke können den Menschen widerfahren, zumal denen, die ein unglücklich Los haben.‹ Sa'd nahm sich meiner Sache an und sprach: ›O Sa'di, oftmals haben wir gesehen oder gehört, wie Weihen mancherlei andere Dinge forttragen als nur eßbare Sachen; darum braucht seine Geschichte nicht ganz und gar der Vernunft zu widersprechen.‹ Darauf zog Sa'di aus seiner Tasche einen Beutel voll Goldstücke, zählte mir weitere zweihundert ab und gab sie mir mit den Worten: ›Hasan, nimm diese Goldstücke, doch gib acht, daß du sie mit aller Sorgfalt und allem Fleiß aufbewahrst; hüte dich, ich sage dir noch einmal, hüte dich, daß du sie nicht verlierst wie die anderen! Gib sie in solcher Weise aus, daß du vollen Nutzen von ihnen hast und wohlhabend wirst, wie deine Nachbarn wohlhabend sind!‹ Ich nahm das Geld von ihm hin und überschüttete sein Haupt mit Danksprüchen und Segenswünschen; und als sie ihre Wege gingen, kehrte ich zu meiner Seilerbahn zurück und ging von dort zur rechten Zeit nach Hause. Meine Frau und meine Kinder waren ausgegangen; so nahm ich wieder zehn Goldstücke von den zweihundert und band die übrigen sicher in ein Tuch. Dann schaute ich umher, einen Ort zu finden, an dem ich meinen Schatz so verbergen könnte, daß meine Frau und meine Kinder nichts davon erführen und auch nichts davon in die Hände bekämen. Und alsbald erblickte ich einen großen irdenen Krug voll Kleie, der in einem Winkel des Zimmers stand; darin verbarg ich das Tuch mit den Goldmünzen, und fälschlich glaubte ich, dort sei es sicher vor Weib und Kind verborgen. Nachdem ich die Goldstücke unten in dem Kleiekrug versteckt hatte, kam meine Frau herein; aber ich sagte ihr nichts von den beiden Freunden, noch irgend etwas von dem, was geschehen war, sondern ich ging auf den Markt, um Hanf zu kaufen. Doch kaum hatte ich das Haus verlassen, so wollte es das Unheil, daß ein Mann vorbeikam, der Walkererde verkaufte, mit der sich die ärmeren Frauen die Haare zu waschen pflegen. Meine Frau wollte gern etwas davon kaufen, aber sie hatte keine einzige Kaurimuschel noch auch eine Mandel zum Zahlen bei sich. Deshalb dachte sie nach und sprach bei sich selber: ›Dieser Kleiekrug da ist nutzlos; ich will ihn für die Tonerde eintauschen.‹ Auch der Händler willigte in diesen Tausch ein, und er ging weiter, nachdem er den Kleiekrug als Preis für die Wascherde erhalten hatte. Bald darauf kam ich zurück mit einer Last Hanf auf dem Kopfe und anderen fünf Lasten auf den Köpfen von ebensoviel Trägern, die mich begleiteten; ich half ihnen ihre Bündel abnehmen, und nachdem wir den Vorrat in einem Zimmer aufgestapelt hatten, bezahlte ich sie und entließ sie. Danach streckte ich mich auf dem Boden aus, um ein wenig der Ruhe zu pflegen, und wie ich dabei in den Winkel schaute, in dem der Krug vorher gestanden hatte, entdeckte ich, daß er verschwunden war. Die Worte versagen mir, o Beherrscher der Gläubigen, um den Aufruhr der Gefühle zu schildern, die mein Herz bei diesem Anblick erfüllten. Ich sprang auf, so rasch ich vermochte, rief meine Frau und fragte sie, wohin der Krug gekommen wäre. Sie erwiderte mir, sie hätte seinen Inhalt für ein wenig Walkererde vertauscht. Da rief ich laut: ›O du Elende, o du Unglückselige, was hast du getan! Du hast mich und deine Kinder zugrunde gerichtet, denn du hast großen Reichtum an jenen

Tonerdeverkäufer weggegeben!‹ Dann erzählte ich ihr alles, was geschehen war, wie die beiden Freunde gekommen waren und wie ich die hundertundneunzig Goldstücke in dem Kleiekrug verborgen hatte. Als sie das hörte, weinte sie bitterlich und schlug sich die Brust und raufte sich das Haar, indem sie rief: ›Wo kann ich nun den Händler da finden? Der Mann ist ein Fremdling, ich habe ihn nie zuvor in dieser Straße oder in diesem Stadtviertel gesehen!‹ Dann wandte sie sich zu mir und fuhr fort: ›Darin hast du sehr töricht gehandelt, daß du mir nicht zuvor von der Sache erzähltest und daß du kein Vertrauen zu mir hattest; sonst wäre dies Unglück nie und nimmer über uns gekommen.‹ Dann klagte sie laut und bitterlich, also daß ich sprach: ›Mache nicht solchen Lärm und zeige nicht solche Erregung, damit unsere Nachbarn dich nicht hören und, wenn sie von unserm Mißgeschick erfahren, sich nicht etwa über uns lustig machen und uns Narren heißen! Es geziemt uns, in den Willen Allahs des Erhabenen uns zu ergeben.‹ Die zehn Goldstücke, die ich von den zweihundert genommen hatte, genügten mir zwar, einige Zeit lang mein Handwerk leichter fortzuführen und in größerer Behaglichkeit zu leben; aber ich grämte mich immer und wußte keinen Rat, was ich Sa'di sagen sollte, wenn er wiederkäme; denn da er mir schon beim ersten Male nicht geglaubt hatte, war ich im Innern überzeugt, daß er mich nunmehr laut einen Lügner und Betrüger schelten würde. Eines Tages kamen denn auch die beiden, Sa'd und Sa'di, auf mein Haus zu, indem sie beim Wandeln sich unterhielten und wie gewöhnlich über mich und meinen Fall miteinander stritten. Als ich sie von ferne sah, verließ ich meine Arbeit, um mich zu verbergen; denn ich konnte vor lauter Beschämung nicht vortreten und sie anreden. Da sie das bemerkten, aber den Grund nicht ahnten, traten sie in meine Wohnung ein, boten mir den Gruß und fragten mich, wie es mir ergangen sei. Ich wagte nicht, meine Augen zu heben, so beschämt und zerknirscht war ich; daher erwiderte ich den Gruß mit gesenkter Stirn. Nun bemerkten sie meine klägliche Verfassung und fragten verwundert: ›Geht alles gut bei dir? Weshalb bist du in diesem Zustande? Hast du keinen guten Gebrauch von dem Golde gemacht, oder hast du deinen Reichtum in liederlichem Leben verschwendet?‹ ›Ach, meine Herren‹, sprach ich, ›die Geschichte der Goldstücke ist keine andere als diese: Als ihr mich verließet, ging ich mit dem Beutel voll Geld nach Hause, und da ich dort niemanden fand, weil alle ausgegangen waren, nahm ich zehn Goldstücke heraus. Dann legte ich die übrigen mitsamt dem Beutel in einen großen irdenen Krug, der ganz voll Kleie war und lange in einem Winkel des Zimmers gestanden hatte; auf diese Weise wollte ich die Sache vor meiner Frau und meinen Kindern geheim halten. Aber während ich auf dem Markt war, um mir Hanf zu kaufen, kam meine Frau nach Hause, und in demselben Augenblick kam ein Mann zu ihr herein, der Walkererde zum Waschen der Haare verkaufte. Sie hatte sie nötig, doch sie hatte nichts zum Bezahlen; und so ging sie denn zu ihm hin und sprach: ›Ich habe keinen Heller, aber ich habe etwas Kleie; sage mir, willst du die für deine Tonerde in Tausch nehmen?‹ Der Mann war einverstanden, und also nahm meine Frau die Erde von ihm hin und gab ihm dafür den Krug voll Kleie; er trug ihn fort und ging seiner Wege. Wenn ihr nun fragt: ›Warum hast du die Sache deiner Frau nicht anvertraut und ihr gesagt, daß du das Geld in den Krug getan hattest?‹ – so erwidere ich meinerseits, daß ihr mir strengen Befehl gabt, das Geld diesmal mit äußerster Sorgfalt und Vorsicht aufzubewahren. Mir schien jener Ort der sicherste zu sein, um das Gold zu verwahren, und es widerstrebte mir, das Geheimnis meiner Frau anzuvertrauen, damit sie nicht etwa einiges von dem Gelde nähme und es im Haushalt verwendete. Ach, meine Herren, ich bin von eurer Güte und Gnädigkeit überzeugt: aber Armut und Elend stehen für mich im Buche des Schicksals geschrieben, wie kann ich da noch auf Güter und Gedeihen hoffen? Doch nimmer, solange ich noch den Odem des Lebens atme, werde ich diese eure hochherzige Huld vergessen!‹ Da sagte Sa'di: ›Mir scheint, ich habe vierhundert Goldstücke nutzlos ausgegeben, indem ich sie dir schenkte; doch die Absicht, in der ich sie dir gab, war die, daß du Nutzen davon haben solltest, nicht die, von dir Lob und Dank zu beanspruchen.‹ Beide hatten nun Mitleid mit meinem Unglück und sprachen mir ihre Teilnahme aus; und alsbald zog Sa'd, der ein rechtschaffener Mann war und mich seit vielen Jahren kannte, eine Bleimünze hervor, die er von der Straße aufgelesen hatte und noch in seiner Tasche trug; die zeigte er Sa'di, und dann sprach er zu mir: ›Siehst du dies Stückchen Blei? Nimm es, und durch die Gunst des Geschicks sollst du erfahren, welchen Segen es dir bringen wird.‹ Als Sa'di es sah, lachte er laut auf und machte sich darüber lustig und sagte spottend: ›Welchen Vorteil wird Hasan von diesem Scherflein Blei haben, und wie soll er es benutzen?‹ Doch Sa'd reichte mir die Bleimünze und erwiderte: ›Achte nicht auf das, was Sa'di sagen mag, sondern behalte dies bei dir! Laß ihn nur lachen, wenn es ihm beliebt! Eines Tages wird es vielleicht, so Allah der Erhabene will, geschehen, daß du hierdurch ein reicher und vornehmer Mann wirst.‹ Ich nahm das Stückchen Blei und tat es in meine Tasche; die beiden aber sagten mir Lebewohl und gingen ihrer Wege. Sobald Sa'd und Sa'di fortgegangen waren, begann ich wieder Seile zu drehen, bis die Nacht herankam; und als ich mein Gewand ablegte, um zu Bett zu gehen, fiel die Bleimünze, die Sa'd mir gegeben hatte, aus meiner Tasche heraus; ich hob sie auf und legte sie achtlos in eine kleine Wandnische. In eben jener Nacht traf es sich nun, daß ein Fischer, einer meiner Nachbarn, eine kleine Münze nötig hatte, um etwas Zwirn zu kaufen, mit dem er sein Schleppnetz ausbessern wollte, wie er es in den dunklen Stunden zu tun pflegte; dann konnte er vor Tagesanbruch die Fische fangen und von dem Erlös seiner Beute Lebensmittel für sich und seinen Haushalt kaufen. Da er also gewohnt war aufzustehen, ehe die Nacht ganz verstrichen war, befahl er seiner Frau, bei allen Nachbarn die Runde zu machen und eine Kupfermünze zu borgen, damit er den nötigen Zwirn kaufen könnte; und die Frau ging überall hin, von Haus zu Haus, aber sie konnte nirgends einen Heller entleihen, und zuletzt kam sie müde und enttäuscht nach Hause. Da fragte der Fischer sie: ›Bist du auch bei Hasan el-Habbâl gewesen?‹ Sie antwortete:

›Nein, in seinem Hause habe ich es nicht versucht. Das ist das fernste unter allen Nachbarhäusern, und meinst du denn, ich hätte etwas von da zurückgebracht, wenn ich dorthin gegangen wäre?‹ ›Fort mit dir, o du faulste unter den Weibern, du nichtsnutzigste unter den Dirnen‹, rief der Fischer, ›fort mit dir in diesem Augenblick! Vielleicht hat er doch eine Kupfermünze, die er uns leihen kann.‹ So ging denn die Frau murrend und brummend fort, und als sie zu meiner Wohnung kam, klopfte sie an die Tür und rief: ›O Hasan el-Habbâl, mein Gatte braucht dringend einen Heller, um dafür etwas Zwirn zum Ausbessern seiner Netze zu kaufen.‹ Da ich mich an die Münze erinnerte, die Sa'd mir gegeben hatte, und auch an den Ort, an den ich sie gelegt hatte, rief ich ihr zu: ›Warte, meine Gattin wird zu dir hinauskommen und dir geben, was du brauchst!‹ Als meine Frau all diesen Lärm hörte, erwachte sie aus dem Schlaf, und ich sagte ihr, wo sie das Geldstück finden würde; darauf holte sie es und gab es der Fischersfrau, und die sagte hoch erfreut: ›Du und dein Gatte, ihr habt meinem Mann große Güte erwiesen, und deshalb verspreche ich dir, daß alle Fische, die er beim ersten Wurf des Netzes fangen wird, euch gehören sollen, und ich bin sicher, daß mein Ehegatte, wenn er von diesem meinem Versprechen hört, es gutheißen wird.‹ Als darauf die Frau das Geldstück ihrem Manne brachte und ihm erzählte, welches Versprechen sie gegeben hatte, war er ganz einverstanden und sprach zu ihr: ›Du hast recht und verständig darin gehandelt, daß du dies Gelöbnis tatest.‹ Nachdem er also etwas Zwirn gekauft und alle seine Netze ausgebessert hatte, erhob er sich vor Tagesanbruch und eilte zum Fluß hinab, um Fische zu fangen wie gewöhnlich. Aber als er das Netz zum ersten Wurf in den Strom geworfen hatte und wieder einholte, fand er, daß es nur einen einzigen Fisch enthielt, der aber ungefähr eine Spanne dick war; den legte er als meinen Anteil beiseite. Dann warf er das Netz wieder und wieder aus, und bei jedem Wurf fing er viele Fische, große und kleine, doch keiner kam dem an Größe gleich, den er zuerst im Netz herausgeholt hatte. Sowie der Fischer heimgekehrt war, kam er alsbald zu mir und brachte den Fisch, den er für mich gefangen hatte, indem er sprach: ›Lieber Nachbar, meine Frau versprach in der letzten Nacht, du solltest alle Fische haben, die beim ersten Wurf des Netzes eingebracht würden. Dies ist nun der einzige Fisch, den ich dabei fing. Hier ist er; bitte, nimm ihn hin als eine Gabe des Dankes für deine Güte in der vergangenen Nacht und als Erfüllung des Versprechens! Wenn Allah der Erhabene mir ein ganzes Schleppnetz voll von Fischen gewährt hätte, so wäre alles dein gewesen; aber es war dein Schicksal, daß nur dieser eine beim ersten Wurf ans Land kam.‹ Ich erwiderte: ›Das Scherflein, das ich dir gestern nacht gab, war nicht von solchem Werte, daß ich eine Gegengabe erwarten könnte.‹ So weigerte ich mich, den Fisch anzunehmen. Auch nach langem Hin- und Herreden wollte er den Fisch nicht zurücknehmen, sondern bestand darauf, daß er mir gehöre; schließlich willigte ich ein, ihn zu behalten, und gab ihn meiner Frau mit den Worten: ›Frau, dieser Fisch ist eine Gegengabe für das Scherflein, das ich in der letzten Nacht unserm Nachbarn, dem Fischer, gegeben habe. Sa'd hat behauptet, ich würde durch jene Münze zu großem Reichtum und zu hohem Wohlstand gelangen.‹ Nun erzählte ich meiner Frau, wie meine beiden Freunde mich wieder aufgesucht und was sie gesagt und getan hatten, und berichtete ihr alles über die Bleimünze, die Sa'd mir gegeben hatte. Sie wunderte sich, wie sie nur den einen Fisch sah, und sagte: ›Wie soll ich ihn zubereiten? Ich glaube, es wäre das beste, ihn zu zerschneiden und für die Kinder zu braten, zumal wir keinerlei Spezereien und Gewürze haben, mit denen ich ihn anders bereiten könnte.‹ Als sie nun den Fisch aufschnitt und säuberte, fand sie in seinem Bauche einen großen Diamanten, den sie für ein Stück Glas oder Kristall hielt; denn sie hatte zwar oft von Diamanten reden hören, aber nie mit ihren eigenen Augen einen gesehen. Daher gab sie ihn dem jüngsten der Kinder zum Spielen, und als die anderen ihn sahen, wollten ihn alle haben wegen seines hellen und glänzenden Scheines, und abwechselnd behielt ihn jeder eine Weile; und wie die Nacht kam und die Lampe angezündet wurde, drängten sie sich um den Stein und starrten seine Schönheit an und jauchzten und schrien vor Entzücken. Nachdem meine Frau den Tisch gebreitet hatte, setzten wir uns zum Nachtmahl nieder, und der älteste Knabe legte den Diamanten auf die Tafel; doch sobald wir mit dem Essen fertig waren, stritten und balgten sich die Kinder wieder darum wie zuvor. Erst achtete ich nicht auf ihr Lärmen und Toben; doch wie es allzu laut und lästig wurde, fragte ich meinen ältesten Jungen, aus welchem Grunde sie stritten und solchen Lärm machten. Da sagte er: ›Der Lärm und der Streit drehen sich um ein Stück Glas, von dem ein Licht ausgeht, so hell wie das der Lampe.‹ Nun befahl ich ihm, es mir zu zeigen; und ich wunderte mich sehr, wie ich seinen funkelnden Glanz sah; und ich fragte meine Frau, wann sie das Stück Kristall bekommen hätte. Sie erwiderte: ›Ich fand es im Bauche des Fisches, als ich ihn ausnahm.‹ Aber ich hielt es immer noch für nichts anderes als Glas. Dann befahl ich meiner Frau, die Lampe hinter dem Herde zu verbergen; und als sie das getan hatte, war der Glanz des Diamanten so hell, daß wir sehr gut ohne ein anderes Licht sehen konnten; deshalb legte ich ihn auf den Herd, damit wir bei seinem Schein arbeiten könnten, und sprach bei mir selber: ›Die Münze, die Sa'd mir hinterließ, hat doch diesen Nutzen gebracht, daß wir keine Lampe mehr brauchen; wenigstens erspart sie uns das Öl.‹ Als die Kleinen sahen, daß ich die Lampe auslöschte und das Glas an ihrer Statt gebrauchte, sprangen und tanzten sie vor Freude und schrien und jauchzten vor Entzücken, so daß alle Nachbarn ringsum sie hören konnten; deshalb schalt ich sie und schickte sie ins Bett, und auch wir gingen zur Ruhe und schliefen alsbald ein. Am nächsten Tage wachte ich beizeiten auf und begab mich an meine Arbeit, ohne weiter an das Stück Glas zu denken. Nun wohnte dicht bei uns ein reicher Jude, ein Juwelier, der alle Arten von Edelsteinen kaufte und verkaufte; und wie er und seine Frau in jener Nacht schlafen wollten, wurden sie durch das Lärmen und Schreien auf viele Stunden hin gestört, und der Schlaf mied ihre Augen. Als es Morgen ward, kam die Frau des Juweliers zu unserem Hause, um sich in ihrem und ihres Gatten Namen über den Lärm und das

Geschrei zu beklagen. Ehe sie aber ein Wort des Tadels hatte sagen können, erriet meine Frau schon die Absicht, in der sie kam, und richtete die Worte an sie: ›Rahel, ich fürchte, meine Kinder haben dich in der letzten Nacht durch ihr Lachen und Schreien belästigt. Ich bitte dich dafür um Nachsicht; du weißt doch wohl, wie Kinder über Kleinigkeiten bald lachen und bald weinen. Komm herein und sieh dir die Ursache ihrer Aufregung an, wegen deren du mich mit Recht zur Rede stellen willst!‹ Sie tat es und schaute das Stück Glas an, wegen dessen die Kleinen solches Getöse und solchen Lärm gemacht hatten; und als sie, die eine lange Erfahrung in Edelsteinen jeglicher Art besaß, den Diamanten betrachtete, war sie von Staunen erfüllt. Dann erzählte meine Frau ihr, wie sie ihn in dem Bauch des Fisches gefunden hatte, und darauf sagte die Jüdin: ›Dies Stück Glas ist besser als alle anderen Sorten von Glas. Ich habe auch ein solches Stück wie dies, und ich pflege es manchmal zu tragen; wenn du es verkaufen willst, so will ich dir dies Ding gern abkaufen.‹ Als die Kinder hörten, was sie sagte, fingen sie an zu schreien und riefen: ›Liebe Mutter, wenn du es nicht verkaufst, versprechen wir dir, nie mehr Lärm zu machen.‹ Da die Frauen einsahen, daß die Kleinen sich auf keinen Fall davon trennen wollten, sprachen sie nicht mehr darüber, und bald darauf ging die Jüdin fort; doch ehe sie Abschied nahm, flüsterte sie meiner Frau ins Ohr: ›Sieh zu, daß du niemandem davon erzählst, und wenn du Lust hast, es zu verkaufen, so laß es mich sofort wissen!‹

Der Jude saß gerade in seinem Laden, als seine Frau zu ihm kam und ihm von dem Glasstück erzählte. Da sagte er: ›Geh sogleich zurück und biete einen Preis dafür, indem du sagst, es sei für mich. Fang mit einem kleinen Gebot an, und biete immer höher, bis du es bekommst!‹ Darauf kehrte die Jüdin zu meinem Hause zurück und bot zwanzig Goldstücke; das schien meiner Frau eine hohe Summe zu sein für eine solche Kleinigkeit, aber sie wollte den Handel doch nicht abschließen. In diesem Augenblick verließ ich gerade meine Arbeit, und als ich zum Mittagsmahle heimkam, sah ich die beiden Frauen redend an der

Schwelle stehen. Meine Frau hielt mich an und sagte: ›Diese Nachbarin bietet zwanzig Goldstücke als Preis für das Stück Glas; aber ich habe ihr bis jetzt noch keine Antwort gegeben. Was sagst du dazu?‹ Da gedachte ich dessen, was Sa'd mir gesagt hatte, nämlich, daß mir durch diese Bleimünze großer Reichtum zuteil werden sollte. Als die Jüdin sah, wie ich zögerte, glaubte sie, ich wolle nicht in den Preis einwilligen, und so sprach sie: ›Lieber Nachbar, wenn du dich für zwanzig Goldstücke nicht von dem Stück Glas trennen willst, will ich dir sogar fünfzig geben.‹ Nun überlegte ich mir, wenn die Jüdin ihr Angebot so bereitwillig von zwanzig auf fünfzig Goldstücke erhöhte, so müßte dies Glas sicher von großem Werte sein; deshalb schwieg ich und erwiderte ihr kein Wort. Als sie sah, daß ich immer noch schwieg, rief sie: ›So nimm denn hundert, das ist sein voller Wert, ja, ich weiß nicht einmal, ob mein Gatte mit einem so hohen Preise einverstanden sein wird.‹ Ich gab zur Antwort: ›Gute Frau, warum so töricht schwätzen? Ich verkaufe es nicht für weniger als hunderttausend Goldstücke, und du kannst es zu dem Preise erhalten, doch nur deshalb, weil du unsere Nachbarin bist.‹ Die Jüdin steigerte ihr Gebot nach und nach bis zu fünfzigtausend Goldstükken und sagte dann: ›Bitte, warte bis morgen und verkaufe es nicht vorher, damit mein Gatte kommen und es ansehen kann!‹ ›Recht gern‹, erwiderte ich, ›auf jeden Fall laß deinen Gatten nur herkommen und es sich ansehen!‹ Am nächsten Tage kam der Jude in unser Haus, und ich zog den Diamanten heraus und zeigte ihn ihm; da glänzte und glitzerte er in meiner Hand mit einem Lichte, das so hell war wie von einer Lampe. So überzeugte er sich, daß alles, was seine Frau ihm von seinem gleißenden Schein erzählt hatte, ganz der Wahrheit entsprach, und er nahm ihn in die Hand, prüfte ihn, wandte ihn her und her und wunderte sich gar sehr über seine Schönheit; dann sagte er: ›Meine Frau hat dir fünfzigtausend Goldstücke geboten; schau, ich will dir noch zwanzigtausend dazulegen.‹ Doch ich erwiderte: ›Deine Gattin hat dir sicherlich die Summe genannt, die ich festgesetzt habe, das heißt, einhunderttausend Goldstücke und nicht weniger; von diesem Preise lasse ich keinen Deut und kein Tüttelchen ab.‹ Der Jude tat, was er nur konnte, um es für eine geringere Summe zu erwerben, aber ich antwortete nur: ›Es macht nichts aus; wenn du mir meinen Preis nicht zahlen willst, muß ich ihn einem anderen Juwelier verkaufen.‹ Schließlich willigte er ein und wägte mir zweitausend Goldstücke ab als Handgeld, indem er sprach: ›Morgen will ich dir den Betrag, den ich dir geboten habe, bringen und meinen Diamanten mitnehmen.‹ Damit war ich zufrieden; und so kam er am folgenden Tage zu mir und wägte mir die volle Summe von hunderttausend Goldstücken ab, die er unter seinen Freunden und Geschäftsteilhabern aufgebracht hatte. Darauf gab ich ihm den Diamanten, der mir so übermäßigen Reichtum eingetragen hatte, und dankte ihm und pries Allah den Erhabenen für dies große Glück, das mir so unerwartet zuteil geworden war, und ich hoffte sehr, bald meine beiden Freunde Sa'd und Sa'di wiederzusehen, um auch ihnen zu danken. Ich brachte nun zunächst mein Haus in Ordnung und gab meiner Frau einiges Geld, das sie für die Bedürfnisse des Hauses und für ihre eigene Kleidung und die der Kinder ausgeben sollte; dann aber kaufte ich mir ein schönes Wohnhaus und stattete es aufs beste aus. Darauf sprach ich zu meiner Frau, die an nichts anderes dachte als an prächtige Kleider und an gutes Essen und ein Leben in Herrlichkeit und Freuden: ›Es geziemt uns nicht, dies unser Handwerk aufzugeben; wir müssen etwas Geld beiseite legen und das Geschäft weiterführen.‹ Ich ging also zu allen Seilern der Stadt, kaufte mit vielem Gelde verschiedene Werkstätten und ließ darin arbeiten; über jede Werkstatt setzte ich einen Aufseher, einen verständigen und vertrauenswürdigen Mann, und jetzt gibt es in der ganzen Stadt Baghdad keinen Bezirk und kein Viertel, in denen sich nicht Seilerbahnen und Seilereien von mir befänden. Ja, noch mehr, ich habe in jedem Bezirk, in jeder Stadt des Irak Warenhäuser, alle unter der Obhut ehrlicher Aufseher; so ist es gekommen, daß ich solch eine Menge von Reichtümern aufgehäuft habe. Schließlich kaufte ich ein anderes Haus zu meinem eigenen Geschäftshaus; das war ein zerfallener Bau, an den genügend viel Land angrenzte, aber ich ließ das alte Gemäuer niederreißen und erbaute an seiner Statt das große und geräumige Gebäude, das deine Hoheit gestern anzuschauen geruht hat. Dort finden alle meine Arbeiter ihr Unterkommen, und dort werden meine Geschäftsbücher und Rechnungen geführt; und es enthält außer meinem Warenhaus auch noch Gemächer, versehen mit einfachem Hausrat, wie er für mich und die Meinen genügt. So konnte ich nach einiger Zeit meine alte Heimstätte, an der Sa'd und Sa'di mich hatten arbeiten sehen, verlassen und in das neue Haus ziehen und dort wohnen. Nicht lange nach dieser Übersiedlung dachten meine beiden Freunde und Wohltäter daran, mich wieder zu besuchen. Sie wunderten sich sehr, als sie in meine alte Werkstatt kamen und mich dort nicht fanden; und sie fragten die Nachbarn: ›Wo wohnt der Seiler Soundso? Lebt er noch, oder ist er tot?‹ Die Leute antworteten: ›Er ist jetzt ein reicher Kaufherr, und man nennt ihn nicht mehr einfach Hasan, sondern gibt ihm den Titel: Meister Hasan der Seiler. Er hat sich ein prächtiges Haus gebaut und wohnt in demunddem Stadtviertel.‹ Darauf gingen die beiden Gefährten hin, um mich zu suchen. Sie waren über die gute Botschaft erfreut; doch Sa'di wollte sich auf keine Weise davon überzeugen lassen, daß all mein Reichtum, wie Sa'd behauptete, aus jener Wurzel entsprungen sei, nämlich aus der kleinen Bleimünze. Nachdem er nun die Sache im Geiste überlegt hatte, sprach er zu seinem Begleiter: ›Es freut mich dennoch, von all diesem Glück zu hören, das Hasan widerfahren ist, obgleich er mich zweimal getäuscht und mir vierhundert Goldstücke abgenommen hat, durch die er zu solchem Reichtum gekommen ist; denn es ist widersinnig, anzunehmen, daß der von der kleinen Bleimünze herrühren sollte, die du ihm gegeben hast. Doch ich vergebe ihm und trage ihm nichts nach.‹ Der andere erwiderte: ›Du bist im Irrtum. Ich kenne Hasan von alters her als einen guten und wahrhaften Mann; er würde dich nie täuschen, und was er uns erzählt hat, ist die reine Wahrheit. Ich bin in meinem Innern davon überzeugt, daß er all dies Geld und Gut durch die Bleimünze erworben hat; allein, wir werden ja bald hören, was er zu sagen hat.‹ Unter solchen Gesprächen kamen sie in die Straße, in der ich jetzt wohne, und als sie dort ein großes und prächtiges, neu errichtetes Gebäude sahen, ahnten sie, daß es das meine wäre. Deshalb pochten sie an, und wie der Pförtner öffnete, wunderte Sa'di sich ob solcher Pracht und ob der vielen Leute, die darinnen saßen, und er fürchtete schon, sie seien vielleicht, ohne es zu wissen, in das Haus irgendeines Emirs eingedrungen. Doch er faßte sich ein Herz und fragte den Pförtner: ›Ist dies die Wohnung von Meister Hasan el-Habbâl?‹ Und der Pförtner antwortete: ›Dies ist in der Tat das Haus von Meister Hasan el-Habbâl. Er ist zu Hause und sitzt in seiner Kanzlei. Bitte, tritt ein, und einer der Sklaven wird ihm dein Kommen melden!‹ Darauf gingen die beiden Freunde hinein, und sowie ich sie sah, erkannte ich sie; und ich erhob mich, lief ihnen entgegen und küßte die Säume ihrer Gewänder. Sie wollten mir um den Hals fallen und mich umarmen, aber aus lauter Bescheidenheit wollte ich nicht dulden, daß sie es taten; so führte ich sie denn in einen großen und geräumigen Saal und bat sie, sich auf die höchsten Ehrenplätze zu setzen. Sie wollten mich zwingen, auf dem obersten Platz zu sitzen, aber ich rief: ›Hohe Herren, ich bin um nichts besser als der arme Seiler Hasan, der immer, eingedenk eurer Würde und Güte, für euer Wohlergehen betet und nicht verdient, an höherer Stelle zu sitzen als ihr.‹ Da setzten sie sich, und ich setzte mich ihnen gegenüber, und Sa'di sprach: ›Mein Herz ist über die Maßen erfreut, da ich dich in diesem Wohlstand sehe; denn Allah hat dir alles gegeben, was du nur wünschen konntest. Ich zweifle nicht daran, daß du all diesen Reichtum und Überfluß durch die vierhundert Goldstücke gewonnen hast, die ich dir einst gab; nun sage mir aber ehrlich, warum hast du mich zweimal getäuscht und mir die Unwahrheit gesagt?‹ Sa'd hörte diesen Worten mit stiller Entrüstung zu, und ehe ich noch etwas erwidern konnte, hub er an: ›O Sa'di, wie oft habe ich dir versichert, daß alles, was Hasan früher über den Verlust der Goldstücke gesagt hat, keine Lüge, sondern die Wahrheit ist?‹ Darauf begannen sie miteinander zu streiten, während ich, sobald ich mich von meiner Überraschung erholt hatte, ausrief: ›Ach, meine Herren, wozu dieser Streit? Entzweit euch nicht um meinetwillen, ich flehe euch an! Alles, was mir früher widerfahren ist, habe ich euch mitgeteilt, und ob ihr meinen Worten glaubt oder nicht glaubt, darauf kommt wenig an. Vernehmet nun meine ganze Geschichte der Wahrheit gemäß!‹ Dann erzählte ich ihnen die Geschichte von dem Bleistück, das ich dem Fischer gegeben hatte, und von dem Diamanten, der sich im Bauche des Fisches fand; kurz, ich berichtete ihnen alles genau so, wie ich es jetzt deiner Hoheit kundgetan habe. Nachdem Sa'di mein ganzes Erlebnis vernommen hatte, sagte er: ›O Meister Hasan, es erscheint mir über die Maßen seltsam, daß ein so großer Diamant sich in dem Bauche eines Fisches finden sollte; und ich halte es auch für ein unmöglich Ding, daß eine Weihe mit deinem Turban fortgeflogen wäre oder daß deine Frau den Krug mit Kleie für die Walkererde weggegeben hätte. Du sagst, die Geschichte sei wahr; dennoch kann ich deinen Worten keinen Glauben schenken, denn ich weiß doch recht wohl, daß die vierhundert Goldstücke dir all diesen Reichtum verschafft haben.‹ Als die beiden jedoch aufstanden, um Abschied zu nehmen, erhob auch ich mich und sprach: ›Hohe Herren, ihr habt mir die Gunst erwiesen, daß ihr mich in meiner armen Hütte zu besuchen geruhtet. Ich bitte euch nun herzlich, kostet auch von meiner Speise und verweilet hier diese Nacht unter dem Dache eures Dieners; denn morgen möchte ich euch gern auf dem Flusse in ein Landhaus führen, das ich vor kurzem erworben habe!‹ Darin willigten sie ein nach etlichen Einwendungen; und nachdem ich die Anordnungen für das Nachtmahl gegeben hatte, führte ich sie im Hause umher und zeigte ihnen die Einrichtung, indem ich sie mit gefälligen Worten und heiterem Geplauder unterhielt, bis ein Sklave kam und meldete, daß die Abendmahlzeit aufgetragen sei. Da geleitete ich sie in den Saal, in dem die Platten aufgereiht waren, beladen mit mancherlei Gerichten; auf allen Seiten standen Kerzen, die nach Kampfer dufteten, und vor dem Tische waren Spielleute versammelt, die sangen und auf mancherlei Instrumenten der Fröhlichkeit und Freude spielten, während am oberen Ende des Saales Männer und Frauen tanzten und allerlei zum Zeitvertreib aufführten. Als wir zu Nacht gegessen hatten, gingen wir zu Bett; dann standen wir beizeiten wieder auf, sprachen das Frühgebet und bestiegen ein großes und gut ausgerüstetes Boot, und die Ruderer ruderten mit der Strömung und landeten uns bald bei meinem Landsitz. Dort wandelten wir gemeinsam über das Land und traten ins Haus; ich zeigte ihnen auch unsere neuen Bauten und wies ihnen alles, was dazu gehörte; und sie betrachteten es mit größter Verwunderung. Darauf begaben wir uns in den Garten und sahen, in Reihen an den Wegen gepflanzt, Fruchtbäume jeglicher Art, die sich unter den reifen Früchten beugten; die wurden mit Wasser vom Strom her durch Kanäle aus Ziegelsteinen bewässert. Ringsum standen blühende Büsche, deren Duft dem Zephir Freude machte; hie und da ließen Springbrunnen ihre Wasserstrahlen hoch in die Luft steigen, und mit süßen Stimmen sangen die Vöglein zwischen den laubreichen Zweigen Loblieder dem Einen, dem Ewigen. Kurz, der Anblick und die Wohlgerüche erfüllten die Seele mit Freude und Fröhlichkeit. Meine beiden Freunde schritten erfreut und entzückt umher und dankten mir immer wieder, daß ich sie an einen so herrlichen Ort geführt hatte, und sprachen: ›Allah der Erhabene lasse es dir in Haus und Garten wohlergehen!‹ Zuletzt führte ich sie an den Fuß eines hohen Baumes, nahe einer der Gartenmauern, und dort zeigte ich ihnen ein kleines Sommerhaus, wo ich mich auszuruhen und zu erfrischen pflegte; der Raum war mit Kissen und Polstern und Diwanen ausgestattet, die mit reinem Golde bestickt waren. Nun traf es sich, als wir in jenem Sommerhause der Ruhe pflegten, daß zwei meiner Söhne, die ich mit ihrem Erzieher des Luftwechsels halber zu meinem Landsitz geschickt hatte, im Garten umherstreiften und nach Vogelnestern suchten. Da entdeckten sie ein großes Nest, hoch im Gipfel, und versuchten, den Stamm hinaufzuklettern, um es zu holen; aber sie wagten sich doch nicht so hoch hinauf, weil sie nicht so stark und geübt waren, und deshalb befahlen sie einem jungen Sklaven, der sie immer begleitete, den Baum zu erklimmen. Er tat nach ihrem Geheiß; aber als er in das Nest hineinschaute, staunte er über die Maßen, weil er sah, daß es zum großen Teile aus einem alten Turban gemacht war. Dann brachte er das Nest herunter und hielt es den Knaben hin. Mein ältester Sohn nahm es ihm aus den Händen und brachte es in die Laube, um es mir zu zeigen; und indem er es mir zu Füßen legte, rief er in heller Freude: ›Vater, schau hier, dies Nest ist aus Zeug gemacht!‹ Sa'd und Sa'di waren über diesen Anblick höchlichst erstaunt, und das Staunen wuchs noch um so mehr, als ich das Nest näher ansah und darin eben den Turban erkannte, auf den die Weihe sich gestürzt hatte und der mir von jenem Vogel geraubt war. Darauf sagte ich zu meinen beiden Freunden: ›Seht euch diesen Turban näher an und überzeugt euch selbst, daß er genau derselbe ist, den ich auf dem Kopfe trug, als ihr mich zum ersten Male mit eurem Besuch beehrtet!‹ Sa'd sagte: ›Ich kenne ihn nicht.‹ Und Sa'di sprach: ›Wenn du in ihm die hundertundneunzig Goldstücke findest, so kannst du gewiß sein, daß es wirklich dein Turban ist.‹ ›Lieber Herr‹, erwiderte ich, ›ich weiß ganz genau, daß dies derselbe Turban ist.‹ Und als ich ihn in meiner Hand hielt, fand ich, daß er schwer von Gewicht war; dann entfaltete ich ihn und fühlte, daß in einem Zipfel des Tuches etwas eingebunden war. Rasch rollte ich die Wickel auf, und siehe da – ich fand den Beutel mit den Goldstücken. Ich zeigte ihn Sa'di und rief: ›Kannst du diesen Beutel nicht wiedererkennen?‹ Und er gab zur Antwort: ›Dies ist wirklich derselbe Beutel mit Goldstücken, den ich dir gab, als wir einander zum ersten Male sahen.‹ Dann öffnete ich ihn und schüttete das Gold in einem Haufen auf den Teppich aus und hieß ihn sein Geld zählen; er zählte es, Münze auf Münze, und stellte fest, daß es einhundertundneunzig Goldstücke waren. Tief beschämt und verwirrt rief er nun: ›Jetzt glaube ich deinen Worten; indessen du wirst doch zugeben, daß du die Hälfte dieses deines ungeheuren Reichtums durch die zweihundert Goldstücke erworben hast, die ich dir bei unserm zweiten Besuche gab, und nur die andere Hälfte durch das

Scherflein, das du von Sa'd erhieltest.‹ Darauf gab ich keine Antwort; doch meine Freunde ließen nicht ab, darüber zu streiten. Dann setzten wir uns nieder zu Speise und Trank, und als wir gesättigt waren, gingen ich und meine beiden Freunde in der kühlen Laube zur Ruhe; und als die Sonne dem Untergang nahe war, saßen wir auf und ritten nach Baghdad zurück, während die Diener uns folgen sollten. Doch nachdem wir die Stadt erreicht hatten, fanden wir alle Läden geschlossen und konnten nirgends Korn und Futter für unsere Pferde finden; deshalb sandte ich zwei junge Sklaven, die neben uns her gelaufen waren, auf die Suche nach Futter. Einer von ihnen fand im Laden eines Kornhändlers einen Krug voll Kleie, und nachdem er für den Inhalt bezahlt und versprochen hatte, er würde das Gefäß am nächsten Tage zurückbringen, brachte er die Kleie samt dem Krug. Dann begann er die Kleie im Dunkeln herauszuholen, Handvoll auf Handvoll, und sie den Pferden vorzuwerfen. Plötzlich aber traf seine Hand auf ein Tuch, in dem etwas Schweres war. Er brachte es mir so, wie er es gefunden hatte, und sagte: ›Sieh, ist dies Tuch nicht gerade das, von dessen Verlust du oft zu uns gesprochen hast?‹ Ich nahm es und erkannte zu meinem höchsten Erstaunen, daß es dasselbe Stück Zeug war, in das ich die hundertundneunzig Goldstücke eingebunden hatte, ehe ich sie in dem Kleiekrug verbarg. Dann aber sprach ich zu meinen Freunden: ›Liebe Herren, es hat Allah dem Erhabenen gefallen, ehe wir uns voneinander trennen, meine Worte zu bezeugen und zu beweisen, daß ich euch nichts als die lautere Wahrheit erzählt habe.‹ Dann fuhr ich fort, indem ich mich zu Sa'di wandte: ›Schau hier die andere Summe Geldes, das heißt, die hundertundneunzig Goldstücke, die ich, nachdem du sie mir gegeben hattest, in ebendies Tuch einband, das ich nun wiedererkenne.‹ Sogleich ließ ich den Tonkrug bringen, damit sie ihn sehen könnten; und ich befahl, ihn auch zu meiner Frau zu tragen, damit sie ebenfalls Zeugnis ablegte, ob es derselbe Kleiekrug war, den sie damals für die Walkererde hingegeben hatte. Sie schickte uns alsbald Bescheid und ließ uns sagen: ›Jawohl, ich erkenne ihn genau. Dies ist derselbe

Krug, den ich mit Kleie gefüllt hatte.‹ Jetzt gab Sa'di endlich zu, daß er im Unrecht war, und er sagte zu Sa'd: ›Nun weiß ich, daß du recht hast, und ich bin überzeugt, daß Reichtum nicht durch Reichtum kommt; sondern allein durch die Gnade Allahs des Erhabenen wird ein Armer zu einem reichen Manne.‹ Und er bat um Vergebung für sein Mißtrauen und seinen Unglauben. Wir nahmen seine Entschuldigung an, und dann begaben wir uns alle zur Ruhe. Früh am nächsten Morgen sagten meine beiden Freunde mir Lebewohl und zogen heim, fest davon überzeugt, daß ich kein Unrecht begangen und die Gelder, die sie mir gegeben hatten, nicht verschwendet hatte.«

Als der Kalif Harûn er-Raschîd die Geschichte des Meisters Hasan bis zum Schluß vernommen hatte, sprach er: »Ich kenne dich seit langer Zeit durch den guten Ruf, den du beim Volke hast; denn alle, einer wie der andere, erklären, daß du ein guter und wahrhaftiger Mann bist. Überdies ist dieser selbe Diamant, durch den du so großen Reichtum erlangt hast, jetzt in meiner Schatzkammer. Deshalb möchte ich gern sofort nach Sa'di ausschicken, auf daß er ihn mit eigenen Augen sehe und sicher wisse, daß die Menschen nicht durch Geld reich oder arm werden.« Ferner sagte der Beherrscher der Gläubigen noch zu Meister Hasan el-Habbâl: »Geh hin und erzähle deine Geschichte meinem Schatzmeister, damit er sie zu ewigem Gedächtnis aufzeichne und die Schrift in der Schatzkammer bei dem Diamanten niederlege.« Darauf entließ der Kalif den Meister Hasan mit einem Wink, und der küßte den Fuß des Thrones und ging seiner Wege.

## DER SCHUHFLICKER MA'RÛF

Einst lebte in Kairo, der wohlverwahrten Stadt, ein Schuhflikker, der alte Schuhe ausbesserte; der hieß Ma'rûf. Er hatte auch eine Frau, die den Namen Fâtima trug und mit Beinamen das Scheusal genannt wurde; diesen Beinamen hatte man ihr nur deshalb gegeben, weil sie frech und boshaft war, arm an Scham, aber reich an Ränken. Sie herrschte über ihren Mann, und jeden Tag beschimpfte und verfluchte sie ihn wohl tausendmal. Er aber fürchtete sich vor ihrer Bosheit und ängstete sich vor ihrem argen Tun; denn er war ein Mann von milder Art, der auf seinen guten Ruf bedacht war, doch er war arm an Geld und Gut. Wenn er viel durch seine Arbeit verdiente, so mußte er es für sie ausgeben; hatte er aber wenig erarbeitet, so ließ sie ihre Wut noch in selbiger Nacht an seinem Leibe aus und raubte ihm die Gesundheit und machte die Nacht für ihn so schwarz wie das Buch ihrer Taten; ja, sie war, wie der Dichter von ihr gesungen hat:

Wie manche Nacht verbrachte ich bei meiner Gattin!
Doch was ich da erlebte, das war schauderhaft.
Hätt ich doch in der Hochzeitsnacht zum Gift gegriffen
Und sie dann mit dem Gifte aus der Welt geschafft!

Zu dem, was dieser Mann von seiner Frau zu erdulden hatte, gehörte auch das Folgende. Sie sprach einmal zu ihm: »Ma'rûf, ich verlange von dir, daß du mir heute abend süße Nudelspeise mit Bienenhonig bringst!« Er gab ihr zur Antwort: »Allah der Erhabene wird mich den Preis dafür verdienen lassen, und dann werde ich sie dir heute abend bringen. Bei Gott, ich habe jetzt kein Geld, aber vielleicht verhilft der Herr mir dazu.« Doch sie rief: »Um solche Reden kümmere ich mich nicht! Ob der dir hilft oder nicht hilft – komm du mir nicht heim ohne die süße Nudelspeise mit Bienenhonig! Wenn du ohne die kommst, dann mache ich dir die Nacht so schwarz, wie dein Glück es war, als du mich zur Frau nahmst und mir in die Hände fielst!« Er antwortete ihr nur: »Allah ist gütig« und ging fort, der arme Teufel, dem man den Kummer ansah; und er verrichtete das Frühgebet und öffnete den Laden. Dabei sprach er: »Ich flehe dich an, o Herr, verhilf mir zum Geld für diese Nudelspeise und behüte mich heute nacht vor der Schlechtigkeit dieses bösen Weibes!« Bis zum Mittag saß er in seinem Laden, aber keine Arbeit ward ihm zuteil; und so wuchs seine Angst vor seiner Frau. Dann erhob er sich und schloß den Laden, ratlos, was er wegen der Nudelspeise tun sollte, da er ja nicht einmal etwas besaß, um Brot zu kaufen. Als er bei dem Laden des Nudelbäckers vorbeikam, blieb er verstört stehen, und die Augen gingen ihm vor Tränen über. Der Bäcker sah ihn an und sprach: »Meister Ma'rûf, was ist dir, daß du weinst? Sage mir, was dir widerfahren ist!« Da erzählte er ihm seine Geschichte, indem er zu ihm sprach: »Sieh, meine Frau ist ein arg herzloses Weib; sie verlangt von mir süße Nudelspeise; aber ich habe in meinem Laden gesessen, bis es Mittag ward, ohne daß ich auch nur Geld für Brot verdient habe, und deshalb habe ich Angst vor ihr.« Der Nudelbäcker lächelte und sprach: »Laß nur gut sein! Wieviel Pfund willst du haben?« »Fünf Pfund«, erwiderte Ma'rûf; und der Bäcker wägte ihm fünf Pfund ab und sprach zu ihm: »Ich habe wohl geklärte Butter, aber ich habe keinen Bienenhonig; dagegen habe ich Zuckerhonig, und der ist besser als Bienenhonig. Und was kann es schaden, wenn die Speise mit Zuckerhonig bereitet ist?« Der Schuhflicker wagte ihm nicht zu widersprechen, weil jener ihm ja für die Bezahlung eine Frist gewähren mußte, und er sprach zu ihm: »So gib sie mir mit Zuckerhonig!« Da briet er ihm die Nudelspeise mit geklärter Butter und übergoß sie mit Zuckerhonig, so daß sie ein Geschenk für Könige wurde; dann fragte er ihn: »Brauchst du auch Brot und Käse?« »Jawohl«, erwiderte Ma'rûf; und so gab der Bäcker ihm für vier Para Brot, für einen Para Käse und die Nudelspeise für zehn Para. Dann sprach er zu ihm: »Wisse, Ma'rûf, du schuldest mir nun fünfzehn Para. Geh zu deiner Frau und vergnüge dich; nimm auch diesen Para für das Bad! Du kannst einen Tag oder zwei oder auch drei Tage mit der Bezahlung warten, bis Allah dir Verdienst gibt. Mach auch deiner Frau keine Sorgen; denn ich habe Geduld mit dir, bis du mehr Geld verdient hast, als du täglich ausgeben mußt!« Da nahm Ma'rûf die Nudelspeise und das Brot und den Käse und wandte sich zum Gehen, indem er den Bäcker segnete; mit getröstetem Herzen schritt er dahin und sprach: »Preis sei dir, o Herr! Wie gütig bist du!« Als er zu seiner Frau eintrat, rief sie ihm entgegen: »Hast du die süße Nudelspeise mitgebracht?« »Jawohl«, antwortete er und setzte ihr die Speise vor. Wie sie aber nachsah und entdeckte, daß sie mit Zuckerhonig bereitet war, rief sie: »Hab ich dir nicht gesagt, du solltest sie mit Bienenhonig bringen? Du willst wohl meinem Wunsche zuwiderhandeln, daß du sie mit Zuckerhonig bereiten läßt?« Er entschuldigte sich bei ihr, indem er sprach: »Ich konnte sie nur auf Borg kaufen.« Doch sie schrie ihn an: »Das ist eitles Geschwätz; ich will nur Nudelspeise mit Bienenhonig essen!« Und voller Wut warf sie ihm die Speise ins Gesicht und rief: »Mach dich auf, du Lump, und bring mir eine andere!« Dabei versetzte sie ihm einen Schlag auf die Wange und schlug ihm einen Zahn aus, so daß ihm das Blut auf die Brust herablief. In seinem großen Zorn gab er ihr einen einzigen leichten Schlag auf den Kopf; doch da packte sie ihn am Bart und fing an zu schreien: »O ihr Muslime!« Die Nachbarn kamen herein und befreiten seinen Bart von ihrer Hand; und sie schalten sie und tadelten sie, indem sie sprachen: »Wir alle sind zufrieden, wenn wir süße Nudelspeise mit Zuckerhonig zu essen bekommen! Wie kannst du so herzlos gegen diesen armen Mann sein? Schäm dich doch!« Und sie redeten ihr im Guten zu, bis sie zwischen beiden Frieden gestiftet hatten. Doch als die Leute fortgegangen waren, schwor sie, daß sie von der Speise nicht essen wolle. Ma'rûf aber, der von brennendem Hunger gequält ward, sagte sich: »Wenn sie geschworen hat, nicht zu essen, dann will ich essen.« Und er begann zu essen; als sie ihn nun essen sah, rief sie: »So Gott will, möge die Speise zu Gift werden, das dir den Leib zerfrißt!« – möge der Fluch niemanden treffen! Da sprach er zu ihr: »Es wird schon nicht so sein, wie du sagst«, und aß vergnügt weiter und fügte hinzu: »Du hast ja geschworen, hiervon nicht zu essen; doch Allah ist gütig. So Gott will, werde ich dir morgen abend eine Nudelspeise mit Bienenhonig bringen, und die sollst du dann allein essen.« Er mühte sich, sie zu begütigen, während sie auf ihn fluchte; ja, sie hörte bis zum Morgen nicht auf, ihn zu schmähen und zu beschimpfen. Und als es Morgen geworden war, schlug sie die Ärmel von ihrem Unterarm zurück, um wieder auf ihn loszuschlagen. Da rief er: »Laß mir doch Zeit; ich will dir ja eine andere bringen!« Dann eilte er hinaus zur Moschee, und nachdem er gebetet hatte, begab er sich zu seinem Laden, öffnete ihn und setzte sich nieder. Kaum aber saß er da, als auch schon zwei Boten von seiten des Kadis kamen und zu ihm sprachen: »Steh auf und folge dem Rufe des Kadis! Deine Frau hat dich bei ihm verklagt; sie sieht soundso aus.« An dieser Beschreibung erkannte er sie, und mit den Worten: »Allah der Erhabene strafe sie!« erhob er sich und folgte den beiden, bis er vor den Kadi trat. Dort sah er seine Frau stehen mit verbundenem Arm und blutbeflecktem Schleier, wie sie weinte und sich die Tränen abwischte. Der Kadi fuhr ihn an: »He, Mann, fürchtest du dich nicht vor Allah dem Erhabenen? Wie kannst du diese Frau prügeln, ihr den Arm zerbrechen und ihr die Zähne ausschlagen, wie kannst du ihr all das antun?« Ma'rûf erwiderte ihm: »Wenn ich sie geprügelt oder ihr die Zähne ausgeschlagen habe, so verurteile mich, wie es dir gut dünkt! Aber die Sache liegt soundso, und die Nachbarn haben schon Frieden zwischen mir und ihr gestiftet.« Und er erzählte ihm die Geschichte von Anfang bis zu Ende. Jener Kadi nun war ein guter Mensch, und so zog er einen Vierteldinar heraus und sprach zu Ma'rûf: »Mann, nimm dies und laß ihr dafür süße Nudelspeise mit Bienenhonig bereiten; und dann schließ Frieden mit ihr!« Doch der Schuhflicker erwiderte ihm: »Gib ihr das Geld!« Nachdem sie es genommen hatte, stiftete der Kadi Frieden zwischen den beiden und sprach: »Frau, gehorche deinem Manne; und du, Mann, sei freundlich zu ihr!« Nun gingen sie fort, versöhnt durch den Kadi; die Frau wandte sich nach der einen Seite und der Mann nach der anderen, indem er sich zu seinem Laden begab. Kaum hatte er sich dort niedergesetzt, so kamen auch schon die Boten zu ihm und sprachen: »Her mit dem Lohn für unsere Dienste!« Er entgegnete ihnen: »Der Kadi hat mir nichts abgenommen, sondern mir sogar einen Vierteldinar gegeben.« Doch sie fuhren fort: »Das geht uns nichts an, ob der Kadi dir etwas gegeben oder genommen hat. Wenn du uns nicht unseren Lohn gibst, so nehmen wir ihn dir mit Gewalt ab.« Dann schleppten sie ihn auf den Markt, und er mußte seine Werkzeuge verkaufen; nachdem er ihnen einen halben Dinar gegeben hatte, ließen sie von ihm ab. Er aber legte seine Hand an die Wange und setzte sich traurig nieder, weil er nun keine Werkzeuge mehr hatte, mit denen er arbeiten konnte. Und während er so da saß, kamen plötzlich zwei Männer von häßlichem Aussehen auf ihn zu und sprachen zu ihm: »Steh auf, Mann, folge dem Rufe des Kadis! Deine Frau hat dich bei ihm verklagt.« »Der Kadi hat doch zwischen mir und ihr Frieden gestiftet«, entgegnete er; allein sie fuhren fort: »Wir kommen von einem anderen Kadi, und deine Frau hat dich bei unserem Kadi verklagt.« Da ging er mit ihnen, indem er um Hilfe gegen die Frau bat mit den Worten: »Allah ist unser Genüge, und Er ist der treffliche Sachwalter!« Wie er sie erblickte, rief er ihr zu: »Haben wir denn nicht Frieden geschlossen, gute Frau?« Als sie jedoch sagte: »Es gibt keinen Frieden zwischen mir und dir«, trat er vor den Kadi und erzählte ihm seine Geschichte, indem er mit den Worten schloß: »Der Kadi Soundso hat in dieser Stunde zwischen uns Frieden gestiftet.« Da sprach der Kadi zu ihr: »Du schamloses Weib, warum kommst du, um vor mir zu klagen, nachdem ihr schon Frieden geschlossen habt?« Sie antwortete: »Er hat mich nachher wieder geschlagen.« Darauf sprach der Kadi zu den beiden: »Versöhnt euch; schlag du sie nicht wieder, und sie wird dir nicht mehr ungehorsam sein!« So schlossen sie denn Frieden, und der Kadi sprach zu Ma'rûf: »Gib den Boten ihren Lohn für ihre Dienste!« Er gab ihnen den Lohn und kehrte zu seinem Laden zurück; den öffnete er wieder, und dann setzte er sich dort nieder, wie trunken von all dem Kummer, der ihn betroffen hatte. Während er so dasaß, kam plötzlich ein anderer Mann auf ihn zu und sprach zu ihm: »Ma'rûf, steh auf und verbirg dich! Deine Frau hat dich beim Obersten Gerichtshof verklagt, und der Büttel ist hinter dir her.« Da sprang er auf, schloß den Laden und floh in der Richtung des Siegestors. Von dem Erlös für die Leisten und die Werkzeuge waren ihm noch fünf Para übriggeblieben; und so kaufte er sich für vier Para Brot und für einen Para Käse, während er vor ihr flüchtete. Nun war es damals Winter und um die Zeit des Nachmittagsgebets; und als er zwischen den Schutthügeln vor dem Tore dahinlief, fiel der Regen auf ihn herab wie aus Wasserschläuchen, und seine ganzen Kleider wurden durchnäßt. So ging er denn in die 'Adilîja-Moschee; dort entdeckte er einen verfallenen Bau und in ihm eine verlassene Zelle, die offen war und keine Tür hatte, und in die ging er hinein, um vor dem Regen Schutz zu suchen, da seine Kleider vom Wasser durchtränkt waren. Die Tränen flossen ihm von den Lidern, und bekümmert über seine Not sprach er: »Wohin soll ich fliehen vor diesem bösen Weib? Ich bitte dich, o Herr, sende mir jemand, der mich in ein fernes Land bringt, wo sie den Weg zu mir nicht findet!« Während er nun weinend dort saß, spaltete sich plötzlich die Wand, und aus ihr trat eine große Gestalt hervor, bei deren Anblick die Haut erschauern konnte. Die sprach zu ihm: »O Mann, warum hast du mich in dieser Nacht gestört? Seit zweihundert Jahren wohne ich an dieser Stätte; doch nie habe ich jemanden hier hereinkommen und so tun sehen, wie du getan hast. Sage mir, was du wünschest, und ich will dir deinen Wunsch erfüllen; denn mein Herz ist von Mitleid mit dir ergriffen!« »Wer bist du? Und was bist du?« fragte Ma'rûf; und die Gestalt erwiderte: »Ich bin der Bewohner dieser Stätte.« Nun erzählte Ma'rûf ihm alles, was er von seiner Frau erlitten hatte; und darauf sprach die Gestalt: »Willst du, daß ich dich in ein Land bringe, wo deine Frau keinen Weg zu dir finden kann?« »Ja«, antwortete Ma'rûf; und die Gestalt fuhr fort: »So steig denn auf meinen Rücken!« Ma'rûf stieg auf, und der Dämon hob ihn empor und flog mit ihm von der Zeit nach dem Abendgebet bis zum Anbruche der Morgendämmerung; und dann setzte er ihn auf einem hohen Berge nieder. Dort sprach er zu ihm: »O Sterblicher, steig von der Höhe dieses Berges hinab, dann wirst du das Tor einer Stadt erblicken; in die geh hinein, dort weiß deine Frau nicht den Weg zu dir, dort kann sie nicht zu dir gelangen!« Dann verließ er ihn und flog fort; Ma'rûf aber blieb staunend und ratlos zurück, bis die Sonne aufging. Da sagte er sich: »Ich will mich aufmachen und von der Höhe dieses Berges zu der Stadt hinabsteigen; denn hier zu bleiben hat keinen Nutzen.« So stieg er denn zum Fuße des Berges hinab und erblickte dort eine Stadt mit hohen Mauern und ragenden Schlössern und vergoldeten Bauten, so daß sie für die Beschauer ein Entzücken war. Und er trat durch das Tor der Stadt ein und sah, daß sie das betrübte Herz aufheitern konnte; doch als er durch die Basare ging, begannen die Leute der Stadt ihn anzuschauen und anzustarren, und sie scharten sich um ihn zusammen und bestaunten seine Kleidung, da seine Tracht nicht der ihrigen glich. Nun hub einer von dem Stadtvolk an: »O Mann, bist du ein Fremdling?« »Jawohl«, erwiderte er. »Aus welchem Lande?« »Aus Kairo, der glücklichen Stadt.« »Es ist wohl schon lange her, daß du sie verlassen hast?« »Gestern um die Zeit des Nachmittagsgebets.« Da lachte der Mann ihn aus und rief: »Ihr Leute, kommt herbei und seht euch diesen Mann an und hört, was er sagt!« »Was sagt er denn?« fragten die Leute; und jener Mann erwiderte: »Er behauptet, er komme aus Kairo und habe es gestern um die Zeit des Nachmittagsgebetes verlassen.« Da lachten sie alle, und nun stand das ganze Volk um ihn herum und rief: »Mann, du bist ja irre, daß du so redest! Wie kannst du behaupten, du hättest Kairo gestern zur Zeit des Nachmittagsgebetes verlassen und seiest heute früh hier angekommen? In Wirklichkeit liegt doch zwischen unserer Stadt und Kairo eine Reise von einem vollen Jahr!« Er aber entgegnete ihnen: »Niemand ist hier irre als ihr; was ich sage, ist die Wahrheit. Dies Brot aus Kairo ist doch bei mir noch frisch geblieben!« Er zeigte es ihnen, und als sie es anschauten, wunderten sie sich darüber; denn es war anders als das Brot ihres Landes. Da kamen noch mehr Leute bei ihm zusammen, und sie riefen einander zu: »Da ist Brot aus Kairo! Seht es euch an!« So wurde er zum Gerede in jener Stadt; und die einen glaubten ihm, die anderen aber straften ihn Lügen und verspotteten ihn. Während dies sich abspielte, kam plötzlich ein Kaufmann des Wegs, der auf einer Mauleselin ritt, gefolgt von zwei Sklaven. Er brach sich Bahn durch die Menge und rief: »Ihr Leute, schämt ihr euch nicht, euch so um diesen Fremdling zu drängen und ihn zu verspotten und auszulachen? Was geht er euch an?« Und er schalt sie so lange, bis er sie von Ma'rûf hinweggetrieben hatte, ohne daß einer ihm Widerworte zu geben wagte. Darauf sprach er zu dem Fremdling: »Komm, Bruder! Kümmere dich nicht um diese Leute; die haben kein Schamgefühl!« Dann nahm er ihn mit sich und zog mit ihm dahin, bis er ihn in ein geräumiges und reichgeschmücktes Haus führte; dort hieß er ihn sich setzen in einem Saal, der für Könige paßte, und er gab den Sklaven einen Befehl. Da öffneten sie ihm eine Truhe und holten ihm die Gewandung eines Kaufmannes heraus, der tausend Säcke Goldes besitzt; das legte er Ma'rûf an, und da er ein stattlicher Mann war, sah er nunmehr aus wie der Vorsteher der Kaufmannsgilde. Alsbald ließ der Kaufmann das Mahl auftragen; und die Diener setzten einen Tisch vor die beiden hin, auf dem sich allerlei köstliche Speisen jeglicher Art befanden. Nachdem beide gegessen und getrunken hatten, sprach der Kaufmann zu seinem Gast: »Bruder, wie heißt du?« Der gab zur Antwort: »Mein Name ist Ma'rûf, und ich bin meines Zeichens ein Schuhflicker; ich bessere die alten Schuhe aus.« »Aus welchem Lande bist du?« »Aus Kairo.« »Aus welchem Stadtviertel?« »Kennst du Kairo?« »Ich bin einer von den Söhnen Kairos!« »Ich bin aus der Roten Straße.« »Wen kennst du in der Roten Straße?« »Denundden und Denundden«, erwiderte Ma'rûf und zählte eine große

Zahl von Leuten auf. Dann fragte der Kaufmann weiter: »Kennst du Scheich Ahmed den Spezereienhändler?« »Er ist mein Nachbar, wir wohnen Wand an Wand.« »Geht es ihm gut?« »Jawohl.« »Wieviel Kinder hat er?« »Drei: Mustafa, Mohammed und 'Alî.« »Was hat Allah aus seinen Kindern werden lassen?« »Mustafa geht es gut; er ist ein Gelehrter, ein Hochschullehrer. Was Mohammed angeht, so ist er ein Spezereienhändler und hat einen Laden aufgetan neben dem Laden seines Vaters, nachdem er sich vermählt hat; und seine Frau hat ihm auch einen Sohn geschenkt, der heißt Hasan.« »Gott erfreue dich auch durch gute Nachricht!« rief der Kaufmann; und Ma'rûf fuhr fort: »Und was 'Alî betrifft, so war er mein Gefährte, als wir noch klein waren, und wir pflegten immer zusammen zu spielen. Wir pflegten uns als Christenkinder zu verkleiden und in die Kirche einzuschleichen; dort stahlen wir die Bücher der Christen, und dann verkauften wir sie und kauften uns für den Erlös etwas zu essen. Einmal aber begab es sich, daß die Christen uns sahen und uns mit einem Buch abfaßten; da führten sie Klage wider uns bei den Unsern und sprachen zu 'Alîs Vater: ›Wenn du deinen Sohn nicht daran hinderst, uns zu schädigen, so werden wir dich vor dem König verklagen.‹ Der Vater beschwichtigte die Leute und gab seinem Sohn eine Tracht Prügel. Deshalb lief der Junge damals davon, und man erfuhr nie, wohin er gegangen ist; seit zwanzig Jahren ist er fort, und niemals hat jemand Kunde über ihn gebracht.« Da rief der Kaufmann: »Ich bin 'Alî, der Sohn des Scheichs Ahmed, des Spezereienhändlers, und du bist mein Jugendfreund, Ma'rûf!« Und nun begrüßten sie einander von neuem; und nach der Begrüßung fuhr der Kaufmann fort: »Ma'rûf, erzähle mir doch, weshalb du aus Kairo nach dieser Stadt gekommen bist!« Darauf erzählte ihm jener von seiner Gattin Fâtima dem Scheusal und von dem, was sie ihm angetan hatte; dann schloß er mit den Worten: »Als mir die Qual durch sie zu schlimm geworden war, lief ich fort von ihr nach dem Siegestor; als mich aber dort ein Regenschauer überfiel, ging ich in eine verfallene Nische in der 'Adilîja-Moschee und setzte mich weinend nieder. Doch plötzlich erschien vor mir der Bewohner jener Stätte, ein Dämon aus der Geisterwelt, und befragte mich. Ich berichtete ihm meine Not; und er nahm mich auf seinen Rükken und flog mit mir die ganze Nacht zwischen Himmel und Erde dahin; schließlich setzte er mich auf den Berg nieder und erzählte mir von der Stadt. So stieg ich denn von dem Berg hinunter und kam in die Stadt; dort umdrängten mich die Leute und fragten mich aus. Als ich ihnen sagte, ich hätte Kairo gestern verlassen, glaubten sie mir nicht; und dann kamst du und triebst die Leute von mir fort und führtest mich in dies Haus. Das ist der Grund, weshalb ich Kairo verlassen habe; doch aus welchem Grunde bist du hierher gekommen?« Der Kaufmann gab ihm zur Antwort: »Der Leichtsinn kam über mich, als ich erst sieben Jahre alt war; und seit jener Zeit bin ich von Land zu Land und von Stadt zu Stadt gewandert, bis ich in diese Stadt kam, deren Name Ichtijân el-Chotan ist. Da ich sah, daß die Einwohner hier gütige und freundliche Menschen sind, die dem Armen Vertrauen schenken, ihm auf Borg verkaufen und ihm alles glauben, was er sagt, so sprach ich zu ihnen: ›Ich bin ein Kaufmann, und ich bin dem Gepäck voraufgeeilt, nun suche ich einen Ort, an dem ich meine Waren unterbringen kann.‹ Die Leute glaubten mir und räumten mir die Stätte ein. Darauf sagte ich zu ihnen: ›Ist einer unter euch, der mir tausend Dinare leihen will, bis mein Gepäck kommt? Dann will ich ihm zurückgeben, was ich von ihm erhalten habe; ich brauche nämlich noch einige Sachen, ehe das Gepäck eintrifft.‹ Da gab man mir, was ich verlangte; ich aber ging in den Basar der Kaufleute, und nachdem ich mir einige Waren angesehen hatte, kaufte ich sie. Am nächsten Tage verkaufte ich sie wieder und gewann dabei fünfzig Dinare, so daß ich andere Waren kaufen konnte. Ich verkehrte immer freundlich und höflich mit den Leuten, und sie gewannen mich lieb; zugleich fuhr ich fort, zu verkaufen und zu kaufen, bis ich viel Geld hatte. Wisse, mein Bruder, das Sprichwort sagt: Die Welt ist Lug und Trug, und in dem Lande, in dem dich niemand kennt, tu, was du willst! Wenn du zum Beispiel allen, die dich fragen, sagst: ›Ich bin meines Zeichens ein Schuhflicker und arm, und ich bin vor meiner Frau davongelaufen und habe Kairo gestern verlassen‹, so werden sie dir nicht glauben, und du wirst bei ihnen zum Gespött werden, solange du in dieser Stadt weilst. Und wenn du sagst: ›Ein Dämon hat mich gebracht‹, so werden sie dich meiden, und keiner wird dir nahe kommen, sondern sie werden sagen: ›Dieser Mann ist von einem Dämon besessen, und jedem, der ihm naht, ergeht es schlecht.‹ Und dies Gerede wird dir und mir Unehre bringen; denn sie wissen, daß ich aus Kairo bin.« Nun fragte Ma'rûf: »Was soll ich denn tun?« Darauf erwiderte der Kaufmann: »Ich werde dich lehren, was du tun sollst, so Allah der Erhabene will. Morgen will ich dir tausend Dinare geben und eine Mauleselin zum Reiten, dazu auch einen Sklaven, der vor dir herlaufen und dich zum Tor des Basars der Kaufleute bringen soll; dort tritt ein! Ich werde auch unter den Kaufleuten sitzen, und sobald ich dich sehe, werde ich mich vor dir erheben, dich begrüßen, dir die Hand küssen und dich als einen hohen Herrn behandeln. Und sooft ich dich nach einer Art von Stoffen frage und zu dir spreche: ›Hast du etwas von der und der Art mitgebracht?‹, so ruf du: ›Eine Menge!‹ Wenn die Leute mich dann nach dir fragen, will ich dich preisen und dich in ihren Augen zum großen Manne machen. Danach will ich zu ihnen sagen: ›Gebt ihm ein Vorratshaus und einen Laden!‹ Dabei will ich dich als einen Mann von großem Reichtum und großer Freigebigkeit hinstellen. Und sooft ein Bettler zu dir kommt, gib ihm, was du zur Hand hast; dann werden sie meinen Worten glauben, auf deine Größe und Freigebigkeit vertrauen und dich lieb gewinnen! Danach will ich dich einladen und auch alle Kaufleute dir zu Ehren; so will ich dich mit ihnen zusammenbringen, auf daß sie alle dich kennen lernen und du sie kennen lernst, damit du verkaufen und kaufen und mit ihnen Handel treiben kannst. Und dann wird es nicht lange dauern, bis du ein reicher Mann wirst.« Am nächsten Morgen also gab er ihm tausend Dinare, legte ihm Gewänder an, ließ ihn auf einer Mauleselin reiten und gab ihm dazu einen Sklaven; und er sprach zu ihm: »Möge Allah dich von der Verbindlichkeit für all dies freisprechen! Denn du bist mein Freund, und es ist meine Pflicht, dich ehrenvoll zu behandeln. Mach dir keine Sorgen, tu den Gedanken an das Treiben deiner Frau von dir und erwähne sie vor niemandem!« »Allah vergelte es dir mit Gutem!« erwiderte Ma'rûf und ritt auf der Mauleselin von dannen, während der Sklave vor ihm her lief, bis er ihn zum Tor des Basars der Kaufleute geführt hatte. Dort saßen alle die Kaufherren, und unter ihnen befand sich auch der Kaufmann 'Alî; als dieser ihn sah, erhob er sich und eilte auf ihn zu, indem er rief: »Ein gesegneter Tag, o Kaufmann Ma'rûf, o Mann der guten Werke und der Güte!« Dann küßte er ihm die Hand vor allen Kaufleuten und sprach: »Ihr Brüder, der Kaufmann Ma'rûf hat euch durch sein Kommen beehrt. Begrüßet ihn!« Dabei gab er ihnen ein Zeichen, sie möchten ihn hoch ehren; und so war der Schuhflicker ein großer Mann in ihren Augen. Alsbald half 'Alî ihm, von der Mauleselin abzusitzen; und nachdem alle ihn begrüßt hatten, nahm er die Kaufleute einen nach dem anderen beiseite und rühmte Ma'rûf vor ihm. Dann fragten sie ihn: »Ist dieser Mann ein Kaufmann?« »Jawohl«, erwiderte 'Alî ihnen, »er ist sogar der größte unter den Kaufleuten, und es gibt keinen, der reicher wäre als er; denn sein Reichtum und die Reichtümer seines Vaters und seiner Vorfahren sind berühmt unter den Kaufleuten von Kairo. Er hat Teilhaber in Vorderindien und Hinterindien und im Jemen, und wegen seiner Großmut genießt er hohen Ruhm. Erkennet also seine Würde an, preiset seinen Rang hoch und dienet ihm! Wisset auch, daß er nicht um des Handels willen in diese Stadt gekommen ist; er hat nur die Absicht, die Länder der Menschen sich anzuschauen, denn er hat es nicht nötig, um des Gewinnes und des Verdienstes willen in die Fremde zu ziehen. Er hat ja Reichtümer, die das Feuer nicht verzehren kann; und ich bin einer seiner Diener.« Und so rühmte er ihn in einem fort, bis sie ihn weit über sich selber erhoben und einander von seinen Eigenschaften zu erzählen begannen. Dann drängten sie sich um ihn und boten ihm Gebäck und Scherbette an, bis auch der Vorsteher der Kaufmannsgilde kam und ihn begrüßte.

Und nun sprach der Kaufmann 'Alî zu ihm in Gegenwart der Kaufleute: »Mein Herr, hast du vielleicht auch etwas von demunddem Stoff mitgebracht?« »Eine Menge«, erwiderte Ma'rûf; und an jenem Tage hatte 'Alî ihm verschiedene Arten von kostbaren Stoffen gezeigt und ihn mit den Namen der teuren und der billigen Stoffe bekanntgemacht. Dann fragte ihn einer von den Kaufleuten: »Mein Herr, hast du auch gelbes Tuch bei dir?« »Eine Menge«, erwiderte Ma'rûf. Dann sagte ein anderer: »Auch rot wie Gazellenblut?« »Eine Menge«, antwortete der Schuhflikker auch darauf. Jedesmal, wenn einer ihn nach etwas fragte, sagte er zu ihm: »Eine Menge.« Da rief jener: »O Kaufmann 'Alî, wenn dein Landsmann tausend Lasten kostbarer Stoffe aufladen wollte, so könnte er es wohl tun!« Und 'Alî erwiderte ihm: »Die kann er aus einem einzigen seiner Vorratshäuser aufladen, und dann würde er doch nichts vermissen.« Während sie so dasaßen, kam ein Bettelmann und machte die Runde bei den Kaufleuten; der eine gab ihm einen Para, der andere einen Kupferling, aber die meisten gaben ihm nichts. Wie er jedoch zu Ma'rûf kam, zog der eine Handvoll Gold für ihn heraus und gab sie ihm; der Bettler segnete ihn und ging weiter. Darüber staunten die Kaufleute, und sie sprachen: »Das sind königliche Spenden! Er hat ja dem Bettler ungezählte Goldstücke gegeben. Wenn er nicht zu den ganz reichen Leuten gehörte und sehr viel Geld besäße, so hätte er dem Bettler nicht eine Handvoll Gold gegeben.« Nach einer Weile kam eine arme Frau; und wieder nahm er eine Handvoll und gab sie ihr. Auch sie ging fort, indem sie ihn segnete, und erzählte den armen Leuten davon; und die kamen bald einer nach dem anderen zu ihm. Für jeden, der zu ihm kam, zog er eine Handvoll heraus und gab sie ihm, bis er die tausend Dinare ausgegeben hatte. Darauf schlug er die Hände zusammen und sprach: »Allah ist unser Genüge, und Er ist der treffliche Sachwalter.« Da fragte ihn der Vorsteher der Kaufmannsgilde: »Was ist dir, o Kaufmann Ma'rûf?« Der gab zur Antwort: »Es scheint, die meisten Einwohner dieser Stadt sind arm und bedürftig. Hätte ich geahnt, daß es so um sie steht, so hätte ich in den Satteltaschen eine große Menge Geld mitgebracht und davon den Armen gespendet. Doch ich fürchte, ich muß lange in der Fremde bleiben, und es ist meine Art, nie einen Bettler abzuweisen. Jetzt habe ich kein Gold mehr bei mir, und wenn nun ein Bettler zu mir kommt, was soll ich dann zu ihm sagen?« Der Vorsteher sagte darauf: »Sprich zu ihm: Allah wird dir dein Brot geben!« Aber Ma'rûf entgegnete: »Das ist nicht meine Art; und ich bin deshalb in großer Sorge. Ich brauche jetzt tausend Dinare, um Almosen zu geben, bis mein Gepäck eintrifft.« »Sei ohne Sorge!« antwortete der Vorsteher und entsandte einen seinen Diener; der kam mit tausend Dinaren zurück, und sein Herr gab sie dem Schuhflicker. Nun fuhr dieser fort, jedem Armen, der an ihm vorbeikam, zu geben, bis der Ruf zum Mittagsgebet erscholl; darauf gingen sie in die Moschee und verrichteten das Mittagsgebet; und was ihm von den tausend Dinaren übriggeblieben war, das streute er über die Köpfe der Betenden aus. Dies lenkte die Blicke aller auf ihn, und das Volk begann ihn zu segnen, während die Kaufleute seine große Freigebigkeit und Mildtätigkeit bewunderten. Dann wandte er sich an einen anderen Kaufmann und borgte von ihm weitere tausend Dinare; und auch die verteilte er. Der Kaufmann 'Alî sah seinem Treiben zu; aber er wagte nichts zu sagen. Ma'rûf jedoch fuhr in dieser Weise fort, bis der Ruf zum Nachmittagsgebet erscholl; da ging er in die Moschee, betete und verteilte wiederum den Rest des Geldes. Und noch ehe man das Tor des Basars schloß, hatte er schon fünftausend Dinare geborgt und wieder verteilt; zu jedem, von dem er etwas borgte, hatte er gesagt: »Warte, bis mein Gepäck kommt! Wenn du dann Gold haben willst, werde ich es dir geben; oder wenn du lieber Stoffe willst, kann ich sie dir auch geben, denn ich habe eine Menge.« Am Abend lud der Kaufmann 'Alî ihn ein, und mit ihm lud er alle die Kaufleute ein, und er ließ ihn auf dem Ehrenplatze sitzen. Da sprach Ma'rûf denn nur von Stoffen und Juwelen, und jedesmal, wenn sie ihm etwas nannten, sagte er: »Davon habe ich eine Menge.« Am nächsten Tage begab er sich wiederum auf den Basar, wandte sich an die Kaufleute und borgte Geld von ihnen und verteilte es an die Armen. So trieb er es immer weiter, zwanzig Tage lang, bis er von den Leuten sechzigtausend Dinare erhalten hatte; aber immer noch kam kein Gepäck, noch auch eine verzehrende Seuche. Nun begannen die Leute wegen des Geldes zu lärmen und riefen: »Das Gepäck des Kaufmanns Ma'rûf ist noch nicht gekommen! Wie lange will er denn den Leuten das Geld abnehmen und es den Armen geben?« Einer von ihnen sprach: »Ich meine, wir sollten mit seinem Landsmann, dem Kaufmann 'Alî, reden.« So gingen sie denn zu ihm und sprachen zu ihm: »O Kaufmann 'Alî, das Gepäck des Kaufmanns Ma'rûf ist noch nicht gekommen!« Er gab ihnen zur Antwort: »Wartet nur; es muß ganz gewiß bald eintreffen!« Dann aber nahm er seinen Freund beiseite und sprach zu ihm: »Ma'rûf, was soll dies Treiben bedeuten? Habe ich dir geraten, das Brot zu rösten oder es zu verbrennen? Jetzt lärmen die Kaufleute wegen ihres Geldes, und sie haben mir gesagt, daß du ihnen sechzigtausend Dinare schuldest, die du von ihnen geliehen und an die Armen verteilt hast. Wie willst du den Leuten deine Schulden bezahlen, wo du weder verkaufst noch kaufst?« Der Schuhflicker antwortete ihm: »Was hat denn das zu bedeuten? Und was sind sechzigtausend Dinare? Wenn das Gepäck kommt, zahle ich ihnen; wenn sie wollen, in Stoffen oder, wenn sie es vorziehen, auch in Gold und Silber.« Da rief der Kaufmann 'Alî: »Allah ist der Größte! Hast du denn überhaupt Gepäck?« »Eine Menge!« sagte Ma'rûf; und der Kaufmann fuhr fort: »Allah und die Heiligen über dich und deine Frechheit! Habe ich dich etwa diese Worte gelehrt, damit du sie auch zu mir sagst? Warte, ich werde den Leuten die Augen über dich öffnen!« Allein Ma'rûf erwiderte ihm: »Geh doch und schwatze nicht so viel! Bin ich etwa ein armer Mann? In meinem Gepäck sind viele Dinge; und wenn es kommt, sollen sie ihre Sachen wiederhaben, ja, zweimal so viel. Ich habe die Kerle nicht nötig.« Da ergrimmte der Kaufmann 'Alî, und er rief: »Du frecher Bursche, ich will dir schon zeigen, was es heißt, mich so schamlos anzulügen!« Doch Ma'rûf sagte nur: »Was in deiner Hand steht, das tu! Sie sollen warten, bis mein Gepäck kommt, und dann sollen sie haben, was ihnen zukommt, und noch mehr.« Da verließ ihn 'Alî und ging fort, indem er bei sich sprach: ›Ich habe ihn früher gerühmt, und wenn ich ihn jetzt tadle, so steh ich als Lügner da; und dann gilt von mir das Sprichwort: Wer erst preist und dann tadelt, der hat zweimal gelogen.‹ Und so war er ratlos, was er tun sollte. Dann kamen aber die Kaufleute wieder zu ihm und fragten ihn: »Kaufmann 'Alî, hast du mit ihm gesprochen?« Er antwortete ihnen: »Ihr Leute, ich scheue mich davor; denn er schuldet mir auch tausend Dinare, und ich mag nicht mit ihm darüber sprechen. Ihr habt mich nicht um Rat gefragt, als ihr ihm euer Geld gabt, und darum habt ihr mir nichts zu sagen, was ihn angeht. Mahnt ihn selbst; und wenn er es euch nicht gibt, so führt Klage wider ihn beim König der Stadt und sprecht zu ihm: ›Der Mann ist ein Betrüger, der uns betrogen hat!‹ Dann wird der König euch vor Schaden durch ihn bewahren.« So gingen sie denn zum König und berichteten ihm, was geschehen war, indem sie mit den Worten schlossen: »O größter König unserer Zeit, wir sind ratlos, was wir mit diesem Kaufmanne, dessen Freigebigkeit übergroß ist, tun sollen. Er handelt soundso; und alles, was er borgt, verteilt er an die Armen mit vollen Händen. Wenn er wirklich nichts besäße, so würde sein Verstand es ihm doch nicht erlauben, das Gold mit vollen Händen zu nehmen und den Bettlern zu geben. Gehörte er aber zu den Wohlhabenden, so hätte uns durch die Ankunft seines Gepäcks seine Wahrhaftigkeit offenbar werden müssen. Aber wir sehen kein Gepäck von ihm, obwohl er behauptet, er habe eine Karawane, und er sei ihr vorausgeeilt. Jedesmal, wenn wir ihm irgendeine Art von Stoffen nennen, sagt er: ›Davon habe ich eine Menge.‹ Nun ist schon eine ganze Weile verstrichen, doch von seiner Karawane ist noch keine Nachricht eingetroffen. Er schuldet uns jetzt sechzigtausend Dinare, und die hat er alle an die Armen verteilt.« Dabei priesen sie ihn immer und rühmten seine Freigebigkeit. Jener König aber war ein sehr habgieriger Mann, habgieriger als Asch'ab. Und als er von der Freigebigkeit und Großmut Ma'rûfs hörte, überkam ihn die Gier, und er sprach zu seinem Wesir: »Wenn dieser Kaufmann nicht ungeheure Reichtümer besäße, so wäre nicht all diese Freigebigkeit von ihm ausgegangen. Es ist sicher, daß seine Karawane kommen wird; dann werden diese Kaufleute sich um ihn drängen, und er wird eine Menge Geld unter sie streuen. Ich aber habe mehr Anrecht auf dies Geld als sie; deswegen möchte ich mit ihm vertraut werden und Freundschaft mit ihm schließen, damit ich, wenn seine Karawane kommt, das erhalte, was sonst diese Kaufleute von ihm empfangen; ich will ihn auch mit meiner Tochter vermählen und so sein Gut zu meinem Gut hinzufügen.« Doch der Wesir entgegnete ihm: »O größter König unserer Zeit, ich glaube doch, er ist nur ein Betrüger; und der Betrüger vernichtet oft das Haus des Habgierigen.« Der König aber fuhr fort: »O Wesir, ich will ihn auf die Probe stellen und bald erkennen, ob er ein Betrüger ist oder ein ehrlicher Mann, und ob er im Überfluß groß geworden ist oder nicht.« »Wie willst du ihn denn auf die Probe stellen?« fragte der Wesir, und der König erwiderte: »Ich habe ein Juwel; und ich will zu ihm senden und ihn vor mich kommen lassen; wenn er sich dann gesetzt hat, will ich ihn ehrenvoll behandeln und ihm das Juwel in die Hand geben. Erkennt er es, und weiß er seinen Wert, so ist er ein Mann von Reichtum und Überfluß. Wenn er es aber nicht kennt, so ist er ein Betrüger, ein Hochstapler, und ich werde ihn den schmählichsten Tod sterben lassen.« Darauf schickte der König zu Ma'rûf und ließ ihn vor sich kommen. Nachdem der Schuhflicker zu ihm eingetreten war und den Gruß gesprochen hatte, erwiderte der König ihm den Gruß und ließ ihn an seiner Seite sitzen; dann sprach er zu ihm: »Bist du der Kaufmann Ma'rûf?« »Jawohl«, erwiderte jener; und der König fuhr fort: »Die Kaufleute behaupten, daß du ihnen sechzigtausend Dinare schuldest; ist es wahr, was sie sagen?« »Jawohl«, antwortete Ma'rûf; und der König fragte ihn nun: »Warum gibst du ihnen ihr Geld nicht zurück?« Darauf sagte der Schuhflicker: »Sie mögen warten, bis meine Karawane kommt; dann will ich ihnen das Doppelte geben. Wollen sie Gold, so gebe ich es ihnen; wollen sie Silber, so mögen sie das haben; ziehen sie

Waren vor, kann ich ihnen auch die geben. Wem ich tausend schulde, dem will ich zweitausend geben zum Entgelt dafür, daß er meinen guten Ruf bei den Armen bewahrt hat; denn ich habe ja eine große Menge.« Darauf sprach der König zu ihm: »O Kaufmann, nimm dies hier und sieh, von welcher Art es ist, und wieviel Wert es hat.« Und er gab ihm ein Juwel von der Größe einer Haselnuß, das er für tausend Dinare gekauft hatte und sehr hoch schätzte, da er kein gleiches besaß. Ma'rûf nahm es in die Hand und drückte es zwischen Daumen und Zeigefinger, so daß es zerbrach; denn das Juwel war empfindlich und konnte den Druck nicht vertragen. Da rief der König: »Warum hast du das Juwel zerbrochen?« Doch Ma'rûf lächelte und sprach: »O größter König unserer Zeit, das ist doch kein Juwel! Das ist nur ein Stück Stein im Werte von tausend Dinaren; wie kannst du von ihm sagen, es wäre ein Juwel? Ein wirkliches Juwel ist doch siebenzigtausend Dinare wert; dies nennt man nur ein Stück Stein. Ein Edelstein, der nicht mindestens die Größe einer Walnuß hat, ist bei mir wertlos, und ich achte seiner nicht. Wie kannst du, der du ein König bist, dies hier ein Juwel nennen, da es doch nur ein Stück Stein ist im Werte von tausend Dinaren? Aber das kann man euch nicht zum Vorwurf machen, da ihr arme Leute seid und keine Schätze von Wert besitzt.« »O Kaufmann«, fragte nun der König, »hast du denn Juwelen von der Art, die du beschreibst?« »Eine Menge«, erwiderte Ma'rûf. Da überwältigte den König die Habgier, und er sprach zu dem Schuhflicker: »Willst du mir wirkliche Juwelen geben?« Jener gab ihm zur Antwort: »Wenn die Karawane kommt, will ich dir eine Menge geben. Alles, was du nur wünschest, habe ich in Hülle und Fülle, und ich will es dir ohne Bezahlung geben.« Erfreut sprach der König zu den Kaufleuten: »Geht eurer Wege und habt Geduld mit ihm, bis die Karawane eintrifft; dann kommt und holt euch euer Geld bei mir!« Und die Kaufleute gingen fort. So viel von ihnen und von Ma'rûf.

Sehen wir nun, was der König weiter tat! Er wandte sich an den Wesir und sprach zu ihm: »Sei freundlich gegen den Kaufmann

Ma'rûf und plaudere mit ihm von diesem und jenem! Sprich mit ihm auch von meiner Tochter, damit er sie zur Gemahlin nimmt und wir diese Reichtümer gewinnen, die er besitzt!« Doch der Wesir entgegnete: »O größter König unserer Zeit, die Art dieses Mannes gefällt mir nicht. Ich glaube, er ist ein Betrüger und ein Belüger; laß ab von dieser Rede, damit dir deine Tochter nicht umsonst verloren geht!« Nun hatte der Wesir früher einmal den König gebeten, er möchte ihm seine Tochter zur Gemahlin geben; und der König hatte auch in die Vermählung eingewilligt; aber als ihr davon berichtet wurde, hatte sie sich geweigert. Deshalb sprach der König nun: »Du Verräter, du wünschest mir nichts Gutes, weil du früher um meine Tochter geworben hast und sie nicht eingewilligt hat, sich mit dir zu vermählen. Deshalb willst du jetzt ihr den Weg zur Vermählung abschneiden, und du möchtest, daß meine Tochter brachliegen soll, damit du sie erhältst. Doch höre dies Wort von mir: Du hast mit dieser Sache nichts zu tun! Wie kann er ein Betrüger und Belüger sein, da er doch den Preis des Juwels kannte, um den ich es gekauft hatte? Er hat es zerbrochen, weil es ihm nicht gefiel; er hat Juwelen in Hülle und Fülle, und wenn er zu meiner Tochter geht und sieht, wie lieblich sie ist, so wird sie seinen Verstand berücken, und er wird sie lieb gewinnen und ihr Juwelen und Schätze schenken. Du aber, du möchtest uns beide, mich und meine Tochter, daran verhindern, daß wir diese Güter erlangen.« Da schwieg der Wesir aus Furcht vor dem Zorn des Königs wider ihn, und er sprach bei sich selber: ›Hetz nur die Hunde aufs Vieh!‹ Dann begab er sich zum Kaufmann Ma'rûf und sprach zu ihm: »Wisse, Seine Majestät der König hat dich liebgewonnen; und er hat eine Tochter, die schön und anmutig ist. Mit ihr will er dich vermählen; was sagst du dazu?« Ma'rûf erwiderte: »Das soll gern geschehen; doch er möge warten, bis mein Gepäck kommt; denn die Brautgabe für Prinzessinnen ist groß, und ihr Stand verlangt es, daß für sie nur eine solche Brautgabe dargeboten wird, die ihrem Range entspricht. Augenblicklich habe ich kein Geld bei mir; so möge er denn sich gedulden, bis die Karawane eintrifft, denn ich habe Gut in Menge. Ich muß doch gewißlich eine Brautgabe von fünftausend Beuteln für sie zahlen, und ferner brauche ich tausend Beutel, um sie am Hochzeitsabend an die Armen und Bedürftigen verteilen zu lassen, und weitere tausend Beutel, um sie an die Leute zu verschenken, die im Hochzeitszuge mitgehen, und abermals tausend Beutel, um für die Truppen und die anderen Speisen zu beschaffen. Auch brauche ich hundert Juwelen, um sie der Prinzessin am Morgen nach der Hochzeit zu schenken, und wiederum hundert Juwelen, um sie an die Sklavinnen und Eunuchen zu verteilen; denn alle von ihnen müssen doch von mir je ein Juwel erhalten, dem Range der Braut zu Ehren. Auch muß ich tausend nackte Arme kleiden, und Almosen müssen auch gegeben werden. All das kann erst geschehen, wenn die Karawane eintrifft; denn ich habe eine Menge bei mir. Ist das Gepäck erst da, so bedeuten alle diese Ausgaben nichts für mich.« Der Wesir ging fort und berichtete dem König, was Ma'rûf gesagt hatte. Der König sprach: »Da dies seine Absicht ist, wie kannst du ihn einen Betrüger und Belüger nennen?« »Ich höre auch jetzt noch nicht auf, das zu sagen«, erwiderte der Wesir; doch der König drohte ihm und schalt ihn und rief: »Bei meinem Haupte, wenn du von solchem Geschwätz nicht ablässest, so lasse ich dich hinrichten! Jetzt geh zu ihm zurück und hole ihn her zu mir; ich werde selbst alles mit ihm ordnen!« So ging denn der Wesir zu Ma'rûf und sprach zu ihm: »Komm, folge dem Rufe des Königs!« »Ich höre und gehorche!« erwiderte Ma'rûf und begab sich zum König; der sprach zu ihm: »Halt mich nicht mit solchen Entschuldigungen hin! Sieh, meine Schatzkammer ist voll; drum nimm die Schlüssel an dich und gib alles aus, was du brauchst! Verschenke, was du willst, kleide die Armen und tu, was dir beliebt! Mach dir keine Sorgen wegen meiner Tochter und der Sklavinnen; wenn deine Karawane gekommen ist, dann zeige dich so freigebig gegen deine Gemahlin, wie du nur willst! Wir wollen uns mit der Brautgabe von dir gedulden, bis dein Gepäck eintrifft; zwischen mir und dir ist gar kein Unterschied.« Dann befahl er dem Scheich el-Islam, die Eheurkunde aufzusetzen;

und der schrieb den Ehevertrag zwischen der Tochter des Königs und dem Kaufmann Ma'rûf. Darauf gab der König ein Zeichen, daß die Hochzeitsfeier beginnen solle, und befahl, daß die Stadt ausgeschmückt werde. Die Trommeln wurden geschlagen, Speisen aller Art wurden aufgetragen, und die Gaukler kamen. Der Kaufmann Ma'rûf aber saß auf einem Thron in einem Saal, und die Gaukler und Taschenkünstler, die Tänzer und all die Leute, die seltsame Kunststücke machten und gefällige Spiele vollbrachten, traten vor ihn hin, und er befahl dem Schatzmeister, indem er sprach: »Bring Gold und Silber!« Der also holte Gold und Silber, und nun ging Ma'rûf unter den Zuschauern umher und gab jedem, der spielte, eine Handvoll; auch beschenkte er die Armen und Bedürftigen und kleidete die Nackten. Es war ein lärmendes Freudenfest, und der Schatzmeister konnte das Geld kaum rasch genug aus dem Schatzhause holen. Dem Wesir wollte das Herz bersten vor Wut; aber er wagte nicht, etwas zu sagen. Nur der Kaufmann 'Alî, der über diese Verschwendung der Gelder entsetzt war, sprach zum Kaufmann Ma'rûf: »Allah und die Heiligen sollen über dein Haupt kommen! Genügte es dir nicht, das Geld der Kaufleute zu vergeuden, so daß du auch noch das Geld des Königs vergeuden mußt?« »Das geht dich nichts an«, antwortete ihm der Kaufmann Ma'rûf, »wenn das Gepäck kommt, will ich es dem König vielfach vergelten.« Und er vergeudete immer mehr Geld; doch er sprach bei sich selber: ›Eine verzehrende Pest! Was geschehen soll, geschieht; und dem Verhängnis kann keiner entgehen.‹ Vierzig Tage lang hörten die Festlichkeiten nicht auf; und am einundvierzigsten Tage wurde der Hochzeitszug für die Braut bereitet, und da schritten all die Emire und die Krieger vor ihr her. Als sie zu Ma'rûf hineingeführt wurde, streute er das Gold über die Häupter der Leute; so war es ein prunkvoller Hochzeitszug für sie, und er gab um ihretwillen Geld aus in ungeheuren Mengen. Dann ward er zu der Prinzessin geleitet, und er setzte sich auf das hohe Lager. Nachdem aber die Vorhänge herabgelassen und die Türen geschlossen waren und das Volk sich fortbegeben und ihn bei der jungen Frau gelassen hatte, schlug er die Hände zusammen und saß eine Weile traurig da, indem er immer wieder Hand auf Hand schlug; dabei rief er: »Es gibt keine Macht und es gibt keine Majestät außer bei Allah dem Erhabenen und Allmächtigen!« Nun fragte ihn die Prinzessin: »Mein Gebieter, Allah bewahre dich! Was ist dir, daß du so besorgt bist?« Er antwortete: »Wie sollte ich nicht besorgt sein, da dein Vater mich in Verlegenheit gebracht und so an mir getan hat, wie wenn man grünes Korn verbrennt?« Da fuhr sie fort: »Und was hat mein Vater an dir getan? Sage es mir!« Und er gab zur Antwort: »Er hat mich zu dir hineinführen lassen, ehe meine Karawane gekommen ist, und ich wollte doch zum mindesten hundert Juwelen an deine Sklavinnen verteilen, einer jeden ein Juwel, damit sie sich daran erfreute und spräche: ›Mein Herr hat mir ein Juwel geschenkt in der Nacht, da er zu meiner Herrin ging.‹ Eine solche Tat wäre dann zu Ehren deines hohen Ranges geschehen und hätte dein Ansehen erhöht; denn ich brauche mit den Spenden von Juwelen nicht zu sparen, da ich eine Menge von ihnen besitze.« Sie entgegnete ihm: »Darum mach dir keine Sorgen! Aus diesem Grunde brauchst du nicht bekümmert zu sein! Was mich angeht, so gräme dich nicht um meinetwillen; denn ich werde gern Geduld mit dir haben, bis die Karawane kommt. Und was die Sklavinnen betrifft, so sei auch um ihretwillen unbesorgt! Erhebe dich, leg deine Gewänder ab und gib dich der Freude hin! Wenn die Karawane eintrifft, so werden wir an jenen Juwelen und den anderen Dingen nicht zu kurz kommen.« Da erhob er sich, legte die Gewänder ab, die er trug, setzte sich auf das Lager hin und hatte das Liebesspiel im Sinn, bis der Morgen sein Licht ergoß. Darauf begab er sich ins Bad und legte eine Gewandung von königlichen Kleidern an; und nachdem er das Bad verlassen hatte, trat er in den Staatssaal des Königs ein. Alle, die dort waren, erhoben sich vor ihm und empfingen ihn mit der höchsten Ehrerbietung; und sie wünschten ihm Glück und Segen. Er aber setzte sich zur Seite des Königs nieder und rief: »Wo ist der Schatzmeister?« Man gab zur Antwort: »Da steht er vor dir!« Dann fuhr er fort: »Bringe Ehrengewänder und bekleide damit alle die Wesire und Emire und Würdenträger!« Da brachte der Schatzmeister ihm alles, was er verlangt hatte; und er selber saß da und beschenkte alle, die zu ihm kamen, indem er einem jeden Manne nach Rang und Würden gab. So trieb er es immer weiter, zwanzig Tage lang; aber es kam keine Karawane für ihn an, noch auch sonst etwas. Darauf geriet der Schatzmeister um seinetwillen in die größte Besorgnis, und er trat zum König ein, als Ma'rûf abwesend war. Nur der König saß da, allein mit dem Wesir; nachdem der Schatzmeister den Boden vor ihm geküßt hatte, sprach er: »O größter König unserer Zeit, ich muß dir etwas mitteilen, weil du mich sonst vielleicht schelten würdest, wenn ich es dir nicht berichte. Wisse, das Schatzhaus ist fast leer; nur noch ein wenig ist darin verblieben, und nach zehn Tagen werden wir ein leeres Haus zuschließen.« Da hub der König an: »O Wesir, die Karawane meines Eidams bleibt wirklich lange aus, und wir erhalten auch gar keine Kunde von ihr.« Lachend erwiderte ihm der Wesir: »Allah sei dir gnädig, o größter König unserer Zeit! Du bist völlig achtlos auf das Treiben dieses Betrügers und Belügers! Bei deinem Haupte, es gibt keine Karawane, die ihm gehört, noch eine Pest, die uns von ihm befreit. Er hat dich immer nur betrogen, bis er schließlich all dein Geld vertan und deine Tochter umsonst zur Gemahlin erhalten hat. Wie lange noch willst du sorglos diesem Lügner zuschauen?« Der König erwiderte ihm: »O Wesir, was sollen wir tun, um die Wahrheit über ihn zu erfahren?« Darauf sagte der Minister: »O größter König unserer Zeit, niemand kann in das Geheimnis des Mannes eindringen, es sei denn seine Gattin. Sende nach deiner Tochter und laß sie hinter einen Vorhang treten, damit ich sie frage, wie es in Wahrheit um ihn steht; denn sie soll ihn ausforschen und uns wissen lassen, was es mit ihm auf sich hat!« »Das mag gerne geschehen«, sprach der König, »und bei meinem Haupte, wenn es feststeht, daß er ein Betrüger und Belüger ist, so will ich ihn wahrlich des schmählichsten Todes sterben lassen.« Darauf nahm er den Wesir mit sich und führte ihn in das Wohngemach; und nachdem er seine Tochter hatte kommen lassen, trat sie hinter den Vorhang. All das geschah, während ihr Gatte abwesend war. Und als sie dorthin gekommen war, fragte sie: »Mein Vater, was wünschest du?« Er sagte: »Sprich mit dem Wesir!« So fragte sie denn weiter: »O Wesir, was ist dein Begehr?« Und der gab zur Antwort: »Meine Herrin, wisse, dein Gatte hat das Geld deines Vaters verschwendet und hat sich mit dir ohne Brautgabe vermählt. Unaufhörlich macht er uns Versprechungen und bricht sie; von seinem Gepäck haben wir noch keine Kunde erhalten, kurz, wir wünschen, daß du uns über ihn Auskunft gibst.« Sie erwiderte: »Seiner Worte sind viel, und er kommt auch immer und verspricht mir Juwelen, Schätze und kostbare Stoffe, aber ich habe noch nichts gesehen.« »Meine Herrin«, fuhr der Wesir fort, »kannst du nicht heute nacht mit ihm hin und her plaudern und dann zu ihm sagen: ›Tu mir die Wahrheit kund und fürchte nichts; denn du bist mein Gatte geworden, und ich werde mich nicht an dir versündigen! Drum sage mir, wie alles in Wirklichkeit steht, und ich will für dich einen Plan ersinnen, wie du Ruhe haben sollst!‹ Darauf sprich noch weiter mit ihm darüber hin und her und zeige ihm deine Liebe und bringe ihn dazu, daß er gesteht! Wenn das geschehen ist, teile uns den wahren Sachverhalt mit!« Sie sagte nur: »Mein Vater, ich weiß, wie ich ihn erforschen will«, und ging fort. Nach dem Nachtmahl kam ihr Gatte Ma'rûf wie immer zu ihr; da trat sie auf ihn zu und faßte ihn unter dem Arm und schmeichelte ihm in lieblichster Weise – o wie können die Frauen schmeicheln, wenn sie einen Wunsch haben, den sie bei den Männern durchsetzen wollen! – und hörte nicht auf, ihm zu schmeicheln und ihn unter Worten, süßer als Honig, zu liebkosen, bis sie ihm den Verstand berückt hatte. Als sie nun sah, daß er sich ihr ganz hingab, sprach sie zu ihm: »Mein Geliebter, du mein Augentrost und Frucht meines Herzens, Allah beraube mich deiner nie, und nie trenne das Geschick uns beide, dich und mich! Wahrlich, die Liebe zu dir wohnt nun in meinem Herzen, und mein Inneres wird verzehrt von der Sehnsucht brennenden Schmerzen, so daß ich mich nie und nimmer an dir versündigen könnte. Aber ich möchte, daß du mir die Wahrheit sagst; denn die Listen der Lüge frommen nicht, und sie finden auch nicht immer Glauben. Wie lange noch willst du meinen Vater belügen und betrügen? Ich fürchte, deine Lage wird ihm noch eher aufgedeckt werden, als wir einen Plan wider ihn ersinnen können; und dann wird er Hand an dich legen. Drum tu mir die Wahrheit kund, und dir soll nichts geschehen, als was dich erfreut! Wenn du mir berichtet hast, wie alles in Wirklichkeit steht, so brauchst du nicht zu fürchten, daß dir ein Leids widerfahre. Wie oft willst du noch behaupten, du seiest ein Kaufmann und ein Besitzer von Reichtümern und hättest eine Karawane? Seit langer Zeit sagst du immer: ›Mein Gepäck, mein Gepäck!‹ Doch von deinem Gepäck ist uns noch keine Kunde gekommen, und auf deinem Antlitz ist deshalb die Sorge zu sehen. Wenn also deine Worte nicht der Wahrheit entsprechen, so tu es mir kund; und ich werde dir einen Plan ersinnen, durch den du dich retten sollst, so Gott will.« Da sprach er zu ihr: »Meine Gebieterin, ich will dir die Wahrheit sagen, und dann tu, was du willst!« »So sprich denn«, erwiderte sie, »und bleib bei der Wahrheit; denn die Wahrheit ist ein Rettungsboot; hüte dich vor der Lüge, denn sie bringt dem Lügner Schande, und wie vortrefflich ist der Mann, der da sprach:

Sei du ein Mann, der stets die Wahrheit nur bekennt,
Wenn dich die Wahrheit auch durch Feuers Drohung brennt!
Such Gottes Beifall; denn der größte Tor der Welt
Ist, wer den Herrn erzürnet und dem Knecht gefällt!«

Nun bekannte er: »Vernimm denn, meine Herrin, ich bin kein Kaufmann, und ich habe keine Karawane, noch auch sonst irgend etwas. Ich war in meiner Heimat nur ein Schuhflicker, und ich hatte eine Frau, die heißt Fâtima das Scheusal; mit der ist es mir soundso ergangen.« Und so erzählte er ihr die Geschichte von Anfang bis zu Ende. Lächelnd sprach sie darauf: »Du bist wirklich erfahren in der Kunst des Lügens und Betrügens!« Er aber sagte:

»Meine Gebieterin, Allah der Erhabene lasse dich lang am Leben bleiben, um Fehler zu verhüllen und Sorgen zu vertreiben!« Dann fuhr sie fort: »Bedenke, du hast meinen Vater betrogen und durch dein vieles Prahlen getäuscht, so daß er mich in seiner Habgier mit dir vermählte; ferner hast du sein Geld vergeudet, und deswegen hegt der Wesir Argwohn gegen dich. Wie oft hat er über dich mit meinem Vater geredet und gesagt: ›Er ist ein Betrüger und Belüger!‹ Doch mein Vater wollte nicht auf seine Worte hören, weil er sich einmal um mich beworben hat und ich nicht damit einverstanden gewesen bin, daß er mein Gatte und ich seine Gemahlin werden sollte. Nun ist die Zeit aber zu lang geworden, und mein Vater ist besorgt und hat mir gesagt, ich solle dich zum Geständnis bringen. Ich habe dich zum Geständnis gebracht, und das Verborgene ist offenbar geworden. Mein Vater hat nun Schlimmes mit dir im Sinn; aber du bist mein Gatte, und ich will mich nicht an dir vergehen. Wenn ich meinem Vater berichte, was du mir gesagt hast, so hat er die Sicherheit, daß du ein Betrüger und Belüger bist, daß du Königstöchter betrügst und königliche Schätze vergeudest; und dann wird deine Schuld bei ihm keine Vergebung finden, sondern er wird dich hinrichten lassen, das ist gewiß. Dann wird es aber auch unter dem Volke ruchbar werden, daß ich mit einem Manne vermählt wurde, der ein Betrüger und Belüger ist, und das wäre eine Schande für mich. Wenn mein Vater dich hat töten lassen, so wird er mich vielleicht mit einem anderen vermählen wollen, und das wäre etwas, in das ich nie willigen würde, auch wenn ich sterben müßte. Doch jetzt mache dich auf, lege die Gewandung eines Mamluken an, nimm fünfzigtausend Dinare von meinem Gelde mit dir und besteig ein Roß; dann begib dich in ein Land, in das meines Vaters Herrschaft nicht reicht! Dort werde Kaufmann; und dann schreib mir einen Brief und sende ihn mit einem Boten, der insgeheim zu mir kommen soll, damit ich weiß, in welchem Lande du bist, und dir alles senden kann, was meine Hand erreicht! So wird dein Gut sich mehren; und wenn mein Vater stirbt, will ich zu dir schicken, und du sollst wiederkommen, geachtet und geehrt. Wenn aber einer von uns beiden, ich oder du, zur Barmherzigkeit Allahs des Erhabenen eingeht, so wird die Auferstehung uns vereinen. Dies ist der beste Plan; und solange wir beide am Leben bleiben, will ich nie ablassen, dir Botschaften und Gelder zu senden. Also mache dich auf, ehe der Tag sich über dir erhebt und Ratlosigkeit dich bedrängt und das Verderben sich auf dich niedersenkt!« »Ach, meine Gebieterin«, rief er, »ich flehe dich an, gewähre mir zum Abschied die Gunst deiner Umarmung!« Sie antwortete: »Das mag gern geschehen.« Sie umarmten sich, und dann legte er die Gewandung eines Mamluken an und befahl den Stallknechten, ihm einen edlen Renner zu satteln. Da sattelten sie ihm ein Roß, und er nahm Abschied von seiner Gattin und ritt gegen Ende der Nacht zur Stadt hinaus. Wie er so dahinzog, glaubte ein jeder, der ihn sah, er sei einer von den Mamluken des Sultans, der fortritt, um einen Auftrag auszuführen. Am nächsten Morgen begaben sich der König und der Wesir in das Wohngemach; der König sandte nach seiner Tochter, und sie kam wieder hinter den Vorhang. Dann fragte ihr Vater sie: »Meine Tochter, was hast du zu sagen?« Und sie antwortete: »Ich habe zu sagen: Allah schwärze das Antlitz deines Wesirs, denn der hat mein Antlitz vor meinem Gatten schwärzen wollen!« »Wie denn das?« fragte er weiter; und sie fuhr fort: »Er kam gestern abend zu mir, und ehe ich noch mit ihm über diese Sache sprechen konnte, trat plötzlich der Eunuch Faradsch zu mir herein, mit einem Brief in der Hand, und sprach: ›Siehe, es stehen zehn Mamluken unter dem Fenster des Schlosses; die haben mir diesen Brief gegeben und gesagt: ›Küsse unserem Herrn, dem Kaufmann Ma'rûf, die Hand für uns und gib ihm diesen Brief; wir gehören zu den Mamluken, die bei der Karawane sind, und es ist uns berichtet worden, daß er sich mit der Tochter des Königs vermählt hat; und wir sind gekommen, um ihm zu melden, was uns unterwegs widerfahren ist.‹ Da nahm ich den Brief, und als ich ihn las, erkannte ich darin das Folgende: ›Von den fünfhundert Mamluken an Seine Hoheit, unsern Herrn, den Kaufmann Ma'rûf. Des ferneren: Wir tun dir kund, daß nach deinem Fortgehen die Beduinen uns überfielen und angriffen. Es waren ihrer zweitausend Reiter, während wir doch nur fünfhundert Mamluken waren. Zwischen uns und den Beduinen entspann sich ein heftiger Kampf; sie verlegten uns den Weg, und wir mußten dreißig Tage lang wider sie streiten. Und dies ist der Grund unseres Ausbleibens. Sie haben uns zweihundert Lasten Stoffe von dem Gepäck geraubt und fünfzig Mamluken getötet.‹ Als diese Nachricht meinen Gatten erreichte, rief er: ›Allah mache sie zuschanden! Wie konnten sie mit den Beduinen wegen zweihundert Warenlasten streiten? Was bedeuten denn zweihundert Lasten? Um deren willen hätten sie nicht so lange ausbleiben dürfen; denn der Wert von zweihundert Lasten ist doch nur siebentausend Dinare! Aber ich muß jetzt zu ihnen reiten und sie zur Eile antreiben. Was die Araber ihnen geraubt haben, das wird in dem Gepäck nicht vermißt werden, und das macht bei mir nichts aus; ich nehme an, ich hätte es ihnen als Almosen geschenkt.‹ Dann eilte er lächelnd fort von mir, ohne darum bekümmert zu sein, daß ihm das Gut verlorengegangen war und daß seine Mamluken getötet waren. Und als er hinabgeeilt war, schaute ich aus dem Fenster des Schlosses, und da erblickte ich die zehn Mamluken, die ihm den Brief gebracht hatten; sie waren schön wie Monde, und ein jeder von ihnen trug ein Gewand, das zweitausend Dinare wert war, ja, mein Vater hat keinen Mamluken, der einem von ihnen gliche. Darauf zog er mit den Mamluken fort, die ihm das Schreiben überbracht hatten, und er will sein Gepäck holen. Preis sei Allah, der mich davor bewahrt hat, ihm etwas von dem zu sagen, was du mir befohlen hast; denn sonst hätte er meiner und deiner gespottet! Vielleicht hätte er sogar mich mit dem Auge der Geringschätzung angesehen und eine Abneigung gegen mich gewonnen. Das ist alles die Schuld deines Wesirs, der wider meinen Gatten Worte redete, die sich nicht geziemen.« Da sagte der König: »Liebe Tochter, der Reichtum deines Gatten ist unermeßlich, und er achtet seiner nicht; seit dem Tage, an dem er in unsere Stadt einzog, hat er immer nur Almosen an die Armen gegeben. So Gott will, wird er bald mit der Karawane kommen, und dann werden wir durch ihn viel Gut gewinnen.« So tröstete er seine Tochter; den Wesir aber schalt er. Und so war die List an ihm gelungen.

Wenden wir uns von dem König wieder zu dem Kaufmann Ma'rûf! Der ritt auf dem Rosse dahin und zog durch die öde Wüste, ratlos und ohne zu wissen, in welches Land er sich begeben sollte. Dabei klagte er im Schmerz über die Trennung; Sehnsucht und Liebespein bedrängten ihn schwer, und er sang diese Verse vor sich her:

Ach, die Zeit zerriß und trennte unser traut Zusammensein;
Und das Herz zerschmilzt und steht in Flammen ob der grausen Pein.
Trennung von der Liebsten quält mich, daß im Aug die Tränen stehn.
Ja, dies ist die bittre Trennung! Ach, wann kommt das Wiedersehn?
O du, deren Antlitz strahlet gleich dem Mond am Himmelspfad,
Ich bin der, dem deine Liebe ganz das Herz zerrissen hat.
Hätte ich doch keine Stunde jemals nur bei dir geweilt!
Hätte doch nach trautem Nahsein mich das Elend nicht ereilt!
Ewig sieht Ma'rûf in Dunja seiner Sehnsucht höchstes Ziel;
Möge sie noch leben, wenn er seiner Lieb zum Opfer fiel!
O du, deren strahlend Leuchten nur die helle Sonne kennt,
Nah dich einem Herzen, das nach Liebe und nach Güte brennt!
Bringt uns wohl das Schicksal einstens wieder ein Zusammensein?
Wird es uns in Zukunft doch noch Wiedersehn und Freude leihn?
Wird der Liebsten Schloß in Freuden uns umschließen wie zuvor?
Und umschließ ich mit den Armen jenes Reis, das ich verlor?
O du schönes Mondenantlitz, gleich der Sonne strahlend klar,
Mögen dir im Antlitz deine Reize strahlen immerdar!

Ach, ich bin ja schon zufrieden mit der Lieb und ihrer Qual;
Denn das Glück der Liebe ist doch Ziel des Unglücks allzumal.

Als er seine Verse beendet hatte, weinte er bitterlich; denn die Wege waren vor ihm verschlossen, und er wollte lieber den Tod erstreben als noch weiterleben. Dann zog er seines Weges dahin, wie trunken vor dem Übermaß der Verstörung, und immer weiter ritt er bis zur Mittagszeit; da kam er zu einem kleinen Flecken, und dort in der Nähe sah er einen Landmann, der mit zwei Stieren pflügte. Weil der Hunger ihn quälte, ritt er auf den Pflüger zu und sprach zu ihm: »Friede sei mit Euch!« Der Mann erwiderte seinen Gruß und fügte hinzu: »Willkommen, mein Herr! Bist du einer von den Mamluken des Sultans?« »Jawohl«, erwiderte Ma'rûf; und jener fuhr fort: »So steig bei mir zur Mahlzeit ab!« Ma'rûf sah, daß jener ein freigebiger Mann war, doch er sprach zu ihm: »Bruder, ich sehe nichts bei dir, womit du mich speisen könntest. Wie kommt es, daß du mich einlädst?« Der Bauer antwortete: »Das Gute ist vorhanden; steig nur ab! Siehe, der Flecken ist nahe, und ich will eilen und ein Mittagsmahl für dich und Futter für das Pferd holen.« Nun sagte Ma'rûf: »Da der Flekken nahe ist, so kann ich doch ebenso rasch hineilen wie du und mir im Basar kaufen, was ich brauche, und essen.« Doch der Bauer erwiderte: »Mein Herr, der Flecken ist nur ein kleines Dorf, und dort gibt es keinen Basar; man kann weder kaufen noch verkaufen. Ich bitte dich um Allahs willen, steig hier bei mir ab und mache mir die Freude; ich will dorthin eilen und rasch zu dir zurückkehren!« So stieg er denn ab, während der Bauer ihn verließ und ins Dorf eilte, um ein Mittagsmahl für ihn zu holen. Nachdem Ma'rûf sich niedergesetzt hatte, um zu warten, sprach er bei sich: ›Jetzt haben wir diesen armen Mann von seiner Arbeit abgehalten. Ich will doch hingehen und für ihn pflügen, bis er kommt, um es ihm zu vergelten, daß ich ihn von seiner Arbeit fernhalte.‹ Dann nahm er den Pflug in die Hand und trieb die Stiere an; kaum hatte er ein wenig gepflügt, da stieß die Pflugschar an etwas, und die Tiere blieben stehen. Er trieb sie wieder an, aber sie konnten sich nicht bewegen. Wie er nun nach der Pflugschar schaute, sah er, daß sie sich in einem goldenen Ring gefangen hatte. Rasch grub er die Erde davon beiseite, und da fand er, daß jener Ring sich mitten an einer Marmorplatte befand, die von der Größe eines unteren Mühlsteines war. Dann zog er an dem Steine, bis er ihn von seiner Stelle fortbewegt hatte, und da zeigte sich unter ihm eine Höhle mit Treppenstufen. Er stieg die Stufen hinab und entdeckte nun einen Raum, gleich der Halle eines Bades, mit vier Estraden. Die erste Estrade war vom Boden bis zur Decke mit Gold gefüllt; die zweite war angefüllt mit Smaragden und Perlen und Korallen, gleichfalls vom Boden bis zur Decke; die dritte war voll von Hyazinthen, Ballasrubinen und Türkisen, und die vierte voll von Diamanten und anderen wertvollen Edelsteinen jeglicher Art. Am oberen Ende dieses Raumes aber stand eine Truhe aus klarem Kristall, und die war voll von einzigartigen Juwelen, deren jedes so groß wie eine Walnuß war; und auf der Truhe lag ein kleines goldenes Kästchen von der Größe einer Zitrone. Als er das erblickte, staunte er und freute sich über die Maßen; und er rief: »Was mag wohl in diesem Kästchen sein?« Dann öffnete er es und fand darin einen goldenen Siegelring, auf dem Zaubernamen und Talismane eingegraben waren, die wie Ameisenspuren aussahen. Er rieb den Ring, und siehe, da sprach eine Stimme: »Zu Diensten, zu Diensten, mein Gebieter! Verlange, und es wird dir gegeben! Willst du einen Ort bevölkern oder eine Stadt zerstören? Willst du einen König töten oder einen Fluß graben lassen oder sonst etwas dergleichen? Was du nur verlangst, wird rasch zustande gebracht durch die Erlaubnis des Königs der Macht, des Schöpfers von Tag und Nacht.« Ma'rûf fragte ihn: »O Geschöpf des Herrn, wer bist du, und was bist du?« Jener antwortete: »Ich bin der Diener dieses Ringes, und ich stehe im Dienste dessen, der ihn besitzt. Welchen Wunsch er auch immer ausspricht, den erfülle ich ihm, und ich kann mich dem nicht entziehen, was er mir befiehlt. Ich bin Sultan über die Geisterwächter, und meine Heerschar besteht aus zweiundsiebenzig Stämmen, von denen ein jeder zweiundsiebenzigtausend Mann zählt. Je einer von den tausend herrscht über tausend Dämonen, jeder Dämon gebietet über tausend Wächter; jeder Wächter ist Herr über tausend Satane; und jedem Satan sind tausend andere Dämonen untertan. Sie alle stehen unter meiner Herrschaft, und sie wagen es nicht, mir zuwiderzuhandeln. Ich aber bin durch einen Zauber an diesen Ring gebunden und darf dem nicht ungehorsam sein, der ihn besitzt. Siehe, jetzt besitzest du ihn, und ich bin dein Diener geworden. Verlange also, was du willst, ich höre auf dein Wort und gehorche deinem Befehl! Und wenn du mich zu irgendeiner Zeit nötig hast, zu Wasser oder zu Lande, so reibe den Ring, und du wirst mich bei dir finden. Doch hüte dich, ihn zweimal nacheinander zu reiben; denn sonst wirst du mich verbrennen durch die Feuergewalt der Zaubernamen und mich verlieren und hernach um mich trauern! Jetzt habe ich dich mit meinem Wesen bekanntgemacht. Und das ist alles.« Der Kaufmann Ma'rûf fragte den Diener jenes Ringes: »Wie heißest du?« Der Dämon erwiderte: »Mein Name ist Abu es-Sa'adât.« Darauf sagte Ma'rûf zu ihm: »O Abu es-Sa'adât, was für eine Stätte ist dies? Und wer hat dich durch Zauber an dies Kästchen gebunden?« »Mein Gebieter«, gab jener zur Antwort, »diese Stätte ist ein Schatz, genannt der Schatz von Schaddâd ibn 'Ad, dem Manne, der Iram erbaute, die ragende Säulenstadt, die im Lande nicht ihresgleichen hat. Ich war sein Diener zu seinen Lebzeiten, und dies ist sein Siegelring, den er in seine Schatzhöhle legte; aber jetzt ist er dir zuteil geworden.« Weiter fragte Ma'rûf ihn: »Kannst du das, was sich in diesem Hort befindet, an die Oberfläche der Erde schaffen?« »Jawohl, das ist so leicht wie nur möglich«, erwiderte der Geist; und Ma'rûf befahl: »So schaffe denn alles, was sich hier befindet, hinaus, und laß nichts davon zurück!« Da machte der Geist mit seiner Hand ein Zeichen nach der Erde hin, und die spaltete sich; dann stieg er hinab und blieb eine kleine Weile fort. Doch alsbald kamen junge Knaben voller Anmut und schön von Angesicht hervor; die trugen goldene Körbe, und jene Körbe waren voll von Gold. Nachdem sie die ausgeleert hatten, gingen sie wieder fort und brachten andere; und so fuhren sie fort, das Gold und die Juwelen heraufzuschaffen, und ehe noch eine Stunde vergangen war, sprachen sie: »Es ist nichts mehr im Schatz geblieben.« Dann kam auch Abu es-Sa'adât wieder herauf zu Ma'rûf und sprach zu ihm: »Mein Gebieter, du siehst, daß wir alles, was in dem Schatze war, heraufgebracht haben.« Nun fragte der Schuhflicker: »Wer sind diese schönen Knaben?« Und der Geist antwortete: »Dies sind meine Söhne. Denn diese Arbeit verdiente es nicht, daß ich die Geisterwächter für sie berief; deshalb haben meine Söhne deinen Wunsch erfüllt, und die fühlen sich geehrt, daß sie dir dienen konnten. Verlange, was du sonst noch begehrst!« Darauf sagte Ma'rûf zu ihm: »Kannst du mir Maultiere und Truhen verschaffen, diese Schätze in die Truhen tun und die Truhen auf die Maultiere laden?« »Das ist so leicht wie nur möglich«, erwiderte der Geist und stieß einen lauten Schrei aus. Da traten seine Söhne wieder vor ihn hin, achthundert an der Zahl, und er sprach zu ihnen: »Die einen von euch sollen sich in die Gestalt von Maultieren verwandeln, andere in die Gestalt von schönen Mamluken, und der Geringste unter ihnen soll so sein, daß seinesgleichen nicht bei irgendeinem König zu finden ist! Andere von euch sollen die Gestalt von Maultiertreibern annehmen, und noch andere die Gestalt von Dienern!« Sie taten, wie er ihnen befohlen hatte; siebenhundert von ihnen verwandelten sich in Maultiere für die Lasten und die übrigen hundert in das Gefolge. Dann berief er die Geisterwächter, und nachdem sie vor ihm erschienen waren, befahl er ihnen, ein Teil von ihnen solle sich in die Gestalt von Pferden verwandeln, gesattelt mit goldenen und juwelenbesetzten Sätteln. Wie Ma'rûf das sah, fragte er: »Wo sind die Truhen?« Man brachte sie vor ihn. Darauf sprach er: »Tut das Gold und die Edelsteine hinein, jede Art für sich!« Da füllten sie die Truhen und luden sie auf die dreihundert Maultiere. Nun fragte Ma'rûf: »O Abu es-Sa'adât, kannst du mir Lasten von kostbaren Stoffen bringen?« Doch jener entgegnete: »Willst du ägyptische Stoffe oder syrische oder persische oder indische oder griechische?« Ma'rûf erwiderte: »Bringe Stoffe aus allen Ländern, je hundert Lasten auf hundert Maultieren!« »Mein Gebieter«, sagte darauf der Geisterfürst, »gewähre mir eine Frist, damit ich meine Geisterwächter dafür bestelle, so daß auf meinen Befehl ein jeder Stamm in ein anderes Land gehen kann, um hundert Lasten Stoffe zu bringen; die Wächter sollen sich in Maultiere verwandeln und mit den Waren beladen hierher kommen.« »Wie lange soll die Zeit der Frist dauern?« fragte Ma'rûf; und der Geist antwortete: »Die Zeit des nächtlichen Dunkels; ehe der Tag graut, soll alles bei dir sein, was du wünschest.« »Diese Frist gewähre ich dir«, sagte Ma'rûf; und dann befahl er, man solle ihm ein Zelt aufschlagen. Nachdem das errichtet war, setzte er sich hinein, und man brachte ihm einen Tisch mit Speisen. Darauf sprach Abu es-Sa'adât zu ihm: »Mein Gebieter, bleib in dem Zelte sitzen! Meine Söhne hier vor dir werden dich bewachen, und du brauchst nichts zu befürchten. Ich will inzwischen meine Wächter versammeln und sie entsenden, damit sie deinen Wunsch erfüllen.« So ging denn Abu es-Sa'adât seiner Wege, während Ma'rûf im Zelte sitzen blieb, vor sich den Tisch und bewacht von den Söhnen des Geisterfürsten, die als Mamluken, Eunuchen und Diener verkleidet waren. Und wie er so dasaß, kam plötzlich der Bauersmann, der eine große Schüssel voll Linsen und einen Futtersack voll Gerste trug. Als der das Zelt aufgeschlagen und die Mamluken dastehen sah, ihre Arme auf der Brust gekreuzt, dachte er, der Sultan sei gekommen und habe an jener Stätte haltgemacht, und er blieb erschrocken stehen, indem er bei sich selber sprach: ›Hätte ich doch nur für den Sultan zwei junge Hühner geschlachtet und sie in Kuhbutter gebraten!‹ Schon wollte er umkehren, um die beiden Hühner zu schlachten und den Sultan damit zu bewirten, da erblickte Ma'rûf ihn und rief ihm zu; und sogleich befahl er den Mamluken: »Bringt ihn her!« Sie holten ihn samt der Schüssel voll Linsen und führten ihn vor Ma'rûf; der sprach zu ihm: »Was ist das?« Und der Bauer gab zur Antwort: »Das ist dein Mittagsmahl und Futter für dein Pferd. Sei mir nicht böse; ich wußte nicht, daß der Sultan hierher kommen würde! Hätte ich das gewußt, so hätte ich zwei junge

Hühner für ihn geschlachtet und ihn mit einer guten Mahlzeit bewirtet.« Darauf sagte Ma'rûf: »Der Sultan ist nicht gekommen. Ich bin sein Eidam, und ich hatte mich mit ihm erzürnt. Aber jetzt hat er seine Mamluken zu mir gesandt, und sie haben mich mit ihm ausgesöhnt; darum will ich nun zur Hauptstadt zurückkehren. Doch da du diese Mahlzeit für mich hergerichtet hast, ohne mich zu kennen, will ich sie gern annehmen, auch wenn sie aus Linsen besteht, und ich will nur von deiner Speise essen.« So befahl er ihm denn, die Schüssel mitten auf den Tisch zu setzen, und er aß davon, bis er gesättigt war, während der Bauer sich den Wanst mit jenen kostbaren Gerichten füllte. Darauf wusch Ma'rûf sich die Hände und gab den Mamluken Erlaubnis zu essen; die fielen denn auch über den Rest des Mahles her und aßen. Nachdem die Schüssel geleert war, füllte er sie dem Bauer mit Gold und sprach zu ihm: »Bring sie in deine Wohnung und komm zu mir in die Stadt; dort will ich dir Ehre erweisen!« Jener nahm die Schüssel voll Gold, trieb die Stiere an und begab sich ins Dorf, indem er sich selbst für den Eidam des Königs hielt. Ma'rûf aber verlebte jene Nacht herrlich und in Freuden; man brachte ihm Geisterjungfrauen, und die spielten Musikinstrumente und tanzten vor ihm, so daß er eine Nacht verbrachte, wie sie nicht zum Leben der Sterblichen zu rechnen ist. Als es wieder Morgen ward, da trat, ehe er sich dessen versah, eine Staubwolke hervor und wirbelte hoch in die Luft empor; dann erschienen unter ihr Maultiere, die Lasten trugen, und es waren siebenhundert Tiere, die mit Stoffen beladen und von Treibern, Packknechten und Fackelträgern umgeben waren. Abu es-Sa'adât aber ritt auf einer Mauleselin, als Karawanenführer verkleidet; und vor ihm her ward eine Sänfte getragen mit vier Eckzieraten aus glitzerndem, rotem Golde, die mit Edelsteinen besetzt waren. Als er vor dem Zelte ankam, stieg er vom Rücken des Maultiers ab, küßte den Boden und sprach: »Mein Gebieter, der Auftrag ist voll und ganz erfüllt, und in dieser Sänfte liegt eine kostbare Gewandung, derengleichen sich unter den Kleidern der Könige nicht findet. Leg sie an, steig in die Sänfte und befiehl uns, was du wünschest!« Ma'rûf erwiderte ihm: »O Abu es-Sa'adât, ich will dir einen Brief schreiben, den du in die Stadt Ichtijân el-Chotan bringen sollst; geh dort zu meinem Schwiegervater, dem König, aber tritt vor ihn nicht anders als in der Gestalt eines sterblichen Boten.« »Ich höre und gehorche!« gab der Geist zur Antwort; und dann schrieb Ma'rûf einen Brief und versiegelte ihn. Abu es-Sa'adât nahm ihn und eilte mit ihm fort, bis er zum König eintrat; er fand ihn, wie er gerade sprach: »O Wesir, mein Herz ist um meinen Eidam besorgt, und ich fürchte, die Beduinen werden ihn töten. Ach, wüßte ich doch nur, wohin er geritten ist, damit ich ihm mit den Truppen folgen könnte! Hätte er es mir doch nur gesagt, ehe er fortritt!« Doch der Wesir entgegnete ihm: »Allah sei dir gnädig in dieser Sorglosigkeit, die dich umfängt! Bei deinem Haupte, der Mann hat gemerkt, daß wir Verdacht gegen ihn geschöpft hatten, und da er sich vor der Entlarvung fürchtete, ist er geflohen. Er ist nur ein Betrüger und Belüger!« In diesem Augenblick trat der Bote ein, küßte den Boden vor dem König und wünschte ihm langes Leben und Dauer des Ruhms und des Glücks. Der König fragte ihn: »Wer bist du? Und was ist dein Anliegen?« »Ich bin ein Bote«, erwiderte jener, »dein Eidam sendet mich zu dir; er kommt mit der Karawane und hat mich mit einem Schreiben an dich vorausgeschickt; hier ist es!« Da nahm der König den Brief und las ihn und fand darin das Folgende geschrieben: »Viele Grüße zuvor an unseren Schwiegervater, den glorreichen König! Siehe, ich komme mit der Karawane; drum mache dich auf und zieh mir mit den Truppen entgegen!« Nun rief der König: »Allah schwärze dein Gesicht, o Wesir! Wie oft willst du die Ehre meines Eidams angreifen und ihn zu einem Belüger und Betrüger machen? Jetzt ist er mit der Karawane gekommen, und du bist weiter nichts als ein Verräter.« Da ließ der Wesir den Kopf zu Boden hängen, beschämt und betroffen, und er sprach: »O größter König unserer Zeit, ich habe dies nur gesagt, weil die Karawane so lange ausblieb, und weil ich fürchtete, all das Geld, das er ausgegeben hat, wäre verloren.« Doch der König rief von neuem: »Du Verräter, was ist mein Gut? Da die

Karawane gekommen ist, wird er es mir in Hülle und Fülle ersetzen.« Darauf befahl der König, die Stadt zu schmücken, und begab sich zu seiner Tochter und sprach zu ihr: »Frohe Botschaft! Dein Gatte wird bald mit der Karawane kommen; er hat mir einen Brief des Inhalts geschickt, und jetzt will ich ihm entgegenziehn.« Die Prinzessin wunderte sich über diese Wendung der Dinge, und sie sprach bei sich: ›Dies ist doch ein seltsam Ding! Wollte er meiner spotten und sich über mich lustig machen, oder wollte er mich auf die Probe stellen, als er mir sagte, er sei arm? Doch Preis sei Allah, daß ich meine Pflicht gegen ihn nicht versäumt habe!‹

Wenden wir uns nun von Ma'rûf einmal wieder zu dem Kaufmann 'Alî aus Kairo! Als der sah, daß die Stadt geschmückt wurde, fragte er nach der Ursache; und man erwiderte ihm: »Die Karawane des Kaufmanns Ma'rûf, des Eidams des Königs, ist eingetroffen.« »Allah ist der Größte!« rief 'Alî, »was ist das für ein Unheil! Er kam zu mir auf der Flucht vor seiner Frau und war arm! Woher hat er jetzt eine Karawane? Doch vielleicht hat die Tochter des Königs einen Plan für ihn ersonnen aus Furcht vor der Entlarvung; und Königen ist nichts unmöglich. Möge Allah der Erhabene ihn behüten und nicht in Schande geraten lassen!« All die anderen Kaufleute aber waren froh und vergnügt, weil sie nun ihr Geld wiederbekommen sollten. Dann versammelte der König die Truppen und zog hinaus, während Abu es-Sa'adât zu Ma'rûf zurückkehrte und ihm berichtete, daß die Botschaft überbracht war. Da befahl Ma'rûf: »Ladet auf!« Und als sie aufgeladen hatten, legte er die kostbare Gewandung an und stieg in die Sänfte und war nun tausendmal prächtiger und majestätischer als der König. Nachdem er den halben Weg zurückgelegt hatte, siehe, da kam ihm der König mit den Truppen entgegen; als er ihn erreichte, sah er ihn in der Sänfte sitzen, mit jenem Gewand bekleidet, und er warf sich auf ihn und begrüßte ihn und wünschte ihm Glück zu seiner Heimkehr. Auch alle Großen des Reiches begrüßten ihn, und es ward kund, daß er die Wahrheit gesprochen hatte und daß kein Falsch an ihm war. Dann kam er in die

Stadt in einem solchen Prunkzuge, daß selbst dem Löwen vor Neid die Gallenblase geplatzt wäre; und die Kaufleute eilten zu ihm und küßten den Boden vor ihm. Der Kaufmann 'Alî aber sprach zu ihm: »Du hast diesen Streich gespielt, und er ist dir geglückt, du Erzgauner! Aber du verdienst es; möge Allah der Erhabene dir Seine Gunst noch mehren!« Da mußte Ma'rûf lachen. Als er dann in den Palast eingezogen war, setzte er sich auf den Thron und rief: »Bringt die Lasten Goldes in die Schatzkammer meines Schwiegervaters, des Königs! Die Lasten Tuch aber bringt hierher!« Die Diener brachten sie ihm und begannen, sie zu öffnen, eine Last nach der andern, und ihren Inhalt herauszunehmen, bis sie siebenhundert Lasten ausgepackt hatten. Dann suchte er die schönsten davon aus und befahl: »Bringt sie der Prinzessin; sie möge sie an ihre Sklavinnen verteilen! Nehmt auch diese Truhe voll Juwelen und tragt sie zu ihr hinein; sie möge sie an die Sklavinnen und die Eunuchen verteilen!« Dann überreichte er den Kaufleuten, in deren Schuld er stand, Stoffe als Entgelt für ihre Darlehen, und zwar gab er jedem, der ihm tausend Dinare geliehen hatte, Stoffe im Werte von zweitausend oder mehr. Danach verteilte er Gaben an die Armen und Bedürftigen, während der König selbst zuschaute und ihn nicht zu hindern wagte; unaufhörlich spendete und gab er, bis er die siebenhundert Lasten verteilt hatte. Dann wandte er sich zu den Truppen und verteilte an sie Edelsteine, Smaragde und Hyazinthe, dazu Perlen und Korallen und noch anderen Schmuck, indem er die Juwelen mit vollen Händen hingab, ohne sie zu zählen. Da aber sprach der König zu ihm: »Mein Sohn, laß es genug sein mit diesen Gaben; es ist ja von der ganzen Karawane nur wenig übriggeblieben!« Doch jener entgegnete ihm: »Ich habe eine Menge.« So war seine Wahrhaftigkeit offenbar geworden, und niemand konnte ihn mehr der Lüge zeihen. Und er achtete nicht darauf, wieviel er verschenkte, da ihm der Diener des Ringes brachte, was er nur immer verlangte. Nun kam auch der Schatzmeister zum König und sprach zu ihm: »O größter König unserer Zeit, die Schatzkammer ist voll und kann den Rest der

Lasten nicht mehr fassen. Wohin sollen wir das tun, was von dem Gold und von den Edelsteinen noch übrig ist?« So wies er ihm denn einen anderen Raum an. Als aber Ma'rûfs Gattin sah, was sich dort begab, wuchs ihre Freude, und sie sprach verwundert bei sich selber: ›Wüßte ich nur, woher ihm all dies Gut zuteil geworden ist!‹ Ebenso freuten sich auch die Kaufleute über das, was er ihnen gegeben hatte, und sie segneten ihn. Der Kaufmann 'Alî sprach bei sich in seinem Staunen: ›Wie mag er wohl betrogen und gelogen haben, daß er all diese Schätze in seine Hand bekommen hat! Stammten sie von der Prinzessin, so hätte er sie nicht an die Armen verteilt. Doch wie schön ist das Wort dessen, der da sprach:

Wenn der höchste König schenkt,
Sollst du nach dem Grund nicht fragen.
Allah spendet, wem Er will;
Ehrfurchtsvoll sei dein Betragen!‹

So viel von ihm! Aber auch der König staunte über die Maßen ob dessen, was er Ma'rûf tun sah, wie er so freigebig und großmütig den Reichtum verschwendete. Schließlich trat Ma'rûf zu seiner Gattin ein, und die empfing ihn mit strahlendem Lächeln und voll Freuden, und nachdem sie ihm die Hand geküßt hatte, sprach sie: »Wolltest du dich über mich lustig machen oder mich auf die Probe stellen, als du sagtest, du wärest arm und auf der Flucht vor deiner Frau? Doch Preis sei Allah, daß ich meine Pflicht gegen dich nicht versäumt habe! Du bist mein Liebling, und niemand ist mir teurer als du, ob du nun reich oder arm bist. Aber ich möchte doch gern, daß du mir sagst, was du mit jenen Worten im Sinne hattest.« Er gab zur Antwort: »Ich wollte dich auf die Probe stellen, um zu sehen, ob deine Liebe aufrichtig wäre oder ob sie dem Reichtum gälte und der Gier nach irdischem Gut entsprungen wäre. Doch nun ist es mir offenbar geworden, daß deine Liebe rein ist; und da du wahrhafte Liebe hegst, so sei mir von Herzen willkommen; ich kenne jetzt deinen Wert!« Darauf schloß er sich allein in ein Gemach ein und rieb den Ring; Abu es-Sa'adât erschien vor ihm und sprach zu ihm: »Zu Diensten! Verlange, was du willst!« Ma'rûf erwiderte: »Ich wünsche von dir eine kostbare Gewandung für meine Gattin und kostbaren Schmuck, der auch ein Halsband enthält mit vierzig einzigartigen Juwelen.« »Ich höre und gehorche!« sprach der Geist und brachte ihm, was er verlangt hatte. Ma'rûf aber nahm die Gewandung und den Schmuck, nachdem er den Diener des Ringes entlassen hatte, und ging wieder zu seiner Gattin, legte beides vor sie hin und sprach zu ihr: »Nimm hin und kleide dich; dies sei ein Willkommensgruß für dich!« Als sie das sah, ward sie vor Freuden fast wie von Sinnen; und sie fand unter den Schmuckstücken zwei goldene Fußspangen, die mit Edelsteinen besetzt waren, ein Zauberwerk; ferner Armbänder, Ohrringe und einen Gürtel, deren Wert kein Geld bezahlen konnte. So legte sie denn die Gewandung und den Schmuck an und sprach: »Mein Gebieter, ich will dies für die Feiertage und die Feste zurücklegen.« Aber er sagte: »Trag es nur immer! Ich habe andere in Menge.« Als sie alles angelegt hatte und die Sklavinnen sie erblickten, freuten sie sich und küßten ihm die Hände. Doch er verließ sie wieder und schloß sich ein; dann rieb er den Ring, und als der dienende Geist vor ihm erschien, sprach er zu ihm: »Bring mir hundert Gewandungen mit ihrem Schmuck!« »Ich höre und gehorche!« erwiderte der Geist und brachte ihm die hundert Gewandungen, in die ihr Schmuck eingehüllt war. Ma'rûf nahm sie und rief die Sklavinnen; nachdem sie zu ihm gekommen waren, gab er einer jeden eine Gewandung. Da legten sie die Gewänder an und sahen nun aus wie die Paradiesesjungfrauen, während die Prinzessin unter ihnen wie der Mond unter den Sternen erstrahlte. Eine der Sklavinnen berichtete dem König davon; und der kam alsbald zu seiner Tochter herein. Doch als er sah, daß sie und ihre Sklavinnen jeden Beschauer blendeten, verwunderte er sich über die Maßen. Dann eilte er wieder hinaus, ließ den Wesir kommen und sprach zu ihm: »O Wesir, das und das hat sich begeben; was sagst du zu dieser Sache?« »O größter König unserer

Zeit«, antwortete er, »dies ist nicht die Art von Kaufleuten; ein Kaufmann behält die Linnenstücke jahrelang bei sich und verkauft sie nur mit Gewinn. Wie könnten Kaufleute zu einer Freigebigkeit kommen gleich der, die dieser da beweist? Wie wäre es möglich, daß sie solche Reichtümer besäßen, solche Juwelen, von denen sich sogar bei den Königen nur ein kleiner Teil findet? Wie können sich Lasten davon bei Kaufleuten finden? Dies alles muß einen besonderen Grund haben; und wenn du meinem Rate folgst, so will ich dir offenbar machen, wie es sich damit in Wahrheit verhält.« Der König sagte darauf: »Ich will deinem Rate folgen, o Wesir.« Und der Minister fuhr fort: »So suche ihn auf, sei freundlich zu ihm und plaudere mit ihm! Dann sprich: ›Lieber Eidam, ich habe im Sinne, mit dir und dem Wesir, ohne jemand anders, in einen Blumengarten zu gehen, damit wir uns dort vergnügen.‹ Wenn wir aber in den Garten gekommen sind, wollen wir den Tisch des Weines auftragen lassen, und ich will auf ihn einwirken, daß ich ihm zu trinken gebe. Wenn er den Wein getrunken hat, so wird ihm der Verstand benommen werden, und er wird seiner Sinne nicht mehr Herr sein; dann wollen wir ihn fragen, wie es sich in Wahrheit mit ihm verhält, und er wird uns seine Geheimnisse mitteilen; denn der Wein ist ein Verräter, und vortrefflich war der Mann, der da sprach:

Als wir ihn getrunken hatten und er leis gekrochen war
Zu der Heimlichkeiten Stätte, da gebot ich ihm: Halt ein!
Denn mich bangte, seine Strahlen könnten mir verderblich sein
Und den Zechgenossen würde mein Geheimnis offenbar.

Wenn er uns dann berichtet hat, wie es in Wahrheit um ihn steht, so werden wir wissen, was es mit ihm auf sich hat, und werden mit ihm tun können, was wir wollen und wünschen; denn ich fürchte für dich die Folgen dieses Treibens, das von ihm ausgeht. Vielleicht wird er gar nach der Herrschaft trachten und die Truppen durch Freigebigkeit und Verschwendung gewinnen, um dich abzusetzen und dir die Herrschaft zu rauben.« »Du hast recht«, erwiderte ihm der König. Und einig in diesem Beschluß verbrachten sie die Nacht. Als es wieder Morgen ward, begab sich der König in das Wohngemach und setzte sich nieder; doch da stürzten plötzlich die Diener und die Stallknechte ganz verstört zu ihm herein. »Was hat euch betroffen?« rief er ihnen zu; und sie antworteten: »O größter König unserer Zeit, die Stallknechte hatten die Pferde gestriegelt und ihnen und den Maultieren, die das Gepäck gebracht hatten, Futter gegeben; aber heute morgen entdeckten wir, daß die Mamluken die Pferde und die Maultiere gestohlen haben. Wir haben die Ställe durchsucht, doch weder Pferde noch Maultiere gefunden. Und als wir in den Raum der Mamluken eintraten, sahen wir niemanden dort, und wir wissen nicht, wie sie entfiohen sind.« Darüber staunte der König; denn er glaubte ja, daß jene Geister wirkliche Pferde und Maultiere und Mamluken wären, und er ahnte nicht, daß sie die Geisterwächter des Dieners des Ringes waren. Darum fuhr er die Leute an: »Ihr Verfluchten, wie konnten tausend Tiere und fünfhundert Mamluken und dazu noch andere Diener entfliehen, ohne daß ihr etwas davon gemerkt habt?« Sie gaben nur zur Antwort: »Wir wissen nicht, was mit uns geschehen ist, daß sie fortlaufen konnten!« Darauf sagte der König: »Geht, und wenn euer Herr aus dem Harem kommt, so teilt es ihm mit!« So gingen sie denn fort von dem Angesichte des Königs und setzten sich ratlos nieder. Und wie sie so dasaßen, trat Ma'rûf aus dem Harem heraus und sah sie in ihrer Kümmernis. Da fragte er sie: »Was gibt es?« Und sie berichteten ihm, was geschehen war. Er aber rief: »Was sind sie wert, daß ihr über sie bekümmert seid? Geht eurer Wege!« Dann setzte er sich lächelnd, ohne über dies Geschehnis erzürnt oder bekümmert zu sein. Da schaute der König dem Wesir ins Angesicht und sprach: »Was ist das für ein Mensch, für den der Reichtum keinen Wert hat? Das muß doch sicher einen eigenen Grund haben!« Dann plauderten sie eine Weile mit ihm, und nun hub der König an: »Lieber Eidam, ich habe im Sinne, mit dir und dem Wesir in einen Blumengarten zu gehen, um uns dort zu vergnügen. Was sagst du dazu?« »Das mag gern sein«, erwiderte Ma'rûf, und so gingen sie denn fort und begaben sich in einen Garten, in dem allerlei Fruchtbäume paarweise standen, wo die Bächlein sprangen und die Bäume sich hoch in die Lüfte schwangen und die Vögelein sangen. Sie traten dort in ein Gartenhaus, das die Herzen von allem Kummer befreite, und setzten sich zum Plaudern nieder. Der Wesir erzählte seltsame Geschichten und unterhielt sie mit lustigen Berichten und heiteren Gedichten, und Ma'rûf lauschte auf das Geplauder, bis die Zeit des Mittagsmahles kam. Da brachte man den Speisetisch herein und auch den Krug mit Wein. Nachdem sie gegessen und ihre Hände gewaschen hatten, füllte der Wesir den Becher und reichte ihn dem König, der trank ihn aus. Dann füllte der Wesir einen zweiten und sprach zu Ma'rûf: »Nimm den Becher, mit dem Tranke vollgeschenkt, vor dem der Verstand in Ehrfurcht den Nacken senkt!« »Was ist das, o Wesir?« fragte Ma'rûf; und jener gab zur Antwort: »Dies ist die Maid im grauen Haar, die lange als Jungfer behütet war, die dem Herzen die Freude bringt, wie denn der Dichter von ihr singt:

Trutzger fremder Heiden Füße traten auf ihn rings umher;
An den Häuptern von Arabiens Söhnen rächte er sich schwer.
Ihn kredenzt ein Sohn der Heiden, der ein Mond im Dunkel ist,
Und in seinen Blicken lauert der Verführung starke List.

Und wie vortrefflich war der Mann, der da sprach:

Es ist, als sei der Wein und seines Bechers Träger,
Wenn er den Zechgenossen naht und ihn kredenzt,
Die Morgensonne, die da tanzt und deren Antlitz
Der Mond des Dunkels mit den Zwillingssternen kränzt.
Er ist so fein und zart und seine Art so lind,
Daß er gleich wie die Seele durch die Glieder rinnt.

Ein anderer sprach:

Er fließet durch die Glieder hin,
Wie die Heilung durch die Krankheit fließt.

Und wieder ein anderer sang:

Ich staune, wie der Reben Presser starben
Und uns des Lebens Wasser hinterließen.

Vortrefflich war auch der Mann, der da sang:

Ich bin der reichste Mann der Welt
Und lebe froh in Saus und Braus.
Ich habe lauter flüssig Gold
Und messe es in Bechern aus.

Und wie schön ist das Dichterwort:

Bei Gott, dies ist die einzige Chemie,
Was sonst darin gelehrt wird, das sind Lügen:
Ein Quentchen Wein auf einen Zentner Gram
Verwandelt ihn aufs schnellste in Vergnügen.

So auch das Wort eines anderen:

Wenn leer die Gläser kommen, sind sie schwer,
Bis man mit ungemischtem Wein sie füllt.
Dann sind sie leicht und fliegen fast empor,
Gleich wie der Leib, wenn er den Geist umhüllt.

Und noch das Wort eines anderen:

Dem Becher und dem roten Wein sei hohe Ehre;
Ihr Recht ist, daß man ihre Rechte nie beschränkt!
Wenn ich gestorben bin, begrabt mich bei der Rebe,
Auf daß ihr edler Saft mein tot Gebein noch tränkt!

Begrabt mich aber nicht im trocknen Wüstensand;
Mir graut es, den zu kosten, wenn mein Leben schwand.«

So reizte er ihn zum Trinken unverwandt, indem er ihm die Tugenden des Weines rühmte, die er für schön befand; er trug ihm vor, was darüber bekannt war an Gedichten und heiteren Geschichten, bis Ma'rûf begann, am Rande des Bechers zu saugen, und glaubte, ihm könne nichts anderes mehr taugen. Immer wieder schenkte der Wesir ihm ein, während jener trank und fröhlich und guter Dinge war, bis ihm die Besinnung schwand und er den Unterschied zwischen Recht und Unrecht nicht mehr fand. Und als der Wesir bemerkte, daß die Trunkenheit in ihm den höchsten Grad erreicht, ja die Grenzen überschritten hatte, da sprach er zu ihm: »O Kaufmann Ma'rûf, bei Allah, ich wundere mich, woher du die Juwelen erhalten hast, derengleichen sich nicht einmal bei den Perserkönigen finden. In unserem ganzen Leben haben wir noch keinen Kaufmann gesehen, der solche Reichtümer besäße wie du, auch keinen, der freigebiger wäre als du; dein Tun ist das Tun von Königen, nicht das Tun von Kaufleuten. Ich beschwöre dich bei Allah, tu es mir kund, auf daß ich deinen wahren Wert und Rang erkenne!« Und er fuhr fort, in ihn zu dringen und ihm zu schmeicheln, bis Ma'rûf, der keine Gewalt mehr über sich hatte, zu ihm sprach: »Ich bin weder ein Kaufmann, noch gehöre ich zu den Königen«, und ihm seine Geschichte von Anfang bis zu Ende erzählte. Darauf bat der Wesir ihn: »Um Allahs willen, mein Gebieter Ma'rûf, zeige uns diesen Ring, auf daß wir sehen, wie er gefertigt ist!« In seiner Trunkenheit zog er den Ring vom Finger und sprach: »Nehmt ihn und schaut ihn euch an!« Sofort nahm der Wesir ihn und wendete ihn hin und her, indem er sprach: »Wird mir der Diener erscheinen, wenn ich den Ring reibe?« »Jawohl«, antwortete Ma'rûf, »reib ihn nur, dann kommt der Geist zu dir, und du kannst ihn dir ansehen!« So rieb der Wesir den Ring, und plötzlich rief eine Stimme: »Zu Diensten, mein Gebieter! Verlange, so wird dir gegeben! Willst du eine Stadt vernichten oder eine Stadt aufbauen oder einen König töten? Was du nur immer verlangst, werde ich für dich tun ohne Widerrede.« Der Wesir aber zeigte auf Ma'rûf und sprach zu dem Geist: »Heb diesen Elenden hoch und wirf ihn in der ödesten der Wüsteneien nieder, dort, wo er weder zu essen noch zu trinken findet, so daß er vor Hunger umkommt und elendiglich stirbt, ohne daß jemand um ihn weiß!« Da ergriff der Geist ihn und flog mit ihm zwischen Himmel und Erde dahin; als Ma'rûf das sah, fühlte er sicher, daß er in schlimmer Gefahr und dem Untergange nahe war, und er rief unter Tränen: »O Abu es-Sa'adât, wohin willst du mich bringen?« Der gab ihm zur Antwort: »Ich will dich im Wüsten Viertel niederwerfen, o du leichtsinniger Narr! Wer gibt wohl, wenn er einen solchen Talisman besitzt, ihn den Leuten, damit sie ihn sich ansehen? Du verdienst, was dir widerfahren ist; und fürchtete ich nicht Allah, so würfe ich dich aus einer Höhe von tausend Klaftern nieder; und ehe du die Erde erreichtest, würden dich die Winde in Stücke reißen!« Ma'rûf schwieg und sprach kein Wort mehr zu ihm, bis sie im Wüsten Viertel ankamen; dort warf der Geist ihn nieder und kehrte um, nachdem er ihn in der trostlosen Einöde zurückgelassen hatte.

Wenden wir uns nun von ihm wieder zum Wesir! Als der im Besitze des Ringes war, sprach er zum König: »Was dünkt dich nun? Habe ich dir nicht gesagt, daß dieser Mann ein Belüger und Betrüger ist? Du aber wolltest mir nicht glauben.« »Du hast recht, mein Wesir«, erwiderte ihm der König, »Allah gewähre dir Wohlergehen! Gib mir jetzt den Ring, damit auch ich ihn mir ansehe!« Aber der Wesir blickte auf ihn voll Grimm und spie ihm ins Angesicht und rief: »O du Dummkopf! Wie werde ich ihn dir geben und dein Diener bleiben, nachdem ich dein Herr geworden bin? Nein, ich will dich überhaupt nicht mehr am Leben lassen!« Dann rieb er den Ring, und als der Geist erschien, befahl er ihm: »Heb diesen frechen Burschen auf und wirf ihn an derselben Stätte nieder, an die du seinen Eidam, den Betrüger, geworfen hast!« Jener hob ihn auf und flog mit ihm davon. Doch der König sprach zu ihm: »O Geschöpf Gottes, was ist meine Schuld?« Der

Diener des Ringes antwortete ihm: »Ich weiß es nicht; das hat mir nur mein Herr befohlen, und ich kann dem nicht zuwiderhandeln, der diesen Zauberring besitzt.« So flog er denn weiter mit ihm, bis er ihn an der Stätte niederwarf, an der Ma'rûf lag; dann kehrte er um und ließ ihn dort liegen. Der König hörte Ma'rûf weinen, und er trat zu ihm und berichtete ihm, was geschehen war. Da saßen nun die beiden und weinten über das Geschick, das sie betroffen hatte; und sie fanden weder Speise noch Trank.

Kehren wir jetzt zu dem Wesir zurück! Der machte sich auf, nachdem er Ma'rûf und den König beiseite geschafft hatte, und verließ den Garten; dann ließ er alle Krieger kommen, hielt eine Staatsversammlung ab und berichtete ihnen, was er mit Ma'rûf und mit dem König getan hatte; auch tat er ihnen kund, was es mit dem Ringe auf sich hatte, und sprach zu ihnen: »Wenn ihr mich nicht zu eurem Sultan macht, so befehle ich dem Diener des Ringes, daß er euch alle fortträgt und in das Wüste Viertel wirft, und dort mögt ihr dann vor Hunger und Durst umkommen.« Sie erwiderten ihm: »Tu uns kein Leid an! Wir sind es zufrieden, daß du Sultan über uns bist, und wir wollen deinem Befehl nicht ungehorsam sein.« So fügten sie sich wider ihren Willen darein, daß er ihr Sultan ward, und er verlieh ihnen Ehrengewänder; darauf begann er, von Abu es-Sa'adât alles zu verlangen, was er wollte, und der brachte es ihm auf der Stelle. Nachdem er sich dann auf den Thron gesetzt hatte und die Krieger ihm gehuldigt hatten, sandte er zu der Tochter des Königs und ließ ihr sagen: »Mache dich bereit; ich will noch heute nacht mich mit dir vermählen, denn ich trage Verlangen nach dir!« Da hub sie an zu weinen voll Trauer über ihren Vater und ihren Gatten, und sie ließ dem Wesir durch den Boten sagen: »Habe Geduld mit mir, bis die Zeit der Witwenschaft verstrichen ist; dann magst du den Ehevertrag mit mir schließen und dich in erlaubter Weise mit mir vermählen!« Doch er sandte wieder einen Boten zu ihr und ließ ihr sagen: »Ich kenne keine Witwenzeit noch irgendwelche Saumseligkeit; ich brauche auch keinen Ehevertrag, ich mache keinen Unterschied zwischen erlaubt und unerlaubt, ich will nichts anderes, als mich heute nacht mit dir vermählen.« Darauf ließ sie ihm durch den Boten sagen: »So sei mir willkommen! Es mag denn geschehen!« Aber das war nur eine List von ihr. Als nun die Antwort zum Wesir zurückkam, freute er sich, und die Brust ward ihm weit; denn er war von heißer Liebe zu der Prinzessin entbrannt. Darauf befahl er, allen Leuten Speisen vorzusetzen, und sprach: »Esset von diesen Speisen; dies ist ein Hochzeitsmahl, denn ich will mich heute nacht mit der Prinzessin vermählen!« Doch der Scheich el-Islam sprach: »Es ist dir nicht erlaubt, dich mit ihr zu vermählen, ehe ihre Witwenzeit vollendet ist und du ihr den Ehevertrag hast niederschreiben lassen.« Jener rief: »Ich kenne keine Witwenzeit, noch irgendwelche Saumseligkeit; also mache mir nicht viele Worte!« Da schwieg der Scheich el-Islam, aus Furcht vor seiner Bosheit, doch er sprach zu den Kriegern: »Dies ist ein Ungläubiger, er hat weder Glauben noch Satzung!« Als es Abend war, ging der Wesir zu der Prinzessin hinein und fand sie mit ihren prächtigsten Gewändern angetan und mit dem schönsten Schmuck geschmückt. Sobald sie ihn erblickte, kam sie ihm lächelnd entgegen und sprach zu ihm: »Eine gesegnete Nacht! Wenn du meinen Vater und meinen Gatten getötet hättest, so wäre mir das noch lieber gewesen.« Er antwortete ihr: »Ich werde sie schon sicher zu Tode bringen.« Darauf ließ sie ihn sich setzen und begann mit ihm zu scherzen und ihm Liebe zu zeigen; und wie sie ihn so liebkoste und ihm ins Angesicht lächelte, entfloh ihm der Verstand. Allein sie täuschte ihn durch ihre Liebkosungen nur deshalb, weil sie den Ring in ihre Gewalt bringen und seine Freude in Leid verwandeln wollte, das über sein Haupt kommen sollte; und daß sie solches mit ihm tat, war nach der Weisung dessen, der da gesungen hat:

Ich hab durch meine List erreicht,
Was man durch Schwerter nicht erringt,
Und bin mit Beute heimgekehrt,
Die manche süßen Früchte bringt.

Als er ihre Liebkosungen und ihr Lächeln sah, entbrannte in ihm die Leidenschaft. Doch wie er sich ihr nahte, wich sie vor ihm zurück und weinte und sprach: »Mein Gebieter, siehst du nicht den Mann, der uns zuschaut? Um Allahs willen, verbirg mich vor seinem Auge! Wie kannst du mir nahen, wenn er uns zusieht?« Da rief er zornig: »Wo ist der Mann?« Und sie erwiderte: »Da ist er, im Stein des Siegelrings! Er steckt seinen Kopf heraus und schaut uns an.« So glaubte er denn, daß der Diener des Ringes ihnen beiden zusehe, doch er sprach lächelnd: »Fürchte dich nicht! Das ist der Diener des Ringes, und er ist mir untertan.« Darauf entgegnete sie: »Ich fürchte mich vor Geistern; tu den Ring ab und wirf ihn weit von mir weg!« So zog er den Ring vom Finger und legte ihn auf das Kissen. Als er aber sich ihr nahte, da versetzte sie ihm mit ihrem Fuße einen Tritt gegen seinen Leib, so daß er rücklings niederfiel und in Ohnmacht sank. Dann rief sie laut nach ihren Dienerinnen, und als die rasch zu ihr geeilt waren, befahl sie: »Ergreift ihn!« Nachdem vierzig Sklavinnen ihn gepackt hatten, nahm sie in aller Hast den Ring von dem Kissen und rieb ihn. Sofort erschien Abu es-Sa'adât vor ihr und sprach: »Zu Diensten, meine Herrin!« Sie sagte: »Heb diesen Ungläubigen auf, wirf ihn in den Kerker und lege ihm schwere Fesseln an!« Der Geist nahm ihn, und nachdem er ihn in den Kerker des Zornes geworfen hatte, kehrte er zurück und meldete ihr: »Ich habe ihn ins Gefängnis gebracht.« Nun fragte sie ihn: »Wohin hast du meinen Vater und meinen Gatten geschafft?« Und er antwortete: »Ich habe sie im Wüsten Viertel niedergeworfen.« Da rief sie: »Ich befehle dir, sie augenblicklich zu mir zu bringen.« »Ich höre und gehorche!« erwiderte er und flog fort von ihr; und er schwebte rasch dahin, bis er im Wüsten Viertel ankam. Dort ließ er sich zu den beiden hinab und fand sie, wie sie weinend dasaßen und einander ihr Leid klagten; und er sprach zu ihnen: »Fürchtet euch nicht! Euch ist die Rettung genaht.« Dann berichtete er ihnen, was der Wesir getan hatte, und schloß mit den Worten: »So habe ich ihn denn auf ihren Befehl mit eigener Hand ins Gefängnis geworfen, und dann hat sie mir geboten, euch zurückzubringen.« Über diese Nachricht waren die beiden erfreut; er aber hob sie empor und flog mit ihnen dahin, und es dauerte nur eine kleine Weile, da trat er schon mit ihnen zur Prinzessin ein. Sie erhob sich und begrüßte ihren Vater und ihren Gatten; und nachdem sie die beiden gebeten hatte, sich zu setzen, und ihnen Speisen und Süßigkeiten hatte bringen lassen, verbrachten sie dort die Nacht. Am nächsten Morgen kleidete sie ihren Vater in ein prächtiges Gewand, desgleichen auch ihren Gatten, und dann hub sie an: »Lieber Vater, setze dich wieder auf deinen Thron als König, wie du es früher gewesen bist, und mache meinen Gatten zu deinem Wesir der rechten Hand; den Truppen aber sage, was geschehen ist! Dann laß den Wesir aus dem Kerker holen und hinrichten; darauf laß ihn verbrennen! Denn er ist ein Ungläubiger und wollte mir nahen, ohne die Ehe zu schließen, und so hat er selbst davon Zeugnis abgelegt, daß er ein Ungläubiger ist und keinen Glauben hat, dem er anhängt. Deinen Eidam aber, den du zu deinem Wesir der Rechten machst, laß dir angelegen sein!« »Ich höre und willfahre, liebe Tochter,« antwortete er ihr, »doch gib mir den Ring oder gib ihn deinem Gatten!« Aber sie entgegnete ihm: »Er ist nicht gut für dich, noch auch für ihn. Der Ring bleibe bei mir; vielleicht hüte ich ihn besser als ihr. Was ihr nur wünschet, das verlangt von mir, und ich will es für euch von dem Diener des Ringes verlangen! Fürchtet nichts Schlimmes, solange ich am Leben bleibe; nach meinem Tode tut mit dem Ringe, was euch beliebt!« Ihr Vater sprach zu ihr: »Dies ist der rechte Rat, liebe Tochter«, und dann nahm er seinen Eidam mit sich und begab sich in den Staatssaal. Nun hatten die Truppen die Nacht verbracht in schwerem Kummer um die Prinzessin und wegen dessen, was der Wesir ihr antun wollte, ohne die Ehe zu schließen, und auch deshalb, weil er an dem König und seinem Eidam so übel gehandelt hatte; und sie befürchteten, das heilige Gesetz des Islams möchte zuschanden werden, da es sich gezeigt hatte, daß der Wesir ein Ungläubiger war. Deshalb hatten sie sich im Staatssaal versammelt und begannen, dem Scheich el-Islam Vorwürfe zu machen, indem sie zu ihm sprachen: »Warum hast du ihn nicht daran gehindert, daß er der Prinzessin ohne Recht nahte?« Da erwiderte er ihnen: »Ihr Leute, der Mann ist ein Ungläubiger; doch er hat den Ring in seine Gewalt bekommen, und wir alle, ich und ihr, vermögen nichts wider ihn auszurichten. Allah der Erhabene wird ihm sein Tun vergelten; nun schweigt, damit er euch nicht umbringt!« Während die Truppen im Staatssaale versammelt und in diesem Gespräch begriffen waren, trat plötzlich der König zu ihnen in den Saal ein, und mit ihm sein Eidam Ma'rûf. Als die Truppen ihn sahen, freuten sie sich über sein Kommen, und sie erhoben sich und küßten den Boden vor ihm. Dann setzte er sich auf den Thron, und wie er ihnen die Geschichte erzählte, wich von ihnen, was sie quälte. Darauf befahl er, die Stadt zu schmücken, und er ließ den Wesir aus dem Kerker holen; als der bei den Truppen vorbeigebracht wurde, verfluchten und schmähten und schalten sie ihn so lange, bis er vor dem König ankam. Wie er nun vor dem König stand, befahl der, ihn in schmählichster Weise hinzurichten; und nachdem man ihn hingerichtet hatte, verbrannte man ihn, so daß er ins Höllenfeuer fuhr voll Schmach; und trefflich sagte von ihm, der da sprach:

Seine Beingruft finde keine Gnade beim Erbarmungsreichen,
Und die beiden Todesengel mögen niemals von ihr weichen!

Der König machte dann Ma'rûf zu seinem Wesir der Rechten, und nun geschah es, daß die Zeiten ihnen Freude machten und heitere Wonnen ihnen lachten und sie fünf Jahre in dieser Weise verbrachten. Im sechsten Jahre aber starb der König; da setzte die Prinzessin ihren Gatten zum Sultan ein an ihres Vaters Stelle; aber den Ring gab sie ihm nicht. Während dieser Zeit hatte sie einen Knaben zur Welt gebracht, ein Kindlein von wundersamer Lieblichkeit und von hoher Schönheit und Vollkommenheit, der bei den Pflegerinnen zärtliche Fürsorge fand, bis er im Alter von fünf Jahren stand. Doch da ward seine Mutter von einer tödlichen Krankheit befallen, und sie rief Ma'rûf und sprach zu ihm:

»Ich bin krank.« »Gott schütze dich, Geliebte meines Herzens!« erwiderte er ihr; und sie fuhr fort: »Vielleicht werde ich sterben; es ist nicht nötig, daß ich deinen Sohn deiner Sorge empfehle. Nur das möchte ich dir ans Herz legen, daß du den Ring hütest, da ich um dich und um den Knaben besorgt bin.« Darauf sagte er: »Wen Allah behütet, dem wird kein Leid widerfahren.« Doch sie zog den Ring vom Finger und gab ihn ihm. Am nächsten Tage ging sie ein zur Barmherzigkeit Allahs des Erhabenen; er aber widmete sich als König weiter den Geschäften des Herrschers. Da begab sich eines Tages das folgende Ereignis. Er hatte das Tuch der Entlassung geschüttelt, und die Truppen hatten sich aus seiner Gegenwart in ihre Wohnungen zurückgezogen; dann trat er in sein Wohngemach und setzte sich dort nieder, bis der Tag zur Rüste ging und die Nacht alles mit ihrem Dunkel umfing. Nun kamen seine Tischgenossen von den Vornehmen nach ihrer Gewohnheit zu ihm und blieben bis zur Mitternacht bei ihm, um mit ihm heiter und guter Dinge zu sein; und nachdem sie ihn um Erlaubnis gebeten hatten, sich zurückzuziehen, gab er ihnen Urlaub, und sie gingen fort von ihm in ihre Häuser. Darauf kam eine Sklavin zu ihm, deren Dienst es war, sein Lager zu bereiten, und sie breitete ihm die Kissen, nahm ihm seine Gewandung ab und legte ihm die Nachtgewänder an. Als er sich niedergelegt hatte, knetete sie ihm die Füße, bis ihn der Schlaf überkam; dann verließ sie ihn, begab sich in ihr Schlafgemach und legte sich zur Ruhe nieder. Also tat sie; aber sehen wir nun, was mit dem König Ma'rûf geschah! Während er schlief, fühlte er plötzlich ganz unvermutet etwas neben sich im Bett, und er fuhr erschrocken auf und rief: »Ich nehme meine Zuflucht zu Allah vor dem verfluchten Satan!« Als er jedoch die Augen öffnete, sah er neben sich eine Frau, die häßlich anzuschauen war, und er fragte sie: »Wer bist du?« Sie erwiderte: »Fürchte dich nicht, ich bin deine Gattin Fatima das Scheusal.« Da schaute er ihr ins Antlitz und erkannte sie an ihrem scheußlichen Aussehen und ihren langen Eckzähnen. Er fragte weiter: »Wie kommst du zu mir? Wer hat dich in dies Land gebracht?« Sie entgegnete ihm: »In welchem Lande bist du denn jetzt?« »In der Stadt Ichtijân el-Chotan. Und wann hast du Kairo verlassen?« »Eben jetzt.« »Wie kann das sein?« Da erzählte sie: »Wisse, als ich mich mit dir überworfen und dich bei den Machthabern verklagt hatte, weil der Satan mir einflüsterte, dir zu schaden, da suchte man dich, aber man fand dich nicht mehr; und die Kadis fragten nach dir, doch sie bekamen dich nicht zu sehen. Nachdem aber zwei Tage verstrichen waren, packte mich die Reue, und ich sah ein, daß die Schuld an mir lag; allein die Reue nützte mir nichts. So saß ich denn eine Reihe von Tagen da und weinte um deinen Verlust, bis alles, was ich noch hatte, zur Neige ging und ich gezwungen war zu betteln, um mein Leben zu fristen. Und ich begann bei allen zu betteln, bei Reichen, die voll Neid betrachtet werden, und bei Armen, die verachtet werden; seit du mich verlassen hast, aß ich durch schimpfliches Betteln mein Brot und war in der allerärgsten Not. Jede Nacht saß ich da und weinte um deinen Verlust und um alles, was ich seit deinem Fortgehen erdulden mußte an Schmach und Niedrigkeit, an Elend und Herzeleid.« So berichtete sie ihm, wie es ihr ergangen war, während er sie voll Entsetzen anstarrte, bis sie sprach: »Gestern irrte ich den ganzen Tag bettelnd umher, aber niemand gab mir etwas; jedesmal, wenn ich an jemanden herantrat, um ein Stück Brot von ihm zu erbetteln, schmähte er mich, ohne mir etwas zu geben. Und als die Nacht anbrach, blieb ich ohne Nachtmahl; da brannte der Hunger in mir, und alles, was ich erduldet hatte, drückte mich schwer. Während ich weinend dasaß, erschien plötzlich eine Gestalt vor mir und fragte mich: ›Weib, warum weinst du?‹ Ich erwiderte: ›Einst hatte ich einen Gatten, der für mich sorgte und meine Wünsche erfüllte; aber der ist jetzt für mich verloren, und ich weiß nicht, wohin er gegangen ist; und seit er mich verlassen hat, habe ich viel Not gelitten.‹ Die Gestalt fragte weiter: ›Wie heißt dein Gatte?‹ ›Sein Name ist Ma'rûf,‹ antwortete ich; und jener sagte darauf: ›Den kenne ich. Wisse, dein Gatte ist jetzt Sultan in einer Stadt, und wenn du wünschest, daß ich dich zu ihm bringe, will ich es gern tun.‹ Da bat ich ihn: ›Erbarme dich meiner und bringe mich zu ihm!‹ Und alsbald hob er mich auf und schwebte mit mir zwischen Himmel und Erde dahin, bis er mich in dies Schloß brachte; da sprach er: ›Tritt in dies Gemach ein, dort wirst du deinen Gatten schlafend auf dem Lager finden!‹ So trat ich denn ein und sah dich in all dieser Herrlichkeit. Ach, ich hätte nie gedacht, daß du mich verlassen würdest, da ich doch deine Gefährtin bin! Aber Preis sei Allah, der mich wieder mit dir vereinigt hat!« Doch Ma'rûf entgegnete ihr: »Hab ich dich verlassen, oder warst du es, die mich verließ? Und du hast mich verklagt von Kadi zu Kadi, und schließlich hast du sogar beim obersten Gerichtshofe Klage wider mich geführt und mir den Büttel aus der Burg nachgehetzt; da mußte ich wider meinen Willen fliehen.« Dann erzählte er ihr von dem, was er seitdem erlebt hatte, wie er Sultan geworden war und sich mit der Prinzessin vermählt hatte; auch tat er ihr kund, daß seine Gemahlin gestorben war und ihm einen Sohn hinterlassen hatte, der sieben Jahre zählte. Darauf sagte sie: ›Was geschehen ist, das war von Allah dem Erhabenen vorherbestimmt; schon längst habe ich es bereut, und du, hab Erbarmen mit mir und verlaß mich nicht, sondern gestatte, daß ich bei dir mein Brot als Almosen esse!« Und sie demütigte sich vor ihm so lange, bis sein Herz Mitleid für sie empfand; da sprach er zu ihr: ›Kehre dich reuig von der Bosheit ab und bleibe bei mir; dir soll nichts geschehen, als was dich erfreut! Wenn du aber irgend etwas Böses tust, so werde ich dich töten, ohne daß ich jemanden zu fürchten brauche. Glaube nicht, daß du mich beim obersten Gerichtshofe verklagen kannst oder daß der Büttel von der Burg über mich kommt; denn ich bin Sultan geworden, und das Volk fürchtet mich, während ich niemanden fürchte als Allah den Erhabenen. Ich habe einen Zauberring; wenn ich den reibe, so erscheint der Diener des Ringes, Abu es-Sa'adât geheißen, und bringt mir alles, was ich von ihm verlange. Willst du nun in deine Stadt zurückkehren, so werde ich dir so viel geben, daß es dir dein ganzes Leben lang genügt, und dich eilends in deine Heimat entsenden. Willst du jedoch lieber bei mir bleiben, so will ich dir ein Schloß einräumen und es für dich mit den erlesensten Seidenstoffen ausstatten; auch werde ich dir zwanzig Sklavinnen bestimmen, die dich bedienen sollen, und dir feine Speisen und prächtige Kleider senden lassen, so daß du einer Königin gleich wirst, und du sollst das herrlichste Leben führen, bis du stirbst oder ich sterbe. Was sagst du dazu?« »Ich möchte bei dir bleiben«, erwiderte sie und küßte ihm die Hand, indem sie ihre Bosheit bereute. So wies er ihr denn ein Schloß an, ganz für sich allein, und beschenkte sie mit Sklavinnen und Eunuchen, und sie ward einer Königin gleich. Der junge Prinz pflegte sie zu besuchen, wie er seinen Vater besuchte; aber sie haßte ihn, weil er nicht ihr Sohn war, und als der Knabe an ihr das Auge des Zornes und der Abneigung sah, mied er sie und hatte Widerwillen gegen sie. Derweilen gab Ma'rûf sich der Liebe zu schönen Odalisken hin und dachte nicht mehr an seine Gattin Fâtima das Scheusal; denn sie war nun grau und alt und von abscheulicher Gestalt, ein kahlköpfiges Weib, häßlicher als die Schlange mit scheckigem Leib, und sie hatte ihn doch auch einst über alle Maßen schlecht behandelt. Und im Sprichwort heißt es: Durch schlechte Behandlung wird die Wurzel des Wünschens abgemäht und Haß auf das Land der Herzen gesät. Vortrefflich war der Mann, der da sprach:

Bemühe dich, den Herzen Leiden zu ersparen!
Nach der Entfremdung wird die Umkehr ihnen schwer.
Denn sind die Herzen erst der Liebe ganz entfremdet,
Sind sie wie ein zersprungnes Glas – es heilt nicht mehr.

Ma'rûf nahm sie auch nicht wegen einer löblichen Eigenschaft auf, die sie besessen hätte, sondern er behandelte sie ehrenvoll, da er das Wohlgefallen Allahs des Erhabenen zu gewinnen suchte. König Ma'rûf kümmerte sich nicht mehr um die Ehe mit seiner Frau, sondern ernährte sie, indem er auf den Lohn Allahs des Erhabenen hoffte. Doch als sie sah, daß er sich von ihrer Umarmung fernhielt und sich anderen zuwandte, begann sie ihn zu hassen, und die Eifersucht gewann Gewalt über sie, und der Teufel flüsterte ihr ein, sie solle ihm den Ring entwenden und ihn töten und sich selbst zur Königin an seiner Statt machen. Deshalb machte sie sich eines Nachts auf und verließ ihr Schloß, um sich in das Schloß zu begeben, in dem ihr Gatte, der König Ma'rûf, wohnte. Nun traf es sich nach dem Ratschluß, den die Vorsehung für gut befand, und dem Geschick, wie es geschrieben stand, daß Ma'rûf bei einer seiner Odalisken war, einer Maid von Schönheit und Lieblichkeit und des Wuchses Ebenmäßigkeit. Und er pflegte in seiner schönen Frömmigkeit den Ring von seinem Finger zu ziehen, wenn er bei einer Odaliske zu sein gedachte, aus Ehrfucht vor den heiligen Namen, die darauf geschrieben standen, und ihn erst später wieder anzulegen. Und seine Frau, Fâtima das Scheusal, verließ damals ihre Wohnung erst, nachdem sie erfahren hatte, daß er den Ring vom Finger zu ziehen und auf den Kissen liegen zu lassen pflegte. Ferner war es seine Gewohnheit, der Odaliske zu befehlen, sie solle ihn verlassen, da er um den Ring besorgt war. Wenn er dann zum Bade ging, so verschloß er die Tür des Gemaches, bis er aus dem Bade zurückkehrte, den Ring nahm und wieder anlegte; darauf konnte ein jeder ungehindert in das Zimmer eintreten. Von alledem wußte Fâtima, und deshalb hatte sie sich bei Nacht fortgeschlichen, um zu ihm in das Gemach einzudringen, während er in tiefem Schlafe lag, und ihm den Ring zu stehlen, ohne daß er sie sähe. Als sie sich fortschlich, war gerade zufällig der Sohn des Königs ins geheime Kämmerlein gegangen, um im Dunkeln ein Bedürfnis zu verrichten; und er hockte dort ohne Licht über dem Loch in der Marmorplatte nieder, nachdem er die Tür offen gelassen hatte. Wie nun Fâtima aus ihrem Schloß fortgegangen war, sah er sie auf das Schloß seines Vaters zueilen, und er sprach bei sich: ›Warum hat wohl diese Hexe ihr Schloß im Schatten der Dunkelheit verlassen? Warum sehe ich sie nach dem Schlosse meines Vaters schleichen? Das muß sicher einen eigenen Grund haben.‹ Darauf ging er hinter ihr her und folgte ihrer Spur, ohne daß sie ihn sah. Er trug aber ein kurzes Damaszenerschwert, und er ging nie in den Staatssaal seines Vaters, ohne sich mit jenem

Schwert umgürtet zu haben, da es ihm so teuer war. Wenn sein Vater ihn damit sah, so pflegte er wohl über ihn zu lächeln und zu rufen: »Wunder Gottes! Dein Schwert ist ja prächtig, mein Sohn. Aber du bist mit ihm noch nicht in den Krieg gezogen und hast auch noch keinen Kopf mit ihm abgeschlagen.« Dann antwortete der Knabe ihm: »Ich werde sicherlich noch einmal mit ihm ein Haupt abschlagen, das die Köpfung verdient.« Über seine Worte pflegte der König zu lachen. Wie er nun der Frau seines Vaters nachging, zog er das Schwert aus der Scheide und folgte der Alten, bis sie in das Gemach des Königs hineinschlich. Er blieb an der Tür des Gemaches stehen und beobachtete sie; da sah er, wie sie umhersuchte, indem sie sprach: ›Wohin hat er wohl den Ring gelegt?‹ So wußte er, daß sie nach dem Ringe suchte, und wartete ab, bis sie ihn gefunden hatte, und sagte: ›Da ist er!‹ Sie nahm ihn an sich und wollte heimlich forteilen, während er hinter der Tür verborgen war. Nachdem sie aus der Tür herausgetreten war, schaute sie den Ring an und wandte ihn in der Hand hin und her, und gerade wollte sie ihn reiben, da erhob er den Arm mit dem Schwerte und traf sie auf den Nacken. Sie stieß einen einzigen Schrei aus und sank tot nieder. Ma'rûf erwachte und sah seine Frau am Boden liegen, von Blut überströmt, und seinen Sohn mit gezücktem Schwert in der Hand dastehen. »Was bedeutet dies, mein Sohn?« fragte er; und jener antwortete: »Mein Vater, wie oft hast du zu mir gesagt: ›Dein Schwert ist ja prächtig; aber du bist mit ihm noch nicht in die Schlacht gezogen und hast noch keinen Kopf mit ihm abgeschlagen!‹ Und ich antwortete dir dann: ›Ich werde sicherlich noch einmal mit ihm ein Haupt abschlagen, das die Köpfung verdient.‹ Siehe da, jetzt habe ich für dich ein Haupt abgeschlagen, das die Köpfung wahrlich verdiente!« Und er berichtete ihm, was sie getan hatte. Da suchte Ma'rûf nach dem Ringe, aber er konnte ihn nicht finden; erst nachdem er lange an ihren Gliedern gesucht hatte, sah er, daß ihre Hand über ihm geschlossen war. Dann nahm er den Ring aus ihrer Hand und sprach zu dem Prinzen: »Du bist mein rechter Sohn, unstreitig und ohne Zweifel. Allah gebe dir Frieden in dieser und in jener Welt, wie du mir Frieden vor dieser Ruchlosen gebracht hast! Sie hat sich durch ihr eigenes Tun zugrunde gerichtet; und vortrefflich war der Mann, der da sprach:

Wenn Gottes Hilfe einem Mann zur Seite steht,
So wird ihm der Erfolg in allen Dingen blühn.
Doch wenn von Gott dem Menschen keine Hilfe wird,
So schadet ihm zuerst sein eigenes Bemühn.

Dann rief König Ma'rûf laut nach einigen seiner Diener; die kamen herbeigeeilt, und er berichtete ihnen, was seine Frau, Fâtima das Scheusal, getan hatte. Darauf befahl er ihnen, ihre Leiche zu nehmen und bis zum Morgen beiseite zu legen. Sie taten, wie er sie geheißen hatte. So beauftragte er denn einige Eunuchen mit ihrer Herrichtung, und die wuschen sie, hüllten sie in das Totenlaken, hielten ein Leichenbegängnis und begruben sie. So war ihr Kommen aus Kairo nur eine Fahrt zu ihrem Grabe. Vortrefflich war der Mann, der da sprach:

Wir gehen einen Pfad, der für uns vorgesehen;
Und wem ein Pfad beschieden ist, der muß ihn gehen.
Und droht an einer Stätte einem ein Verderben,
So wird er nur gerad an dieser Stätte sterben.

Und wie schön ist das Dichterwort:

Wenn ich nach einem Lande zieh und Gutes suche,
So weiß ich niemals, was von beiden mir dort naht:
Ob es das Gute ist, das ich im Sinne habe;
Ob es das Böse ist, das mich im Sinne hat.

Nun ließ König Ma'rûf den Ackersmann kommen, dessen Gast er auf seiner Flucht gewesen war; und als der vor ihm erschienen war, machte er ihn zum Wesir der Rechten und zu seinem Ratgeber. Wie er dann erfuhr, daß jener eine Tochter hatte von herrlicher Schönheit und Lieblichkeit und von edler Sittsamkeit, von einem Wesen voll Vornehmheit und von hoher Würdigkeit, da vermählte er sich mit ihr; und nach einiger Zeit vermählte er auch seinen Sohn. Sie führten noch eine Weile das herrlichste Leben, indem die Zeiten ihnen Freude machten und alle Wonnen ihnen lachten, bis Der zu ihnen kam, der die Freuden schweigen heißt und die Freundesbande zerreißt, der da gebietet, daß blühende Städte in der Einöde verschwinden und daß Söhne und Töchter ihre Eltern nicht mehr finden. Preis aber sei Ihm, dem Lebendigen, der nie dem Tode verfällt und der die Schlüssel der sichtbaren und unsichtbaren Welt in den Händen hält!

*Der arabische Artikel al-, el- bleibt hier in der Buchstabenfolge unberücksichtigt.*

'Âd: sagenhafte Ureinwohner Nordwestarabiens.

'Adilîja-Moschee: eine Moschee außerhalb von Kairo.

Afrika: hier im engeren Sinn = Nordwestafrika.

Agha: meist = Offizier; einmal = Obereunuch.

Asch'ab: Name eines Mannes, der bei den Arabern wegen seiner Habgier sprichwörtlich wurde.

Asfandijâr und Rustem: tapfere Helden aus dem Schâh-Nâmeh von Firdausi.

Barmekiden: persisches Ministergeschlecht unter den abbasidischen Kalifen.

Bendsch: Bilsenkraut, Betäubungsmittel.

Bischangarh: Name einer früher berühmten Hauptstadt in Südindien.

Bulbul-i-hazâr-dâstân: Die Nachtigall der tausend Geschichten.

Chân: Herberge, Karawanserei.

Chorasân: Land in Nordostpersien.

Derwisch: Bettelmönch

Dinar: Goldmünze = 20 Dirhems.

Dirhem: Silbermünze.

Dschamschêd: sagenhafter altpersischer König.

Fakir: Bettelmönch (wie Derwisch).

Hâddsch: Mekkapilger.

Hind: Indien.

Iram: sagenhafte altarabische Stadt.

el-Kal'âs: vielleicht das Kailas-Gebirge in Südwest-Tibet.

Madînat es-Sîn: Die Stadt von China.

Mamluk: weißer Sklave.

al-Mustadî-billâh: abbasidischer Kalif 1170-80.

al-Mustansir-billâh: abbasidischer Kalif 1226-42.

Nûr en-Nahâr: Das Licht des Tages.

Pandit: Gelehrter.

Perî Banû: Feenherrin.

Perizâde: Feenkind.

Rak'a: eine bestimmte Folge von Formeln und Bewegungen beim liturgischen Gebet.

Rustem s. Asfandijâr.

Safar: der zweite Monat im muslimischen Jahr.

es-Salâhita: eine Sunda-Insel in der Nähe von Java.

Samâwa: eine Wüste westlich vom unteren Euphrat.

Schabbar: ein künstlich gebildeter mystischer Name für Hasan, den Sohn des Kalifen 'Alî.

Schaddâd ibn 'Âd: sagenhafter altarabischer Herrscher.

Schahr Banû: Landesherrin.

Sesam, öffne dein Tor: Sesam ist eine zauberkräftige Pflanze (hier wohl nur ein magisches Wort). ›Öffne dein Tor‹ = ›Öffne das Tor, für das du wirksam bist.‹

Sind: eine Provinz Indiens.

Wali: Statthalter.

Wüstes Viertel: wohl die große Wüste in Süd- und Inner-Arabien, die jetzt ›das Leere Viertel‹ heißt.

## ZU DIESER AUSGABE

insel taschenbuch 2569: Der Text des vorliegenden Bandes folgt der Ausgabe: Die schönsten Geschichten aus 1001 Nacht. Übersetzt, ausgewählt, eingeleitet und herausgegeben von Enno Littmann. Insel Verlag, Wiesbaden 1955.

Die schönsten Geschichten aus Tausendundeiner Nacht
Übersetzt und ausgewählt von Enno Littmann
it 2569. 560 Seiten

Die Gespräche des göttlichen Pietro Aretino
Übertragen von Heinrich Conrad
it 2570. 544 Seiten

Charles Baudelaire, Die Blumen des Bösen
Übertragen von Wolf Graf von Kalckreuth
it 2571. 176 Seiten

Leo N. Tolstoj, Die schönsten Erzählungen
Aus dem Russischen von Gisela Drohla, Alexander Eliasberg, Arthur Luther und Hermann Röhl
it 2572. 288 Seiten

Stendhal, Über die Liebe
Aus dem Französischen von Walter Hoyer
it 2573. 432 Seiten

Oscar Wilde, Das Bildnis des Dorian Gray
Aus dem Englischen von Hedwig Lachmann und Gustav Landauer
it 2574. 288 Seiten